Cay Rademacher

MORD IM CIRCUS MAXIMUS

Historischer Roman

BASTEI LÜBBE

BASTEI LÜBBE TASCHENBUCH
Band 15 393

1. Auflage: Oktober 2005

Vollständige Taschenbuchausgabe

Der Roman erschien in der Hardcoverausgabe unter dem Titel
»Das Geheimnis der Essener.
Ein Kriminalroman aus dem antiken Rom«

Bastei Lübbe Taschenbücher in der Verlagsgruppe Lübbe

Lizenzausgabe: Verlagsgruppe Lübbe GmbH & Co. KG,
Bergisch Gladbach
Umschlaggestaltung: Bianca Sebastian
Titelbild: akg images
Satz: hanseatenSatz-bremen, Bremen
Druck und Verarbeitung: Nørhaven Paperback A. S., Viborg
Printed in Denmark
ISBN 3-404-15393-6

Sie finden uns im Internet unter
www.luebbe.de

Der Preis dieses Bandes versteht sich einschließlich
der gesetzlichen Mehrwertsteuer.

BASTEI
LÜBBE

Von Cay Rademacher ist das folgende Bastei Lübbe Taschenbuch lieferbar:

14870 Mord im Tal der Könige

Über den Autor:

Cay Rademacher wurde 1965 in Flensburg geboren und lebt heute in Hamburg. Er studierte in Köln und Washington Anglo-Amerikanische Geschichte, Alte Geschichte und Philosophie. Von 1991 bis 1999 arbeitete er als freier Journalist, seitdem ist er Redakteur der Zeitschrift Geo.

INHALT

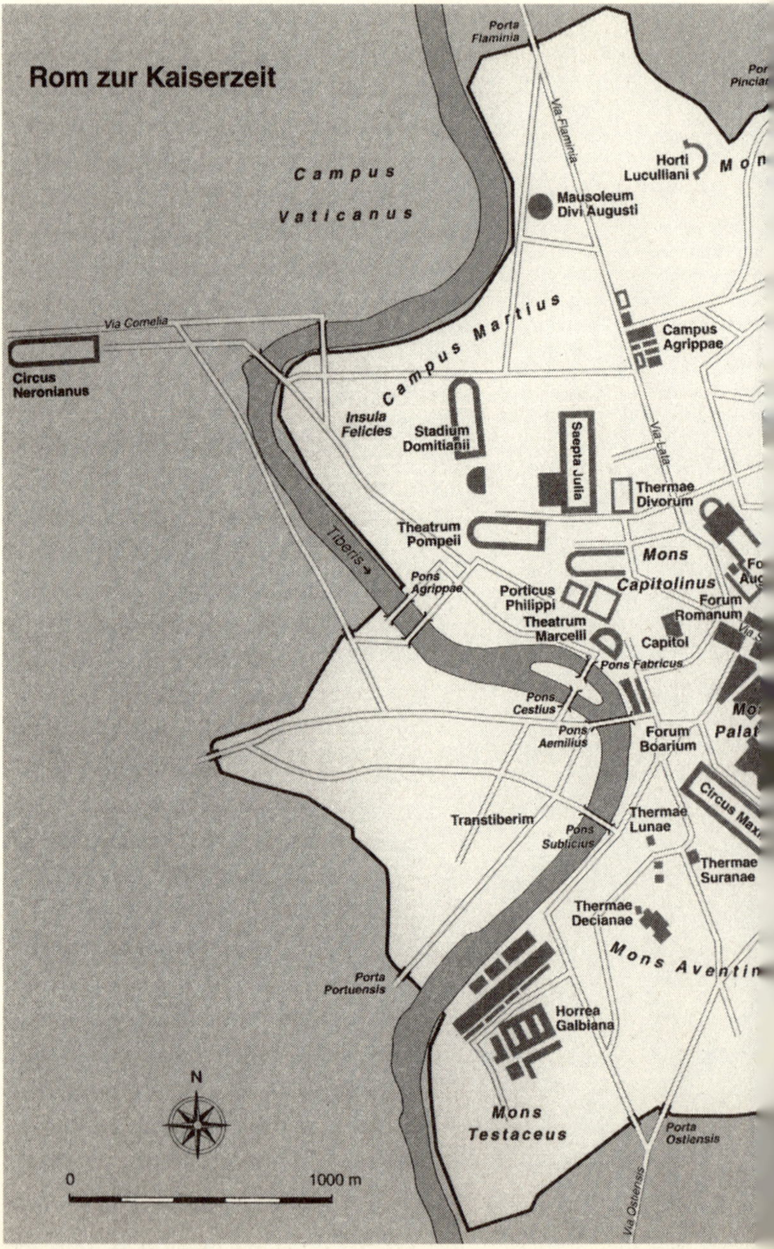

Rom zur Kaiserzeit
Porta Flaminia
Via Flaminia
Horti Luculliani
Mausoleum Divi Augusti
Campus Vaticanus
Campus Martius
Via Cornelia
Circus Neronianus
Campus Agrippae
Insula Felicles
Stadium Domitianii
Saepta Julia
Via Lata
Thermae Divorum
Theatrum Pompeii
Tiberis
Mons Capitolinus
Pons Agrippae
Porticus Philippi
Theatrum Marcelli
Forum Romanum
Capitol
Pons Fabricus
Pons Cestius
Pons Aemilius
Forum Boarium
Transtiberim
Thermae Lunae
Pons Sublicius
Thermae Suranae
Thermae Decianae
Porta Portuensis
Horrea Galbiana
Mons Testaceus
Porta Ostiensis
Via Ostiensis
N
0
1000 m

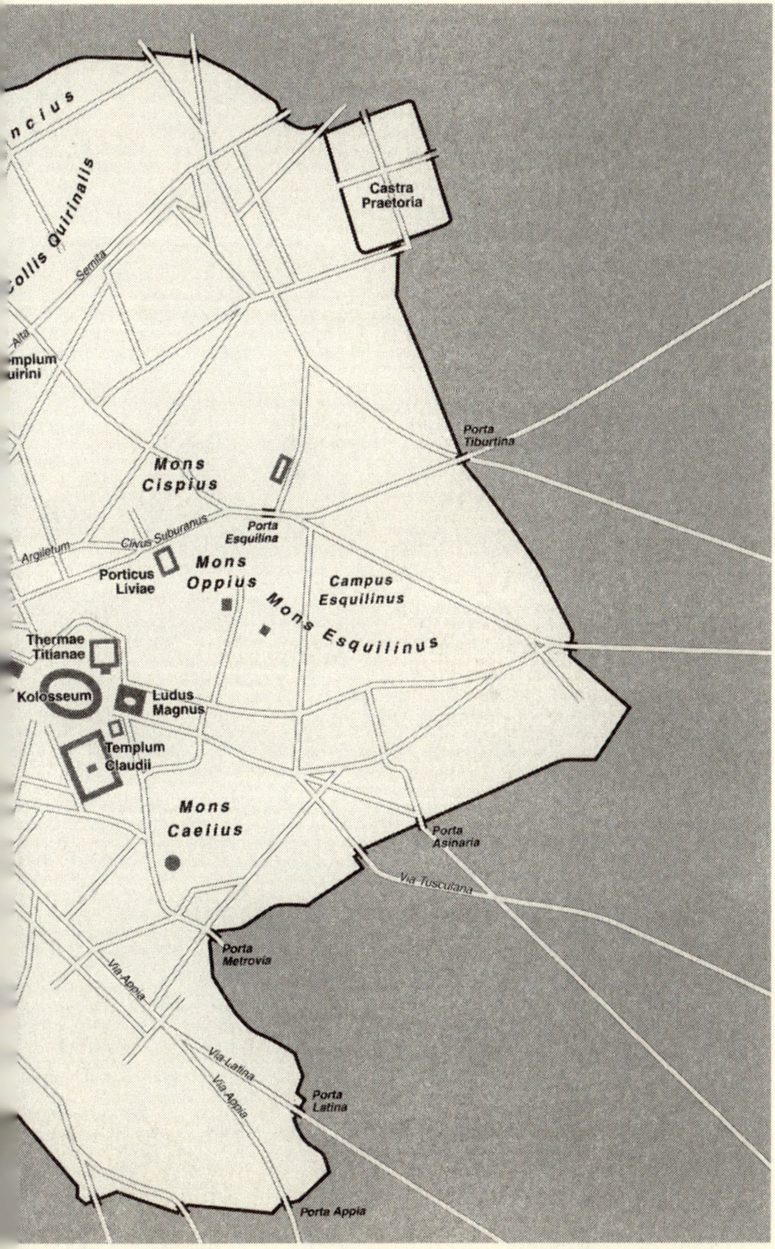

ncius
Collis Quirinalis
Semita
Alta
mplum
uirini
Castra
Praetoria
Porta
Tiburtina
Mons
Cispius
Porta
Esquilina
Clivus Suburanus
Argiletum
Porticus
Liviae
Mons
Oppius
Campus
Esquilinus
Mons Esquilinus
Thermae
Titianae
Kolosseum
Ludus
Magnus
Templum
Claudii
Mons
Caelius
Porta
Asinaria
Via Tusculana
Porta
Metrovia
Via Appia
Via Latina
Via Appia
Porta
Latina
Porta Appia

Kalenden des November

Totenmahl für einen Lebenden

Der Kaiser fing mit der Linken eine Fliege, die sich in seinen nachtdunklen Speiseraum verirrt hatte. Er riss ihr beide Flügel aus, setzte sie vorsichtig auf das Kopfende seiner Liege und sah zu, wie sie litt. Ich beobachtete ihn verstohlen und fühlte mich dabei nicht besser als jenes kleine, elende Tier. Denn der Herrscher über das Imperium Romanum hatte mich zu einem düsteren Totenmahl geladen.

Meinem eigenen.

Bei Domitian konnte man nie ahnen, was er im nächsten Moment tun würde, doch jeder in Rom wusste, dass man sein Testament machen musste, wenn man seinen Launen nicht augenblicklich Folge leistete. Er hätte mir also nur einen Boten mit der Aufforderung schicken müssen, mich trotz der späten Stunde sofort bei ihm zu melden, und ich wäre ohne zu zögern auf den Palatin geeilt. Stattdessen schickte er mir einen Trupp Praetorianer.

Ich hatte mich, nach einem leichten Mahl, bereits in meine Bibliothek zurückgezogen, wo ich mich an einigen Hexametern versuchte, mit denen ich die ebenso glanzvolle wie tragisch kurze Regierungszeit des Titus verherrlichen wollte, des Bruders und Vorgängers unseres jetzigen Kaisers. Dann hatte ich plötzlich einen Lärm am Eingangstor gehört, einen kurzen Tumult im Peristyl – und dann waren die Praetorianer auch schon in meinen Raum einmarschiert. Alexander, mein griechischer Verwalter, gestikulierte hilflos mit den Armen und schnappte nach Luft. Der Sklave war von den zehn Soldaten einfach mitgerissen worden wie ein trockener Stock von einer Flutwelle.

Ein Centurio mit mächtigem Körper trat vor; sein mit Reliefs des Kriegsgottes Mars verzierter eiserner Brustpanzer glänzte im Schein der Öllampen wie ein Spiegel.

»Decimus Junius Juvenalis?«, fragte er überflüssigerweise, denn wir waren uns schon mehrmals im kaiserlichen Palast begegnet. Doch es schien ihm Vergnügen zu bereiten, mich in meinem eigenen Haus laut nach meinem Namen zu fragen – eine Frage, die, aus dem Mund eines Praetorianers, in diesen Tagen immer etwas Bedrohliches hatte.

Ich nickte.

»Mein Herr und Gott wünscht dich zu sehen«, schnarrte er. »Sofort.«

Wenigstens blieb mir die Demütigung erspart, inmitten der Praetorianer zu Fuß wie ein abgeführter Verräter die Straßen abzuschreiten. Draußen warteten einige kaiserliche Sklaven mit einer verhängten Sänfte.

Als wir uns vom Quirinal aus Richtung Palatin in Bewegung setzten, war der ewige Lärm des nächtlichen Rom – das Rumpeln der schwer beladenen Karren, die derben Flüche der Wagenlenker, das Peitschenknallen, mit dem sie Ochsen und Esel zur Eile trieben, die misstönenden Gesänge der Betrunkenen, die tausend undefinierbaren menschlichen Schreie, das Gebrüll der hungrigen Löwen und Tiger in den Käfigen unter dem Kolosseum – wie das Rauschen eines gewaltigen, aber weit entfernten Wasserfalls, von dem sich das metallische »klack klack« der genagelten Soldatenstiefel auf dem Straßenpflaster laut abhob.

Unauffällig zog ich die Vorhänge der leicht nach Rosenessenz duftenden Sänfte zurück und blickte auf die Mauer, die mein Anwesen umgab. Alexander schloss in diesem Moment hastig das schwere Tor.

Ich fragte mich, ob ich mein Haus je wieder sehen würde.

Ich wohnte in einer ruhigen Straße auf dem Quirinal, zwar nicht dem besten, aber doch einem der besseren Wohnviertel von Rom. Mein Haus lag an einer Straße, die glücklicherweise so eng war, dass nur gerade zwei Sänften aneinander vorbei passten – nicht breit genug für die Gespanne, die, nach einem alten Edikt Julius Caesars, tagsüber nicht Roms Wege verstopfen durften. So blieb mir das nächtliche Chaos direkt vor meiner Pforte erspart, die Hunderte von Ochsen- und Eselskarren, die, mit Marmorblöcken, Ziegeln, Holzbalken, Weinamphoren, Ölfässern und tausend anderen Schätzen beladen, nach Sonnenuntergang in die Stadt strömten. Und deren peitschenknallende, laut schreiende, stets zornige Fuhrleute sich nicht darum kümmerten, ob irgendjemand in der Hauptstadt der Welt schlafen wollte oder nicht, und deren maßlos überladene, rumpelnde Karren die Häuser erzittern ließen, bis Risse durch den Putz führten wie riesige Spinnweben.

Es war Neumond, sodass Rom noch dunkler dalag als in anderen Nächten. Die Praetorianer trugen Pechfackeln, deren gelbe Flammen im kühlen, feuchten Novemberwind blakten und tanzten wie Geister. Ich fröstelte und versuchte, mich irgendwie tiefer in meine Toga zu verkriechen – ein vergebliches Bemühen bei einem so kompliziert um den Leib gebundenen Gewand, das zudem die rechte Schulter entblößt lässt.

Die hell verputzten, mit unzähligen eingeritzten oder mit Farbe darauf gepinselten Graffiti beschmierten Mauern der kleinen Anwesen in meiner Nachbarschaft waren nun tintenschwarze Balken, die am Fenster meiner leicht schwankenden Sänfte vorbeizogen. Niemand ließ sich um diese Stunde mehr auf meiner Straße blicken.

Die Lederriemen, mit denen die Sänfte gefedert war, knarzten leise, und ich bemerkte, dass die Praetorianer abgebogen waren. Der Weg führte nun, vielfach geschwungen, steil bergab. Sechsstöckige Mietshäuser verdeckten jetzt den Blick auf die Sterne. Aus vielen Fenstern dieser Insulae drang das trübe Licht kleiner Ölfunzeln. Ich konnte die grölenden Lieder von Betrunkenen hören, Kinderschreien, die keifenden Stimmen von streitenden Ehepaaren, die atemlosen Ausrufe einer Frau in höchster Lust, die irgendwo aus einer der höchstgelegenen Wohnungen wehten; es roch nach gebratenem Fisch in leicht ranzigem Öl, nach scharfer Garum-Soße aus zersetzten Meerestieren, nach warmem Brot und Lauch, nach Urin und verrottenden Gemüsestrünken. Irgendwo flog ein irdener Teller oder Nachttopf aus einem Fenster und zersprang klirrend auf dem Straßenpflaster. Ein Betrunkener rief den Praetorianern eine Obszönität nach. Zwischen den düsteren Säulengängen vor den Insulae bewegten sich stumme Schatten, die Katzen gehören mochten oder einem Rudel streunender Hunde – oder Menschen, die von den Soldaten nicht gesehen werden wollten.

Alles war wie immer. Und doch hatte ich das Gefühl, ich würde es zum ersten Mal sehen. Oder vielleicht zum letzten Mal.

Ich war vierzig Jahre alt und hatte meine Zeit in der Legion gedient. Weil mir meine Heimat Aquinium zu eng, zu still, zu provinziell zu sein schien, war ich nach Rom gegangen. Hier war es mir gelungen, am Hofe Domitians eingeführt und hin und wieder mit kleineren Verwaltungsaufgaben betraut zu werden. Ich träumte von einer Karriere unter kaiserlicher Gnade, von einem Sitz im Senat, von der Praetur, vielleicht gar dem Konsulat. Und bis jetzt war mein Aufstieg nicht schlecht verlaufen für einen Equites aus der Provinz – allerdings auch längst nicht so spektakulär, dass ich irgendjemandem aus den alten Familien auch nur aufgefallen, geschweige denn als lästiger Rivale erschienen wäre. Mein Vater war der Sohn eines freigelassenen Sklaven und hatte es mit dem Handel von Falerner Wein, Öl aus Sizilien und römischem Garum zu einem beachtlichen Vermögen gebracht, von dem er einen Teil, als »Geschenke« getarnt, so lange in die Taschen einiger einflussreicher Höflinge gepumpt hatte, bis er zum Equites ernannt worden war. Das wiederum sollte das Sprungbrett für mich sein, um in die höchsten Kreise Roms vorzudringen – vom Sklaven zum Senator innerhalb von nur drei Generationen, so hatte mein Vater sich das gedacht.

Doch so dachten und handelten Hunderte, vielleicht Tausende von erfolgreichen Römern. Nichts gab es, das mich dabei irgendwie hervorgehoben hätte. Ich fragte mich daher verzweifelt, in welche lebensgefährliche höfische Intrige ich hier hineingeraten war – denn dass es sich um eine Intrige handeln musste, war für mich die einzig logische Erklärung für meine augenblickliche Situation.

Wir passierten einen kleinen, jedoch mit Marmor überreich verkleideten, fackelerhellten Tempel der Isis, aus dessen Innerem die ekstatischen Gesänge der Gläubigen drangen – und das rhythmische Klatschen schwerer lederner Peitschen, mit denen sie sich zu Ehren der Göttin selbst kasteiten. Dann eilten wir über das leere Augustusforum, dessen marmorne Tempel, Bibliotheken und Säulengänge von wenigen Öllampen erleuchtet waren. Ein einsamer

Priester mit verhülltem Haupt trat aus dem Tempel des Mars. Für einen Moment sah es so aus, als würde er sich in die gleiche Richtung wenden wie wir, doch als er die Praetorianer erkannte, wandte er sich schnell in die Gegenrichtung.

Auch das Forum Romanum schien menschenleer zu sein. Ich wusste, dass hinter dem Tempel des Castor und Pollux und jenem stillen Winkel zwischen dem Tempel des Saturn und dem Heiligtum des unter die Götter erhobenen Kaisers Vespasian die stark geschminkten (und teuren) Dirnen und käufliche Knaben auf die Kunden warteten, denen es Vergnügen bereitete, ihre Lust im Herzen des Imperiums zu befriedigen – sozusagen unter den Augen des Kaisers und in Hörweite der keuschen Vestalinnen, deren Haus und runder Tempel direkt neben dem Castor-und-Pollux-Heiligtum standen.

Im Schatten der Tempelsäulen – und manchmal auch ganz offen auf den Marmorstufen der Basilica Julia – boten auch Kräuterweiber ihre Dienste an, die jedem Kunden für ein paar Sesterzen wahlweise schnell wirkende Liebestrünke oder langsam wirkende Gifte feilboten; Engelmacherinnen, die in versteckten Kloaken, am Tiberufer oder in schmutzigen Hinterzimmern irgendwelcher Insulae unerwünschte Schwangerschaften beendeten (und nicht selten auch das Leben der Frauen, die so arm und verzweifelt waren, dass sie sich ihnen anvertrauen mussten); Männer mit verhülltem Gesicht, denen man Münzen in ihre vernarbten Hände schob und dann den Namen desjenigen zuflüsterte, der verprügelt, zum Krüppel geschlagen oder ins Reich der Schatten geschickt werden sollte.

Doch selbstverständlich waren alle Händler auf diesem sehr speziellen Markt der Dienstleistungen im Dunkel der Tempel und der kleinen Nebengassen verschwunden, als sie unseren Trupp erblickt hatten. Nur ein Mann hatte nicht reagiert, er war zu betrunken, um das Knallen der Soldatenstiefel zu hören: ein Zecher, der am neuen Reiterstandbild unseres Kaisers stand, das sich genau zwischen Basilica Aemilia und Basilica Julia erhob, und – gegen seinen Sockel aus rotem Marmor pisste.

Der Centurio ließ anhalten und gab ein halblautes Kommando. Sofort stürzten zwei Praetorianer los und zückten ihre Schwerter. Mit den flachen Seiten ihrer Klingen schlugen sie auf den Mann ein, der vor Schmerzen aufschrie und vergeblich versuchte, sich mit einigen Sesterzen von dem Zorn der Soldaten freizukaufen. Ich blickte zu dem Standbild aus vergoldeter Bronze auf: Domitian in der Rüstung eines Feldherrn, hoch zu Ross, seinen Triumphen über die Chatten und andere Barbaren von jenseits des Rheins entgegenreitend – eines Triumphes, von dem jedermann, trotz der kriecherischen Lobeshymnen, die mein Freund Martial und manche andere Dichter auf ihn verfasst hatten, doch wusste, dass er nicht mehr war als ein Treppenwitz in der glorreichen Geschichte des Imperiums. Der Kaiser hatte für seinen Triumphzug Sklaven auf den Märkten der Provinzen zusammengekauft, ihnen blonde Perücken aufsetzen lassen und diese Jammergestalten anschließend als »gefangene Germanen« in seinem Triumphzug mitgeführt.

Der Künstler hatte Domitian gnadenlos gut getroffen: seinen massigen Körper, den säulenförmigen Hals, so dick wie der feiste Kopf, die Gesichtszüge, in denen sich Klugheit und Misstrauen, Energie und Brutalität mischten.

Inzwischen waren die beiden Praetorianer mit dem Mann fertig, der nur noch stöhnend in seinem Blut lag.

»Das soll dich lehren, unseren Herrn und Gott zu ehren«, sagte der Centurio, und seine Stimme klang dabei ruhig und würdevoll wie die eines gerechten, aber strengen Vaters. »Du hast Glück, dass wir andere Befehle ausführen müssen, sonst hätten wir dich zum Kolosseum geschleift. Als Löwenfutter.«

Ich bezweifelte, dass der Mann noch in einem Zustand war, um die Bedeutung dieser Worte zu begreifen – ich zweifelte jedoch nicht einen Augenblick daran, dass der Centurio Recht hatte: Der Betrunkene hatte noch Glück gehabt, denn ich war derjenige, der sich hier wirklich Sorgen machen musste. Nur zu gerne hätte ich mit dem verprügelten Trinker getauscht.

Die Praetorianer folgten der Via Sacra und bogen dann beim Triumphbogen des Titus nach rechts ab – einer der weniger gebräuchlichen Wege, um auf den Palatin zu gelangen, jenen Hügel, auf dem der Kaiser residierte. Hinter uns blieb das Kolosseum zurück, das schwarz und schweigend wie ein düsterer Monolith in Rom lag.

Ich kannte mich bei Hofe inzwischen gut genug aus, um von den verwirrenden, von Hunderten flackernder Öllampen unruhig erhellten, vielfach gestaffelten Fassaden aus prachtvollen Säulengängen, mit Fresken geschmückten Giebeln und marmornen Stufen nicht mehr verwirrt zu werden. Der Herrschersitz Domitians bestand aus zwei miteinander verbundenen Palästen an der Rückseite des Palatins: der Domus Flavia, in der sich unser Herr und Gott seinen Untertanen zeigte, eine Anlage mit einem riesigen Thronsaal und einigen kleineren Hallen für festliche Bankette, für Ehrungen und Audienzen. Und der legendären, noch gewaltigeren Domus Augustana, den Privatgemächern des Kaisers, zu denen nur seine Familie, die höchsten Berater, einige Praetorianer, eine kleine Armee ausgesuchter Leibsklaven gelassen wurden – und selbstverständlich die Senatorengattinnen und kastrierten Lustknaben, mit denen sich unser Herr und Gott gerade vergnügen wollte.

Jetzt sah ich, dass meine Sänfte zur Domus Augustana getragen wurde. Und dass über verschiedene Wege, alle eskortiert von Praetorianertrupps, sich noch Dutzende andere verhangene Sänften diesem Palast näherten.

Die Träger setzten meine Sänfte vor einem Portal ab, dessen große, bronzebeschlagene Eichenflügel weit offen standen. Die Praetorianer nahmen vor dem Palast Aufstellung, nur der Centurio geleitete mich hinein. Verwundert rieb ich mir die Augen und versuchte, mich möglichst schnell an das Halbdunkel zu gewöhnen. Denn in dem kurzen Gang hinter dem Portal, der uns auf ein großes Atrium führte, waren die meisten Öllampen gelöscht worden. Nur ein paar wenige erhellten Gang und Innenhof, gerade genug, um die Umrisse der kannelierten Marmorsäulen erkennen zu können. Irgendwo plätscherte leise ein Springbrunnen, doch ich konnte ihn nirgends entdecken.

Der Centurio führte mich schweigend durch das Atrium, dann einen weiteren, ebenso düsteren Flur hinunter und schließlich in ein Triclinium, wo er mich mit einem stummen Nicken stehen ließ.

»Beim Bogen des Apollo!«, flüsterte ich entsetzt, dann schloss ich für einen Moment die Augen und rang um meinen zur Schau gestellten Gleichmut.

Der Raum war groß, doch ließen sich seine Dimensionen schwer schätzen, denn die Wände und die Decke verschwanden im Dunkeln. Hier war es noch düsterer als auf den Gängen und im Atrium, die wenigen Öllampen flackerten in dem leichten Luftzug, der von irgendwo herwehte. Grablampen.

Der Boden war vollständig mit schwarzem Samt ausgeschlagen, die in einem großen Dreiviertelkreis angeordneten Liegen, es waren mindestens zwei Dutzend, waren mit dem gleichen Stoff bezogen. Das Triclinium sah aus wie eine Gruft.

Nackte Knaben, deren Körper mit Bleikalk bleich gerieben worden waren, empfingen mich schweigend und geleiteten mich zu meiner Liege. Den Weg dorthin hätte ich allerdings auch ohne ihre Hilfe gefunden, denn am Kopfende prangte ein marmorner Grabstein mit meinem Namen darauf.

Es waren schon einige Gäste da, andere kamen kurz nach mir an; schweigende Männer in der Toga, Männer mit düsteren Gesichtern, Männer, die einander nicht in die Augen zu blicken wagten – Männer, die ich allesamt kannte. Ich sah verstohlen zu Petronius Secundus und Publius Norbanus hinüber, den Praetorianerpraefekten und damit Befehlshabern der kaiserlichen Leibwache. Ihre beiden Vorgänger hatte Domitian vor einiger Zeit köpfen lassen. Jetzt lagen sie, beide gut fünfzig Jahre alte Soldaten mit kurz geschnittenem, eisengrauen Haar und eckigen Gesichtszügen, die ihr ganzes Leben in der Garde verbracht hatten, in ihren blitzenden Paraderüstungen auf den Liegen, den Helm mit dem hohen roten Federbusch neben ihrem Arm, und starrten auf das zuckende Flämmchen einer Grablampe.

Neben ihnen lagen einige Senatoren. Ich erkannte Fabricius Veiento, der seine Karriere einst unter Nero begonnen hatte, indem er reiche Männer des Verrats denunziert und dem Kaiser so einen Vorwand gegeben hatte, diese zu exekutieren und ihr Vermögen einzuziehen. Er hatte, um die Wagenrennen im Circus zu verspotten, Hunderennen veranstaltet. Mit solchen und anderen geschmacklosen Scherzen hatte er sich ebenfalls lange die allerhöchste

Gunst erhalten. Schließlich war er dennoch verbannt worden, doch schon von Vespasian, dem Vater unseres Herrn und Gottes, an den Hof zurückgeholt worden.

Veiento war außerdem jahrelang der Liebhaber meiner Frau Laronia gewesen, bis er sich im letzten Jahr endlich entschlossen hatte, ihr auch die Ehe anzubieten. Erst dann hatte sich Laronia von mir scheiden lassen und hatte ihn noch am Tag der Scheidung geheiratet. Er gehörte zum Consilium Domitians, zum Kreis seiner engsten Berater, und war einer der reichsten und mächtigsten Männer Roms (ein Grund mehr für mich, aus Laronias Untreue nie einen Skandal zu machen), – doch im flackernden Licht der Grablampen hatte sein faltiges, verlebtes Gesicht einen gehetzten Ausdruck angenommen. Er war jetzt vierundsechzig Jahre alt und sah keinen Tag jünger aus.

Mit einem flüchtigen, bitteren Anflug von Schadenfreude dachte ich daran, dass sich Laronia nun unwiderruflich an einen Mann gekettet hatte, der alt war und in seiner Todesangst auch erbärmlich.

Doch neben den Mächtigen waren auch andere Männer wie ich geladen, Aufsteiger, die ihre Karriere noch vor sich hatten. Vielleicht.

Ich fragte mich, warum bei allen Göttern ausgerechnet Gaius Plinius hier saß, der Anwalt, dessen Reden brillant waren, obwohl er leicht stotterte. Doch wenn er nicht gerade vor Gericht ein Plädoyer hielt, dann war er die Harmlosigkeit in Person: schmächtig, kurzsichtig, schon kahl trotz seiner vierunddreißig Jahre, kultiviert, großzügig, ängstlich, fantasielos und immer etwas langweilig. Womit mochte er den Zorn des Kaisers so sehr erregt haben, dass er ihn zu diesem Leichenessen lud? Weil Plinius sich nichts aus Frauen machte und sich stattdessen gelegentlich gut gebaute gallische und nubische Sklaven bei einem der

Luxushändler in der Saepta Julia kaufte? Immerhin hatte Domitian Ehegesetze erlassen, deren Moral so streng war wie seit den Tagen des Kaisers Augustus nicht mehr. (Was den Imperator selbst allerdings nie an einer seiner Eskapaden gehindert hatte. Jeder in Rom wusste, dass er seine eigene Nichte Julia geschwängert und anschließend zur Abtreibung gezwungen hatte. Einem Eingriff, den die junge Frau nicht überlebt hatte.)

Ich blinzelte Plinius zu, den ich trotz seiner Langeweile und seiner seltsamen privaten Vorlieben gern mochte. Er brachte ein schwaches Lächeln zu Stande. Offensichtlich hatte auch er keine Ahnung, was hier gespielt werden sollte.

Dann wagte ich es, Publius Papinius Statius zuzunicken. Er war der bekannteste Dichter des Imperiums, seine »Thebais« wurde überall rezitiert. Er war fünfzig Jahre alt, dicklich und extrem kultiviert. Domitian hielt viel von ihm und hatte ihn einst sogar mit einem goldenen Olivenzweig ausgezeichnet, weil Statius die kaiserlichen Militärfarcen in Germanien und Dakien in hymnischen Zeilen zu gewaltigen Feldzügen hochgelobt hatte. Statius wich meinem Blick aus. Er sah aus, als kämpfe er darum, sich nicht vor lauter Angst zu beschmutzen.

Endlich erschien der Kaiser. Wir sprangen von unseren Liegen auf und erhoben pflichtschuldigst unsere Weinschalen, um ihm langes Leben zu wünschen.

»Ave Dominus et Deus!«, riefen wir. Es klang nicht ganz so begeistert wie der Jubel der fünfzigtausend Römer im Kolosseum, wenn der Imperator in seiner Loge zu erscheinen geruht.

Domitian war glänzender Laune. Er trug die purpurne kaiserliche Toga, dazu silberdurchwirkte Soldatenstiefel aus feinstem Hirschleder und einen großen goldenen Siegelring. Er duftete nach Rosenwasser und kretischem Salböl, als wäre er gerade erst den Thermen entstiegen. Sein feistes Gesicht war gerötet, ein sicheres Zeichen bei ihm, dass ihn eine innere Erregung gepackt hatte, die er eigentlich verbergen wollte. Er war, bis auf einen kleinen, dunklen Haarkranz, vollkommen kahl und hasste es. Da jeder von uns wusste, dass er keinerlei Anspielungen auf seine Glatze duldete, versuchten wir, ihn, wie es die Höflichkeit gebietet, geradeheraus anzusehen, doch ohne einen Blick, den er als abschätziges Starren auf seinen Kopf hätte verstehen können.

»Freunde«, rief er jovial, »genießen wir diese Nacht!«

»Es wird eure letzte sein«, ergänzte ich in Gedanken und war sicher, dass ich nicht der Einzige war, dem diese Zeile durch den Kopf ging.

Die bleichen Knaben trugen das Essen auf.

Jeweils vier Jungen trugen große, ovale Silbertabletts, auf denen zwischen Korallen und Perlen die Schätze des Meeres dargeboten wurden: große Hummer, im Öl aus Venufrum rotbraun gekocht, Barben aus Tauromenium und Muränen von der Nordküste Siziliens. Dann tischten sie Spargel und Eier auf, damit sich der Magen wieder etwas erholen konnte, bevor die mächtigsten Gänge kamen: Eberschinken, Trüffel, Gänseleber und die Gebärmutter einer Sau, die gerade geworfen hatte.

Wir aßen schweigend oder besser gesagt: Wir rührten lustlos in den Schüsseln, tunkten unsere Hände häufiger als zum Waschen notwendig in die Alabasterschalen mit Veilchenwasser und ruhten mit zusammengepressten Lippen auf unseren Liegen. Ich hatte mir, wie üblich, den Wein mit drei Anteilen Wasser verdünnen lassen und nippte nur an meiner Schale. Die meisten Gäste allerdings schütteten den Wein – blutroten, schweren alten Falerner – unverdünnt in großen Zügen hinunter, sodass die schweigenden Knaben pausenlos nachschenken mussten.

Nur Domitian redete fast ununterbrochen – wenn er nicht gerade einen Hühnerschenkel mit einem leisen Knacken brach oder die hilflose Fliege, die sich in ihrer Agonie kaum noch rührte, mit der Fingerkuppe anstieß, damit sie weiter zuckte.

Der Kaiser versuchte sich auch als Dichter und trug hin und wieder kleine selbst verfasste Verse vor. Kultivierte Männer wie Statius und Plinius spotteten, wenn sie sich unter Freunden sicher wähnten, heimlich über ihren Herrn und nannten ihn einen Dilettanten. Doch ich hatte Domitian schon öfter gehört und wusste, dass er zwar nicht brillant war, aber doch ganz gut – gut genug jedenfalls, um seine Worte geschickt zu wählen und so vorzutragen, dass man ihm aufmerksam zuhörte.

An diesem Abend nutzte er dieses Talent, um über Tod und Blut zu reden. Er erzählte, wie er Männern, die er des Verrats verdächtigte, die Hände abhacken und die Geschlechtsteile mit brennendem Öl übergießen ließ, um sie zu Aussagen zu zwingen.

»Irgendwann gesteht jeder«, meinte Domitian heiter. Und wir Gäste senkten unsere Gesichter möglichst tief über unsere Weinschalen, um unsere Züge zu verbergen.

Die Knaben brachten Kristallschüsseln mit Trauben aus Palaestina, Äpfeln aus Campanien und syrischen Bergamotten. In einem stummen Gebet dankte ich den Göttern (wiewohl ich nicht an sie glaubte), dass dies bereits der Nachtisch war und uns der Kaiser nicht mehr lange auf die Folter spannen konnte.

Doch der Imperator erzählte ungerührt weiter, wie er einst den Senator und reichen Geldverleiher Lucius Aelius Lamia als Verräter überführt und ihn hatte hinrichten lassen. (Wir alle wussten, dass Domitian es damals nur auf Lamias Gattin abgesehen hatte.) Wie er vor wenigen Monaten den ehemaligen Konsul Manius Acilius Glabrio vom Henker erwürgen ließ. Wie er die Liebhaber der Obersten Vestalin Cornelia auf dem Comitium mit dornengespickten Ruten zu Tode hatte peitschen lassen. Wie Cornelia selbst die altehrwürdige Strafe erlitten hatte, die jeder unkeuschen Vestalin drohte: Sie war lebendig in einer unterirdischen Kammer begraben worden.

Die Spannung wurde unerträglich. Mein Mund war ausgetrocknet, sodass ich mich zwang, von dem Falerner zu trinken, obwohl es mir vorkam, als würde ich Blut in mich hineinschütten. Ich fragte mich, wann in dieser endlosen Aufzählung von Folter und Hinrichtung unvermittelt die Rede auf einen aus unserer Runde kam. Wann endlich würde der Kaiser andeuten, warum er uns zu diesem sehr speziellen Mahl geladen hatte?

Doch Domitian erging sich weiter in Geschichten von Leid und Verrat. Die Fliege war inzwischen gestorben, und er schnippte sie achtlos von seiner Liege. Dann sprang er unvermittelt auf.

Wir waren so überrascht, dass wir einige Augenblicke brauchten, um ebenfalls aufzustehen. Zwei oder drei von uns verschütteten ihren Wein.

Domitian war noch immer bester Laune und schien die Schweigsamkeit seiner Gäste überhaupt nicht bemerkt zu haben. »Ich bin müde, Freunde«, verkündete er (was offensichtlich gelogen war), und dann drehte er sich auch schon um und verschwand im Dunkel des Raumes, ohne auf unsere gestammelten Abschiedsworte zu warten.

Die Gäste flüsterten nicht miteinander, ja sahen sich nicht einmal an. Jeder machte, dass er so schnell wie möglich aus dem Palast kam.

Ich wusste nicht, was ich davon halten sollte. Konnte ich erleichtert sein, weil ich den Palast lebendigen Leibes und als freier Mann wieder verlassen durfte? Oder war das alles nur ein Vorspiel zu einer noch grauenhafteren Inszenierung? Oder eine kaiserliche Warnung vor unserem Fehlverhalten – aber welchem?

Draußen erwarteten uns die Sänften und die Praetorianer. Wohl oder übel musste sich jeder unter den Augen der kaiserlichen Eskorte zu seinem Haus zurücktragen lassen. Niemand hätte in dieser Nacht heimlich verschwinden können.

In der Sänfte lehnte ich mich in die Kissen und schloss erschöpft die Augen. Ich spürte, wie meine Hände zitterten. Mir war so kalt, als wäre ich schon ein Schatten in der Unterwelt. Die Fragen gingen weiter in meinem Kopf herum. Dass ich wieder gehen durfte, beruhigte mich keineswegs. Das war typisch für Domitian. Es würde irgendein hinterhältiger Trick folgen. Wahrscheinlich, dachte ich schließlich, würden noch in dieser Nacht kaiserliche Boten an die Türen aller Gäste klopfen, mit einem Befehl des Kaisers.

Mit dem Befehl zum Selbstmord.

Alexander ließ mich in mein Haus ein. Er blickte mich an, als wäre ich dem Hades entstiegen und würde als ruheloser Geist zurückkehren, um in dieser Welt mein Unwesen zu treiben.

»Lass mich allein«, flüsterte ich und ging mit der letzten Kraft zur Selbstbeherrschung, deren ich noch fähig war, langsam in die Bibliothek. Dort zog ich eine Buchrolle des Ovid aus den Regalfächern, jenes römischen Dichters, dessen Werk ich mehr verehrte als das jedes anderen. Ich entrollte den Papyrus ein Stück weit, ohne auf die Texte zu achten. Und als ich mich schließlich darauf konzentrieren konnte, erkannte ich, dass ich die Sammlung seiner Verbannungsgedichte gewählt hatte. Ovid war wegen einer Affäre, die niemals wirklich aufgeklärt werden konnte, vom Kaiser Augustus nach Tomi ans Schwarze Meer geschickt worden – für ihn, der die Stadt Rom über alles liebte, ein Begräbnis lebendigen Leibes. Ich starrte auf die düsteren, klagenden Zeilen und hatte das Gefühl, Ovid schriebe über mich. Wütend schleuderte ich die Buchrolle fort und ging in mein Schlafzimmer.

Ich betrachtete mich im Spiegel: ein unauffälliger Mann, mittelgroß, kräftig, wenn auch mit leichtem Bauchansatz; ein Mann, der sein schwarzes Haar nach der neuesten Mode in griechische Locken hatte legen lassen und eine Toga in leuchtendem Blau trug; eine Toga, die sehr sorgfältig drapiert war, damit niemand die lange Narbe sehen konnte, die quer über seiner Brust verlief; ein Mann, der ein kleines Vermögen für Bleichstoffe ausgegeben hatte, damit ihm Salben und Tinkturen endlich eine vornehme Blässe verleihen würden – vergeblich. Die lange Narbe und meine von Jahren unter Wind und Sonne zu dunkler Bronze getönte Haut waren Erinnerungen an meine Zeit in der Legion, Erinnerungen, die sich für immer in meinen Körper gebrannt hatten.

Flüchtig fragte ich mich, ob dieses Totenmahl etwas mit meinem Dienst in der Armee zu tun haben könnte. Ich hatte bei der Legio XX Valeria Victrix gekämpft, zuletzt als Tribun der ersten Kohorte. Wir hatten Roms Adler in die Nebel Britanniens getragen und fast pausenlos gegen die dort lebenden Barbaren gefochten. (Die Narbe war meine Erinnerung an eine dieser Schlachten.) Hatte ich dort irgendwann und irgendwie den Zorn des Kaisers erregt, der so gerne ein brillanter Feldherr gewesen wäre, doch dem es zwar nicht an Verstand, wohl aber an

Mut dazu fehlte? Hatte ich ihn unwissentlich beleidigt? Ich konnte mich weder daran erinnern, ihm während meiner Zeit in der Legion je persönlich begegnet zu sein, noch jetzt, am Hofe, je diese Jahre in seiner Gegenwart erwähnt zu haben.

Ich warf einen letzten Blick in den Spiegel. Dort blickte mich ein parfümierter, eleganter Höfling an, ein Angeber, der reicher wirken wollte, als er es tatsächlich war. Ich würde einen ziemlich lächerlichen Toten abgeben.

Ich fragte mich, wann der Bote Domitians an das Tor klopfen würde. Ich fragte mich, ob er darauf bestehen würde, Zeuge meines Todes zu werden, oder mir den letzten Respekt eines einsamen Endes gewähren würde. Ich fragte mich, ob ich Gift, den Dolch oder den Gladius, das kurze Soldatenschwert, wählen sollte. Gift schien mir irgendwie weibisch zu sein. Mit dem Gladius kannte ich mich gut genug aus, um zu wissen, welche hässlichen Verletzungen er in den Körper riss – Verletzungen, die nicht unbedingt sofort tödlich waren. Ich entschied mich schließlich für den Dolch, mit dem ich mir die Pulsadern öffnen würde – eine langsame Art zu sterben, doch dafür beinahe schmerzfrei.

Nicht einmal mehr Kinder glauben an Charon, der die Toten empfängt und über den dunklen Fluss Styx in die Unterwelt rudert, an Cerberus vorbei in das Reich der kalten Schatten. Es gab in Rom Tausende Ängstliche, die den weiß gewandeten ägyptischen Priestern der Isis auf ihren Prozessionen folgten oder den Eingeweihten des Kultes der Cybele oder des Mithras oder den Juden oder einer von unzähligen anderen Sekten, die ihren Anhängern das ewige Leben versprachen. Ich hatte sie stets wegen ihrer Leichtgläubigkeit verachtet, doch nun beneidete ich sie um den Trost ihres Aberglaubens.

Ich glaubte nur an diese Welt. Und in dieser Welt zählten einzig Macht und Ruhm. Sie zu erringen war mein Lebensziel, war immer Roms Lebensziel gewesen. Nichts anderes war wichtig. Nun spürte ich, dass ich keine Macht mehr hatte, und Ruhm war mir noch nie vergönnt gewesen. Auf mich wartete nur noch das Nichts.

Mir war die Zeit entglitten. Ich wusste nicht, ob nur Augenblicke verflossen waren oder Stunden, die ich grübelnd auf meiner Liege verbracht hatte, in der Rechten den fein ziselierten Dolch. Endlich, es war fast schon eine Erlösung, hörte ich harte Schläge am Tor und die lauten Rufe eines Praetorianers.

Es war derselbe Soldat, der mich einige Stunden zuvor abgeholt hatte. Ich nahm mich zusammen und trat ihm im Peristyl schweigend entgegen.

»Ave Centurio!«, begrüßte ich ihn betont laut.

Doch dann kniff ich irritiert die Augen zusammen, denn der Praetorianer zeigte ein breites, dreckiges Grinsen, als wäre er gerade aus einem Freudenhaus gekommen. Er gab sich nicht die Mühe, meinen Gruß zu erwidern, sondern schnippte lässig mit den Fingern – und hinter ihm trat der Knabe ein, der mich, geschminkt wie ein Todesbote, in Domitians Palast bedient hatte. Nun war er gewaschen, parfümiert und trug eine Tunika aus feinstem weißen Leinen.

»Er gehört dir«, sagte der Centurio und verbeugte sich spöttisch. »Ein Geschenk des Kaisers – und auch das, was er trägt, ist eine Gabe des Herrn und Gottes.«

Der Knabe setzte ein kleines Kästchen aus dunklem Ebenholz, in das Weinranken aus Elfenbein eingearbeitet waren, ab und öffnete es: Ich erkannte einige Rubine, zwei kleine Silberschalen und eine goldene Münze mit dem Bildnis des Imperators.

»Was soll das bedeuten?«, fragte ich und bemerkte dabei zu meinem Schrecken, dass meine Stimme heiser klang.

»Der Kaiser dankt dir, wie allen seinen Gästen, für die amüsante Unterhaltung an diesem Abend«, antwortete der Centurio, der aussah, als würde er sich am liebsten vor Vergnügen auf die Schenkel schlagen.

»Für die amüsante Unterhaltung?«, äffte ich ihn nach. Zorn und das Wissen um mein unausweichliches Ende hatten meine sorgsam eingeübte Vorsicht hinweggefegt.

Doch der Centurio schien mir nicht böse zu sein. »Die düstere Dekoration war eine Vorstellung wie im Theater«, entgegnete er mit spöttischer Stimme. »Alles war von Domitian persönlich angeordnet worden. Er wollte sehen, welche Haltung seine Berater und Höflinge, die mächtigsten Männer Roms, im Angesicht des Todes zeigen. Er hat sich sehr amüsiert.«

Ich starrte den Centurio verständnislos an.

»Es war ein Scherz«, setzte dieser schließlich hinzu, und diesmal mischte sich auch noch Mitleid in seinen Spott.

Ich fühlte mich gedemütigt und unendlich erleichtert zugleich. »Domitian, du elende, feige Ratte!«, dachte ich, und doch dankte ich ihm im gleichen Moment dafür, dass er mein Leben verschont hatte. Ich spürte die Blicke des Centurio, des Sklavenjungen und Alexanders auf mir und wusste, dass meine Knie nachgeben würden, wenn ich auch nur einen Schritt tun würde. Starr wie eine Statue blieb ich mitten im Peristyl stehen. Mein Mund war ausgetrocknet wie nach einem langen Sommertag ohne Wasser und Wein auf meinem campanischen Landgut. Ich räusperte mich.

»Richte dem Imperator meinen Dank für die Einladung und für seine großzügigen Geschenke aus«, trug ich dem Centurio auf. »Es war mir eine Ehre und ein Vergnügen, ihn heute Abend unterhalten zu haben.« Meine Stimme klang wie eine schlecht geschmierte Wagendeichsel.

Der Praetorianer hob die Rechte zum Gruß und marschierte aus meinem Haus.

Ich wandte mich an meinen Verwalter: »Alexander, kümmere dich um …«

»Hanno, Herr«, sagte der Knabe, als er mein Zögern bemerkte. »Um Hanno«, vollendete ich. »Führe ihn in die Sklavengemächer und sorge dafür, dass er sich in Zukunft irgendwo nützlich macht. Gib ihm stets die doppelte Portion zu essen und achte darauf, dass ihm keiner der anderen Sklaven auch nur ein Haar krümmt. Du weißt, wessen Geschenk er ist.«

Die beiden verneigten sich und verschwanden zwischen den Säulen. Erst als ich ihre Schritte in dem nachtstillen Haus nicht mehr vernehmen konnte, atmete ich tief durch. Ich fröstelte in einer plötzlichen kühlen Brise, weil Schweiß auf meiner Haut lag wie ein Gewand aus Wasser.

Mit vorsichtigen Schritten ging ich langsam bis in mein Schlafzimmer und warf mich auf das Bett. Ich starrte hoch zur gewölbten Decke. Erst vor zwei Monaten hatte ich einen Künstler aus Nola kommen lassen, der diesen Raum mit neuen Fresken geschmückt hatte. Er hatte die Decke mit Weinreben und Rosenstöcken bemalt, in denen bunte Vögel und Bienen schwirrten, und damit die Illusion geschaffen, als wäre dies kein Zimmer mitten in Rom, sondern eine zum Himmel offene Laube irgendwo in Latium oder Etrurien. Doch im flackernden Licht der einzigen Öllampe, deren Flamme ich noch nicht gelöscht hatte, sah das Geschlinge der Blätter und Blüten, der Ranken und Reben nun aus wie das hervorquellende Gedärm eines Gladiators, dem sein Gegner soeben mit dem Dreizack den Bauch aufgerissen hatte. Ich schauderte und spielte einen

Augenblick mit dem Gedanken, mir eine Sklavin zu rufen: Junia vielleicht, die ich schon oft auf mein Lager geholt hatte, oder Berenike, die ägyptische Tänzerin, die ich letzte Woche gekauft hatte. Denn wozu hatten die Götter sonst die Frauen geschaffen, wenn nicht, um uns Männern Lust und Vergessen zu schenken?

Doch mir war so kalt, dass mich in dieser Nacht kein weicher Leib wärmen konnte. Ich schickte stattdessen einen Sklaven los, der mir einen Krug ungemischten Falerner brachte. Ich machte mir nicht die Mühe, ihn in eine Trinkschale zu kippen, sondern trank in tiefen Zügen direkt aus dem schweren, irdenen Krug.

Dann starrte ich wieder an die Decke und grübelte. Wie würde der nächste Scherz aussehen, den sich Domitian mit mir erlauben würde?

Als ich in dieser Nacht endlich einschlief, schickte mir Apollo einen Traum, der mich schon oft beunruhigt hatte: Ich war in einem riesigen Haus und sah die Säulen und Architrave, die Truhen und Springbrunnen, die Statuen und Fresken gigantisch aufragen, als wäre ich wieder ein kleines Kind, das gerade erst laufen gelernt hat. Das Haus kam mir vage bekannt vor, doch kein Raum, kein einziges Detail wusste ich wirklich einzuordnen. Ich irrte durch das Anwesen, eine unendliche Abfolge von mosaikbelegten Fluren, Säulengängen, Zimmern und Innenhöfen. Nie fand ich mich zurecht, nie entdeckte ich einen Weg nach draußen, niemals aber auch gelangte ich zum zweiten Mal an denselben Ort. Es gab kein Blut und keinen Tod, keine Schreie, niemanden, der mich verfolgte – und doch versetzte mich dieser Traum jedes Mal in eine namenlose Angst.

Denn stets war ich ganz allein in diesem unendlich großen Haus.

IV. Tag vor den Nonen des November

Das grosse Wagenrennen

Am nächsten Morgen lief ich bereits im ersten grauen Frühlicht unruhig durch das Haus. Meine Sklaven, die Mühe hatten, ihre erstaunten Blicke gesenkt zu halten, als sie mich schon zu dieser Zeit sahen, reinigten gerade mein Anwesen. Einige hatten Sägemehl auf die Mosaikfußböden gestreut und fegten es nun zusammen mit dem Dreck Roms mit großen Tamariskenzweigen und Palmwedeln weg; andere putzten mit Schwämmen meine angelaufenen Silberstatuen. Ich erblickte mein verzerrtes Spiegelbild im polierten Metall und seufzte, dann ließ ich mich zum Circus Maximus tragen. Wo hätte ich besser Ablenkung suchen, wo leichter mein inneres Gleichgewicht wieder finden können als im leidenschaftlichen Durcheinander der Wagenrennen? Meine Sklaven trugen die Sänfte bis zur Alta Semita, der großen Straße, die von den Foren aus in nordöstlicher Richtung über den Quirinal bis zur Stadtgrenze führt und dort in die Via Nomentana übergeht. Doch sie folgten ihr nur einige Schritte, weil hier schon ein großes Gedränge herrschte. Dann bogen sie in den Vicus Longus ab und eilten im Laufschritt durch die Subura. Die düsteren Straßenschluchten zwischen den sechsstöckigen Mietskasernen waren selbst um diese frühe Stunde nicht ganz ungefährlich. Doch außer einigen Bettlern, die mir Schimpfworte nachriefen, behelligte mich niemand.

Die schwitzenden Sklaven wandten sich nach rechts auf den Vicus Patricius, der uns durch die Senke zwischen der riesigen Steinschüssel des Kapitols und den hoch aufragenden Kaiserpalästen des Palatin führte. Dort ließ ich sie die Sänfte absetzen, warf ihnen einige Kupfermünzen zu und gestattete ihnen, sich in einer Taverne mit Wasser und Wein zu erfrischen. Hier war die Menschenmenge, wie immer an einem Wettkampftag im Circus, so dicht, dass ich mit der Sänfte keinen Schritt mehr vorangekommen wäre.

»Ich werde nach den Wagenrennen allein zurückkommen, wartet deshalb nicht auf mich«, rief ich den Trägern noch zu, dann warf ich mich hinein ins Gedränge, um mir mit der Schulter einen Weg zu bahnen.

Vor mir ragten die marmorverkleideten weißen Bogengänge des Circus Maximus in den Himmel.

»Wie wäre es mit einem kleinen Vergnügen vor dem großen Rennen?« Eine junge Frau hatte sich an mich herangedrängt und sich in dem Gedränge mit einer geschickten Armdrehung bei mir untergehakt. Sie trug eine enge, hellrot gefärbte Tunika, die kaum ihre Beine bedeckte und deren Stoff so dünn war, dass er den Blick auf ihre Brüste eher anlockte als verhüllte. Sie waren spitz und klein, denn sie war höchstens fünfzehn Jahre alt. Ihr Gesicht war mit Kalk weiß geschminkt, ihre dünnen Lippen glänzten hennarot, ihre dunklen Augen waren mit Malachit grün umschminkt; in ihre dichten schwarzen Haare waren mehrere auffällige grüne und gelbe Bänder eingeflochten. Sie duftete, als hätte sie sich eine ganze Amphore billigen Rosenwassers über den Kopf geschüttet. Eine syrische Hure.

»Im Portunus-Tempel wird heute garantiert kein Priester sein. Der Tempel ist ganz in der Nähe, und wir wären ganz allein.« Sie musste mich anschreien, damit ich im Gedröhn der Menge überhaupt etwas verstand. Niemand achtete auf uns. Auffällig geschminkte Mädchen und Jungen, die sich bei Männern unterhakten, ihnen den Weg verstellten oder gleich um den Hals fielen, leuchteten überall im Gewoge vor den Marmorbögen auf. Huren gehörten zum Circus wie die Rennpferde.

Ich spielte nur einen winzigen Moment lang mit dem Gedanken an ein schnelles käufliches Abenteuer. Doch der Tempel des Portunus stand am Tiberufer am Südrand des Forum Boarium. In diesem Gedränge brauchten wir mindestens eine halbe Stunde, um überhaupt dorthin zu kommen, und ob wir die einzigen wären, die dort einen verschwiegenen Ort suchten, bezweifelte ich sehr.

Ich schüttelte den Kopf, murmelte ein paar Freundlichkeiten und entwand mich ihrem Griff.

Das Mädchen, das mein kurzes Zögern sehr wohl bemerkt hatte, gab die Hoffnung noch nicht auf und drängte mir nach.

»Für acht Asse kannst du es haben!«, rief sie.

»Vielleicht nach den Wagenrennen«, entgegnete ich.

Sie blieb stehen und stieß einen langen syrischen Fluch aus. »Nach dem Circus wollen alle«, schrie sie mir hinterher. »Dann kostet es das Doppelte. Und für dich das Dreifache!«

»Lupa!«, rief ich lachend zurück, »Wölfin!«

Ich ließ mich von der Menschenmenge mitschwemmen, vorbei am Tempel der Flora, wo einige Tonsores inmitten des Gedränges ihren wagemutigen Kunden mit schartigen Bronzemessern und essiggetränkten Wollebäuschchen an den Hals gingen, bis ich einen der mittleren Bogengänge auf der dem Palatin abgewandten Seite sah. Mit dem Einsatz von Knien und Ellbogen kämpfte ich mich dorthin, denn an dieser Stelle des Circus hatte man einen guten Blick auf die ganze Rennbahn und konnte zudem beinahe direkt in die kaiserliche Loge auf der anderen Seite des riesigen Ovals blicken – falls Domitian überhaupt anwesend war, natürlich. Meist blieb er in seinem Palast oben auf dem Berg, wo er sich eine Terrasse extra so hatte anlegen lassen, dass er den Spielen von dort aus zusehen konnte.

Es kam in der Menge nur deshalb nicht zu großen Schlägereien, weil im Circus, wie im Tempel, für alle Männer die Toga Pflicht war – ein Relikt aus jenen längst versunkenen Jahrhunderten, als die Bauern bei Erntefesten für Consus, den Schutzgott des gespeicherten Getreides, noch mit ihren Pferdekarren Rennen gefahren waren. Die Toga war schwer, behinderte in den Bewegungen und war teuer. So teuer, dass die meisten Römer nur eine hatten, was ihre Bereitwilligkeit für Massenschlägereien erheblich reduzierte.

Ich bekam einige harte Stöße in die Rippen und den Rücken. Es roch nach Lavendel, Sandelholz, Rosenwasser und anderen duftenden Essenzen, aber auch nach Schweiß und Urin. Und nach heißen Fleischbällchen in Eichenblättern, nach süßen kleinen Kuchen und nach billigem Wein, denn viele Händler hatten sich mitten in die Menge gestellt. Ihre Handkarren waren mit bunten Fahnen geschmückt, sodass sie wie Galeeren wirkten, die sich ins aufgewühlte Meer gewagt hatten.

Schräg vor mir fiel mit großem Geschrei und Gepolter der Eisenkarren eines Maronenverkäufers um. Der Händler schrie und fluchte, während die Menschen sich nach allen Seiten wegdrückten, als heiße Maronen und glühende Holzkohlen auf das Straßenpflaster schlugen. Die Toga eines aufgeputzten jungen Mannes fing Feuer. Er riss sie sich vom Leib und stampfte den Brand mit seinen Ledersandalen aus, während er dem Händler mit dem Tod drohte.

Wegen dieses Durcheinanders war für einen kleinen

Augenblick ein schmaler freier Platz entstanden. Ich raffte sofort meine Toga zusammen und sprang über die glühenden Kohlen hinweg. So war ich meinem Ziel gleich mehrere Schritte näher gekommen. Kurz darauf drängte ich mich glücklich und verschwitzt in den Circus.

Ich war früh genug gekommen, sodass ich noch auf einem der untersten drei Ränge einen Platz fand – den einzigen gemauerten, mit Marmor verkleideten Bänken, die nahe genug an der Rennbahn waren, um selbst noch die vor Anstrengung verzerrten Grimassen der Wagenlenker und den in weißen Schlieren von den Flanken der Pferde fliegenden Schweiß in allen Einzelheiten erkennen zu können. Weiter oben, wo die Ränge nur noch aus langen Holzbohlen gezimmert waren, hatte man einen besseren Überblick über den ganzen Wettkampf, verpasste jedoch die dramatischen Einzelheiten – und außerdem konnte man sich dort die teure Toga an Splittern aufreißen, was aus dem kostenlosen Circusbesuch plötzlich doch ein teures Vergnügen machte.

Zweihundertfünfzigtausend Männer und Frauen füllten die Ränge der eintausendachthundert Schritte langen und fast fünfhundert Schritte breiten Kampfbahn, welche die gesamte Talsenke zwischen Palatin und Aventin ausfüllte.

Obwohl die Spiele noch gar nicht begonnen hatten, erzitterte der Circus in den Schreien und Schlachtgesängen der Menge. Es war ein Lärm, der beinahe körperlich zu spüren war und berauschte wie ein schwerer Wein. Mein Herzschlag wurde schneller, und plötzlich war ich so aufgeregt wie kaum je als Legionär vor einer Schlacht. Unzählige Menschen schwenkten lange Stoffbanner in den Farben der vier Rennställe: *Factio alba, Factio russata, Factio prasina, Factio veneta* – die Weißen, die Roten, die Grünen, die Blauen. Domitian hatte vor einigen Jahren zwei neue Farben eingeführt, die Purpurnen und die Goldenen, doch die meisten Römer waren »ihrer« Mannschaft ergebener als dem Kaiser. Der Imperator war deshalb klug genug gewesen, die beiden neuen Rennställe, deren Wagenlenker im Circus außer von ihm und einigen Speichelleckern von niemandem sonst angefeuert wurden, nach einiger Zeit stillschweigend wieder aufzulösen.

»Russata, russata!«, schrie ein Mann zwei Reihen über mir und schlug dazu auf eine große, dröhnende Bronzeglocke. Die Roten waren schon immer diejenigen, die im Circus die wenigsten, die ärmsten, dafür aber auch die lautesten Anhänger hatten.

Seine Nachbarn brüllten ihn nieder und hielten ihm ein grünes Banner vor das Gesicht, bis er laut fluchend aufsprang und sich durch das Gedränge bis zu einer Bank schob, in der sich die wenigen Roten verschanzt hatten wie Legionäre, die mitten im feindlichen Land von einer riesigen Barbarenhorde berannt werden. Die Factio prasina war die populärste beim einfachen Volk, und sie feierte diesen ersten Sieg des Tages mit lauten Hohngesängen.

Im Kolosseum mussten Männer und Frauen auf getrennten Rängen den Kämpfen der Gladiatoren zusehen – ein ebenso uralter wie verhasster Brauch, der im Circus glücklicherweise nicht galt. Ovid hatte deshalb geraten, die Wagenrennen zu nutzen, um sein Glück in Liebesabenteuern zu suchen. Ich musste an den verehrten Dichter denken, denn ich fand meinen Platz zufällig neben einer vielleicht dreißig Jahre alten Römerin. Sie war nicht sehr groß, mindestens einen Kopf kleiner als ich, doch sie trug ihre mit ägyptischem Henna rötlich gefärbten Haare hochgelockt nach der neuesten Mode der Kaiserin. Die zu einer Art riesigem, quer über den Scheitel stehenden Kamm gedrehten und gefestigten Locken erinnerten mich an den mächtigen Festungswall eines Legionslagers. Ein halbes Dutzend Sklavinnen hatten mit Brennstab, Nadeln und duftenden Haarölen sicherlich drei Stunden gebraucht, um diese Pracht auf den Kopf zu zaubern. Der Zuschauer in der Reihe unmittelbar hinter ihr, ein kleines, magenkrank aussehendes Männlein, wusste dieses lockige Kunstwerk weniger zu würdigen als ich: Er blickte missmutig auf diese Pracht, die ihm die Sicht auf die Rennbahn versperrte.

Meine Nachbarin trug eine auffällige Stola aus feinem, lachsrosa Stoff, die ihre üppige Körperform betonte, ohne doch allzu freizügige Blicke zu gestatten. In ihr Gewand und ihre hochondulierte Frisur waren lange, grüne Seidenbänder eingeflochten. Sie hatte eine Stupsnase, und ich fand, dass sie zwar nicht besonders klug, dafür allerdings sehr fröhlich aussah. Sie kam mir vage bekannt vor. Ich glaubte mich zu erinnern, dass sie die Gattin eines reichen Reeders aus dem Ritterstand war, die ich schon einmal auf einem großen Gastmahl Domitians gesehen hatte. Ihren Mann konnte ich allerdings nirgendwo erblicken.

Ich lächelte sie an und deutete auf ihre grünen Bänder. »Dein Herz schlägt für die Factio prasina?«, fragte ich und musste dabei meine Stimme anheben, um mich im allgemeinen Gebrüll überhaupt verständlich machen zu können.

Sie erwiderte mein Lächeln. »Wenn du ein Roter bist, dann kratze ich dir die Augen aus«, antwortete sie.

»Grün ist das Glück!«, schrie ich den Schlachtruf der Factio prasina, und wir lachten beide.

Es sah so aus, als wäre mir Fortuna heute hold.

Dieses Glück muss man packen, wenn es sich zeigt. Ich sah mich um. Schwitzende Männer drängten sich durch die Reihen und verkauften heiße Maronen, Wein und Wasser. Die heiseren Rufe, mit denen sie Kunden lockten, verstärkten noch den allgemeinen Lärm. Noch lauter als die Händler waren jedoch die Buchmacher – zumeist feiste, rotgesichtige Männer, die von mehreren kräftigen Sklaven begleitet wurden.

»Acht zu eins für alba! Vier zu eins für veneta!«, brüllte einer in meiner Nähe, während seine Sklaven die Asse und Sesterzen ergriffen, die ihnen bereitwillige Hände hinstreckten und sich die Namen der Wetter zurufen ließen, um sie mit Kreide auf großen hölzernen Tafeln zu notieren.

Ich winkte den Buchmacher heran.

»Wer ist der Außenseiter im ersten Rennen?«, schrie ich.

Der feiste Mann lachte. »Clarus von den Grünen«, antwortete er. »Ein Anfänger: erst drei Rennen, drei Mal Letzter. Dreißig zu eins!«

Ich warf ihm einen kleinen Beutel zu. Der Buchmacher zögerte kurz und blickte mich überrascht an, als er die Silbermünzen gezählt hatte.

»Zwanzig Sesterzen auf Clarus?«, fragte er zur Sicherheit nach. »Zwanzig auf Clarus!«, rief ich. »Mein Name ist Decimus Junius Juvenalis.«

Der Buchmacher lachte dröhnend, während einer seiner Sklaven meinen Namen notierte, und sah sich herausfordernd um. »Ist noch jemand so mutig und setzt auf diesen grünen Anfänger?«, schrie er in die Runde.

Niemand sonst setzte auf Clarus, doch meine Nachbarin schenkte mir ein Lächeln.

Zum Glück hatten die Götter ein Einsehen und gestatteten es der blässlichen Novembersonne, das Himmelsgrau zu durchstoßen. Ihr mildes Licht lag über dem Circus; es würde ein freundlicher Tag werden, warm genug, um es bequem mehrere Stunden im Freien auszuhalten. Ein idealer Tag für die Wagenrennen.

Endlich erscholl der Klang der Fanfaren. Die Zuschauer jubelten. Vom Kapitol aus näherte sich der Praetor, der für diese Spiele verantwortlich war: ein würdiger, mit einer goldbestickten, purpurnen Toga angetaner älterer Senator. Er fuhr wie bei einem Triumphzug im offenen, von vier prächtigen Schimmeln gezogenen vergoldeten Wagen und trug ein Adlerzepter in der Hand. Ein Sklave stand hinter ihm im Wagen und hielt ihm einen edelsteinbesetzten Kranz aus goldenem Eichenlaub über den Kopf. Dem Praetor folgten Musikanten mit Schellen, Trompeten und Flöten, verhüllte Priester, einige hohe Magistraten und Senatoren. Sklaven trugen auf großen Gestellen farbige Bilder der Venus und anderer Götter mit – und auch Bildnisse von Domitian. Die Menschen auf den Rängen schrien: »Hoch lebe Domitian! Ehre dem Imperator!«, als würden sie nicht nur ein Bild sehen, sondern den Herrscher leibhaftig vor sich haben. Ich blickte hoch zum Palast auf dem Palatin und meinte, auf einer der marmornen Terrassen dort eine flüchtige Bewegung wahrzunehmen: gut möglich, dass sich Domitian dort oben verborgen hielt und nun zufrieden lächelte, als sein Name aus vielen Tausend Kehlen zu ihm hochbrandete. Der Kaiser war beim Plebs beliebt – denn im Volk musste ja auch niemand seine dunklen Launen und unbarmherzigen Verfolgungen ertragen.

Der Praetor und sein Gefolge zogen langsam durch die Carceres ein – die marmornen Ställe und Startboxen an der westlichen Schmalseite des Circus, aus denen bald die Rennwagen hervorstürzen sollten. Mit zeremonieller Gemessenheit ließ sich der Praetor die Kampfbahn entlangführen. Er wirkte winzig vor der Spina, dem »Rückgrat«

des Circus, jenem Wall, der die Rennbahn in zwei Längshälften unterteilte. An jedem Ende des Rückgrats erhoben sich jeweils drei Metae, haushohe konische Zapfen aus vergoldeter Bronze, die den Wagenlenkern schon von weitem das Ende der Spina anzeigen sollten, damit diese genau rechtzeitig ihre waghalsigen Wendungen einleiten konnten. Noch riesenhafter war der Obelisk, den Pharao Ramses II. einst dem Sonnengott geweiht hatte und den Augustus vom Nil hatte rauben lassen, um die Götternadel hier wieder aufzustellen, zum Ruhme Roms. Ihre mit Elektron verkleidete Spitze warf selbst im schwachen Novemberlicht gleißende Sonnenstrahlen über die Stadt.

Die verhüllten Priester im Gefolge des Praetors blieben immer wieder vor den Götterstatuen und kleinen Tempeln auf der Spina stehen, hoben die Hände zum Gebet und ehrten die Unsterblichen mit Opfern – Weihrauch für die Magna Mater, die auf einem Löwen ritt, mit Blumen umkränzte Weizengarben für den Gott Consus und die Göttin Pollentia in ihren kleinen Heiligtümern.

Als der Praetor endlich den dreibogigen Triumphbogen aus cremefarbenem Marmor erreicht hatte, den Domitian vor einiger Zeit für seinen verstorbenen Bruder Titus in die östliche Schmalseite des Circus hatte setzen lassen, waren die Zuschauer längst laut vor Ungeduld. Tausende grölten die Schlachtgesänge der Rennställe, in den Rängen schrien sich die Menschen Hohnworte und Wetten zu. Niemand schien mehr auf den Praetor zu achten, der seinen Rückweg ebenso langsam und würdevoll hinter sich brachte wie seinen Hinweg. Endlich hatte er wieder die Carceres erreicht und begab sich in seine Loge, die genau über den Startboxen lag.

Im Circus schrien die Menschen inzwischen wie ein Barbarenheer unmittelbar vor der Schlacht.

»Fang endlich an, du Sohn einer armenischen Hure!«, brüllte ein vom Wein bereits erhitzter, riesenhafter Dunkelhaariger einige Ränge über mir, schüttelte die Faust in Richtung der Loge und schwenkte ein großes blaues Banner.

»Ich wusste gar nicht, dass der Praetor dein Bruder ist!«, grölte eine feiste Frau zurück, die sich ein weißes Band um die Stirn gebunden hatte.

Sie erntete dröhnendes Gelächter. Der Dunkelhaarige wollte über seinen Rang zu der Spötterin klettern, doch Hunderte von Händen zerrten an seinem Gewand, umklammerten seine säulenförmigen Beine und prügelten ihn regelrecht auf seinen Platz zurück. Das erste Rennen konnte jeden Augenblick beginnen – niemand hatte Lust, dass der Praetor es im letzten Moment verschieben würde, weil er erst einige Legionäre zu dem Tumult schicken musste, den der Dunkelhaarige gerade auslösen wollte. »Achte lieber darauf, ob Primulus im ersten Rennen deine verwetteten Sesterzen wert ist«, riet ihm das Männchen, das über die hochgetürmte Haarpracht meiner Nachbarin kaum etwas erkennen konnte. »Du kannst es der dicken Weißen später noch besorgen. Sie sieht nicht so aus, als könnte sie schnell wegrennen.«

Der Scherz war schwach, und die Stimme des Mannes war es auch, sodass kaum noch jemand im allgemeinen Lärm diese Replik verstanden hatte. Doch den Dunkelhaarigen schien es zu beruhigen. Er setzte sich wieder, wenn auch mit blutender Oberlippe und einem hässlichen Riss in seiner schmutzigen Toga.

Fanfaren schmetterten durch das Oval. Das Publikum wurde leiser, die Schlachtgesänge erstarben. In der Loge des Praetors trat ein Sklave mit gewaltiger, fassförmiger Brust hervor: Quintus, der Ausrufer im Circus, der Mann mit der lautesten Stimme im ganzen Imperium. Er setzte einen großen bronzenen Trichter an den Mund.

»Das erste Rennen«, verkündete er. »Vierspänner, jeweils zwei von jeder Factio.« Dann nannte er die Namen der Wagenlenker: Felix, Primulus, Flavius …

Anfeuerungsrufe und Verwünschungen brandeten bei diesen Namen auf den Rängen auf. Die Wagenlenker waren fast alle ehemalige Sklaven, die, wenn sie gut waren und lange genug überlebt hatten, Millionen Sesterzen verdienen konnten und vom Volk wie Götter verehrt wurden. Doch manchen waren dies noch nicht Millionen genug. Die reichen Gönner, welche die Rennställe vor allem finanzierten – die Senatoren, die Reeder und Händler, manchmal gar der Kaiser selbst –, versuchten immer wieder, die besten Männer der anderen abzuwerben. Flavius Scorpus war als Grüner berühmt geworden, doch seit einem Monat startete er für die Blauen – weshalb ihn jetzt die Anhänger der Factio veneta frenetisch feierten, während Zehntausende Freunde der prasina Verwünschungen heulten und obszöne Gesten machten.

Inmitten des Tumultes wurde von Quintus auch der Name des Clarus verkündet, doch niemand schien auf ihn zu achten.

»Vielleicht steigert sich dein Favorit heute und wird zur Abwechslung immerhin Vorletzter«, rief meine Nachbarin mir zu, und ihre dunklen Augen blitzten vor Spott.

»Auf wen hast du denn dein Geld gesetzt?«, antwortete ich.

»Auf einen Blauen«, entgegnete sie. »Hundert Sesterzen.«

Ich blickte sie aus mehr als einem Grund überrascht an: Hundert Sesterzen waren ein kleines Vermögen. Ihr Mann schien ihrer Leidenschaft für den Circus sehr wohlwollend gegenüberzustehen – oder er musste so reich sein, dass ihm hundert Sesterzen mehr oder weniger überhaupt nicht auffielen. »Ich denke, dein Herz schlägt für die Factio prasina?«, rief ich und deutete auf ihre grünen Bänder.

Sie lachte schelmisch. »Ich liebe die Grünen«, entgegnete sie, »aber noch mehr liebe ich das Geld. Ich setze lieber auf den besten Wagenlenker. Du hast den Buchmacher vorhin nur nach dem größten Außenseiter gefragt, aber nicht nach dem größten Favoriten. Warte ab, was gleich passieren wird.«

Quintus verkündete den Namen des achten Wagenlenkers: »Diocles!«, rief er, und wieder brach ein Tumult aus.

Ich stöhnte theatralisch und schloss die Augen. Jedes Kind in Rom, wahrscheinlich sogar im ganzen Imperium kannte Diocles, so groß war sein Ruhm. Der erfahrenste Wagenlenker des Reiches. Der kaltblütigste. Der beliebteste. Der reichste. Der beste. Der, gegen den man niemals wetten soll.

»Di – o – cles!«, brüllten Zehntausende und klatschten rhythmisch in die Hände, sodass sein Name aus dem Circusoval aufstieg und über die Stadt hallte, als wäre er ein Gott, den seine Gläubigen anrufen.

»Lebt wohl, ihr Sesterzen«, murmelte ich.

Quintus war in den Hintergrund der Loge getreten, und die Menschen auf den Rängen wurden immer lauter – doch plötzlich wurde es schlagartig still. Es war so ruhig, dass man auf einmal das erregte Schnauben der Rennpferde vernehmen konnte, die noch in den marmornen Startboxen versteckt waren.

Der Praetor war aufgestanden und an den Rand der Loge getreten, direkt über die eng vergitterten Tore, hinter denen die Gespanne Aufstellung genommen hatten. In seiner Rechten hielt er das Zepter hoch, in der anderen

Hand flatterte die Mappa im leichten Novemberwind, ein langes, blütenweißes Tuch. Dann ließ er es los – und es war, als öffneten sich die Pforten des Hades. Wie von Geisterhand sprangen die Tore der Carceres auf, und acht Wagen rasten auf die Rennbahn – acht Vierspänner, zerbrechliche, leichte, gefährlich instabile einachsige Gefährte aus Holzrohr und Leder mit je einem riesigen, eisenbeschlagenen Rad an jeder Seite.

Zweihundertfünfzigtausend Menschen sprangen auf und rissen die Arme hoch, ballten Fäuste, formten mit den Fingern magische Zeichen oder schwenkten bunte Fahnen. Zweihundertfünfzigtausend Kehlen schrien aus Leibeskräften – eine Welle aus Lärm, die im Circusoval wie mit der Wucht einer Ozeanwelle brandete, die der Sturm gegen die Kaimauer schleudert.

Die Wagenlenker waren, nach dem Halbdunkel in den Ställen, geblendet von der Sonne und betäubt vom Orkan aus Lärm. Fast blindlings gaben sie ihren Gespannen die Zügel und schlugen mit ihren Peitschen um sich. Die Pferde – nur die besten Tiere aus allen Provinzen des Imperiums durften hier antreten – machten sich lang und rissen die leichten Wagen mit, als würden diese fliegen. Sand wirbelte in hohen Fontänen auf.

Aus dem Durcheinander am Start ging ein Vierspänner als Erster auf die lange Gerade. Ein kleiner, muskulöser Mann stand breitbeinig auf dem Wagen und hatte die Zügel in beide Fäuste genommen; seine Peitsche hatte er zwischen die Kiefer gesteckt. Er trug, wie alle Wagenlenker, nur einen ledernen Lendenschurz, hohe Sandalen und ein kurzes Gewand in der Farbe seines Rennstalls.

Es war blau.

»Diiiioooocleees!«, schrien zweihundertfünfzigtausend Menschen; bei den einen klang es wie in höchster Ekstase, bei den anderen entsetzt, als würde ein schrecklicher Feind die Stadtmauer stürmen.

Mit wilden Peitschenhieben sicherten sich die Verfolger die besten Plätze hinter Diocles. Ein Wagenlenker brachte das Kunststück fertig, als Letzter und zugleich auf der ungünstigsten Außenbahn auf die Gerade zu gehen. Ein kaum zwanzig Jahre alter, braunhaariger Kerl, der groß war und linkisch und sehr viel weniger muskelbepackt als alle seine Konkurrenten. Einer der beiden Grünen.

»Dort kommt Clarus!«, rief meine Nachbarin überflüssigerweise.

»Er schont seine Pferde für den Schlussspurt«, entgegnete ich und versuchte dabei, möglichst siegesgewiss zu lächeln.

Diocles hatte bereits die erste Kurve erreicht und riss sein Gespann nach links. Von seinem Außenrad stob ein Vorhang aus Sand auf, der bis auf die untersten Ränge und den marmornen Triumphbogen des Titus prasselte.

Auf der Spina stand an der Kurve ein großes Holzgestell mit sieben beinahe mannsgroßen Eiern aus Bronze, den Symbolen der Dioskuren, der beiden göttlichen Reiter. Nun zog ein Sklave auf der Spina an einer Schnur und kippte das erste Bronzeei weg als Zeichen dafür, dass die erste halbe Runde beendet war.

Ein Weißer nahm die Kurve zu eng. Die Radnabe seines Wagens knallte mit einem lauten, hässlichen Geräusch gegen die steinerne Verkleidung der Spina. Der leichte Wagen flog in die Luft, taumelte hin und her wie ein betrunkenes Riesenwesen und schleuderte schließlich weit nach draußen, bevor der Lenker die Zügel anriss und ihn wieder in seine Gewalt bekam. Zehntausende Anhänger der Factio alba stöhnten, aber gut zweihunderttausend Menschen jubelten vor Schadenfreude.

Clarus nutzte die Schwierigkeiten des Weißen und stieß an der Innenseite der Kurve an ihm vorbei.

»Vorletzter. So gut war er noch nie«, kommentierte meine Nachbarin.

Ich verzichtete diesmal auf eine Antwort und schrie stattdessen den Namen meines Favoriten hinaus, bis meine Kehle schmerzte. Diocles war am Ende der Gegengeraden. Seine Pferde, vier schwarze Araber, eilten in gestrecktem Galopp durch den Circus, als flögen sie. Unter ihren Hufen stob der Sand nur wenige Handbreit hoch auf, es sah aus, als würde ihnen ihr wahnwitziges Tempo keinerlei Anstrengung verursachen. Diocles nahm die zweite Kurve. Hier klappte ein anderer Sklave einen von sieben bronzenen Delphinen vom Gestell, die Wesen des Neptun, der nicht nur der Gott der Meere, sondern auch der Pferde war. Eine Runde.

Als die Gespanne wieder die Gerade entlangdonnerten, bebte meine Sitzreihe unter dem Hufschlag der Pferde. Ich schrie und schrie, weil Clarus sich an einem Roten und am anderen Grünen vorbeigezwängt hatte. Ich verfluchte die Toga, die schwer war und meine wilden Gesten behinderte. Schweiß floss an meinem Körper hinab, als stünde ich selbst auf dem Vierspänner.

In der dritten Runde erkannte ich endlich, dass Clarus tatsächlich diesmal bisher nicht nur einfach Glück gehabt hatte, sondern seine Tiere klug zurückhielt, um ihnen im richtigen Augenblick die Zügel schießen zu lassen. Er hatte zwei Rappen an den Seiten eingespannt, dazu einen Schimmel und ein Pferd in einer undefinierbaren graubraunen Farbe, das wie ein struppiger Bastard aussah, aber offensichtlich enorme Kraft hatte. Die Flanken der meisten Tiere waren inzwischen mit großen weißen Schaumstreifen überzogen. Sklaven standen nun überall auf der

Spina verteilt und hielten große Bronzeschüsseln im Arm, aus denen sie kaltes Wasser auf die Pferde spritzten. Der Struppige von Clarus aber war von den Anstrengungen noch nicht gezeichnet.

Der zweite blaue Wagenlenker – Flavius Scorpus, der von den Grünen abgeworben worden war – riss sein Gespann plötzlich aus der Innenbahn der Gegengeraden hinaus bis zum Rand und wurde langsamer. Eines seiner Pferde lahmte, und er schlug fluchend mit der Peitsche auf seinen Wagen, als er langsam unter den Hohnrufen der Menge Richtung Carceres trabte. Sein Ausbrechen hatte den zweiten Roten verwirrt, der hart am linken Zügel reißen musste, damit sein Gespann zwischen dem Blauen und der Spina hindurchschießen konnte. Dabei verlor er ein paar Augenblicke – genug, damit Clarus ihn auf der Außenbahn passieren konnte.

Wütend und verzweifelt schlug der Rote mit der Peitsche auf ihn ein, und ein großer, blutender Strich platzte auf Clarus' Rücken auf.

»Tod dem Roten!«, schrie ich und war nicht der Einzige, der den Wagenlenker verfluchte.

Doch Clarus wehrte sich nicht einmal. Er konzentrierte sich ganz darauf, seinen Vierspänner in der Gewalt zu haben. Als Dritter raste er um die Kurve.

Meine Nachbarin hatte aufgehört, über ihn zu spotten.

Die nächsten drei Runden wurden für mich zur Qual. Diocles zog vorn seine Runden, unbeirrbar und gleichmäßig wie der Mond – nur sehr viel schneller. Allein ein Weißer hielt sich noch hinter ihm. Der Wagenlenker drosch verzweifelt mit der Peitsche auf seine Pferde ein, von deren Flanken Schaum und Blut in einem feinen Nebel wegspritzten. Clarus folgte mit mehr als einer Wagenlänge Abstand als Dritter. Er hatte sich geduckt und die Zügel mit den Armen weit ausgebreitet. Sand klebte auf seiner schweißnassen Haut, sodass er aussah wie ein aus Erde geformter Dämon, dem ein Zauberer Leben eingehaucht hatte. Auch seine Pferde galoppierten um ihr Leben. Längst musste er nicht mehr fürchten, noch von einem Konkurrenten verdrängt zu werden. Doch ebenso wenig war es ihm gelungen, während der drei Runden auch nur eine Handbreit näher an die beiden Führenden heranzukommen.

Als der Sklave auf der Spina die letzte Runde anzeigte, gab ich es auf, Clarus noch anzufeuern. Ich ließ mich, während rings um mich noch alle begeistert schrien und auf ihren Rängen sprangen, erschöpft auf die Bank fallen.

»Lebt wohl, ihr Sesterzen«, murmelte ich.

Meine Nachbarin, die vielleicht nicht verstehen, wohl aber ahnen konnte, was ich geflüstert hatte, schenkte mir ein aufmunterndes Lächeln. »Diocles …«, rief sie.

Doch ich sollte nie erfahren, was sie über ihn sagen wollte.

Denn in diesem Moment steigerte sich der Lärm zum Inferno. Die Menschen auf den Rängen sprangen und zappelten herum wie Wahnsinnige. Auch ich war wieder auf die Beine gekommen, als hätte mich ein Skorpion gestochen.

»Clarus!«, schrie ich.

An der letzten Kurve hatte der Weiße in einem verzweifelten Manöver versucht, Diocles außen zu überholen. Für einen winzigen Moment waren seine blutenden Pferde gleichauf mit den Rappen des anderen, dann zog er seinen Vierspänner rücksichtslos nach innen.

Wir konnten hören, wie Diocles aufschrie, als sich die beiden Radnaben berührten, dass gelbrote Funken flogen, dann ineinander verhakten und schließlich in entgegengesetzte Richtungen davonsprangen. Die Speichen vom linken Rad des Weißen brachen, und seine Achse zog einen tiefen Strich durch den Sand wie der Pflug eines umbrischen Bauern. Er schleuderte, wurde schlagartig langsamer und kam schließlich auf der Außenbahn zum Stehen, direkt unter den Rängen auf der Gegengeraden.

Diocles aber wurde der Wagen regelrecht unter den Füßen weggerissen. Mit einem lauten Krachen zersprang die leichte Konstruktion in fünf Teile wie eine Terrakottaskulptur, die auf den Steinboden geschleudert wird. Der Wagenlenker, die Fäuste in die Zügel gekrallt, flog einen endlosen Augenblick lang hinter den galoppierenden, nun noch schneller werdenden Rappen her, bevor er auf den sandigen Boden aufschlug, in einer Wolke aus Staub und Dreck verschwand und dann gegen die Steinverkleidung der Spina krachte.

Es gab ein kurzes Knacken, so laut, dass es trotz des Lärms jeder im Circus hören konnte, dann flogen die Zügel aus den Fäusten des Diocles, während er mit unnatürlich verdrehtem Kopf im Sand liegen blieb und sich nicht mehr rührte.

Die Anhänger der Blauen schrien vor Wut und Enttäuschung und bewarfen den Weißen, der ihr Idol um den Sieg und um sein Leben gebracht hatte, mit Sandalen, Münzen, Weinbechern, Kuchen und allem, was sie in ihrem Zorn gerade zu fassen bekamen. Der Angegriffene duckte sich blutend unter den Trümmern seines Wagens in Deckung.

Doch ich hatte nur Augen für Clarus, dem so unvermutet der Weg zum Sieg freistand.

Ungefährdet galoppierte er die letzte Gerade hinunter. Am Ende der Spina hatte sich ein mit der Toga bekleideter Mann aufgestellt, der ihm den Palmzweig des Siegers hinhielt. Clarus griff ihn sich im vollen Galopp und schwenkte ihn triumphierend in der Luft, während er auf die Ehrenrunde ging.

Der Jubel hielt sich in Grenzen, weil kaum jemand auf ihn gewettet hatte. Zehntausende von Grünen schrien selbstverständlich begeistert seinen Namen, doch alle anderen klatschten nur höflich oder sahen stumm zur östlichen Kurve, wo Sklaven gerade den Leichnam des Diocles von der Rennbahn trugen.

Ich aber schrie meinen Triumph hinaus und war in diesem Augenblick vielleicht der lauteste Mann im Heer der zweihundertfünfzigtausend.

»Lang lebe Clarus!«, rief ich. »Dir verdanke ich ein kleines Vermögen!«

Meine Begeisterung trug mich fort. Ich wandte mich meiner Nachbarin zu, die eher pflichtschuldig ein grünes Band schwenkte, nahm sie in meine Arme und küsste sie lange.

Als ich sie wieder losließ, rang sie mühsam nach Atem.

»Darf ich dich daran erinnern, dass ich eine verheiratete Frau bin?«, keuchte sie.

Ich lächelte und entschuldigte mich. Mir war nicht entgangen, dass sie meinen Kuss erwidert hatte.

»Vielleicht sollte ich meine Unhöflichkeit wieder gutmachen und mich endlich vorstellen, wie es sich gehört«, sagte ich und verbeugte mich zugleich leicht.

Danach erfuhr ich endlich auch ihren Namen: Drusilla Carfinia. Sie war tatsächlich die Frau des Reeders, dessen Schiffe zur riesigen Flotte gehörten, die alljährlich Getreide aus Ägypten und Wein aus Palaestina nach Rom transportierten. Ein Unternehmen, das, da die Kaiser längst alle Piraten auf dem Mittelmeer vernichtet hatten, nur noch durch gelegentliche Stürme gefährdet werden konnte und enorme Profite abwarf.

Während unten auf der Rennbahn Sklaven den Sand sauber harkten, die Trümmer der Wagen in die Carceres schafften und unter dem Schutz einiger Soldatenschilde den Wagenlenker der Weißen, der den tödlichen Unfall auf dem Gewissen hatte, in Sicherheit brachten, drängten sich oben wieder die Buchmacher durch die Ränge.

Ich grinste dem feisten, rotgesichtigen Mann zu, bei dem ich gewettet hatte. Er schnippte mit den Fingern, und schon brachte mir einer seiner Sklaven einen Beutel Sesterzen. Einen großen Beutel.

»Sechshundert Sesterzen«, schnaufte der Buchmacher und verzog sein teigiges Gesicht zu einem unfrohen Grinsen. »Auch wenn Clarus den Sieg nicht verdient hat.«

»Triumph ist Triumph«, antwortete ich leichthin und verbarg den Beutel möglichst rasch unter einem Bausch meiner Toga, weil mich bereits einige Männer auf den Nachbarrängen neugierig anstarrten. »Ich traue dir, ich zähle nicht nach.«

»Fein«, grummelte der Buchmacher. »Es war mir ein Vergnügen, mit dir ein Geschäft zu machen.« Dann drehte er sich abrupt um und rief auf den nächsten Rängen die neuen Quoten aus. Mir bot er keine neue Wette an. Und auch kein anderer Buchmacher näherte sich bis auf Hörweite meinem Platz. Doch das war mir gleichgültig, denn sechshundert Sesterzen waren ein kleines Vermögen. Ich hatte genug für heute. Genug Geld zumindest.

Einem der durch das Gedränge schiebenden Händler kaufte ich einen Schlauch Wein und ein kleines Holztablett voller Honigkuchen und kandierter Datteln ab. Ich bot Carfinia, die ihren eigenen, nicht unerheblichen Wettverlust offensichtlich leicht nahm, von allem an –

vor allem vom Wein, denn er machte die Frauen leichtsinnig.

»Warum begleitet dich dein Mann nicht?«, fragte ich rundheraus. »Macht er Geschäfte, die wichtiger sind als an der Seite einer schönen Frau in den Circus zu gehen?«

Carfinia errötete, doch ich hatte den Eindruck, dass ihr nicht mein eher plumpes Kompliment die Farbe ins Gesicht getrieben hatte.

»Es ist schon die Zeit der Herbststürme«, antwortete sie. »Da wagen sich nur noch wenige Kapitäne auf das Meer. Es gibt keine wichtigen Geschäfte.«

Sie blickte sich hastig um, als ob sie befürchtete, dass jemand uns belauschen könnte, dann rückte sie näher zu mir. Ich sog den Duft ihres schweren, sicherlich sündhaft teuren ägyptischen Parfüms ein und legte wie beiläufig meine Hand auf ihre.

»Mein Mann ist ein anderer geworden. Früher ging er nicht nur begeistert in den Circus, er war sogar einer der großzügigen Gönner der Grünen. Mit seinen Sesterzen haben sie mehr als ein Rennpferd und so manchen talentierten Sklaven kaufen können. Doch seit einem Jahr hasst er plötzlich die Wagenrennen«, flüsterte Carfinia. Dann, noch leiser: »Er ist nämlich Christ geworden.«

Ich sah sie für ein paar Augenblicke verständnislos an, doch dann dämmerte es mir langsam. Ich erinnerte mich an die alte Geschichte vom Großen Brand Roms unter Kaiser Nero. Das war über dreißig Jahre her. Ich war damals noch ein kleines Kind in einer verschlafenen Provinzstadt, doch ich konnte mich gut an die Schrecken erregenden Berichte der ersten Händler und Reisenden erinnern, die uns aus Rom nach der Katastrophe erreicht hatten. Die Christen, so sagte man, hätten die Stadt angezündet. Ein barbarischer Akt; die letzten Spuren der Verwüstung hatten erst

Titus und Domitian beseitigt. Doch Nero hatte bereits mit den Tätern aufgeräumt: Sie endeten in der Arena als Löwenfutter oder als lebende Fackeln, die nachts den Park auf dem Campus Vaticanus erhellten, in dem Nero lustwandelte.

Ich hatte keine Ahnung, warum die Christen Rom angezündet hatten oder an was sie eigentlich glaubten. Ich wusste nicht einmal, dass es nach den Verfolgungen überhaupt noch welche in der Stadt gab.

»Herzlichen Glückwunsch«, flüsterte ich zurück. »Du musst einen feurigen Gatten haben.«

Carfinia wurde dunkelrot. »Darüber scherzt man nicht«, tadelte sie. »Ich habe alles versucht, um ihn wieder auf normale Gedanken zu bringen. Doch er hört einfach nicht auf, wirres Zeug zu erzählen, das nicht nur unverständlich, sondern auch noch langweilig ist. Langweiliger jedenfalls als der Circus.«

Sie lächelte mich an, dann lachten wir beide. Ich reichte ihr wieder den Weinschlauch.

Ich kann nicht behaupten, dass ich an diesem Tag von den weiteren neunzehn Rennen noch sehr viel gesehen oder dass mich irgendeines der Ergebnisse interessiert hätte. Ich widmete mich stattdessen Carfinia so, dass Ovid stolz auf mich gewesen wäre. Als der letzte Vierspänner in den Carceres verschwunden war, dunkelte es bereits. Der Himmel war blauschwarz. Am östlichen Horizont trieben feine, schleierförmige Wolken dahin, die von der untergehenden Sonne zunächst hellrosa, dann rasch dunkelrot gefärbt wurden. Carfinias Züge waren gerötet, doch diesmal war es nicht Verlegenheit, sondern Aufregung – und vielleicht auch der Wein, denn als wir aufstanden, hakte sie sich bei mir ein. Wir kämpften uns durch das Gedränge langsam Richtung Ausgang, doch ich achtete darauf, dass sich niemand zwischen Carfinia und mich zwängen konnte, denn ich hatte keine Lust, sie jetzt noch zu verlieren.

In den dreistöckigen Marmorarkaden, welche die Ränge des Circus trugen, brannten tausende kleiner Öllampen. Ihre blakenden Flämmchen tauchten die Umgebung in ein warmes, aber unruhiges Licht, in dem alles irgendwie verschwommen aussah. Das Gewölbe hallte und dröhnte von Gesängen, lauten Verwünschungen, von Gelächter und spitzen Schreien. Die meisten Zuschauer machten sich auf den Weg zurück zu ihren Wohnungen, doch es gab immer noch ein paar zehntausend, die zu fröhlich, zu wütend oder zu erregt waren, um den Circus schon zu verlassen.

In manche Bögen waren Tavernen hineingebaut worden, kaum mehr als hastig zusammengezimmerte Bretterbuden, deren Schäbigkeit nicht zur kühlen Pracht des weißen Marmors passte. Hunderte drängten hinein, durstig nach dem überteuerten, sauren Wein. An den Säulenbasen hockten Wahrsager, die mit Trommeln, Flöten, auf Holztafeln gemalten Sternzeichen, betäubend rauchenden Fackeln oder lebenden Schlangen auf ihre Künste aufmerksam machten. Überall schoben sich bunte, spärlich, aber auffällig gekleidete Mädchen und Jungen durch die Menge, manche schon untergehakt bei einem Mann, den sie zielsicher aus dem Circus hinaus- und in eine dunkle Gasse zogen, um ihm die Sesterzen, die er vielleicht beim Wetten gewonnen haben mochte, mithilfe ihrer sehr speziellen Dienste oder einfach mit Gewalt abzunehmen.

Ich spürte, dass mich auch Carfinia in eine bestimmte Richtung führte. Wir drängten uns durch die lärmende Menge, vorbei an einem Akrobaten, der mit vier Fackeln jonglierte, und einer halb nackten gaditanischen Hure, die inmitten eines johlenden Zuschauerkreises einen wilden, ekstatischen Tanz aufführte – hin in Richtung der Carceres. Ich fragte sie nicht, wo sie hinwollte oder warum sie sich hier so gut auskannte. In den letzten Stunden hatte ich immerhin so viel von ihr erfahren, um zu ahnen, dass sie zwar nie in ihrem Leben eine Zeile von Ovid gelesen hatte, aber trotzdem nur zu genau wusste, welche Abenteuer und Annehmlichkeiten ein Circusbesuch mit sich bringen konnte.

Die Tavernen drängten sich in der Mitte der Arkaden. Je näher wir den Carceres kamen, desto ruhiger und dunkler wurde es in den Bogengängen. Die feine Sichel des aufgehenden Mondes stand jetzt am Himmel, der die Farbe schmutzigen Granits angenommen hatte, doch ihr blasses Licht drang kaum ein paar Schritt tief in die Marmorgewölbe. Ich musste aufpassen, um nicht zu stolpern oder in einen Kohlstrunk, einen angebissenen Honigkuchen, zerquetschte Datteln oder andere Abfälle zu treten. Schließlich waren wir so nahe bei den Carceres, dass ich schon den typischen Geruch nach Pferden, Stroh und heißem Fett, mit dem die Achsen der Rennwagen geschmiert wurden, in der Nase hatte.

Da stellte sich mir Carfinia in den Weg.

Ich wollte etwas sagen, doch sie legte mir einen Finger auf die Lippen. Langsam öffnete sie ihre Stola. Ihre großen, festen Brüste wurden nur noch von einem schmalen roten Brustband aus weichem Stoff verdeckt.

»Im Innern der Arkaden gibt es einige Nischen«, flüsterte sie heiser. »Da sind wir ungestört.«

III. Tag vor den Nonen des November

Der namenlose Tote

Ich wachte in den düsteren Arkaden des Circus auf, durchgefroren und mit einem schlechten Geschmack im Mund. Trotz der Kälte lag ein feiner Schweißfilm auf meiner Haut, denn ich hatte wieder geträumt, allein durch eine riesige Villa zu irren. Mein Kopf dröhnte, als wäre ich verprügelt worden, und mein linker Arm, auf den ich meinen Kopf gebettet hatte, war schmerzhaft eingeschlafen. Meine Toga hatte ich mir gestern Abend vom Leib gerissen und uns später als Decke übergeworfen. Sie war schmutzig und schützte kaum vor der kühlen, feuchten Luft des Herbstmorgens. Doch der schwere Duft von Carfinias Parfüm umhüllte mich noch immer, und genießerisch sog ich die Luft ein.

Ich tastete mit der Rechten nach ihrem warmen, üppigen Körper, denn ich spürte, dass ich nicht allein war. Meine Finger glitten über ein Stück Kleidung – doch es war grobe, raue, nasse Wolle. Ich stutzte. Carfinia hätte sich niemals so ein billiges Gewand über ihren Körper gestreift. Außerdem lagen wir tief im Innern des Circus, warum sollte der Stoff so feucht sein? Verwundert betrachtete ich meine Rechte.

Meine Hand war voller Blut.

Ich stieß einen halb erstickten, gurgelnden Schrei aus und sprang hoch. Es war noch so früh am Morgen, dass die Sonne sich erst mit einem rötlichen Schimmer am östlichen Himmel ankündigte. Noch drang nur wenig spärliches graues Licht bis in die Arkaden, sodass alles aussah, als hätte ein Gott die Farben abgewischt und nur die Konturen übrig gelassen. Carfinia war nirgendwo zu erblicken. Stattdessen lag ein Mann mit zerschlagenem Gesicht und einer klaffenden Wunde in der Brust neben mir.

Der Unbekannte stöhnte leise. Ich raffte meine Toga zusammen und sah mich nach einem Stein oder sonst irgendetwas um, das ich als Waffe hätte verwenden können, doch ich fand nichts. Vorsichtig beugte ich mich schließlich zu dem Verletzten hinab. Es war ein Mann von mindestens fünfzig Jahren, hager, klein und dunkelhaarig. Er musste aus dem Osten des Imperiums kommen, vielleicht ein Syrer, vermutete ich, obwohl seine Züge nur noch schlecht zu erkennen waren, denn seine Nase war gebrochen und sein linkes Auge blauschwarz zugeschwollen. Er trug eine ärmliche Tunika und einfache Ledersandalen. Ein dünner Lederriemen, auf dem ein winziges würfelförmiges Kästchen festgebunden war, schlang sich um seine linke Hand und den Unterarm. Eine Waffe oder eine Geldbörse konnte ich nirgendwo erkennen. »Ich werde dir helfen«, flüsterte ich dem Unbekannten zu und versuchte zugleich, meiner Stimme einen beruhigenden Klang zu geben, obwohl ich mich alles andere als sicher fühlte. Ich hatte lange genug in der Legion gekämpft, um Wunden, bei denen die Heilkunst der Ärzte noch etwas ausrichten mochte, von tödlichen Verletzungen zu unterscheiden.

Dem Mann war das Gesicht zerschlagen und dann ein Dolch, ein schwerer Brieföffner oder ein Fleischermesser – jedenfalls etwas, das sehr scharf war, aber deutlich kleiner als ein Gladius – dicht neben dem Herzen in die Lunge gerammt worden. Blut quoll aus seinen Mundwinkeln.

Ich sah den dunklen Fleck auf dem schmutzigen Pflaster der Arkaden: viel Blut, aber nicht genug. Der Unbekannte musste an einem anderen Ort den verhängnisvollen Stich empfangen und sich bis hierhin geschleppt haben. Wahrscheinlich jemand, der in einer Taverne eine Messerstecherei verloren hatte. Allerdings roch er nicht nach Wein. Ich seufzte. Meine Toga war sowieso verdreckt, da kam es auf ein bisschen Blut auch nicht mehr an. Ich fröstelte in der kühlen Morgenbrise, weil ich nur in der kurzen Tunika dastand, während ich meine Toga zusammenbauschte und dann wie ein Kissen unter den Verletzten schob, damit er etwas leichter atmen konnte.

Der Mann verzog das Gesicht zu einer Grimasse, die Schmerz, aber vielleicht auch so etwas wie ein dankbares Lächeln ausdrücken sollte. Er öffnete den Mund. Ein großer Schwall Blut quoll über seine aufgeplatzten Lippen, und er brachte nur ein hässliches Gurgeln zu Stande.

Ich legte ihm beruhigend die Hand auf die Stirn. Niemand konnte mit so einer Verletzung der Lunge noch reden. Er würde stumm sterben müssen – und das bald. Ich gab ihm nur noch wenige Augenblicke.

Da packte mich der Verletzte mit überraschender Kraft mit seiner Linken und richtete sich ein paar Fingerbreit auf. Er hielt mir seine Rechte hin, die er zur Faust zusammengeballt hatte.

Misstrauisch sah ich ihn an, dann nickte ich beruhigend und öffnete vorsichtig seine bereits zu Klauen zusammengekrümmten Finger. In der Faust steckte ein zerrissener, blutgetränkter Papyrusfetzen.

Der Unbekannte versuchte noch einmal, mir etwas zu sagen, doch plötzlich schüttelte ein Krampf seinen Körper. Seine Augen wirkten, als würde sie jemand von innen heraus aus den Höhlen drücken, dann verdrehte er den

Blick, bis nur noch das Weiße seiner Augäpfel sichtbar war. Seine Beine zuckten unkontrolliert. Sein Kopf sackte auf die Seite, und sein geschundener Brustkorb fiel ein.

Ich kniete neben einem Toten und fluchte.

Was sollte ich jetzt tun? Ich blickte auf den Papyrus. Der Fetzen war offensichtlich aus einem größeren Dokument herausgerissen worden. Ich konnte nur ein Wort lesen, der Rest war unter Blut und Dreck verschwunden: POPPAEUS. Kein Vorname, kein Wohnort, nichts sonst. War das der Name des Toten? Oder eines Angehörigen oder Freundes? Oder seines Herrn, falls er ein Sklave gewesen war? Oder gar der Name des Mörders? Es konnte im Imperium Tausende geben, die so hießen.

Ich hatte keine Lust, mir durch den Unbekannten irgendwelchen Ärger einzuhandeln. Also beschloss ich, da ich ihm sowieso nicht mehr helfen konnte, es jemand anderem zu überlassen, die Leiche zu finden und für ein würdiges Begräbnis zu sorgen. Ich sehnte mich nach einem heißen Bad.

Doch als ich aufstand, merkte ich, dass ich nicht mehr allein war.

»Beim Bogen des Hercules«, murmelte ein Mann mit einem gutturalen, harten Akzent. Im Frühlicht unter den Arkaden konnte ich ihn nur undeutlich erkennen. Er war vielleicht dreißig Jahre alt, klein und hager, doch die Muskelstränge an seinen Armen wirkten zäh wie lederne Peitschen. Große, hakenförmige Nase, schwarze Haare, dunkle Haut: Auch er schien aus einer der östlichen Provinzen zu stammen. Mir kam der Verdacht, dass er den Toten kannte – und dann hatte ich jetzt wirklich ein Problem.

Vorsichtig stand ich auf. Der andere hatte sich einen groben Wollmantel undefinierbarer dunkler Farbe umgeschlungen. Jetzt griff er rasch in eine Falte seines Umhangs und hatte plötzlich einen bronzenen Schlagring auf der rechten Faust.

»Mach keinen Fehler, mein Freund«, zischte er.

Ich bewegte mich betont langsam, wich etwas nach hinten zurück und hob beschwichtigend die Hände. »Ich war es nicht«, versicherte ich. Meine Stimme hörte sich kläglich an.

»Ich habe hier«, ich zögerte und suchte nach dem richtigen Wort, »die Nacht verbracht. Als ich wach wurde, war er plötzlich da. Er ist vor meinen Augen gestorben.«

Unter meiner Tunika spürte ich das Leder meiner schweren Geldbörse. Da versteckten sich sechshundert weitere Gründe, die mich jetzt in Schwierigkeiten bringen könnten.

Der Mann mit dem Schlagring starrte mich einige Augenblicke lang schweigend an, dann nickte er, als hätte er einen Entschluss gefasst.

»Sieht so aus, als könnte ich dir glauben«, murmelte er und streifte sich den Schlagring langsam wieder von der Rechten. »Wenn du ihn abgestochen hättest, dann hättest du ihn wohl kaum danach auf deine teure Toga gelegt.«

Ich atmete erleichtert durch. »Kennst du ihn?«, fragte ich vorsichtig.

Er schüttelte den Kopf und betrachtete den geschundenen Körper mit einer Mischung aus Mitleid und Interesse. »Du hast Pech gehabt, mein Freund«, sagte er leise in Richtung des Toten. »Was muss das für ein Gefühl sein, die letzten Augenblicke seines Lebens neben einem Betrunkenen im Circus auszuhauchen?«, setzte er spöttisch hinzu.

Ich fand das beleidigend und unpassend, doch leider mehr oder weniger zutreffend. Also verkniff ich mir eine scharfe Erwiderung.

Der Unbekannte murmelte etwas in einer Sprache, die ich nicht verstand, doch es hörte sich an wie ein Gebet. Dann kniete er sich neben den Toten und fing an, ihn mit raschen Griffen zu durchsuchen. Die blutgetränkte Kleidung schien ihn dabei nicht zu stören.

»Nichts«, verkündete er nach einiger Zeit. »Der Kerl hat nicht einen As am Leib. Kein Schlüssel für eine Wohnungstür, kein Amulett, kein Siegelring, nichts.«

»Nur dieser komische Lederstreifen am Arm«, erinnerte ich ihn. »Und das hier.«

Ich zeigte ihm den Papyrusfetzen.

Der andere richtete sich auf und blickte lange darauf. Während er las, bewegte er die Lippen wie jemand, der das Alphabet nur mit Mühe beherrscht. »Poppaeus«, murmelte er. »So heißen viele.«

»Mein Name ist übrigens Decimus Junius Juvenalis«, sagte ich. »Archigenes«, stellte er sich vor und reichte mir die Hand. Kein weiterer Name – er musste sehr arm oder ein Sklave sein. Sein Händedruck war fest, die Haut auf der Innenfläche seiner Hand schwielig und hart wie ungegerbtes Leder.

Er deutete auf den seltsamen Schmuck am Arm des Toten. »Ein Gebetsriemen«, erklärte Archigenes. »Der Tote war ein Jude.«

Ich hatte, wie jeder anständige Römer, nur Abscheu und Verachtung für diese rebellische Sekte übrig. »Ich möchte wissen, in welche Tavernenschlägerei der hineingeraten ist«, sagte ich nun ohne Mitleid.

Archigenes sah mich seltsam an, dann deutete er auf die Hände des Toten. Erst jetzt erkannte ich an den Handgelenken dünne Wunden und rote Striemen, die mir zuvor inmitten all des Blutes gar nicht aufgefallen waren.

»Was auch immer ihm angetan wurde, er war gefesselt,

als es geschah«, murmelte Archigenes. »Mit Lederriemen, vermute ich, vielleicht auch mit einem dünnen Seil. Sieht so aus, als hätte er die Fessel zerrissen. Dabei holt man sich solche dünnen, aber tief gehenden Wunden.«

Unwillkürlich starrte ich auf die Arme des anderen: Archigenes hatte lange, schmale Narben an beiden Handgelenken.

Er bemerkte meinen Blick und lächelte kalt. »Ich weiß, wovon ich rede«, sagte er nüchtern.

Ich wollte zu einer Entschuldigung ansetzen, doch hielt ich inne, weil er plötzlich die Hand hob und den Kopf herumwarf wie ein Jagdhund, der Witterung aufnahm.

»Da kommt jemand«, murmelte Archigenes.

Jetzt hörte ich auch leise Schritte irgendwo in den Arkaden. Sie kamen von mehreren Männern. Und sie kamen rasch näher.

»Ich möchte lieber nicht wissen, wer das ist«, flüsterte Archigenes. »Wir müssen verschwinden!«

Ich zog meine Toga unter dem Toten hervor, schlang mir den langen Stoff einfach um die Schulter und rannte hinter ihm her durch die Arkaden des Circus. Undeutlich sahen wir einige Männer, die aus der Richtung der Haupteingänge herbeieilten. Sie trugen alle Paenulae, die grauen Regenumhänge aus grober Wolle. Sie hatten sich die Kapuzen über ihre Köpfe gezogen, sodass ich ihre Gesichter nicht erkennen konnte. Es war inzwischen jedoch hell genug, um zu sehen, dass sie Schwerter und schwere Knüppel in den Händen hielten.

»Zum Capitol«, zischte ich.

Wir wandten uns weg von den Männern und eilten in Richtung der Carceres. Wir kamen einige Schritte weit, bevor sie uns bemerkten.

»Stehen bleiben!«, schrie einer der Männer. Dann rief er

etwas, das ich nicht verstehen konnte. Zwei Gestalten verschwanden in der Nische, in der der Tote lag, die anderen liefen los – in unsere Richtung.

Archigenes fluchte obszön. »Sie wollen uns in den Hades schicken!«, keuchte er, während wir das lange Ende des Circus erreicht hatten und an der Rückseite der Carceres entlangliefen.

»Kennst du sie?«, fragte ich und japste dabei schon nach Luft.

Er schüttelte den Kopf und biss die Zähne zusammen.

In der Nähe zogen einige Händler ihre mit grobem Sackleinen verhüllten Handkarren am Uferweg des Tiber entlang. Ein Gerber wankte über die Pons Sublicius und schleppte ein riesiges Lederbündel auf seinen Schultern. Wahrscheinlich strebten alle zum Markt auf dem Forum Boarium. Niemand hatte einen Blick für uns übrig, als wir an ihnen vorbeihetzten.

Einige Stunden später, und der Markt auf dem Forum Boarium wäre ein Chaos aus schreienden Händlern, schwitzenden Lastsklaven und laut feilschenden Römern gewesen, in das wir hätten eintauchen können. So aber war der kleine, gepflasterte Platz zwischen Capitol und Tiber noch überschaubar leer. Einige Händler machten sich bereits an ihren Verkaufsständen zu schaffen und spannten bunte Stoffbahnen über ihren Auslagen auf. Ein Bauer hängte lebende Hühner kopfunter an eine Stange.

»Hercules ist uns gnädig!«, schrie Archigenes und deutete zum gegenüberliegenden Ende des Marktes. Dort trieb ein Hirte gerade einige Ochsen in einen engen, provisorisch gezimmerten Pferch neben dem marmornen Rundtempel. Den Tieren waren bunte Bänder an die Hörner gebunden worden – wahrscheinlich hoffte der Hirte, sie als Opfertiere zu einem teuren Preis verkaufen zu können.

Archigenes rannte zum Pferch, und ich folgte ihm, ohne zu wissen, was er vorhatte. Das sollte sich jedoch schon einen Augenblick später ändern.

»Bei Ceres!«, rief der Hirte überrascht, als er uns erblickte.

Dann war Archigenes auch schon bei ihm. »Es tut mir Leid, Freund!«, rief er. Dann schlug er den Mann mit einem einzigen Schlag an die Schläfe nieder.

»Schnell!«, herrschte er mich an. »Raus mit diesen dämlichen Tieren!« Er grinste hinterhältig.

Ich riss an dem Gatter, bis es knirschend auf das Pflaster sank. Archigenes hatte sich eine Fackel geschnappt, die zwischen zwei Säulen des Rundtempels loderte, und hielt sie dem ersten Ochsen ans Hinterbein.

Das Rindvieh war von dieser besonderen Art von Brandzeichen alles andere als begeistert. Es stieß ein empörtes, klagendes Muhen aus, das beinahe wie ein menschlicher Schrei klang. Dann rannte der Ochse blindlings davon. Archigenes ging bereits auf das nächste Tier los.

Augenblicke später stürmten die Ochsen über das Forum Boarium. Die Händler stießen laute Verwünschungen aus. Einige Sklaven, die schwere Wollstoffe schleppten, warfen ihre Last weg und sprangen zwischen die Säulen des Ceres-Tempels in Sicherheit. Die Händler rafften ihre Marktstände, die sie gerade auseinander gebaut hatten, wieder hastig zusammen. Krachend kippte ein mit Äpfeln hoch beladener Karren um, und das Obst kullerte über das Pflaster. Zwei oder drei Hirten fassten sich ein Herz und versuchten, sich den Ochsen in den Weg zu stellen.

Doch das Schreien und Fluchen verwirrte die Rinder immer mehr. In blinder Panik stoben sie über den Platz, hielten für einen Moment irritiert am Tiberufer inne – und rannten dann denselben Weg wieder zurück. Ein Ochse trampelte hölzerne kleine Käfige nieder, die ein Händler zu einer kleinen Pyramide kunstvoll aufgeschichtet hatte. Hühner und Tauben flatterten in einer Wolke aus Federn auf.

»Diana verfluche euch!«, schrie uns irgendjemand hinterher, doch wir hatten uns längst abgewandt und liefen weiter.

»Du solltest dein Gemüse demnächst woanders einkaufen!«, keuchte ich.

Archigenes brachte ein Grinsen zu Stande, obwohl er schon schwer atmete. »Als ich klein war, wollte ich Rinderhirte werden.«

Ich blickte im Laufen zurück. Hinter uns waren mindestens zehn Männer in dunklen Umhängen her. Doch sie mussten Ochsen und Federvieh ausweichen und verloren etwas Zeit.

Wir bogen auf den steilen Clivus Capitolinus ein und stürmten in den Schatten des Capitols, des würdevollsten der sieben Hügel Roms. Ich stieß mit dem rechten Fuß gegen einen losen Stein des Straßenpflasters, stolperte und ruderte einen Moment mit den Armen in der Luft wie ein Rabe, der mitten im Flug vom Pfeil des Jägers getroffen wird. Dann fing ich mich und eilte taumelnd weiter. Mein Fuß schmerzte, doch ich hatte nicht mehr genug Luft, um noch zu fluchen. Zu unserer Rechten erhoben sich die schlanken Säulen des Saturntempels, zur Linken glitzerten die frisch aufgestellten Säulen des kürzlich eingeweihten Heiligtums für die vergöttlichten Kaiser Vespasian und Titus. Dann öffnete sich der Clivus Capitolinus, und wir standen auf der Rostra, der alten Rednerterrasse am Nordrand des Forum Romanum.

Archigenes zeigte nach vorn Richtung Curia. Auf den Stufen des uralten, schmucklosen Gebäudes standen einige Senatoren und unterhielten sich, während die Sklaven, die ihre Sänften getragen hatten, in respektvollem Abstand warteten. Es sah so aus, als würde sich der Senat heute zu einer Sitzung einfinden.

»Dorthin!«, schrie Archigenes.

»Haben dir die Götter den Verstand geraubt?«, keuchte ich. »Wir werden im Kerker landen!«

Streit, wilde Verfolgungsjagden und Schlägereien waren in Rom so alltäglich, dass sich bestenfalls ein paar gelangweilte Müßiggänger dafür interessierten, wenn jemand um sein Leben rannte. Sollten wir allerdings die würdigen Senatoren mit unserer Fehde stören, würden sie uns einfach wegsperren lassen – womöglich zusammen mit unseren unbekannten Verfolgern, sodass wir uns in derselben Zelle wieder finden würden.

Die Kapuzenmänner waren inzwischen bis auf ein paar Schritt an uns herangekommen.

»Vergiss den Senat«, rief Archigenes und rannte wieder los. »Vertrau mir.«

Wir sprangen von der Rostra, liefen in großen Sprüngen Richtung Curia, schlängelten uns zwischen den erstaunten Sänftenträgern hindurch – und rannten am Senatsgebäude vorbei.

Unmittelbar hinter der Curia aber bog Archigenes links auf das Argiletum ein. Die Straße, eigentlich eine der wichtigsten in Rom, wurde einige Schritte weiter von einem fast mannshohen Bretterzaun abgesperrt.

»Bei der Lanze der Minerva! Archigenes, du bist ein Idiot!«, schrie ich. »Jetzt sitzen wir in der Falle.« Ich fragte mich, was wohl größer wäre: meine Dummheit oder meine Vergesslichkeit. Domitian selbst hatte befohlen, diesen Teil des Argiletum absperren zu lassen. Er wollte die Straße von der Rückwand der Curia bis zur großen Brandmauer, welche die Subura vom Forum Romanum trennte, in sein eigenes Forum verwandeln. Jeder bei Hofe hatte sich schon pflichtschuldigst begeistert darüber zeigen müssen, dass unser Herr und Gott sein eigenes Forum neben die Foren der vergöttlichten Herrscher Caesar und Augustus setzen wollte. Auch ich. Und seit Monaten hatte jeder Römer darüber geflucht, dass wegen dieser Baustelle das Argiletum gesperrt war. Auch ich. Nur jetzt war ich, in dämlicher Panik wie einer der Ochsen auf dem Forum Boarium, einfach vor den Zaun gerannt.

Doch Archigenes grinste nur. »Ich hoffe, dass du auch so gut klettern kannst, wie du schimpfst.«

Und schon hatte er sich auf den Zaun geschwungen, kurz um sich geblickt – und war auf der gegenüberliegenden Seite verschwunden.

Ich fluchte wieder, dann sprang ich hinterher. Ich riss mir die Hände auf, während ich mich mühsam an den groben Holzbohlen hochquälte. Als ich oben angekommen war, packte Archigenes meine Schultern und zog mich hinüber.

»Beweglich wie ein Sack Sand«, stöhnte er, während ich mich mit schmerzenden Gliedern vom staubigen Boden erhob.

Wir standen im Chaos. Das alte Steinpflaster der Straße war herausgerissen worden und an einigen Stellen bereits durch große, sauber verlegte Marmorplatten ersetzt worden, während andernorts noch die unebene braune Erde zu sehen war. Der Platz, der einmal das Forum werden sollte, war nur ein paar Dutzend Schritte schmal, aber einige Hundert lang. Zu beiden Längsseiten klopften mindestens hundert Steinmetze Verzierungen in gewaltige Marmorquader, die später die Basen für imposante Säulen bilden sollten. Einige große, kannelierte

Säulentrommeln aus gelbem Marmor lagen bereits auf dem Boden. Gerade luden zwanzig schwitzende Sklaven eine weitere ab, die auf einem hochbordigen Ochsenkarren herangeschafft worden war. Gegenüber von uns, an der anderen Schmalseite, führten einige Marmorstufen auf ein Podest. Dies würde einst einen Tempel der Minerva tragen, ich selbst hatte die Pläne einmal im Palast Domitians gesehen und Beifall gemurmelt. Gerade wurde hier die erste Säule aufgerichtet. Ein großer hölzerner Kran hatte an einer Schlaufe aus mehrfach verschlungenen Seilen eine Säulentrommel emporgehoben. Am Fuß des Krans knirschte ein großes Laufrad, in das sich sechs fast nackte, schweißglänzende Sklaven gezwängt hatten, die mit mühseligen, langsamen Schritten diese riesige, über Seilzüge mit der Halteschlaufe verbundene Tretmühle drehten. Handbreit für Handbreit zogen die Sklaven den Marmorblock höher.

Neben dem Kran war ein schmaler, dreckstrotzender Durchgang, wo Bruchsteine und zerbrochene Werkzeuge lagen – und wo eine Durchfahrt frei war für die Ochsenkarren mit dem Baumaterial.

Wir grinsten uns an und rannten los.

»Was macht ihr da?«, schrie ein Steinmetz mit zornrotem Gesicht. Doch er blickte nicht auf uns, sondern zum Zaun. Ich musste mich nicht umdrehen, um zu wissen, dass da soeben zehn dunkle Gestalten hinübersprangen. Aber leider war keiner der Arbeiter oder Sklaven so lebensmüde und stellte sich den Kapuzenmännern in den Weg.

Archigenes trat im Laufen einen Keil unter einem Stapel runder Bauhölzer weg, die hinter uns polternd auf den Weg rollten. Ich griff mir einen schweren Hammer, der auf einem halb zertrümmerten Marmorblock lag – auch wenn das nicht gerade die ideale Waffe war, um sich gegen ein Schwert zu verteidigen.

Dann hatten wir den schmalen Durchgang neben der Baustelle des Tempels erreicht. Archigenes stieß ein heiseres Kreischen aus. Ich brauchte ein paar Augenblicke, um zu erkennen, dass das ein Triumphgeheul hätte werden sollen, wenn er noch Luft dazu gehabt hätte.

»Kalk!«, schrie er und deutete auf einen großen Leinensack auf der untersten Stufe des Heiligtums.

Ich glotzte ihn verständnislos an.

Doch er achtete nicht mehr auf mich, sondern war auf die Stufe gesprungen und griff mit beiden Händen tief in den Sack hinein. Endlich hatte auch ich es verstanden und tat es ihm nach.

Es war ungelöschter Kalk – ein feines, weißes Pulver, das der Wind weit forttragen konnte. Und das wie Feuer brannte, wenn man es in die Augen bekam.

Archigenes und ich schleuderten mit vollen Händen große Wolken davon hoch. Die Sklaven im Laufrad hatten mit ihrer Schufterei aufgehört und starrten uns verwirrt an, doch sie konnten nicht herauskommen, denn die Säulentrommel schwebte auf halbem Wege in der Luft.

»Tut mir Leid!«, rief Archigenes.

Inzwischen kannte ich ihn gut genug, um zu wissen, dass das neuen Ärger bedeutete. Und tatsächlich griff er wieder tief in den Sack – und warf den Kalk mit Wucht hinein ins Laufrad.

Die Sklaven schrien und husteten. Der Kalk klebte sofort auf ihrer schweißnassen Haut, sodass sie wie Statuen aussahen, die einen grotesken Tanz aufführten. Sie fuchtelten mit den Armen herum oder hielten sich die Hände vor das Gesicht. Dann taumelte der erste würgend und mit tränenden Augen aus dem Laufrad und dann der nächste und dann noch einer – und dann sauste die Säulentrommel mit einem gewaltigen Krachen herunter und schlug splitternd auf dem Boden auf.

Genau zwischen den Kapuzenmännern und uns.

Kalkstaub quoll wie beißender, undurchdringlicher Nebel hoch in die Luft.

»Das schicken uns die Götter!«, triumphierte Archigenes. »Wenn wir diese Kerle jetzt nicht abhängen, dann nie.«

Der erste Verfolger tauchte aus dem weißen Dunst auf. Staub bedeckte seinen Mantel. Er hustete und rieb sich mit beiden Händen die Augen; sein Schwert hatte er weggeworfen oder unter seinem Gewand eingesteckt. Er taumelte.

Wir eilten los und zwängten uns im engen Durchgang an einem Ochsenkarren vorbei, dessen Lenker überrascht angehalten hatte. Dann waren wir in der Subura.

Hier, endlich, war Rom um diese frühe Stunde schon ganz erwacht. Die Subura war das berüchtigtste Viertel der Stadt. Wir standen auf einer kaum mannsbreiten Gasse. Zu beiden Seiten erhoben sich sechsstöckige Insulae, deren verfärbter Putz an vielen Stellen abgeplatzt war und den Blick auf Ziegelmauern freigab, die an manchen Stellen gefährlich lange Risse aufwiesen. Vor jeder Insula überspannte ein Bogengang einen Teil der Gasse. Die Säulen dieser Lauben waren einst weiß oder gelb verputzt worden, sodass sie aussehen sollten, als seien sie aus Marmor. Doch Schmutz, Feuchtigkeit und unzählige Graffiti hatten sie so verunstaltet, dass sie wie eine Galerie zernagter Knochen wirkten. An die Front der meisten Insulae waren wackelige Balkone aus grob gezimmerten Holzbalken vorgebaut, von denen quer über die Gasse an einem verwirrenden Netz aus Leinen Wäsche flatterte.

Da die Insulae fast alle Sonnenstrahlen schluckten, lag die Gasse im Zwielicht. Auf dem glatten Pflaster türmten sich Gemüsestrünke, zerbrochene Amphoren und Nachttöpfe, zertrümmerte Dachschindeln, die eine Windböe irgendwo aus dem sechsten Stock hinuntergeworfen haben musste, Hühnerknochen, Erbrochenes und tausenderlei anderer, undefinierbarer Schmutz, der von einem Rudel entlaufener Hunde und einigen Schweinen durchwühlt wurde. Es stank erbärmlich.

Wir tauchten ein in dieses Gewühl und drängten uns voran. Irgendjemand trat mir gegen die Wade, kurz danach spürte ich einen schmerzhaften Ellenbogenstoß gegen meine Rippen. Meine Sandalen waren schmutzüberzogen. Als ich einmal auf einem alten Kohlstrunk ausrutschte und meinen Vordermann anrempelte, schimpfte der laut in einer Sprache, die ich für Punisch hielt, der Sprache, die noch die Bauern im Hinterland der Provinz Africa sprechen. Ich trug noch immer nur die Tunika und hatte meine Toga wie eine Art Umhang um die Schultern geworfen; niemandem schien dieser seltsame Aufzug unangenehm aufzufallen. Es war fast unmöglich, sich mit Archigenes zu unterhalten. Wir fanden kaum je Platz, um uns nebeneinander durch dieses Gedränge zu zwängen. Außerdem war es zu laut hier: Irgendwo hämmerte ein Schmied, und aus unzähligen Läden und Wohnungen dröhnte das dumpfe Stampfen steinerner Mörser, in denen Sklaven Getreide zu Mehl zerstampften.

Aus dem offenen Verschlag einer Taverne roch es nach saurem Wein und abgestandener Luft. Drei Sklaven schleppten in die Wäscherei nebenan einen großen Ballen frisch gegerbten Leders, das noch nach Urin stank. Ein Metzger hängte eine Rinderlunge und die Gebärmutter eines Schweins, von der noch einige Tropfen Blut auf den Boden fielen, an eisernen Haken in seiner offenen Verkaufsauslage direkt an der Gasse. Ich wich einem mauretanischen Schlangenbeschwörer aus, der mitten im Straßenschmutz saß und mit einer schauderhaft disharmonischen Flötenmelodie eine armlange, hellgrüne Schlange aus einem Weidenkorb tanzen ließ. Dabei hätte ich beinahe einen mannshohen Stapel alter Glasflacons umgestoßen, den ein armenischer Händler an eine Säule gelehnt hatte. Ich antwortete auf die Verwünschung des Händlers mit einem obszönen Fluch. Aus einer Bäckerei duftete es nach heißem Brot – und ich spürte auf einmal, wie hungrig ich war.

Plötzlich ging es nicht mehr weiter. Vor mir stand eine Wand aus Menschenleibern. Manche Wartenden schimpften, die meisten anderen ertrugen es mit stoischer Geduld. Wir waren von bezahlten Klageweibern und etrurischen Flötenspielern umgeben, die einem Leichenzug folgten – wahrscheinlich zu einer der Katakomben nördlich der Stadt. Der auf einer Bahre liegende Tote schwankte vor mir auf den Schultern einiger seiner schwitzenden Verwandten oder Freunde, denen man ansah, dass sie ihre Last nicht mehr lange würden tragen können.

»Was ist los?«, rief ich Archigenes nervös zu. Ich dachte an die Kapuzenmänner, welche die Verfolgung wahrscheinlich noch nicht aufgegeben hatten. In dem Gedränge könnten sie uns einfach niederstechen, ohne dass sich jemand um uns kümmern würde.

»Entschuldigung«, sagte Archigenes und lächelte Nachsicht heischend.

Ich verdrehte die Augen. »Ihr Götter! Das gibt wieder Ärger«, murmelte ich.

Und tatsächlich war Archigenes plötzlich auf den hölzernen Handkarren eines Gemüsehändlers gesprungen und, bevor der überraschte Mann auch nur protestieren konnte, von dort auf das Dach des Bogenganges vor einer Insula. Er blickte über das Gedränge hinweg die Gasse hinab und sprang dann mit einem eleganten Satz wieder zu mir hinunter. Die Männer und Frauen unmittelbar neben mir dienten ihm unfreiwilligerweise als Polster, um die Wucht seines Aufpralls abzumildern. Einer ging fluchend zu Boden, doch Archigenes ignorierte ihn.

»Ein Achsbruch«, verkündete er. »Der Wagen eines Bauunternehmers liegt vor uns. Und eine ganze Ladung Ziegelsteine.«

»Hier entlang«, rief ich Archigenes zu. »Wir können nicht warten.«

Wir schlüpften in eine düstere Gasse, die kaum breiter war als meine Schultern. Die Außenwände der Insulae waren feucht und glitschig von schwarzem Schimmel. Normalerweise hätte ich mich nicht einmal zu dieser Tageszeit dort hineingewagt, denn düstere Durchgänge wie dieser waren ein beliebtes Versteck für Straßenräuber und Mörder. Doch ich hatte erst recht keine Lust, im Gedränge darauf zu warten, dass unsere Verfolger uns entdeckten.

Auch Archigenes blickte sich nervös um und gab mir einen Stoß in den Rücken.

»Lauf los«, flüsterte er heiser. »Nur raus hier!«

Wir rannten durch das Halbdunkel, vorbei an grün bemoosten Fensterläden, die wahrscheinlich seit Jahren nicht mehr geöffnet worden waren, und eingetretenen Hintertüren, bogen in eine weitere schwarze Gasse, dann in noch eine. Nirgendwo war jemand zu sehen. Wir blieben einmal stehen und lauschten, doch außer unserem eigenen keuchenden Atem konnten wir nichts vernehmen.

Endlich wurde es vor uns wieder etwas heller. Wir hasteten die letzten Schritte, dann schlossen wir geblendet die Augen.

»Der Vicus Longus!«, rief ich und hätte am liebsten getanzt vor Freude und Erleichterung. »Nur noch ein kurzer Fußweg, dann bin ich zu Hause.« Ich grinste Archigenes an. »Darf ich dich zu einem heißen Bad, einem frischen Morgenmahl und einem alten Wein in mein Heim einladen?«

Wir folgten dem Vicus Longus ein Stück den Hügel hinauf, bis der Dunst und der Qualm der Schmiedefeuer, Bäckerofen und Manufakturen in der Senke am Tiber hinter uns lagen. Dann bogen wir nach links ein, bis wir auf die Alta Semita stießen, die Hauptstraße des Viertels.

Ich hätte sie auch mit geschlossenen Augen erkannt, denn Rom mag dröhnen wie ein gigantisches Hornissennest, doch jeder Stadtteil hat seine eigene Melodie, die man unwillkürlich wieder erkennt, wenn man nur lange genug dort wohnt. Auf dem Quirinal vermischten sich die schrillen Klagelieder der Bettler, die vor den Marmorstufen der Tempelfronten an der Alta Semita saßen und ihre verkrüppelten Hände hochhielten, mit den heiseren Rufen der Schwefelholzverkäufer, triefäugiger Greise, die in ihrer Jugend zumeist in den Glasbläsereien jenseits des Tiber gearbeitet und sich dort in der heißen Luft Augen und Kehlkopf ruiniert hatten. Geldwechsler schritten gravitätisch wie fette Störche über die Straßen, mit großen Bauchläden vor dem Körper, auf die sie in regelmäßigen Abständen eine hochgeschleuderte Hand voll Kupfermünzen prasseln ließen, um Kunden anzulocken. Und überall dröhnte ein kurzes, hartes Hämmern aus den kleinen Werkstätten der Blattgoldschläger, die Tische und Truhen mit glänzendem Belag überzogen.

Wir drängten uns durch die Menge voran, vorbei an einem verhärmten Lehrer, der ein Dutzend lärmiger Schüler im Freien an einer Straßenecke in die Geheimnisse der

Grundrechenarten einzuweihen versuchte. Als wir den wuchtigen Tempel des Quirinus passierten, murmelte Archigenes plötzlich: »Entschuldigung.«

Ich riss alarmbereit meine Hände hoch, doch ausnahmsweise verhielt sich mein Begleiter harmlos. Er trat zu einem Verschlag neben dem Heiligtum, in dem ein Stoffhändler einige Zinnkannen aufgestellt hatte, und pisste in eine von ihnen hinein.

»Pecunia non olet!«, rief er dabei und lachte.

Später würden Trägersklaven (die zu den am häufigsten verspotteten Männern Roms zählten) die Kannen mit ihrem stinkenden Inhalt quer durch die Stadt bis zum Viertel Transtiberim schleppen, wo die Gerber ihre Werkstätten hatten und mit den menschlichen Ausscheidungen das Leder weich machten. Für das Privileg, überall in Rom Pisskannen aufstellen zu dürfen, mussten sie seit Vespasians Zeiten an den Kaiser eine Sondersteuer entrichten, die von den Spöttern auf dem Forum »Pisssteuer« genannt wurde, aber angeblich Tausende von Sesterzen jährlich in die kaiserlichen Kassen spülte.

Ich blickte mich derweil um. Der Portikus des Quirinus-Tempels, dieses Heiligtums des vergöttlichten Stadtgründers Romulus, war ein beliebter Treffpunkt für die Müßiggänger des Viertels, und auch ich hatte dort schon manche angenehme Stunde mit leichter Plauderei und Würfelspiel verbracht. Doch jetzt war es noch zu früh, um hier einen meiner Bekannten zu sehen. Einen Moment lang glaubte ich, einen Mann in dunklem Kapuzenmantel am anderen Ende der Alta Semita zu erblicken, doch dann war die Gestalt wie ein Geist wieder verschwunden.

Wir überholten eine mit gelben Stoffbahnen verhängte Sänfte und wichen einem Betrunkenen aus, der sich am Säulengang einer Insula übergab, während ihn aus einem

Fenster im vierten Stock einige kleine, kreischende Kinder mit Nüssen und Küchenabfällen bewarfen. Dann passierten wir die Ära incendii Neronis, den marmornen Altar zum Gedenken an den größten Brand Roms, wo alljährlich zehn Tage vor den Kalenden des August, am traurigen Jubiläumstag, ein großes Sühneopfer vom Praetor dargebracht wurde. Dann endlich bogen wir auf die kleine Straße ab, die zu meinem Haus führte.

Plötzlich spürte ich einen harten Stoß in die Rippen, der mich in einen Säulengang schleuderte. Krachend schlug ich neben einem Karren auf, von dem aus ein erstaunt blickender Händler Lauch und Kohl verkaufte. Archigenes drückte mich mit eiserner Faust nieder.

»Bei Jupiters Blitzen, was ist mit dir los?«, rief ich zornig.

»Sei still«, zischte er und deutete nach vorn.

An Ende der ruhigen Straße, wo ich wohnte, stand ein kleiner Tempel der Fortuna. Jetzt erkannte auch ich dort bewegungslose Schatten zwischen den schmalen Säulen.

Dort hatten sich mindestens zehn Männer versteckt, welche die Kapuzen ihrer dunklen Umhänge tief über ihre Gesichter gezogen hatten.

»Was machen die hier?«, flüsterte ich.

Archigenes grinste grimmig. »Sie haben unsere Spur auf der Baustelle verloren, doch sie haben uns überholt und warten nun auf dich.«

»Ich kenne sie nicht«, entgegnete ich.

Sein Grinsen wurde breiter. »Aber sie dich. Eines ist jedenfalls sicher. Unsere Freunde da vorn sind keine gewöhnlichen Straßenräuber, dafür sind sie zu gut organisiert.«

Er packte meinen Arm. »Komm mit«, zischte er. »Noch haben sie uns nicht gesehen. Mal sehen, ob sie auch wissen, wo ich wohne.«

Mir blieb nichts anderes übrig als mich zu ducken und ihm zu folgen, als er durch den Säulengang schlich, bis wir wieder auf der Alta Semita waren und in das Gewühl der Menschenleiber eintauchten, wo wir für den Moment einigermaßen sicher waren.

Während wir uns die Straße Richtung Tiber hinabtreiben ließen, drehte ich mich immer wieder misstrauisch um. Doch niemand schien uns zu verfolgen. Ich fragte mich vergeblich, wer die Unbekannten sein mochten. Sicher war nur, dass ich irgendwie in etwas hineingeraten war, das anders, das gefährlicher war als die übliche Straßenkriminalität in Rom. Nur, wie sollte ich dort wieder heil herauskommen? Wer war der Tote in den Circusarkaden? Und wer eigentlich war Archigenes, dessen Schicksal sich mit meinem gekreuzt hatte?

Als die Alta Semita Richtung Forum Romanum abknickte, nahm er eine kleine Gasse, die schräg nach rechts führte. Wir passierten einige lange, düstere Reihen alter Insulae, dann traten wir plötzlich auf das Marsfeld. Tempel, Theater, kleine Parks und schimmernde Marmorbauten verbreiteten hier selbst im Herbst die Atmosphäre eines luxuriösen Badeortes in Campanien. Wir gingen zwischen den Fronten der Saepta Julia und des Porticus Pompeiana vorbei, zwei der schönsten Säulengänge Roms, riesige marmorne Rechtecke, in deren umlaufenden Gängen in den Außenbögen schöne Sklaven, korinthische Bronzevasen, mit Schildpatt belegte Tische und jeder andere Luxus des Imperiums feilgeboten wurden. Doch die Kaufleute hier lebten im Rhythmus ihrer Kundschaft – und da kein Reicher vor der Mittagsstunde sein Anwesen verließ, waren auch noch alle Geschäfte mit schweren Eichenbrettern verrammelt. Auch das neu erbaute Theater und das Stadion des Domitian waren noch verlassen.

Doch hinter ihrer Pracht aus weißgelbem Marmor lag die Regio IX, eine Halbinsel, die vom Tiber umflossen wurde – eine der berüchtigtsten der vierzehn Regionen Roms. Genau hier führte Archigenes mich hinein.

Festungswällen gleich grenzten einige riesige, lang gestreckte Lagerhäuser, aus denen es nach Olivenöl, Weizen und ungegerbtem Leder roch, das Viertel vom Marsfeld ab. Dahinter drängten sich Insulae wie Stämme in einem gigantischen Wald.

Archigenes und ich betraten eine der wenigen immerhin mannsbreiten Gassen, die sich, einer Schlucht in einer bizarren Felsenlandschaft ähnlicher als einer Straße in der Hauptstadt des Imperium Romanum, durch das Gewirr der Hochhäuser schlängelte. Hier wohnten die Schiffsleute, welche die Lastkähne über den Tiber von Rom zum Hafen Ostia stakten, die Lastenträger und Wächter der großen Lagerhäuser, die Arbeiter im Hafen und in den Docks, Freigelassene, die irgendwo unterkommen mussten, nachdem ihr Herr sie hinausgeworfen hatte, Neuankömmlinge aus allen Provinzen des Reiches, die in Rom ihr Glück versuchen wollten, entlaufene Sklaven – und viele Männer, bei denen es schon gefährlich war, sie nur nach ihrem Namen oder ihrem Beruf zu fragen. Und mittendrin erhob sich die Insula Felicles. Und genau darauf steuerte Archigenes zu.

»Ihr Götter«, murmelte ich. »Alles, nur nicht das.«

Mein Begleiter hatte mich trotz meiner gesenkten Stimme verstanden und grinste. »Willkommen im höchsten Haus des Imperiums!«, rief er sarkastisch.

Augustus hatte einst die Höhe der Insulae auf siebzig Fuß begrenzt, also auf sechs Stockwerke – sehr zum Ärger der Spekulanten, die aus schmalen Ziegeln, Holz und Beton Mietshochhäuser am liebsten bis zum Himmel bauen würden, um ihre enormen Profite ins Unendliche zu steigern. Gelegentlich hatte dann ein passendes Geschenk bei Hofe schon einmal für eine Ausnahmeregelung gesorgt, sodass manche Insulae sieben Stockwerke aufragten.

Doch Pomponius Sulfinius, dem in Rom mehr Hochhäuser gehörten als jedem anderen Spekulanten, hatte im ersten Regierungsjahr Domitians alle seine Rivalen übertroffen. Es ging das Gerücht, dass Sulfinius dem Kaiser, der das Liebesspiel gerne als »Bettkampf« bezeichnete und neuen sexuellen Erfahrungen stets aufgeschlossen war, einen ägyptischen Eunuchen zugeführt hätte, den er für Tausende von Sesterzen auf dem großen Sklavenmarkt von Rhodos erstanden hatte. Es war illegal, Sklaven zu entmannen, weshalb Eunuchen hohe Preise erzielten. Domitian schien sich mit diesem Geschenk eine Zeit lang gut unterhalten zu haben – gut genug jedenfalls, um Sulfinius die Insula Felicles zu erlauben, die kurz nach diesem Geschenk binnen weniger Monate hochgezogen worden war und seitdem die Ewige Stadt überragte.

Als wir in der schmierigen, düsteren Gasse am Fuß der Insula Felicles angelangt waren, musste ich den Kopf in den Nacken legen und konnte trotzdem kaum die Traufrinne des Daches sehen. Insula Felicles – das war ein zehn Stockwerke hoher Block im Nordwesten Roms. Das war ein Erdgeschoss in Luxus: gemauerter Säulengang, verziert mit Adlern und Löwen aus Gips und so verputzt, dass er wie schimmernder rosafarbener Marmor aussah. Dahinter eine große Taverne und ein Laden für Wollstoffe, sicherlich die beste Gaststätte, der beste Laden in der Regio IX. Auf dem Boden Mosaike, die der Ceres (der Lieblingsgöttin unseres Kaisers) huldigten. Zwei Stufen aus echtem Marmor als Aufgang zum Treppenhaus.

Und über diesem Luxus neun Stockwerke Elend.

Ich seufzte, als ich Archigenes über die knarzenden Holzstufen immer höher im düsteren Treppenhaus folgte. Die Stiege war so schmal, dass sich kaum zwei Menschen passieren konnten. Wenn mir jemand entgegenkam, musste ich mich immer wieder an die Wand drängen, über die Kakerlaken huschten. Zwei finster aussehende, muskulöse Männer (einer mit einem schrecklich zerschlagenen Nasenbein) schoben sich an mir vorbei, Dutzende von schreienden, schmutzstarrenden Kindern, ein debiler, sabbernder alter Mann mit einem ebenso glücklichen wie idiotischen Grinsen im Gesicht, dicke Matronen mit schmierigen Tuniken, die in Bastkörben Kohlstrünke und volle Nachttöpfe zu einer Abfallgrube hinuntertrugen, grell geschminkte, müde ältere Freudenmädchen, die sich auf den Weg zu ihrer täglichen Runde machten – und alle grüßten sie Archigenes mit einem Nicken oder gar einem Wangenkuss, während sie mich neugierig anstarrten.

Obwohl das Hochhaus erst wenige Jahre alt war, klafften an mehreren Stellen im Treppenhaus bereits fast mannslange Risse in den dünn verputzten, schmutzigen Mauern. Einmal passierten wir einen Treppenabsatz, an dem zwei hastig eingeschlagene Holzbalken eine hölzerne Zwischendecke stützten, die sich bereits gefährlich tief nach unten durchgebogen hatte.

Je höher eine Wohnung lag, desto kleiner, schmutziger und billiger war sie. Ich ahnte Schlimmes.

»Wo wohnst du?«, keuchte ich, als ich auf einem Treppenabsatz verschnaufte.

Archigenes grinste. »Ganz oben«, antwortete er. »Verlier nicht den Mut; es sind nur noch vier Stockwerke.«

»Roma, schütze deine Stadt vor Feuer«, murmelte ich, während wir uns wieder auf den Weg nach oben machten. Ständig brannte in der Stadt irgendwo eine Insula ab. Die obersten Wohnungen wurden dabei zu Todesfallen, in denen den von den Flammen Eingeschlossenen oft nur noch die Wahl blieb, am Qualm zu ersticken oder lebendigen Leibes zu verbrennen.

Die Stiege wurde so schmal, dass man nur noch an den Absätzen jemanden passieren lassen konnte. Das Holz auf den Treppen glänzte ölig vor Schmutz. Irgendwo grölte ein Mann obszöne Lieder, drei kurze Hammerschläge dröhnten durch das Hochhaus.

Endlich standen wir vor einer kleinen, schiefen Tür aus alten Brettern, die so niedrig war, dass ich mich unter dem Türsturz ducken musste, als wir eintraten. Allerdings war mir nicht entgangen, dass Archigenes vor dieser elenden Pforte ein massives, gut geöltes bronzenes Schloss angebracht hatte, das er mit einem langen, löwenköpfigen Schlüssel öffnete.

Seine Wohnung bestand nur aus zwei kleinen Zimmern. Doch nach den zehn Stockwerken in einem schmierigen Treppenhaus war es mir, als trete ich in eine andere Welt. Die beiden Räume waren peinlich sauber: der Holzbohlenboden gefegt, die Wände vor kurzem frisch mit weißem Kalkputz überzogen und selbst die Decke, die nichts anderes war als die Unterseite der Dachschindeln, wurde offensichtlich regelmäßig vom Schmutz befreit. Allerdings waren an zwei Stellen die Dachziegel so weit verrutscht, dass ich in den Herbsthimmel blicken konnte; unter den Löchern standen große irdene Schüsseln auf dem Boden.

Archigenes bemerkte meinen Blick und lächelte.

»So habe ich wenigstens sauberes Wasser« murmelte er.

Mein Gastgeber griff sich aus einem kleinen Wandregal einige Schwefelhölzer und machte sich an einem kleinen, transportablen Ofen zu schaffen, einer Bronzeschüssel, deren vier Stützen in kleinen Rollen endeten. Eine kleine gelbe Flamme blakte auf – und viel grauer Rauch, der mir in den Augen brannte. Archigenes legte einige Holzscheite und Kohlestücke nach, als die Flamme etwas heller brannte. Trotzdem fröstelte ich immer noch – was weiter nicht verwunderlich war, denn in dem ersten Raum öffnete sich ein Fenster zur Straße hin, im zweiten eine Tür auf einen kleinen Holzbalkon, der mir so wackelig erschien, dass ich mich dort niemals zehn Stockwerke über dem Basaltpflaster der Gassen Roms hinausgewagt hätte. Doch »Fenster« und »Balkontür« waren nichts anderes als ins Mauerwerk eingelassene viereckige Öffnungen, deren löchrige hölzerne Läden Archigenes soeben öffnete. Nichts, kein Glas, keine Folien aus Schweineblasen, nicht einmal zerschlissene Stoffvorhänge hielten die kühle Herbstluft ab.

»Immerhin werden wir nicht ersticken«, sagte ich säuerlich. Jedes Jahr erstickten die giftigen Schwaden der kleinen Holzkohleöfen so viele Römer in ihren Insulaewohnungen, wie eine Legion Soldaten hat.

Mein Gastgeber deutete einladend auf einen der drei grob gezimmerten, aber soliden Holzstühle, die im ersten Raum rund um einen kleinen, runden Tisch standen. Sie bildeten, neben einem einfachen Bett im zweiten Zimmer, zwei verschlossenen Truhen und einigen kleinen Wandregalen, einem Nachttopf und mehreren irdenen Amphoren, in denen Wasser aus dem nächsten Brunnen schwappte, die einzige Einrichtung in der Wohnung.

Er holte Hundekuchen hervor, das kreisförmige, grobe Brot aus dunklem Mehl, in das so viel Sand eingebacken war, dass es beim Kauen knirschte, als schritte man über einen Kiesweg. Dazu reichte er mir einen Krug mit saurem Wein. Ich hatte selten so ein elendes Essen aufgedeckt bekommen, nicht einmal während der Feldzüge der Legion in Britannien – doch selten hatte mir etwas so gut geschmeckt. Ich merkte, wie hungrig ich nach den Abenteuern dieses Morgens (und dem bereits in meiner Erinnerung verblassenden, wenn auch sehr viel angenehmeren Abenteuer der vergangenen Nacht) war und ließ mich nicht zweimal bitten.

Archigenes beobachtete mich eine Zeit lang schweigend, während er sich selbst gelegentlich etwas Brot abbrach oder einen tiefen Schluck nahm. Dann nickte er, als hätte er bei sich einen Entschluss gefasst.

»Also gut«, sagte er schließlich, und es klang, als fügte er sich in etwas Unvermeidliches, »ein schlechter Scherz der Götter hat uns zusammengeführt. Aber man sollte den Willen der Unsterblichen respektieren, wenn man sich nicht noch mehr Ärger einhandeln will. Du kannst bei mir bleiben, bis du wieder«, er zögerte und suchte lange nach den richtigen Worten, »ungefährdet in dein eigenes Haus gehen kannst«, vollendete er schließlich den Satz und grinste. »Obwohl ich eigentlich vorhatte, dich bis auf den letzten As auszurauben.«

Ich nickte. »Das hatte ich mir schon gedacht.«

Archigenes hob entschuldigend die Hände und deutete zugleich auf seine Wohnung. »Wenn du nach dem Circus durch die Arkaden gehst, ist es, als würdest du durch einen Obstgarten schlendern und reife Äpfel pflücken, die direkt in deinem Weg hängen. Es ist schwerer, die Äpfel *nicht* zu pflücken, als sie sich einfach einzustecken. Überall liegen Betrunkene mit Sesterzen in den Geldbeuteln – so benebelt, dass sie nicht einmal erwachen, wenn die Fanfaren der Legion neben ihnen erschallen würden.«

»Ich bin aufgewacht«, erinnerte ich ihn säuerlich. »Der Mann neben mir wird nie wieder aufwachen.«

Im Verlauf der nächsten halben Stunde erfuhr ich, dass Archigenes sich für ungefähr dreißig Jahre alt hielt – sein genaues Geburtsdatum kannte er nicht. Freimütig gestand er mir, dass er als Kind von seinen armen Eltern in Syrien in die Sklaverei verkauft worden war und nach einigen Umwegen schließlich als Stallknecht in der etrurischen Villa eines Senators gestrandet war.

»Irgendwann ist mir klar geworden, dass die Pferde dort besser behandelt wurden als ich«, sagte er schließlich leichthin. »Da bin ich davongerannt, habe mir in Rom eine gefälschte Freilassungsurkunde besorgt und lebe gut von den kaiserlichen Getreidespenden ans Volk, von Hilfsarbeiten am Tiberhafen – und von gelegentlichen Einbrüchen und von abenteuerlustigen Circusbesuchern wie dir, um die ich mich nach den Spielen kümmere.«

Ich brachte ein schiefes Grinsen zu Stande. »Bis jetzt habe ich dir nichts eingebracht außer Ärger.«

Dann erzählte ich ihm so viel von mir, wie ich preisgeben mochte. Dass ich gelegentlich zum Hofe Domitians eingeladen wurde, verschwieg ich lieber. Doch nach kurzem Zögern entschied ich mich, Archigenes wenigstens ausführlich von meinem Circusbesuch und der kurzen Liebschaft zu berichten. Vielleicht würde er dadurch irgendeinen Hinweis auf die Schwierigkeiten gewinnen, die wir uns eingehandelt hatten.

Doch er schüttelte den Kopf. »Ich habe keine Ahnung, wer die Kapuzenmänner sind. Keine Ahnung, wer der Tote ist. Keine Ahnung, wer Poppaeus sein könnte.«

Ich blickte ihn einen Moment verständnislos an, dann erinnerte ich mich wieder an den Papyrusfetzen, den mir der Sterbende gegeben hatte. Ich holte ihn aus meiner Geldtasche – die sechshundert Sesterzen, die ich gestern gewonnen hatte, waren jetzt das einzige Vermögen, über das ich verfügte. Ich würde sparsam sein müssen.

Wir besahen uns den Fetzen noch einmal genau und

wagten es sogar schließlich, mit einem Schritt auf den wackeligen Balkon zu treten, um ihn im Sonnenlicht genauer untersuchen zu können. Doch es gab nichts, was wir über den einen Namen hinaus noch entziffern konnten.

»Poppaeus«, murmelte Archigenes. »Wenn wir herausfinden, wer das ist, dann haben wir vielleicht jemanden, der uns den ganzen Ärger erklären könnte.«

Pridie Nonen des November

Der Wert der Freundschaft

Nach einer unbequemen Nacht auf einer zusammengerollten Decke im vorderen der beiden Zimmer von Archigenes' Wohnung schlich ich mich am nächsten Morgen im ersten grauen Licht wieder zu meinem Haus. Mir war, als wäre ich in einem Albtraum gefangen. Ich glaubte nicht mehr an die Götter, doch falls es doch irgendwo Unsterbliche gäbe, hätten sie mich an diesem Tag zum ersten Mal seit meinen Kinderjahren wieder beten hören. Ich wünschte mir, dass ich nun einfach nach Hause gehen könnte und den unbekannten Toten und die Kapuzenmänner abgeschüttelt hätte wie den Straßenstaub nach einer durchzechten Nacht.

Doch meine eitle Hoffnung, dass meine Verfolger verschwunden seien wie ein schlechter Traum, wenn die Sonne aufgeht, zerstoben schnell: Zwei Schatten warteten unbeweglich zwischen den Säulen im kleinen Tempel am Ende meiner Straße. Ich hatte mir unterwegs eine kleine Wachstafel gekauft und kritzelte nun ein paar Zeilen für Alexander ein, meinen Verwalter. Ich schrieb ihm, dass er sich keine Sorge machen müsse, ich sei »in einer Angelegenheit des Hofes« für einige Tage unabkömmlich. Das sollte verhindern, dass er auf eigene Faust größere Nachforschungen anstellte und dabei womöglich unfreiwilligerweise die Verfolger auf meine Spur setzte.

Ich gab das Täfelchen einem Straßenjungen und warf ihm ein paar Asse zu. Dann stellte ich mich in einen Säulengang und beobachtete, ob der Junge von einem Kapuzenmann abgefangen wurde. Nichts. Er gab die Nachricht beim Türsteher ab, ein Botenjunge, wie sie täglich zu Tausenden über Roms Gassen huschten.

Das beruhigte mich etwas. Meinen Verfolgern schien offensichtlich auch nicht daran gelegen zu sein, irgendeinen Alarm auszulösen, sonst hätten sie mein Haus vollständig abgeriegelt.

Ich dachte über meine nächsten Schritte nach. Wohin sollte ich gehen? Archigenes hatte mir großzügig geholfen – und ich würde ihn, sobald wieder bessere Zeiten angebrochen waren, auch großzügig dafür belohnen. Doch es änderte nichts daran, dass er ein entlaufener Sklave und Tagedieb war, der in einem der verrufensten Hochhäuser Roms wohnte. Dort konnte ich nicht bleiben. Wo aber dann?

Meine Eltern waren schon lange tot, niemand aus meiner weitläufigen Verwandtschaft lebte in der Stadt. Meine ehemalige Frau hatte einen anderen geheiratet, Kinder hatte ich nicht, denn meine Gattin Laronia hatte lieber zwei Abtreibungen über sich ergehen lassen als sich die Mühen der Erziehung zu machen. Echte Freunde schließlich waren ein sentimentaler Luxus, den sich niemand leisten konnte, der am Hofe Domitians Karriere machen wollte.

Ich überlegte, wer mir einen Gefallen schuldig war. Ein paar Veteranen, ehemalige Legionäre, die unter mir in Britannien gedient hatten; dazu zwei ehemalige Sklaven, denen ich die Freiheit geschenkt hatte. Alles Menschen, die wahrscheinlich genauso armselig lebten wie Archigenes. Es wäre nutzlos, dass ich mich an sie wendete.

Schließlich fiel meine Wahl auf Statius. Der berühmte

Dichter hatte meinen eigenen lyrischen Versuchen stets wohlwollend gegenübergestanden. Wenn überhaupt jemand so etwas wie mein Mentor war, dann er, der zehn Jahre älter war als ich. Außerdem war er ein kultivierter Mann – kultiviert genug, hoffte ich, dass er keine allzu neugierigen Fragen stellen würde. Er war reich und hatte beste Verbindungen zu Domitian. Bei ihm konnte ich mich verstecken und meine nächsten Schritte planen.

Statius hatte ein großes Stadthaus auf dem Pincius, dem Viertel nördlich des Quirinal, jenseits der uralten Stadtmauer, die einstmals Roms Könige hatten errichten lassen und die längst überwuchert war, ein steinernes Riff in einem Meer aus Häusern. Hier war Rom beinahe noch ländlich, luftig ruhig, und vor allem war der Pincius nicht allzu weit von meinem Haus entfernt. Ich dachte einen Augenblick daran, mir eine Sänfte zu mieten, doch dann beschloss ich, den Weg zu Fuß zurückzulegen. Die frische Luft würde mir gut tun.

Als ich durch ein Tor die alte Stadtmauer hinter mir ließ, wurden die Straßen Roms breiter, großzügiger – und abweisender. Das Pflaster aus quadratischen, von unzähligen Sohlen und Rädern blank polierten Basaltplatten war sehr sorgfältig verlegt. Große, längliche Steine, in die in regelmäßigen Abständen Abfluss- und Entlüftungslöcher geschlagen waren, überdeckten die gurgelnde Kloake. Die Straßenfronten zu beiden Seiten bestanden zumeist aus hell verputzten, doppelt mannshohen Mauern, hinter denen kaum die roten Dächer großer Anwesen zu erkennen waren. Wer hier wohnte, schätzte Ruhe und Diskretion – und hatte das nötige Vermögen, um sich selbst in Rom beides zu erkaufen.

Ich passierte einen kleinen, aber edel proportionierten und aus erlesenstem Marmor gefertigten Tempel der Göttin Flora, dessen kannelierte Säulen selbst um diese vorgerückte Jahreszeit noch mit großen Girlanden aus rot und rosafarben blühenden Rosen, Fresien und Narzissen geschmückt waren. Dem Heiligtum entströmte ein betäubend üppiger Duft. Ich sah niemanden, der dort der Göttin huldigte.

Dann blickte ich mich um. Zum ersten Mal wurde mir klar, dass hier, auf der breiten Straße, zwar Tausende von Menschen unterwegs waren, doch dank der großzügigen Dimensionen nicht mehr drängten. Ein einzelnes Gesicht fiel in der Menge sehr viel leichter auf als auf den Gassen im Zentrum Roms.

Vielleicht war es doch keine so gute Idee gewesen, Statius in seinem Haus zu besuchen.

Ich ging schneller. An einer Umfassungsmauer hing eine kleine, hölzerne Sonnenuhr, die den Beginn der fünften Stunde anzeigte – die Mitte des Vormittags. Es duftete nach Pinien. Die Mauern an der rechten Straßenseite traten zurück und gaben den Blick auf einen großen Park frei, durch den einige sauber geharkte Kieswege zwischen sorgfältig angelegten Blumenrabatten und gestutzten Zypressen und Eiben mäanderten: die Horti Sallustiani, der vielleicht schönste öffentliche Garten Roms. Auf den Marmorbänken unter Rosenlauben saßen Liebespaare, Müßiggänger und einige ältere Männer, von denen sich manche angeregt unterhielten, andere dagegen selig weggenickt waren. Niemand war zu sehen, der die Kapuze seines Mantels hochgeschlagen hatte.

Endlich hatte ich das Anwesen des Statius erreicht. Zuletzt war ich beinahe gerannt, um endlich in die sichere Anonymität hinter eine der hohen Mauern eintauchen zu können. Ich atmete tief durch und versuchte, meinen hämmernden Herzschlag wieder in einen normalen Rhythmus zu zwingen. Dann klopfte ich an die kleine, in die gelb gestrichene Wand eingelassene Pforte.

Ein älterer Janitor öffnete sie und verbeugte sich. »Was kann ich für dich tun?«

Ich nickte dem Türwächter knapp zu. »Melde mich bei deinem Herrn«, befahl ich und versuchte, durch die Pforte zu treten. Ich hielt es nicht für nötig, mich beim Sklaven vorzustellen; schließlich musste er mich von mehreren Besuchen bei dem Dichter bereits kennen.

Doch der Janitor trat mir in den Weg. »Wer bist du?«, fragte er. Seine Stimme klang kühl und beherrscht. Und doch vermeinte ich, dass noch etwas anderes in ihr mitschwang.

Angst.

»Decimus Junius Juvenalis«, herrschte ich ihn an, zugleich verwirrt und verärgert. »Ein Freund deines Herrn. Ein guter Freund.«

»Ich bedaure«, stammelte der Sklave, »aber mein Herr ist nicht zu sprechen.«

Es war überdeutlich, was er eigentlich sagen wollte: »Mein Herr ist für dich nicht zu sprechen.«

Die Ereignisse der letzten zwölf Stunden hatten meine Geduld erschöpft. Ich war nicht gewillt, mir von einem Sklaven vorschreiben zu lassen, ob ich einen Freund besuchen durfte oder nicht. Wütend schob ich ihn mit einer raschen Bewegung zur Seite und drängte mich auf das Anwesen.

»Statius wird mit mir reden. Und dir wird er hundert Peitschenhiebe auf den Rücken geben«, zischte ich und eilte durch einen kleinen Garten, während der flehende Sklave hinter mir herrannte.

Ich hatte Glück und traf Statius schon im Atrium seines großen Hauses. Er saß auf einer marmornen Bank und trug einer älteren, schlicht gekleideten Frau mit leiser Stimme ein Gedicht vor. Die Frau erblickte mich zuerst und sprang auf. Es war Phiale, eine ehemalige Sklavin des Statius, die dieser längst freigelassen und als seine Geliebte bei sich behalten hatte. Statius, der ruhmsüchtige Dichter aus gutem Hause und Günstling Domitians, hätte allerdings niemals gewagt, eine Frau mit so unstandesgemäßer Herkunft offiziell zu heiraten.

Phiale starrte mich nur für einen Moment an und verschwand dann grußlos im Schatten eines Säulenganges.

Auch Statius war aufgesprungen. Er trug eine sündhaft teure Tunika aus dunkelroter Seide und duftete nach erlesener Sandelholzessenz. Seine frisch manikürten Finger hatte er zu Fäusten geballt, was durchaus lächerlich aussah.

»Publius, ich muss unbedingt mit dir sprechen!«, rief ich.

Er starrte mich an als wäre ich dem Hades entstiegen.

»Es ist sehr dringend«, setzte ich hinzu. »Was ist mit dir los?«

»Nichts, nichts«, versicherte Statius eilig und rang offensichtlich nach Worten. »Es ist nur …« Seine Stimme – die wohlgeübte, etwas samtige Stimme eines erfahrenen Deklamators – verklang, seine feinen Hände machten eine vage Geste, die ich beim besten Willen nicht zu deuten vermochte.

»Beim Speer des Mars!«, fluchte ich. »Sag mir, was passiert ist!« Der Blick des Dichters flackerte. Ich bemerkte, wie er über meine Schulter blickte. Ich drehte mich um: Der Janitor war ins Atrium getreten, zusammen mit einigen weiteren Sklaven, deren massige Körper und zerschlagene Gesichter verrieten, dass es ehemalige Gladiatoren waren.

»Du lässt mich aus deinem Haus werfen?«, flüsterte ich fassungslos. »Warum, bei allen Göttern?«

Statius erwiderte nichts und wandte sich ab.

Ich ersparte mir die Demütigung, mich von einigen Sklaven gewaltsam abführen zu lassen, und hielt sie mit einer verärgerten Geste auf Distanz, während ich mich langsam und möglichst würdevoll umdrehte. Grußlos verließ ich das Atrium. Statius wagte es nicht, mich anzublicken.

Nach ein paar Augenblicken stand ich wieder vor dem Haus des Mannes, den ich, wenn nicht für einen Freund, dann doch wenigstens für einen Vertrauten gehalten hatte. Und ich wusste nicht einmal warum.

Die nächsten Stunden wanderte ich ziellos umher – fast ziellos: Ich beeilte mich, so schnell wie möglich wieder in die belebten, unübersichtlichen Gassen des Zentrums zu gelangen, doch hielt ich mich andererseits sorgsam vom Quirinal fern. Es nieselte, der Dreck auf den Straßen wurde gefährlich schmierig, die Ziegelmauern der Insulae glänzten wie mit altem Olivenöl überzogen, und der Himmel hatte die Farbe einer ausgewaschenen alten Leinentunika. Die bettelnden Krüppel hatten in den hintersten Winkeln der Säulengänge notdürftig Schutz gesucht oder waren ganz von den Straßen verschwunden, die Händler hatten ihre überbordenden Auslagen, all die Gemüsekarren, Regale voller Kupferkessel und Ständer mit billigen Gewändern und Tüchern, längst vor der Feuchtigkeit in Sicherheit gebracht und in ihren muffigen Läden verstaut. Irgendwann bemerkte ich, dass meine Gewänder klamm geworden waren und meine Füße in den aufgeweichten Sandalen kalt waren wie Eisklötze.

Fröstelnd und hungrig drückte ich mich in die nächste Taverne, eine dunkle Höhle unter dem von zusätzlichen groben Holzbalken abgestützten schiefen Säulengang einer alten, rissigen Insula. Unter dem Holzkohlenruß an den Wänden waren einige schlecht gemalte obszöne Fresken kaum noch auszumachen; die Einrichtung bestand aus zwei Dutzend massigen Tischen und Bänken, einer an dem dem Eingang gegenüberliegenden Ende hochgemauerten Theke, in die tönerne Amphoren eingelassen waren, in denen Wein und Garum schwappten, sowie einer großen, qualmenden Kochstelle, über der ein riesiger Kupferkessel an einer schmiedeeisernen Kette hing. Von der Decke hingen an dünnen schwarzen Ketten ein Dutzend Öllampen, welche die Taverne trotz der frühen Stunde in ein düsteres, flackerndes nächtliches Licht tauchten. Es war stickig, die Luft roch sauer nach Rauch, Schweiß und schlechtem Wein, doch es war wenigstens warm.

Ich blickte mich kurz um. Die meisten Bänke waren mit muskulösen, grobknochigen Männern in einfachen, oft geflickten Tuniken besetzt. Schmiede, vermutete ich, oder Sänftenträger oder Lagerarbeiter vom Tiberhafen. Ich wusste gar nicht genau, wo ich mich befand. Frauen waren, außer der dicken, älteren Wirtin, nicht zu sehen – aber auch niemand mit einem Kapuzenmantel. Einige der Gäste blickten kurz auf und starrten mich an, doch niemand sprach mit mir ein Wort, und schnell wurde ich nicht mehr beachtet.

Erleichtert setzte ich mich auf das Ende einer Bank in der Nähe des rußigen Herdfeuers.

»Was kannst du mir empfehlen?«, fragte ich die Wirtin, auf deren feister, rötlicher Haut ein feiner Schweißfilm lag.

Die Matrone lachte. »Du bist hier nicht in der Küche des Lucullus, Fremder«, entgegnete sie mit gutmütigem Spott. »Wir haben billigen Wein und teuren Wein. Und zu essen gibt es das, was mein Mann an diesem Tag in den Topf geworfen hat: Tiberhecht, Kohl und Zwiebeln.«

Ich versuchte, meine Gesichtszüge unter Kontrolle zu behalten. Tiberhecht war der fleckige Raubfisch, der in den großen Kloaken Roms geangelt wurde – nicht gerade die Spezialität, die in meinem Hause aufgetischt wird. »Ich nehme einen Krug vom teuren Wein und einen Teller Eintopf«, sagte ich und warf ihr die geforderten vier Asse zu. Immerhin war es hier sehr billig.

Kurz darauf stand ein irdener Krug vor mir, in dem eine dunkle Flüssigkeit schwappte, die eher an Essig erinnerte als an Rebensaft. Ich kostete das saure Gesöff vorsichtig und fragte mich, wie erst der billige Wein schmecken musste. Dann knallte mir die Wirtin eine große hölzerne Schüssel und einen hölzernen Löffel auf den Tisch. Weißliches Fischfleisch, zerkochter Kohl und Zwiebelringe schwammen in einer Soße, die nach billigem, übel riechenden afrikanischen Sesamöl roch; dazu gab es eine Kante harten Brotes.

Ich rührte zunächst lustlos in der Brühe, doch dann nahm ich den ersten Löffel und war angenehm überrascht. Dank der hünenhaften Stammkundschaft waren die Portionen in dieser Taverne riesig, und ich war so hungrig, dass ich meine tatsächlich bis zum letzten Löffel leerte. Auch der Wein schmeckte nach jedem Schluck besser.

Zum ersten Mal seit Stunden fühlte ich so etwas wie Geborgenheit. Entspannt lehnte ich mich zurück und dachte nach, während ich bei der Wirtin zufrieden noch einen zweiten Weinkrug bestellte.

Warum hatte Statius mich aus seinem Haus hinausgeworfen? Kein Zweifel: Der Dichter hatte Angst. Aber wovor? Vor mir? Fühlte er sich von mir bedroht? Eher nicht – sondern wohl durch mich bedroht. Aus irgendeinem

Grund hielt er es für gefährlich, in meiner Nähe zu sein. Statius war dem Kaiser gegenüber ein Kriecher und Schönredner. Doch gerade seine hervorragenden Kontakte bei Hofe machten ihn zu einem mächtigen Mann. Einem Mann, zu dessen Schutz Domitian beispielsweise ohne zu zögern einen Trupp Praetorianer abstellen oder einen missliebigen Senator köpfen lassen würde.

Fürchtete sich auch der Dichter vor den Kapuzenmännern? Die Unbekannten hatten mein Haus abgeriegelt – nur Stunden, nachdem ich das erste Mal ihren Weg gekreuzt hatte. Woher konnten die wissen, wer ich war und wo ich wohnte? Wie viele waren es? Wer war ihr Anführer?

Und vor allem: Warum bloß hatten sie es auf mich abgesehen?

Wer war der Mann, der neben mir in den Circusarkaden gelegen hatte und gestorben war? Oder suchten die Unbekannten seinen Mörder? Und wer war Poppaeus, dessen Name auf dem Papyrusfetzen stand, den mir der Sterbende in die Hand gedrückt hatte?

Es gab jetzt nur noch einen Ort in Rom, an dem ich vielleicht die Antworten auf diese Fragen finden konnte.

Eine halbe Stunde später stand ich auf dem Forum Romanum. Wenn das Imperium so etwas wie eine Seele besaß, dann hatte sie ihren Sitz hier in dieser weiten Senke zwischen Capitol und Palatin, den beiden ehrwürdigsten der sieben Hügel. Früher, in der glorreichen Zeit der Republik, boten hier die Händler Italiens und der Welt ihre Waren feil. Inzwischen war die Stadt so weit gewuchert, dass Dutzende von Marktplätzen den Hunger der weit über eine Million Einwohner stillen mussten. Das Forum Romanum aber hatte sich in ein marmornes Museum von Roms ewiger Größe verwandelt. Vom Capitol bis zum Kolosseum erstreckten sich, gewaltigen Kulissen ähnlicher als gewöhnlichen Bauwerken, entlang der Via Sacra in weißer Pracht die Tempel der Concordia, des vergöttlichten Vespasian, des Saturn, des Castor und Pollux, des Romulus und schließlich das riesige Heiligtum der Venus und der Roma; dazwischen erhoben sich die Curia, der alte, würfelförmige Sitz des Senats, der inmitten dieser Pracht beinahe schäbig wirkte; die großen Säulenhallen von Basilica Julia Richtung Palatin und Basilica Aemilia Richtung Subura; das kreisrunde Heiligtum und das streng abgeschottete Haus der Vestalinnen, das kein Normalsterblicher je betreten durfte. Dazwischen, davor, hineingebaut in kleinste Lücken: Triumphbögen, Siegessäulen, Standbilder – von denen keines prächtiger war als das vergoldete Reiterbildnis Domitians am Fuß der Rostra, der marmorverkleideten künstlichen Klippe, von der in den Zeiten der Republik Cicero, Caesar und die anderen begnadeten oder fluchwürdigen Verführer zum Volk von Rom sprachen.

Weil sich die Senatoren zu Sitzungen oft in der Curia versammelten oder bei offiziellen Zeremonien eines der großen Heiligtümer beehrten, war das Forum voll von Bittstellern, Emporkömmlingen und Intriganten, die versuchten, irgendwie die Aufmerksamkeit dieser mächtigen Männer zu erringen, von Händlern, die uralte griechische Statuen oder blutjunge Lustsklaven anboten, von Orakeldeutern und Giftmischern, die für die stummen Machtkämpfe hinter der Fassade der Ehrenhaftigkeit nützlich sein mochten. Andere Müßiggänger wurden von den großen Prozessen in den beiden Basiliken angezogen: Spektakeln, in denen Anwälte mit einem von den Göttern geschenkten Talent zu Gemeinheit und Pathos mit ihren Reden ein johlendes Publikum mehr zu beeindrucken suchten als den Richter. Gläubige, sofern es die noch gab, vielleicht waren es eher

Traditionalisten, opferten in einem der großen Tempel auf dem Forum.

Wenn in Rom Gerüchte herumschwirrten, dann hier. Wenn irgendwo etwas über den unbekannten Toten und meine Verfolger zu erfahren war, dann durch ein Wort, eine Geste, eine Andeutung, ein Flüstern, ein belauschtes Gespräch irgendwo auf dem Forum Romanum.

Ich passierte die großen Lagerhäuser für Gewürze vor dem Forum Romanum, die Horrea Piperatoria, aus deren Innerem es nach Pfeffer, Ingwer und den Gewürzen Arabiens duftete. Der Clivus Arentarius führte mich im Bogen zwischen Capitol und Caesarforum hindurch, vorbei an den Ständen der Silberschmiede, die Ringe, Ketten und Gewandspangen nach der neuesten Mode anboten. Das polierte Silber funkelte im Sonnenlicht wie zersplittertes Glas.

Normalerweise hätte ich mich lange umgesehen und mir dabei überlegt, welches Schmuckstück ich einer meiner Favoritinnen hätte schenken können. Heute aber würdigte ich die Schätze kaum eines Blickes.

Ich passierte die Curia und das Reiterstandbild unseres Kaisers und den Tempel und das Haus der Vestalinnen, wo ich mir bei einem der dort wartenden bäuerlichen Händler einen Apfel kaufte. Schließlich schritt ich durch den Triumphbogen des Titus.

Überall drängten sich Männer und Frauen: Senatoren mit ihrem dutzendköpfigen Gefolge aus Dienern, Sekretären, beflissenen Klienten und Leibwächtern; reiche Damen in gepolsterten, offenen Sänften, die sich von nubischen Trägern zum Haus der Vestalinnen tragen ließen; Schreiber und Sklaven mit versiegelten Papyrusrollen in der Hand auf dem Weg zu irgendeinem Archiv; sechs heftig schwitzende, feiste Kerle, die eine kleine, aber immens schwere Truhe voller Silberstücke zum Tempel des Castor und Pollux trugen, in dessen Untergeschossen das Schatzamt des Imperiums das eigene und fremde Vermögen unter schwerer Bewachung einlagerte; gallische Arbeiter und griechische Stuckateure auf dem Weg zur Baustelle des neuen Forums hinter der Curia; eine alte syrische Wahrsagerin, die zornig auf einen jungen Mann in einer teuren, auffälligen Toga und golddurchwirkten Sandalen einredete; zwei ehemalige Gladiatoren, die sich auf die Stufen, die um die Basilica Julia liefen, hingehockt hatten und seelenruhig mit einem bronzenen Meißel das Spielfeld für die Tabula lusoria in den kostbaren weißen Marmor ritzten. Danach zogen sie einen ledernen Becher, einige Knochenwürfel und helle und dunkle Spielsteine sowie einen großen Schlauch Wein aus ihren Umhängetaschen und vertieften sich in das Brettspiel, als wären sie die einzigen Menschen auf der Welt; Tausende Römer schlenderten wie ich scheinbar ziellos über das Forum Romanum.

Überall schnappte ich Gesprächsfetzen auf, halbe Sätze, ausgerufene Worte, Lachen, Kichern, gespielte Empörung – nichts davon aber schien mit mir oder meinen Erlebnissen zu tun zu haben. Niemals fiel der Name Poppaeus. Niemand schien etwas von einem Toten in der Circusarkade zu wissen. Doch immerhin: Niemand schien mir ängstlich aus dem Weg zu gehen, als hätte ich Aussatz. Was immer Statius in Schrecken versetzt hatte – es war nichts, das bereits auf dem Forum allgemein bekannt war.

Langsam ging ich zurück und bog hinter dem Tempel des Castor und Pollux links in den Vicus Tuscus ein, eine Gasse im Schatten des Palatin. Hier stand die Luft und roch seltsam: zugleich faulig, weil tief unter dem Basaltpflaster die Cloaca maxima mit ihrer trüben Brühe gen Tiber floss, und doch auch gediegen, nach gegerbtem Leder, altem Pergament und teuren ägyptischen Ölen, mit denen Papyrusrollen eingerieben wurden, damit sie nicht spröde wurden und einrissen. Der Duft der Sosii.

Den beiden Brüder Sosius war es irgendwie gelungen, vom Kaiser eine Erlaubnis zu bekommen, ihren Laden am Vicus Tuscus, direkt unter der Marmorstatue des Gottes Vestumuus hinter der Basilica Julia, behalten zu dürfen. Sie gehörten zu den wenigen Händlern, die tatsächlich noch auf dem herausgeputzten Forum Romanum ihre Geschäftsräume unterhielten, denn sie verkauften die Buchrollen der wichtigsten Dichter des Imperiums. Und ich war ein guter Kunde.

Es war eine kleine, aus Ziegeln aufgemauerte Bude mit schrägem, rötlichem Dach und hellgelb verputzten Wänden. Sechs große, wuchtige Vierkantbalken trugen ein kleines Vordach – Balken, die kaum noch zu erkennen waren, denn die Sosii hatten sie über und über mit Papyrusblättern beheftet. Dort konnte jeder Müßiggänger, der auf dem Vicus Tuscus Richtung Forum Romanum schlenderte, ein Epigramm von Horatius lesen, ein Liebesgedicht von Catullus, das erste Kapitel von Caesars Commentarii de Bello Gallico, einen Brief von Cicero, ein paar Zeilen Vergilius, Livius' Bericht über die Gründung Roms und, selbstverständlich, eine Elegie von des Kaisers Lieblingsdichter Statius.

Wer sich einmal festgelesen hatte, so hofften die beiden geschickten Brüder nicht ganz zu Unrecht, der würde in ihren Laden gehen und nach dem Ausschnitt gleich das ganze Werk kaufen. Zwanzig Sesterzen kostete eine von geschickten Schreibsklaven abgeschriebene Buchrolle, ein kleines Vermögen. Dafür garantierten die Sosii, dass ihre Sklaven gut ausgebildet waren und unter keinem Zeitdruck arbeiten mussten, sodass ihre Kopien fehlerfrei waren, die Papyrusrollen sauber beschnitten und verklebt waren und eingeölt und eingewickelt in Leinentücher zum Schutz vor der Sonne und gefräßigen Insekten. Pergament war noch sehr viel teurer, Preise auf Anfrage.

Ich nickte Gaius Sosius zu, der allein im Laden stand und sich beflissen vor einer stark nach Rosenwasser duftenden Matrone verbeugte, die von einer halben Legion kichernder Sklavinnen umringt war. Sie suchte ein Liebesgedicht, doch konnte sie sich weder an den genauen Text noch gar an den Autor erinnern. Der Buchhändler hatte die Pose eines respektvoll zuhörenden Bewunderers eingenommen, während die Dame mit pathetischer Geste und falscher Betonung einige, wie mir schien, vollkommen unzusammenhängende Zeilen deklamierte, die ich noch nie irgendwo gelesen hatte. Sosius mochte neureiche Halbanalphabeten wie sie aus tiefstem Herzen verachten, doch seine Miene blieb beflissen – schließlich lebte er nicht schlecht von ihnen. Er würde der Frau am Ende eine halbe Bibliothek von Liebesgedichten verkaufen und ihr versichern, dass irgendwo vergraben in den Rollen schon »ihre« Elegie schlummerte.

Ich war der einzige andere Kunde im Raum, zog eine Rolle hervor und tat so, als würde ich das erste Kapitel eines mir vollkommen unbekannten, schlicht mit »Agricola« betitelten Werkes lesen. Tatsächlich aber bemühte ich mich, die Reaktionen von Sosius abzuschätzen und dem Geflüster der Sklavinnen zu lauschen. Der Buchhändler hatte mich mit dem vertrauten Nicken begrüßt, das er allen Stammkunden schenkte. Ihm schien es in keiner Weise unangenehm oder gar bedrohlich zu sein, mich in seinem Laden zu haben. Und aus dem Geschnatter der Dienerinnen hörte ich schnell heraus, dass ihre Herrin sich aus einigen Liebesgedichten ein eigenes zurechtbasteln wollte, das sie einem jungen griechischen Schauspieler zusenden wollte. Warum – darüber wisperten die Sklavinnen ausführlich, während ihre Herrin und Sosius sich über eine schwere, pergamentene Rolle beugten. Mich aber beachteten sie nicht.

Nach einiger Zeit verließ ich wieder den Laden, zwar nicht klüger als zuvor, doch um eine Winzigkeit erleichterter. Nach wenigen Schritten schlüpfte ich zwischen zwei Säulen hinein in die weiten Hallen der Basilica Julia.

Hinein in ein lärmiges Chaos, wie es größer auch im Kolosseum nicht toben könnte.

Drei Säulenreihen an jeder Gebäudeseite trugen das weite, aus dunklen Holzkassetten bestehende Dach. Es war, als trete man in einen Wald marmorner Riesenbaumstämme ein. Der polierte Steinboden reflektierte das durch hohe Fensterreihen hineinströmende Sonnenlicht. Einst muss der Eindruck der riesigen, lang gestreckten, mit Skulpturen römischer Helden geschmückten Halle überwältigend gewesen sein, doch diese Herrlichkeit war längst verschwunden hinter Dutzenden von bunten Stoffbahnen, die von Säule zu Säule quer durch den Raum gespannt waren und diesen in mehrere Bereiche unterteilten. In jedem saß, zwischen zwei Säulen auf einem unbequem aussehenden hölzernen Schemel, ein Praetor zu Gericht. Stets umgeben von Schreibern, Archivaren, Wächtern, Gerichtsdienern zu beiden Seiten. Vor ihm standen Kläger und Beklagter, ihre Anwälte – und ein in jeder Abteilung viele Hundert Köpfe zählendes, johlendes, schreiendes, pfeifendes Publikum in der Halle und hoch oben auf hineingebauten Emporen.

Die Griechen warfen uns Römern, neben vielen anderen Dingen, stets vor, dass wir das Theater nicht zu schätzen wüssten. Sie führten an, dass in unseren Theatern deftige, obszöne Volksspiele geboten werden. Wo aber seien die Dramen, wo die Komödien Roms? Hellenische Hohlköpfe! Hier spielten die Dramen, hier die Komödien. Die Prozesse – Streitereien um untreue Ehegatten, säumige Schuldner, undankbare Erben, gefälschte Testamente, um Diebstahl, Korruption, Vergewaltigung, Mord und manchmal gar um Hochverrat – waren Roms Theater. Die Anwälte mit ihren Plädoyers, die Stunden dauern konnten, waren populärer als jeder Schauspieler. Ihre Künste, so teuer sie für ihre Klienten waren, boten sie dem Publikum gratis dar – ja, sie zahlten manchmal sogar dafür. Die besten Anwälte hielten sich Dutzende von bezahlten Anhängern, die sie geschickt zwischen den Rängen der Zuschauer verteilten und die bei geeignetem Anlass dem eigenen Heroen zujubelten oder die Gegenseite niederschrien. Um die Wahrheit ging es bei einem Prozess bestenfalls am Rande, um Recht und Gerechtigkeit noch weniger – wichtig allein war das Schauspiel. Die Praetoren ließen sich von raffinierten, feurigen Reden meist genauso leicht beeindrucken wie die Müßiggänger oder bezahlten Claqueure, die sich in der Basilica Julia drängten. Außerdem verdankten sie alle ihre Positionen der Gunst des Kaisers – und Domitian wiederum achtete sehr auf die Stimmung im Volk von Rom. Da war es politisch, wenn auch nicht immer juristisch klug, so zu entscheiden, wie die Zuschauer es gerne hätten.

Ich drängte mich hinein in die miefige, nach Schweiß, Wein und saurem Brot riechende Abteilung am weitesten rechts in der Basilica Julia. Hier brandete gerade der größte Lärm auf, hier schien gerade das spannendste Verfahren zu laufen.

Der Praetor war der alte Junius Vuscus, ein grauhaariger Riese, der unbeweglich wie ein Bär im Winterschlaf auf seinem Schemel saß und mit seinen dunklen Augen irgendwo auf einen imaginären Punkt mitten im Raum starrte, während sich vor ihm ein Anwalt, den ich dem Sehen, wenn auch nicht dem Namen nach kannte, mit einer weitschweifigen Rede abmühte. Ein Mann stand vor dem Richter, noch älter als dieser: ein kleines, zerbrechlich wirkendes Männlein in einer Toga aus abgewetztem Stoff und geflickten Sandalen, das irritiert den Kopf auf die Seite geneigt hatte, um im Durcheinander johlender Stimmen noch die Rede des Anwalts zu verfolgen – seines Verteidigers, wie ich nach einiger Zeit herausgefunden hatte. Der Greis stand vor dem Praetor, weil ihn jemand, dessen Namen der Richter nicht nennen wollte, denunziert hatte: Er sei kein echter Römer, vielmehr ein getarnt in Rom lebender Jude und müsse deshalb eigentlich den Fiscus Iudaicus zahlen, die von Vespasian einst im Krieg gegen die aufständischen Juden eingeführte Judensteuer.

Sein Verteidiger führte aus, dass der Alte regelmäßig den Tempel des Jupiter besuche, der Venus huldige und noch nie in seinem Leben eine Synagoge von innen gesehen habe. Doch seine Rede geriet ihm langatmig und verwirrend. Das Publikum murrte, ein oder zwei buhten laut.

Da sprang der Ankläger plötzlich von seinem Platz auf. Ein junger, gut gekleideter Mann, ein gefährlicher Niemand, einer jener jungen, ehrgeizigen Anwälte, die Fälle wie diese übernahmen, um durch spektakuläre Prozesse bekannt zu werden.

»Dreiundneunzig Jahre zählt diese Jammergestalt, die sich Römer zu nennen wagt«, rief er und deutete auf den alten Angeklagten. Die Zuschauer, die eben noch gebuht hatten, stimmten lauthals zu, andere ergingen sich in wenig schmeichelhaften Äußerungen über das Aussehen des Greises. »Dreiundneunzig Jahre«, fuhr der Ankläger mit sich vor Erregung überschlagender Stimme fort, »dreiundneunzig Jahre, die dieser versteckte Jude dem Kaiser und dem Volk von Rom die Steuer nachzahlen muss!« (Das war eine schamlose Lüge. Selbst ich, der ich kein Jurist war, wusste, dass der Fiscus Iudaicus erst vor rund fünfundzwanzig Jahren eingeführt worden war.)

»Er ist kein Jude«, entgegnete der Verteidiger und versuchte sich in einer pathetischen Geste, die ihm aber kläglich misslang.

»Nun, es gibt nur einen Weg, das endgültig zu überprüfen«, sagte der Ankläger leise und lächelte böse.

»Ausziehen!«, grölte jemand auf den Rängen, dann fielen drei, ein Dutzend, schließlich Hunderte von Stimmen ein: »Ausziehen! Ausziehen!«

Aus anderen Abteilungen drängten Zuschauer herein, angezogen vom Lärm, der bis zu den benachbarten Prozessen hinübergebrandet war. Manche allerdings wandten sich gleich wieder enttäuscht ab, als sie bemerkten, dass die Aufforderung der Menge nicht, wie sie erhofft hatten, einer Angeklagten galt, sondern einem alten Mann.

Der Praetor erwachte aus seiner Starre und nickte kurz. Das Publikum johlte wie beim raffinierten Stoß eines Gladiators, der Greis sah seinen Richter für einige Momente lang fassungslos an. Doch als sich ihm zwei Bewaffnete näherten, machte er eine demütige, abwehrende Geste und fing an, sich vor der Menge zu entkleiden.

Ein Sklave des Praetors trat vor den entkleideten Alten, beugte sich hinab und betrachtete eingehend sein Geschlecht. »Nicht beschnitten!«, rief er schließlich laut in den Saal.

Ein kollektiver Seufzer der Enttäuschung ging durch die Ränge, viele Zuschauer drängten hinaus zu anderen, möglicherweise interessanteren Prozessen. Während sich der

Alte hastig wieder ankleidete, ballte der junge Ankläger vor Wut die Fäuste.

»Erledigt«, verkündete der Praetor. »Freispruch. Der nächste Fall.«

Während der Prozesspause drängte ich mich durch die Menge, begierig nach irgendwelchen Gerüchten lauschend. Doch wieder wurde ich zugleich erleichtert und enttäuscht: Niemand redete über irgendetwas, das auch nur entfernt mit mir zu tun haben könnte.

Doch während ich mich noch durch die verschwitzten Leiber drängte, fiel mein Blick zufällig auf den Praetor. Junius Vuscus saß noch immer auf seinem Schemel, unbeweglich wie ein Standbild. Doch er starrte mich an. Es war mir vom ersten Moment an klar, dass er mich fixierte. Sein Gesichtsausdruck war schwer zu deuten. So starrt vielleicht ein Jäger, dem in einer Waldlichtung ganz unverhofft ein Hirsch vor den gespannten Bogen springt.

Ich duckte mich, schob mit den Händen rüde zwei Männer beiseite, die lauthals protestierten und mir Schimpfworte nachwarfen, dann schlüpfte ich zwischen den Säulen hindurch ins Freie. Ein paar Augenblicke später lag das Forum Romanum hinter mir, und ich war eingetaucht ins Gassengewirr der Subura.

Stundenlang drückte ich mich durch die Säulengänge der Insulae, wanderte ziellos durch die Gassen Roms, mit gesenktem Blick und zwischen die Schultern gezogenem Kopf, als könnte ich mich so irgendwie tarnen. Was war bloß geschehen? Kein Gerücht lief um, niemand sprach über den unbekannten Toten im Circus, über einen Mann namens Poppaeus, über mich. Doch Statius hatte mich hinausgeworfen, der Praetor mich gemustert, als wäre ich ein flüchtiger Verbrecher. Das waren beides Männer aus dem engsten Kreis um Domitian. Was wussten sie, das ich, das niemand sonst in Rom wusste? Fast sah es so aus, als wäre ich beim Kaiser – wenn auch ohne offizielle Anklage – in Ungnade gefallen. Warum nur?

Irgendwann blieb ich vor einem kleinen Brunnen stehen, erschöpft und ratlos. Ich sah den Frauen zu, die das klare, kalte, saubere Wasser, das Aquädukte aus den Albaner Bergen heranführten, in irdene Krüge schöpften, mit denen sie anschließend, diese auf dem Kopf balancierend, im Gewirr der Gassen wieder verschwanden. Sie waren einfach gekleidet, Sklavinnen vielleicht oder arme freie Frauen.

Wo sollte ich die nächste Nacht verbringen? Unter einer Tiberbrücke? Sollte ich mich in einem Tempel verstecken und mich von den Priestern für die Stunden der Dunkelheit einschließen lassen? In einer Taverne, eingeschlossen im geheimen Hinterzimmer beim verbotenen Würfelspiel um Geld?

Für einen Moment spielte ich mit dem Gedanken, einfach eine der jüngeren Frauen am Brunnen anzusprechen. Ich war reich, sie waren arm – es sollte mir nicht allzu schwer fallen, eine von ihnen zu verführen. Und ich hatte Frauen schon aus nichtigeren Gründen Liebe und Leidenschaft vorgespielt.

Doch schnell wurde mir bewusst, dass dies kein gut durchdachter Plan wäre, sondern bloß eine absurde Ausgeburt meiner vollkommenen Ratlosigkeit. Mein Reichtum beschränkte sich zurzeit auf knapp sechshundert Sesterzen Wettgewinn und eine inzwischen schon staubige Toga, die ich am Leib trug – keine luxuriöse Sänfte, kein Schmuck, kein großes Gefolge, keine Sklavenschar, mit der ich jemanden hätte beeindrucken können. Und außerdem bestand bei jedem Annäherungsversuch an eine Unbekannte die Gefahr, dass plötzlich ein Ehemann, ein Vater, Freund oder Bruder auftauchte, um mir misstrauische Fragen zu stellen oder sofort handgreiflich zu werden. Und unerwünschte Aufmerksamkeit war so ziemlich das Letzte, das ich jetzt brauchen konnte.

Während ich noch über meine nächsten Schritte grübelte, bemerkte ich den breiten Schatten, der quer über dem schmalen Platz mit dem Brunnen lag wie ein mächtiger Balken.

Der Schatten der Insula Felicles.

Die Götter – oder meine geheimen, mir selbst nur schemenhaft klaren Hoffnungen – hatten mich auf meinen Wanderungen durch die Gassen, ohne dass mir das bewusst geworden war, bis zum höchsten Wohnhaus Roms zurückgeführt. Kurz entschlossen drehte ich mich um und ging darauf zu.

Ein paar Augenblicke später schon klopfte ich an die Tür des Archigenes. Der entlaufene Sklave öffnete mir.

»Salve Juvenalis«, sagte er und ließ mich eintreten. Er sah müde aus, aber nicht sonderlich überrascht, mich wieder zu sehen.

Ich fragte ihn nicht, wie er den Tag verbracht hatte, sondern ließ mir stumm und dankbar einen Krug Wasser reichen. Dann trat ich vorsichtig hinaus auf den wackeligen Balkon und blickte über die Dächer der anderen Insulae. Im Westen leuchtete ein Schleier breiter Wolken rötlich auf, als die dahinter verborgene Sonne den Horizont erreichte. Aus den Albaner Bergen blies ein kühler, feuchter Wind. Ich fröstelte und wickelte mich enger in meine Toga. Morgen würde es wahrscheinlich regnen.

Archigenes wartete geduldig, bis ich mich so weit gesammelt hatte, um ihm in knappen Worten von meinen Erlebnissen zu berichten.

»Du musst dir einen mächtigen Feind gemacht haben«, sagte er schließlich und grinste. »Einen sehr mächtigen Feind. Gut, dass ich nicht in deiner Haut stecke.«

»Ich kann dich jederzeit mit hineinreißen«, gab ich leicht verärgert zurück. »Wer auch immer hinter mir her ist: Wenn er mich kriegt, dann brauche ich nur deinen Namen zu erwähnen, und du hast dieselben Kerle am Hals wie ich.«

»Vielleicht«, erwiderte er, nicht im Mindesten wütend über diese Drohung. »Vielleicht aber auch nicht. Möglicherweise ist unser unbekannter Freund nur hinter dir her.«

»Und warum?«

Er zuckte mit den Achseln. »Frag die Götter«, murmelte er.

»Die Götter sind schon lange tot«, rief ich.

»Dann können nicht mal Jupiter und seine göttlichen Saufkumpane dir mehr helfen«, entgegnete er lachend. Dann wurde er schlagartig ernst. »Was willst du jetzt machen?«, fragte er leise. Ich beschränkte mich auf eine vage Geste. »Mich weiter umhören«, sagte ich leise. Dann raffte ich mich auf und fragte: »Kann ich mich auch diese Nacht hier verstecken?«

»Du scheinst nicht gerade sehr viele gute Freunde zu haben«, meinte Archigenes und grinste.

Mir lag eine scharfe Antwort auf der Zunge, doch ich verschluckte sie. »Statius hat Angst«, erklärte ich ihm stattdessen. »Es gibt da noch zwei Männer, die ich morgen ansprechen werde. Sie haben mehr Mut, sie werden mir helfen.« Das hoffte ich zumindest, doch das sagte ich Archigenes natürlich nicht.

Er dachte kurz nach und nickte dann. »Wie viel hast du gewonnen?«, fragte er schließlich.

Ich sah ihn verständnislos an.

»Na, deine Wette bei dem Rennen«, erklärte er. »Du hast mir davon erzählt. Oder hat die Kleine, die du anschließend vernascht hast, dir in der Nacht noch die Taschen geleert.«

Ich zögerte einen winzigen Moment, dann beschloss ich, dass es besser sei, ihm die Wahrheit zu sagen. »Sechshundert Sesterzen«, murmelte ich.

Er pfiff anerkennend durch die Zähne. »Das muss ein Außenseiterrennen gewesen sein. Vielleicht ist deshalb jemand wütend auf dich.«

Ich dachte an den Buchmacher und seine muskulösen Sklaven, doch dann schüttelte ich den Kopf. »Das halte ich für ziemlich unwahrscheinlich.«

»Ist auch gleichgültig«, meinte Archigenes und machte eine wegwerfende Geste. »Wir machen halbe-halbe, und du darfst hier bleiben.«

»Dreihundert Sesterzen!«, schrie ich. »Jupiters Blitz hat dir das Gehirn aus dem Kopf gebrannt!«

»Ich dachte, Jupiter ist tot«, erwiderte er trocken. »Und wo es keine Götter mehr gibt, da ist das Geld doppelt wichtig. Also, was ist?«

»Für dreihundert Sesterzen kann ich die Nacht auch in einem teuren Freudenhaus verbringen«, zischte ich wütend.

»Eine parfümierte Hetäre kann dir sicherlich mehr Freude bereiten als ich«, antwortete Archigenes lachend. »Aber sie wird dir nicht bei deinem Privatproblem mit den Kapuzenmännern helfen. Und wer sagt denn, dass diese dreihundert Sesterzen nur für eine Nacht gelten? Du wirst eine Zeit lang mein Gast sein, und nur die Götter, an die du besser wieder glauben solltest, wissen, wie lange das sein wird. Ich jedenfalls denke nicht, dass du dich so schnell wieder aus dem Dreck ziehen kannst, in den du da hineingestolpert bist.«

Seine Worte trafen mich wie ein Schlag. Ich dachte einige Augenblicke lang nach, dann holte ich wortlos meinen Beutel aus dem Gewand und warf ihm die Hälfte der Silbermünzen auf den Tisch.

Während ich zusah, wie Archigenes zufrieden lächelte und die Sesterzen anschließend in eine Kiste klimpern ließ, die er mit zwei massigen Schlössern sicherte, kamen mir immer neue, beunruhigende Gedanken. Zum ersten Mal fragte ich mich, ob ich jemals wieder in das Leben, das ich bisher geführt hatte, zurückkehren würde.

Nonen des November

Verschenkte Tage

Am nächsten Morgen machte ich mich wieder auf den Weg zum Quirinal, in der absurden Hoffnung, dass meine Verfolger des Wartens überdrüssig wären und sich die ganze Angelegenheit ins Nichts aufgelöst hätte. Doch im kleinen Tempel neben meinem Haus wachten immer noch zwei Unbekannte.

Diesmal drückte ich mich in eine Seitengasse, ging um zwei Ecken und trat auf die kleine Straße Ad Pirum heraus, »beim Birnbaum«. Sie war eine der lautesten im Viertel, denn in den Säulengängen zu beiden Seiten drängten sich besonders viele Tavernen, Garküchen und Bäcker; Weinhändler hatten Fässer und Amphoren auf ihre niedrigen, zur Straße hin offenen Ladentheken gestellt, dazu hatten sie irdene Krüge, Amphoren, manchmal sogar kostbare Glasflaschen zu kunstvollen Stapeln zwischen den Säulen aufgebaut – Stapel, die gelegentlich scheppernd zusammenkrachten, wenn unachtsame Flaneure, unter Lasten gebeugte Sklaven oder zu Streichen aufgelegte Kinderbanden den empfindlichen Gefäßen zu nahe kamen. Ad Pirum war die Adresse für die Römer in einer ebenso prekären wie hoffnungsvollen Zwischenstellung. Dreistöckige Insulae säumten die Straße, mit großen Mietwohnungen für diejenigen, die bereits vermögend genug waren, um sich nicht mehr in den riesigen Insulae verkriechen zu müssen, aber noch nicht reich genug, um sich in der Stadt ein eigenes Haus zu leisten.

Hier wohnte Marcus Valerius Martialis – auch er ein berühmter Mann, den ich »Freund« genannt hätte, wenn mich nicht die Erfahrung des vorherigen Tages vorsichtiger gemacht hätte.

Martialis war fünfzehn Jahre älter als ich. Ein kleiner, dunkler, flinker Mann, der zur Zeit Neros aus irgendeinem iberischen Provinznest nach Rom gekommen war, um in der Hauptstadt der Welt sein Glück zu machen – was ihm, das musste ich neidvoll zugestehen, auch gelungen war. Seit vielen Jahren nun veröffentlichte er fast jede Woche neue Gedichte: Epigramme, in denen er den Lärm und das Chaos in Rom und die Launen und Schwächen seiner Mitbürger verspottete; und schamlose Lobpreisungen auf Domitian und mächtige Senatoren. Der Kaiser schätzte ihn sehr und zeichnete ihn gelegentlich mit hohen Preisen aus. Noch höher war sein Ansehen bei einigen älteren Senatorengattinnen, die ihn mit Sänften, Sklaven, kostbaren Vasen und anderem Luxus überhäuften – und das, wie man sich bei Hofe gerne zuflüsterte, keinesfalls nur wegen seiner witzigen Texte. Eine Gönnerin hatte ihm sogar ein Landgut bei Nomentum geschenkt, nur einen Tagesritt nördlich von Rom.

Doch Martialis zog es vor, in Ad Pirum zu wohnen, weil er, wie er stets behauptete, den Lärm und das Durcheinander der Stadt zum Leben brauchte wie die Luft zum Atmen. (Und weil er, wie jeder wusste, seine reichen Geschenke gerne bei illegalen Würfelspielen in zwielichtigen Tavernen durchbrachte oder in luxuriösen Geschäften, wo er extravagante Geschenke für seine verwöhnten, älteren Liebhaberinnen erstand.)

Er, dessen Epigramme einen prominenten Platz im

Geschäft der Sosii einnahmen und selbst in den entferntesten Provinzen des Imperiums gelesen wurden, hatte meine bescheidenen Schreibversuche stets mit einer Art wohlwollender Herablassung begutachtet – und damit immerhin mehr Interesse an meinen Hexametern bekundet als die meisten anderen, denen ich meine Zeilen bis jetzt vorgetragen hatte. Vielleicht konnte er mir diesmal nicht mit einem literarischen Tipp dienlich sein, sondern mit einem Hinweis darauf, wie ich aus meinen Schwierigkeiten wieder hinauskommen könnte.

Ich stieg durch die schmale, für eine Insula erstaunlich saubere Stiege bis in den dritten Stock, wo Martialis in einer von außen unscheinbaren, im Innern überraschend geräumigen Dachwohnung lebte. Als ich den bronzenen Türklopfer schlug, meinte ich, für einen Moment Geräusche aus dem Innern zu hören, doch dann war alles wieder ruhig. Vielleicht war ich einer Täuschung aufgesessen. Ich klopfte noch einmal, dann ein drittes Mal. Die Peinlichkeit, auf der Stiege einer besseren Insula lauthals den Namen eines Mieters zu rufen, wollte ich mir jedoch ersparen.

Es sah so aus, als wäre Martialis, der selten vor der Mittagsstunde aufstand, diesmal ausnahmsweise schon am frühen Morgen ausgegangen. Oder vielleicht hatte er die Nacht gar nicht in seiner Wohnung verbracht, sondern auf seinem Gut in Nomentum oder bei einer seiner Liebhaberinnen.

Oder, und dieser Verdacht hallte in meinem Innern wie eine beharrliche, leise, durch nichts zum Schweigen zu bringende Stimme, vielleicht stand Martialis mit angehaltenem Atem auf der anderen Seite der sauber gestrichenen, soliden Eingangstür und beobachtete mich durch einen winzigen Spalt, hoffend, dass ich endlich wieder verschwinden möge.

»Unsinn«, murmelte ich mir selbst Mut zu. »Noch ein paar Stunden, und ich werde mir einbilden, ganz Rom hätte sich gegen mich verschworen.«

Wenn Martialis schon auf den Beinen war, dann fand ich ihn höchstwahrscheinlich in der Saepta Julia, wo er sich in den luxuriösesten Geschäften Roms umsah. Also schlenderte ich die Alta Semita hinab, vorbei an den beiden Tempeln der Ceres und der Luna, dann verließ ich durch die Porta Salutaris die alte Stadtmauer und befand mich bald auf dem Marsfeld – auf jener von einem Tiberbogen umflossenen Halbinsel, die einst eine Wiese vor der Stadtmauer war, auf der sich jeden Frühling die waffenfähigen Männer Roms sammelten, um gegen die Feinde zu ziehen. Heute erinnerte nur noch der Name des Kriegsgottes an diese glorreiche Vergangenheit.

Ich überquerte die nach Norden führende Via Flaminia, nachdem ich zwei junge Gecken passieren ließ, die sich auf der schnurgeraden, sorgfältig gepflasterten Straße ein halsbrecherisches Rennen mit ihren leichten, zweispännigen Wagen lieferten und mit ihren Peitschen rücksichtslos auf jeden eindroschen, der sich ihnen in den Weg zu stellen wagte. Dann aber genoss ich eine für die Hauptstadt der Welt ungewohnte Ruhe und schlenderte auf einer Platanenallee durch einen weitläufigen Park, in dem es selbst noch im Herbst nach Blumen duftete. Auf der Wiese übten sich einige junge Männer und eine Frau im Bogenschießen und beim Speerwurf. Sorgfältig geharkte Kieswege zweigten von der Straße ab und führten Müßiggänger wie mich zu den prachtvollen Bauwerken, die wie weiße Marmorgebirge inmitten dieser Gartenlandschaft standen: zu den Thermen des Nero und des Agrippa, zur Halle der Octavia, zur Halle der Europa, zum Pantheon, zum Porticus Pompeiana, in dem sich einst der Senat zu jener Sitzung traf, bei der Caesar erdolcht wurde. Zur Schande der Verschwörer – und als Spitze gegen den jetzigen Senat – hatte Domitian den Raum, der seit dem Mord zugemauert gewesen war, in eine öffentliche Latrine verwandeln lassen. Weiter schritt ich zum Porticus der Argonauten, zu den von Domitian erst vor einigen Jahren eingeweihten Stadion und zum Odeon, in dem prunkvolle Theaterspiele nach griechischer Art gegeben wurden. Der Weg führte direkt auf den ebenfalls erst von unserem Kaiser nach einem verheerenden Brand wieder aufgebauten Tempel der Isis. Der ägyptischen Göttin hatte Domitian ein Heiligtum aus karischem Marmor errichten lassen, bekrönt von den steinernen Riesennadeln zweier aus Ägypten geraubter Obelisken, deren vergoldete Spitzen das Sonnenlicht in funkelnden Strahlenbündeln über die Stadt warfen. Zwei Kolossalstatuen liegender Götter, Symbole für den Nil und für den Tiber, bewachten den Tempel.

Hinter dem Heiligtum lag die Saepta Julia – ein längliches Rechteck, ein in Marmor gemeißelter Luxus, die Gestalt gewordene Überflüssigkeit. Es waren zwei umlaufende Gänge aus korinthischen Säulen, die auf Bögen ein schmales, rot geziegeltes Dach trugen. In die äußere Säulenreihe waren kleine, ebenfalls mit Marmorplatten verzierte Geschäftsräume hineingebaut worden, deren Fronten sich zum Innenhof öffneten. Hier plätscherten drei Springbrunnen, im feuchten Gras standen mannshohe Statuen, darunter Götterfiguren der griechischen Meister Lysippos, Phidias und Praxiteles – Werke, die mehr wert waren als eine ganze Stadt im Imperium.

Ich trat ein in eine geschlossene Welt erlesenen Geschmacks. Das Plätschern der Springbrunnen bildete eine sanfte Hintergrundmusik zu den gedämpften Gesprächen zumeist älterer, distinguierter Händler mit ihren Kunden, die in dieser Mittagsstunde schon zahlreich unter dem Säulengang flanierten.

Ich schlenderte durch den Säulengang und bemühte mich dabei, wie ein interessierter Sammler zu wirken, obwohl ich insgeheim nach der kleinen Gestalt von Martialis Ausschau hielt – und nach Männern, die sich eine Kapuze über den Kopf gezogen hatten und möglicherweise im Schatten zwischen zwei Säulen auf der Lauer lagen. Mein Rundgang führte mich an einer marmornen Aphrodite des Praxiteles vorbei; selbstverständlich ein Original, wie mir der Händler beflissen versicherte, von Sulla einst höchstpersönlich während seines Kriegszuges aus Griechenland geraubt. Ich fragte lieber gar nicht erst nach dem Preis. Sein Nachbar bot mir eine Statue des Merkur an, aus korinthischer Bronze, die schimmerte, weil ihr Gold und Silber beigemischt war, und die man am leicht öligen Geruch erkannte, wenn man mit einem trockenen Lappen an ihr rieb. Dann besah ich mir Pokale aus Bergkristall und Silber, groß wie der Oberkörper eines Mannes; juwelenbesetzte Ohrgehänge und schwere Ringe mit Rubinen und Diamanten; Tischplatten aus Tujaholz, geölte Elfenbeinzähne, schildpattbelegte Liegen. Ich musste unwillkürlich an Archigenes denken, der, wenn er die Ersparnisse seines ganzen Lebens zusammennahm, sich wahrscheinlich nicht eine einzige Ware aus der Saepta Julia hätte leisten konnte. Und hier gab es Dutzende, nein, Hunderte von Römern, die, wenn die Kauflust sie packte, an einem einzigen Nachmittag ganze Ladenzeilen leer kauften und doch nicht einmal merkten, ob die Münzberge in ihrer Schatzkiste niedriger geworden waren.

Schließlich blieb ich bei Valerius Ferus stehen, dem teuersten Sklavenhändler in der Saepta Julia und wahrscheinlich im ganzen Imperium. Einige Sklaven hatte er vor seinem Laden auf marmorne Podeste gestellt, wo sie, kaum bekleidet und mit dem für angebotene Sklaven obligatorischen weiß gekalkten Füßen, ihre Körper möglichst vorteilhaft darboten, obwohl man ihnen ansehen konnte, dass sie in der feuchten Herbstluft erbärmlich froren. Es waren junge, nahezu perfekt gebaute Männer und Frauen aus allen Provinzen des Reiches, dazu Germanen, Kelten, Nubier, Perser von weit jenseits der Grenzen. Jeder andere Händler wäre stolz auf diese Ware gewesen – und doch waren sie bei Ferus nur zweitrangig, so zweitrangig, dass er sie draußen zur Schau stellen konnte. Die wirklich wichtigen, die teuersten Sklaven behielt er drinnen, damit sie sich im Herbstwetter keine Krankheit holten und damit sie nicht andauernd von Neugierigen betastet wurden. Ich trat ein und blickte mich um. Auf einer Liege rekelte sich eine junge Libyerin mit blauschwarzen, offenen Haaren, die ihr in leichten Wellen bis auf die Hüfte fielen, und einem Körper, wie ihn nicht einmal die Aphrodite des Praxiteles besaß. Als sie bemerkte, dass ich sie anstarrte, lächelte sie leicht, stand auf und tanzte langsam um ihre Achse, damit ich sie bewundern konnte. Sie war vollkommen nackt.

Auf den Liegen daneben boten sich andere Gestalten an, alle jung und perfekt wie die libysche Tänzerin. Ferus selbst schien mich nicht zu bemerken, denn er war in ein angeregtes, geflüstertes Gespräch mit der Frau eines Senators vertieft. Sie standen vor zwei Germanen, die wahrscheinlich Brüder waren, so ähnlich sahen sie aus: zwei Köpfe größer als ich, mit blonden Mähnen, die zu Zöpfen geflochten waren, und Körpern wie Hercules. Offensichtlich überlegte die Frau, die eine teure Stola mit eingewirkten Seidenfäden trug, ob sie sich für einen der beiden entscheiden oder gleich beide kaufen sollte.

Verstohlen blickte ich ans Ende des Geschäftes, wo eine unauffällige Tür in die Wand eingelassen war. Bei einem Gelage am Hofe Domitians hatte ich zu später Stunde, als die meisten Gäste schon stark betrunken waren und ich aus irgendwelchen Gründen noch einigermaßen klar denken konnte, zufällig ein gelalltes Gespräch von den Liegen nebenan belauscht und wusste seitdem, dass diese Tür ein Geheimnis verbarg: die wertvollsten Sklaven des Ferus.

Denn dort versteckten sich stets einige Eunuchen – syrische und armenische Jungen, die noch vor dem Eintritt ins Erwachsenenalter unter das Messer gelegt worden waren. An jenem Abend erfuhr ich, dass der Imperator in seinem unersättlichen Hunger nach extravaganten sinnlichen Genüssen gelegentlich nach einem Mann verlangte, der kein Mann mehr war – der Spekulant, der die Insula Felicles hochziehen durfte, hatte ihn mit seinem besonderen Geschenk aus Rhodos auf den Geschmack gebracht. Aber solche Spekulanten gab es selbst in Rom nur selten. Also war es fortan Ferus, der den Kaiser – und manchen Senator, den die fantastischen Preise für Entmannte und die drohende Todesstrafe nicht schreckten – aus seinem verschwiegenen Hinterzimmer mit der begehrten Ware versorgte.

Nun erst blickte Ferus auf – und eilte, Entschuldigungen gegenüber seiner reichen Kundin murmelnd, sofort zu mir. Er war ein großer, feister Mann, dessen vollkommen kahler Schädel wie blank polierter Granit glänzte. Seine Nase war zweimal gebrochen, und ich erinnerte mich an die Gerüchte über seine dubiose Vergangenheit, bevor er als Sklavenhändler in Rom Karriere gemacht hatte.

Er begrüßte mich nicht. »Verschwinde sofort aus meinem Laden!«, flüsterte er. Dabei zeigten seine Gesichtszüge ein verbindliches Lächeln, und er fasste mich mit der

Rechten an der Schulter wie zur Begrüßung eines alten Freundes. Für die Frau musste es so aussehen, als heiße Ferus einen guten Kunden willkommen.

»Haben dir die Götter den Verstand geraubt?«, gab ich zurück und senkte ebenfalls unwillkürlich meine Stimme. Irgendwie hatte ich das Gefühl, dass es besser sei für mich, bei dieser schlechten Komödie mitzuspielen.

»Du musst sofort gehen«, gab Ferus freundlich, aber unbeirrt zurück. Lächelnd deutete er auf die beiden Germanen, die sich noch immer vor der Senatorengattin in Positur gestellt hatten, aber jetzt aufmerksam zu uns hinüberblickten. »Wenn du nicht augenblicklich gehorchst, dann werde ich den beiden befehlen, dir den Hals zu brechen«, flüsterte er. »Das schwöre ich beim Schwert des Mars.«

»Aber warum?«, stieß ich keuchend hervor. Es fiel mir immer schwerer, meine Haltung zu wahren.

»Das kann ich dir nicht sagen«, zischte Ferus. »Geh jetzt!«

Ich sah, dass er nervös wurde. Mir blieb keine andere Wahl. Domitian würde den Mann, der ihn mit solch delikater Ware versorgte, um fast jeden Preis schützen. Ganz sicher wäre ihm Ferus' Leben mehr wert als meines. Also tat ich so, als ob ich mich lachend verabschiedete, dann schritt ich eilig aus dem Geschäft. Aus den Augenwinkeln sah ich, wie mir die libysche Tänzerin, die längst wieder auf ihrer Liege Platz genommen hatte, einen seltsamen Blick nachwarf. Darin mochte Verachtung liegen oder Mitleid – oder Angst.

»Ich verstehe das nicht«, sagte ich mit halblauter Stimme zu Archigenes.

Wir saßen in einer Taverne gegenüber der Insula Felicles

– eine Art künstliche, riesige Höhle, in der die Hälfte aller Bewohner des Hochhauses zu essen schienen. Mit Holzkohle oder Kreide hatten bereits unzählige Gäste obszöne Sprüche, Lobpreisungen des Kaisers für gelungene Gladiatorenspiele, sinnlose Reime, Prahlereien und andere Tavernenlyrik an die Wände gekritzelt.

Wir saßen an diesem Abend auf einer der hintersten Bänke in dem düsteren Raum. Archigenes starrte nachdenklich auf die Wand.

»Hic ego multas puellas futui«, stand dicht über dem Brett des Tisches an der Wand, »hier habe ich viele Mädchen gebumst.« In der Taverne gab es tatsächlich mehrere Hinterzimmer, in denen man für ein paar Asse ein Mädchen haben konnte. Viele Graffiti waren Zeugnis ihrer zumeist zufriedenen Kunden.

Archigenes holte aus einem Beutel unter seinem Gewand plötzlich ein Stück Kreide hervor und schrieb quer über diesen alten Spruch: »Quis Poppaeus est? – Wer ist Poppaeus?«

Er schrieb in stark nach links geneigten, zittrigen Großbuchstaben wie jemand, der seine Worte nur selten schriftlich festhielt, doch der Satz erschien mir bedeutungsschwerer als die Aeneis des Vergilius.

Ich rührte in meinem Teller, in dem ein schwerer Eintopf aus Aal, Kohl, Pilzen und einigen Nüssen schwappte, bis ich den Blick meines Gegenübers bemerkte und meinen Löffel wieder auf den Tisch legte.

»Nervöse Männer werden von den Göttern im Stich gelassen«, meinte er ironisch.

»Die Götter haben uns alle schon lange im Stich gelassen, wir haben es nur noch nicht bemerkt«, entgegnete ich und nahm einen tiefen Zug von dem nach Erde schmeckenden Rotwein.

»Niemand auf dem Forum Romanum kümmert sich um dein Abenteuer«, nahm Archigenes unser ursprüngliches Gesprächsthema wieder auf.

»Der Praetor möglicherweise schon«, warf ich ein.

»Möglicherweise, aber du weißt es nicht sicher. Sicher ist hingegen, dass der Lieblingsdichter des Kaisers dich aus seinem Haus wirft, dass ein anderer Dichter – auch er ein Günstling Domitians – spurlos verschwunden ist und dass ein Sklavenhändler mit sehr speziellen Verbindungen bei Hofe dich gar nicht schnell genug aus seinem Geschäft hinausdrängen kann.«

Ich hatte Archigenes von der besonderen Ware des Ferus erzählt. »Das Verschwinden von Martialis muss nichts mit mir zu tun haben«, warf ich ein.

»Na schön, dann bleiben Statius und der Sklavenhändler: zwei Männer, die beide nicht wirklich mächtig sind, andererseits jedoch über beste Kontakte zum Kaiser persönlich verfügen. Was bedeutet, …«

»… dass ich bei Hofe unwissentlich in irgendeine Intrige hineingeraten bin und niemand mehr etwas mit mir zu tun haben möchte«, fiel ich ungeduldig ein. »Bei allen nicht existierenden Göttern: So klug bin ich schon seit zwei Tagen.«

»Die Götter lassen auch die Ungeduldigen im Stich«, entgegnete Archigenes gut gelaunt und nahm seinerseits einen tiefen Schluck. »Das bedeutet, dass gegen dich nichts, wenigstens zurzeit noch nicht, auf offiziellen Wegen unternommen wird. Kein Hochverratsprozess ist geplant, keine Anklage wegen Majestätsbeleidigung oder Verstoßes gegen die Sitten oder Verhöhnung der Götter – obwohl man dir Letzteres mit gutem Gewissen anhängen könnte. Wäre es so etwas, dann wären einige Senatoren eingeweiht, dazu die übliche Bande höfischer Nichtsnutze: Praetorianerpraefekten, Schreiber, kaiserliche Sklaven. Das wäre auf dem Forum längst Tagesgespräch. Und außerdem würden dann Praetorianer vor deinem Haus aufziehen, nicht irgendwelche Vermummte. Nein, du störst die Kreise eines sehr mächtigen Mannes bei Hofe; doch dieser Mann möchte die Sache unauffällig erledigen.«

»Er möchte mich unauffällig erledigen«, korrigierte ich ihn sarkastisch. »Also schön: Domitian oder irgendjemand unmittelbar um ihn hat irgendetwas gegen mich. Speichellecker wie Statius und Ferus haben Gerüchte davon gehört, weil sie gelernt haben, auf jedes Wort des Kaisers zu lauschen. Aber mehr wissen sie wahrscheinlich auch nicht – es reicht nur, um sich nicht mehr mit mir sehen lassen zu wollen. Denn sonst hätten sie mich ja festhalten, die Praetorianer rufen und eine schöne Belohnung kassieren können.«

»Du musst irgendjemand finden, dem der Kaiser vertraut und der trotzdem genug Mut hat, nicht gleich vor dir davonzurennen«, riet Archigenes.

Ich lachte. »Du kennst Domitian nicht!«, rief ich. »Der Kaiser vertraut niemandem. Und du kennst die Männer nicht, mit denen er sich am liebsten umgibt. Mut ist nicht die Eigenschaft, die einen zum Vertrauten des Imperators qualifiziert.«

»Wenn es an Mut fehlt, reicht auch Dummheit. Oder wie wäre es mit einem Rest von altem Ehrgefühl? Wer wäre dumm oder aufrecht genug, um dich zu warnen?«, fragte Archigenes und grinste dreckig.

Ich fand das alles andere als witzig und dachte lange nach. Da gab es Gaius Plinius, den kultivierten, langweiligen Streber, der es schon zum Praetor gebracht hatte; ein wenig feige, aber mit einem gewissen Gerechtigkeitssinn. Doch er wohnte in einem Haus auf dem Esquilin. Ihn einfach dort zu besuchen wäre genauso auffällig wie bei Statius – und würde deshalb wahrscheinlich zum gleichen Resultat führen.

»Es gibt niemanden«, antwortete ich schließlich.

Archigenes hob den irdenen Weinpokal und prostete mir zu. »Auf deinen großen Freundeskreis«, rief er. »Es sieht so aus, als müsste ich mich selbst einmal um diese Sache kümmern – auf meine Art.«

»Willst du irgendwo einbrechen?«, fragte ich kühl.

»Vielleicht«, gab er zurück und grinste wieder. »Möglicherweise reicht es auch schon, ein paar alte«, er zögerte kurz, »sagen wir, ehemalige Kollegen zu befragen.«

»Kollegen?«

»Sklaven«, gab er zurück. »Du bist ein echter Römer«, erklärte er nach einer kurzen Pause mit einer Spur Verachtung in der Stimme. »Wie jeder echte Römer weißt du nicht, dass es eigentlich zwei Rom gibt: euer Rom und unser Rom.«

»Unser Rom?«, äffte ich ihn nach. »Ich kann mir schon denken, worauf du hinauswillst.«

»Ach wirklich?«, fragte Archigenes und lächelte – wie mir schien, beinahe anerkennend. »Unser Rom ist die Stadt der Sklaven: Nur die Götter wissen, wie viele Menschen in dieser Stadt leben, und wenn, wie du sagst, die Götter nicht existieren, dann weiß es niemand. Aber es müssen mehr als eine Million sein. Sieh dich um: Wie viele von ihnen werden wohl Senatoren sein, Ritter, Händler, Legionäre auf Urlaub, ganz normale römische Bürger, deren Vermögen nur die Proles ist, ihre Nachkommenschaft? Und wie viele werden Sklaven sein und ehemalige Sklaven und Fremde aus allen Provinzen des Imperiums?«

Ich dachte einen Augenblick nach. »Halbe-halbe«, gab ich schließlich zurück.

»Mindestens«, antwortete er. »Wahrscheinlich ist das Verhältnis nicht ausgewogen, sondern verschoben – zu unseren Gunsten. Sklaven, Freigelassene und andere Menschen zweiter oder gar keiner Klasse bilden die Mehrheit. Und bei uns blühen Klatsch und böse Gerüchte genauso wie bei euch. Und worüber reden wir?«

»Über uns?«, gab ich betont unschuldig zurück.

Archigenes hob in spöttischer Anerkennung den Weinpokal, bevor er für sich und mich Nachschub bestellte – selbstverständlich bezahlt von meinem Teil des halbierten und langsam schmelzenden Wettgewinns.

»Wenn ein Römer Sklaven hat, dann wird auch über ihn geredet«, erklärte er schließlich. »Sklaven gehen für ihre Herren auf den Markt und in das Geschäft, um Bohnen oder Rindsbraten zu kaufen. Sklaven bringen die verschmutzte Toga zur Wäscherin. Sklaven schleppen die Sänfte, in der sich ihr Herr zu einem Abendessen bei Freunden tragen lässt. Sklaven mahlen das Mehl für das tägliche Brot. Sklaven bringen die Schätze des Imperiums aus den Lastkähnen am Tiber bis in die Lagerhäuser, wo sie von anderen Sklaven verwaltet und bewacht werden. Sklaven fegen das Haus. Sklaven entkleiden, baden, massieren den Herrn in den Thermen. Sklaven erziehen die Kinder, Sklaven schreiben die Briefe, manchmal sind die Ärzte Sklaven und sogar die Verwalter der Haushaltskasse und die Köche und die Ammen und die Sargträger sowieso. Und wenn der Herr zornig ist auf seinen missratenen Sohn, auf den Kaiser, auf das Wetter – dann muss ein Sklave seinen Rücken für die Stockschläge hinhalten. Und wenn den Herrn die Lust überfällt, dann muss ihm ein Sklave das Bett wärmen. Du siehst also: Wir sind gut informiert!« Er lachte wieder.

»Ich wette, dass die meisten Sklaven in deinem Haus

mehr über dich wissen als deine eigene Frau«, fuhr Archigenes fort.

Jetzt musste ich lachen. »Meine ehemalige Frau«, korrigierte ich ihn. »Und im Übrigen würdest du in meinem Fall niemanden finden, der gegen dich wettet. Laronia hat viele bemerkenswerte Eigenschaften – doch ein über die Suche nach dem eigenen Vorteil hinausgehendes Interesse an anderen Menschen gehört nicht gerade dazu.«

»Das hätte das Fundament einer mustergültigen römischen Ehe werden können«, gab Archigenes zurück. »Du kaufst dir eine gaditanische Tänzerin, sie holt sich auf der Saepta Julia einen germanischen Stallknecht – und eure Nächte sind glücklich und die Ehe währt ewig.«

»Dieser Ratschlag hätte auch bei Ovidius stehen können«, antwortete ich. »Meine Frau hatte allerdings keine Vorliebe für Stallknechte aus Germanien oder irgendeiner anderen Provinz des Imperiums – oder für irgendeinen ihrer Sklaven. Bei ihr musste es schon ein Konsul sein. Sie ist jetzt die Gattin von Fabricius Veiento.«

Archigenes pfiff durch die Zähne. »Der alte Denunziant?« Dann wurde er plötzlich ernst. »Da haben wir doch einen Mann, ganz oben im Dunstkreis unseres Imperators. Ein Mann, der vielleicht noch eine Rechnung mit dir offen hat.«

Ich schüttelte den Kopf. »Das wäre nicht sein Stil. Veiento hat sein Leben lang alle Menschen, die ihm im Weg waren, beim Kaiser so raffiniert angeschwärzt, dass ihnen schließlich Hochverratsprozesse gemacht wurden. Persönlich hat sich Veiento dabei aber niemals die Hände schmutzig gemacht. Ob Nero, Vespasian oder jetzt Domitian – stets war es ein Kaiser, der die für Veiento passenden Todesurteile und Verbannungen aussprach. Warum sollte er es ausgerechnet diesmal anders halten? Und warum sollte er es überhaupt auf mich abgesehen haben? Laronia hat er ja schließlich schon.«

»Vielleicht ist sie inzwischen unzufrieden mit dem Gattentausch und will zurück?«

Jetzt musste ich so laut lachen, dass sich einige Gäste der Taverne kurz zu uns umdrehten. »Dann würde sie vergeblich an die Pforte klopfen. Ich bin froh, dass ich sie los bin.«

»Muss ja eine mustergültige Ehe gewesen sein, die ihr geführt habt«, murmelte Archigenes.

»Eine ganz normale römische Ehe und eine ganz normale römische Scheidung«, gab ich zurück. Was nicht ganz der Wahrheit entsprach: Laronia und ich waren uns das erste Mal in Aquinium begegnet, ihrer und meiner Heimatstadt. Wir waren damals noch halbe Kinder. Sie war meine erste Geliebte, ich ihr erster Liebhaber. Das konnten die wenigsten römischen Eheleute von sich behaupten. Doch ich schämte mich, dieses altmodische Detail zu gestehen.

»Sag bloß, dass du die Ehe anders siehst«, fuhr ich stattdessen laut fort. »Sehe ich hier gar vor mir den letzten Römer, der noch an die ewige Liebe glaubt?«, fragte ich spöttisch.

»Der sie erlebt«, entgegnete er, und sein Gesicht verriet dabei zum ersten Mal, seit ich ihn kannte, einen weichen, geradezu träumerischen Zug.

»Mit einer Senatorengattin?« Ich bemühte mich, ironisch zu bleiben, doch ich hörte selbst den Hauch von Neid, der in meiner Stimme mitschwang.

»Mit der Sklavin eines Fischhändlers, der seinen Laden in der Nähe des Forum Boarium hat«, gestand Archigenes. Dann lachte er. »Vor drei Jahren habe ich sie kennen gelernt – als ich nachts bei dem Fischhändler eingebrochen bin, um eine schöne Thunfischhälfte zu stehlen. Sie hat mich erwischt.«

»Und statt dich in den Kerker werfen zu lassen, hast du lieber geheiratet. Eine Wahl zwischen Scylla und Charybdis, wenn du mich fragst.«

»Sklaven dürfen nicht heiraten«, erinnerte er mich überflüssigerweise. »Aber wir würden gerne. Wir haben eine kleine Tochter.«

»Da hast du den Fischhändler ja arm und reich gemacht«, warf ich ein. Denn die Herren müssen die Kinder ihrer Sklaven durchfüttern, doch sind sie dafür ihr Eigentum. Nichts etwa könnte den Fischhändler davon abhalten, die Tochter des Archigenes meistbietend zu verkaufen.

»Der Fischhändler weiß, dass ich seine Sklavin liebe«, sagte Archigenes und grinste. »Auch wenn er nie erfahren hat, wie ich sie einst kennen lernte. Er sagt, dass ich sie ihm jederzeit abkaufen kann – gegen einen saftigen Preis, versteht sich.« Er lehnte sich zurück. »Und seitdem bin ich ein Mann mit einem Ziel im Leben: eine Frau, ein Kind, ein kleines Landgut irgendwo in Latium.« Archigenes machte eine umfassende Geste. »Denn ich will nicht, dass sie hier leben sollen, in der Insula Felicles, in Rom. In all dem Schmutz und den rissigen Wänden und den ständig brennenden Wohnvierteln und den Gassen, in denen dich ehemalige Gladiatoren und die Nichtsnutze aus allen Provinzen des Imperiums selbst am helllichten Tag überfallen. Nein, ich will auf das Land und meine Familie mit meiner eigenen Hände Arbeit ernähren.«

»Das ist teuer«, sagte ich ruhig und mitfühlend. »Ein Landgut kostet mindestens zweitausend Sesterzen, eine Sklavin mit Kind nicht unter achthundert. Dafür reicht mein halber Wettgewinn bei weitem nicht. Und, vermute ich, auch kaum das, was du als Tagelöhner oder bei deinen sehr speziellen nächtlichen Arbeiten einnimmst.«

»Meine Ersparnisse wachsen«, gab er gleichmütig zurück.

Schweigend tranken wir unsere Weinkrüge leer. Jeder hing seinen eigenen Gedanken nach. Mir wurde schlagartig klar, dass Archigenes, den ich erst seit zwei Tagen kannte und über den ich noch so gut wie nichts wusste, zurzeit mein einziger Verbündeter in Rom war.

»Wenn ich hier jemals wieder heil herauskomme, werde ich mit dem Fischhändler am Forum Boarium ein gutes Geschäft abschließen«, versprach ich ihm.

Archigenes grinste. »Das, mein neu gewonnener Freund, ist einer der beiden Gründe, warum ich dir helfe.«

»Und was ist der andere?«, fragte ich.

»Ich liebe die Gefahr.« Er hob zum letzten Mal an diesem Abend seinen Weinkrug.

Die nächsten Tage verbrachte ich damit, am frühen Morgen durch das verdreckte Treppenhaus der Insula Felicles hinabzusteigen, mir in irgendeiner Garküche ein karges Morgenmahl zu leisten, versteckt um mein eigenes Haus zu schleichen und meinem Verwalter Botschaften zukommen zu lassen, deren Inhalt immer absurder wurde. Ich hoffte, dass sie Alexander trotzdem so weit beruhigten, dass er nicht zu den Vigiles ging und um eine offizielle Suche nach seinem vermissten Herrn bat – denn ich wusste nicht, auf wessen Seite die Vigiles im Zweifelsfalle stehen würden.

Anschließend stattete ich der Wohnung von Martialis einen Besuch ab, allerdings vergeblich. Dann drückte ich mich auf dem Forum Romanum herum und besuchte schließlich nacheinander jede der großen Thermen Roms, um irgendetwas aufzuschnappen oder irgendwen zu treffen, der mir weiterhelfen könnte.

Verschenkte Tage: Abends, wenn ich mich die elend steile, lange Stiege bis zur Wohnung von Archigenes hochschleppte (inzwischen grüßten mich manche der Bewohner, andere lachten hinter meinem Rücken oder warfen mir zweideutige Bemerkungen nach, weil sie mich für den Liebhaber des Syrers hielten), war ich müde, um ein paar Asse ärmer und genauso schlau wie am Morgen zuvor.

Erst sechs Tage vor den Iden des November hatte ich Glück – sofern man einen völligen Fehlschlag als »Glück« bezeichnen kann.

Nach einem langen, ermüdenden Vormittag auf dem Forum Romanum floh ich vor dem feinen, auf Dauer auch den dicksten Wollstoff durchdringenden Nieselregen die Via Sacra hinunter, lief links um das Kolosseum und trat erleichtert in die neu erbauten Thermen des Titus ein. Es war die achte Stunde – früher Nachmittag –, und die Sklaven an der Tür öffneten gerade die Pforten der Anlage. Ein paar Hundert Badesüchtige warteten schon davor, die meisten hatten Handtuch, Fläschchen mit Salböl, Reinigungssoda und andere Badeutensilien mit; meine lagen in meinem Haus, sodass ich gezwungen war, sie mir bei einem Thermendiener für einen As zu leihen.

Schon im Vorraum schloss ich genießerisch die Augen, während mir ein eilig hinzuspringender Sklave die schwere, durchnässte Toga abnahm. Ein großes, schwarzweißes Mosaik, das Poseidon und einige Meeresungeheuer darstellte, bedeckte den Fußboden, die Ziegelwände waren gelb verputzt. Boden und Wände waren gerade noch so angenehm warm wie die Außenseite eines irdenen Topfes, in den man eine kochende Suppe gefüllt hatte, weil in ihrem Ziegelmauerwerk mehr Hypokaustenleitungen liefen als in jeder anderen Therme Roms. Irgendwo tief unter diesem Bauwerk musste der gewaltige Kessel stehen, an dem nackte Sklaven des Kaisers standen und das Holz ganzer Wälder in die Öfen warfen, damit der heiße Qualm durch alle Leitungen nach oben stieg und Becken, Böden und Wände erwärmte.

Ich zog die Thermen des Titus allen anderen Bädern Roms vor; sie waren zwar nicht die größten des Imperiums, aber die luxuriösesten.

Das Kaltwasserbecken, im drückenden römischen Sommer eine wunderbare Erfrischung, wurde an einem Tag wie diesem von den meisten Gästen ignoriert. Und auch nur wenige, die abgehärtet genug waren oder vielleicht einfach nur angeben wollten, sprangen in das große, in einem säulenumstandenen Innenhof liegende Schwimmbecken, um einige Bahnen zu ziehen. Mich dagegen zog es, wie die meisten anderen, direkt ins Caldarium – dort, wo heißes Wasser in großen Wannen aus Alabaster und Rosenquarz und in mosaikgeschmückten Becken schwappte und dichte, weiße Schwaden durch die warme Luft waberten.

Wohlig seufzend ließ ich mich in eines der Becken gleiten. In dem Nebel konnte ich kaum eine Armlänge weit sehen. Die Körper der anderen Gäste tauchten wie Phantome im milchigen Dunst auf und verschwanden wieder darin. Wenn die Schleier zufällig mal für einen Moment aufrissen, gaben sie den Blick frei auf die hohe, gewölbte, farbige Kassettendecke, die sich wie das Innere eines gewaltigen Triumphbogens weit über die Thermen spannte, auf Nischen im Wandelgang außerhalb des Beckens und auf die perfekten Marmorkörper einer Venus, Diana oder eines Apollon – griechische Meisterwerke, die Titus bei seinen Feldzügen im Osten gekauft oder geraubt hatte, um sie dem Volk von Rom zu schenken.

Ich schloss die Augen und ließ mich in dem heißen Wasser treiben, das die Sinne fast so gut betäubte wie ein schwerer Wein. Von irgendwo hörte ich das Klatschen der Masseure, welche die ersten Gäste auf ihre Bänke gelockt hatten und ihnen nun den Körper durchkneteten: kurze, harte Schläge, wenn sie mit der flachen Hand auf Muskeln oder Fett schlugen, ein dumpfes Klatschen, wenn sie es mit der hohlen Hand taten. Mit penetrant hoher, schriller Stimme warb Diomedes um Kunden, der griechische Achselhaarentferner, der Männern, die eitel genug waren und die Schmerzen nicht scheuten, für ein paar Asse mit Pinzetten die Haare unter den Armen ausriss. Irgendwo anders erklang der Bass von Crassus, der in den Thermen eisgekühlten Wein, Honigkuchen und andere Erfrischungen verkaufen durfte. Aus der Palaestra wehten die Anfeuerungsrufe einiger junger Männer hinüber, die dem Nieselwetter widerstanden und unter freiem Himmel Ball spielten, bevor sie sich erhitzt und erschöpft in die warmen Fluten stürzen würden. In einer Nische neben der Statue des Apollon rezitierte ein mir unbekannter junger Dichter aus seinem Werk. Ich verstand nichts von dem, was er vortrug, doch hörte ich die leise Spur der Verzweiflung in seiner Stimme heraus. Er schien nicht sehr viele Zuhörer zu haben. In meinem früheren Leben hätte ich ihn vielleicht verspottet, jetzt spürte ich eher ein Mitleid, das gefährlich nahe am Selbstmitleid lag.

Gelegentlich trieben andere Gäste an mir vorbei, die ich nur schemenhaft erkennen konnte und deren Unterhaltungen als gedämpftes Murmeln zu mir drangen. Ich lauschte vergeblich, ob mein Name fallen würde.

Als ich mich im heißen Wasser lange genug eingeweicht hatte, verließ ich das Becken und spazierte durch die Räume des Caldariums. Selbst das Mosaik unter meinen Füßen war wohlig warm, weil die versteckte Heizung die Tausende kleiner bunter Steine erhitzte, sodass sie sich hautwarm anfühlten und mit ihrer leicht aufgerauten Oberfläche beim Darüberschreiten Ballen und Fersen massierten.

Versonnen blickte ich auf die Venus von Kos, die ihren Körper in einer Nische dem Betrachter zur Schau stellte – ausnahmsweise kein Original, aber immerhin eine meisterhafte Marmorkopie. Im Dunst wirkte sie fast lebendig. Lange blickte ich auf ihre Brüste und ihre volle, runde Hüfte und musste mich beherrschen, nicht mit der Hand lüstern über den kühlen Marmor zu streichen. Ich dachte an die junge Syrerin, die ich mir letzten Monat auf dem Forum Boarium als Küchenhilfe gekauft hatte, und stellte mir vor, wie es wäre, jetzt satt in meinem Triclinium zu liegen und sie zu mir zu rufen. Doch die Freuden der körperlichen Liebe gehörten zu den vielen Vergnügungen, die ich mir momentan nicht mehr erlauben konnte.

Dann wanderte meine Erinnerung unwillkürlich zu Drusilla Carfinia, die ich im Circus – an dem letzten gewöhnlichen Tag meines Lebens, wie ich mehr und mehr befürchtete – kennen gelernt hatte. Ob sie, über die ich fast nichts wusste, mich nach unserem nächtlichen Abenteuer vielleicht doch nicht sofort verlassen hatte, sondern irgendwie etwas mit dem unbekannten Toten oder meinen Verfolgern zu tun hatte? Dann dachte ich wieder an die Leiche, an die Kapuzenmänner und daran, dass ich nirgendwo weiterkam. Seufzend verbeugte ich mich wie zum Abschied vor der marmornen Venus; es sollte eine spöttische Geste werden, doch war ich mir bewusst, dass sie eher lächerlich wirken musste. Zum Glück schützten mich die wabernden Wasserschleier in der Luft vor allzu neugierigen Blicken.

Ich schlenderte weiter, bis ich zur verrenkten Figur des Laokoon kam, des trojanischen Poseidonpriesters, der seine Bürger vor dem hölzernen Pferd der Griechen warnen wollte und dafür zusammen mit seinen beiden Söhnen von zwei Seeschlangen getötet wurde, die ihm die zornigen Götter geschickt hatten. Ich blickte auf den bärtigen, muskulösen Helden, der trotz all seiner Kraft nicht verhindern konnte, dass ihn gerade eine der beiden Schlangen in die Hüfte biss. Ich fühlte mich so wie er: verstrickt, gefesselt, tödlich bedroht. Dann schalt ich mich selbst einen Narren: Laokoon wurde von den Göttern bestraft, weil er die Wahrheit des Trojanischen Pferdes erkannt hatte. Mich aber bedrohte irgendein Mensch, kein Unsterblicher. Und ich wusste von keiner verborgenen Wahrheit, die ich hätte aufdecken können.

Als ich mich gerade wieder abwenden wollte, entdeckte ich unter dem zugleich seltsam erhobenen und abgewinkelten rechten Arm Laokoons einen vertrauten Schemen – ein Mann Mitte fünfzig, klein, mit dichten, dunklen Haaren, einer fahlen Haut und erschlaffendem Körper, aber mit sehr charakteristischen schnellen, fast hektischen Bewegungen: Martialis.

»Marcus!«, rief ich und sprang einen Satz nach vorn in der Angst, die vertraute und so lange gesuchte Gestalt wieder im Nebel verschwinden zu lassen.

Martialis zögerte, wandte sich ab und wirkte, als würde er tatsächlich im Dunst davonrennen wollen. Doch dann besann er sich und atmete tief durch.

»Decimus. Welche Überraschung«, begrüßte er mich. Es entging mir nicht, dass er seine helle Stimme zu einem Flüstern gesenkt hatte. Ich hatte ihn, den begnadeten Spötter und Schmeichler, nie zuvor flüstern hören.

»Du auch?«, zischte ich ihn an. Es war wohl kaum nötig, weitere Erklärungen hinzuzufügen. »Was ist bloß passiert?«

»Das frage ich dich!«, erwiderte Martialis und klang ehrlich empört – weil ich ihn in den Thermen abgefangen und ihn in eine gefährliche Lage gebracht hatte, nahm ich an.

Er sah sich um und zog mich dann ins nächste Warmwasserbecken, wo wir bis zum Hals eintauchten – das beste Versteck in den milchigen Schwaden, das er auf die Schnelle finden konnte. »Wenn ich dir einen Rat geben kann, dann den: Verschwinde aus Rom!«, flüsterte Martialis und blickte immer wieder über seine Schulter, als fürchtete er bereits Verfolger. »Such dir irgendein hübsches Provinznest, wo die Sommer nicht zu trocken und die Winter nicht zu feucht sind, wo sie einen guten Wein anbauen und schöne Sklavinnen auf den Märkten verkaufen – und wo du Wochen brauchst, um nach Rom zu kommen. Dort wartest du, bis der Wein, die Hand eines Attentäters oder irgendeine andere Laune der Götter unseren allzeit geliebten Imperator in den Hades befördern. Und erst dann kehrst du fröhlich zurück in die Hauptstadt der Welt.«

»Bist du von Sinnen!« Ich schrie beinahe.

Martialis hob beschwichtigend eine Hand aus dem Wasser. »Bleib unsichtbar!«, flehte er.

»Domitian ist fünfundvierzig Jahre alt«, erinnerte ich ihn. »Nur fünf Jahre älter als ich. Er ist der Kaiser, er hat die besten Ärzte des Reiches. Gut möglich, dass er länger lebt als ich.«

»Es ist keine Schande, in der Provinz zu sterben«, kommentierte der Mann, den ich mal für meinen Freund gehalten hatte.

»Aber warum?«

Martialis brachte es fertig, im heißen Wasser zu treiben und dabei mit den Schultern zu zucken, ohne unterzugehen. »Keine Ahnung. Es gibt ein paar …« Er zögerte. »Selbst ›Gerüchte‹ könnte man das nicht nennen. Sagen wir, ein paar vage Worte des Imperators; Worte, die sich rund um deinen Namen ranken.«

»Wie poetisch formuliert«, flüsterte ich wütend. »Und was rankt sich um meinen Namen?«

»Kaiserliches Missfallen. Niemand weiß wirklich, was Domitian plötzlich gegen dich hat oder wie du überhaupt die allerhöchste Aufmerksamkeit erregt hast. Er ist nicht auf deinen Besitz aus, dafür bist du nicht vermögend genug. Und einen offiziellen Prozess will er nicht riskieren.«

»So klug bin ich auch schon«, entgegnete ich. Das Gefühl einer namenlosen, rettungslosen Verzweiflung kroch in mir hoch und ließ mich trotz des heißen Wassers erschaudern.

»So klug sind wir alle, aber klüger ist keiner. Niemand weiß, was Domitian so gegen dich aufgebracht hat. Deshalb meiden dich auch alle, um nicht auch unter Domitians Zorn zu fallen.«

Ich hätte Martialis gerne noch gefragt, was der Kaiser denn in den letzten Tagen getan hatte. Und ob er etwas von einem namenlosen Toten im Circus gehört hatte und von einer Bande verhüllter Männer auf den Straßen Roms. Doch er winkte mir nur kurz zu und wollte mir ein aufmunterndes Lächeln schenken, das ihm allerdings zur sarkastischen Grimasse geriet.

»Verschwinde aus Rom!«, flüsterte er. »Wer Domitians Zorn erregt, der hat hier keine Freunde mehr.« Dann machte er ein paar rasche Schwimmzüge und verschwand grußlos im heißen Nebel.

V. Tag vor den Iden des November

Die erste Spur

Ich dachte nicht einen Moment daran, dem Ratschlag des Martialis zu folgen. Welches Provinznest könnte mir ein Leben bieten, das auch nur entfernt dem in Rom gliche? Ovid, den Augustus einst nach Tomis ans Schwarze Meer verbannte, starb dort nach zehn qualvollen Jahren an Einsamkeit und Heimweh. Ich war kein Ovid, doch würde ich mich, ähnlich wie er, an einem Ort wie Tomis lebendigen Leibes begraben fühlen. Dies ist eine der ältesten und grausamsten Strafen Roms, eine, die unkeuschen Vestalinnen und Vatermördern droht. Nicht gerade das, was man sich selbst antun sollte. Und selbst wenn meine Furcht groß genug wäre, um Rom für immer den Rücken zu kehren: Wo könnte ich wirklich sicher sein vor dem Zorn Domitians? Keine Stadt des Imperiums, so unauffällig und abgelegen sie auch sein mochte, würde seinen Häschern verschlossen sein. Und jenseits der Grenzen gehen? Zu den Germanen in den Wäldern hinter dem Rhein? Oder den Parthern in Persien? Das hieße, die Einsamkeit des Ovid noch übertreffen zu wollen.

Nein, ich würde in Rom bleiben, würde, wie bescheiden auch immer, Jagd machen auf meine Jäger. Ich wollte wenigstens wissen, wer mein Leben, mein Glück, mein Vermögen, meine Hoffnung auf eine glanzvolle Zukunft zerstören wollte und warum er das tat. Ich wollte wissen, wer

– oder was – den Kaiser zu seinem Zorn antrieb. Ich wollte nicht unwissend in die Fremde gehen oder ahnungslos sterben.

Und wenn ich mit meinen Freunden, mit meinen Methoden nicht mehr weiterkam – dann musste ich es eben auf Archigenes' Weise versuchen.

Nach einer schlaflosen Nacht nickte ich dem entlaufenen Sklaven, der mein einziger Verbündeter in Rom geworden war, deshalb entschlossen zu. »Hör dich um auf deine Weise«, sagte ich. »Bei den Halsabschneidern, Taschendieben und Zuhältern, die du deine Freunde nennst. Bei den Sklaven. Du kannst von mir aus lügen, stehlen und betrügen, solange du nur an Informationen kommst.«

»Das werde ich tun«, antwortete Archigenes sofort, als habe er nur darauf gewartet, dass ich nicht mehr weiterwüsste. Und dann zeigte er mir ein wölfisches Grinsen und deutete mit dem Finger auf mich. »Aber du, Decimus Junius Juvenalis, Equites und Höfling Domitians, du machst bei alldem mit!«

Eine Stunde später schleppte ich Amphoren mit kretischem Wein und sizilischem Olivenöl von einem Lastkahn am Tiberufer in ein nahe gelegenes Lagerhaus. Mein Rücken war wund, meine Hände schmerzten, Schweiß brannte in meinen Augen, und die Ohren dröhnten mir vom Gespött des Archigenes und eines guten Dutzend weiterer Männer, die scheinbar mühelos Amphoren schleppten und dabei noch genug Luft in ihren Lungen hatten, um meine Schwäche höhnisch zu kommentieren.

Archigenes hatte mich zu den riesigen Lagerhäusern am Südrand der Stadt mitgenommen. Hier stakten Treidler die flachen Lastkähne an steinerne Kais, Lastkähne, die mit den Schätzen des Imperiums beladen waren, die über das Meer bis zum Hafen von Ostia gebracht und dort für die Hauptstadt der Welt umgeladen worden waren. In den großen Hallen aus Ziegeln und Holz duftete es nicht nur nach italischem Wein und iberischem Öl, sondern auch nach Weihrauch und Myrrhe aus Arabien, nach gallischer Wolle und ägyptischem Weizen, nach Lavendel und Rosenessenz aus Indien, nach Pökelfleisch aus der Baetica und Barben vom See Genezareth, nach numidischem Marmor und eingeöltem Gold aus Dakien, nach Elfenbein aus der Syrte und Seide aus einem fernen Reich im Osten, das noch kein Römer je mit eigenen Augen gesehen hatte. Und in der Luft lag der scharfe Gestank von Urin und scharfen Laugen, denn die Werkstätten der Gerber lagen direkt gegenüber in Transtiberim, Roms einzigem Stadtviertel auf dem jenseitigen Tiberufer.

Ein mürrischer mauretanischer Vorarbeiter hatte mich misstrauisch gemustert, als mich Archigenes im Gedränge der Tagelöhner, die sich jeden Morgen vor der Horrea Galbiana versammelten, nach vorn schob.

»Der ist zu weich«, brummte er Archigenes an, den er offensichtlich gut kannte. Mich hatte er wie ein Stück krankes Vieh betrachtet und nicht einmal für würdig befunden, angesprochen zu werden.

»Er arbeitet gut, vertraue mir«, entgegnete Archigenes und grinste. »Und außerdem schuftet er zum halben Lohn.«

Jetzt verzog auch der Vorarbeiter seinen Mund und zeigte zwei Reihen fauliger Zähne. »Fortuna ist dir hold heute, Archigenes«, sagte er gönnerhaft. »Vier Asse für dich, zwei Asse für deinen jämmerlichen Freund.«

Ich ließ mich von Archigenes zu einem Lagerhaus wegzerren und konnte mich gerade noch so lange beherrschen, bis wir außer Hörweite des Mauretaniers waren.

»Hat dir Jupiters Blitz den Kopf ausgehöhlt?«, zischte ich ihn an. »Zwei Asse Lohn für einen Tag Schufterei in diesem«, ich suchte nach Worten, »in diesem Dreck? Selbst die billigste Hure in der Subura nimmt bei jedem Freier vier Asse.«

»Du kannst dich ja auch in der Subura anbieten«, erwiderte Archigenes heiter. »Der Vorarbeiter wird seinem Herrn übrigens für dich die üblichen vier Asse in Rechnung stellen. Dein halber Tageslohn wird also heimlich in seine Taschen wandern. Du hast heute schon einen Menschen glücklich gemacht.«

Ich kochte vor Wut. »Was sollen wir überhaupt hier?«

»Schuften, bis wir Blut kotzen«, antwortete Archigenes und schien mit jedem Augenblick fröhlicher zu werden. »Das andere wirst du schon noch sehen.«

Es dauerte eine ganze Weile, bis ich Archigenes verstand. Wir zogen, menschlichen Ameisen gleich, in einer langen Linie von einem Lastkahn zu einem riesigen Lagerhaus und schleppten dabei ununterbrochen Amphoren ins dunkle, betäubend schwer duftende Innere der Halle. Ich kannte Decimus Rutilius, den Senator, dem dieses Lagerhaus gehörte. Natürlich gehörte es ihm nicht offiziell, denn Senatoren war seit alten Zeiten der Handel gesetzlich verboten, doch Rutilius hatte sich, wie so viele seiner Standesgenossen, längst nicht mehr daran gehalten und den Gewinn aus seinen – legalen – Landgütern über drei seiner Freigelassenen, die seine Strohmänner waren, in den sehr viel profitableren Fernhandel mit Kreta und Nordafrika investiert. Nicht zu fassen, dass ich einmal so tief sinken konnte und dort arbeitete.

Während der Mittagspause, in der wir saures Brot, sauren Wein und scharfe Fleischbällchen in Eichen- oder Lorbeerblättern in uns hineinstopften, und selbst während unserer Schufterei lenkte Archigenes die Gespräche immer wieder geschickt auf die letzten großen Rennen im Circus. Alle Arbeiter schienen ihn zu kennen, die meisten mochten ihn offensichtlich. Es fiel ihm leicht, eine Unterhaltung unauffällig zu dominieren. Die meisten nickten begeistert und ergingen sich in allen möglichen Details der Rennen, vor allem des ersten, in dem der große Favorit gestorben war.

Doch niemand erwähnte den Toten in den Circusarkaden.

Es wurde einiges über Verbrechen geredet – eine Prostituierte, die einen der Arbeiter um sein Geld gebracht hatte, einige Diebstähle, ein Wettbetrug, ein paar Schlägereien in den Tavernen nach den Rennen –, aber nichts von einem Mord.

Am späteren Nachmittag, als die meisten Arbeiter schon frei bekamen, schickte der Mauretanier Archigenes und mich zu den Horrea Candelaria, in denen Tausende von Kerzen, Fackeln und Amphoren mit Talg lagerten. Wir mussten noch eine Kahnladung ranzig riechender Fackeln aus Britannien entladen.

»Fantastisch«, keuchte ich, als ich mir abends beim feixenden Vorarbeiter schließlich meine beiden Asse abgeholt hatte. Ich konnte nicht mehr gerade gehen, meine Hände waren taub, und in meinem Mund hatte ich den Geschmack von Blut. »Das sind also deine Methoden. Mein Leib schmerzt, als hätte ich in der Arena gestanden. Ich habe weniger verdient als die billigste Straßennutte. Und was haben wir dabei herausgefunden? Nichts.« Ich wollte verächtlich auf den Boden spucken, doch mein Mund war zu trocken.

Archigenes lachte. »Das geht allen Römern so, die zum ersten Mal in ihrem Leben arbeiten müssen. Das gibt sich.«

Ich schüttelte meine Faust und schwieg, zu erschöpft selbst für ein Wortgefecht.

»Ich bin eigentlich ganz zufrieden«, fuhr er ungerührt fort. Er war verschwitzt, schien aber nicht sonderlich erschöpft zu sein. »Da du nichts herausgefunden hast, wird der Tote nicht aus deinen Kreisen kommen.«

Ich blickte ihn verständnislos an.

»Er wird kein Reicher sein«, erklärte Archigenes geduldig. »Kein Senator, kein Equites, kein Reeder, kein Großhändler, kein reicher Nichtsnutz. Sonst hättest du davon erfahren, spätestens von Martialis. Der Unbekannte scheint allerdings auch nicht aus meiner Welt zu entstammen: kein Tagelöhner, kein Freigelassener, kein Sklave, wahrscheinlich auch kein kleiner Händler oder Handwerker. Denn sonst hätte irgendjemand hier in den Horrea Galbiana oder Candelaria davon gehört.«

»Also?«, fragte ich, als er nicht weiterredete.

»Also ist der Tote womöglich ein Dieb gewesen, ein Zuhälter, ein Wettbetrüger, ein Schläger aus einer der großen Banden Roms, kurz: jemand, der sich von Berufs wegen auf der anderen Seite des Gesetzes aufhielt.«

»Das tust du gelegentlich auch«, warf ich trocken ein.

»Und du zurzeit auch, selbst wenn du nicht einmal das Gesetz kennst, das du gebrochen hast«, erinnerte er mich überflüssigerweise.

»Ein Verbrecher also«, kam ich wieder auf das ursprüngliche Thema.

Er kratzte sich am Ohr und grinste. »Oder noch komplizierter: ein Fremder. Jemand, der erst seit kurzem in Rom ist. Jemand, den kaum einer hier kennt. Denk an den Gebetsriemen am Unterarm des Toten. Er war ein Jude. Vielleicht kam er aus dem Osten.«

»Und was machen wir nun?«

»Wir werden in die nächsten Thermen gehen und uns den Dreck vom Körper schaben lassen«, erwiderte er. »Dann muss ich noch etwas«, er zögerte kurz und warf mir einen seltsam abschätzenden Blick zu, »etwas erledigen«, fuhr er fort und machte eine vage Geste. »Und dann beginnt die zweite Hälfte unseres Arbeitstages: Wir werden uns dort umhören, wo man Verbrecher und Fremde kennt.«

Nachdem wir, zusammen mit vielen anderen Tagelöhnern, eine kleine Thermenanlage in der Nähe der Lagerhäuser besucht hatten, fühlte ich mich sauber und angenehm müde. Wäre es nach mir gegangen, ich hätte mir irgendwo ein leichtes Mahl und einen schweren Wein gegönnt und wäre dann auf ein weiches Bett gesunken, um zwölf Stunden zu schlafen. Doch Archigenes führte mich am Mons Testaceus vorbei, wie das riesige Trümmerfeld am Hafen hinter den Horrea Galbiana beschönigend hieß. Hier auf diesem »Scherbenberg« landeten seit Jahrhunderten die Amphoren und Krüge, die beim Seetransport oder beim Ausladen zerschlagen worden waren. Inzwischen war der Scherbenberg tatsächlich schon bis zur Höhe einer Insula angewachsen und bedeckte die Fläche eines Stadtviertels. Erde und Flugsand rieselten zwischen dem verwitternden Ton, Gräser, Zypressen und Pinien versuchten, sich im kargen Trümmerboden festzukrallen. Hier lebten Arme, Fremde, Entwurzelte in erbärmlichen Buden aus Brettern und Stoff, Menschen, die sich nicht daran störten, dass noch immer täglich Arbeiter mit knirschendem Schritt auf die Hügelflanke stiegen, um mit Tragkörben neue Scherbenlasten abzuladen.

Wir hielten auf die Porta Ostiensis zu. Hinter dem Wall und den Türmen über dem Stadttor konnte ich schon die

Spitze der weißen Pyramide erkennen, die sich der Praetor und Volkstribun Cestius einst als Grabmal unmittelbar außerhalb der Stadtmauer hatte errichten lassen. Doch kurz bevor wir Rom verlassen hätten, wandte sich Archigenes nach links in eine Gasse, die ungefähr parallel zur Stadtmauer verlief. Es war ein ungewöhnlich milder Spätnachmittag. Die tief stehende Sonne warf rotgoldenes Licht auf das Pflaster, auf dem ein letzter dünner Film aus Regenwasser glänzte. Es roch nach Feuchtigkeit und dem beißenden Qualm unzähliger kleiner Holzkohlenfeuer, die in den Wohnungen der Insulae bereits entzündet worden waren, weil jedermann trotz der jetzt noch lauen Luft eine kalte, klare Nacht befürchtete.

»Wohin gehen wir?«, fragte ich.

»Zu meinem Gott«, antwortete Archigenes und schien das ausnahmsweise ernst zu meinen.

Ich verdrehte die Augen und verzichtete auf weitere Fragen.

Er führte mich zur Rückseite eines großen Stadthauses, dessen Außenwand ungewöhnlicherweise ohne schützenden Garten und ohne weitere Mauer direkt an der Gasse lag. Dort war eine kleine Pforte eingelassen, die Archigenes umstandslos öffnete. Dahinter führte eine steile Treppe hinab, von einigen Fackeln nur düster erhellt. Niemand hielt uns auf, doch ich hatte das unbestimmte Gefühl, als würden wir ständig beobachtet werden. Schließlich kamen wir in einen kleinen, überwölbten Vorraum, in dem eine einzige, schmucklose Öllampe blakte.

»Warte hier«, wies mich Archigenes an und deutete auf eine aus Ziegeln gemauerte Bank. Er hatte die Stimme zu einem Flüstern gesenkt. Dann drückte er eine bronzebeschlagene Eichentür am anderen Ende des Raumes auf und verschwand dahinter.

Mir blieb nur ein Augenblick, um in den nächsten Raum zu sehen: Lang gestreckt unter einem sorgfältig gemauerten Kreuzgewölbe, Steinbänke an beiden Längsseiten, eine Nische am anderen Ende, darin das prachtvolle Relief eines Mannes mit phrygischer Mütze, der sich auf den Rücken eines Stieres schwingt und ihm ein Messer in den Hals jagt, flackerndes Licht, Statuen, viele Menschen, die etwas rezitierten.

Ich blieb draußen, doch dieser eine Blick hatte genügt, um mir zu verraten, wo ich war.

»Mithras«, murmelte ich und pfiff anerkennend durch die Zähne. »Das hätte ich mir eigentlich denken können.«

Auch Mithras war irgendwann dem religiösen Fieber der östlichen Völker entsprungen. Die Soldaten des Pompeius hatten seinen Kult, so sagte man, vor über hundert Jahren nach Rom gebracht, nachdem sie die kilikischen Seeräuber für immer vom Meer vertrieben hatten. Seitdem gab es immer mehr Legionäre, die sich diesem neuen Gott zuwandten. Mithras war der Sonnengott, unbesiegt und unbesiegbar, der Stiertöter, der mit dem Messer das kräftige Tier fällt, der Heiland, der Sohn Ahura-Mazdahs, des Allwissenden und Höchsten. Ein Gott, der seinen Anhängern, die in die Mysterien eingeweiht waren, das ewige Leben versprach. Ein Gott, der bei seinen Eingeweihten keine Unterschiede mehr kannte: Legionäre, Freigelassene, Sklaven – sie alle waren vor ihm gleich. Es gab im Palast Gerüchte, dass selbst Domitian – sonst kein Freund verwischender Standesunterschiede – sich in den Mithraskult hatte einführen lassen. Denn Mithras gab seinen Gläubigen die Illusion, den Tod zu besiegen. Und vor dem Tod mag sich ein Imperator genauso fürchten wie der erbärmlichste Sklave – vielleicht sogar in diesem Fall mehr, denn der Kaiser rechnete ja ständig mit dem Dolch eines Attentäters.

Ich setzte mich auf die Bank und seufzte. Erst jetzt entdeckte ich, dass auch neben der Pforte, durch die wir in den Vorraum getreten waren, eine Nische eingelassen war. Auf dem Boden schimmerte eine dunkle Lache. Blut. Wahrscheinlich von einem jungen Stier, den die Eingeweihten vor Beginn des Kultes geopfert hatten. Das hoffte ich zumindest. Hinter der Nische stand die Marmorstatue eines Fabelwesens: Der löwenköpfige Leib eines Mannes, umwunden von einer Schlange mit vier Flügeln. Zervan, Gott der unendlichen Zeit, mit der Schlange, dem Symbol des Sonnenlaufes, der die Zeit verschlingt, und der vier Jahreszeiten. Ich hatte in meiner Zeit bei der Legion genug vom Mithraskult gehört, um darüber mehr zu wissen als die meisten Uneingeweihten. Mehrmals hatten mir ein paar Kameraden angeboten, mich ganz in ihre Gemeinschaft aufzunehmen. Legionäre liebten Mithras, denn er versprach Unbesiegbarkeit. Das machte ihn natürlich besonders dort zu einem machtvollen Gott, wo einem der Tod täglich entgegentrat. Doch ich ließ mich nie einweihen, obwohl ich den Kult faszinierend fand und den Tod ebenso fürchtete wie jeder andere auch. Denn mir fehlte etwas Entscheidendes, um mich der neuen Religion zu öffnen: Ich glaubte weder an das ewige Leben noch an die Existenz von Göttern. Die Erde war allein Menschenwerk, und wenn es doch Unsterbliche gab, dann lachten sie über uns.

Ich weiß nicht, wie lange ich dort im düsteren Vorraum wartete; mir kam es vor wie die halbe Nacht, doch es mochte höchstens eine Stunde gewesen sein. Irgendwann kam Archigenes heraus, als Erster. Er schien in Eile zu sein.

»Komm«, flüsterte er, »die Riten sind gleich vorüber. Die anderen haben zwar nichts dagegen, wenn im Vestibül ein Uneingeweihter sitzt, doch ich möchte trotzdem allzu neugierige Blicke vermeiden. Man kann nie wissen ...«

Er gab keine weitere Erklärungen ab und schien vorauszusetzen, dass ich wusste, um welchen Kult es sich handelte. Ich hätte ihn gerne gefragt, wann und durch wen er einst in die Geheimnisse des Mithras eingeführt worden war, doch ich verzichtete darauf, ihn anzusprechen.

Schweigend eilten wir aus dem Haus. Draußen war es inzwischen dämmerig geworden. Ein feiner Nieselregen hatte eingesetzt, und ich wickelte mich enger in den Mantel aus grober Wolle, den Archigenes mir geliehen hatte, weil ich in ihm nicht als Equites zu erkennen war. Als wir die Via Appia erreichten, hielten wir uns links, Richtung Circus Maximus. Es schauderte mich, als ich in der Ferne die düsteren Umrisse der riesigen Wettkampfbahn erkannte. Doch ich konnte meinen Blick nicht lange in die Ferne schweifen lassen, sonst wäre ich buchstäblich überrollt worden. In der Dämmerung waren die Stadttore geöffnet worden, und all die Karren und Fuhrwerke drängten herein, die tagsüber nicht über die Straßen der Hauptstadt fahren durften.

Der Boden bebte unter den rumpelnden, eisenbeschlagenen Rädern der gefährlich überladenen Wagen, die Luft zwischen den Insulae zitterte im unablässigen, scharfen Knall der Peitschen, mit denen die Rücken der Ochsen und Esel blutig geschlagen wurden. Jeder wusste, dass er bei Tagesanbruch wieder Rom verlassen haben musste, also wurden die Tiere gnadenlos vorangetrieben. Und wenn ein Vordermann zu langsam war oder gar Probleme an Rad und Achse hatte, dann wurde er in allen Sprachen des Imperiums verflucht. Es stank nach heißem, ranzigen Achsenfett, nach Ledergurten, Holz und Stroh, nach dem Schweiß der Fuhrleute und Tiere, nach Ochsenkot und Eselsdung.

Anfangs dröhnten die Karren an uns vorbei wie ein langsamer, doch alles mit sich reißender Fluss. Doch irgendwann begannen wir, die Fuhrwerke wieder zu überholen. Es wurde immer lauter, Archigenes und ich verständigten uns nur noch durch kurze Zeichen, die im Halbdunkel unter dem Säulengang der Insulae zudem kaum noch zu erkennen waren.

Schließlich erreichten wir die Stelle, an der die Via Appia blockiert wurde: Von einem Fuhrwerk hatte sich die Fracht gelöst, mindestens ein Dutzend fast haushoher Vierkantbalken, die von der Ladefläche heruntergerutscht waren und sich sauber zwischen zwei Säulen im Laubengang einer Insula verkeilt hatten. Der Karren – ein Wrack aus Holz und zerrissenen Ledergurten – stand gefährlich schief und ließ sich weder vorwärts noch rückwärts bewegen, obwohl ein schwitzender Mann auf dem Bock, der schweigend geradeaus starrte, mit einer langen Peitsche wie besessen auf die beiden Ochsen eindrosch. Sein Helfer zerrte an den Balken, doch die bewegten sich nicht eine Handbreit. Andere Fuhrleute waren von dahinter liegenden, blockierten Karren gekommen und schimpften. Einige Fensterläden der Insula waren aufgestoßen worden, und von oben verfluchten die Bewohner den Mann auf dem Bock und fingen an, mit Essensresten und alten Töpfen nach ihm zu werfen. In der Fassade der Insula, genau zwischen den beiden Säulen, in denen sich die Balken verkeilt hatten, wuchs ein schmaler Riss bereits zwei Stockwerke hoch. Niemand half.

Wir hielten uns die Arme über den Kopf, um nicht

von einem Peitschenhieb oder einem heruntersausenden Nachttopf getroffen zu werden, und eilten zwischen zwei blockierten Karren auf die andere Seite der Via Appia. Dann zwängten wir uns im Säulengang dort an der Unglücksstelle vorbei.

Danach kamen wir schnell und unbehelligt weiter. Zwischen Kolosseum und Forum Romanum führte uns die Straße genau auf die düsteren Gassen der Subura.

»Das ist unser Jagdrevier«, verkündete Archigenes und deutete auf die Schluchten der Wege zwischen den schiefen, schimmelüberzogenen Wänden der ältesten und billigsten Insulae, die man in Rom finden konnte.

»Sind wir Jäger oder Beute?«, fragte ich.

Doch mein Begleiter lachte nur und trat in ein kleines, schmutziges Geschäft, dessen zahnloser Besitzer gerade die Fensterläden schließen wollte. Er kaufte eine Fackel und ein paar nach Schwefel stinkende Zündhölzer.

»Hast du einen Dolch dabei?«, flüsterte er mir zu.

Als ich nur stumm mit dem Kopf schüttelte, flüsterte er dem Ladenbesitzer etwas zu. Der kramte unter seiner Theke und holte schließlich einen gekrümmten, scharfen syrischen Dolch hervor. »Gebraucht, aber gut«, nuschelte er.

Archigenes grinste und forderte mich mit einer Geste auf, ihn zu kaufen. Von meinen paar Sesterzen, selbstverständlich. »Eine Investition, die dein Leben verlängern kann«, sagte er.

Als wir wieder hinaustraten und ich die Waffe in einer Falte meines Umhangs versteckte, zischte ich ihn an: »Du scheinst dich hier gut auszukennen.«

Er deutete mit dem Daumen nach hinten. »Patroklos ist der beste Hehler in der Subura. Kauft alles. Verkauft alles. Stellt keine Fragen.«

»Und du bist sein bester Kunde.«

»Als Käufer und Verkäufer.« Er lachte, und ich war mir nicht ganz sicher, ob dies nur ein Scherz sein sollte.

Die Sonne war hinter dem Horizont verschwunden und warf nur noch ein letztes, rötlich graues Licht an den Himmel. In den Straßenschluchten der Subura wurde es nun rasch düster. Überall brachten Sklaven die Amphoren, Töpfe, Rinderlungen, Blumengestecke und andere Auslagen von den Säulengängen ins Innere der Geschäfte, die mit bronzebeschlagenen Eichenläden und schweren eisernen Ketten verschlossen wurden. Auch die meisten Fensterhöhlen der schäbigen Insulae, vor allem in den unteren Geschossen, wurden verrammelt. Die Straßen, auf denen tagsüber ein lärmiges Gedränge herrschte, wurden gespenstisch leer: Hin und wieder eilte eine einsame Gestalt hastig über die Gasse, zwei Freudenmädchen standen in einem Hauseingang und lachten, einige junge Männer, halbe Kinder noch, hatten sich rund um einen Brunnen versammelt; in ihrer Runde kreiste eine Weinamphore, sie grölten und warfen faulige Äpfel und Steine in Richtung der wenigen noch offenen Fensterhöhlen. Archigenes und ich drückten uns in den Schatten eines Säulenganges und schlichen uns vorsichtig an ihnen vorbei. Erst etliche Schritte hinter dem Brunnen entzündete mein Begleiter die Fackel. Nun war die Gefahr geringer, dass wir im Dunkeln auf Schweinekot oder Kohlstrünken ausrutschten oder über einen bewusstlosen Betrunkenen stolperten – doch kam ich mir so vor, als würden wir mit unserem einsamen Licht auch die perfekte Zielscheibe für jeden abgeben, der irgendwo im Düstern lauerte.

Archigenes bewegte sich sicher im Gewirr der dunklen Gassen. Die Stadt war von den Bürokraten des Kaisers pedantisch genau in vierzehn Regionen eingeteilt worden, jeder Hügel, jedes Viertel hatte seine seit alten Zeiten überlieferte Bezeichnung, alle Plätze, Straßen und Gassen Roms hatten ihren eigenen Namen – doch nirgendwo war auch nur ein einziges Namensschild angebracht. Schon tagsüber war die Subura ein Labyrinth, denn hier standen die Insulae so hoch und eng, dass man praktisch nirgendwo einen freien Blick auf größere Monumente oder einen der sieben Hügel hatte, um sich anhand dieser Marken zu orientieren. Jetzt aber hatte ich schon nach wenigen Augenblicken rettungslos die Orientierung verloren. Mir wurde klar, dass ich vollständig in der Hand des Archigenes war – eines entlaufenen Sklaven, der von Einbrüchen lebte und den ich so gut wie gar nicht kannte. Er konnte mich direkt in einen Hinterhalt führen, und ich würde es erst merken, wenn die Falle zuschnappte. Jetzt hätte ich gerne einen Gott gehabt, an den ich glaubte, um seinen Schutz zu erflehen.

Doch statt in einen Hinterhalt führte Archigenes mich in eine Taverne, ein düsteres Loch in einer halb verfallenen Insula, aus dessen Eingang gelbliches Licht auf ein leise knarrendes, verwaschenes Holzschild fiel, das einen krude gezeichneten Gladius zeigte und den Namen »Zum Schwert des Mars«.

Die Mischung aus beißendem Holzkohlenqualm von einem offenen Herdfeuer in einer gemauerten Nische, saurem Wein und noch saurerem Schweiß nahm mir fast den Atem. Die meisten der grob gezimmerten Bänke waren besetzt: ein paar halb nackte Mädchen, drei zahnlose alte Weiber, ansonsten nur Männer. Auffallend viele waren muskulös (auch wenn manche neben ihren Muskeln auch einen gewaltigen Speckring um den Leib trugen) und gezeichnet. Mit einem einzigen, flüchtigen, möglichst unauffälligen Blick erkannte ich Gestalten mit zertrümmerten, grotesk verformten Nasen, mit zackigen Narben im Gesicht oder auf den Armen, mit ausgeschlagenen Augen. Es war nicht gerade schwer zu erraten, dass sich hier ehemalige Gladiatoren und andere Männer trafen, die ihre Sesterzen legal oder illegal damit verdienten, das Blut anderer Menschen zu vergießen. Für eine voll besetzte Taverne war es erstaunlich ruhig. Die meisten Gäste hatten große irdene Weinkrüge auf ihren Tischen und widmeten sich schweigend der Aufgabe, sich systematisch voll laufen zu lassen.

Archigenes nickte zweien oder dreien dieser Gestalten und dem feisten gallischen Wirt zu und führte uns zu einem der wenigen noch freien Plätze am Ende einer Bank.

Schnell hatte er seinen Nachbarn, einen mächtigen Nubier mit einer schrundigen, sichelförmigen Narbe mitten auf seinem kahl rasierten, glänzenden Schädel, in ein Gespräch verwickelt. Der Nubier antwortete zunächst mürrisch und einsilbig, doch als Archigenes kenntnisreich über die letzten Kämpfe im Kolosseum plauderte und ihm einen Krug Wein spendierte (von meinen Sesterzen), taute der Mann auf.

Ich saß daneben und wurde von beiden ignoriert. Schweigend trank ich den billigen Wein und bestellte dazu hartes Brot, um nicht sofort betrunken zu werden. Ich spürte die Schmerzen der Schlepperei in den Lagerhäusern in allen Gliedern und wäre am liebsten irgendwo zum Schlaf niedergesunken, doch ich zwang mich dazu, dem Gespräch zu lauschen.

Archigenes lenkte die Unterhaltung unauffällig weg vom Kolosseum und hin zu den Morden der letzten Tage. Der Nubier, der seinen Namen nicht nannte, wusste einiges von ihnen zu berichten, vor allem von zwei Syrern, die man mit aufgeschlitzten Bäuchen auf dem Forum Boarium gefunden hatte – genug jedenfalls, um mich davon zu überzeugen, dass er an manchen dieser Taten nicht unbeteiligt war.

»Und was ist mit dem Toten im Circus?«, fragte Archigenes und klang dabei eher beiläufig.

Der Nubier sah ihn zum ersten Mal mit echtem Interesse an.

»Du kennst ihn?«, fragte er zurück.

Ich war plötzlich wieder hellwach.

»Nein«, antwortete mein Begleiter. »Ich habe ihn nur zufällig gesehen. Am Morgen danach.«

»Ah«, machte der Nubier nur und nahm einen tiefen Schluck. »Ich habe davon gehört. Aber ich habe keine Ahnung, wer der Kerl war – oder wer ihn in den Hades geschickt hat. Doch seltsam«, und er blickte Archigenes plötzlich lauernd an, »du bist nicht der Erste, der sich nach ihm erkundigt.«

Mir wurde plötzlich kalt. »Wer war es?«, platzte ich heraus.

Der Nubier sah mich zum ersten Mal direkt an. »Keine Ahnung«, murmelte er. »Fremde wahrscheinlich.«

»Wie sahen sie aus?«

Der Nubier zog die Stirn kraus. »Was soll die blöde Fragerei?«, fuhr er mich plötzlich an. »Bist du ein Spitzel? Verschwinde hier.« Seine Rechte war in einer Falte seiner Tunika verschwunden.

Archigenes blickte auf diese Hand, dann dem Nubier ins Gesicht und lächelte. »Schon gut«, murmelte er. Dann zog er mich, meine Proteste ignorierend, einfach hoch. »Wir trinken in einer anderen Taverne weiter«, sagte er und grinste.

»Das war eine geniale Frage!«, zischte er mich draußen an. »Willst du unbedingt wissen, wie sich ein Dolch zwischen den Rippen anfühlt? Überlass die Quatscherei an diesem Abend mir.«

»Immerhin wissen wir jetzt, dass auch die Kapuzenmänner nach dem Toten fragen«, warf ich beleidigt ein.

»Der Nubier hat sie nicht beschrieben. Und warum sollten sie jemanden in den Hades schicken, den sie nicht kennen, und sich dann anschließend in irgendwelchen Tavernen nach seinem Namen erkundigen?«

»Wer sonst sollte denn nach dem unbekannten Toten fragen?«

»Das«, flüsterte Archigenes und deutete mit spöttischer Zustimmung auf mich, »war jetzt ausnahmsweise eine gute Frage.«

Wir entzündeten eine Fackel und machten uns wieder auf den Weg. Als wir eine Gasse überquerten, stieß Archigenes mich plötzlich heftig zur Seite. Bevor ich protestieren konnte, krachte etwas auf das schmutzige Straßenpflaster, auf dem ich eben noch gestanden hatte. Ein paar Splitter schlugen gegen meine Schienbeine, verletzten mich aber nicht.

»Jupiters Blitz soll deine Eier treffen!«, schrie Archigenes nach oben, während er mich zugleich unter den nächstgelegenen Säulengang zerrte.

»Da müsste Jupiter aber lange suchen!«, antwortete ihm eine Frauenstimme irgendwo von oben – von einem der düsteren, hoch gelegenen Stockwerke. Dann folgte ein Lachen, hysterisch und betrunken zugleich. Vor unseren Füßen schlug der nächste Topf auf und zersprang mit einem hässlichen Krachen.

Irgendwo über uns öffnete sich knarrend ein schwerer Fensterladen. »Clodia, jetzt reicht's!«, rief eine dunkle Männerstimme. Wem immer sie gehören mochte, er schien auch nicht mehr nüchtern zu sein. »Wenn du wieder stundenlang Nachttöpfe aus dem Fenster werfen willst, komme ich zu dir hoch!«

»Bei dir kommt doch gar nichts mehr hoch!«, keifte die Frau. Wieder sauste irgendetwas von oben herab. Diesmal prallte es mit einem dunklen Klatschen auf. Ich konnte nichts erkennen, doch ich vermutete, dass es ein Kohlkopf war.

»Bloß weg hier!«, zischte Archigenes. »Mit unserer Fackel sind wir das ideale Ziel für jeden Irren, der seine Scheiße aus dem Fenster wirft!«

»Oder Schlimmeres«, brummte ich. Wie jeder Römer kannte auch ich selbstverständlich die Schauergeschichten von nächtlichen Spaziergängern, die von den höher gelegenen Wohnungen der Insulae sogar mit Pfeilen, Dolchen oder Würgeschnüren attackiert worden waren, um anschließend ausgeraubt zu werden. Zwei Kreuzungen weiter konnten wir unsere Fackel vorübergehend löschen, weil es etwas heller wurde. Denn in der Gasse vor uns brannte ein Stockwerk einer Insula.

Vor uns stand eine Wand aus schweigenden Schatten: Nachbarn und Nachtschwärmer, die gebannt auf das Spektakel starrten. Aus einem Fenster im fünften Geschoss loderten Flammen und warfen ein rötliches Licht nach unten in die Gassenschlucht, in dessen flackerndem Schein die anderen Häuser zu schwanken schienen. Es stank nach beißendem Qualm, doch das schien niemanden zu stören. Ein paar Menschen rannten mit hölzernen Wassereimern, die sie an irgendeinem Brunnen gefüllt haben mussten, in den dunklen Eingang des Hauses. Ihnen taumelten einige schmutzige, hustende Menschen entgegen, die Truhen, Stoffballen oder Säcke auf den Schultern schleppten, einer trug sogar ein hölzernes Bettgestell nach draußen. Bewohner, die ihre bescheidene Habe in

Sicherheit brachten oder vielleicht auch besonders mutige Plünderer.

Irgendwo im sechsten Stock, in einer der Wohnungen über dem Brand, schrie jemand hysterisch nach Hilfe. Vielleicht war dort jemand von den Flammen eingeschlossen; die Stimme überschlug sich so stark, dass ich nicht einmal entscheiden konnte, ob es sich um eine Frau oder einen Mann handelte.

»Spring doch!«, rief jemand von der Straße aus hoch. Ein paar aus der Menge lachten, doch ansonsten blieben die Schaulustigen ruhig. Gebannt starrten alle nach oben.

Fast jede Nacht brannte irgendwo in Rom eine dieser schäbigen, kleinen Wohnungen aus, manchmal erwischte es auch eine ganze Insula oder sogar einen ganzen Straßenzug. Vor allem jetzt im Herbst und Winter, wenn die Leute mit kleinen, offenen Holzkohlebecken gegen die Feuchtigkeit und Kälte anheizten – glühende Holzkohle, die sich, wenn man unachtsam war, sofort in Betttüchern, Vorhängen, in hölzernen Böden, Deckenbalken oder Stiegen festfraß.

Ich dachte an den großen Brand, der vor über dreißig Jahren halb Rom eingeäschert hatte. Die Sekte der Christen hatte ihn gelegt, behaupteten die meisten. Doch es gab andere, die sagten, dass genau so ein Wohnungsfeuer wie dieses jetzt ausgereicht hatte, um die Hauptstadt der Welt schlimmer zu verheeren, als je eine feindliche Armee dies vermocht hatte.

»Die Vigiles kommen!«, rief jemand.

Am anderen Ende der Gasse tauchten zwanzig Männer im Laufschritt auf, zwanzig kräftige Gestalten in kurzen Tuniken und den hochgeschnürten Stiefeln der Legionäre. Augustus hatte die Vigiles einst rekrutiert, eine Truppe von Sklaven in Staatsbesitz, die Roms nächtliche Straßen abpatrouillierten, um Feuer möglichst rasch zu entdecken und zu bekämpfen. Zwei von ihnen trugen große Fackeln, die den Weg erhellten, alle anderen schleppten schwere Eimer. Sie hatten sich Seile um den Leib geschlungen, in ihren Gurten steckten schwere Eisenhämmer, mit denen sie notfalls binnen weniger Augenblicke die dünnen Zwischenwände einer Insula zerschlagen konnten, um zu einem Brandherd zu gelangen.

»Platz da!«, schrie ihr Anführer.

Ein überflüssiger Befehl, denn mindestens die Hälfte aller Schatten war urplötzlich verschwunden. Die Vigiles bekämpften nicht nur Roms ewige Feuer, sie hatten auch den Befehl, jeden Verbrecher, den sie auf ihren nächtlichen Streifen sahen, zu verhaften und in einen der kaiserlichen Kerker zu werfen. Das machte sie in einem Viertel wie der Subura, vorsichtig ausgedrückt, nicht gerade beliebt.

Auch Archigenes hatte sich die Kapuze seines Mantels übergeworfen. »Hauen wir ab«, zischte er.

Er entzündete die Fackel nicht einmal, als wir bereits um die nächste Ecke gebogen waren. »Es sind nur ein paar Schritte«, flüsterte er entschuldigend. »Pass auf, dass du nicht in den Schweinedreck trittst. Da vorn gehen wir hinein.«

Er deutete auf einen dünnen Lichtstreifen, der unter einer verschlossenen Tür hindurchschimmerte – so schwach, dass er mir ohne seinen Hinweis wahrscheinlich entgangen wäre.

»Was ist das?«, fragte ich.

»Es heißt ›Zur Galeere‹, weil sein Besitzer mal zu fünf Jahren Arbeit als Rudersklave verurteilt worden war. Wegen Totschlags, soweit ich weiß. Die Suppe dort ist fett und scharf, das Brot noch nicht steinhart und der Wein nicht so sauer, dass er dir ein Loch in den Bauch frisst. Es ist die beste Taverne in dieser Straße, und ich habe Hunger. Außerdem können wir hier ein paar Mädchen fragen. Vielleicht haben sie ja etwas von einem Toten im Circus gehört.«

»Mädchen?«

»Der Wirt vermietet seine Hinterzimmer an Freudenmädchen und kassiert dafür die Hälfte ihres Lohnes.«

»Ein legales Bordell oder ein illegales?«, fragte ich und kam mir gleich darauf dumm vor.

Archigenes lachte. »Würde ich dich jemals zu einem legalen Ort führen?«

Er führte mich bis vor die Tür, wo er sich kurz zur Seite wandte und seine Kapuze zurückwarf.

»Ich bin es«, flüsterte er.

Erst da erkannte ich den Schatten zweier oder dreier Männer, die sich in einer Nische neben der Tür versteckten. Einer der Schatten vollführte eine lässige Handbewegung, und Archigenes drückte die Tür auf.

»Nicht jeder darf an Bord der Galeere«, murmelte er und grinste mich an.

Der Tavernenraum war düster, aber überraschend groß. Der Besitzer musste die Außenwände zu beiden Seiten eingerissen haben, sodass sich hinter der unscheinbaren Tür ein Raum verbarg, der mindestens doppelt so breit war wie die Insula. Einen Moment lang fragte ich mich, ob wohl diese und die beiden benachbarten Insulae, deren Wände so großzügig weggestemmt worden waren, noch stabil standen, oder ob sie nicht jeden Augenblick über unseren Köpfen zusammenbrechen konnten. Doch dann lenkte mich ein Blick auf die Gäste von dieser Sorge ab.

Der Raum war voll gestellt mit kleinen runden Holztischen und -stühlen – so voll, dass die schwitzenden, fast nackten Sklaven, die mit hoch erhobenen Händen schwere irdene Weinkrüge und hölzerne Näpfe mit dampfender Suppe auftrugen, sich wie Schlangenmenschen durch das Gewirr winden mussten. Viele Plätze waren besetzt: Männer und Frauen jeden Alters, die meisten, wenn ihre ärmliche, abgerissene Kleidung nicht täuschte, aus der Subura. Unauffällig musterte ich einige Frauen und fragte mich, welche von ihnen käuflich und welche normale Gäste waren, doch ich konnte sie nicht unterscheiden; möglicherweise waren die Grenzen hier fließend.

Doch ich entdeckte auch zwei Söhne von Senatoren, die, umgeben von kräftigen Sklaven, mit einigen Männern aus der Subura an einem größeren Tisch saßen und grölend und erhitzt vom Wein den Würfelbecher kreisen ließen. (Glücksspiele waren, außer in der Woche der Saturnalien, seit alters her in Rom verboten, doch dies war offensichtlich nicht der Ort, an dem solche juristischen Feinheiten beachtet wurden.)

Ich stieß Archigenes an und deutete auf die beiden Senatorensöhne. »Die könnten mich erkennen«, flüsterte ich. »Lass uns wieder verschwinden.«

»Unsinn«, erwiderte er, senkte aber auch die Stimme. »Das sind Stammgäste. Sie verspielen mit dem Würfelbecher jeden zweiten Abend ein kleines Vermögen und lassen sich dabei so lange mit Wein voll laufen, bis sie den Mut gefunden haben, um mit einem der Mädchen in die Hinterzimmer zu verschwinden. Die werden dich überhaupt nicht bemerken.«

Trotzdem suchten wir uns einen Tisch an der Rückwand der Taverne, dicht neben dem blakenden Herdfeuer und der hölzernen Treppe, die auf eine Galerie hochführte, von der zwei Dutzend Zimmertüren abgingen – die Räume der Mädchen. Über jeder Tür stand in krakeliger, halb verblasster Kreideschrift der Name der Frau, die hier ihre

Kunden beglückte – Drusilla, Clodia, Kallimache – und der Preis: zwölf Asse.

Ich pfiff leise durch die Zähne. »Ganz billig sind die Mädchen nicht«, sagte ich.

»Dafür gut«, antwortete Archigenes und hob seinen Weinbecher.

Manchmal verschwand ein Mädchen mit einem Mann nach oben. Keines von ihnen war auffällig geschminkt oder aufreizend gekleidet; die meisten waren auch nicht besonders hübsch oder unanständig jung.

Archigenes bemerkte meinen Blick und lächelte. »Für die meisten Gäste ist die ›Galeere‹ so etwas wie ihre erweiterte Wohnstube. Sie erwarten hier«, er suchte nach dem richtigen Wort, »häusliche Vergnügen.«

Die Türen zu den Zimmern bestanden aus dünnen, zusammengenagelten Brettern und hatten kein Schloss. Meine neugierigen Blick hielten sie ab, doch wer genau hinhörte, konnte trotz des Lärms in der Taverne manchmal die Schreie und das Stöhnen der Lust aus einem der Räume vernehmen. Meistens waren die Freudenmädchen schon nach wenigen Augenblicken mit ihren Kunden fertig und machten sich auf die Suche nach einem neuen, sodass auf der Treppe und der Galerie ständig ein gewisses Gedränge herrschte.

»Willst du auch einmal?«, fragte Archigenes.

Ich lachte und schüttelte den Kopf. Doch mein Begleiter erhob sich plötzlich trotzdem halb von seinem Stuhl und winkte. Einen Moment lang dachte ich irritiert, dass er meine Weigerung ignorierte und ein Mädchen zu uns holen wollte, doch dann bemerkte ich, dass er die Aufmerksamkeit eines alten, gebeugten Mannes erlangen wollte, der soeben durch die Eingangstür schlurfte.

Zwei oder drei Stunden später musste ich meinen Kopf mit der Hand aufstützen, um nicht über dem Tisch zusammenzufallen wie das Segel einer Galeere, das ohne Windhauch gerefft wird. Ich hatte mehr Wein getrunken als mir gut tat, und das aus schierer Langeweile. Archigenes hatte den Alten als Hipparchos vorgestellt. Er war ein Athener, aber nicht arrogant wie die meisten seiner Landsleute, sondern verschmitzt, freundlich und ein wenig wunderlich. Er lebte seit Jahrzehnten in Rom, doch sein Latein klang noch immer schauderhaft. Und die Tatsache, dass er keinen einzigen Zahn mehr im Mund hatte, machte die Sache auch nicht besser. Er war offensichtlich erfreut, dass ihn jemand zum Wein einlud (von wessen Geld die vielen Krüge bezahlt wurden, muss ich nicht besonders betonen), und leerte die vollen Schalen mit der methodischen Schnelligkeit des erfahrenen Trinkers.

Archigenes und Hipparchos schienen sich gut zu kennen. Unbefangen redeten sie über einige der spektakulärsten Diebstähle, die in letzter Zeit in Rom verübt worden waren. Ich brauchte nicht sehr lange, um herauszuhören, dass der Alte ein Hehler ganz besonderer Art war. Hipparchos kaufte die besten Kunstwerke auf, die Dieben in die Hände fielen: hauptsächlich Marmor- und Bronzestatuen, bei denen den Verbrechern erst nach ihrer erfolgreichen Tat klar wurde, dass sie so berühmt waren, dass sie in ganz Rom keinen einzigen Käufer dafür finden würden. Keinen außer Hipparchos. Der erstand die ansonsten unverkäufliche Ware zu einem Spottpreis, schmuggelte sie, versteckt zwischen penetrant stinkenden Amphoren mit Garum, auf unauffälligen Handelsschiffen in die griechischen und asiatischen Provinzen des Imperiums und verkaufte sie dort mit hohem Profit.

»Ich bin ein Werkzeug der Götter«, sagte er listig lächelnd. »Zeus' Blitz auf zwei Beinen sozusagen. Denn ich habe schon manche Statue nach Athen, Korinth, Milet und anderswohin verkauft, wo sie einst gestanden hatte – bis ihr Römer sie uns raubtet.«

Ich verzichtete auf eine scharfe Erwiderung, selbst dann noch, als ich erfuhr, dass sein heimlicher Handel keineswegs nur in eine Richtung lief. Auch griechische Meisterwerke, die irgendwo im Osten gestohlen worden waren, verschiffte er diskret nach Rom.

Irgendwann winke Archigenes doch ein Mädchen an unseren Tisch, eine junge, dralle Gallierin mit zwei blonden Zöpfen, so dick und fest wie die Tampen auf einem Segelschiff. Sie wollte sich an seine Seite setzen, doch Archigenes deutete auf Hipparchos.

»Ich lade dich ein«, sagte er und grinste.

Hipparchos hob seinen Weinbecher und prostete uns zu. »Mich hat schon lange keine Frau mehr gewärmt!« Seine Linke war bereits, noch während er trank, unter dem knappen Gewand der Gallierin verschwunden. Das Mädchen lächelte, doch es gelang ihr nur schlecht, ihre Enttäuschung und Langeweile zu verbergen. Archigenes schob ihr diskret zwölf Asse über den Tisch (meine Asse!), die sie in einem kleinen Stoffbeutel verschwinden ließ, der an ihrem Hüftgurt hing. Dann ergriff sie die Hand des Hipparchos und stand auf. Es war offensichtlich, dass sie diese Arbeit schnell erledigen wollte. (Ein Vorhaben, das angesichts des Alters und der Trunkenheit des athenischen Schmugglers ziemlich unwahrscheinlich war.)

»Dieses jämmerliche Schauspiel deprimiert mich«, zischte ich Archigenes leise zu. »Ich werde jetzt auch noch die letzten Reste klarer Gedanken in Wein ertränken.«

Archigenes sah mich nicht einmal an. Er lächelte Hipparchos an und zwinkerte verschwörerisch – doch seine

Rechte lag plötzlich wie zufällig auf meinem Unterarm und hinderte mich mit eisernem Griff, den Weinkrug zu heben.

»Wen hat man übrigens neulich nach dem Rennen im Circus aufgeschlitzt?«, fragte er unvermittelt, aber mit beiläufigem Ton. Hipparchos, der schwankte und dessen Gesicht bereits zwischen den üppigen Brüsten der Gallierin verschwunden war, blickte ihn mit seligem Blick an. Es war klar, dass seine Aufmerksamkeit nicht länger Archigenes galt.

»Der Jude«, sagte er gedehnt, dann zwang er sich zu ein wenig mehr Konzentration. »Der war neu in Rom. Ein Fremder aus dem Osten.«

Ich war sofort hellwach. Doch diesmal blieb ich klug genug, um mich nicht durch ein unbedachtes Wort, keine Geste zu verraten.

»Kanntest du ihn?«, fragte Archigenes und tat so, als würde er sich zugleich schon wieder nach einem der Sklaven umsehen, die Wein auftischten.

Hipparchos blickte sehnsüchtig auf die knapp sitzende Tunika der Gallierin. »Ja, ja«, sagte er fahrig. »Nein, eigentlich nicht. Nur seinen Namen. Was man so gehört hat.« Er zögerte kurz. Offensichtlich begann er sich zu fragen, was Archigenes so an diesem Toten interessieren könnte. Doch die Sehnsucht nach dem Mädchen war stärker als seine Neugier. Er wollte endlich mit ihr auf das Zimmer gehen.

»Der Mann hieß Joseph und kam vor einigen Tagen oder vielleicht Wochen aus Judaea nach Rom. Er war nicht allein, sondern hatte einen Begleiter. Der hieß«, er dachte nach, »Johannes und kam aus Jerusalem, glaube ich.«

»Was wollte er hier?«, fragte Archigenes.

Die Gallierin stieß einen gelangweilten Seufzer aus und bediente sich aus dem Weinkrug von Hipparchos.

Der alte Schmuggler warf ihr einen nervösen Blick zu. »Keine Ahnung«, antwortete er hastig. »Sie stellten ein paar Leuten einige seltsame Fragen, ich habe allerdings nie genau herausgefunden, was sie eigentlich suchten. Und ich habe keine Ahnung, warum jemand den Kerl in den Hades geschickt hat. Oder wo sein Begleiter geblieben ist, dieser Johannes. Mir ist zumindest keine Ware angeboten worden, die etwas mit den beiden zu tun haben könnte.«

»Das ist alles?«, warf Archigenes ein. Er klang enttäuscht, obwohl ich sicher war, dass er bereits innerlich triumphierte, weil wir mit einem Schlag mehr herausgefunden hatten als in all den Tagen zuvor.

»Das ist alles«, bestätigte Hipparchos und ließ sich bereitwillig von der Gallierin Richtung Holztreppe ziehen.

»Da ist noch etwas«, rief er uns zu, als ihn das ungeduldige Mädchen schon halb auf die Galerie gezogen hatte. »Joseph und Johannes haben irgendwann einmal behauptet, sie seien Essener. Was immer das auch sein mag.«

Dann verschwand Hipparchos hinter einer Tür.

Archigenes blickte mich fragend an. »Wer sind die Essener?«

Ich versuchte, den Weindunst aus meinem Kopf zu vertreiben. »Eine dieser verrückten Geheimsekten aus dem Osten. Juden.« Ich lehnte mich zurück und bemühte mich, so zweideutig wie Archigenes zu grinsen. »Aber da lässt sich sicherlich schnell Genaueres herausfinden. Endlich haben wir eine Spur.« Ich hob anerkennend meinen Weinkrug.

»Bedanke dich bei der dicken Gallierin«, entgegnete Archigenes und bewies mir, dass er das schäbige Grinsen noch immer besser beherrschte als ich.

Als wir eine Stunde später durch die düsteren Gassen zur Insula Felicles zurückkehrten, musste ich mich auf meine Schritte konzentrieren, um nicht schwankend gegen eine der Säulen zu laufen. Ich berichtete Archigenes, was ich von den Juden wusste. Einer der größten Nachteile eines weltbeherrschenden Imperiums ist es, dass man irgendwann anfängt Länder zu erobern, einfach weil sie da sind. Africa, Ägypten, Iberien, Griechenland und, ja doch, selbst die barbarischen Landstriche Galliens, Germaniens und Britanniens bringen Rom Macht und Reichtum: Kunstwerke, Gold, Zinn, Holz, Gewürze, Sklaven – was immer man sich vorstellen mag, irgendeine Provinz kann es stets liefern. Aber Judaea? Ein Streifen Wüste am anderen Ende des Mare nostrum, bewohnt von einer aufsässigen Bevölkerung, deren Lieblingsbeschäftigungen die Rebellion gegen den Kaiser und die Blasphemie gegenüber unseren alten Göttern zu sein schienen.

Seit hundertfünfzig Jahren standen unsere Legionen dort, doch nennenswerte Reichtümer hatte noch kein Statthalter aus dieser Provinz pressen können. Judaeas einziges Handelsgut schienen fanatische Sekten zu sein: Christen, Essener und noch mindestens ein weiteres Dutzend wunderlicher Glaubensgemeinschaften waren in diesem öden Landstrich ausgebrütet worden, und alle hatten in Rom, wo man jede Verrücktheit mitmachte, ihre Anhänger gefunden. Immerhin herrschte in Judaea jetzt seit knapp drei Jahrzehnten Ruhe.

Mit ihrem letzten großen Aufstand hatten die Juden auf alle Fälle Vespasian zum ruhmreichen Abschluss seiner blendenden Karriere verholfen. Denn der Vater unseres jetzigen Kaisers war unter Nero Befehlshaber der Legionen gewesen, die in Judaea wieder für Ordnung gesorgt hatten. Dabei erwies er sich als so energisch und erfolgreich, dass ihn die Soldaten zum Imperator ausriefen, nachdem Nero ermordet worden war und verschiedene zweitklassige Figuren um den Thron rangen. Vespasians Sohn Titus beendete die Arbeit des Vaters, eroberte Jerusalem, zerstörte den Tempel der Juden für immer, nahm Zehntausende gefangen und schleppte sie in die Arenen, wo sie als Gladiatoren gegen Löwen und Bären kämpfen mussten. Es waren prachtvolle Spiele gewesen.

»Und welche Rolle spielen dabei die Essener?«, fragte Archigenes, während wir die Stiege zu seiner Wohnung erklommen.

Ich zuckte mit den Achseln. »Sie haben unter den Legionären, die einst im Osten dienten, eine gewisse Berühmtheit erlangt. Denn wenn man sie gefangen nahm, verrieten sie nichts, selbst unter der härtesten Folter. Ich hätte gedacht, dass Titus alle von ihnen in den Hades geschickt hat.«

Archigenes lachte. »Mindestens zwei von ihnen haben überlebt.«

»Ja«, erwiderte ich und nickte nachdenklich. »Und plötzlich tauchen sie in Rom auf. Ich möchte wissen, was sie hier gewollt haben.«

»Auch Domitian scheint sich brennend dafür zu interessieren«, brummte mein Freund. »Er ist der Sohn Vespasians und der Bruder des Titus. Wenn ich Essener wäre, ich hätte mit ihm noch eine Rechnung offen. Vielleicht ist das eine Spur.«

»Aber Domitian war in Rom, als Vespasian und Titus den jüdischen Aufstand niederschlugen«, gab ich zu bedenken.

»Vielleicht interessieren sich Essener nicht für solche Feinheiten«, antwortete Archigenes.

»Vielleicht interessieren sie sich überhaupt nicht für Domitian«, sagte ich.

Natürlich hätte es mir weitergeholfen, wenn ich nun einfach einen Juden zu den Essenern befragt hätte. Er hätte mir etwas über diese Sekte erzählen können, Genaueres über den Aufstand in Judaea und vielleicht gar über die beiden Männer, die sich Joseph und Johannes nannten. Tausende von Juden lebten in der Stadt, doch ich hatte mir nie die Mühe gemacht, auch nur einen von ihnen kennen zu lernen.

Also beschloss ich, zunächst alles zusammenzusuchen, was es an Dokumenten, an Vorträgen, an historischen Werken über den Jüdischen Aufstand in den Bibliotheken zu finden gab. In der Riesenstadt Rom existierten nur drei öffentliche Bibliotheken – ein weiterer Grund, weshalb uns die Griechen verachteten. Ich bevorzugte die im Porticus Octaviae am Südrand des Marsfeldes. Hier hatte ich stets ziemlich ungestört in den Rollen Ovids, die ich noch nicht besaß, nach klugen Versen suchen können. Hier hatte ich die Werke Homers und Senecas studiert. Hier hatte ich, innerlich hin- und hergerissen zwischen Neid und Hohn, die Versuche anderer Schreiberlinge studiert, die wie ich dilettierten, es allerdings im Gegensatz zu mir bereits mit ihren Werken bis in die Bibliotheken des Imperiums geschafft hatten. Hier war ich deshalb so bekannt wie ein Wagenlenker im Circus und durfte mich auf keinen Fall blicken lassen.

»Die nächstgelegene Bibliothek ist das Atrium Libertatis am Caesarforum«, sinnierte ich laut am nächsten Morgen bei unserem kargen Frühstück.

Archigenes grinste. »Passenderweise zugleich der Amtssitz der Censoren und damit Tummelplatz kaiserlicher Sklaven und Schreiberlinge.«

Ich zuckte resigniert mit den Achseln. »Trotzdem immer noch besser als die Bibliothek im Tempel des Apollo, der dummerweise auf dem Palatin steht. Direkt vor der Nase Domitians.«

Doch mein Freund lachte. »Das ist es ja!«, rief er. »Wer würde dich ausgerechnet dort vermuten? Außerdem strömen in diese Bibliothek garantiert mehr Lesehungrige als in die beiden anderen zusammen. Und es sind jeden Tag Dutzende, wenn nicht Hunderte von Gläubigen dort, um dem Apollo zu huldigen oder einfach nur das Gold und den Marmor seines Heiligtums zu bestaunen. Je mehr Menschen, desto besser für dich. Außerdem kann ich noch ein bisschen nachhelfen …«

Archigenes rückte einen Hocker nahe an das Fensterloch, durch das trübes Morgenlicht fiel. »Setz dich hierhin«, befahl er.

Dann holte er aus einer Truhe eine Furcht erregend lange Schere. Und noch ehe ich so recht begriffen hatte, was er wollte, begann er schon damit, mir die Haare noch kürzer zu schneiden, wobei er absichtlich einige Ecken hineinschnitt, ein paar Strähnen stehen ließ und an anderen Stellen bis auf die Kopfhaut alles kappte.

Ich starrte schließlich in die polierte Messingplatte, die ihm als Spiegel diente, und stöhnte auf. »Mein Kopf sieht aus, als hätte sich ein Löwe in der Arena damit die Zähne geputzt!«, fluchte ich.

»Was nicht ist, kann ja noch werden«, entgegnete Archigenes und summte eine Melodie, die zurzeit auf den Gassen der Subura und in anderen armen Vierteln sehr populär war. Dann griff er in die erkaltete Asche des Kohlebeckens und strich anschließend vorsichtig um meine Augen. Die Wirkung war verblüffend: Nun wirkte ich wie jemand, der tagelang zu wenig geschlafen hatte, übernächtigt, abgespannt und mit großen Ringen in den Augenhöhlen.

Er warf mir eine von seinen alten Wolltuniken zu, ein mehrfach geflicktes Stück kratzigen Stoffes von undefinierbarer Farbe.

Während ich mich umzog, drehte ich mich instinktiv um. Quer über meine Brust lief eine zackige Narbe – unauslöschliche Erinnerung an den Schwerthieb eines keltischen Kriegers irgendwo in Britannien. Andere Legionäre mochten die Spuren ihrer Kämpfe stolz am Leib tragen, doch ich schämte mich dieser hässlichen Verwundung und bemühte mich seitdem stets darum, meine Tuniken und sogar die Togen so zu drapieren, dass man sie nicht sah. Selbst beim Liebesspiel, sofern es nicht in dunkler Nacht stattfand, zog ich es vor, mich nicht vollständig zu entkleiden.

Als ich nun die kratzige, etwas zu kurze, aber immerhin saubere Tunika überstreifte, bemerkte ich, dass der kleine Bauch, den ich mir nach meinen kargen Jahren in der Legion angefuttert hatte, verschwunden war.

Archigenes trat zurück und musterte mich zufrieden wie ein Bildhauer, der eine Statue der Venus vollendet hatte. »Perfekt«, murmelte er. »Geh heute zu keinem Tonsor; lass deine Barthaare heute und morgen wachsen. Du siehst aus wie ein armer, ungepflegter Dichter oder Gelehrter, der all sein Geld in Bücher steckt.«

Ich lachte. »Davon gibt es Tausende in Rom.«

»Und niemand beachtet sie. Doch was die echten verkannten Dichter unglücklich macht, dient dir zur nahezu perfekten Tarnung.«

Ich verzichtete darauf, Archigenes zu erzählen, dass auch ich in gewisser Hinsicht einer jener verkannten Dichter war.

Er kramte in einer Truhe herum und holte schließlich eine Wachstafel hervor und einen dunklen hölzernen Griffel, dessen flaches Ende zerkaut war, dessen Spitze aber noch leidlich dünn war, sodass ich mit ihr Notizen in das weiche Wachs schreiben konnte.

»Die Tabula schenke ich dir. Sie stammt aus irgendeinem Einbruch«, murmelte er. »Ich hatte nie Verwendung dafür.«

Eine halbe Stunde später war ich auf dem Weg. Meine Hände waren schweißnass, und ich musste den Zwang unterdrücken, sie ständig an meiner Tunika abwischen zu wollen. Ich hätte über den Vicus Tuscus zwischen Capitol und Forum Romanum direkt bis zum Palatin gehen können, doch das schien mir zu gefährlich zu sein. Also hielt ich mich am Tiberufer, bis zu meiner Linken die gewaltigen Arkaden des Circus Maximus aufragten. Zögernd kam ich näher. Ich hatte dabei die ganze Zeit das Gefühl, beobachtet zu werden. Doch Archigenes schien Recht zu haben: Niemand beachtete mich.

Ich war klug genug, nicht der perversen Neugier nachzugeben und mich an dem Ort umzusehen, an dem ich neben dem Sterbenden aufgewacht war. Vielleicht wurde diese Nische ständig von einem der Kapuzenmänner überwacht.

Die steile Treppe des Cacus führte auf die Rückseite des Palatin. Hier, direkt links neben der Domus Flavia, in die Domitian fast täglich zu irgendwelchen Audienzen lud, stand der Tempel des Apollo. Sollte der Kaiser in dem großen Triclinium liegen, das festlichen Empfängen und Orgien diente, konnte er durch die bläulich verglasten Scheiben direkt auf das Heiligtum blicken – und auf eine abgerissene Gestalt, die sich ihm nun zögernd näherte.

Dem Apollo, der auch der Gott der Dichter war, hatte Rom eine würdige Heimstatt spendiert: Die Stufen und

Säulen aus gelbem nubischem Marmor trugen einen Architrav, der so sehr mit Elfenbein und Gold beschlagen war, dass er selbst im müden Herbstlicht leuchtete. Da in der Nacht ein feiner Nieselregen niedergegangen war, lagen noch Wassertropfen auf dem Gold und schimmerten wie kostbare Perlen. Die Statue des jugendlichen Gottes im Innern des Tempels war ein Meisterwerk des griechischen Bildhauers Skopus, zu beiden Seiten des Unsterblichen standen marmorne Rinder, geschaffen von der Hand des Myron.

Einige Dutzend junger Männer hatten sich mit verhüllten Köpfen vor der Statue des Apollo versammelt und opferten auf einem Altar eine Schale Wein. Es roch nach brennendem Weihrauch, eine schmale graue Rauchfahne stieg vor dem Altar in den Himmel.

Ich schritt langsam und, wie ich hoffte, möglichst unauffällig durch den Tempel. Im hinteren Bereich führte eine Pforte in die Bibliothek. Diese war ganz klassisch in eine Abteilung mit lateinischer und eine mit griechischer Literatur unterteilt: zwei spiegelbildlich angeordnete, aber ansonsten identische Räume. Vor den Wänden standen zur Zierde Marmorsäulen mit korinthischen Kapitellen, dahinter erhoben sich vom Boden bis zur Decke die gemauerten, marmorverkleideten Regale, auf denen die in lederne Hüllen gewickelten Buchrollen lagen. Aus großen Oberlichtern fiel gelbliches Sonnenlicht auf die blank polierten hölzernen Pulte in der Mitte der Räume, auf denen man die Rollen ausbreiten konnte. In den Räumen hing der Geruch nach altem Papyrus und nach Zedernöl, das gefräßige Insekten von den kostbaren Werken fern halten sollte.

Ein Tempelsklave kam auf mich zu und musterte mich kurz, bevor er entschied, dass es sich in meinem Fall nicht lohne, übermäßig freundlich zu sein.

»Was willst du?«, fragte er gleichgültig.

Ich hatte mir auf dem Weg zur Bibliothek überlegt, womit ich anfangen sollte. Jetzt deutete ich in Richtung der griechischen Bibliothek: »Bring mir ›Über den Jüdischen Krieg‹ des Josephus«, befahl ich dem Sklaven.

Der hob indigniert die linke Augenbraue. »Alles?«, fragte er.

»Alles«, antwortete ich und grinste tapfer.

Ich wusste, dass Flavius Josephus ein Jude aus berühmter Familie war, der als einer der Anführer an dem Aufstand gegen Rom teilgenommen hatte. Noch während des Krieges hatte er sich klugerweise Vespasian ergeben und ihn und Titus während des restlichen Feldzuges gegen seine eigenen Landsleute als Berater begleitet. So konnte man auch in Rom Karriere machen. Heute lebte er, betagt und geehrt vom Kaiser, irgendwo im Osten des Imperiums und war wahrscheinlich der am meisten gehasste Mann unter seinen Glaubensbrüdern.

Der Sklave schleppte sieben Buchrollen an und knallte sie nicht eben respektvoll auf das einzige freie Pult, das es in der griechischen Abteilung dieser Bibliothek noch gab. Doch die Männer an den anderen Tischen waren so sehr in ihre Lektüre vertieft, dass niemand wegen dieser kleinen Szene auch nur für einen Moment den Kopf hob.

Ich entrollte den ersten Teil der ersten Rolle und beschwerte das ausgezogene Ende mit einem Haltestock. Der Papyrus war schon spröde und rissig, obwohl diese Kopie noch nicht sehr alt sein konnte. Seufzend blickte ich auf den in sauberen schwarzen Kolumnen geschriebenen Text: Jede Buchrolle war so hoch wie ein Unterarm, aber vier Mal mannslang. Hundert Kolumnen mit je dreißig Zeilen standen auf jeder der sieben Buchrollen. Irgendwo dort, in diesem Ozean aus geschwungenen griechischen Zeichen, mochte die Information stehen, nach der ich suchte. Und wenn nicht bei Josephus, dann vielleicht in irgendeinem anderen Werk in diesen marmornen Regalen. Ich würde Tage, vielleicht Wochen brauchen, um alles zu lesen. Entschlossen beugte ich mich vor und vertiefte mich in den Text.

Es sollten fünf Tage werden. Fünf Tage, während deren ich mit müden, bald rot geränderten Augen über dem Werk des Josephus und denen eines halben Dutzends weiterer Historiker brütete, über dem geschwätzigen Tratsch der Biografien des Suetonis und über offiziellen Kaiserreden, über endlosen Soldlisten der Legionen und geografischen Abhandlungen über die Provinzen im Osten. Ich fand zwar viele interessante Berichte, doch leider nicht genau das, wonach ich suchte.

Die Essener, schrieben Josephus und andere, waren – nach den Maßstäben der Juden, die sich für das älteste Volk auf Erden halten – eine relativ neue Sekte, kaum zweihundertfünfzig Jahre alt. Doch sie waren beim Volk schon hoch angesehen, wenn auch verhasst bei den Sadduzaeern und Pharisaeern. (Wer oder was immer diese Gruppen nun wieder sein mochten, konkurrierende Sekten, vermutete ich.) Die Essener waren so fromm, dass sie keine Juden als Sklaven hielten (allerdings Nicht-Juden schon) und in Einehe lebten: Wer einmal geheiratet hatte, der musste nach dem Tod des Lebenspartners bis zum Ende seiner eigenen Tage Witwer oder Witwe bleiben, denn eine neue Heirat war verboten. Die Essener galten als wundertätig, denn weil sie so streng glaubten, schienen sie selbst Dämonen und andere böse Geister zu bezwingen. Es gab ein Essener-Tor in der Stadtmauer von Jerusalem. Doch es gab nichts über irgendeinen Joseph oder Johannes.

Endlich – ich hatte mich bereits an mein abgerissenes neues Äußeres gewöhnt, und der mürrische Sklave in der Tempelbibliothek beachtete mich kaum noch – fand ich eine Spur. Oder zumindest das, was vielleicht eine Spur sein könnte. In der Soldliste der Legio X Fretensis, der Legion, die während des Jüdischen Krieges Jericho erobert hatte, stand sehr weit oben auf der Liste: »Quintus Poppaeus, Legat.«

Poppaeus! Das war der Name auf dem Zettel in der Hand des Sterbenden. Der Familienname zumindest. Selbstverständlich hätten es tausend andere Poppaei sein können, doch als ich in der Bibliothek ein wenig in dieser Hinsicht forschte, gab es plötzlich eine Verbindung von ihm zu den Essenern.

Quintus Poppaeus war in den letzten Jahren des Augustus in Rom geboren worden und entstammte einer angesehenen Familie. Noch angesehener wurde die Familie, als Nero eine Verwandte, Poppaea Augusta, zur Geliebten und später gar zu seiner zweiten Ehefrau erhob. Das war der Karriere sicherlich nicht hinderlich. (Zumindest so lange, wie der alte Brandstifter auf dem Kaiserthron saß.) Quintus Poppaeus wurde Aedil, dann ging er zur Legion. Unter Vespasian und Titus kämpfte er in Judaea – und musste sich dort offensichtlich so sehr bewährt haben, dass ihn einer von beiden zum Legaten erhob, einem der höchsten Ränge in der Armee. Und es war eine von Poppaeus befehligte Einheit, die bei Jericho einen Ort erobert hatte, von dem Josephus behauptete, er sei das Zentrum der Essener gewesen. Hier, endlich, gab es eine Verbindung.

Nach dem Krieg nahm das Leben des Poppaeus eine seltsame Wendung. Er kehrte zurück nach Rom und hätte, wie alle engen Gefolgsleute des Vespasian und Titus, eine glänzende Karriere fortsetzen können. Wer hätte verhindern können, dass er es sogar bis ins Konsulat brachte?

Doch Poppaeus hatte nach seiner Rückkehr niemals mehr ein Amt inne. Angeblich weil er, wie ich im ebenso pathetischen wie ungenauen Werk eines drittklassigen Historikers las, »an den Händeln in Rom Überdruss litt und sich ganz seiner Leidenschaft widmen wollte«.

Poppaeus sammelte Bücher. Er zog irgendwo in einen ruhigen, beschaulichen Ort nach Süditalien – die Quelle blieb hier unklar – und war bald bekannt für seine exquisite Bibliothek. Er soll gar eine Ausgabe des Homer besessen haben, die älter war als alle anderen Editionen im Imperium, selbst als die in den Bibliotheken von Alexandria und Pergamon.

Ich fragte mich, wie Poppaeus an das Vermögen gekommen war, das so eine Bibliothek zweifelsohne verschlungen hatte. Ihn oder einen seiner Nachkommen konnte ich nicht mehr fragen, denn der ehemalige Legat hatte nie geheiratet und war vor sechzehn Jahren gestorben.

Ich fluchte so laut, dass mir der Bibliothekssklave einen Blick zuwarf, als hätte er eine Spinne entdeckt, die über sein Brot krabbelte. Das Ende des Poppaeus erwähnte niemand anderes als Plinius, der Dichter, Anwalt und Höfling, den ich noch vor wenigen Tagen für einen Freund gehalten hatte. Plinius schrieb täglich Dutzende von Briefen, besser gesagt: Er diktierte sie jeweils zwei Schreibsklaven. Ein Exemplar brachte ein Bote anschließend an den Adressaten, das andere wanderte in das Archiv des Plinius. War dort der Stapel seiner Korrespondenz wieder so hoch geworden wie eine durchschnittliche Insula, ließ Plinius sein Geschreibe als Buchrolle veröffentlichen. (Selbstverständlich ohne die Adressaten vorher um Erlaubnis zu fragen; diese konnten nur säuerlich grinsen und auf Rache sinnen, wenn sie feststellten, dass sie auf diese nicht immer schmeichelhafte Weise zu einem Stück römischer Literatur geworden waren.) In einem seiner Briefe berichtet Plinius nebenbei »von der sagenhaften Bibliothek des Quintus Poppaeus, der, wie du sicherlich weißt, vor langen Jahren erbenlos gestorben ist. Einer Bibliothek, die durch die tragischen Umstände nun für immer verschwunden ist«.

Fragen tanzten in meinem Kopf einen wilden Reigen, als ich an diesem Abend müde aus der Bibliothek des Apollo-Tempel schritt. Was meinte Plinius mit »tragischen Umständen«? Welche Verbindungen mochte es, wenn überhaupt, zwischen Poppaeus und den Essenern geben? Und warum tauchten zwei Essener dann erst jetzt in Rom auf, sechzehn Jahre nach seinem Tod? Hatte Poppaeus, der Vertraute von Vespasian und Titus, vielleicht auch etwas mit Domitian zu schaffen, dem Sohn und jüngeren Bruder der beiden verstorbenen Imperatoren? War der Herrscher deshalb jetzt hinter mir her, weil er eigentlich hinter den beiden Essenern her war?

Ich ging vom Palatin langsam hinunter und wandte mich zum Tiberufer. Nach dem endlos scheinenden Nieselregen der letzten Tage genoss ich die klare, angenehm wärmende Luft eines sonnigen Abends. Über den Tiber wehte der Geruch von Wein, Gewürzen und Öl, von den scharfen Laugen der Gerber am anderen Ufer, von feuchten Pinien und Wiesen aus den großen Parks nördlich des Viertels Transtiberim. In dem rötlichen Licht der untergehenden Sonne schimmerten selbst die rissigen Mauern der Insulae wie Bronze, und die mit Gold beschlagenen Tempelgiebel und Obeliskenspitzen strahlten wie die Feuer großer Leuchttürme inmitten des Dächermeeres der Stadt. Rom war schön.

Ich wanderte langsam zum Forum Boarium, wo ich mich mit Archigenes treffen wollte. Er trat hinter der Bude eines Melonenverkäufers hervor und ging auf mich zu. Ich hob die Hand zum Gruß, doch erstarrte ich mitten in der Bewegung. Erst jetzt, viel zu spät, bemerkte ich, dass Archigenes nicht der Einzige war, der hier auf dem Forum Boarium auf mich gewartet hatte.

XVII. Tag vor den Kalenden des Dezember

Essener, Christen, Feinde

Plötzlich standen zwei Gestalten neben uns. Ich hatte sie nicht kommen sehen, und auch Archigenes war für einen Moment so überrascht, dass er mitten in der Bewegung innehielt. Dann fuhr seine Rechte rasch in eine Falte seiner Tunika – dort, wo, wie ich inzwischen wusste, ein langer Dolch verborgen war. Auch ich hatte zu meiner Waffe gegriffen, zögerte jedoch.

Es waren keine Kapuzenmänner, sondern ein Mann und eine Frau, die uns schweigend musterten.

Die Frau war jung, wahrscheinlich noch nicht einmal zwanzig Jahre alt, vermutete ich. Lange, glatte, blauschwarze Haare umrahmten ein schmales Gesicht mit auffallend hohen Jochbeinen. Ich konnte den Blick ihrer dunklen, mandelförmigen Augen nicht deuten, doch freundlich war er auf keinen Fall. Ihr Körper war unter einer weit geschwungenen, schwarzen Palla verborgen, einem griechischen Gewand, das auf ihrer linken Schulter durch eine schlichte bronzene Fibel zusammengehalten wurde. Selbst ihre Hände waren in den Falten des Gewandes verborgen, sodass ich nicht sagen konnte, ob sie eine Waffe umklammert hielt. Vorsichtig trat ich einen Schritt zurück, um mich aus der Reichweite ihrer Arme zu bringen.

Neben ihr stand ein alter Mann, den seine vielen Jahre aber nicht gebeugt hatten. Er hielt seinen mageren, auffallend großen Leib starr aufgerichtet wie ein Praetorianer vor dem Kaiser, doch er sah nicht aus wie ein ehemaliger Soldat, obwohl auch seine unter der schlichten grauen Tunika sichtbare Haut sonnenverbrannt war und rissig wie altes Leder. Um seinen Kopf flatterte ein dünner Kranz langer weißer Haare. Mit seiner Linken strich er durch seinen hellen Vollbart, der ihm bis auf die Brust reichte. Ich bemerkte sofort, dass er einen dünnen Lederriemen und ein winziges Holzkästchen um seinen linken Unterarm gewunden hatte – genau wie der Tote im Circus.

»Wir würden gerne mit euch reden«, sagte der Alte. Seine Stimme war leise, sein Latein hatte den harten Klang von jemandem, der aus den östlichen Provinzen kam. Er hielt es offensichtlich nicht für notwendig, sich und seine Begleiterin vorzustellen. Doch es war nicht gerade schwer zu ahnen, dass sie wohl aus Judaea stammten.

»Gerne«, antwortete Archigenes knapp und lächelte, als würde er jeden Tag von Unbekannten auf dem Forum Boarium angesprochen werden. Seine Rechte aber blieb in den Falten seines Gewandes verborgen. »Ich kenne eine gemütliche Taverne gleich hier in der nächsten Gasse.«

Der Alte hob abwehrend die Hände. »Wir verabscheuen solche Orte«, entgegnete er. Seine dunklen Augen musterten uns, und er bemühte sich nicht einmal, seine Verachtung zu verbergen.

»Sollen wir uns lieber in einen Tempel zurückziehen?«, fragte Archigenes, deutete auf das kreisrunde kleine Heiligtum des Hafengottes Portunus am anderen Ende des Platzes und lächelte dabei spöttisch.

Das wettergegerbte Gesicht des Alten wurde noch eine Spur dunkler, und er erwiderte nichts.

»Der Tote in den Cirkusarkaden war Joseph aus Sepphoris in dem Land, das ihr Römer Provinz Judaea nennt«, sagte die junge Frau ruhig. Ihre Stimme hatte einen seltsam heiseren Klang, ihre mandelförmigen Augen musterten mich, als würde sie mir aus irgendeinem Grund einen Vorwurf machen.

»Wir möchten wissen, warum ihr euch für ihn interessiert«, fuhr sie fort. »Und wir möchten wissen«, sie suchte nach den richtigen Worten, »unter welchen Umständen er getötet worden ist.«

»Hört sich an wie ein Verhör durch die Praetorianer«, brummte Archigenes.

»Wer seid ihr?«, wollte ich wissen und blickte dabei die schöne Unbekannte an. Selbst wenn wir uns unter weitaus weniger dramatischen Umständen getroffen hätten, wäre ich glücklich gewesen, mehr über sie zu erfahren.

»Wir sind«, die junge Frau zögerte. »Wir gehören zur Familie des Toten«, antwortete sie schließlich.

Ich wollte sie gerade nach ihrem Namen fragen, da stieß mich Archigenes mit der Linken an; in seiner Rechten blitzte der Dolch. »Beim Speer des Mars!«, fluchte er. »Wir haben nicht aufgepasst.«

Ein paar Männer mit verhüllten Häuptern hatten im Gedränge auf dem Forum Boarium unauffällig einen Halbkreis um uns gebildet.

Der alte Mann stieß einen Warnruf in einer Sprache aus, die ich nicht verstand. Offensichtlich hatte auch er schon Erfahrung mit den Unbekannten gemacht. Für einen winzigen Moment fragte ich mich, ob die Kapuzenmänner nicht vor allem ihm und seiner jugendlichen Begleiterin aufgelauert und uns dabei nur zufällig entdeckt hatten. Dann hatte ich keine Zeit mehr für solche Überlegungen.

Ich blickte mich um wie ein Tier, das der Jäger gestellt hat: Zwischen uns und dem Tiber standen ein paar Unbekannte, nach Norden, wo wir im Gewirr enger Gassen zwischen Insulae hätten untertauchen können, war uns der Weg ebenfalls von ihnen versperrt. Da, wo ich hergekommen war, lauerten inzwischen auch einige Schläger, sodass wir nicht zurück auf das Forum Romanum eilen konnten. Doch niemand von ihnen kam uns zu nahe. Noch.

»Sie werden es nicht wagen, vier Menschen am helllichten Tag mitten auf dem Forum Boarium abzustechen wie Vieh«, flüsterte ich.

»Das Problem ist nur, dass es bald nicht mehr helllichter Tag ist«, erwiderte Archigenes und brachte ein säuerliches Grinsen zu Stande. Die Sonne stand schon tief über den Dächern von Transtiberim am Westufer des Tibers. Innerhalb der nächsten halben Stunde würde das Forum Boarium düster werden und leer.

Ich deutete auf den Palatin, wo oben im Abendlicht die Dächer der Paläste und Tempel rotgolden erstrahlten. Der felsige Hügel darunter dagegen war schon dunkel. »Dorthin«, flüsterte ich.

»Was soll das?«, zischte Archigenes. »Es gibt keinen Ausweg. Dort säßen wir endgültig in der Falle.«

»Vertraue mir«, entgegnete ich und imitierte sein Grinsen. Ich bedeutete dem Mann und der jungen Frau, mit uns zu kommen. Langsam schritten wir über das Forum Boarium, wichen den Bauern aus, die ihr nicht verkauftes Vieh zusammentrieben, drängten uns an hölzernen Hühnerkäfigen und Schweinen mit zusammengebundenen Beinen vorbei. Die Kapuzenmänner folgten uns wie entfernte Schatten.

»Wer sind diese Männer?«, fragte ich den Alten halblaut.

»Feinde«, antwortete er.

»Das habe ich auch schon begriffen«, zischte ich. »Welche Feinde? Wessen Feinde?«

»Feinde des toten Joseph«, sagte die junge Frau. »Und deshalb auch unsere Feinde. Und offensichtlich auch eure.«

»Ihr Götter«, murmelte Archigenes und schüttelte resigniert den Kopf. »Ich möchte wissen, bei wem dieser verdammte Joseph Spielschulden gehabt hat.«

»Sprich nicht so über ihn, denn Joseph war ein Gerechter«, tadelte der Alte.

Ich verstand nicht, was er damit meinte, doch ich machte eine wie ich hoffte unauffällige Geste und bedeutete ihnen, am Ostrand des Forum Boarium anzuhalten.

Plötzlich leuchtete Archigenes' Gesicht auf. »Du Hund«, flüsterte er anerkennend, als ihm mein Plan klar wurde. »Man merkt, dass du in den letzten Wochen einen guten Lehrer gehabt hast.«

Wir standen herum, als würden wir die lebende Ware eines Händlers an diesem Ende des Forums betrachten: Tauben und Wachteln, je zwei in winzigen Käfigen aus Rohr. In weitem Halbkreis verteilten sich Männer in Kapuzenmänteln, doch selbst der Nächststehende war mindestens zehn Schritte von uns entfernt. Sie mussten sich sehr sicher sein.

In diesem Moment zogen drei abgerissene Gestalten langsam einen hoch mit schmierigen alten Eichenfässern beladenen Handkarren über das Forum Boarium: Düngemittelhändler, die irgendwo eine Sickergrube ausgeleert hatten und jetzt mit ihrer stinkenden Fracht die Stadt verlassen wollten. Einige Händler fluchten laut und wandten demonstrativ die Köpfe ab, andere zogen ihr Gewand über Mund und Nase. Alle wichen dem Karren aus. Ich wartete die wenigen Augenblicke ab, bis die drei Düngemittelhändler endlich genau vor uns waren. Sie waren Götterboten, sie wussten es nur nicht. Denn endlich schoben sie ihren Karren exakt zwischen uns und unsere Verfolger und behinderten so deren Sicht.

Dann ging alles sehr schnell.

Archigenes und ich nickten uns zu, dann bückten wir uns im gleichen Moment und hoben eine schwere Steinplatte hoch, die lose im Granitpflaster neben dem Stand des Vogelhändlers lag. Darunter öffnete sich ein düsterer, gemauerter Schacht, der unendlich weit in die Tiefe zu führen schien. Eine Welle fauligen Gestanks drang von unten hoch und traf uns wie ein Fausthieb. »Bei dem Beutel des Merkur: Stinkt euch der Scheißekarren noch nicht genug? Was macht ihr da?«, rief der Händler empört und hielt sich dann mit der Linken die Nase zu.

»Wir verschwinden im Hades!«, rief ihm Archigenes spöttisch zu.

»Kommt mit«, flüsterte ich, nahm die Hand der jungen Frau und zerrte sie bis zum Rand des Schachtes. Eine eiserne Leiter führte hinab. Ich schwang mich auf die erste Sprosse und ließ mich, mehr fallend als kletternd, hinab. Sie und ihr älterer Begleiter folgten, Archigenes bildete die Nachhut. Was die Kapuzenmänner machten, konnte ich nicht mehr erkennen, doch mein Freund bedeutete mir mit heftigen Handzeichen, schneller zu klettern. Immerhin: Selbst wenn unsere Verfolger gleich hier sein sollten – auch sie konnten nur einzeln nacheinander diese Leiter hinuntersteigen.

Nach einer endlosen Kletterei erreichte ich mit zitternden Beinen und schmerzenden Händen endlich den schmierigen Boden. Die Feuchtigkeit und der Gestank waren wie ein nasses, altes Tuch, das sich einem über Mund und Nase legte. Ich war schweißgebadet.

Ich stand auf einer Art kleinem Kai. Meine Augen hatten sich an die Düsternis gewöhnt, und es gelang mir ganz gut, die Umrisse hier unten zu erkennen: Wir standen in einem großen, aus Ziegeln und Tuffstein gemauerten unterirdischen Gewölbe, das sich zu beiden Seiten endlos auszudehnen schien. Wasser rauschte am Kai vorbei, ein Strom von der Breite einer Straße und unschätzbarer Tiefe: schwarzes, blasiges Wasser, auf dem Kohlstrünke trieben, Holzscheite, Exkremente, der halb verweste Kadaver eines Hundes. Wenn es den Styx gibt, den Fluss, der das Reich der Toten von dem der Lebenden trennt, dann muss er so aussehen. »Wo sind wir?«, flüsterte die junge Frau. Obwohl sie ihre Stimme kaum angehoben hatte, hallten ihre Worte im Gewölbe wider. Irgendwo fiepte eine Ratte einen hohen Warnruf.

»Cloaca maxima«, stieß ich nur hervor. Roms größter und ältester Entwässerungskanal, ohne den die Senken zwischen den sieben Hügeln heute noch sumpfige Wiesen wären, der den Regen aufnahm und den ganzen Dreck der Riesenstadt. Und ein Kanal, der so groß war, dass ihn die Aedilen regelmäßig mit Booten befuhren, um seinen Zustand zu inspizieren.

Ich deutete nach vorn. Dort trieb, festgebunden mit einem schimmligen Tau an einem Bronzering, ein Kahn im Wasser.

»Hinein!«, rief ich.

Hinter mir hörte ich einen gurgelnden Schrei: Ein Kapuzenmann lag am Fuß der Leiter, gekrümmt wie ein Embryo. Neben ihm stand Archigenes, in seiner Rechten blitzte der Dolch.

»Schneller!«, schrie er. Seine Worte hallten durch das düstere Gewölbe wie der Befehl eines Gottes.

Ich zog ebenfalls den Dolch und zerschnitt das modrige Seil. »Spring!«

Mit einem Satz war Archigenes bei uns und schwang

sich in den Kahn, der beinahe gekentert wäre. Rasch trieben wir vom Kai weg hinein in die Düsternis. Wir sahen noch zwei Verfolger, die hinter uns her starrten, sich kurz um ihren gefallenen Kameraden kümmerten und ihn dann liegen ließen, um die Leiter eilig wieder hinaufzuklettern.

»Sie werden oben auf uns warten«, zischte Archigenes. Er keuchte, sein linker Arm war mit Blut bespritzt, doch war ich nicht sicher, ob es seines oder das seines Gegners war.

»Wohin treiben wir?«, fragte der Alte. Seine Stimme klang auffallend ruhig, beinahe wie unbeteiligt.

»In den Tiber«, erklärte ich. »Der Ausfluss liegt am Forum Boarium, direkt unterhalb des Tempels des Portunus.«

»Unsere Verfolger müssen nur über den Platz rennen. Wenn ich an ihrer Stelle wäre, würde ich ein paar Männer auf dem Pons Sublicius postieren, der nächsten Brücke stromabwärts, nur ein paar Dutzend Schritte hinter dem Forum Boarium. Von dort aus können sie uns von oben fertig machen.«

»Also rudern wir stromauf«, flüsterte ich.

Wir tasteten den Boden des Kahns ab und fanden tatsächlich vier verdreckte Paddel, die wir schäumend durch das dreckige Wasser zogen. Bald hatten wir den Hundekadaver wieder ein-, dann überholt.

Schnell wurde es heller. Schon nach wenigen Augenblicken lag der bogenförmige Ausgang der Cloaca Maxima vor uns, groß wie das Tor eines Lagerhauses.

Wir paddelten mit äußerster Kraft und schossen ins Freie wie ein Pfeil, um die Kapuzenmänner, falls sie schon in Stellung waren, zu überraschen.

Uns empfing kein Stein- und Pfeilhagel, als wir auf die schlammigen Fluten des Tiber rauschten, doch gerieten wir sofort in einen Strudel, der unser Boot herumwirbelte, als wäre es eine gaditanische Tänzerin im Rausch.

Ich glaubte, dass meine Lunge platzen und meine Hände wie Zunderholz zerbrechen müssten, als ich das Paddel wie besessen durch das braune Wasser zog. Ich wusste nicht einmal, ob all unsere Bemühungen aus dem Strudel hinausführen oder seinen verrückten Kreisel nur noch verstärken würden. Doch plötzlich gerieten wir – dicht unter dem Ufer am Forum Boarium, wo eben die ersten Kapuzenmänner auftauchten, Knüppel und Kurzschwerter in den Fäusten – in einen Gegenstrom. Entgegen der Hauptströmung des Tiber wurden wir fortgerissen, nicht abwärts zum Pons Sublicius, sondern aufwärts zum Pons Aemilius. Ein paar weitere kräftige Züge, und wir hatten uns unter dessen steinernen Bögen hindurchgekämpft. Die Bettler, die sich in ihrem Schatten Bretterbuden errichtet hatten, schleuderten uns Flüche hinterher.

Vor uns erhoben sich die Ufer der lang gestreckten Tiberinsel, deren Spitze von einem marmornen Bogen verziert wurde und aussah wie der Bug einer steinernen Galeere. Darüber schimmerten die kannelierten Marmorsäulen des Aesculap-Tempels.

»Dorthin!«, schrie Archigenes.

Wir zogen die Paddel durch das Wasser, als wären Dämonen hinter uns her – zumindest Archigenes und ich. Der Alte saß mit rotem Gesicht und starrem Blick in der Mitte des Kahns und rang mühsam nach Atem; die junge Frau, die in besserer Verfassung war als er, kümmerte sich um ihn – wahrscheinlich auch, weil sie wusste, dass sie, hätte sie weiterhin das Paddel geführt, unseren Kurs durcheinander gebracht hätte.

Wir kamen nur noch quälend langsam gegen den Strom voran. Die mächtige Front des Marcellus-Theaters stand zu unserer Rechten wie ein Fels. Die junge Frau hatte sich kurz umgeblickt. »Sie haben uns entdeckt«, flüsterte sie.

Die Kapuzenmänner rannten über die gepflasterte Uferpromenade und stießen dabei jeden um, der ihnen zufällig in den Weg trat. Sie hatten bereits den Pons Aemilius passiert.

»Sie schneiden uns den Weg ab!«, keuchte Archigenes. Er wollte auf der Tiberinsel landen, bis zum Pons Fabricius laufen und von dort, vorbei am Circus Flaminius, in das Gassengewirr eintauchen. Die Insula Felicles war nicht mehr weit; hier kannte er sich aus. Doch es war klar, dass unsere Verfolger eher an dieser Brücke sein würden als wir.

Ich deutete auf das linke, dem Marcellus-Theater und dem Circus Flaminius abgewandte Ufer der Tiberinsel. »Legen wir dort an«, schlug ich vor. So hatten wir wenigstens die Insel zwischen uns und den Unbekannten.

Krachend schlug unser Kahn gegen einen schmutzigen, niedrigen steinernen Kai, der um die Insel lief. Wir machten uns nicht die Mühe, ihn festzubinden, sondern sprangen hinaus und ließen den Kahn dann den Tiber wieder hinuntertreiben. Vielleicht würde es unsere Verfolger für wenige Augenblicke verwirren.

Über uns erhoben sich die mächtigen Säulen des Aesculap-Tempels, irgendwo loderte ein großes Opferfeuer. Sein würziger Rauch vermischte sich mit dem Duft der neben dem Heiligtum wachsenden Pinien und Zypressen sowie mit einem seltsam süßlichen, betäubenden Gestank: von Schweiß, Fäulnis und Aussatz. Seit Jahrhunderten brachten Römer ihre Sklaven, die zu krank geworden waren, um noch irgendeinen Wert zu haben, zu diesem Heiligtum, damit sie in Obhut des Heilgottes sterben konnten (und damit sich die Herren die Kosten für die Beerdigung ihrer Sklaven ersparten). Ein Ort des Schmerzes mitten in Rom, aber kein Ort der Hoffnungslosigkeit, im Gegenteil. Denn sollte das Wunder geschehen und Aesculap einen Sklaven heilen, dann war der fortan frei.

Wir mieden den Tempel und hielten uns am niedrigen Kai versteckt und rannten bis zu den Bögen des Pons Cestius, der die Tiberinsel mit dem Janiculus verband, Roms einzigem Hügel auf dem westlichen Flussufer, an dessen Abhängen das Viertel Transtiberim lag. Es gab Römer, die lebten seit Jahren in der Stadt und hatten noch nie einen Fuß in dieses Viertel gesetzt. Ich zum Beispiel.

Transtiberim sah aus wie das restliche Rom, nur etwas schäbiger: die Tempel kleiner, die Gassen noch verwinkelter, die Insulae noch baufälliger, die Foren bescheidener. Vor allem aber roch es hier anders.

Wir rannten über die Brücke – viel zu langsam für meinen Geschmack, doch der Alte war am Ende seiner Kraft – und passierten den Tempel der finsteren syrischen Gottheiten Hadad und Atargatis, den Nero einst errichten ließ. Dann liefen wir an langen Reihen von offenen Werkstätten vorbei: Schmieden, in denen Radnaben, Töpfe, eiserne Wandhaken und tausend andere Dinge über offenen Feuern in Form gehämmert wurden, und Glasbläsereien, in denen Sklaven mit Augen, die von der heißen Luft entzündet waren, Pokale, Schalen und Flacons formten. Der Rauch aus unzähligen Holzkohlefeuern stand wie bitter schmeckender Nebel in den engen Gassen.

Vor allem aber erhoben sich hier am Ufer die Manufakturen der Gerber und Färber. Wir rannten an hohen, hölzernen Gerüsten entlang, an denen Rinderhäute zum Trocknen aufgespannt waren, und an offenen Eichenfässern, in denen die Farbstoffe lagerten: weißer Weinstein, gelber Safran, schwarzer Gallapfel, blauer Färberwaid und die roten Schalen der Purpurschnecke. In großen, eisenbeschlagenen Holzbottichen schwappte menschlicher Urin, in dem Sklaven das Leder einweichten, um es geschmeidiger zu machen. Der scharfe Geruch nach Urin und Blut stach wie Feuer in meine Nasenhöhlen.

Archigenes deutete auf eine Gasse. Wir rannten hinein, er ließ uns passieren und stieß dann einen doppelt mannshohen Stapel getrockneter Häute um, die mit dumpfem Klatschen auf das Steinpflaster schlugen und eine Wand aus Leder bildeten.

Die Protestschreie des Gerbers verhallten hinter uns, als wir nach rechts in die nächste Gasse einbogen. Irgendwo hinter uns mussten die Kapuzenmänner sein, doch ich wagte nicht, mich umzudrehen. Ich schenkte der jungen Frau stattdessen ein aufmunterndes Lächeln, um ihr Mut zu machen, doch sie bemerkte mich gar nicht. Sie schien keine Angst zu haben, und ihre Augen blitzten so gefährlich, dass ich mich einen winzigen Moment lang fragte, ob von ihr und ihrem alten Begleiter nicht vielleicht eine größere Gefahr für mich ausging als von den Kapuzenmännern.

Zu unserer Rechten ragten nackte Ziegelwände, wackelige Stiegen, zwei Kräne und ein Gewirr aus dünnen Holzgerüsten in den Himmel: eine erst halb vollendete Insula. In mehreren bronzenen Wärmebecken glühten die letzten Holzkohlenreste, ansonsten war der Rohbau düster. Kein Arbeitssklave war mehr zu sehen.

»Hinein!«, rief Archigenes.

Wir stürzten zwischen unverputzten, aus Ziegeln aufgemauerten Säulen hindurch in eine kleine Halle, die einmal ein Geschäft oder eine Taverne im Erdgeschoss der Insula werden sollte. In einer Ecke lag ein Haufen Sand, Kalkstaub brannte in meinen Augen. Eine hölzerne Treppe, noch ohne seitliches Geländer, führte nach oben. Wir ließen den Alten und das Mädchen vorbei, dann knieten Archigenes und ich uns nieder, um mit unseren Dolchen einige Stufen aus dem Rahmen zu hebeln. Dies würde die Verfolger aufhalten. Dann sprangen wir hinter den anderen beiden her. Die Stiege knarrte und wackelte, weil wir immer zwei Stufen auf einmal nahmen. Schnell hatten wir die beiden wieder eingeholt.

Auf der dritten Etage sah sich Archigenes um. Das vierte Geschoss wurde gerade erst gebaut: Seitenwände ragten auf, doch über uns fehlte noch die Decke – wir blickten auf den schwarzgrauen Himmel, in dessen Dämmerlicht der Abendstern glitzerte.

Ich packte Archigenes am Arm und deutete voraus. Eine Seite schien vergittert zu sein wie ein Käfig: das wackelige Gerüst, das bis in die Höhe des vierten Geschosses führte. Vorsichtig betrat ich einen schmalen Balken, blickte kurz nach unten und hielt den Atem an. Die Gasse unter mir schien unendlich weit entfernt zu sein – aber nicht weit genug, als dass ich nicht die Männer in Kapuzenmänteln erkannt hatte, die über das schmierige Pflaster eilten – hinein in den Rohbau.

»Lass sie erst alle hier eintreten!«, zischte Archigenes. »Dann spring!«

»Habe ich Flügel an den Füßen wie Merkur?«, flüsterte ich entgeistert zurück. Der Balkon der Insula auf der anderen Straßenseite schien mir so weit entfernt zu sein wie der Horizont.

»Piss dir nicht auf deine Tunika, sonst plündern uns die Gerber aus«, entgegnete Archigenes und grinste, während er zugleich tief durchatmete, um wieder Luft zu schöpfen.

Tatsächlich war der Balkon nur ein paar Schritte von

uns entfernt, man hätte beinahe hinübergreifen können: Ein paar von der Sonne gebleichte Bretter und Balken, dazu ein löchriges Geländer. Die Tür dahinter stand offen, die Wohnung schien düster und verlassen zu sein.

Archigenes blickte nach unten und wartete. Es waren quälend lange Augenblicke. Dann richtete er sich plötzlich auf. »Wir springen!«, rief er halblaut.

Ich hätte es lieber gesehen, wenn wir nacheinander den Abgrund überwunden hätten, denn vor allem die Kraft des Alten machte mir Sorgen, auch wenn etwas Farbe in sein Gesicht zurückgekehrt war, während wir hier oben gewartet hatten. Doch es war mir klar, was Archigenes befürchtete: Sollte die Wohnung gegenüber doch bewohnt sein, würde nur der Erste heil hinüberkommen – und sich dann einigen wütenden Menschen gegenübersehen, die den anderen dreien den Weg blockieren könnten.

Wir nahmen einige Schritte Anlauf. Auf der Stiege hörten wir das Poltern schwerer Schritte und halblaute Kommandorufe. Dann rannten wir los.

Meine Angst war so groß und die Gasse so lächerlich schmal, dass ich viel zu kräftig absprang. Für einen unendlichen Moment schwebte ich hoch über dem schimmernden Travertinpflaster in der Luft und schien mich überhaupt nicht zu bewegen. Dann krachte ich durch das Balkongeländer. Holz splitterte. Ich taumelte mit dem Schwung meines Satzes einen Schritt vorwärts, stolperte durch die offene Tür und knallte auf den Boden der Wohnung. Links und rechts neben mir landeten die anderen auf dem Balkon, der unter den dumpfen Schlägen wackelte und ächzte.

Ich blickte mich benommen um – und bemerkte, dass ich nicht allein in der Wohnung war.

Ein älterer, kahlköpfiger, unglaublich fetter Mann lag

auf einer ebenso korpulenten Frau. Sie sahen aus wie zwei dicke Maden, die in einen Ringkampf verstrickt waren. Die Frau, die mich zuerst erblickte, kreischte.

»Bei Jupiter!«, schrie der Mann und versuchte schnaufend, sich aus der Umarmung zu stemmen.

Ich sprang auf, griff mir die Bettdecke, die im Liebesspiel zu Boden gerutscht war, und schleuderte sie über die beiden. Das schmutzige Laken beulte sich aus, als sei ein Dämon hineingefahren; ich vernahm eine Serie dumpfer Flüche, doch dem Mann gelang es nicht sofort, sich zu befreien.

Die anderen drei stürmten vom Balkon, während ich bereits mit dem Fuß die Wohnungstür auftrat.

»Schnell!«, rief ich.

Die Stiege war düster, und ich holte mir ein paar blaue Flecken, als ich gegen einen tief herabhängenden Querbalken prallte. Hinter uns schimpfte der Mann, die Frau schrie aus Leibeskräften um Hilfe, doch hinter den anderen Wohnungstüren regte sich nichts. Die Nachbarn in einer Insula waren nie da, wenn man sie brauchte. Wir kamen unbehelligt unten an. Von den Kapuzenmännern war nichts zu sehen.

Archigenes rannte die Gasse einige Schritte hinunter, dann bog er ab, bis er vor eine mannshohe Mauer kam.

»Eine Sackgasse!«, fluchte ich.

Archigenes grinste nur und zog sich an der Mauer hoch, schwang sich hinüber und war verschwunden.

Ich kletterte ihm nach. Oben sah ich, dass dahinter der Innenhof einer Gerberei lag: Häute waren zu großen Türmen gestapelt, einige trockneten auch schon auf Spannrahmen. Dazwischen schwappte in großen Holzfässern rote und blaue Farbe und menschlicher Urin. Betäubt sog ich den scharfen Gestank ein und schüttelte benommen den Kopf. Dann blickte ich zurück, um zu sehen, wie ich dem Alten und der jungen Frau am besten über die Mauer helfen konnte.

Die beiden waren verschwunden.

Ich blickte mich um, verwundert zunächst, dann alarmiert. Es war kein Mensch zu sehen, die beiden nicht, kein Verfolger, niemand.

»Worauf wartest du?«, flüsterte Archigenes. »Ich habe keine Lust, eine Stunde lang zwischen Pisse und Blut zu stehen, während du da oben die schöne Aussicht genießt.«

»Sie sind weg«, antwortete ich verwirrt.

Archigenes hatte sofort verstanden. »Mithras verfluche sie«, zischte er. »Wir haben einen Augenblick lang nicht aufgepasst.«

»Wo werden sie sein?«, fragte ich und wusste selbst, wie dumm das klang.

»Zurück auf der Gasse. Sie sind einfach umgekehrt, während wir die Mauer hochgeklettert sind. Ich könnte mir selbst in den Hintern treten!«

»Vielleicht haben sie die Mauer gesehen und gedacht, dass diese Sackgasse eine Falle ist, aus der sie nicht mehr entkommen können.«

»Unsinn, dann hätten sie etwas gesagt. Die beiden haben die erste Gelegenheit genutzt, um sich davonzustehlen.« Er fluchte halblaut. »Spring endlich von dieser dämlichen Mauer herunter, bevor uns jemand entdeckt!«

Ich zögerte noch kurz, dann ließ ich mich hinab zwischen die stinkenden Häute. Ich fragte mich, wer die beiden waren, die so plötzlich und geheimnisvoll bei uns aufgetaucht und dann wieder verschwunden waren. Wer mochten sie sein? Wo versteckten sie sich jetzt?

Wir schlichen durch die Werkstatt. Ich versuchte, möglichst wenig zu atmen und die aufgestapelten Häute nicht zu berühren, trotzdem revoltierte mein Magen bei dem Gestank. Ich war erleichtert, als wir endlich den Verkaufsraum erreicht hatten und Archigenes einen schweren Laden langsam aufstemmte, vorsichtig hinausblickte und dann nickte.

»Die Luft ist rein«, flüsterte er.

»Das würde ich nicht gerade behaupten«, entgegnete ich und zog eine Grimasse.

Dann glitten wir hinaus. Wir standen wieder auf einer Gasse, schmierig und düster wie die vorige. Ich wusste nicht mehr, wo wir uns befanden. Der Himmel war inzwischen schwarz geworden. Irgendwo musste der Mond stehen, denn ein fahles Leuchten überzog die oberen Geschosse der Insulae zu beiden Seiten, doch wir konnten ihn in unserem schmalen Ausschnitt des Himmels nicht erkennen. Ein Schwein stöberte grunzend in einem Abfallhaufen, aus irgendeiner Wohnung über uns schrie ein Baby. Ansonsten war es still.

Doch wir waren kaum drei Schritte gelaufen, als uns, zum dritten Mal an diesem denkwürdigen Tag, Unbekannte in den Weg traten.

Es waren drei jüngere Männer in einfachen Tuniken – Sklaven, vermutete ich sofort. Sie schienen unbewaffnet zu sein. Plötzlich waren sie aus dem Schatten einer Insula getreten.

»Wir sind eure Freunde«, flüsterte einer.

Archigenes und ich starrten sie misstrauisch an. Wir hatten unsere Dolche in Händen und sagten kein Wort.

»Wir wissen von dem Toten im Circus, von Joseph. Und auch wir suchen seinen Begleiter, der sich Johannes nennt. Und wir kennen einen geheimen Weg aus Transtiberim«, setzte der Größte der drei, der offensichtlich eine Art Anführer war, hinzu.

In diesem Moment hörten wir irgendwo hinter uns halblaute Rufe und die Schritte vieler Männer. Ich blickte mich um und konnte nichts erkennen – doch man musste mir nicht sagen, wer dort durch die Gassen lief.

»Schnell!«, drängte der Unbekannte und drückte den hölzernen Verschlag zu einer Schmiede auf. »Hier hinein!«

Archigenes blickte mich kurz an und zuckte dann mit den Achseln. »Was bleibt uns sonst übrig?«, flüsterte er.

Wir folgten den drei Männern, die den Verschlag wieder hinter uns verschlossen.

Langsam tasteten wir uns durch die dunkle Werkstatt. Der einzige Lichtschimmer kam von einigen Kohlen, die noch unter der Esse glühten. Ich wartete, bis wir durch eine Pforte in der Rückwand auf einen Hinterhof getreten waren.

»Wohin gehen wir?«, fragte ich leise.

»Zum Esquilin«, antwortete der Anführer der drei. »Zum Haus unseres Herrn.« Er führte uns durch einen engen Gang zwischen zwei Insulae und dann auf einen kleinen Platz, auf dem ein Brunnen plätscherte. In einiger Entfernung konnte ich das Tiberufer erkennen. Es war kühl geworden, und ich zog meinen Mantel enger um die Schultern.

»Wir können nicht über die Brücken gehen«, zischte er. »Sie werden alle überwacht. Wir haben einen Kahn.« Er führte uns über eine schmale Treppe hinab zum Uferkai.

»Ihr seid gut organisiert«, flüsterte ich und gab mir alle Mühe, einen ironischen Unterton durchschimmern zu lassen. Der Esquilin war eine der besten Wohngegenden

Roms, das Viertel der Reichen und Mächtigen. »Wer seid ihr?«

»Mein Herr wird euch alles erklären«, antwortete er nur und band den Kahn los.

»Habt ihr den alten Mann und das Mädchen gesehen, die mit uns geflohen sind?«, stieß ich hervor. Ich musste immer wieder an die Unbekannte denken, die ich vor kaum einer Stunde zum ersten Mal gesehen hatte.

Der Sklave brachte es fertig, gleichzeitig zu nicken und den Kopf zu schütteln. »Wir haben sie gesehen, aber dann ihre Spur verloren.« Er bedeutete uns, einzusteigen. Zögernd gehorchten wir.

»Wer sind unsere Verfolger?«, mischte sich Archigenes ein, während wir zum zweiten Mal an diesem Abend auf die schlammigen Fluten des Tiber hinausglitten.

»Cilix und seine Männer«, antwortete der Anführer und es klang, als spreche er einen Fluch aus.

Archigenes pfiff leise durch die Zähne, und ich schloss für einen Moment die Augen. Endlich wusste ich, wer mich verfolgte. Doch das machte die Sache nicht gerade einfacher.

Tertius Cilix war in der ganzen Stadt berüchtigt, doch man musste schon zum Umfeld des Kaisers gehören, um einige der pikanteren und der besonders hässlichen Details aus seinem Leben zu kennen. Cilix war ein ehemaliger Gladiator, inzwischen jenseits der fünfzig, doch noch immer muskelbepackt, schnell und brutal. Sein Besitzer, ein Senator, hatte ihn vor rund zehn Jahren nach seinem fünfzigsten Sieg in der Arena freigelassen – und Cilix hatte sofort einige Schläger angeheuert und aus ihnen eine Bande geformt. Schnell beherrschte er die Gassen der Subura, doch inzwischen war er in der ganzen Stadt aktiv. Cilix'

Spezialitäten waren Morde, Raubüberfälle und Schutzgelderpressungen. Er arbeitete auch auf eigene Rechnung, doch am liebsten nahm er Aufträge von hoch gestellten Persönlichkeiten an – je höher, desto besser.

Plinius hatte mir einmal zugeflüstert, dass sogar Domitian selbst zu seinen Auftraggebern zählte. Auf jeden Fall konnte Cilix es wagen, sich recht offen mehrere gelangweilte Senatorengattinnen als Liebhaberinnen zu halten, ohne dass einer von deren Ehemännern gegen ihn einzuschreiten gewagt hätte.

Cilix war mächtig genug, um seine Männer über die ganze Stadt zu verteilen. Und er wurde mit Sicherheit von jemandem noch Mächtigeren gedeckt. Ich fragte mich, wer Cilix' Auftraggeber sein könnte, doch eigentlich, bedachte man die Reaktionen der Männer, die ich mal für meine Freunde gehalten hatte, kam dafür nur einer in Betracht: der Imperator selbst.

Der Anführer der drei Unbekannten stand am Steuerruder und hielt uns in der Mitte des Tibers, während seine beiden Kameraden mit ruhigen, gleichmäßigen Bewegungen ruderten. Sie waren darin keine Anfänger. Vor uns erhob sich Rom wie ein Gebirge aus nachtblauen Klippen. Wenige Fackeln, die in eisernen Ringen in den Uferkais steckten, warfen einen gelben Lichtschein auf den Strom. Vor manchen Tempeln loderten Opferfeuer, viele Fenster der Insulae glommen matt, als hausten hinter ihren brüchigen Mauern Glühwürmchen, nicht Menschen. Das Theater des Marcellus, dessen gerade, marmorverkleidete Front zum Tiber zeigte, glühte, als würde im halbrunden Innern eine riesige Esse angefacht – wahrscheinlich eine nächtliche Vorstellung, die irgendein Reicher für seine Freunde gab. Der Lärm der Fuhrleute, das Peitschenknallen, das Rumpeln der Ochsenkarren wehte zu uns hinüber.

Wir hatten die Tiberinsel bereits hinter uns gelassen. Der Mann am Steuerruder hielt auf den Pons Aurelius zu.

Archigenes musterte ihn misstrauisch. »Das ist nicht gerade der kürzeste Weg zum Esquilin«, zischte er.

Ich wusste, worauf er hinauswollte: Der Esquilin erhob sich im Osten Roms, von unserer jetzigen Position aus gesehen hinter dem Forum Romanum und dem Kolosseum. Wir hätten nur über den Fluss setzen müssen, doch stattdessen hielten wir nordwärts, Richtung Marsfeld.

Der Anführer zeigte zum ersten Mal so etwas wie Gefühle: Er lächelte spöttisch. »Es ist der längste Weg«, erwiderte er. Er machte sich nicht mehr die Mühe, leise zu reden. »Gehen wir den direkten Weg, kommen wir zu nahe an der Subura vorbei. Überall könnten Cilix' Männer auf uns lauern. Wir werden den großen Tiberbogen hinauffahren und erst beim Mausoleum des Augustus an Land gehen. Dann nehmen wir die Wege durch die riesigen Gärten, die Horti Luculliani und Sallustiani. Keine Häuser – keine Hinterhalte.«

Ich kannte mich dort recht gut aus, schließlich lagen diese Gärten nördlich des Quirinal, wo mein Haus stand. Um von den Horti Sallustiani zum Esquilin zu gelangen, würden wir über diesen Hügel gehen müssen. Ich sagte dem Mann am Ruder, dass stets mindestens ein Mann mein Heim beschattete und wir ihm nicht gerade in die Arme laufen sollten.

»Ich weiß«, antwortete er kühl. »Wir werden uns nah an der Stadtmauer halten und an der Kaserne der Praetorianer vorbeigehen. Dann erreichen wir wieder Gärten.«

»Die Horti Maecenatis«, unterbrach ich ihn.

»Und von dort, von der Rückseite, gehen wir auf den Esquilin.«

»Warten Sänftenträger am Ufer auf uns?«, fragte ich ohne große Hoffnung.

Er schüttelte den Kopf.»Bei Mithras!«, fluchte Archigenes.

Der Mann am Ruder warf ihm, als er den Namen dieses Gottes hörte, einen kurzen, zornigen Blick zu, doch mein Freund schien dies nicht zu bemerken.

»Wir werden die ganze Nacht auf den Beinen sein«, sagte ich müde.

Er nickte. »Aber nur so werden wir den Männern des Cilix entgehen. Und dem Zorn Gottes«, setzte er hinzu.

Ich fragte mich, welchen Gott er meinte, sprach aber kein Wort mehr.

Während wir unter den Bögen des Pons Neronianus hindurchglitten und zu unserer Linken die düsteren Gärten auf dem Campus Vaticanus passierten, in denen Nero einst seine Opfer fesseln, mit Pech bestreichen und als lebende Fackeln zur Erhellung seiner Orgien anzünden ließ, fragte ich mich, wohin uns diese drei Männer führen würden. Was sie alles über uns wussten. Wer sie waren und was sie an diesem Mord interessierte. Welche Ziele Cilix verfolgte. Wer ihn beauftragt hatte. Und wer der alte Mann und das junge Mädchen waren. Welche Rolle sie in diesem Drama spielten. Wohin sie verschwunden waren. Ich starrte auf die Tempel und Lagerhäuser am Ufer, an denen wir langsam vorbeiglitten. Immer wieder glaubte ich, zwischen den Säulen Schatten auszumachen, die Gestalten einer Frau und eines Greises. Doch es waren alles Trugbilder. Ich sank in eine Art Halbschlaf: Ich blieb wach, doch träumte ich zugleich von dem Gesicht einer Frau, von der ich nicht einmal den Namen wusste.

XVI. Tag vor den Kalenden des Dezember

Der Hirte

Meine Füße schmerzten, als wir endlich die steile Flanke des Esquilin anstiegen. Wir waren die ganze Nacht im Laufschritt durch die nachtdunkle Stadt geeilt und hatten dabei einen großen Bogen durch die nördlichen Viertel Roms beschrieben. Unsere Begleiter hatten kleine Talglichter entzündet, die uns davor bewahrten, über Müll zu stolpern oder in eine der offenen Kloaken in den Nebenstraßen zu stürzen und uns den Hals zu brechen, und andererseits doch nur so schwach glommen, dass es nicht leicht gewesen wäre, auf unserer Spur zu bleiben. Manchmal hatten wir angehalten, um nach Verfolgern zu lauschen, doch bemerkten wir niemanden.

Nun stiegen wir durch die Horti Maecenatis auf den Esquilin. Maecenas, der unendlich reiche Freund des Augustus, hatte die Gärten vor über einhundert Jahren anlegen lassen. Die Pinien und Zypressen waren längst höher gewachsen als Tempel, die Rosenbüsche waren groß wie Häuser. Wege aus geharktem, hellem Kies schlängelten sich zwischen den Büschen entlang, am höchsten Punkt stand ein marmorverkleideter, halbrunder Aussichtsturm, der tagsüber einen wunderbaren Blick auf Rom bot. (Und nachts auch, zumindest, wenn die halbe Stadt in Flammen stand. Nero hatte von hier aus den Brand Roms bewundert und besungen.) Doch bis heute gingen hier vor allem

Menschen spazieren, die es erst vor kurzem in die Hauptstadt des Imperiums verschlagen hatte. Echte Römer mieden den Ort. Schließlich wusste jeder, der eine Zeit lang hier gewohnt hatte, warum die Blumenbeete hier so besonders üppig blühten: Sie wurden von Toten gedüngt.

Jahrhundertelang war dies Roms schaurigstes Leichenfeld gewesen. Hierhin ließen Herren ihre toten Sklaven schleppen und in offene Gruben werfen, menschlichem Abfall ähnlicher als einem würdevollen Begräbnis. Wölfe und Raben holten sich hier, was sie bekommen konnten. Maecenas, der zuvor viele angrenzende Baugrundstücke billig erworben hatte und der den Esquilin zu Roms vornehmstem Viertel zu machen hoffte, ließ die Gruben planieren und pflanzte obendrauf seinen öffentlichen Garten: ein Geschenk an das Volk von Rom, das er durch die Profite mit den nun in bester Lage liegenden Grundstücken leicht finanzieren konnte – ein Geschenk allerdings, dessen düstere Vergangenheit jeder kannte. Man munkelte, dass Zauberinnen und Giftmischerinnen, deren Dienste man in der Subura und in verschwiegenen Seitengassen des Forum Romanum kaufen konnte, noch immer heimlich hierhin schlichen, um Menschenknochen für ihre magischen Tränke auszugraben. Wir allerdings erblickten niemanden.

Am östlichen Horizont lag ein erster grauer Schleier, als wir die Gärten verließen und durch die Straßen des Esquilin schritten. Die sauber verputzten Außenmauern der großen Anwesen glänzten tauüberzogen. Überall hörten wir das rhythmische Stampfen der Haussklaven, die in großen Mörsern Getreidekörner zu Mehl zerkleinerten. Von irgendwoher duftete es auch schon nach Holzkohle und frisch gebackenem Brot.

In einer Nebenstraße erhoben sich die Horrea Chartaria, deren Ziegelmauern doppelt ausgeführt worden waren, um Brände zu erschweren. Die Brüder Sosii, die Buchhändler am Forum Romanum, hatten mich vor einiger Zeit einmal dort hineingeführt. Hier lagerten Tausende von in sich gedrehten, unbeschriebenen Papyrusrollen, doppelt mannshohe Stapel von flachem Pergament und Amphoren mit Ölen, die Papyrus und Leder geschmeidig hielten. Wer etwas zu schreiben hatte in Rom, der kaufte hier ein. Der Duft nach Papyrus und gegerbtem, eingeöltem Leder vermischte sich mit dem des frischen Brotes zu einer Atmosphäre gediegener Kultur. Ich sehnte mich zurück in mein altes Leben.

Unser Führer hielt an einer unauffälligen Pforte an, zog einen großen Schlüssel unter seiner Tunika hervor und öffnete uns. Dahinter lag ein großer, penibel gepflegter Garten, der auf ein prachtvolles Stadthaus zuführte.

Wir betraten es durch einen Seitenflügel – den Trakt der Sklaven, wie ich vermutete –, ohne dass uns jemand in den Weg trat. Schweigend gingen wir durch mehrere Säulengänge und Innenhöfe, bis wir in ein kleines Triclinium am Rande eines Peristyls gelangten. Der Anführer bedeutete Archigenes und mir, auf den Liegen Platz zu nehmen. Auf kleinen Beistelltischen standen bereits frisches Brot, Trauben, getrocknete Datteln, Schafskäse, Honig, kaltes Fleisch, Oliven und ein großer Krug Wasser.

»Ruht euch aus«, sagte er halblaut. »Mein Herr wird euch bald begrüßen.«

Dann verneigte er sich und verschwand mit seinen Begleitern. Wir waren allein.

Archigenes ließ sich nicht zweimal bitten, sondern fiel über das außerordentlich reichhaltige Mahl her. Ich dagegen sah mich misstrauisch um: Irgendetwas stimmte an diesem Haus nicht.

Ich musterte den Innenhof, den Springbrunnen, die Wände des Tricliniums. Es dauerte einige Zeit, bis mir auffiel, was mich störte. Ich hatte nach irgendetwas Ungewöhnlichem gesucht, doch das gab es nicht, im Gegenteil: Ungewöhnlich war, dass etwas fehlte – Bildnisse von Göttern.

Im Garten, in den Säulengängen, in den Nischen des Tricliniums, auf dem Springbrunnen im Peristyl: nirgendwo eine Statue des Mars oder Merkur, ein Mithras-Stier, eine kleine Figur der Venus oder wenigstens ein Bildnis der Laren. Die Wände zeigten filigrane Blumenmuster auf weißem Putz, das Fußbodenmosaik kunstvoll gestaltete Meeresfische in allen Größen und Farben. Nicht einmal eine Büste eines Kaisers, eines Philosophen oder eines anderen Heroen unserer Vergangenheit war zu sehen.

Mir kam ein böser Verdacht.

»Was du auch tust«, flüsterte ich Archigenes zu, »erwähne nicht, dass du dem Mithras huldigst. Nenne am besten gar keinen Gott beim Namen.«

Er hielt beim Essen inne und blickte mich erstaunt an. Dann nickte er, doch verzichtete er auf eine Antwort.

Wir waren nicht mehr allein.

Der Mann, der nun in den Raum trat, brauchte sich mir nicht vorzustellen: großer, mächtiger Körper, kurzes, schlohweißes Haar, griechischer Philosophenvollbart.

»Flavius Clemens!«, rief ich überrascht und sprang von der Liege auf.

»Decimus Juvenalis«, erwiderte er und legte mir die Hand auf die Schulter. »Ich freue mich, dich in meinem Haus begrüßen zu dürfen.«

Ich stellte ihm Archigenes vor, der uns überrascht beobachtet hatte. Flavius Clemens war ein Vetter Domitians, Senator und ehemaliger Konsul, ein einflussreicher Mann von über sechzig Jahren, den ich im Gefolge des Imperators kennen gelernt hatte, in dessen vornehmes Haus ich allerdings niemals zuvor eingeladen worden war.

»Ich habe dich lange nicht mehr bei Hofe gesehen«, sagte ich verwundert.

»Wie ich höre, sieht man dich seit einigen Tagen auch nicht mehr auf dem Palatin«, entgegnete er trocken.

Dann nickte er und bedeutete uns, wieder Platz zu nehmen. Sklaven brachten eine neue Schale mit frischem Obst, denn Archigenes hatte sich bereits großzügig bedient.

»Ich habe mich aus der Politik zurückgezogen«, fuhr unser Gastgeber fort. »Es schien mir«, er zögerte und suchte nach dem richtigen Wort, »nicht mehr sinnvoll zu sein.«

»Das verstehe ich«, murmelte ich und dachte an Domitians gefährliche Launen und sein krankhaftes Misstrauen.

»Das glaube ich nicht«, entgegnete er freundlich, aber bestimmt. »Es ging mir nicht mehr um die Rivalitäten und Gefahren der Macht. Ich bin Christ geworden.«

Archigenes und ich starrten ihn an, sprachlos vor Erstaunen. Er hatte diese Ungeheuerlichkeit mit einer Selbstverständlichkeit ausgesprochen, als redete er über einen Landausflug nach Baiae. Seit den Tagen Neros war diese Sekte jedem echten Römer verhasst. Sklaven und Zuwanderer aus den östlichen Provinzen, so munkelte man, machten bei ihren nächtlichen Riten mit, in denen sie Blut tranken und das Fleisch kleiner Kinder verspeisten, das sie an den Leib ihres schimpflich gekreuzigten Gottes erinnern sollte. Es fiel mir schon schwer zu glauben, dass ein reicher Reeder wie Carfinius, dessen Frau mir zu Beginn jener verhängnisvollen Nacht im Circus ihre Gunst geschenkt hatte, diesem seltsamen Kult beigetreten sein sollte. Doch ein

Senator und ehemaliger Konsul, ein Verwandter des Kaisers zudem?

»Ich habe diesen Schritt schon vor einigen Jahren getan«, fuhr Flavius Clemens fort und nahm damit meine unausgesprochene Frage vorweg.

»Ist es wahr, dass ihr einen jüdischen Rebellen, den einer unserer Procuratoren ans Kreuz nageln ließ, zum Gott erhoben habt?«, fragte Archigenes. Spott lag in seiner Stimme – die Anhänger des Mithras galten als schärfste Rivalen der Christen, wenn es darum ging, Sklaven und Fremde zu bekehren.

»Jesus war kein Rebell. Er ist auch kein Gott. Er ist Gottes Sohn. Der Sohn des einzigen Gottes, der existiert. Irgendwann werden alle Menschen diese einfache Wahrheit erkennen«, entgegnete Clemens.

Mich langweilten Gespräche über Religion. »Warum hast du deine Sklaven nach Transtiberim geschickt?«, fragte ich, um dem Gespräch eine neue Richtung zu geben.

»Ich habe keine Sklaven«, erklärte unser Gastgeber so freundlich und gleichmütig, als sei auch diese erneute Ungeheuerlichkeit das Selbstverständlichste auf der Welt. »Ich habe sie schon vor Jahren freigelassen. Diese Männer sind ebenfalls Christen. Ich bin der Hirte der Gemeinde von Rom, doch meine Macht über meine Mitbrüder ist gering im Vergleich zur Macht des Herrn über seine Sklaven. Ich habe sie gebeten, zu gehen – und sie haben mir diesen Gefallen aus freien Stücken erfüllt.«

»Und warum?«, fragte ich möglichst unbeeindruckt. »Haben wir ihren Weg zufällig gekreuzt? Oder haben uns deine Christen schon die ganze Zeit beschattet?«

»Sie haben euch beschattet«, gab Clemens gleichmütig zu.

»In letzter Zeit scheinen sich sehr viele Männer für unser Schicksal zu interessieren«, warf Archigenes sarkastisch ein.

»Niemand interessiert sich wirklich für euch«, korrigierte Clemens ihn mit sanfter Stimme, »sondern nur für den Mann, der zufällig in eurem Beisein starb: Joseph der Essener.«

»Habt ihr ihn getötet?«, fragte Archigenes neugierig. »Schließlich ist er ein Rivale.«

Clemens hob abwehrend die Hände. »Christen töten nicht!«, rief er emphatisch.

»Aber er war ein Rivale«, beharrte Archigenes. »Der Anhänger einer anderen jüdischen Geheimsekte.«

Unser Gastgeber lächelte und schüttelte den Kopf. »Die Essener sind Juden, die ihren Glauben durch ein besonders strenges Leben rein halten wollen. Es war nie sehr einfach für Juden – und für Nicht-Juden unmöglich –, in ihre Gemeinschaft aufgenommen zu werden. Und heute gibt es fast keine Essener mehr. Wir Christen dagegen sind keine jüdische Sekte. Unsere Gemeinden nehmen jeden auf, der darum bittet. Und während die Essener eine sterbende Sekte sind, werden wir Christen jeden Tag mehr. Wir sind Seelenfischer, die Essener nicht.«

»Und warum interessiert ihr euch dann für diesen Joseph?«, warf ich ein.

Clemens machte eine vage Geste. »Er und der andere Essener, mit dem er reiste, Johannes aus Jerusalem, suchten hier etwas, das auch für uns Christen wichtig sein könnte. Könnte. Wir wissen nicht ganz genau, was die beiden hier eigentlich suchten, und wir wissen überhaupt nicht, ob es auch für uns Christen wichtig sein könnte.«

»Wieso wusstet ihr, dass die beiden nach Rom gekommen sind? Und dass sie etwas suchten?«, hakte Archigenes nach.

Clemens lächelte sanft. »Besonders viele Sklaven haben schon den wahren Glauben erkannt. Mancher Römer mag uns deswegen verachten, doch hat es unbestreitbare Vorteile: Wir Christen erfahren sehr früh sehr viele Dinge, die in der Stadt vor sich gehen. Ein Sklave, der in einer Herberge arbeitet, sagte mir, dass bei ihm zwei Essener abgestiegen seien. Seit Jahren haben sich keine Essener mehr blicken lassen, und nie zuvor ist jemand von ihnen nach Rom gekommen; in die Stadt, die sie mehr hassen als jeden anderen Platz auf Erden. Das also hat natürlich sofort unsere Aufmerksamkeit erregt.«

Er holte tief Luft und machte eine bedauernde Geste. »Doch bevor wir sie fragen konnten, was sie hierher geführt hat, kamen die Männer des Cilix dazwischen. Sie schienen sich ebenfalls sehr für diese beiden Essener zu interessieren. Doch bedauerlicherweise sind ihre Methoden etwas verschieden von den unseren.«

»Was will Cilix von den Essenern?«, wollte Archigenes wissen. »Wer ist sein Auftraggeber? Oder handelt er auf eigene Rechnung?«

Clemens machte eine Geste mit nach oben offenen Händen. »Ich weiß es nicht«, gestand er. »Niemand von uns hat damit gerechnet, dass er plötzlich auftauchen würde. Und die Essener hat es offensichtlich ebenfalls überrascht.«

»Und was habt ihr Christen nun vor?«, fragte ich. Ich dachte an Clemens, der ein angesehener Senator war. Und dann wanderten meine Gedanken wieder zum Ehemann der Carfinia: auch er ein Römer mit gutem Ruf, der sich zu diesem seltsamen Kreuzglauben bekehrt hatte. Wie viele mochten es schon sein? Zum ersten Mal kam mir der Verdacht, dass die Christen vielleicht schon sehr viel mächtiger waren, als irgendjemand in Rom ahnte. Vielleicht mächtiger sogar als Cilix' Bande.

Ich beschloss, Clemens nichts von dem Zettel mit dem Namen des Poppaeus zu verraten, den mir der Sterbende in die Hand gedrückt hatte.

Unser Gastgeber strich sich mit der Hand über den Bart und nahm dann selbst erstmals von den Trauben, die in einer funkelnd geschliffenen Schüssel aus grünlichem Glas dargeboten worden waren. »Unser Problem ist das gleiche, das auch Cilix umtreibt. Und euch, vermute ich.« Er deutete kauend auf uns. »Wo ist Johannes aus Jerusalem? Nur er allein könnte uns jetzt noch verraten, was die Essener in Rom suchen. Und vielleicht weiß er auch, warum Cilix sie verfolgt.«

»Und wer waren der alte Mann und das junge Mädchen, die gestern Nachmittag plötzlich vor uns auftauchten – um dann in Transtiberim wieder zu verschwinden?«

Meine schwache Hoffnung, dass Clemens vielleicht den Namen dieser beiden kennen, ja mich gar zu ihnen führen könnte, wurde von diesem durch ein kurzes Kopfschütteln zerstört.

»Die beiden haben uns so überrascht wie euch. Sie müssen neu sein in Rom. Niemand von uns hat sie je zuvor gesehen. Ich weiß weder ihren Namen, noch wo sie untergekommen sind. Aber ein gewisser Verdacht liegt selbstverständlich nahe.«

»Zwei Essener, die nachsehen, was mit Joseph und Johannes in Rom passiert ist«, sagte Archigenes.

»Und die allein deshalb den weiten Weg von Judaea bis hierher auf sich genommen haben. Joseph und Johannes – oder besser gesagt: ihre Aufgaben hier in Rom – müssen für die Essener enorm wichtig sein.«

»Wo mag Johannes jetzt sein?«, sinnierte Archigenes, der sich endlich satt gegessen zu haben schien und sich nun behaglich auf seiner Liege ausstreckte.

Clemens schüttelte den Kopf. »Ich bete um die Gnade, ihn zu finden. Mehr kann ich zurzeit nicht tun.«

»Und wie geht es nun weiter?«, fragte ich.

»Ihr steht selbstverständlich unter unserem Schutz«, verkündete unser Gastgeber. »Wir werden euch verstecken, so lange ihr wollt. Oder wir schmuggeln euch aus Rom hinaus und bringen euch in eine der Provinzen, wo ihr ein neues Leben beginnen könnt.«

Archigenes und ich blickten uns um. Wir mochten sehr verschieden sein, doch in einem waren wir uns einig: Wir wollten nicht auf Gedeih und Verderb dieser seltsamen Sekte ausgeliefert sein – schon gar nicht, weil man uns dann vielleicht selbst für Christen halten könnte. Ein Verbrechen, dass auch heute noch dazu führen konnte, als Löwenfutter in der Arena zu enden.

Ich schüttelte den Kopf. »Dein Angebot ist sehr großzügig, Flavius Clemens, aber wir können es nicht annehmen. Wir würden eine zu große Gefahr für dich und die Christen darstellen, schließlich jagt uns Cilix. Wir werden uns weiter in der Wohnung des Archigenes verstecken und nach Johannes suchen.«

Clemens nickte, offensichtlich enttäuscht. »Wie ihr wollt«, antwortete er. »Was haltet ihr davon, euch wenigstens so lange in meinem Haus zu verstecken, bis die Dunkelheit hereinbricht? Den ganzen Tag über werden die Männer des Cilix auf den Straßen Roms nach euch suchen. In der Nacht wird euch einer meiner Mitbrüder bis zur Insula Felicles geleiten.«

»Du weißt, wo ich wohne«, stellte Archigenes säuerlich fest.

Clemens lächelte schwach. »Auch in der Insula Felicles leben Christen.«

Irgendwo in seinem Haus erklang das dünne Läuten einer kleinen Glocke. Mir wäre es nicht wirklich aufgefallen, wenn Clemens nicht gelauscht hätte. Er erhob sich, verneigte sich kurz vor uns und machte eine entschuldigende Geste. »Meine Pflichten rufen mich nun«, sagte er freundlich. »Fühlt euch hier ganz wie zu Hause. Besucht meine Thermen. Ruht euch aus. Bewegt euch ganz ungestört. Einer meiner Brüder wird bei Einbruch der Nacht zu euch kommen.«

Er war schon in der Tür, als er sich noch einmal umdrehte. »Und solltet ihr wissen, wo Johannes aus Jerusalem sich versteckt hält …« Seine Stimme verlor sich, dann räusperte er sich. »Ich wäre sehr glücklich, wenn ihr mich dann informieren würdet.«

Er hatte dies sehr höflich und ruhig ausgesprochen, doch ich konnte mir nicht helfen: In meinen Ohren klang seine Bitte wie eine Drohung.

Archigenes und ich verbrachten die nächsten Stunden in den Thermen, und anschließend dösten wir in einem schattigen Laubengang, um wieder zu Kräften zu kommen. Ab und zu sahen Diener bei uns vorbei und fragten nach unseren Wünschen, ließen uns ansonsten jedoch in Ruhe. Aus den Fluren, Räumen und aus anderen, uns verschlossenen Innenhöfen war eine ständige, wenn auch gedämpfte Unruhe zu vernehmen: Türen öffneten oder schlossen sich knarzend, Liegen oder Tische wurden verrückt, Stimmen vieler Menschen erklangen, einmal ertönte sogar Gesang – allerdings war es eine Melodie, die wir nicht kannten.

Archigenes und ich redeten kaum miteinander. Es war nicht nötig, dass wir uns verständigen mussten: Wir vermuteten beide, dass man uns im Haus des Clemens belauschen würde, also würden wir erst unsere Gedanken austauschen können, wenn wir wieder unbeobachtet waren.

Falls es uns überhaupt noch gelänge, irgendwo in Rom unbeobachtet zu bleiben.

Abends, nachdem uns Diener ein leichtes Mahl gebracht hatten, erschien ein junger Grieche bei uns: schwarzhaarig, klein, dicklich – sein Körper war alles andere als imposant, seine Haut hatte die ungesunde Blässe von jemandem, der lange Zeit in düsteren Schreibstuben verbracht hatte. Auffällig waren allein seine Augen, die dunkel waren wie Kohlen, aber glänzten wie Diamanten. Eifer blitze aus ihnen, würde jemand sagen, der es gut mit ihm meinte. Ich dagegen dachte an Fanatismus. Er hatte die Aura von jemandem, der an irgendetwas mit all seiner Kraft glaubte, ja von ihm besessen war – und der jeden, der weniger intensiv fühlte, mit Verachtung, Hass und unbändigem Bekehrungseifer verfolgen würde.

»Ich bin Marcion«, stellte er sich vor und machte sich dabei nicht einmal die Mühe, eine Verbeugung anzudeuten. »Ich werde euch zur Insula Felicles führen.« Seine Stimme klang ungewöhnlich hoch und gebrochen.

»Danke, aber wir kennen den Weg«, antwortete Archigenes freundlich.

»Ich werde euch trotzdem begleiten«, erwiderte Marcion. Und dann, weil offensichtlich selbst ihm aufgefallen war, wie schroff das geklungen hatte, setzte er etwas konzilianter hinzu: »Ich kenne die Wege über die Nebenstraßen. Und sollten wir doch in Schwierigkeiten geraten, weiß ich, wo Christen wohnen, die uns verstecken würden.«

»Wir freuen uns über deine Großzügigkeit«, sagte ich schnell und rang mir ein freundliches Lächeln ab, bevor Archigenes mit diesem Christen einen Streit beginnen konnte.

Wir verließen das Anwesen durch eine kleine, unauffällige Pforte in der rückseitigen Mauer. Flavius Clemens hatten wir nicht noch einmal gesehen. Es dämmerte bereits, doch das Sonnenlicht war noch so stark, dass ich auf einer Sonnenuhr an der gegenüberliegenden Hauswand die Stunde erkennen konnte: die zwölfte, die letzte Hora neigte sich dem Ende zu. Marcion behielt Recht: Wir überquerten bei der Porta Esquilina den Clivus Suburanus und wandten uns kurz darauf nach links, sodass wir parallel zu dieser wichtigen Straße Richtung Subura gingen.

Die Gassen zwischen den Insulae waren so eng, dass sie bereits düster waren und wir manchmal mit ausgestreckten Armen von Wand zu Wand hätten reichen können – was wir selbstverständlich niemals ausprobierten, denn in den unteren Etagen wuchs schwarzer, zotteliger, ölig glänzender Schimmel aus den Ziegeln. Wir kamen gut voran. Die Gassen waren bereits menschenleer, die Läden der Geschäfte und Wohnungen verriegelt. Wir hielten kleine Talglichter in Händen. Mit der freien Hand hatte ich mir eine Falte meine Gewandes über Mund und Nase gezogen. Die Gasse war so alt, dass die Kloake noch nicht unterirdisch verlief, sondern an den breiteren Stellen als doppelt armlange und vielleicht halb mannshohe, an den schmalsten Stellen als gar nur handbreite Rinne im Straßenpflaster lief. Aus dem Graben stank es erbärmlich nach Kot und Urin, nach verschimmelndem Gemüse und faulenden Tierkadavern. Kein Wunder, dass uns hier niemand auflauerte.

Wir hatten fast das Ende dieser Gasse und damit das Ende der Subura erreicht, als Marcion mitten im Laufschritt anhielt und lauschte. Instinktiv zogen Archigenes und ich unsere Dolche, doch der Christ schüttelte heftig den Kopf. Als ich die Waffe sinken ließ und genauer hinhörte, vernahm ich auch plötzlich ein leises Wimmern.

»Es kommt irgendwo aus der Kloake«, flüsterte Marcion und hielt sein Talglicht hoch.

»Ihr Götter«, murmelte Archigenes resigniert, doch es war schon zu spät: Bevor wir Marcion davon abhalten konnten, war er in die stinkende Rinne hinuntergestiegen. Wir sahen nur noch seinen gebeugten Oberkörper im matten Schimmer seines Talglichtes.

Ich konnte mir denken, was er dort suchte – und tatsächlich stieß er nach wenigen Augenblicken einen Triumphschrei aus, bückte sich und hob ein verschmiertes Bündel vom Boden hoch. Ein Baby.

Jeder Römer wusste, dass die offenen Kloaken ein Markt waren, der düsterste der Stadt. Hierhin kamen die armen Frauen: die Sklavinnen, die von ihrem Herrn geschwängert worden waren und fürchteten, wie es Brauch war, dafür von ihrer Herrin an einen Felsen gebunden und ausgepeitscht zu werden; die Frauen aus der Subura, die schon sechs Kinder hatten und fanden, dass es reichte; die Gattinnen der kleinen Bäcker und geschäftstüchtigen Amphorenmacher, die mit ihrem Liebhaber nicht aufgepasst hatten; die halbwüchsigen Mädchen, die von ihrem ersten Liebhaber sitzen gelassen worden waren; die Hetären, die Angst hatten, nicht mehr hübsch genug zu sein für ihre Kunden. Manche ließen sich von Kräuterweibern mit Zangen und Giften die Frucht aus dem Leib treiben (und praktisch jeden Morgen fand man irgendwo in Rom eine Frau im Dreck, die dabei verblutet war), viele aber brachten hier ihr Kind zur Welt – und ließen es liegen.

Denn auch andere Frauen schlichen nachts um die Kloaken, manche so arm wie die, die hier ohne irgendeine Hilfe niedergekommen waren. Andere waren reich, sogar Senatorengattinnen sollten hier schon gewesen sein – allen war gemeinsam, dass ihnen die Götter versagt hatten, schwanger zu werden. Sie suchten die ausgesetzten Kinder und nahmen sie als eigene an. Mancher Senatorensohn, der sich für den Herrn der Welt hielt, mochte als ausgesetzter Balg einer Hure in den Kloaken Roms sein Leben begonnen haben.

Auch Sklavenhändler, die billige Ware suchten, schickten gelegentlich ihre Männer zu den Kloaken. Sie zogen die Babys groß, bildeten sie zu Glasbläsern, Rhetoren oder Sängern aus und verkauften sie nach zwölf Jahren wieder teuer. Ein gutes Geschäft, wenn man einen langen Atem hatte.

Viele Babys aber wurden niemals rechtzeitig gefunden, für sie waren die Kloaken zugleich das Grab.

Marcion hielt ein kleines, nur noch leise wimmerndes Baby im Arm, das in eine schmutzige Decke gewickelt war. Vorsichtig entfernte er den groben Stoff und warf ihn fort, dann nahm er seinen Mantel und umhüllte damit das kleine Wesen.

»Das wird nicht reichen«, flüsterte Archigenes. »Es braucht dringend Milch.«

»Was willst du damit machen?«, fragte ich. »Adoptieren?« Ich kannte Marcion nicht, doch ich konnte mir einen Mann mit diesem düsteren Fanatismus nicht als Vater vorstellen.

»Ich weiß es noch nicht«, antwortete er. »Aber ich konnte es doch nicht liegen lassen. Sein Leben ist genauso viel wert wie das des Kaisers.«

»Das würde ich Domitian nicht ins Gesicht sagen«, murmelte ich.

Halblaut riet ich ihm: »Archigenes hat Recht: Du musst so schnell wie möglich eine Amme finden. Wir werden den Weg von hier aus schon allein finden. Das Schlimmste liegt hinter uns.«

Marcion zögerte kurz, hin- und hergerissen zwischen Pflichterfüllung und Nächstenliebe. Dann nickte er. »Gut«, flüsterte er. »Im Haus des Flavius Clemens leben mehrere Ammen, welche die Enkel unseres Hirten großziehen. Ich eile zu ihnen. Viel Glück. Gott möge euch beschützen!« Marcion machte ein seltsames Zeichen mit der Hand, dessen Bedeutung mir rätselhaft blieb. Dann drehte er sich um und war mit seiner leise wimmernden Last in der düsteren Gasse verschwunden.

Archigenes wartete ein paar Augenblicke, dann nickte er mir zu. »Gut gemacht«, flüsterte er. »Jetzt sind wir ihn los. Ich kann diese Christen nicht leiden. Sie geben sich so unnatürlich großmütig und sanft, doch das Einzige, was sie wirklich von dir wollen, ist deine Seele. Ich traue ihnen nicht.«

»Ob sie uns noch beschatten?«

»Vielleicht wartet jemand in der Insula Felicles auf uns. Aber dann kann er lange warten.« Mein Freund grinste. »Ich habe einen alten Bekannten in der Subura«, flüsterte er. »Er wohnt direkt am Argiletum und ist mir noch einen Gefallen schuldig – zum Beispiel den, uns mitten in der Nacht aufzunehmen und bis zum nächsten Morgen zu verstecken.«

XV. Tag vor den Kalenden des Dezember

Der Schatz des Feldherrn

Der alte Bekannte des Archigenes stellte sich als jemand heraus, den ich zwar noch nie gesehen, von dem ich allerdings schon einiges gehört hatte, denn meine ehemalige Frau war seine Kundin: Cosmus, der Duftsalbenmischer. Wir waren auf Nebenwegen bis zum Argiletum gegangen, der größten Straße der Subura, wo Cosmus in einer teuren, großen Erdgeschosswohnung in einer der besseren Insulae lebte. Nebenan stand seine Werkstatt, aus der es betäubend nach Rosenessenz, Amber, Myrrhe und Moschus roch. Wir schlugen lange und heftig an die Pforte, doch kein Sklave öffnete uns.

Schließlich wurde es Archigenes zu viel. »Ich kann mir schon denken, wo deine Sklaven stecken, Cosmus«, flüsterte er und grinste.

Dann ging er zu einem der mit massiven Läden verschlossenen Fenster, rüttelte daran und rief so laut und lange Obszönitäten, dass in einigen Wohnungen darüber Licht entzündet wurde und aus einem offenen Fenster im dritten Stock eine Bassstimme »Mehr davon!« schrie.

Zwei Sklaven, ein junger Gallier und ein riesiger, ebenfalls noch sehr junger Nubier, öffneten schließlich die Tür. Beide waren nackt. Dann erschien Cosmus hinter ihren Rücken, ein älterer, dicker Gallier mit kugelrundem, kahlen Kopf; auch er war unbekleidet. Nun ahnte selbst ich, womit Herr und Diener beschäftigt gewesen waren.

»Komm herein, Archigenes!«, rief er jovial, als er ihn im Schein des Talglichtes erkannt hatte. Mich bedachte er mit einer einladenden Geste, beachtete mich zum Glück aber nicht weiter.

Wenn mich mitten in der Nacht zwei Männer während des Liebesspieles durch gegrölte Zweideutigkeiten an die Haustür zwängen, wäre ich wohl kaum so zuvorkommend gewesen. Ich fragte mich, welchen Gefallen ihm Archigenes erwiesen hatte, dass er sich so etwas leisten konnte – oder ob nächtliche Besuche dieser Art bei Cosmus nichts Ungewöhnliches waren.

Cosmus war vor vielen Jahren aus Aqua Sextiae nach Rom gekommen. Sein im wahrsten Sinne hervorstechendstes Merkmal war seine riesige, knollenförmige Nase, und mit ihr hatte er es zu einem Vermögen gebracht. Niemand verstand es so wie er, aus den Blüten Asiens, Arabiens, Africas und Galliens neue Essenzen zu kreieren. Mehr noch: Er betrachtete Frauen mit derselben Mischung aus Distanz und Leidenschaft, mit der ein Bildhauer einen Marmorblock musterte, aus dem er ein Meisterwerk schaffen wollte. Er unterhielt sich lange mit ihnen, wenn sie das erste Mal seinen Laden betraten, fragte nach ihren Wünschen, Vorlieben, geheimen Träumen, betastete ihre Haare, strich über ihre Haut – und dann stellte er ein Parfüm zusammen, das perfekt zur Trägerin passte. Den Senatorengattinnen aus Adelsgeschlechtern, die bis in die Zeit des Romulus zurückreichten, überreichte er schwere, aber nicht aufdringlich duftende Schöpfungen. Der Frau mit dubioser Vergangenheit, die einen vermögenden Freigelassenen geheiratet hatte, empfahl er ein aufregendes, noch eine winzige Spur frivoles Duftwasser.

Die Frauen verehrten ihn dafür, ihre Ehemänner ließen sie gewähren. Schließlich kam die Gattin zwar jedes Mal um einige Hundert Sesterzen ärmer von Cosmus zurück, dafür allerdings in ein unsichtbares Gewand gehüllt, das so aufregend duftete, dass, wie ich selbst bezeugen könnte, selbst sonst gleichgültige Männer ihre Frauen an sich zogen und den Zauber ihrer neuen Reize genossen. Es förderte noch die Popularität des Galliers, dass jedermann in Rom wusste, dass man seine Gattin ohne Bedenken zu den so intim wirkenden Sitzungen mit dem Duftwassermischer schicken konnte: Cosmus stillte seinen Liebeshunger ausschließlich mit sehr jungen Männern, die am besten muskulös sein mussten und nicht besonders klug.

Auch Laronia hatte einst meine Sesterzen zur Manufaktur des Cosmus getragen. Wahrscheinlich ging sie noch immer hierhin, nur war es jetzt das Vermögen des Fabricius Veiento, das sich in Lavendelwasser und Rosenduft auflöste. Ich fragte mich kurz, ob wohl Cosmus passend zu Laronias Scheidung und Wiederverheiratung eine neue Kreation zusammengestellt hatte. Dann machte ich mir um Wichtigeres Gedanken: Würde Cosmus mich erkennen?

Die Nacht war fast mondlos, das Talglicht schwach und Cosmus' Wohnung düster. Er schien mich kaum beachtet zu haben. Wahrscheinlich war ich ihm nicht mehr jung genug. Oder war seine Selbstbeherrschung sogar bei einem überraschenden nächtlichen Besuch so groß, dass er sich nicht anmerken ließ, mich erkannt zu haben? Cosmus war, als er einst mittellos nach Rom gekommen war, in die Subura gezogen. Er hatte später, als er es sich längst hätte leisten können, dieses Viertel nie verlassen, sondern sich nur immer größere Wohnungen gekauft. Inzwischen war er so angesehen, dass ihn sogar die Kaiserin regelmäßig auf den Palatin rufen ließ. Wenn er die letzten Tage

Domitia beraten, sie ausgefragt hatte – hätte er da nicht im Palast zufällig meinen Namen hören können?

Der gallische Sklave führte uns in ein sauber eingerichtetes, großes Gästezimmer. Wir folgten ihm und einer Moschuswolke, die wie ein Banner hinter ihm her wehte – wahrscheinlich eine Mischung seines Herrn. Er unterdrückte ein Gähnen, als er sich vor uns verbeugte und fragte, ob wir noch etwas wünschten. Dann lächelte er erleichtert, als Archigenes ihn ohne weiteren Auftrag fortschickte. Cosmus und der junge Nubier waren längst schon wieder grußlos irgendwo in der großen Wohnung verschwunden. Als der Sklave die Zimmertür geschlossen hatte, flüsterte ich Archigenes zu: »Es wäre möglich, dass Cosmus mich erkennen könnte. Dann säßen wir hier in der Falle: Während wir hier friedlich schlafen, schickt er einfach einen seiner beiden parfümierten Jungs zu den Praetorianern und …«

Mein Freund unterbrach mich lachend. »Cosmus würde sich eher einen Finger abhacken lassen, als einen seiner sündhaft teuren Spielgefährten zu den Praetorianern zu schicken! Wenn in der Castra Praetoria mitten in der Nacht so ein Luxusjunge auftaucht, wird sich garantiert irgendein Centurio die Gelegenheit nicht entgehen lassen und ihn vernaschen. Cosmus bekäme ihn, wenn überhaupt, am nächsten Morgen nur mit zerkratzter Haut und wundem Arsch wieder.«

»Cosmus könnte den Praetorianern seinen Jungen schenken. Wenn er uns verrät, bekommt er von Domitian vielleicht als Belohnung so viele Sesterzen, dass er sich zehn neue Lustsklaven kaufen könnte«, gab ich zu bedenken.

Archigenes warf mir einen mitleidigen Blick zu und deutete vage irgendwohin in die Wohnung. »Cosmus macht mit seinen beiden Knaben da weiter, wo wir sie gerade unterbrochen haben. Glaub mir, ich kenne ihn besser als du. Halb Rom könnte in Flammen stehen, und er würde doch nicht aus den Kissen kriechen. Und morgen, wenn er uns bei Tageslicht mustern könnte, sind wir längst wieder verschwunden.«

»Wohin?«

Archigenes grinste verschwörerisch. »In die Arena. Dort werden wir nach ein paar alten Freunden von mir suchen.«

Tatsächlich schlichen wir uns am nächsten Morgen fast unbehelligt aus der Wohnung. Auf dem Flur kam uns der gallische Sklave entgegen. Im ersten Moment befürchtete ich, dass er einer finsteren nordischen Gottheit huldigte, denn er schien mir eine groteske Maske zu tragen. Dann erkannte ich allerdings, dass es in Eselsmilch aufgeweichte Brotscheiben waren, die in seinem Gesicht klebten – damit pflegten die Frauen der Reichen ihre helle Haut. Archigenes grinste, nickte stumm und passierte den Sklaven, der grußlos im Schlafzimmer seines Herrn verschwand. Wir waren draußen.

Sobald wir auf den Argiletum traten, glaubte ich, dass Cosmus und seine beiden Sklaven die einzigen Menschen in der Subura sein müssten, die noch im Bett lagen. Die Straße war trotz der frühen Stunde gedrängt voll. Doch anders als an normalen Tagen, an denen das Chaos hin und her wogte, an denen sich Männer und Frauen aneinander vorbeischoben, an denen Kinder wie tanzende Mücken durch die Menge schwirrten und Hausfrauen vor einem Laden ein Schwätzchen hielten, an denen Tonsoren Kunden schoren und Sänftenträger im Gewühl stecken blieben, an denen Wahrsager, Geldwechsler und Feuerholzhändler, laut für sich werbend, an Straßenecken oder Brunnen standen, strömten an diesem Morgen die Menschen wie Wasser in einem gemächlich, aber unaufhaltsam fließenden Strom alle einem Ziel zu: dem Kolosseum.

Ich hatte ganz vergessen, dass heute Kampftag war.

Vom Argiletum aus kann man praktisch jede größere Querstraße nach links nehmen – alle führen sie auf das Amphitheater zu, dessen vier mächtige Geschosse wie künstliche, ebenmäßige Klippen am Ende dieser Wege in der milden Herbstsonne leuchteten. Deshalb drängten sich über den Argiletum nicht nur Tausende aus der Subura voran, sondern auch aus anderen Vierteln Roms.

Archigenes stieß mich an. »Die Vormittage sind langweilig«, sagte er, »lass uns lieber etwas essen.«

Ich nickte. Vormittags würden in der Arena junge Gladiatoren und ein paar vorwitzige Söhne von reichen Händlern, manchmal gar von Senatoren mit stumpfen Waffen gegeneinander kämpfen. Dabei floss selten Blut. Diese Gefechte waren nur ein Vorgeplänkel, geeignet, um neue Kämpfer beim Volk bekannt und beliebt zu machen und als Unterhaltung für das Publikum, das bereits auf den Rängen saß, während noch Tausende in den Gängen nachdrängten. Die richtigen Kämpfe sollten erst am frühen Nachmittag beginnen, dann würde sich Domitian in seiner Loge zeigen, dann würden sich die Senatoren, Magistraten und die Vestalinnen beehren. Dann erst würde Blut fließen.

Wir schoben uns gegen den Menschenstrom, bis wir eine kleine Garküche in einer Seitengasse entdeckten. Hier kehrten wir für ein ausführliches Frühstück ein. Ein mürrischer Armenier bediente uns. Man sah ihm an, dass er gerne zum Kolosseum geeilt wäre, auch war seine Taverne nicht sehr voll – aber eben doch nicht leer. Einige Männer und Frauen verzichteten gleich uns auf die vormittäglichen Schaukämpfe und das Gedränge an den Zugängen, um sich ungestört satt zu essen. Zwar würden am Nachmittag fliegende Händler durch die Ränge der Arena gehen und lauthals in Eichenblätter gewickelte Fleischbällchen, heiße Maronen und Honigbrot anpreisen, doch alles zum doppelten Preis.

»Ich kenne ein paar Männer«, sagte Archigenes leise, damit uns niemand am Nebentisch belauschen konnte, »die haben als Legionäre damals in Judaea gekämpft. Wir werden den einen oder anderen sicher im Kolosseum treffen. Sie wetten gerne auf Gladiatoren.«

Ich spülte Brot und Ziegenkäse mit einem großen Schluck Wasser hinunter, das schal schmeckte. Wahrscheinlich hatte der Wirt es schon gestern aus einem Brunnen geholt.

»Kennt einer von ihnen Poppaeus?«, fragte ich.

»Gut möglich«, antwortete Archigenes. »Und wenn es nicht so ist, dann werden sie jemanden kennen, der ihn kannte.«

Wie ließen uns viel Zeit und machten uns erst gegen Ende der sechsten Stunde auf den Weg, als die Sonne schon fast im Zenit stand.

Jetzt kam man gut voran. Zwar zog es noch immer Menschen zum Kolosseum, doch war der große Ansturm vorüber. Als wir uns dem riesigen Oval näherten, den viergeschossigen Bögen mit ihren dorischen, korinthischen und ionischen Säulen, den glänzenden vergoldeten Bronzeschilden am oberen Rund, den nackten Stangen der im Winter stets eingerollten Sonnensegel, da hörten wir schon von weitem ein Rauschen – nicht besonders laut, doch so mächtig, so auf- und abschwellend wie das Tosen einer Stromschnelle in einer nahe gelegenen Schlucht: der Lärm aus fünfzigtausend menschlichen Kehlen.

»Sie haben schon mit den Hinrichtungen begonnen«, sagte Archigenes. »Wir kommen genau zur richtigen Zeit.«

Im Innern des Amphitheaters stiegen wir über Rampen und Treppen immer weiter nach oben. Hier war ich nie zuvor gewesen. Als Equites hatte ich das Privileg, hinter den Senatoren auf einem der unteren Ränge zu sitzen, nahe an der Arena. Doch konnte ich mich seit meiner Verfolgung dort selbstverständlich nicht mehr sehen lassen. Also musste ich Archigenes nach oben folgen, an den Rand der steinernen Schüssel, wo sich die Fremden und die Sklaven drängten.

Als wir endlich oben waren, schnappte ich vor Überraschung nach Luft. Ich trat aus einem breiten Treppenhaus hinaus auf eine Balustrade ohne Sitzränge. Korinthische Säulen trugen das mit Marmor und bemaltem Stuck verzierte Dach.

Zwischen den Säulen drängten sich Tausende: Männer, Frauen, Kinder aus allen Provinzen des Reiches und von jenseits der Grenze. Normalerweise war es Frauen seit alters verboten, im Amphitheater bei den Männern zu sitzen. Römerinnen hatten im Kolosseum die im vierten Rang für sie reservierten Reihen. Doch ganz oben, bei den Nichtrömern, galt das Tabu nicht – weshalb auch manche Römer diesen Rang bevorzugten. Die meisten standen dicht gedrängt an der innersten Säulenreihe und starrten von dort auf die Arena hinab. Ich blickte auf einen Wall aus menschlichen Rücken. Es roch nach saurem Schweiß, nach schweren, billigen Duftwässerchen und Brot und altem Käse. Zwei oder drei Betrunkene waren an die Rückwand gezerrt worden und schliefen dort ihren Rausch aus. Alle anderen brüllten und schrien etwas nach unten hinab, Verwünschungen, Anfeuerungen, Obszönitäten. Es dröhnte wie in einer riesigen Markthalle, in der unzählige Käufer fanatisch um das letzte Brot boten. Archigenes gab mir ein Handzeichen. Es war einfacher zu verstehen, als wenn er den Lärm hätte überbrüllen wollen. Wir wandten uns nach links und wanderten langsam um das riesige steinerne Oval. Manchmal erhaschte ich einen Blick durch den menschlichen Wall auf das Innere.

Unten, in seiner purpurgeschmückten Loge direkt über dem Rand der Arena, saß eine von hier aus gesehen winzige Gestalt in einer ebenfalls purpurnen Toga: der Kaiser. Ich konnte Domitians Gesichtszüge nicht erkennen, trotzdem hatte ich für einen Moment Angst, dass er aufblicken und mich hier inmitten der Menge entdecken könnte. Aber das war selbstverständlich absurd. Nirgendwo in Rom konnte man sich so gut verstecken wie im Durcheinander der schreienden Zuschauer im Amphitheater.

Zu seiner Rechten saß die Kaiserin. Domitia war einst die Gattin eines Senators gewesen. Domitian hatte sich als Jüngling in sie verliebt und, als sein Vater Kaiser geworden war, einfach geraubt; als er selbst auf den Thron kam, hatte er den ehemaligen Mann seiner Frau köpfen lassen. Vor fast fünfzehn Jahren hatte Domitia dann ein Verhältnis mit dem griechischen Schauspieler Paris gehabt – ein Skandal, über den ganz Rom getuschelt hatte. Auch der Kopf des Paris rollte dafür in den Staub, doch der Kaiser hatte seine Frau nach kurzer Zeit aus der Verbannung zurückgeholt. Seitdem, so munkelte man bei Hofe, hasste sie nichts mehr als die Spiele im Kolosseum. Jedes Mal, wenn sie in der Arena bei der Hinrichtung von Verbrechern zusehen musste, dachte sie an ihren Mann und ihren Liebhaber – und vielleicht auch an sich selbst, denn Domitia konnte nie sicher sein, dass ihr Gatte sie nicht doch noch eines Tages den Löwen zum Fraß vorwerfen oder bei lebendigem Leibe begraben lassen würde.

Vor dem Kaiser turnte ein buckeliger Gnom mit grotesk aufgedunsenem Kopf herum wie ein tollwütiger Affe: Spurius, der Possenreißer. Der Zwerg begleitete Domitian seit einigen Jahren zu allen öffentlichen Anlässen, seine Scherze lenkten ihn im Kolosseum ab, wenn die Kämpfe zu langweilig waren, er heiterte ihn bei Festmählern auf, die bis weit in die Nacht hinein gegeben wurden, bei Audienzen mit ausländischen Gesandten zog er Grimassen und imitierte die gutturalen Dialekte fremder Völker.

Hinter dem Imperator stand mit finsterer Miene Crispinus, der ägyptische Anführer der ansonsten aus Germanen bestehenden Leibgarde Domitians. Neben ihm hatten sich die beiden Praetorianerpraefekten Petronius Secundus und Norbanus aufgebaut. Ihre blank polierten Brustpanzer und Helme blitzten silbern auf, wenn sie sich umwandten, um ihren Männern Befehle zuzuflüstern.

Neben der kaiserlichen Loge bauschten sich, Gewitterwolken gleich, blütenweiße, teure Gewänder im Wind: Direkt über der Arena saßen die Senatoren in ihren weißen Togen und, streng von ihnen abgetrennt, in züchtig über den Kopf geschlungenen Stolen die Vestalinnen – die einzigen Frauen neben den Damen der kaiserlichen Familie, die das Recht genossen, dem Sterben der Gladiatoren aus nächster Nähe zusehen zu dürfen.

Noch aber war es nicht so weit.

In der Mittagszeit hatten sich viele Zuschauer bei fliegenden Händlern mit Brot und Fleischbällchen versorgt und tranken aus kleinen irdenen Flaschen Wasser oder Wein. Trotzdem ging das Spektakel weiter. Die Menge johlte, als die Noxii in die Arena getrieben wurden: zwanzig Männer und eine Frau, alle nackt bis auf einen kleinen Lendenschurz. Geblendet vom plötzlichen Sonnenlicht, stolperten sie aus ihren Verließen unterhalb des Kolosseums hinaus auf den gelben Sand. Ihnen baumelten hölzerne Tafeln um den Hals, die ihre Verbrechen auflisteten. »Kindermörder« würde darauf stehen oder »Giftmischerin«, »Aufrührer«, »Hochverräter«. Oder »Christ«.

Früher hatte ich nie sehr auf die Hinrichtungen geachtet, sie langweilten mich. Die Verurteilung ad bestias war eine besonders ehrlose Art der Hinrichtung, vergleichbar nur mit der Kreuzigung und dem Verbrennen bei lebendigem Leibe. Erst jetzt, da ich Christen kennen gelernt hatte, fragte ich mich, ob dort unten wieder einer von ihnen durch die Arena irrte. Doch diesmal saß ich nicht auf meinem angestammten Platz nahe beim Geschehen, sondern stand so hoch im Rund, dass ich nicht erkennen konnte, was auf den Tafeln stand.

Die Noxii hatten sich in der Mitte der Sandfläche zusammengedrängt, möglichst weit weg von den eisernen Gittern, die überall in der Umrandung eingelassen waren. Irgendwo aus den Tiefen des Kolosseums erklang ein dumpfes, durch tausend Hallen und Korridore verstärktes Grollen, und die Zuschauer schrien auf vor Begeisterung: das Grollen der Löwen.

Ich fragte mich zum ersten Mal in meinem Leben, wie es dort unten jetzt sein musste: geblendet von der Mittagssonne und dem grellen Sand, fast taub vom Brüllen der Fünfzigtausend und halb wahnsinnig vor Angst. Würden die da unten zu ihren Göttern flehen? Konnten sie überhaupt noch einen klaren Gedanken fassen?

Plötzlich rauschten an den vier Achsen des Kolosseums Gitter hoch. Zwei Löwenmännchen und zwei Leoparden schlichen geduckt in die Arena, verwirrt und wütend. Die Löwen brüllten wieder, die Leoparden fauchten so böse, dass ich selbst ganz oben auf meinem Rang erschrocken zusammenfuhr. Alle vier waren so ausgehungert, dass die Rippen an ihren Flanken deutlich hervortraten. Vorsichtig strichen sie am Rand der Arena entlang – es war, als würden sich die vier Raubkatzen eher gegenseitig belauern, als ihre Beute zu fixieren.

Die Menge wurde an diesem Tag schnell ungeduldig. Wahrscheinlich waren die Kämpfe im Vorprogramm schon enttäuschend verlaufen. Deshalb stürzten einige Bestiarii in die Arena, als die ersten Zuschauer schimpften und Fleischbällchen und Kissen hinabwarfen: kräftige, bärtige Sklaven in hellen, dick wattierten Gewändern, die sie gegen Bisse schützen sollten. Sie schwangen lange Spieße und knallten mit Peitschen. Mit Stichen und Hieben trieben sie die Raubkatzen vom Rand der Arena ins Innere und machten sie dabei noch wütender.

Dann nahm der erste Löwe Witterung auf.

Er blieb plötzlich stehen, hob den Kopf und wandte sich dann zum ersten Mal den fast nackten Menschen in der Mitte des Kolosseums zu. Ein beifälliges Raunen lief durch die fünfzigtausend, dann wurde es in dem riesigen Oval plötzlich ganz still. Die Bestiarii zogen sich eilig in kleine Verschläge am Rand der Arena zurück, denn sie hatten ihre Arbeit erledigt und wussten, dass bei dem, was nun gleich kommen würde, ihre Spieße und ihre Schutzkleidung ihnen nicht helfen würden.

Der erste Löwe duckte sich und schlich sich näher an die Menschen heran. Die Noxii wichen vor ihm zurück, doch damit machten sie die anderen drei Raubkatzen auf sich aufmerksam. Ein Leopard fauchte. Neben mir lachte eine halbwüchsige syrische Sklavin und umfasste die Hand ihres ebenso jungen Begleiters.

Dann war es wie ein Tanz: Die Tiere umkreisten ihre Opfer in großen Spiralen, in denen sie ihnen immer näher kamen. Die Menschen in der Mitte wandten sich mal hier-, mal dorthin, ohne aber ausbrechen zu können. Jetzt lachte bereits das halbe Publikum. Auf dem obersten Rang wurden hastig Wetten abgeschlossen: Welche Raubkatze würde den ersten Menschen reißen? Welcher der Noxii würde als Erster fallen?

Noch während sich die Wetter ihre Einsätze zuriefen, wurden sie plötzlich von anderen überbrüllt. Der Todestanz in der Arena war vorüber. Einer der Männer dort unten hatte wohl die Angst und Ungewissheit nicht mehr ertragen, vielleicht hatte er auch die absurde Hoffnung, die anderen zu retten, wenn er sich selbst opferte. Er brach plötzlich aus der Mitte aus und rannte schreiend und mit ausgebreiteten Armen auf einen der beiden Leoparden zu. Das Publikum feuerte ihn johlend an. Die Raubkatze duckte sich, für einen Moment offensichtlich so verwirrt, dass sie sich beinahe zur Flucht gewandt hätte. Doch dann siegte ihr Hunger.

Der Leopard sprang den Heranstürmenden an und grub ihm seine Reißzähne in die Kehle. Mit einem gurgelnden Schrei, der bis auf den letzten Rang des Kolosseums zu hören war, brach der Mann zusammen. Einen Moment lang wälzten sich Mensch und Tier in einer gelben Staubwolke am Boden, dann lag der Körper des Mannes zerfetzt in einer roten Lache. Sein Kopf rollte daneben im Sand.

Die Zuschauer jubelten, besonders laut diejenigen, die auf diesen Leoparden oder diesen Mann gewettet hatten. Dann gab es kein Halten mehr. Die anderen drei Raubtiere hatten ihre Scheu verloren und sprangen die Noxii an, die schreiend auseinander stoben. Die Menschen auf den Rängen brüllten lauter als die Löwen, als die nächsten Noxii mitten im Lauf niedergerissen wurden.

Das Mädchen war jung und flink. Sie schaffte es bis zum Rand der Arena. Es war offensichtlich, dass sie bis unter die kaiserliche Loge laufen wollte, doch zwischen ihr und ihrem Ziel stand einer der Löwen. Sie schaffte es nur bis zum Rang der Vestalinnen, wo sie die Arme hob und irgendetwas schrie, das im allgemeinen Gebrüll unterging. Ihr Körper glänzte vor Schweiß. Ich sah, dass sie schön war. Dann war der Löwe da.

Die Sklavinnen der Vestalischen Jungfrauen hoben blitzschnell große Stofffächer, mit denen sie ihrer Herrin normalerweise Luft zufächelten, damit keine Blutspritzer die weißen Gewänder von Roms würdigsten Frauen beschmutzten.

Nach einiger Zeit stand kein Noxius mehr. Wir sahen zu, wie die Raubkatzen ihre toten Körper zerrissen und sich an ihren Lebern und Herzen satt fraßen. Das war zwar unappetitlich, doch es war selbst für die Bestiarii zu gefährlich, die ausgehungerten, vom Blut wild gewordenen Tiere sofort wieder einzufangen. Außerdem galt es als wirkungsvolle Abschreckung, wenn möglichst viele Römer sahen, wie Verbrecher endeten. Das, was die Löwen und Leoparden schließlich übrig lassen würden, zogen verkrüppelte Sklaven mit eisernen Haken später zum Ufer und warfen es ohne Zeremonie in den Tiber.

Archigenes fasste mich am Arm. »Komm weiter«, rief er. Er musste sich zu mir beugen, damit ich ihn überhaupt verstehen konnte. »Wir müssen endlich jemanden finden, den wir fragen können, bevor es hier oben richtig losgeht.«

Die nächste Stunde verbrachten wir damit, uns durch die johlende Menge zu drängen. Ich wusste nicht, nach wem wir suchten, also bestand meine Aufgabe einzig darin, Ausschau zu halten, dass wir nicht zufällig einem von

Cilix' Männern in die Arme liefen. (Was nur begrenzt nützlich war, denn ich wusste bei den meisten von ihnen ebenfalls nicht, wie sie aussahen.) Archigenes blickte sich nach Veteranen des Krieges in Judaea um, doch es war sehr schwer, in einer Menge jemanden zu entdecken, wenn uns jeder den Rücken zudrehte.

In der Arena war, wie ich durch die Rufe des Publikums und gelegentliche Blicke, die ich zwischen Schultern durchwerfen konnte, feststellte, der Sand inzwischen sauber geharkt worden. Die Gladiatoren waren unter dem Beifall des Volkes einmarschiert und hatten sich dem Kaiser präsentiert. Ihre blitzenden Rüstungen wurden von geschmückten Sklaven hereingetragen und von den Schiedsrichtern überprüft, damit man sicher sein durfte, dass sie scharf waren. Fanfaren schmetterten durch das riesige Oval, dann schwoll das Rauschen einer Wasserorgel an – das Zeichen, dass nun der erste Kampf beginnen würde.

»Calvinus!«, rief Archigenes in diesem Moment und drängte sich rücksichtslos durch die Zuschauer. Mir blieb nichts anderes übrig, als ihm zu folgen. Ich bekam Schläge und Tritte ab, jemand kippte mir Wein über den Arm, weil ich mich vordrängte. Ich befürchtete, dass man Archigenes und mich gleich verprügeln würde, doch als wir es, zerzaust und schwitzend, endlich bis ganz nach vorn geschafft hatten, ließen die Leute von uns ab: Ein älterer, aber immer noch hünenhafter Mann mit kurz geschnittenem, eisengrauem Haar umarmte Archigenes. Die Augen des Mannes waren dunkel unter buschigen Brauen, über seine linke Wange lief eine breite, gezackte Narbe vom Winkel, wo sich Ober- und Unterlippe trafen bis hinter das Ohr. Jeder, der eben noch die Fäuste geschüttelt oder Verwünschungen ausgestoßen hatte, wandte sich eilig ab und tat so, als starre er konzentriert in die Arena.

Dort war ein Retiarius aufgelaufen, ein junger Germane. Ihm gegenüber stand ein Secutor, dessen Helm silbern in der Sonne schimmerte.

»Calvinus Umber«, stellte Archigenes mir den Hünen vor, »ehemaliger Centurio der zweiten Kohorte der zehnten Legion und der Schrecken der römischen Feinde ebenso wie der seiner eigenen Soldaten.«

Der Angesprochene lachte dröhnend und schlug mir zur Begrüßung so fest auf die Schulter, dass ich beinahe in die Knie gegangen wäre. Ich war so verwirrt, dass ich in diesem Moment nicht daran dachte, ihm einen falschen Namen zu nennen, als ich mich vorstellte. Andererseits war ich noch geistesgegenwärtig genug, zu erwähnen, dass ich einst in der Legio XX Valeria Victrix gekämpft hatte. Ich verschwieg ihm allerdings meinen Rang, damit er sich nicht fragte, was ein Equites wie ich hier oben beim einfachen Volk zu suchen hatte.

Calvinus hob anerkennend den Kopf. »Unter Agricola hast du gekämpft«, sagte er, »oben in Britannien. Fragt sich, wer es schlimmer getroffen hatte: Nebel bei euch, Sand bei uns.«

»Dein Feldherr ist später Kaiser geworden, der von Juvenalis nicht«, warf Archigenes ironisch ein.

Der Veteran nickte. »Ja, und es hat mir nicht geschadet.« Dann deutete er nach unten und fragte: »Auf wen habt ihr gewettet?« Ausrufer stolzierten langsam durch die Arena und schrien die Namen der Kämpfer ins Volk. Der germanische Retiarius nannte sich Pugnax, der Kampflustige. Fünfundzwanzig Jahre alt, zwölf Kämpfe, zwölf Siege. Viele Frauen riefen ihm Ermunterungen zu und warfen bunte Bänder nach unten, die jedoch selten auf den Sand der

Arena niedersanken, sondern vom Wind herumgewirbelt wurden wie kleine bunte Vögel und dann irgendwo in den Rängen verschwanden.

Retiarii waren beliebte Gladiatoren, denn es waren die einzigen, deren Gesichter man während der Kämpfe sah. Pugnax trug die übliche Rüstung seines Standes: Lendenschurz, wattierte Gamaschen, einen mit Stoff und Lederbändern dick umwickelten linken Arm und den Galerus, den gewölbten bronzenen Schulterschutz, ebenfalls links. In seiner Rechten hielt er das zusammengefaltete, mit Bleigewichten beschwerte Wurfnetz, in der Linken führte er den mannshohen Dreizack und einen kurzen Dolch. Sein Gesicht war so regungslos, sein Blick so starr, als wäre seine Seele nicht hier im Kolosseum, sondern irgendwo weit außerhalb seines Körpers.

Was in seinem Gegner vorging, konnte niemand erkennen. »Tigris«, schrien die Herolde, »der Tiger«. Ein Syrer, achtzehn Jahre alt, ein Anfänger – dies war sein erster großer Kampf. Auch er trug am Leib nur den Lendenschurz. Doch sein rechter Fuß wurde von einer leichten Ledergamasche geschützt, der linke, den er im Kampf vorstellen würde, gar von einer dicken Bandage aus wattiertem Stoff – ebenso wie sein rechter Arm, der Schwertarm. Links trug er das große rechteckige Schild eines Legionärs mit vergoldetem Bronzedorn in der Mitte und aufgemalten Tigerköpfen an den vier Ecken, in der Rechten führte er das Kurzschwert. Sein Kopf war vollständig unter einem glatten, nur von einem winzigen Kamm bekrönten Eisenhelm verborgen, dessen beide kreisrunde Augenlöcher so klein waren, dass sie keinen Blick auf sein Gesicht erlaubten. Der Secutor sah stets gesichtslos aus, ein fürchterlicher, anonymer Kämpfer, einem Fabelwesen ähnlicher, das einer üblen Laune der Götter entsprungen war, als einem Menschen. Die meisten pfiffen und johlten denn auch, als er in einer theatralischen Geste zur Begrüßung das Schwert hob.

»Ich habe zwanzig Sesterzen auf Pugnax gesetzt«, brummte Calvinus. »Aber das lohnt sich kaum. Die Wetten auf ihn stehen so gut, dass ich kaum einundzwanzig Sesterzen bekommen werde, wenn er gewinnt.«

Auf den ersten Blick hätte man meinen sollen, dass der schwer gepanzerte Secutor den halb nackten, schildlosen Retiarius ohne Schwierigkeiten in Stücke hauen würde. Doch jeder einigermaßen erfahrene Zuschauer wusste, dass der Retiarius beweglicher war. Und je länger der Kampf dauern würde, desto stärker würde der Secutor unter seinem schweren, erstickend geschlossenen Helm ermüden.

Die beiden weiß gewandeten Kampfrichter schritten in die Mitte der Arena. Es waren alte, narbenübersäte Gladiatoren, Veteranen Dutzender von Kämpfen, die später Ausbilder in Gladiatorenschulen geworden waren und nun, zum glorreichen Abschluss ihrer Karriere, die Kämpfe vor den Augen des Kaisers leiten durften. Sie trugen lange Schlagstöcke, mit denen sie zwischen die Kämpfer droschen, wenn einer von ihnen etwa eine versteckte Waffe ziehen sollte. Und wenn ein Gladiator nicht kämpfen wollte, dann ließen sich die beiden von Sklaven dornengespickte Peitschen, Fackeln und rot glühende Zangen reichen, mit denen sie den Mann in die Mitte der Arena zurücktrieben. So etwas kam allerdings sehr selten vor, wenn überhaupt, dann in der Provinz. Vor Domitian kämpften nur die besten Gladiatoren des Imperiums.

Der ältere der beiden Kampfrichter senkte seinen Stock, und das Duell begann.

»Schick ihn in den Hades, Pugnax!«, brüllte Calvinus –

und ich konnte mir vorstellen, dass Legionäre ebenso wie Feinde einst vor dieser Kommandostimme gezittert hatten. Selbst in der tobenden Arena überdröhnte dieser Ruf das heisere Geschrei der Menge. Ich wurde geschoben und getreten, weil die Menschen von hinten näher herandrängten.

Die beiden Kämpfer umkreisten sich langsam. Beide schlichen geduckt und sprungbereit, sie erinnerten mich an Leoparden, die kurz davor waren, ihr Opfer zu reißen. Der Retiarius ließ einen Teil seines Wurfnetzes aus der Hand gleiten, bis dessen unterer Rand einen feinen Strich durch den Sand zog. Er würde versuchen, mit einem schnellen, überraschenden Wurf den Gegner zu fesseln, um ihn dann niederstechen zu können. Bis es so weit war, musste er ihn mit seinem Dreizack auf Distanz halten.

Tigris wusste, dass er irgendwie nahe an den Retiarius herankommen musste. Nur aus nächster Nähe konnte er einen Stich mit dem Gladius führen. Im Nahkampf war er zudem mit seinem großen, metallgespickten Schild dem Gegner überlegen. Er versuchte, Pugnax irgendwie an den Rand der Arena zu drängen.

Plötzlich, in einer Bewegung, zu schnell, als dass ich sie bemerkt hätte, rauschte das Netz durch die Luft, entfaltete sich wirbelnd zu einem mehr als mannsgroßen Geflecht – und schleuderte doch nur ein bisschen Staub auf, als es in den Sand der Arena fiel. Tigris war blitzschnell beiseite gesprungen. Trotz der winzigen Augenlöcher des Helmes, die sein Gesichtsfeld einschränkten, musste er das Netz rechtzeitig gesehen haben. Obwohl ihn seine schwere Rüstung behinderte, war er im rechten Moment ausgewichen. Ein weiterer katzenartiger Sprung, und er stand zwischen Pugnax und dessen weggeworfenem Netz.

Das Publikum jubelte. Der Anfänger war besser als gedacht, der Kampf würde nicht so schnell vorüber sein, wie viele befürchtet hatten.

»Den hättest du in Judaea brauchen können«, schrie Archigenes über den Lärm hinweg dem alten Centurio zu. Er hatte nicht vergessen, warum er hierher gekommen war.

Calvinus nickte, machte aber zugleich eine beschwichtigende Geste. »Durch schnelles Weglaufen allein hat noch keiner einen Kampf gewonnen.«

Pugnax war einige Schritte zurückgewichen und hatte den Dreizack von seiner Linken in die Rechte geworfen. Tigris duckte sich, bis sein Kopf fast hinter dem großen Schild verschwunden war, dann stürmte er los und stach mit dem Kurzschwert zu.

Einige Frauen schrien, weil sie den jungen Germanen schon getroffen wähnten, doch der war im letzten Moment nach rechts weggesprungen, sodass der Stoß seines Gegners ins Leere ging. Das Schauspiel wiederholte sich noch zweimal, beide Male hieb der Secutor nur Löcher in die Luft.

»Pugnax macht ihn müde«, kommentierte Calvinus. »Und dieser Idiot merkt nicht einmal, wie er seine Kraft vergeudet. Wie die Juden.«

Ich wurde hellhörig. »Was meinst du damit?«

Der alte Centurio starrte unverwandt nach unten auf den Kampf in der Arena, doch er antwortete mir. »Anstatt sich irgendwo in der Wüste in ihrer von allen Göttern verlassenen Provinz zu verstecken und uns herumrennen zu lassen, haben die Aufständischen uns immer wieder angegriffen, obwohl sie uns in offener Schlacht nicht besiegen konnten. So bluteten sie langsam aus, nicht wir. Und irgendwann erging es ihnen wie diesem Anfänger da unten jetzt auch: Sie waren müde geworden und damit unbeweglich. Und dann standen sie einfach da und warteten auf den Gegenangriff von uns.«

Die Bewegungen von Tigris waren langsamer geworden. Ich, der ich selbst einmal in der Legion gekämpft hatte, konnte mir vorstellen, wie er sich fühlte. Das linke Bein und der rechte Arm schmerzten, weil man im Kampf ständig gegen den bronzeverstärkten Rand des eigenen Schildes stieß. Die dicke Polsterung würde nicht verhindert haben, dass Schienbein und Unterarm jetzt grün und blau gestoßen waren. Die rechte Hand, die das Schwert umklammert hielt, schmerzte. Der linke Arm, der den Schild halten musste, wurde schwer. Unter dem massiven Helm musste dem jungen Syrer der Schweiß hinabrinnen, als hätte man dort einen salzigen Schwamm ausgedrückt. Die Luft war trocken und staubig vom Sand der Arena. Der Durst musste so übermächtig sein, dass man sich in diesem Augenblick für einen einzigen Schluck Wasser für zehn Jahre in die Sklaverei verkauft hätte.

Pugnax dagegen wirkte, zumindest für uns hier auf den obersten Rängen, so frisch, als hätte er sich nach einem langen Schlaf gerade erst von seiner Liege erhoben. Es sah so aus, als würde er dem Secutor etwas zurufen. Es war ein beliebter und erlaubter Trick, den müden Gegner durch Schimpfworte zu reizen, um ihn zu einer unbedachten Bewegung zu provozieren. Aber was er genau rief, das ging im Toben der Menge unter.

»Ich erinnere mich«, fuhr Calvinus fort, »dass wir ein kleines Kaff namens Jericho eroberten. Das war elf Tage vor den Kalenden des Juli, es war so heiß, dass wir auf den Steinen Fleisch hätten braten können. Aber die wenigen Verteidiger waren so erschöpft, dass sie vor uns nicht einmal davongelaufen sind. Wir haben sie einfach umgemäht wie hohes Gras.«

Der Centurio spuckte verächtlich vor seine Füße. »Poppaeus ließ uns die Stadt drei Tage lang plündern, um uns bei Laune zu halten. ›Sonst macht das Kämpfen keinen Spaß mehr‹, hat er behauptet. Und er hatte Recht. Wenn du keinen ebenbürtigen Gegner hast, dann fühlst du dich irgendwie entehrt.«

»Quintus Poppaeus?«, fragte ich und übersah geflissentlich den warnenden Blick, mit dem mich Archigenes bedachte. »Ich kannte jemanden in der Legion, der mal unter Poppaeus gedient hatte. Er muss ein Draufgänger gewesen sein, einer von Vespasians besten Feldherren. Ich frage mich, was aus ihm geworden ist.« Mein Freund bedeutete mir mit einer Geste, dass er mir am liebsten die Kehle durchschneiden würde, doch ich hatte Calvinus richtig eingeschätzt: Der alte Centurio wurde nicht misstrauisch. Zu viel von seiner Aufmerksamkeit wurde vom Kampf in Anspruch genommen.

Doch bevor er antworten konnte, steigerte sich der Lärm des Volkes, bis das Gebrüll in den Ohren schmerzte. Pugnax hatte mit dem Dreizack zugestoßen. Tigris hatte sofort reagiert. Die eisernen Spitzen des Dreizacks schlugen Funken an seinem Schild. Der Retiarius hatte versucht, mit einem Stoß unterhalb des Schildrandes die Beine seines Gegners zu treffen. Wäre dieser in seiner schweren Rüstung zu Boden gegangen, wäre er so unbeweglich, dass ihm Pugnax leicht einen entscheidenden Stich hätte versetzen können.

Immer wieder stieß der Retiarius jetzt mit dem Dreizack vor wie eine Giftschlange, deren Kopf pausenlos vorschnellt. Tigris hatte zunehmend Mühe, die Attacken zu parieren. Er riss den schweren Schild hin und her und ermüdete dabei immer stärker. Er sprang beiseite, sodass es aussah, als hüpfe er herum, weil ihm eine Maus zwischen die Füße gelaufen war. Das sah so komisch aus, dass viele lachten und sie auf einem Rang weiter unter uns ein Tanzlied anstimmten, das seit einigen Wochen auf den Gassen der Subura populär war.

Dann kreischte neben mir eine Frau so laut, dass ich einen Augenblick lang nichts mehr hörte. Der Kampf war vorbei.

Pugnax hatte mit seinen ständigen Attacken auf die Beine seinen Gegner nur täuschen wollen. Wieder war er vorgestoßen – doch diesmal hatte er im letzten Moment den Dreizack gehoben. Tigris aber hatte, weil er einen neuen Angriff von unten erwartete, den Schild gesenkt. Deshalb fuhr der Dreizack seines Gegners dicht über dem Schildrand durch seine Deckung und traf den glatten, schweren Helm. Normalerweise wäre die Waffe dort abgerutscht, doch Tigris hatte Pech: Der äußere linke Zacken traf genau ein Augenloch und drang dort tief ein.

Der Secutor gab keinen Laut von sich, doch er ließ das Schwert fallen und taumelte rückwärts. Als Pugnax den Dreizack mit einem Ruck wieder herauszog, schoss hellrotes Blut aus dem Helm. Tigris knickte in die Knie und sank dann langsam in den Sand.

»Habet! Habet!«, schrien fünfzigtausend. »Der hat es! Der hat es!«

Doch der Secutor lebte noch. Er wälzte sich im Sand, dann hob er mit letzter Kraft die Rechte und streckte den Zeigefinger aus – das Zeichen, dass er aufgab und sich auf Gnade oder Ungnade auslieferte. Die Kampfrichter traten zwischen ihn und den Retiarius und blickten zum Kaiser.

Domitian stand auf, sodass jeder sehen konnte, dass er sich seinerseits dem Volk von Rom zuwandte. Die Menge jubelte. Ein paar schwenkten Tücher, als Zeichen, dass sie Gnade erbaten. Doch die meisten waren von Tigris enttäuscht.

»Iugula!«, schrie die Frau neben mir. »Stich ihn ab!« Der Ruf pflanzte sich tausendfach fort durch das Oval. »Iugula! Iugula! Iugula!« Die Menschen streckten die Rechte aus, den Daumen nach unten.

Domitian winkte gravitätisch, dann wandte er sich wieder den Kampfrichtern zu. Er senkte den Daumen.

Die beiden alten Gladiatoren in ihren weißen Gewändern traten zurück. Pugnax kam langsam auf seinen gefallenen Gegner zu, der sich nicht mehr rührte, aber mit seinem unzerstörten Auge zweifellos die Entscheidung des Kaisers gesehen hatte. Der Retiarius rammte den Dreizack mit den Spitzen in den Sand, dann nahm er den Dolch in die Rechte. Er kniete sich über Tigris – und stach ihm mit dem Dolch unterhalb des Helmrandes in den Hals. Triumphierend erhob er sich wieder und präsentierte Kaiser und Volk die blutige Klinge.

Der Lärm im Kolosseum war so gewaltig, dass ich glaubte, mein Schädel würde zerspringen.

Während Sklaven in die Arena eilten, um den Körper des Tigris auf einer verhangenen Bahre hinauszutragen (in einem Kellergewölbe des Kolosseums würden sie ihn entkleiden und, um ganz sicherzugehen, dass kein Leben mehr in ihm war, ihm die Kehle durchschneiden, bevor sie ihn für ein Begräbnis fertig machten), schritt Pugnax langsam bis vor die Loge des Kaisers und grüßte den Herrscher mit erhobener Hand. Domitian nahm einen Palmzweig aus einer silbernen Schüssel und reichte ihn einem Praetorianer – und dieser wiederum beugte sich hinab in die Arena und übergab das Zeichen des Sieges an den Retiarius. Ein paar Tausend Sesterzen, die er als Siegespreis ohne Zweifel auch gewonnen hatte, würden ihm später überreicht werden. Noch einmal brandete Jubel auf, als der Gladiator seine Waffen und den Palmzweig hob und langsam eine Ehrenrunde durch die Arena schritt. Viele Frauen warfen kleine bunte Stofftücher zu ihm hinab; auf manchen würden Namen eingestickt sein und eindeutige Angebote.

Während Sklaven den Sand harkten und die Waffen des gefallenen Secutors einsammelten, schickte Domitian eine Hundertschaft seiner Diener durch die Reihen des Publikums. Sie schleppten kleine irdene Amphoren und sprengten aus ihnen stark duftendes Lavendelwasser in die Menge, das den Menschen Erfrischung bringen sollte. Zwar war es um diese Jahreszeit im riesigen Oval nicht so heiß wie im Hochsommer, doch wenn in der Erregung des Kampfes einige zehntausend Menschen schwitzten und sich der eine oder andere gar benässte, dann war diese kaiserliche Großzügigkeit allemal willkommen. Domitian, das musste ich verbittert anerkennen, mochte bei den Mächtigen gefürchtet und verhasst sein, das Volk aber liebte ihn für seine prachtvollen Spiele.

Calvinus hatte sich bei einem fliegenden Händler ein in Eichenblättern gebratenes Fleischbällchen und einige heiße Maronen gekauft und seine einundzwanzig Sesterzen auf einen neuen Gladiator gesetzt, während wir auf den nächsten Kampf warteten. »Poppaeus war ein harter Hund«, sagte er unvermittelt. Ich hatte schon gedacht, er hätte unser Gespräch vergessen und ich müsste mir die Mühe machen, erneut unauffällig auf den alten Feldherrn zu sprechen zu kommen.

»Er war ein guter Kämpfer, aber das war nicht sein größter Ehrgeiz, das spürte man«, fuhr der ehemalige Centurio fort. »Keiner, der in der Legion ist, weil er den Krieg liebt. Sondern eher, weil er Karriere machen will. Tapfer, um Eindruck zu schinden, wenn du verstehst, was ich meine.«

Ich nickte. Poppaeus war mit der zweiten Gattin Neros verwandt, einer der berüchtigtsten Frauen Roms. Da tat man gut daran, sich beizeiten um einen untadeligen Ruf zu kümmern, um nicht ein Opfer der Launen des Schicksals oder der Thronwechsel zu werden. Und wo könnte man besser zu einer glänzenden Reputation kommen als in der Legion? Ich selbst hatte ja schließlich aus ebendiesem Grund ebenfalls in der Armee gedient.

»Im Grunde seines Herzens war Poppaeus faul und feige«, sagte Calvinus, »was ihn, nebenbei gesagt, zu einem guten Feldherrn machte. Niemand, der unnötige Risiken einging. Wegen seiner Faulheit sehnte er sich nach einem Leben in Müßiggang, seine Feigheit gebot ihm allerdings, das Wagnis des Nichtstuns erst auf sich zu nehmen, wenn er sich um Sesterzen und Politik keine Sorgen mehr zu machen brauchte. Und irgendwie ist ihm das auch gelungen.«

»Und wie?«, fragte Archigenes, der jetzt ebenfalls weniger vorsichtig wurde. Die Kampfrichter führten die nächsten beiden Kämpfer in die Arena, zwei schwer gepanzerte Gladiatoren: Murmillo und Thraex, die mit ihren reich verzierten Visierhelmen wie Wesen aus der Unterwelt wirkten. Der alte Centurio starrte wieder hinunter auf den Sand.

»Keine Ahnung«, antwortete Calvinus. »Einige Tage nach Jericho haben wir eine Art Festung erobert. Oder eher eine Tempelstadt, in der Männer lebten, die den Juden als besonders heilig galten. Ich habe vergessen, wie man sie nannte.«

»Essener?«, fragte ich.

Calvinus sah mich erstaunt an. Archigenes gab mir einen Tritt gegen das Schienbein. Doch der ehemalige Legionär nickte schließlich nur und wandte sich dann wieder der Vorstellung der beiden Gladiatoren zu.

»Ja, Essener«, bestätigte er. »Seltsame Sekte – haben nicht einmal gekämpft, und nur ganz wenige sind weggelaufen und haben sich irgendwo in den Wüstenbergen versteckt. Wir haben sie nie gefunden, wahrscheinlich sind sie verdurstet. Die Übrigen haben uns im Namen ihres Gottes verflucht und waren offensichtlich maßlos enttäuscht, dass daraufhin kein Feuer vom Himmel fiel oder sich die Erde auftat.«

Er lachte in der Erinnerung und schüttelte den Kopf. »Poppaeus ließ uns plündern, doch da war nicht viel zu holen. Das war geradezu provozierend. Ich meine, normalerweise konntest du selbst im ärmsten jüdischen Bauerndorf ein paar Sesterzen oder Silberschekel finden oder einen bronzenen Leuchter oder eine kleine Kiste aus Elfenbein oder Zedernholz. Da aber gab es nichts, außer den Töpfen in ihrer Küche, ein paar Lederriemen und Holzfässern und einigen Buchrollen, die niemand lesen konnte. Die Schrift sah aus, als wäre ein Huhn zuerst in ein Tintenfass gefallen und dann über den Papyrus stolziert. Poppaeus hat sich persönlich auf die Suche gemacht, weil er nicht glauben wollte, dass hier so wenig zu holen sei.«

»Und die Essener?«, wollte ich wissen.

»Wir haben ein paar von ihnen gefoltert, aber nichts aus ihnen herausholen können. Die haben uns nur verflucht. Seltsames Volk.«

»Und was habt ihr dann mit ihnen gemacht?«, fragte ich.

Der alte Centurio lachte wieder. »Nach ein paar Tagen kam Vespasian persönlich vorbei. Hinter der Tempelstadt liegt ein riesiger Salzsee, den er unbedingt sehen wollte.

Man sagt, dass sein Wasser salziger sei als irgendwo sonst auf der Erde. Vespasian wollte das ausprobieren. Er ließ die Essener fesseln und mit Booten hinausrudern. Dann haben wir sie ins Wasser geworfen, um zu sehen, ob sie oben schwammen.«

Er schloss für einen Moment die Augen und erinnerte sich. »Sie trieben tatsächlich auf den Wellen wie trockenes Holz. Nie habe ich so etwas gesehen. Hat ihnen allerdings auch nichts genützt. Wir drehten sie mit langen Spießen so lange im Wasser, bis alle mit dem Gesicht nach unten im Salzsee trieben. So sind sie alle ertrunken, obwohl sie nicht untergehen konnten.«

Calvinus Umber riss seinen Blick noch einmal von den Gladiatoren los, die sich nun kampfbereit geduckt hatten. »Doch wirklich seltsam an dieser von allen Göttern verlassenen Tempelstadt war, dass so viele Essener hier gelebt hatten. Über eintausend haben wir in den Salzsee geworfen. Über eintausend – und wir haben nicht einen Schekel gefunden ...« Seine Stimme verlor sich.

»Nun, vielleicht stimmt das nicht. Denn noch seltsamer war, dass ausgerechnet dieser erbärmliche Ort der letzte Triumph des Poppaeus geworden ist. Am Tag als wir von dort weiterzogen, fühlte er sich plötzlich fiebrig und blieb mit seinen Sklaven und einer kleinen Leibgarde zurück. Wir bekamen einen neuen Feldherrn und kämpften uns weiter durch Judaea. Poppaeus selbst sahen wir in der aufständischen Provinz nie wieder. Der blieb noch einige Tage am Salzsee und kehrte dann nach Rom zurück. Und lebte hier fortan ganz plötzlich in Reichtum und Müßiggang, so erzählt man sich zumindest. Wirklich seltsam. In der Legion ging das Gerücht um, dass die Essener doch einen Schatz gehabt haben mussten – einen Schatz, den unser Feldherr selbst gefunden und niemandem gemeldet hatte.

Vielleicht waren es die Schekel der Essener, die Poppaeus das süße Leben irgendwo in Süditalien bezahlt haben. Später habe ich kaum noch an ihn gedacht. Wir haben Jerusalem erobert und geplündert, wie wir nie wieder eine Stadt geplündert haben. Dann kam der Bürgerkrieg, und Vespasian wurde Kaiser. Ereignisreiche Zeiten.«

Das Publikum schrie auf, als der Murmillo gleich mit seinem ersten Stoß seinen Gegner an der linken Schulter verletzte.

»Sieht so aus, als würde ich meine einundzwanzig Sesterzen verlieren«, brummte Calvinus.

»Hast du Poppaeus nach dem Krieg in Judaea je wieder gesehen?«, fragte ich. Ich musste brüllen, um mich verständlich zu machen, denn in diesem Moment konterte der Thraex mit einem Stich in den rechten Oberschenkel des Murmillo.

Calvinus schüttelte den Kopf. »Poppaeus ließ sich ja in Rom fast nie blicken. Ich weiß nur, dass er irgendwo nach Süditalien ans Meer gezogen sein soll. Er kaufte sich dort angeblich eine riesige Bibliothek zusammen. Das war sein Ersatz für eine Familie und für Freunde, nehme ich an. Ich weiß nicht, wann Poppaeus gestorben ist. Irgendwann habe ich nur gehört, dass er nicht mehr auf dieser Welt sein soll.

Wenn heute überhaupt noch jemand lebt, der ihn näher kannte, dann dieser Schreiberling und kluge Anwalt: Plinius. Der alte Gaius Plinius war ein großer Gelehrter. Man sagt, dass er viele Stunden in der Bibliothek des Poppaeus verbracht hat. Sein Adoptivsohn soll ihn oft begleitet haben. Wenn jemand heute noch etwas über Poppaeus weiß, dann Plinius.«

Natürlich wollte ich noch mehr herausfinden, doch plötzlich wurde es wieder zu laut für eine Frage. Ich bekam Stöße und Tritte, als sich alle näher an den Rand drängten. Unten hatten beide Gladiatoren ihre Schilde verloren und wälzten sich nun ringend im Staub, wobei jeder den Schwertarm des anderen mit der freien Hand umklammert hielt.

»Habet! Habet!«, schrie Calvinus und achtete nicht mehr auf uns.

Archigenes machte mir ein Zeichen, an die Rückseite zu gehen.

Wir drängten uns aus der Menge, ohne uns von dem alten Centurio zu verabschieden.

»Was hältst du davon?«, fragte Archigenes, als wir uns im Schatten einer Säule am Außenrand des obersten Ranges niederließen. Durch ein kleines Fenster hatte man von hier aus einen fantastischen Blick über das Forum Romanum bis zum Capitol mit seinem prachtvollen Jupiter-Tempel. Wir hatten uns ein paar Äpfel und saures Brot gekauft.

»Der Schatz der Essener«, murmelte ich. »Das würde einiges erklären. Poppaeus hat ihn damals geraubt, ohne irgendjemandem davon zu erzählen. Dann kommt der Bürgerkrieg, der Vespasian an die Macht bringt. Es gibt Tod und Verfolgung im Reich, bis endlich wieder Ruhe einkehrt. Vespasian muss das von Nero zerrüttete Imperium wieder aufbauen – und Rom dazu, das noch immer die Narben trägt vom Großen Brand. Niemand denkt mehr an den Schatz der Essener.«

»Bis plötzlich zwei von ihnen hier in Rom aufkreuzen«, fuhr Archigenes fort. »Nur die Götter wissen, warum sie so viele Jahre gewartet haben, bevor sie sich hierher trauten. Vielleicht fühlten sie sich erst jetzt wieder stark genug. Vielleicht wollten sie warten, bis Gras über die ganze Sache gewachsen war, um unauffällig Nachforschungen anstellen zu können.«

»Nicht unauffällig genug«, meinte ich und kaute an dem steinharten Brot. »Domitian hat überall seine Spitzel. Gut möglich, dass er von ihnen erfährt, dass Essener in der Stadt sind. Essener? Da wird er sich vielleicht an alte Geschichten erinnern, die ihm sein Vater Vespasian und sein Bruder Titus erzählt haben, die beiden Befehlshaber in Judaea. Gerüchte von einem Schatz. Poppaeus ist längst tot, doch der Kaiser wird schnell herausgefunden haben, wo er gelebt hatte und wie er gestorben ist. Er weiß also, dass sich die Essener nicht mehr am Zerstörer ihres Heiligtums rächen können. Aber was suchen die Essener dann hier? Vielleicht ihren Schatz? Womöglich gar in Rom? Domitian braucht immer Geld. Seine Spiele verschlingen Vermögen. Andererseits ist die Sache so vage, dass man schlecht die Praetorianer mit einer offiziellen Untersuchung beauftragen kann. Halb Rom würde nach einem vergrabenen Schatz suchen, das Chaos wäre unvorstellbar, es käme zu dem, was Domitian mehr fürchtet als alles andere: Unruhe im Volk. Also heuert er Cilix und seine Bande an. Sie sollen sich in aller Stille um die Sache kümmern. Deshalb haben sie uns auf dem Forum Boarium auch eingekreist und nicht einfach abgestochen. Sie wollten uns lebend fangen, um herauszufinden, was wir mit alldem zu tun haben.«

»Und die verdammten Christen, die ebenfalls überall ihre Lauscher haben, hören auch von diesem Schatz«, vermutete Archigenes. »Sie sind ja auch irgend so eine jüdische Sekte. Vielleicht wollen sie ihren Rivalen, den Essenern, auch nur eins auswischen.«

»Es gibt viele ›Vielleichts‹ in unserer Theorie«, murmelte ich.

»Vielleicht hast du Recht«, entgegnete Archigenes grinsend. »Aber eines ist sicher: Wir beide sind nur zufällig dort hineingeraten. Und du wirst da nur wieder heil herauskommen, wenn du herausfindest, was es mit Poppaeus und diesem Schatz auf sich hat. Am besten wäre es, du würdest Domitian persönlich eine nette, alte Holztruhe voller Silberschekel präsentieren. Ich dagegen«, und er lehnte sich zurück, »könnte mich einfach aus der ganzen Angelegenheit verabschieden. Cilix weiß nicht, wer ich bin und wo ich wohne. Ich könnte wieder friedlich leben und mich von der Plackerei und gelegentlichen harmlosen kleinen Diebstählen ernähren.«

»Könntest du nicht«, brummte ich. »Cilix mag von dir noch nichts wissen, doch die Christen kennen dich.«

»Du hast vergessen, dass die Christen Gewalt verabscheuen. Und sie können ja schlecht zum Kaiser rennen und mich denunzieren. Dann würden sie selbst mit einem Schild um den Hals in der Arena enden.«

Archigenes machte eine beschwichtigende Geste. »Ich habe mir tatsächlich nach der Nacht bei diesem weibisch duftenden Salbenmischer überlegt, was ich hier eigentlich mache. Warum tue ich mir das an? Wäre es nicht besser, dich einfach mit einem Fußtritt aus der Insula Felicles zu befördern?«

»Warum tust du es nicht?«

»Vielleicht mag ich dich«, sagte Archigenes.

Ich lachte. »Schon wieder ein ›Vielleicht‹! Erzähl mir nicht, dass du deinen Hals riskierst, weil ich so schöne dunkle Augen habe.«

Archigenes lachte nun auch. »Nein, das würde mir auch niemand glauben.« Dann wurde er wieder ernst.

»Der Schatz!«, flüsterte er. »Wenn wirklich irgendetwas an dieser Geschichte dran ist, dann wartet irgendwo ein Haufen Gold und Silber auf uns.«

»Vielleicht«, sagte ich trocken.

»Vielleicht«, stimmte er mir lachend zu. »Das Risiko ist es auf alle Fälle wert: Wenn wir etwas finden, dann kann ich die Frau, die ich liebe, endlich freikaufen. Und die Sesterzen für ein Landgut habe ich obendrein. Dann wäre ich endlich wirklich frei!«

»Du hast ein gutes Ziel«, gab ich zu, nicht ohne eine Spur Neid in der Stimme. »Ich will nur meine Haut retten.«

»Das ist schon mal nicht schlecht für den Anfang«, kommentierte mein Freund.

»Und was machen wir jetzt?«, wollte ich wissen. »Plinius ist der Einzige, der uns momentan weiterhelfen könnte.«

»Vielleicht«, unterbrach mich Archigenes und grinste.

Ich ließ mich nicht beirren. »Ich kann schlecht zu Plinius gehen und ihm einfach ein paar Fragen stellen. Der wird vor Schreck sterben – oder mich an den Kaiser verraten.«

»Wir müssen an ihn herankommen, ohne dass er uns erkennt.« Plötzlich hatte ich eine Idee. »Die Saturnalien!«, rief ich. »Eine große Orgie, alle sind betrunken, Hunderte sind in den Häusern der Reichen, die meisten davon verkleidet, Fackeln erhellen kaum die dunklen Räume, damit man sich ungestört vergnügen kann. Auch Plinius wird ein Fest geben, wie jedes Jahr. Zu später Stunde wird er nicht mehr nüchtern sein. Wir müssten uns verkleiden, dann kämen wir an ihn heran ohne dass er uns erkennt.«

»Ein genialer Einfall«, sagte Archigenes und nickte anerkennend.

»Das Problem ist nur: Wie kommen wir überhaupt bei Plinius herein?«, fragte ich mich laut. »Der Janitor wird niemanden einlassen, den er nicht kennt.«

Archigenes lachte. »Wir brechen ein, wenn die Orgie schon begonnen hat. Dann mischen wir uns unauffällig unter die Gäste.«

»Hat dir Jupiters Blitz das Gehirn verbrannt?«, rief ich halblaut. »Ich bin noch nie irgendwo eingebrochen!«

»Aber ich«, erwiderte mein Freund kühl. »Das kannst du unbesorgt mir überlassen.«

»Das gefällt mir nicht«, brummte ich, doch mir fiel kein besserer Vorschlag ein.

»Die Saturnalien beginnen erst in einem Monat«, sagte Archigenes. »Du kannst selbstverständlich so lange in der Insula Felicles bei mir wohnen.«

Dann blickte er mich plötzlich schadenfroh an. »Und tagsüber werden wir uns ein paar Asse als Lastenträger im Hafen verdienen, damit wir über die Runden kommen. Außerdem wird Cilix niemals auf die Idee kommen, dass ein Höfling Domitians unter Olivenölamphoren und Weizensäcken schwitzt!«

»Das ist noch ein dämlicher Vorschlag!«, fluchte ich. Doch ein besserer fiel mir auch hier nicht ein.

XV. Tag vor den Kalenden des Januar

Saturnalien

Wer hätte gedacht, dass Sklavenarbeit mir gut tun würde? Denn das war die Schlepperei von Amphoren und Säcken im Hafen eigentlich: Sklavenarbeit. Doch es war für die Reeder und Händler inzwischen günstiger, Männer für ein paar Asse am Tag anzuheuern, als Sklaven zu kaufen. Wenn ein Tagelöhner krank oder alt wurde, bekam er einfach keinen Lohn mehr; Unfreie dagegen mussten von ihren Herren aufgezogen oder gekauft und anschließend auch in schlechten Zeiten durchgefüttert werden. Und da Rom Zehntausende aus allen Provinzen anzog, so arm und verzweifelt, dass sie jede Arbeit annehmen würden, blieb der Lohn niedrig.

Einen Monat lang lebte ich bei Archigenes, wankte jeden Morgen müde die Stiege hinunter – die Nachbarn in der Insula Felicles hatten sich inzwischen an meinen Anblick gewöhnt, die meisten grüßten, ohne mich noch neugierig anzustarren – und ging zum Hafen. Dort schleppte ich bis zum Anbruch der Dunkelheit die Schätze des Imperiums in die großen Horreae. Es gab Tage, da verätzte mir Salz aus dem nördlichen Meer die Haut an der Schulter, oder grobe Wolle aus Britannien scheuerte mir den Nacken auf, an anderen dagegen umhüllte mich eine Wolke aus Kardamom oder Ingwer.

Nach einiger Zeit wurde mir vom Vorarbeiter wenigstens der normale erbärmliche Lohn gezahlt, denn ich trug nicht mehr weniger als die anderen, war nie betrunken und stahl nichts aus beschädigten Leinensäcken oder angebrochenen Truhen. Meine Hände schmerzten und wurden schwielig, meine Haut wurde dunkler, obwohl die Wintersonne schwach war und es meist regnete. Doch mein Bauch war verschwunden, und meine Muskeln waren wieder so hart wie zu der Zeit, als ich in der Legion gekämpft hatte. Die fröhliche Lusitanierin, die zwei Stockwerke unter uns wohnte und drei Kinder von drei verschiedenen Männern hatte, fragte mich eines Tages im Treppenhaus, ob ich nicht zu ihr ziehen wollte.

Doch ich hatte nur freundlich den Kopf geschüttelt und abgelehnt. Sie sah gut aus, trotz ihrer drei schreienden Söhne und ihrer Arbeit in einer der Gerbereien von Transtiberim. Früher hätte ich ein Liebesabenteuer, das sich mir so einfach, ganz ohne das von Ovid verherrlichte mühevolle Werben darbot, nicht ausgeschlagen. Nun aber musste ich Tag und Nacht an die Frau denken, deren Namen ich nicht kannte und von der ich nur vermuten konnte, dass sie Essenerin war.

Wo mochte sie sein? Beobachteten sie und der Alte mich? Manchmal blieb ich unvermittelt auf der Gasse stehen und drehte mich um oder rannte gar ein paar Schritte zurück. Ein- oder zweimal war ich auch trotz meiner Müdigkeit auf dem Rückweg nach getaner Arbeit unvermittelt in Seitengassen gesprungen und losgerannt durch das Gewirr der Insulae, in dem ich mich immer besser auskannte. Nichts. Niemand verfolgte mich, zumindest niemand, den ich bemerkt hätte.

Warum auch? Sollten uns die beiden Essener folgen (wenn sie denn dieser Sekte angehörten) oder die Christen (was ich fast sicher glaubte, auch wenn ich nie herausbekam, wer in der Insula Felicles diesem verbotenen Glauben anhing), würden Archigenes und ich ihre Geduld auf eine harte Probe stellen. Einen Monat lang taten wir genau das, was Tausende von Römern täglich tun, und nichts von alldem gab ihnen einen neuen Hinweis auf den ermordeten Essener oder den verschwundenen Mann.

Archigenes behielt glücklicherweise auch in einem anderen Punkt Recht: Niemand von Cilix' Männern lauerte uns je auf. Manchmal, wenn wir abends in einer Taverne bei saurem Wein und hartem Brot zusammensaßen, lachten wir, weil wir uns vorstellten, dass die Kapuzenmänner noch immer durch die stinkenden Kloaken und das nicht minder atemberaubende Transtiberim streiften, um unsere Spur wieder aufzunehmen.

»Sie haben uns für immer verloren«, sagte Archigenes an einem Abend und prostete mir zu.

Und doch hatte ich stets den Eindruck, dass mich jemand beobachten würde.

Nach einem Monat war endlich der Tag der Saturnalien gekommen. Unsere Ahnen ehrten mit dieser Feierlichkeit zu der Zeit, da sie das winterliche Getreide aussäten, Saturn, den Gott des Ackerbaus. Sie begnügten sich mit einem großen Gelage vor seinem Tempel. Heute, da es viele Römer gibt, die in ihrem Leben noch nie einen Acker gesehen, geschweige denn selbst den Pflug geführt oder die Sense geschwungen haben, feiern wir sieben Tage lang: Eine Orgie der Ausgelassenheit, der derben Späße, des Glücksspiels, das nur an diesen sieben Tagen legal ist, des Rausches. »Madidi dies« hatte Martialis dieses Treiben vor kurzem genannt, »feuchte Tage«. Nur dann durften Sklaven wie gleich neben gleich auf den Liegen im Triclinium neben ihren Herren schmausen und sie sogar gefahrlos verspotten und verhöhnen. (Was fast niemand tat: »Non semper Saturnalia erunt – Die Saturnalien werden nicht ewig dauern«, wurde jeder gewarnt, der zu vorwitzig war.)

Für mich waren die Saturnalien, so weit ich mich zurückerinnern kann, immer ein Höhepunkt im Jahresablauf gewesen. Schon als Kind hatte ich Tage damit verbracht, mir Streiche auszudenken und Geschenke auszusuchen, die ich an jenem Fest meinen Eltern und Freunden überreichen würde. Später liebte ich es, in meinem Hause Feiern zu geben. Es gab genug Römer, die ließen sich während der Saturnalien lieber einladen. Zum einen, weil sie glaubten, sich in fremden Mauern eher gehen lassen zu können als im eigenen Heim; zum anderen, weil sie den Tag nach den Saturnalien fürchteten, wenn sie aus ihrem Rausch erwachten und ein Haus vorfanden, das von Grund auf renoviert werden musste. Mich hatte das nie geschreckt. Ich räumte die wertvollsten Schmuckstücke, Götterbildnisse und Vasen zuvor in verschließbare Kammern, dann öffnete ich die Pforte. Ich beschenkte meine Gäste stets großzügig – mal bekam jeder eine frische Muräne vom Markt, mal einen kleinen silbernen Weinpokal, in den sein Name eingraviert worden war –, dann öffneten wir gemeinsam den ersten Weinschlauch. Stets war ich berauscht während dieser Tage, stets verspielte ich ein kleines Vermögen mit dem Würfelbecher, stets wärmte mich ein anschmiegsamer Frauenkörper während der Nächte. (Fast überflüssig zu erwähnen, dass dies selbst während der besten Jahre unserer Ehe selten der meiner Gattin war. Doch die Schrankenlosigkeit der Saturnalien gilt für Männer und Frauen gleichermaßen, also hatten weder sie noch ich je Grund zur Klage.)

In diesem Jahr jedoch beschränkten sich meine Vorbereitungen für die Saturnalien auf einen Thermenbesuch am Nachmittag vor dem Abend, an dem die erste Orgie gegeben werden sollte. Die Bäder waren gedrängt voll, das Volk strömte hinein, um sich zu waschen, die Haare von Tonsores in Locken legen und sich mit Duftwässerchen übergießen zu lassen. Unter der großen Kuppel dröhnten Tausende aufgeregter Stimmen wie im Innern eines gigantischen Bienenstocks.

»Binde dir die Sandalen eng um die Füße«, riet mir Archigenes flüsternd, als wir uns wieder ankleideten.

»Wieso?«, entgegnete ich missmutig, da mich Erinnerungen an frühere Saturnalien plagten. »Zum Essen werden wir sie sowieso gleich wieder ausziehen.«

»Zuvor müssen wir bei Plinius einbrechen. Ich habe keine Lust, erwischt zu werden, nur weil du von der Gartenmauer abrutschst und dabei so viel Lärm machst, dass uns selbst ein betrunkener Sklave bemerkt.«

Auch die Gassen waren voll. Die allermeisten Römer lebten in den Insulae, und die allermeisten von ihnen wiederum wollten nicht in ihren engen, düsteren Wohnungen feiern. Also machten die Wirte das Geschäft des Jahres, da sich Zehntausende zu ihnen drängten. Andere Römer zogen in kleinen oder großen Gruppen, beladen mit Amphoren, Decken, Früchten und gebratenem Fleisch, an das Tiberufer oder neben einen der unzähligen öffentlichen Brunnen, um im Freien zu feiern.

Archigenes und ich drängten uns durch die Menge. Je näher wir dem Esquilin kamen, desto leerer allerdings wurde es. Hier lebten die Reichen, die im Schutz ihrer Hausmauern feierten oder sich von Sklaven auf Sänften zu anderen Orgien hintragen ließen. Archigenes hatte eine Fackel entzündet, denn um diese Jahreszeit war es selbst am späten Nachmittag schon dunkel.

Schließlich erreichten wir unser Ziel. Mein Freund deutete auf einen kleinen Tempel des Hercules, der schräg gegenüber dem Tor zum Stadthaus des Plinius stand.

»Wir warten dort«, flüsterte er. »Wir sehen jeden Gast, der kommt. Wenn auch der letzte Nachzügler eingetroffen sein wird, werden wir noch eine Zeit lang warten, dann statten wir Plinius unseren Besuch ab.«

Während wir uns vor den Füßen einer mannshohen, marmornen Statue des Hercules niederließen, löschte Archigenes die Fackel. Als ihr Kopf erkaltet war, strich er Ruß vom Holz und rieb sich damit das Gesicht ein. Dann bedeutete er mir, es ihm nachzutun.

Widerwillig schmierte ich mich ein. Es war ein beliebter Scherz der Sklaven, die an den Saturnalien viele Freiheiten genossen, ihre Herren mit Ruß oder anderen schwarzen Stoffen einzuschmieren. Jeder würde denken, dass wir zwei Römer wären, denen genau dieses widerfahren war. Unsere geschwärzten Gesichter hatten aber eigentlich den Zweck, uns in der Nacht fast unsichtbar zu machen. Außerdem verbargen sie einigermaßen meine Züge, sodass, hoffte ich zumindest, niemand im Hause des Plinius, nicht einmal der Hausherr selbst, mich im Durcheinander des Festes erkennen würde. Dafür nahm ich gerne in Kauf, dass meine Haut bald kratzte, als trüge ich ein grobes Wolltuch über dem Gesicht, und dass ich nichts anderes mehr roch als den Gestank von erkaltetem Ruß.

Da Pünktlichkeit nicht gerade die größte Tugend des Römers war, schien es mir so, als müssten wir die halbe Nacht in dem düsteren kleinen Heiligtum warten, und noch immer wurde wieder ein Nachzügler bei Plinius eingelassen.

»Ich könnte langsam selbst einen Schluck Wein gebrauchen«, murmelte ich und versuchte, mir mein Gewand noch enger um den frierenden Leib zu ziehen.

»Das werden die ersten Saturnalien deines Lebens sein, an denen du nüchtern bleiben musst«, antwortete Archigenes und grinste dreckig. »Ein betrunkener Einbrecher kann ganz schnell ein toter Einbrecher sein.«

»Bacchus, steh mir bei und hilf deinem Anhänger!«, flehte ich mit nur halb gespieltem Entsetzen. »Ich möchte endlich in mein eigenes Haus zurückkehren und mein eigenes, ganz und gar durchschnittliches römisches Leben leben. Ich schufte wie ein Sklave, habe fast keine Sesterze mehr, schmiere mir das Gesicht mit Dreck ein, darf keinen Rebensaft mehr trinken und liege vor einem Mann auf der Lauer, den ich mal für meinen Freund hielt, um in sein Haus einzubrechen. Was wird noch mit mir geschehen, wenn dieser Albtraum nicht bald vorüber ist?«

»Vielleicht wirst du Christ werden? Oder Essener?«, schlug Archigenes vor.

Wir lachten beide, bis Tränen kleine Striche durch unsere dunkel verschmierten Gesichter zogen.

Dann endlich war es Zeit, sich bei Plinius umzusehen.

Es war geradezu erschreckend einfach – zumindest wenn man selbst Besitzer eines Stadthauses war –, bei Plinius einzubrechen. Wir schlichen bis zur Rückseite des Anwesens, wo wilder Wein über die hohe Mauer wucherte. Wir warteten, bis sich niemand auf der Gasse zeigte, dann zogen wir uns daran hoch bis zur Mauerkrone. Dort blickten wir uns wieder um: Der Garten lag im Dämmerlicht verlassen da. Nur das Haus war von tausend Fackeln hell erleuchtet, wir hörten Musik und Gelächter von dort herüberwehen; es roch nach Wein, gebratenem Fleisch und schwerem Duftwasser.

»Also los!«, zischte Archigenes.

Wir sprangen hinab und landeten weich auf einem Blumenbeet, das ein Sklave für den Winter mit Stroh abgedeckt hatte. Dann liefen wir ein paar Schritte, bis wir an der Rückseite des Hauses angelangt waren, wo wir eine Pforte fanden, durch die Sklaven Botengänge und Besorgungen machten. Wir drückten sie einfach auf und waren drinnen.

Ich fand mich in einem kleinen, halb dunklen Gang wieder. Wir orientierten uns nach dem Gehör und schlichen in die Richtung, aus der der größte Lärm drang. Bald kamen wir unbemerkt bis unter den dunklen Säulengang an einem Ende eines großen Peristyls. Hier kannte ich mich wieder aus. Es war ein mit Marmormosaiken ausgelegter Innenhof, in dessen Mitte ein Springbrunnen mit einer großen Bronzestatue des Hercules plätscherte.

Am gegenüberliegenden Ende lag das größte Triclinium des Anwesens – und von dort erklang die Musik. Wir sahen im Fackelschein die Schemen ausgelassen feiernder Menschen. Eine nackte gaditanische Tänzerin wirbelte in der Mitte des Raumes, vier weitere Mädchen gaben mit Trommeln und Flöten den wilden Rhythmus an.

Als wir näher kamen, wären wir beinahe über ein Liebespaar gestolpert. Im letzten Moment erblickte ich im schwachen Glanz des Mondlichtes, das bis in den Innenhof drang, zwischen zwei Säulen die Schemen von Mann und Frau in sehr eindeutiger Position. Als wir sie vorsichtig passierten, erkannte ich Hostia, die junge Gattin des Gaius Rutilius Gallicus, eines angesehenen Senators, der unter Domitian einige Jahre Stadtpraefect von Rom gewesen war, bevor er sich aus der Politik zurückgezogen hatte. Er war allerdings nicht der Glückliche, der unter ihr lag, sondern Glaphyros, der berühmte thebanische Kithar-Spieler, der im Theater des Marcellus regelmäßig vor tausenden, zumeist weiblichen Zuschauern Konzerte gab. Die beiden liebten sich schweigend, was ihrer Leidenschaft offensichtlich keinen Abbruch tat. Sie bemerkten uns nicht, als wir vorübergingen.

Gallicus selbst sah ich dann nur ein paar Schritte weiter. Er hockte auf einem weichen Kissen auf dem Boden am Rande des Tricliniums, umgeben von einem Kreis, in dem ohne Ordnung Senatoren, Reeder und einige Sklaven des Plinius durcheinander saßen. Ein lederner Würfelbecher machte die Runde, jeder hatte nacheinander einen Wurf und ließ die Würfel aus Elfenbein klackernd auf das Mosaik fallen. Die Reichen hatten kleine Berge aus Sesterzen gesetzt, die Sklaven durften ohne Einsatz mitspielen. Alle Spieler starrten wie gebannt auf die Würfel, manche flehten vor dem Wurf einen Gott an oder flüsterten den Namen ihrer Geliebten, damit ihnen das Glück hold sein sollte. Die meisten waren erhitzt vom Wein, der in einer großen Amphore noch schneller in ihrer Runde kreiste als der Würfelbecher.

Gallicus kannte mich vom Hofe Domitians. Genau in dem Moment, als wir, um nicht aufzufallen, zusammen mit einigen anderen Gästen, die sich auf der Latrine erleichtert hatten, ins Triclinium schlenderten, blickte er auf und mir direkt ins Gesicht. Mein Herzschlag setzte aus. Ich zögerte mitten im Schritt, bis mich Archigenes anstieß.

»Geh einfach weiter!«, zischte er.

Und tatsächlich: Gallicus lächelte geistesabwesend und irgendwie dümmlich, dann blickte er wieder auf den Boden, wo der Würfelbecher gerade krachend niedergesaust war, zu betrunken und zu sehr gefesselt vom Spiel, um auf mich (oder seine Frau) Acht zu geben.

Archigenes und ich ließen uns auf zwei freien Liegen nieder. Die meisten Gäste starrten die Tänzerin an, andere spielten, tranken, rissen Witze oder versuchten, mit geistreichen Bemerkungen und versteckten Liebkosungen eine

Frau für ein schnelles Abenteuer zu gewinnen. Niemand achtete auf uns, niemand schien mich zu erkennen, obwohl viele Männer hier waren, die bei Domitian ein und aus gingen; Plinius war schließlich dieses Jahr Praetor gewesen, einer der höchsten Magistraten in Rom, ein Mann mit Verbindungen. Wir waren auch nicht die Einzigen, deren Gesichter durch Ruß verschmiert waren.

Am anderen Ende des Tricliniums saß der berühmte Rechtsgelehrte Julius Juventius Celsus, ein älterer Mann aus uralter senatorischer Familie. Er trug einen nachgemachten Eichenkranz aus Blech auf dem kahlen Haupt und schwang ein Zepter aus Holz. Die Gäste hatten offensichtlich ihn zum Rex Bibendi für diesen Abend gewählt, zum »Trinkkönig«, der mit Albernheiten für gute Laune zu sorgen hatte. Gerade ließ er eine junge nubische Sklavin wieder zwei Senatoren das Gesicht einrußen, eine ältere Matrone musste auf seinen Befehl – und unter dem Johlen einiger Zuschauer – zur Mitte des Peristyls schreiten, in den Brunnen springen und die Statue des Hercules auf den Hintern küssen.

Die Einzigen, die Archigenes und mich beachteten, waren zwei Sklaven – einige Unglückliche erwischt es auch während der Saturnalien –, die uns Wein in großen Glasschalen reichten und dazu gebackene Äpfel und gebratenes Wildschweinfleisch. Auf kleinen Beistelltischen bauten sie einen Berg aus Trauben, in ihren Nestern gekochte Wachteln, gedünstete Muräne und einen Topf mit scharfer Garum-Soße auf.

Wir gestatteten uns jetzt doch jeder eine Schale Wein. Es wäre auch aufgefallen, wenn wir in dieser Runde Wasser verlangt hätten. Über den Rand der Schale blickte ich unauffällig zu Plinius hinüber.

Ich hatte ihn erst nach einiger Zeit entdeckt. Er ruhte auf einer Liege und schien eine größere Runde schon ziemlich angeheiterter Zuhörer mit einer Geschichte zu unterhalten. Er machte weit ausholende Gesten, als rede er vor Gericht, doch konnte ich nicht verstehen, was er zum Besten gab. Sein Gesicht und sein kahles Haupt waren vom Wein gerötet. Neben ihm saß einer seiner jungen iberischen Sklaven auf der Liege. Gelegentlich streichelte er seine Hand. Jeder in der Stadt wusste, dass Plinius den Männern zugetan war, doch achtete dieser stets ängstlich darauf, den Schein alt-römischer Tugend aufrechtzuerhalten. Dass man ihn jetzt, wenn auch sehr dezent, Zärtlichkeiten mit einem Sklaven austauschen sah, konnte nur bedeuten, dass Plinius schon so betrunken war, dass er sich gehen ließ.

Ein gutes Zeichen.

Ich beugte mich zu Archigenes. »Wir sollten unserem Gastgeber lauschen«, schlug ich vor. Ich wollte eigentlich flüstern, doch ich musste beinahe brüllen, um mich über den Lärm der Feiernden und die Musik hinweg verständlich zu machen.

Er nickte, und wir schlenderten auf getrennten Wegen unauffällig bis zum Kreis um Plinius, wo wir uns dazusetzten. Niemand grüßte uns.

Plinius, der sonst immer schwankte zwischen verkrampftem Ehrgeiz – »Mich stachelt nichts so sehr an wie Sehnsucht und Verlangen nach Fortdauer«, hatte er mir einst in seiner typisch pathetischen Art gestanden – und der Furcht vor den Launen Domitians, schien vom Wein und der heiteren Stimmung seiner Gäste entspannt zu sein. Er erzählte lächelnd, obwohl es dramatisch war, eine Geschichte, die ich von ihm schon Dutzende Male gehört hatte, die Geschichte, wie er beinahe in Feuer und Asche gestorben wäre. Die Geschichte vom Untergang von Pompeji.

Sein Onkel, der ihn adoptiert und dessen Namen er angenommen hatte, war damals als Flottenkommandant in den Tod gesegelt, als er neugierig ein Boot bestiegen hatte, um dem Rauchpilz über dem Vesuv näher zu kommen. Plinius selbst war als junger Mann ganz in der Nähe gewesen, in der Nachbarstadt Misenum, aber davongekommen.

»Als mein Onkel fort war, verwendete ich den Rest des Tages auf meine Studien«, erzählte Plinius eben. Er stotterte leicht, doch war seine Rhetorik trotzdem so glänzend, dass dies niemanden zu stören schien.

»Dann Bad, Abendessen, kurzer, unruhiger Schlaf. Vorangegangen waren mehrere Tage lang nicht eben beunruhigende Erdstöße – Campanien ist ja daran gewöhnt –; in jener Nacht wurden sie allerdings so stark, dass man glauben musste, alles bewege sich nicht nur, sondern stehe auf dem Kopfe. Meine Mutter stürzte in mein Schlafzimmer, ich wollte gerade aufstehen, um sie zu wecken, falls sie schliefe. Wir setzten uns auf den Vorplatz des Hauses, der in mäßigem Abstand das Meer von den Gebäuden trennte. Ich weiß nicht, ob ich es Gleichmut oder Unüberlegtheit nennen soll, ich war ja erst achtzehn Jahre alt«, fügte Plinius entschuldigend hinzu und hielt die Hand des jungen Sklaven. »Auf jeden Fall lasse ich mir ein Buch des Titus Livius bringen, lese, als hätte ich nichts Besseres zu tun, exzerpiere auch, wie ich begonnen hatte. Da kommt ein Freund meines Onkels, der kürzlich bei ihm aus Iberien eingetroffen war, und als er mich und meine Mutter dasitzen sieht, mich sogar lesend, schimpft er über ihre Gleichgültigkeit und meine Unbekümmertheit; trotzdem blieb ich bei meinem Buch.

Es war bereits um die erste Stunde, und der Tag kam zögernd, sozusagen schläfrig herauf. Die umliegenden Häuser waren schon stark in Mitleidenschaft gezogen, und obwohl wir uns auf freiem, allerdings beengtem Raum befanden, hatten wir eine starke und begründete Furcht, dass sie einstürzen könnten.

Jetzt schien es uns ratsam, die Stadt zu verlassen. Eine verstörte Menschenmenge schließt sich uns an, lässt sich, was bei einer Panik beinahe wie Klugheit aussieht, lieber von fremder statt von der eigenen Einsicht leiten (»Plinius, du eitler Hund«, dachte ich, ließ mir aber nichts anmerken) und stößt und drängt uns in endlosem Zuge mit sich fort.

Als wir die Häuser hinter uns hatten, blieben wir stehen. Da sahen wir allerlei Sonderbares, Beklemmendes geschehen. Die Wagen, die wir hatten herausbringen lassen, rollten hin und her, obwohl sie auf ganz ebenem Boden standen, und blieben nicht einmal auf demselben Fleck, wenn wir Steine unter die Räder legten. Außerdem sahen wir, wie das Meer sich in sich selbst zurückzog und durch die Erdstöße gleichsam zurückgedrängt wurde. Jedenfalls war der Strand vorgerückt und hielt zahllose Seetiere auf dem trockenen Sande fest. Auf der anderen Seite der Bucht eine schaurige schwarze Wolke, kreuz und quer von feurigen Schlangenlinien durchzuckt, die sich in lange Flammengarben spalteten, Blitzen ähnlich, nur größer. Da drängte wieder der Freund aus Spanien heftiger und dringender: ›Wenn dein Onkel noch lebt, möchte er auch euch lebend wieder sehen; ist er tot, war es gewiss sein Wunsch, dass ihr am Leben bleibt. Was zögert ihr also, euch zu retten?‹

Wir erwiderten, wir könnten es nicht über uns bringen, an uns zu denken, solange wir über sein Schicksal im Ungewissen seien. Er ließ sich nicht länger halten, stürzte davon und entzog sich im gestreckten Lauf der Gefahr.«

Plinius machte eine Pause und nahm einen großen Schluck Falerner aus einer Schale, die ihm sein iberischer Junge hingehalten hatte. Manche seiner Zuhörer, die wie ich diese Geschichte schon oft gehört hatten, drückten sich möglichst unauffällig aus dem Kreis und suchten andernorts im Haus nach neuen Vergnügungen, doch der Gastgeber schien das nicht zu bemerken. Archigenes und ich hatten so Gelegenheit, ihm näher zu rücken, ohne dass er darauf achtete. Ich versuchte, mich schräg hinter ihm zu halten, damit sein Blick nicht zufällig auf mein Gesicht fiel.

»Nicht lange danach senkte sich jene Wolke auf die Erde«, fuhr Plinius fort, »bedeckte das Meer, hatte bereits Capri eingehüllt und unsichtbar gemacht, hatte das Kap von Misenum unseren Blicken entzogen. Da bat und drängte meine Mutter, befahl mir schließlich, mich irgendwie in Sicherheit zu bringen; ich als junger Mann könne es noch, sie, alt und gebrechlich, werde ruhig sterben, wenn sie nur nicht meinen Tod verschuldet habe. Ich dagegen: Ich wolle nur mit ihr zusammen am Leben bleiben; damit fasste ich sie bei der Hand und nötigte sie, ihre Schritte zu beschleunigen. Widerstrebend fügte sie sich und machte sich Vorwürfe, dass sie mich aufhalte.

Schon regnete es Asche, doch zunächst nur dünn. Ich schaute zurück: Im Rücken drohte dichter Qualm, der uns, sich über den Erdboden ausbreitend, wie ein Sturzbach folgte.

›Lass uns vom Wege abgehen‹, rief ich, ›solange wir noch etwas sehen können, sonst kommen wir auf der Straße unter die Füße und werden im Dunkeln von der mitziehenden Masse zertreten.‹ Kaum hatten wir uns gesetzt, da wurde es Nacht, aber nicht wie bei mondlosem, wolkenverhangenem Himmel, sondern wie in einem geschlossenen Raum, wenn man das Licht gelöscht hat. Man hörte Frauen heulen, Kinder jammern, Männer schreien; die einen riefen nach ihren Eltern, die anderen nach ihren Kindern, wieder andere nach ihren Männern oder Frauen und versuchten, sie an den Stimmen zu erkennen; die einen beklagten ihr Unglück, andere das ihrer Familienmitglieder, manche flehten aus Angst vor dem Tode um Rettung, viele beteten zu den Göttern, andere wieder erklärten, es gebe nirgends noch Götter, die letzte, ewige Nacht sei über die Welt hereingebrochen.

Auch fehlte es nicht an Leuten, die mit erfundenen, erlogenen Schreckensnachrichten die wirkliche Gefahr überstiegerten. Einige behaupteten, in Misenum sei dies und das eingestürzt, anderes stehe in Flammen – blinder Lärm, der dennoch auf fruchtbaren Boden fiel.

Dann hellte es sich ein wenig auf, doch es war anscheinend nicht das Tageslicht, sondern ein Vorbote des nahenden Feuers. Aber das Feuer blieb in ziemlicher Entfernung stehen; es wurde wieder dunkel, wieder fiel Asche, dicht und schwer, die wir, fortgesetzt aufstehend, abschüttelten; wir wären sonst verschüttet und durch die Last erdrückt worden. Ich könnte damit prahlen, dass sich mir trotz der furchtbaren Gefahr kein Seufzer, kein verzagtes Wort entrungen hatte, hätte ich nicht – ein schwacher, aber für uns Menschen immerhin ein im Tode wirksamer Trost – fest geglaubt, ich ginge mit allem und alles mit mir zugrunde. Endlich wurde der Qualm dünner und verflüchtigte sich sozusagen zu Dampf oder Nebel. Bald wurde es richtig Tag, sogar die Sonne kam heraus, doch nur fahl wie bei einer Sonnenfinsternis. Den noch verängstigten Augen erschien alles verwandelt und mit einer hohen Ascheschicht wie mit Schnee überzogen.

Wir kehrten nach Misenum zurück, machten uns notdürftig wieder zurecht und verbrachten eine unruhige Nacht, schwankend zwischen Furcht und Hoffnung. Die Furcht überwog, denn die Erdstöße hielten an, und viele Leute, wie wahnsinnig von Schrecken erregenden Prophezeiungen, witzelten über ihr und der anderen Unglück. Wir konnten uns, obwohl wir die Gefahr aus eigener Erfahrung kannten und weiter auf sie gefasst waren, nicht entschließen wegzugehen, ehe wir nicht Nachricht von meinem Onkel hatten.«

Plinius seufzte theatralisch und ließ sich von dem Sklaven die Schultern massieren. Jeder seiner Zuhörer wusste natürlich längst, dass er damals vergeblich auf seinen Onkel gewartet hatte, den man erst einige Zeit später am Strand vor Pompeji gefunden hatte, äußerlich unverletzt, doch getötet von giftigen Gasen, die wie eine unsichtbare Wolke vom Vesuv herabgewälzt waren. Auffällig viele Zuhörer murmelten Entschuldigungen und machten sich auf die Suche nach der Latrine. Sie würden nicht in den Kreis zurückkehren, vermutete ich, um nicht auch die nächste Geschichte ihres Gastgebers mit anhören zu müssen. Ein paar Sklaven saßen noch um Plinius und einige Gäste, die schon zu betrunken waren, um sich zu erheben. Und wir.

Ich beugte mich unauffällig zu Archigenes. »Frag du ihn nach Poppaeus, bevor er zu einem neuen, weitschweifigen Bericht anhebt«, flüsterte ich. »Meine Stimme wird er vielleicht erkennen.«

Mein Freund zog eine Grimasse. »Was soll ich ihn fragen, ohne dass es auffällt?«

»Er hat doch erzählt, dass er noch mitten in der Katastrophe gelesen hat. Selbstverständlich Livius, der alte Angeber. Schmeichle ihm und frage dann, ob es so fern von Rom überhaupt Bibliotheken gegeben hat, die Plinius' hohen Ansprüchen genügen.«

Archigenes nickte, begann unauffällig ein Gespräch mit unserem Gastgeber und hatte schon nach wenigen Augenblicken diese Frage gestellt. Plinius, der sicherlich nicht wusste, wen er da vor sich hatte, aber annehmen musste, dass sich einer seiner Gäste an ihn wandte, wurde nicht misstrauisch. Im Gegenteil: Er war Feuer und Flamme, weil da jemand endlich einmal mehr als bloß höfliches Interesse zu haben schien. Und Archigenes hatte besser ins Ziel getroffen als die himmlische Jägerin Diana. »Dort unten gab es eine Bibliothek, die es nicht nur mit denen in Rom hätte aufnehmen können, sondern sie sogar übertraf. Alexandria und Pergamon mögen noch größere Schatzhäuser der Bücherrollen haben, doch im westlichen Teil des Imperiums fand man keine bessere als die des Quintus Poppaeus«, sagte Plinius. »Die Rolle des Livius damals war aus seiner Bibliothek entliehen. Ich hatte Stunden voller Glück und Versunkenheit dort verbracht.«

»Wer war Quintus Poppaeus?«, hakte Archigenes nach.

Plinius machte eine vage Geste. »Ein Feldherr, Legat unter Vespasian im Jüdischen Krieg. Nachdem er von Kriegen genug hatte, zog er sich in den lieblichen Süden zurück und widmete sich ganz dem Studium der Schriften. Nur die Götter allein mögen wissen, warum ihn die Leidenschaft für das geschriebene Wort erst in seinen reifen Mannesjahren packte. Und woher er plötzlich das Vermögen hatte, um binnen weniger Jahre so ein Wunder wie diese Bibliothek aufzubauen.« Plinius seufzte und nahm einen tiefen Schluck Falerner. »Alles dahin«, murmelte er.

»Poppaeus ist tot?«, mutmaßte Archigenes.

»Ja, und ich bete zu Apollo, dass er im Kreise seiner geliebten Buchrollen starb«, antwortete Plinius.

Mir kam ein fürchterlicher Verdacht – ein Verdacht, den unser Gastgeber schon im nächsten Satz bestätigte.

»Quintus Poppaeus hatte sich nach dem Ende seiner Zeit in der Legion nach Pompeji zurückgezogen«, murmelte Plinius.

»Selbst viele seiner alten Freunde wussten nichts davon, so sehr liebte er es, sich vom Leben und dem Trubel Roms abzuwenden. Nur mein Adoptivvater, der berühmte Gelehrte, war bei ihm ein gern gesehener Gast. Ich erinnere mich, dass beide einmal stundenlang im Haus des Poppaeus im wundervollen Peristyl unter dem in einer Nische gemalten Fresko des Dichters Menander saßen und über Feuer speiende Berge und Erdbeben debattierten. Pompeji wurde ja damals, wie ihr vielleicht wisst, gerade erst wieder aufgebaut, nachdem es einige Jahre zuvor von einem heftigen Erdstoß getroffen worden war. Das Haus des Poppaeus selbst war eine halbe Baustelle: Überall wurde erneuert, wurden alte Fresken übermalt und durch neue, dem Stil des Hausherrn genehmere ersetzt. Poppaeus machte sich trotzdem keine Sorgen. ›Vulcanus schläft, er schüttelt sich nur gelegentlich im Traum‹, pflegte er immer zu sagen, wenn mein Adoptivvater Sorgen äußerte.«

»Aber in jenem fatalen Sommer erwachte Vulcanus«, murmelte Archigenes, als Plinius sich in Erinnerungen zu verlieren schien, Falerner trank und schwieg.

»Ja«, unser Gastgeber atmete tief durch. »Und die Asche, die Quintus Poppaeus begrub, begrub auch sein Haus. Seine Bibliothek, seine erlesene Sammlung von Kunstwerken – alles dahin. Es war, als hätte er nie gelebt. Als hätte ihm ein zorniger Gott nicht nur das Leben, sondern auch den Ruhm geraubt. In Rom erinnert sich heute niemand mehr an Quintus Poppaeus. Doch seltsam«, Plinius hob seinen

Kopf und blickte Archigenes mit vom Wein umflorten Blick an, »dass ich heute Abend über ihn rede und ihn rühme. Erst gestern oder vorgestern erwähnte ich seinen Namen. Zwei Mal in wenigen Tagen – und das nach all den Jahren, da ich nie über ihn sprach, ja fast gar nicht mehr an ihn dachte.«

Kälte kroch in meinem Körper hoch. Auch Archigenes hatte für einen Augenblick die Augen weit aufgerissen, hob dann jedoch schnell eine Weinschale, damit man seinen überraschten Gesichtsausdruck nicht mehr erkennen konnte. Nach einem tiefen Schluck hatte er sich wieder so weit in der Gewalt, dass er mit gleichgültig klingender Stimme fragen konnte, wem gegenüber Plinius diese Geschichte bereits erzählt hatte.

»Es war bei Hofe«, murmelte unser Gastgeber. »Ich kann mich gar nicht mehr genau erinnern, wie wir darauf gekommen sind. Domitian hatte mehrere Dichter zum Abendmahl geladen, auch Statius und Martialis. Irgendwann redeten wir über Bibliotheken. Und da erzählte ich von der Bibliothek des Poppaeus. Dann kam das Gespräch auf das neueste Werk des Statius, und ich vergaß das alles schon beinahe wieder. Und nun rede ich wieder über Poppaeus. Vielleicht wird ihm jetzt endlich der verdiente Ruhm doch noch zuteil.«

»Und von seiner legendären Bibliothek hat man nie etwas gefunden?«, fragte Archigenes.

Plinius schüttelte den Kopf. »Als sich damals nach einigen Tagen der Aschestaub in der Luft gelegt hatte und der Vesuv wieder eingeschlafen war, haben sich manchmal Menschen auf die Suche in dem Aschefeld gemacht, das einmal Pompeji gewesen war: Überlebende, Plünderer. Doch Poppaeus hatte keine Familie. Und sein Haus lag direkt am Stabianer Tor, im Süden der Stadt; dort, wo die graue Decke des Todes mehr als doppelt mannshoch wie ein Leichentuch auch große Häuser bedeckte.«

»Am Stabianer Tor«, murmelte Archigenes und nahm wieder einen tiefen Schluck Falerner.

»Ja«, sagte Plinius. »In Stabiae traf ich damals, nur wenige Tage vor dem fatalen Feuergrollen des Vesuv, einen alten Freund meines Adoptivvaters. Der sagte mir, als er ein Werk des Thukydides in meiner Hand erblickte …«

Ich hörte Plinius nicht länger zu und gab Archigenes einen unauffälligen Tritt. »Wir müssen hier irgendwo ungestört reden«, flüsterte ich.

Wir zogen uns in eine dunkle Nische am anderen Ende des Peristyls zurück. Archigenes griff sich eine kleine Amphore Wein vom Tisch und einen Würfelbecher, den irgendwer dort vergessen hatte. Wenn uns überhaupt einer der anderen Gäste einen Blick zuwarf, mochte er uns für Spieler halten, die sich zu einem privaten Duell mit den Würfeln zurückgezogen hatten.

»Pompeji!«, flüsterte ich. »Da hätten wir hier in Rom noch lange nach Spuren suchen können.«

Archigenes nickte. »Die Essener wollten sich von Poppaeus etwas zurückholen, das er ihnen geraubt hatte. Wahrscheinlich einen Schatz, die Quelle seines Reichtums. Sonst wussten sie offensichtlich wenig über den alten Feldherrn. Deshalb sind sie zuerst nach Rom gereist, denn hier haben sie nach ihm gesucht. Wo sonst? Doch bevor sie noch viel herausgefunden hatten, wurden sie höchst unsanft gestört.«

»Doch auch Cilix und seine Hintermänner schlugen zu früh zu«, fuhr ich fort. »Wenn Domitian wirklich dahinter steckt, wüsste er selbstverständlich längst, wo er suchen müsste. Aber jetzt vermute ich, dass Cilix nur weiß, dass die Essener jemanden suchen – aber nicht, wen.

Denk daran, wie der Sterbende im Circus aussah: als wäre er gefoltert worden. Doch vielleicht hat er nichts preisgegeben.«

»Und die Christen mögen vielleicht wissen, wen die Essener suchen. Doch sie wissen offensichtlich nicht, wo Poppaeus gelebt hat. Und vielleicht nicht einmal, warum die Essener ihn suchen.«

Ich versuchte, seinen neu entflammten Enthusiasmus zu dämpfen. »Pompeji wäre eine Spur«, flüsterte ich. »Wir hätten endlich einmal einen Vorsprung gegenüber unseren Verfolgern. Aber niemand garantiert uns, dass das, was wir suchen – und von dem wir nicht genau wissen, was es eigentlich ist – tatsächlich irgendwo in Pompeji zu finden ist. Und selbst wenn: Dann wird es unter der Asche des Vulkans begraben sein, vielleicht für immer.« Archigenes grinste. »Ich kenne ein paar Männer, die sind vor einigen Jahren in den Süden gezogen, um sich in Pompeji«, er suchte nach dem richtigen Wort, »umzusehen«, fuhr er fort. »Sie kamen mit Goldmünzen und Silberbesteck wieder. Pompeji gleicht heute einer Wüste aus grauer Asche und leichtem Stein. Noch immer wächst dort fast nichts. Doch die Asche ist an vielen Stellen wie Sand, du kannst sie einfach wegschaufeln. Man muss nur wissen, wo man suchen soll. Und wir wissen es: Hinter dem Stabianer Tor. Die Reste der Stadtbefestigung sind noch über der Ascheschicht zu erkennen.«

Dann stieß er mich an. »Los!«, rief er halblaut. »Nach Pompeji!«

»Jetzt gleich?«, erwiderte ich entgeistert. »Wir haben die Saturnalien.«

»Eben darum«, erklärte er und grinste dabei verschlagen. »Alle feiern, selbst Cilix und seine Bande. Und vielleicht sogar die Essener und die Christen, falls diese vertrockneten Gestalten überhaupt jemals feiern. Die beste Gelegenheit für uns, um von hier zu verschwinden. Wir gehen zurück, packen ein paar Sachen und brechen am nächsten Morgen mit dem ersten Dämmerlicht auf. Wenn Cilix wieder nüchtern sein wird und uns weiter in Rom sucht, graben wir uns bereits durch die Asche von Pompeji!«

Wir kümmerten uns nicht mehr um Höflichkeiten, sondern verließen das Haus des Plinius, ohne ihm ein Abschiedswort zuzurufen – durch den Haupteingang, als wären wir geladene Gäste gewesen. Niemand schien auf uns zu achten.

Auf den dunklen Straßen war es jetzt laut, aber anders als in normalen Nächten. Kaum ein Fuhrwerk rumpelte über die Steinplatten, kein Kutscher schimpfte, keine Peitsche knallte. Nur ein paar Ochsenkarren, die hoch mit Weinamphoren beladen waren, krochen durch die Stadt. Doch überall gingen – wankten in vielen Fällen – Menschen: allein, meist jedoch in kleinen oder größeren Gruppen, betrunken, singend, derbe Scherzworte rufend, all diejenigen, die eine Feier verließen, vielleicht zur nächsten weiterzogen oder, da ihre Wohnungen zu klein waren, gleich auf Straßen oder Plätzen die Saturnalien begangen hatten. Fackeln und Öllampen flackerten, auf manchen Plätzen neben kleinen Brunnen hatten Zecher sogar hohe Lagerfeuer aufgeschichtet, deren Prasseln durch die engen Straßenschluchten hallte. Durch die Gassen waberte der betäubende Duft von Wein und Holzfeuer, gebratenem Fleisch und warmem Brot, durchmischt mit dem Gestank von Erbrochenem und den üblichen Ausdünstungen, die aus den Kloaken drangen.

Wir wandten uns hoch Richtung Clivus Suburanus, um von dort über die Subura und die Kaiserforen bis zur Regio IX zu gehen, in der die Insula Felicles stand – ein

Fußmarsch von mindestens einer Stunde. Es war selbstverständlich illusorisch, um diese Zeit irgendwo Sänftenträger zu mieten. Wir waren auf dem Clivus Suburanus erst einige Schritte gegangen, als wir am prachtvollen Porticus der Livia auf eine große Menge ausgelassen feiernder Sklaven trafen, die sich rund um ein hohes Lagerfeuer versammelt hatte.

»Setz dich hinzu, aber an den Rand!«, zischte Archigenes plötzlich und fasste mich am Arm.

»Was soll das?«, flüsterte ich, ließ mich aber an den Fuß einer Marmorsäule führen, wo wir uns niederließen. Niemand schien auf uns zu achten.

»Wir werden verfolgt«, raunte mein Freund.

Ich blickte erschrocken zurück. Auf der Straße sah ich die Schatten mehrerer nächtlicher Wanderer, doch niemanden, der mir verdächtig vorkam. Und keiner von ihnen schien, da wir nun saßen, selbst anzuhalten.

»Da ist niemand«, flüsterte ich.

»Zwei oder drei Gestalten«, antwortete Archigenes. »Sie halten sich im Dunkel der Säulengänge vor den Insulae auf. Sie folgen uns schon, seit wir das Haus des Plinius verlassen haben.«

»Die Götter täuschen dich. Du siehst überall Dämonen. Niemand weiß, dass wir uns heute Abend bei Plinius eingeschlichen haben.« Er schüttelte den Kopf. »Ich habe niemanden erkannt, aber ich irre mich nicht. Wir müssen sofort los, noch in dieser Nacht nach Pompeji.«

»Bist du verrückt geworden!« Ich hatte meine Stimme gehoben. »Ich habe nicht einmal ein Gewand zum Wechseln dabei!«

»Aber deine letzten Sesterzen?«, fragte Archigenes und nickte, als ich bejahte. »Gut, dann kaufen wir uns alles Notwendige unterwegs.«

»Ich kann niemanden erkennen, der hinter uns her ist«, antwortete ich, noch immer nicht überzeugt.

Archigenes grinste. »Vertraue mir. Wenn du mir nicht mehr traust, dann hast du niemanden mehr, dem du trauen kannst.«

Ich starrte ihn für einen Moment an, dann hob ich die Arme und resignierte. »Ihr Götter«, zischte ich.

»Wir rücken unauffällig zur anderen Seite der Säule, bis wir ganz in ihrem Schatten verschwunden sind«, wies mich Archigenes an. »Auf mein Zeichen hin rennen wir los.«

Ich schob mich ein Stück weit in den Schatten des Porticus Liviae hinein. Archigenes stand auf, reckte sich, gähnte und ging ein paar Schritte bis zur nächsten Hauswand, wo er sich erleichterte. Als er zurückkam, trat er ganz ins Dunkle.

»Es sind zwei Gestalten«, flüsterte er. »Mehr kann ich nicht erkennen. Sie sind da vorn unter dem Säulengang.«

Ich blickte in die angegebene Richtung, doch war es zu düster, als dass ich etwas hätte erkennen können. Ich nickte nur ergeben.

»Bist du bereit?«, fragte Archigenes. »Dann stehe uns Mithras bei!«

Wir sprangen auf und rannten los, vorbei an dem Porticus Liviae und hinein in eine enge Gasse, die sich nach Süden wand. Es war hier so dunkel, dass ich wie ein Blinder eilen musste. Einmal stolperten wir über einen im Dreck liegenden Körper. Vielleicht ein Betrunkener, der seinen Rausch ausschlief, vielleicht ein Nachtschwärmer, der von einem Räuber hierhin gezogen und ermordet worden war. Es war uns gleichgültig. Die Gasse wurde etwas breiter, als wir die Rückseite der Thermen des Titus erreicht hatten. Schemenhaft erkannte ich das Gebäude. Irgendeinen Verfolger sah ich nicht. Doch als wir für einen Moment innehielten, hörte ich Schritte. Jetzt musste mich Archigenes nicht mehr drängen.

Wir hasteten über den großen Platz zwischen dem Kolosseum und der Kaserne der Gladiatoren, dann rannten wir über die polierten Marmorstufen, die zum großen Tempel des vergöttlichten Kaisers Claudius führten. Schließlich erreichten wir den breiten Vicus Rauduscuianae, der uns wieder am Circus Maximus vorbeiführte. Hier hatten sich überall Menschen zum Feiern niedergelassen – Arbeiter, Freigelassene, Fremde und Sklaven aus den südlichen Stadtteilen, die nicht am Ufer des Tiber feiern wollten, weil es dort zu sehr nach den Laugen der Gerber stank. Auf einem kleinen Platz sprangen Gaukler zusammen mit dressierten Affen auf Ziegen und führten vor einem fröhlich singenden Publikum obszöne Tänze mit langen Jagdspießen aus.

Wir bahnten uns einen Weg vorbei an Weintrinkern und Paaren, die sich mitten auf der Straße liebten. Die Leute grölten Lieder zu Ehren des Bacchus und des Saturn oder erzählten derbe Geschichten. Es war unmöglich, noch irgendwelche Schritte zu hören. Und wer auch immer uns verfolgte, er konnte perfekt in der Menge untertauchen.

Am Bogen der alten Porta Capena mündete die Via Appia auf den Vicus Rauduscuianae. Der Weg nach Süden, hinaus aus Rom. Ich zögerte einen Moment, weil ich plötzlich das Gefühl hatte, ich würde diese Stadt, wenn ich sie nun verließe, nie wieder sehen. Dann schüttelte ich diese kalten Überlegungen ab und folgte Archigenes.

Die Aqua Marcia überquerte in Höhe der Porta Capena die Via Appia – einer der vielen Aquaedukte, deren Bogenreihen wie grazile Brücken durch das Häusermeer der

Metropole schnitten. Genau über der Via Appia war die Aqua Marcia schon seit Jahren undicht. Wasser, kalt und klar, weil es direkt aus den Bergen kam, tröpfelte Tag und Nacht auf die Travertinplatten der Straße, die an dieser Stelle schon grünlich bemoost und rutschig waren. »Arcus stillans« hieß dieser Durchgang deshalb im Volk, der »tropfende Bogen«.

Dahinter erhob sich der heilige Hain der Musen: ein kleines Wäldchen aus Pinien und Zypressen, die selbst in der trüben Winterluft würzig dufteten. In seinem Innern sprudelte eine Quelle, die schon vor langer Zeit mit weißen Marmorplatten eingefasst und so in ein Becken verwandelt worden war. Es war ein berüchtigter Ort bei denen, die Rom Richtung Süden verlassen mussten, denn hier lauerten stets viele Bettler, welche die Reisenden bedrängten. Ausgerechnet dorthin zog mich Archigenes jetzt.

»Was soll das jetzt werden?«, flüsterte ich. »Wenn du dahin gehst, kannst du unsere letzten Sesterzen auch gleich in die Kloake werfen!«

»Mithras, hab Geduld mit diesem Ahnungslosen!«, erwiderte Archigenes und hob theatralisch die Arme gen Himmel. Dann deutete er an den Rand des Haines. »Was siehst du da?«

»Ochsen- und Eselskarren«, antwortete ich zögernd.

Mein Freund lachte. »Der Zuspätgekommenen«, erklärte er. »Händler, Bauern, Reisende aus fernen Provinzen, die es nicht mehr rechtzeitig vor den Saturnalien bis nach Rom hinein geschafft haben. Es ist jedes Jahr dasselbe: Sie dürften zwar nachts mit ihren Fuhrwerken in die Stadt hinein, trauen sich allerdings nicht, weil sie genau wissen, dass bei den vielen Feiernden kein Durchkommen ist. Also stranden sie hier an diesem Hain und warten. Die Bettler werden jedes Jahr vertrieben. Für sie sind die Gassen der Stadt während der Saturnalien ja auch attraktiver. Doch die Fuhrleute warten und warten. Drinnen, jenseits der Porta Capena, wird gefeiert. Sie riechen den Wein, sie hören Frauen lachen …« Archigenes machte eine obszöne Geste. »Es gibt immer welche, die irgendwann nicht mehr widerstehen können und das Abenteuer in der großen Stadt suchen.«

»Und ihre Karren hier zurücklassen«, vollendete ich und begriff langsam, auf was das hinauslief. »Das machst du nicht zum ersten Mal«, sagte ich.

Er lachte. »Normalerweise warte ich den zweiten oder dritten Tag der Saturnalien ab, dann ist das Risiko geringer. In der ersten Nacht bleiben viele Fuhrleute noch standhaft. Aber wir haben keine Zeit.«

Wir schlichen uns näher an die Fuhrwerke heran. Im Hain brannte ein Lagerfeuer, um das sich mehrere Männer niedergelassen hatten: Gallier, Syrer, Griechen, aber auch ein paar Bauern aus Latium und Etrurien. Sie redeten nicht viel, doch mehrere große Weinamphoren kreisten in der Runde.

Die Karren standen dort, wo die Bäume des Hains bis zur Via Appia reichten. Sie waren ohne Ordnung abgestellt worden. Die Zugtiere waren manchmal an einem Stamm festgebunden, andere grasten frei herum. Auf manchen Fuhrwerken schlief jemand. Niemand schien uns zu bemerken, als wir im Schatten der Bäume vorwärts schlichen.

Wir kamen bis zum südlichen Ende dieses armseligen Wagenparks. Archigenes deutete auf ein Plaustrum, einen einachsigen Karren, der halbhoch mit Getreidesäcken beladen war. Neben der Deichsel lag ein magerer Ochse mit langen Hörnern im Gras.

»Das Fuhrwerk ist zu armselig, als dass es jemand stehlen würde«, flüsterte er. »Normalerweise«, setzte er dann hinzu und grinste.

Wir blickten uns um und warteten eine Zeit lang, ob sich jemand blicken ließ. Niemand war zu sehen. Dann schlenderte Archigenes zum Ochsen und scheuchte ihn mit einem kräftigen Klaps hoch. Ein paar Augenblicke später hatten wir ihn schon in das Joch gespannt. Wir taten dies ganz offen. Jeder, der doch zufällig über die Via Appia herankam, musste denken, dass wir zwei Bauern waren, die wieder resigniert von den Toren der Stadt abzogen.

Als wir uns auf die harte Bank am vorderen Ende des Plaustrums schwangen, entdeckten wir einen langen Stock, der neben den Säcken auf der Ladefläche gelegen hatte. Archigenes gab dem Ochsen damit einen leichten Schlag – und unser Gefährt rumpelte los.

Ich blickte mich um. Rom war ein düsteres Häusermeer, die Insulae wie dunkle, gefrorene Wellen, die Gassen düstere Täler, aus denen aber das rötliche Licht vieler Feuer glomm. Über dem Halbdunkel erhob sich der Palatin. Die Paläste erstrahlten im Licht unzähliger Öllampen. Irgendwo dort würde Domitian ein prachtvolles Fest feiern. Vielleicht hätte er mich dieses Jahr zum ersten Mal auch zu den Saturnalien an seinen Hof geladen. Ich hätte mich für höhere Aufgaben empfehlen, mir vielleicht gar den Rang eines Senators erdienen können.

»Blick nicht zurück«, murmelte Archigenes. Er klang plötzlich sehr müde.

»Ich halte nach unseren Verfolgern Ausschau«, log ich.

»Ich habe sie nicht mehr gesehen, seit wir am Porticus Liviae losgerannt sind«, antwortete er. »Sie haben unsere Spur verloren, wir sind ihnen davongeeilt.«

Ich blickte auf den Rücken des Ochsen, der uns gleichmütig über die Via Appia zog. »Hoffentlich hast du Recht«, murmelte ich. »Denn mit diesem rasenden Einspänner hier könnte uns selbst ein Einbeiniger auf den Fersen bleiben.«

Pridie Kalenden des Januar

Die Stadt der Toten

Pompeji war eine Stadt unter einem riesigen grauen Leichentuch.

Zwölf Tage lang waren Archigenes und ich mit der gestohlenen Ochsenkarre südlich gezogen, zuerst auf der Via Appia, dann auf Nebenstrecken. Nur wenige Händler waren um diese Jahreszeit auf den Straßen des Imperiums unterwegs, dazu ein paar Bauern, fahrende Spielleute und Gaukler, Wanderprediger und, je weiter wir nach Süden kamen und je milder der Winter wurde, einige Hirten, welche die letzten Herden dickfelliger Ziegen aus den Bergen des Apennin hinabtrieben. Wir hatten in kleinen Herbergen am Wegrand übernachtet, von denen die meisten so armselig waren, dass sie nicht einmal kleine Thermen boten oder, wie in dem verwanzten Halsabschneiderverschlag bei Antium, diese zwar zum Haus gehörten, sich der Wirt jedoch weigerte, Feuerholz in die Kessel zu werfen, weil wir die einzigen Gäste waren.

Ich hatte mich oft beherrschen müssen, um nicht mit dem Stock auf den Rücken des gleichmütigen Ochsen einzudreschen. Wir waren so langsam gewesen, jeder Wanderer hätte uns überholen können. Mehrmals hatten uns in diesen Tagen schnelle Zweispänner passiert und die Reiter der kaiserlichen Post. Doch niemand hatte uns angehalten, niemand schien uns zu verfolgen.

Endlich hatten wir den Kegel des Vesuv erreicht und rumpelten langsam an seinen schneebedeckten Flanken vorbei. Er sah majestätisch aus und unwandelbar. Nur an seinem Gipfel war die perfekte Kegelform zerstört, war ausgezackt, als hätte jemand mit einem riesigen Gladius dort Felsen herausgehauen. Nirgendwo stand ein Baum. Die berühmten Weinstöcke an seinen Flanken waren neu gepflanzt worden und noch recht klein. Über dem Gipfel, im trüben, etwas nebeligen Frühlicht kaum zu erkennen, stand eine schmale Rauchsäule.

Wir hatten unser Fuhrwerk in einem Stall in Nola abgestellt und näherten uns zu Fuß in einem großen Bogen unserem Ziel auf dem, was einmal die Straße nach Stabia gewesen war. Zunächst liefen wir durch eine liebliche Landschaft: Weinberge, Olivenhaine, Zypressen, Pinien. Doch dann – als hätte ein Gott einen Strich gezogen und gedonnert: »Bis hierher und nicht weiter!« – betraten wir eine andere Welt.

Es war nicht einfach, dort voranzukommen: Ich glaubte, ich liefe in einer Wüste aus grauem, feinem Sand, der bei jedem Schritt eine Handbreit unter meinem Fuß nachgab und in meine Sandalen rieselte, wo er langsam die Haut aufscheuerte. Moose bedeckten den grauen Boden an wenigen Stellen, irgendwo wuchsen einige Grasbüschel, ein paar verkrüppelte Dornenbüsche. Eine einzige mächtige Pinie stand noch, schwarz verbrannt und nadellos, der verwitterte Stamm halb begraben unter dem feinen Staub. Asche. Die einzigen Geräusche kamen vom Knirschen unserer Schritte und vom Wind, der vom nahen Meer herüberstrich und nach Salz duftete, sodass es nicht ganz so erstickend nach kalter, längst erloschener Glut roch.

Die monotone, leicht gewellte Decke aus Asche verriet nicht, was irgendwo tief unter unseren Füßen begraben sein mochte. Schritten wir gerade über ein Weizenfeld? Über ein Grab? Einen Tempel?

Schweigend gingen wir voran, bis Archigenes zur Mittagsstunde wortlos nach vorn deutete. Wir hatten Pompeji erreicht.

Ein verwitterter Giebel ragte aus der Asche, der Marmor geschwärzt und rissig von großer Hitze, in die er einst getaucht gewesen war; die kannelierten Säulen verschwanden im grauen Boden. An anderer Stelle erblickten wir die obersten beiden Ränge eines versunkenen Theaters. Die Götterstatuen, die einst seinen krönenden Abschluss gebildet hatten, lagen zerbrochen in der Asche.

Ich deutete dorthin. »Da irgendwo muss es sein.«

Wir hatten den Herbergswirt in Nola nach Zeichen gefragt, die uns in der versunkenen Stadt noch eine Hilfe sein mochten. Er war nicht sonderlich überrascht, dass wir ihn nach Pompeji befragten. Immer wieder, so erzählte er uns, kamen Römer, die nach irgendwelchen Spuren ihrer längst zu Staub verbrannten Angehörigen suchten, und selbstverständlich auch Plünderer, die sich unter der Asche einen Schatz erhofften. Er ließ offen, zu welcher Kategorie er uns rechnete. Doch seine Beschreibung erwies sich als brauchbar.

»Rechts neben dem Theater stand einst die Porta Stabiana«, fuhr ich fort. »Erinnerst du dich an das, was Plinius berichtet hat? Direkt hinter diesem Stadttor lag das Haus des Poppaeus.«

Archigenes nickte düster. Seine Zuversicht, die er noch in Rom an den Tag gelegt hatte, war immer mehr der Schwermut gewichen, je tiefer wir eindrangen in diese graue Welt.

»Ich sehe nur Asche«, antwortete er. »Wenn wir uns keine Sklaven mieten können, werden wir Tage brauchen, um uns dort hineinzugraben – falls wir es überhaupt finden.« Unwillkürlich hatten wir beide unsere Stimmen gesenkt.

»Gehen wir erst einmal näher heran und sehen uns um«, schlug ich vor.

Der milchige Dunst, der vom Meer her herangezogen kam, war unmerklich dichter geworden und ging langsam in Nebel über. Mir war, als zögen plötzlich weiße Gespenster über die Asche. Ich fühlte mich beobachtet, doch konnte ich niemanden erblicken.

»Bei Mithras!«, fluchte Archigenes plötzlich.

Als wir endlich die Höhe des verschütteten Theaters erreicht hatten und über dem stehen mussten, was einst ein zinnenbewehrtes Stadttor gewesen war, sahen wir, dass wir uns mit der Suche nach dem Haus des Poppaeus keine Mühe machen mussten: Jemand war vor uns hier gewesen.

Ein kaum schulterbreiter, drei oder vier Mannslängen messender Graben zog sich quer durch die Asche – dort, wo sie etwas höher aufgeschichtet lag als anderswo. Als wir näher traten, entdeckten wir, dass am Ende des Grabens gemauerte Treppenstufen lagen. Sie bildeten die Basis für einen Schacht, der in die Tiefe führte.

»Jemand hat diesen Graben gezogen, um das Haus des Poppaeus zu suchen«, vermutete ich.

Archigenes nickte. »Und als er die Treppe gefunden hatte, grub er tiefer. Das sollten wir uns näher ansehen.«

Ich beugte mich hinab und nahm eine Hand voll Asche auf. Sie war weich, kalt, etwas klebrig, aber feiner als der feinste Sand. »Das ist gefährlich«, murmelte ich. »Die Asche kann bei der kleinsten Erschütterung nachrutschen. Dann wären wir für immer dort unten gefangen.«

»Dann läge ich immerhin in einem größeren Mausoleum, als ich es mir je hätte träumen lassen«, brummte Archigenes ungerührt. Er entzündete gerade eine kleine Öllampe, die er mit sich führte. »Komm mit.«

Vorsichtig sprangen wir in den Graben, dann folgten wir den Stufen in die Tiefe. Die tödliche graue Decke war höher als das Haus. Es war, als stiegen wir in ein Bergwerk aus Asche hinab. Die Luft war abgestanden, feiner Staub schwebte wie ein Nebel im Gang. Ich musste husten. Als wir endlich unten angekommen waren, drang schon so gut wie kein Tageslicht mehr herein. Im flackernden gelben Licht erschrak ich, weil mich von einer rot gestrichenen Wand das aufgemalte Gesicht des Zeus anstarrte. Dann kamen weiße Wandflächen in den kleinen Lichtschein, verziert mit Bäumen, und schließlich die Ecke einer marmornen Brunneneinfassung.

»Das muss das Atrium gewesen sein«, flüsterte ich, weil ich nicht mehr wagte, laut zu sprechen.

Archigenes nickte und deutete nach rechts. Zwei kleine Giebel waren gerade noch in der Wand aus Asche zu erkennen: Das Lararium, wo die Bildnisse der Hausgötter und Ahnen des Poppaeus vielleicht noch immer irgendwo unter der erstickenden Decke stehen mussten.

»Atrium, Lararium – wir stehen im Eingangsbereich des Hauses. Was immer Poppaeus an Schätzen gehortet haben muss – hier können wir es nicht finden.«

Ich starrte auf den Boden. In die feine Asche waren Fußabdrücke gesetzt. Es war unmöglich zu erkennen, ob da jemand erst gerade oder schon vor etlichen Tagen gelaufen war, aber es war eindeutig, dass alle dieselbe Größe und dasselbe Muster einer Ledersohle hatten.

»Wer immer das hier gegraben hat, er war allein«, murmelte ich.

»Umso besser«, entgegnete Archigenes, »dann können es nicht Cilix und seine Männer gewesen sein.«

»Ein Mann allein braucht Tage, wenn nicht Wochen, um das hier freizugraben«, flüsterte ich.

»Vielleicht ist er immer noch nicht fertig«, erwiderte mein Freund und sah sich unwillkürlich um, obwohl wir keinen Laut hörten.

Der Gang führte tiefer hinein in das verschüttete Haus. Nach einigen Schritten lag die Brunneneinfassung des Atriums zu unserer Rechten, links hatte der Unbekannte eine Art abzweigende Sackgasse gegraben, die in einem kahlen Raum endete, dessen einzig frei gelegte Wand Laokoon zeigte, wie er im zum Untergang verdammten Troja gegen die Schlange der Götter kämpft. »Unser unbekannter Freund sucht etwas Bestimmtes«, vermutete Archigenes, »aber er weiß nicht, wo es liegt. Deshalb gräbt er seitlich immer wieder Erkundungsgänge.« Er deutete auf den nächsten schmalen Tunnel, der diesmal nach rechts abging. Da aber der Hauptgang geradeaus weiterführte, ignorierten wir die Abzweigung.

Eine Zeit lang schritten wir schweigend aus. Es war so finster, dass außerhalb des schmalen Lichtkreises unserer Öllampe vollkommene Schwärze herrschte. In der bedrückenden Stille schien mir mein Herzschlag so laut in den Ohren zu dröhnen, dass ich sicher war, er würde uns verraten, sollte sich noch jemand hier in die Tiefe gewagt haben. Hätte ich noch an den Hades und die Götter geglaubt, ich wäre nicht überrascht gewesen, plötzlich Charon, den Fährmann der Toten, vor uns auftauchen zu sehen. Ich fühlte mich lebenden Leibes begraben.

Die Schäfte zweier kannelierter Säulen leuchteten plötzlich zu beiden Seiten des Tunnels im gelben Lichtschein auf. Sie waren mit aufgemalten Efeu- und Oleanderranken verziert, ein Stil, der vor zwanzig Jahren gerade groß in Mode kam und jetzt schon beinahe wieder vergessen war. Ich kroch in einen engen Nebengang, durch den ich nur gebückt voranschreiten konnte, bis ich weitere bemalte Schäfte erkannte.

»Ein säulenumstandener Innenhof«, mutmaßte ich. »Wir müssen im Peristyl sein.«

»Das Herz des Hauses«, flüsterte Archigenes. »Wenn es wichtige Räume gab, dann müssen sie irgendwo hier liegen.«

Der Gang knickte nach rechts ab. Wir stiegen über eine niedrige, mit Reihern und Pflanzen bemalte Mauer. Der Unbekannte hatte vom Peristyl aus den Zugang zu dem ersten Raum freigegraben: Auf roten Wänden schwebten Sphingen und Lyren, im Fußboden hatte ein schwarzweißes Mosaik ein Bild eingefasst, von dem ich nur ein Vergnügungsschiff erkannte, das von Pygmäen gerudert wurde. Halb aus der Asche freigegraben waren auch ein umgestürzter Stuhl, vier grüne Glasfläschchen und der Schaft eines bronzenen Kandelabers – die ersten Einrichtungsgegenstände überhaupt, die wir hier erblickten. Mir kam erst jetzt der Gedanke, dass irgendwo hier auch die Bewohner begraben sein konnten.

Ich mochte nicht mehr an die Götter glauben, doch ich war abergläubisch, wie jeder echte Römer. Ich hatte nicht die geringste Lust, die Ruhe eines unbestatteten Toten zu stören.

»Lass uns umkehren«, flüsterte ich.

»Welcher Gott macht dir die Knie weich?«, zischte Archigenes. »Du hast im Circus die Reedersgattin gebumst, nicht ich. Hättest du es damals mit deiner Sklavin getrieben, stünden wir jetzt nicht hier. Wir werden seit Wochen durch Rom gehetzt. Hier können wir vielleicht endlich den Grund für diesen Irrsinn erfahren, und ausgerechnet du willst wenige Schritte vor dem Ziel kneifen? Zu spät, mein Freund.«

Wir gingen weiter. Der Gang wandt sich in einem leichten Zickzack nach rechts, dann nach links. Es schien mir so, als würden wir langsam um das Peristyl herumgehen, denn hin und wieder schimmerten Säulenschäfte auf. Mir rann inzwischen der Schweiß in kleinen Rinnsalen über Stirn und Brust, vermischte sich mit der feinen Asche in der Luft und hinterließ graue, klebrige Striemen auf meiner Haut. Meine Augen schmerzten.

Die nächste Abzweigung vom Tunnel führte uns in eine Nische. Wir mussten uns inzwischen wahrscheinlich an der Rückseite des Peristyls befinden. Ich erschrak, als uns im schwachen Schein unserer Öllampe plötzlich ein Mensch anblickte – erst nach einem Augenblick erkannte ich, dass es nur ein lebensechtes Bildnis war, Teil eines großen Freskos: Ein Mann in wallender Toga, bekrönt mit dem Lorbeerkranz, sitzend auf einem Stuhl, mit einer Buchrolle in der Hand.

Archigenes beugte sich nahe zu der Wand, wo unterhalb des Dargestellten ein kurzer Text aufgepinselt war. Dann pfiff er durch die Zähne.

»Menander«, las er vor.

Den musste man mir nicht vorstellen. Menander war ein griechischer Satiriker gewesen, der seine Werke schrieb, als Alexander der Große die halbe Welt erobert hatte. Doch obwohl seitdem inzwischen rund vier Jahrhunderte verstrichen waren, wurden seine Stücke auch in Rom immer wieder gegeben. Wer sein Haus mit diesem Bildnis schmückte, wollte damit demonstrieren, wie sehr er hellenische Lebensart und die klassische Kultur liebte – vor allem die Dichtkunst und das Theater. Ebenso wie

Archigenes war mir deshalb die Bedeutung dieses Freskos sofort klar.

»Irgendwo hier muss die Bibliothek liegen«, flüsterte ich.

Wir brauchten nicht mehr lange zu suchen. Der Tunnel führte uns einige Schritte weiter, dann öffnete er sich plötzlich: Der Unbekannte, der ihn gegraben hatte, hatte gefunden, wonach er suchte.

»Die Buchrollen«, stieß Archigenes hervor. »Er war hinter ihnen her.«

Wir standen in einem Raum mit quadratischem Grundriss. Ich konnte nicht schätzen, wie hoch er einst gewesen war, sicherlich aber war es beeindruckend, denn der Raum war prachtvoll und repräsentativ. Der Unbekannte hatte die Asche bis ungefähr eine Armlänge über Kopfhöhe hinausgeschafft, darüber bildete sie eine massive graue Decke, die wahrscheinlich nur noch an den Wänden klebte und nirgendwo abgestützt wurde.

»Vorsicht«, warnte mich Archigenes. Er hatte das Wort nur noch gehaucht. »Eine unbedachte Bewegung, und die Asche stürzt herab.«

Langsam sahen wir uns um. Wir standen in einem Raum mit gelblich schimmernden Wänden. Dort waren mit feinstem Pinselstrich Pergolen aufgemalt, unter denen Kentauren, Silen, Nymphen und Satyrn musizierten und tanzten. Vor einer Wand stand ein schweres hölzernes Regal, dessen Fächer armlange, ascheverkrustete Röhren enthielten, die man zunächst für dicke bleierne Wasserleitungen halten mochte.

»Buchrollen«, flüsterte ich.

Asche und Hitze hatten die meisten von ihnen für immer ruiniert. Die Papyri und Pergamente waren mit dem heißen grauen Staub untrennbar verbacken worden. Als ich eine Rolle hervorziehen wollte, bewegte sie sich zunächst nicht. Als ich dann kräftiger zog, stob plötzlich eine winzige Staubwolke auf – und ich hatte eine Hand voll grauen Mehls herausgerissen, ein Staub, bei dem ich nicht zu sagen wusste, was Asche, was einmal Papyrus gewesen war. Von dem Text war nichts mehr zu lesen.

Doch einige Regalfächer waren einst besonders gesichert und durch kleine Türen aus dunklem Ebenholz verschlossen worden, das Hitze und Asche widerstanden hatte.

Nun waren alle diese Türen aufgebrochen.

Einige Rollen lagen davor auf dem Boden: angerissen, stockfleckig, aber noch lesbar. Ich hob eine auf. Sie war aus gegerbtem Leder und sicherlich schon uralt, als sie, nur die Götter mochten wissen wie, in das Haus des Poppaeus gelangte. In engen Kolumnen standen dort Zeichen, deren Form ich erkannte, auch wenn ich sie nicht lesen konnte.

»Die Sprache der Juden«, flüsterte ich.

»Lass sehen«, erwiderte Archigenes. »Ich kann ein paar Wörter entziffern.«

Die Juden schrieben von rechts nach links, also hielt er den Anfang des Textes in der Rechten und entrollte ihn nach links.

»Das Buch heißt ›Die Regel des Krieges‹«, flüsterte er. »Ich beherrsche die Sprache der Juden nicht gut genug«, murmelte er, während er hastig einige Kolumnen überflog. »Es geht um einen großen Krieg, der irgendwann stattfinden wird. Und um einen Mann, der ›Moreh Ha-Sedek‹ genannt wird, der ›Lehrer der Gerechtigkeit‹. Von dem habe ich noch nie gehört.« Er reichte mir die Rolle zurück.

Ich zählte die von Türen gesicherten Regalfächer: sieben. Dann blickte ich auf die am Boden verstreuten Buchrollen und die, die ich nun in der Hand hielt: sechs.

»Wer auch immer hier gewesen war – er scheint gefunden zu haben, wonach er suchte«, flüsterte ich düster.

»Und wenn uns nicht schnell etwas einfällt, dann findet er auch uns«, zischte Archigenes und packte meinen Arm. »Ich höre etwas. Da kommt jemand.«

Wir blickten uns hastig um, während ich nun auch glaubte, von irgendwoher gedämpfte Stimmen zu vernehmen, Schritte, halblaute Befehlsrufe. Doch der Tunnel endete in diesem Raum. Wir saßen in einer Falle.

»Zurück!«, zischte Archigenes.

Wir hasteten wenige Schritte weit, dann drückten wir uns in die Nische, deren Wand das Porträt des Menander schmückte. Archigenes blies unsere kleine Öllampe aus.

Die Dunkelheit war vollkommen. Ich stand mit weit aufgerissenen Augen da, doch sah ich nichts mehr als tintige Schwärze. Ich hörte die leisen Atemzüge meines Freundes neben mir und schmeckte die aschesatte Luft. Doch erkennen konnte ich nichts – nicht mal meine eigene Hand, als ich sie so dicht vor mein Gesicht hielt, dass meine Wimpern die Haut kitzelten. Es war, als hätte man mich lebendig begraben.

Dann hörte ich Stimmen.

Drei oder vier Männerstimmen. Jemand gab halblaut ein Kommando, ein anderer fluchte heftig über die staubige Luft. Ich konnte es nicht nur klar verstehen, es war Latein, ich wusste auch, dass derart deftige Schimpfworte eine Spezialität der Subura waren. Es war nicht übermäßig schwer zu erraten, wer dort ankam.

Ich hörte ein leises Geräusch, Metall rieb auf Metall: Archigenes hatte seinen langen Dolch aus der Scheide gezogen.

Vorsichtig tat ich es ihm nach und wartete.

Dann sah ich zum ersten Mal seit einer halben Ewigkeit

wieder etwas. Gelbroter Lichtschimmer lag plötzlich in dem Gang – ein Schimmer, der mit jedem Moment intensiver wurde. Die Stimmen wurden lauter. Ich hörte Schritte. Es mussten viel mehr Männer sein als ich bis dahin gedacht hatte. Als der Lichtschein fast bis zu unserer Nische vorgedrungen war, drückte ich mich so stark gegen die Wand als wollte ich dort eindringen. Ich spürte den glatten Putz zwischen meinen Schulterblättern. Schweiß rann mir von der Stirn und vermischte sich mit der Asche zu einem zähen grauen Schlamm, der auf der Haut kratzte und in den Augen brannte.

Dann waren die Unbekannten da.

Es waren Männer, die hintereinander den engen Gang abschritten, jeder zweite trug eine Fackel, deren Ruß in der schlechten Luft schwebte und das Atmen noch schwerer machte. Die Männer hatten ihre Schwerter gezogen. Die meisten sahen aus wie ehemalige Gladiatoren.

Ich wagte nicht mehr zu atmen. Der Gang war jetzt hell erleuchtet, doch unsere Nische lag noch in der Dunkelheit. Ein einziger Mann, der aus Neugier seine Fackel in unsere Richtung schwenken würde – und wir wären verloren.

Ich betete zu den Göttern, auch wenn ich nicht an sie glaubte. Sicherheitshalber flehte ich Jupiter an, den höchsten der Unsterblichen.

Einer nach dem anderen zogen die Männer vorbei. Langsam zunächst noch – doch dann rief der erste etwas, das ich nur zur Hälfte verstehen konnte: Er hatte die Bibliothek entdeckt. Sofort rannten die anderen los.

Ich zählte zwölf Mann, die uns passierten. Dann war das Licht bis in die Bibliothek getragen worden, zum Gang bei uns drang nur noch ein schwacher Schimmer.

Da spürte ich eine Bewegung neben mir: Archigenes hatte sich von der Wand gelöst. Doch statt sich zum Ausgang zu wenden, schlich er den Unbekannten hinterher.

»Hol dir von Mithras deinen Verstand zurück!«, zischte ich so leise, dass ich nicht sicher war, ob er mich überhaupt gehört hatte. »Lass uns von hier verschwinden.«

Er legte die Finger auf die Lippen und bedeutete mir mit einer Geste, aus der Nische herauszukommen und im Gang auf ihn zu warten. Dann sah ich, wie er die wenigen Schritte bis zur Bibliothek entlangschlich, den Dolch schlagbereit erhoben in der Rechten.

Und dann schlug er tatsächlich zu.

Sein Hieb traf aber keinen der Männer – sondern die Asche, die den oberen Teil des großen Raumes ausfüllte. Mit aller Gewalt schlug er Dolch und Faust in die klebrige, graue Schicht schräg über unseren Köpfen. Ich hörte einen dumpfen Schlag, dann ein seltsames Geräusch – so als zerreiße jemand einen riesigen Papyrus in der Mitte.

Dann sah ich nichts mehr.

Rumpelnd hatte sich die klebrige Asche im Raum wie ein großer Block gelöst und war hinuntergestürzt. Sie war nicht ganz so massiv wie ein Felsen, aber beinahe genauso schwer. Ich hörte noch einen erstickten Schrei, dann war der Lichtschein weg. Einen Moment später spürte ich einen starken Windstoß und eine Aschewolke, die mir den Atem nahm und mich hustend zusammenkrümmen ließ.

Noch jemand hustete.

»Archigenes?«, fragte ich würgend und packte meinen Dolch fester. Ich stand in vollkommener Dunkelheit.

»Die liegen jetzt für immer hier!«, keuchte mein Freund. »Lass uns abhauen, bevor hier noch mehr herunterkommen!«

Blind rannte ich los, Arm und Dolch tastend vorausgestreckt. Trotzdem knallte ich schon nach wenigen Schritten gegen eine Wand oder einen Pfeiler. Ich spürte, wie neben dem Schweiß eine andere, zähere Flüssigkeit über meine Stirn rann, während ich vergeblich versuchte, den hämmernden Schmerz in meinem Schädel durch heftiges Kopfschütteln zu vertreiben. Dann hastete ich weiter. Ich wusste nicht mehr, wo Archigenes steckte. Nur gelegentlich hörte ich seine Schritte oder einen halblauten Fluch aus seinem Munde, wenn er irgendwo angestoßen war. Unsere Flucht schien mir endlos zu sein und immer im Kreis durch diese finstere Unterwelt zu führen.

Doch irgendwann sah ich einen gräulichen Lichtschimmer. Neben mir tauchte ein Schatten auf, ebenso grau verkrustet wie ich.

Archigenes packte mich an der Schulter. »Mithras sei gepriesen!«, zischte er. »Wir haben es tatsächlich geschafft!«

Hustend und würgend stolperten wir den Gang hoch ins Freie, umgeben von einer gewaltigen Wolke aus feinster Asche, die durch den Einsturz aus dem Tunnel gedrückt worden war.

»Na endlich!«, hörte ich eine mächtige Stimme. »Ich dachte schon, Charon hätte euch alle gefressen.«

Ich brauchte nur einen Moment, um alles zu erkennen: Die Männer hatten einen Wächter draußen zurückgelassen, der den Lärm gehört und die Aschewolke gesehen und sich seinen Teil gedacht hatte. Als er nun zwei graue Gestalten aus dem Schacht herauswanken sah, musste er sie im ersten Augenblick für seine Leute gehalten haben. Er war ein riesiger, dicht behaarter Mann mit den zerschlagenen Zügen des ehemaligen professionellen Faustkämpfers.

Dann ging alles so schnell, dass ich gar nicht darüber nachdachte.

Der Hüne rannte zu uns und streckte uns hilfreich seine Rechte entgegen. Dann froren seine Gesichtszüge ein, zeigten einen Moment lang noch die Erleichterung, während seine dunklen Augen uns bereits ungläubig anstarrten. Und dann schon brach sein Blick.

Ich hatte ihm mit einem raschen Stoß meinen Dolch bis zum Heft unterhalb der Rippen in den Leib gerammt. Als ich die Klinge mit einem Ruck wieder herauszog und zurücksprang, drang ein Gurgeln aus seinem Mund, und ein Schwall hellen Blutes strömte über seine Lippen. Dann brach er zusammen, krümmte sich am Boden, zitterte wie in einem heftigen Krampf – und war dann still.

»Sauberer Stich«, sagte Archigenes anerkennend, während ich noch wie betäubt abwechselnd auf den Sterbenden und auf den blutigen Dolch in meiner Hand starrte.

»Komm mit«, sagte er leise und packte mich an der Schulter. Hinter uns rumpelte die Erde, und eine neue graue Wolke schoss nach oben: Der Schacht war eingestürzt.

»Lass uns bloß von hier verschwinden. Dann überlegen wir uns, was wir jetzt tun sollen«, rief Archigenes.

Aber da waren wir schon nicht mehr allein.

Hinter einem niedrigen Dornenbusch erhoben sich plötzlich zwei Gestalten. Wir sprangen ihnen mit gezückten Dolchen entgegen, doch die größere der beiden hob abwehrend die Hände.

»Wir tun euch nichts!«, rief der Schemen. Und ich glaubte, die leise, beinahe sanfte Stimme schon einmal irgendwo gehört zu haben.

Vorsichtig und mit erhobenen Armen traten die beiden näher.

»Die Essener!«, rief Archigenes und blieb misstrauisch in lauernder Kampfhaltung stehen.

Ich entspannte mich jedoch und hätte am liebsten gejubelt.

Der alte Mann, dessen weißer Vollbart und weiße lange Haare nun gräulich und verfilzt aussahen, trat uns als Erster entgegen. Und ihm folgte seine schöne junge Begleiterin mit den langen schwarzen Haaren, dem schmalen Gesicht und den dunklen, mandelförmigen Augen, deren Blick mich all die Wochen nicht mehr losgelassen hatte.

Ich schickte der Venus einen stummen Dank und gelobte, ihr in ihrem prachtvollen Heiligtum am Forum Romanum eine weiße Taube zu opfern, da sie mich diese Schönheit noch einmal erblicken ließ. Auch wenn man nicht an die Götter glaubt, ist es doch schön, sie anzurufen, wenn sie einem Glück schenken.

»Wir haben euch all die Wochen beobachtet und verfolgt«, sagte die Unbekannte. Ihre Stimme klang noch eine Spur heiserer als sonst.

»Offensichtlich wart ihr nicht die Einzigen«, erwiderte Archigenes säuerlich. Nur langsam richtete er sich auf.

»Es war der Mann, den ihr Cilix nennt«, antwortete der Alte. »Wir wären ihnen beinahe in die Arme gelaufen, als wir euch verfolgten. Wir konnten uns im letzten Augenblick verstecken. Er und seine Männer haben sich in einem Bauernhof hier ganz in der Nähe einquartiert.«

Archigenes grinste und deutete mit seinem Dolch hinter sich, auf den verschütteten Gang. »Sie haben eine neue Unterkunft gefunden. Dort werden sie lange bleiben, sehr lange.«

Der Alte schüttelte den Kopf. »Das waren nur ein paar Späher, die Erkundigungen einholen sollten. Cilix und die meisten seiner Männer sind noch auf dem Bauernhof. Heute Morgen traf dort ein Bote des Kaisers ein. Seitdem reden sie miteinander.«

»Mithras verfluche dieses ganze Pack!«, zischte Archigenes, und es war mir nicht klar, ob er nur die Bande des Cilix, auch den Kaiser oder sogar die Essener meinte, die ihm diese schlechten Nachrichten überbracht hatten. Die beiden machten auf jeden Fall eine eindeutige, halb abwehrende, halb verächtliche Geste, als sie den Namen des Mithras vernahmen. Archigenes ignorierte dies.

»Wir müssen zurück nach Nola«, sagte er resigniert. »Und dann weiter.«

»Wohin?«, wollte ich wissen.

Er zuckte mit den Achseln. »Keine Ahnung. Aber hier können wir nicht bleiben. Wir können hier nichts mehr finden, man kann nur uns hier finden.«

Wir hatten unseren Ochsenkarren in Nola im Stall der einfachen Herberge gelassen, in der wir abgestiegen waren. So mussten wir den Weg von Pompeji aus zurück in das unverwüstete Land zu Fuß eilen. Wir taten dies in einem leichten Laufschritt – gerade eben schnell genug, um den alten Mann nicht übermäßig zu erschöpfen, allerdings viel zu langsam für mich, der ich möglichst schnell eine große Strecke zwischen mich, die Verschütteten und den Rest von Cilix' Bande legen wollte. Wir schwiegen.

Einmal hielten wir kurz bei einer Quelle, die aus einem Felsen hervorbrach, um uns notdürftig zu reinigen. Das trübe Wasser schmeckte nach Schwefel. Die junge Essenerin hatte sich abgewandt, als Archigenes und ich unsere Kleider abstreiften und, nach einem kurzen Moment des Zögerns, in das überraschend warme Nass eingetaucht waren. Erst als wir fertig waren, wusch sie sich das Gesicht.

Als wir kurz darauf die Herberge – die, nicht ganz unpassend an diesem Ort, »Das Feuer des Vulcanus« hieß und das Bild des hinkenden, einen Schmiedehammer schwingenden Gottes im verblassenden hölzernen Wappenschild führte – erreichten und uns im Schankraum auf grobe Bänke nahe am Kaminfeuer sinken ließen, kamen wir endlich wieder zu Atem. Archigenes und ich bestellten beim Wirt Wein und Wildschweinbraten, weil wir unsere Errettung feiern wollten. Der Alte und seine junge Begleiterin dagegen begnügten sich mit Wasser.

»Ihr habt uns also die ganze Zeit beobachtet«, brummte Archigenes. »Muss ja spannend gewesen sein, uns bei der Arbeit im Hafen zuzusehen.«

Der Alte lächelte dünn. »Es gibt Schlimmeres. Menschen beim Nichtstun zuzusehen, beispielsweise. Wir ...«

Dann brach er plötzlich ab und starrte mich an, als hätte er in mir einen Gottesboten erkannt.

»Was hast du da?«, flüsterte er und streckte mir die Hand entgegen. Sie zitterte wie Laub im Herbstwind.

Erst da bemerkte ich, dass ich mir in der Eile im aschebedeckten Haus die erste Schriftrolle der verschütteten Bibliothek unter den Ledergurt gesteckt hatte, der meine Tunika umgürtetete. Schweigend reichte ich ihm den Text.

Und schweigend beobachteten wir ihn und die junge Frau, wie sie sich ehrfurchtsvoll über das Leder beugten, die Rolle langsam ausbreiteten und Kolumne für Kolumne lasen, so versunken und inbrünstig, als würden sie in einem Tempel einem Gott huldigen.

»Moreh Ha-Sedek«, flüsterte der Alte schließlich irgendwann, »dies ist ein Werk aus seiner eigenen Hand. Gott ist uns gnädig. Ich hatte nicht zu hoffen gewagt, dass ich noch einmal einen seiner Texte in der Hand halten dürfte. Alles schien verloren zu sein.«

»Wer ist der Lehrer der Gerechtigkeit?«, fragte Archigenes.

»Und wer seid ihr?«, fragte ich. »Es ist, glaube ich, an der Zeit, dass wir uns endlich vorstellen.« Dann nannte ich meinen Namen und den von Archigenes. Ich machte mir keine Mühe, mir einen falschen Namen auszudenken, da ich nicht wusste, seit wie langer Zeit uns die beiden schon beobachtet hatten und wie viel sie bereits über mich wussten. Wären sie Spitzel des Kaisers gewesen, hätten sie mich auf jeden Fall längst verraten können. »Ich bin Rebecca aus Tiberias«, antwortete die junge Frau selbstsicher, weil ihr Begleiter gezögert hatte.

»Mardochai aus Jerusalem«, murmelte der Alte. »Ich bin ihr Großonkel.«

»Ich dachte immer, dass Essener keine Frauen aufnehmen«, sagte Archigenes mit hinterhältiger Freundlichkeit und nahm einen tiefen Schluck Wein.

Mardochai wurde blass, dann nickte er resigniert. »Ich bin Essener. Es ist uns Essenern nicht verboten, eine Familie zu haben. Frauen leben in unserer Gemeinschaft wie in allen anderen jüdischen Gemeinden auch, wenn ihnen bei uns auch gewisse Plätze verschlossen bleiben.«

Es war mir nicht klar, ob er damit Orte oder Positionen innerhalb der Hierarchie meinte, doch verzichtete ich auf eine Nachfrage und ließ ihn weiterreden – jetzt, da er endlich von sich erzählte. Mardochai rief den Wirt herbei und bestellte für sich und Rebecca je eine Schale Wein. Ich musste ein Lächeln unterdrücken.

»Wir sind Juden«, fuhr der Alte dann fort, »am El, das Volk Gottes, alle zwölf Stämme Israels. Wir Essener haben das nie vergessen – und manchmal habe ich den Eindruck, dass wir die einzigen Juden sind, die dies nicht vergessen haben. Heute leben Juden in Alexandria, Antiochia, sogar in Athen und Rom. Viele sprechen Griechisch oder Latein und haben die Sprache ihrer Vorväter vergessen. Sie können die heiligen Texte nicht mehr lesen, verstehen die Überlieferung nicht, kennen Jerusalem nur noch vom Hörensagen und leben auch sonst wie die Ungläubigen. Allein wir Essener bewahren den Glauben und das Wissen von Abraham und seinen Nachfahren.«

»Ist Abraham ein Gott?«, fragte ich.

Da lachte Rebecca spöttisch. »Abraham ist der Stammvater unseres Volkes, aber er war ein Mensch wie du und ich. Es gibt nur einen Gott. Jahwe ist so groß, so glänzend, so furchtbar, dass niemand auch nur seinen wahren Namen auszusprechen wagt.«

»Ich habe keine Furcht, meinen Gott beim Namen zu nennen«, warf Archigenes ein.

»Weil er nur ein Götze ist, eine Illusion, ein Nichts«, erwiderte sie scharf.

Archigenes ließ sich nicht provozieren, sondern lachte nur.

»Für ein Nichts ist Mithras ziemlich mächtig«, antwortete er. »Ich habe seine Macht selbst erlebt.«

Ich hatte keine Lust, einem Disput über Unsterbliche zu lauschen – ob es nun viele Götter gab oder einen, das war mir gleichgültig, da ich an keinen glaubte. »Also bewahrt allein ihr Essener die Tradition der Juden«, lenkte ich das Gespräch wieder auf die alte Richtung zurück.

Mardochai nickte gravitätisch. »Vor fast zweihundertfünfzig Jahren hatte ein weiser, ein heiliger Mann das Amt des Hohepriesters am Tempel zu Jerusalem inne. Wir nennen ihn nur den ›Lehrer der Gerechtigkeit‹. Er erkannte, dass die Weissagungen der Propheten über die Endzeit, über den letzten Kampf des Guten gegen das Böse, über den Messias, den von Jahwe Gesalbten, der uns erlösen wird, und über das kommende Reich Jahwes sich auf seine, auf unsere Zeit beziehen. Wir leben in der Endzeit.«

Archigenes und ich blickten uns an. »Ich habe nicht gerade den Eindruck, dass sich das Römische Imperium dem Ende entgegenneigt«, warf ich mit sanftem Spott ein.

»Jahwe blendet die Ungläubigen durch ihren eigenen Hochmut, damit er sie desto sicherer zerschmettern wird«, tadelte mich der Alte.

»Nicht einmal der Kaiser kann Jahwe widerstehen«, rief Rebecca.

Der Wirt blickte zu uns hinüber, dann wandte er sich schnell wieder ab. Wir waren die einzigen Gäste im Schankraum.

»Das würde ich nicht so laut sagen, dass es einem von Domitians Lauschern zugetragen werden könnte«, zischte ich. »Mag ja sein, dass dein Gott mächtiger ist als unser Imperator – aber wenn du das weiterhin in aller Öffentlichkeit verkündest, werden dich die Löwen in der Arena zum Mittagsmahl verspeisen, bevor sich auch nur die Legionen für euren prophezeiten Endkampf aufgestellt haben werden.«

Mardochai nickte. »Wir müssen vorsichtig sein. Noch liegen die Juden im Staub. Und wir Essener sind so schwach und so zerstreut wie nie zuvor. Du bist ein Werkzeug Jahwes, Decimus Junius Juvenalis, denn durch dich hat er uns Gnade erwiesen. Denn nach fast dreißig Jahren der Hoffnungslosigkeit haben wir endlich wieder ein Werk aus der Hand unseres Gründers vor Augen. Ein Triumph fürwahr, denn du hast es aus den Trümmern eines Hauses gerettet, das sich der Mann erbauen ließ, der uns einst zerschmettern wollte. Heute bedeckt Asche seine Pracht, so, wie morgen Asche die Pracht des ganzen Imperiums bedecken wird.«

»Ihr habt wirklich keine Angst vor Domitians Spionen«, murmelte Archigenes säuerlich. »Von mir aus könnt ihr im Laufschritt in die Arena eilen und brüllen: ›Wo sind die Löwen?‹ Aber bitte: Schleift uns nicht mit. Solange ihr mit uns redet, spart euch das Geschwätz vom Untergang Roms.«

»Aber genau darum geht es«, erwiderte Rebecca hitzig. »Rom ist die Große Hure Babylon, das Reich des Bösen, das die Erde sich untertan gemacht hat, bevor der Messias kommt und das Volk Jahwes aufstehen wird, um SEIN Reich auf Erden zu erkämpfen.«

»Das hat der Lehrer der Gerechtigkeit geweissagt«, fiel Mardochai ein. »Er hat es dem Volk gepredigt, als er noch Hohepriester von Jerusalem war. Und nach seinem Sturz hat er die Lehre aufgeschrieben und seinen Getreuen weitergegeben: uns, den Essenern.«

»Man hat den Lehrer der Gerechtigkeit entlassen wie einen unfähigen Nachhilfelehrer?«, spottete Archigenes.

»Eine Intrige der Pharisaeer«, murmelte der Alte. Es klang, als spucke er diesen Namen aus.

»Die Mehrzahl unseres Volkes war nicht mehr hart genug für die Strenge unseres Glaubens. Sie haben den Lehrer der Gerechtigkeit verhöhnt, manche drohten ihm gar mit der Steinigung, weil er die Prophezeiungen der Endzeit auf seine, auf unsere Epoche bezog.«

»Und deshalb gründete er die Gemeinschaft der Essener?«, fragte ich.

»Wir sind die Speerspitze der Gläubigen!«, rief Mardochai. »Wir bereiten uns auf den Endkampf und die Ankunft des Messias vor, wir werden das Volk Jahwes in diesem letzten Ringen anführen. Wir nehmen nur die besten Juden«, fuhr er fort. »Drei Jahre muss jeder Neuling lernen, drei Jahre muss er die Tora studieren, die Psalter, die Werke von Ezechiel und anderen Propheten; drei Jahre lang wird er streng geprüft, bevor er die geheimsten Schriften studieren darf. Dreimal täglich versammeln sich die Essener zum Gebet und zum rituellen Bad, jede dritte Nacht wachen wir, um die Tora zu lesen. Jahwe wird sein Wohlgefallen an uns haben.«

»Jahwe vielleicht, der Kaiser wohl kaum«, unterbrach Archigenes ihn trocken. »Schade, dass dein Lehrer der Gerechtigkeit nicht mehr lebt. Ich wüsste zu gerne, was er zur Eroberung Jerusalems und zur Schändung eures Tempels durch Titus gesagt hätte. Das war der Endkampf eurer Propheten – und ihr habt ihn verloren.«

Mardochais Lippen zitterten, und sein Zorn war so groß, dass er nicht sprechen konnte.

»Gott prüft uns nur«, antwortete Rebecca an seiner Stelle. Sie klang selbstsicher – ja, sie schien den Spieß umzudrehen. Nicht wir verspotteten die Essener, sie verspotteten uns. »Ihr seid schon gerichtet, ihr wisst es nur noch nicht.«

Ich blickte sie an. »Ich weiß, dass ich gerichtet worden bin«, entgegnete ich, »und zwar vom Imperator, nicht von deinem Gott. Ich weiß nur nicht, warum ich gerichtet wurde. Doch es muss irgendetwas mit einem von euch zu tun haben, dem ich«, hier zögerte ich kurz, »zufällig kurz vor seinem Tod begegnet bin«, schloss ich etwas lahm.

»Joseph von Sepphoris, unser Bruder im Glauben. Jahwe sei seiner Seele gnädig«, murmelte Mardochai und schloss für einen Moment die Augen. Dann nickte er resigniert. »Ich glaube, es ist besser, wenn ich euch die ganze Geschichte erzähle«, sagte er dann müde. Gedankenverloren brach er ein Stück sauren Brotes zu winzigen Krümeln.

»Wir Essener waren nie sehr zahlreich im Volke, doch wir waren geachtet. Ein paar Tausend waren wir, als sich die Juden erhoben gegen die Große Hure Babylon.«

»Damals war Nero noch Kaiser. Das kann man durchgehen lassen«, warf Archigenes spöttisch dazwischen. Ich gab ihm einen heimlichen Tritt gegen das Schienbein.

»Die meisten von uns lebten in Jerusalem, als der Krieg begann«, fuhr der Alte fort. »Dort hat man im Süden sogar ein Stadttor nach uns benannt: das Essenertor. Doch das Herz unserer Gemeinschaft schlug am großen Salzsee in der Wüste Juda. Dort haben wir Mesad Chasidim errichtet, die Festung der Frommen. Sie war kein Militärlager, sondern eine Manufaktur für heilige Schriften. Hier lag unsere Bibliothek, hierhin schickten wir unsere besten Gelehrten und unsere hoffnungsvollsten Neulinge zum Studium der Tora und der Propheten. Am Sabbat durfte sich niemand weiter als tausend Ellen von diesem heiligen Ort entfernen. Unsere Toten ruhen dort, bestattet mit dem Blick nach Norden, auf dass sie dereinst den Garten Eden erblicken mögen. Hier sammelten wir alle Texte, die uns in irgendeiner Weise beim kommenden Weltengericht nützlich sein könnten. Hier kopierten wir Buchrolle um Buchrolle, damit wir sie hinausschicken konnten zu jedem Dorf, in jedes Haus, das Jahwe offen stand.« Er schwieg erschöpft.

»Und dann kam Quintus Poppaeus mit der zehnten Legion«, murmelte ich. Langsam wurde mir das eine oder andere klar.

»Wir waren über eintausend an diesem frommen Ort, der sonst kaum fünfzig beherbergt«, fuhr Mordechai mit tonloser Stimme fort. »Als Jericho gefallen war, wussten wir, dass uns das gleiche Schicksal ereilen würde. Doch die Wüste um Mesad Chasidim ist felsig und zerklüftet, wasserlos und lebensfeindlich. Kein Fremder kennt die unzähligen Spalten und Höhlen, die den von der Sonne glühenden Felsenberg zerfressen. Aber wir Essener kennen sie. Kannten sie«, verbesserte er sich.

»Als uns Späher meldeten, dass die Legion anrückte, rafften wir die kostbaren Schriftrollen eilig zusammen und versteckten sie in Dutzenden von Höhlen, die uns der Vorsteher von Mesad Chasidim und der Bibliothekar zuwiesen. Es war gerade noch zur rechten Zeit. An dem Tag, als wir die letzten Rollen in die Wüste schafften, rückten die Römer an.

Und dann prasselten Brandpfeile auf Mesad Chasidim wie ein Regen aus Feuer. Und dann …« Seine Stimme versagte.

Ich erinnerte mich an das, was uns der alte Veteran im Kolosseum erzählt hatte: Vespasian hatte mit den gefangenen Essenern die Tragfähigkeit des Wassers im Salzsee testen lassen.

»Aber du hast überlebt«, stellte Archigenes nüchtern fest.

Mardochai nickte. »Unser Vorsteher hat einige Männer auserwählt, um unser Wissen zu retten. Wir flohen in die Wüste, dann schlug ich mich zu meiner Familie durch, die in den Wirren des Krieges nach Tiberias gegangen war.« Er nickte seiner Großnichte zu, die damals noch gar nicht geboren gewesen sein konnte.

»Unsere Gemeinschaft war im Herzen verwundet«, fuhr er fort.

»Nicht nur, dass wir viele unserer Mitbrüder verloren hatten. Das wäre zu verschmerzen gewesen. Was ist schon ein Menschenleben im Angesicht der Macht Jahwes? Doch wir haben unsere Bibliothek verloren. All die heiligen Texte. Es dauerte Jahre, bis wir Überlebenden uns wieder nach Mesad Chasidim wagten – oder besser gesagt zu den Ruinen, die einmal Mesad Chasidim gewesen waren. Wenige Höhlen fanden wir noch unberührt, die Buchrollen waren staubbedeckt, aber unversehrt. Doch da auch

Jerusalem zerstört war und wir noch immer keinen Platz haben, an dem wir uns wieder gefahrlos versammeln können, beließen wir sie in ihren Verstecken. Die meisten Höhlen fanden wir nicht mehr. Jeder von uns hatte in den dramatischen Tagen vor dem Anrücken der Legion auf die Anweisung unseres Vorstehers gehandelt. Jetzt mussten wir feststellen, wie klug durchdacht und wie schmerzlich kurzsichtig zugleich sein Vorgehen gewesen war, denn es gab nicht einen unter uns, der damals Buchrollen zu allen Höhlen geschleppt hatte. Jeder kannte nur eine oder höchstens zwei. Und da wir so wenige Überlebende waren, gab es Dutzende von Höhlen, von deren Existenz wir zwar etwas ahnten, die wir jedoch nicht mehr finden konnten.

Die wichtigste Höhle allerdings entdeckten wir. Doch wer kann unsere Enttäuschung beschreiben? Ausgerechnet sie war geplündert worden, diese eine Höhle. Sie aber enthielt unsere wichtigsten Schriften, die geheimsten, die heiligsten Texte. Alles weg.

Es hat uns Jahre gekostet, bis wir herausgefunden haben, wohin diese Werke verschleppt worden sind.«

»Lass mich raten«, unterbrach ihn Archigenes düster. »Nach Pompeji, ins Landhaus des Quintus Poppaeus?«

Mardochai ballte in ohnmächtiger Wut die Fäuste. »Wir hatten schließlich nur seinen Namen herausgefunden. Also sind zwei von uns nach Rom entsandt worden, um ihn und seine Bibliothek zu finden. Wir ahnten nicht, dass er sich hier niedergelassen hatte.

Joseph von Sepphoris war der letzte Bibliothekar von Mesad Chasidim. Ihn schickten wir ins Herz der Großen Hure. Ihm zur Seite gaben wir Johannes von Jerusalem, der einst einer unserer weisesten und glaubensstrengsten Neulinge gewesen war und wie Joseph und ich den Sturm auf Mesad Chasidim überlebt hatte. Rebecca und ich reisten einige Wochen später nach, weil wir vom Procurator von Judaea zufällig etwas erfahren hatten, was vielleicht eine neue Spur sein könnte: Poppaeus habe sich irgendwo im Süden Italiens niedergelassen und sei längst gestorben. Doch wir kamen zu spät. Joseph ist tot, und Johannes ist verschwunden.

Ihr beiden kamt nur zufällig dazwischen, also haben wir euch beschattet, da wir nicht wussten, was wir sonst hätten tun sollen. Wir wissen nicht, wer unseren Bibliothekar ermordete. Wir wissen nicht, wo Johannes ist und was er nun tut, falls er überhaupt noch etwas tun kann.« Der Alte schloss wieder die Augen. »Ich habe da einen bestimmten Verdacht«, murmelte Archigenes. Dann rief er den Wirt zu sich.

Es war ein Einheimischer, fett, müde und der beste Kunde seines eigenen Weinkellers. Wir waren, so kurz nach den Saturnalien, die ersten Gäste seit Tagen. Er wischte sich die Hände an einem schmutzigen Tuch ab, als er zu uns herüberschritt.

»Was kann ich für dich tun, Herr?«, fragte er Archigenes.

Der beschloss, dass es zwecklos sei, lange um den heißen Brei herumzureden. »Wir suchen einen Mann, der vor einigen Tagen oder auch schon Wochen hier in der Gegend gewesen sein könnte und sich besonders für Pompeji interessiert hat.« Er blickte fragend zu Mardochai hinüber. »Wie sah er aus?«

»Sehr groß und hager«, antwortete der Alte. »Ein Mann von etwa fünfzig Jahren. Auffallend ist eine große, gezackte rote Narbe links an seiner Stirn, wo er als Kind einst auf einen Stein gestürzt war.«

Der Wirt legte seinen Kopf schief und tat so, als dächte er intensiv nach. Dabei konnte ich ihm längst ansehen, dass er einen Mann gesehen hatte, auf den diese Beschreibung zutraf. Seufzend holte ich meinen Lederbeutel hervor und warf ihm ein paar Sesterzen zu.

Sein fettglänzendes Gesicht verzog sich zu einem unterwürfigen Lächeln. »Vielen Dank, Herr. Jetzt fällt es mir wieder ein. Der war vor einigen Tagen hier. Er war Gast in meiner Herberge. Seltsamer Mann, er hatte so«, der Wirt suchte nach dem richtigen Wort, »so unheimliche Augen«, fuhr er fort. »So dunkel. Sie starrten einen an als, als wäre …« Seine Stimme verlor sich, und er schüttelte den Kopf. »Nun, das ist gleichgültig. Jetzt jedenfalls ist er wieder weg.«

Es kostete mich noch eine Hand voll Sesterzen, bevor er sich erinnerte, wohin Johannes von Jerusalem gegangen war.

»Er hat mich gefragt, wo hier mitten im Winter noch Schiffe auslaufen, die ihn nach Osten bringen können. Ich habe ihn nach Neapolis geschickt. Wenn er überhaupt einen Kapitän findet, der so verrückt ist, in dieser Jahreszeit in See zu stechen, dann dort.«

»Wann war das?«, fragte Archigenes.

»Das muss ungefähr eine Woche her sein«, antwortete der Wirt.

»Eine Woche!«, rief Mardochai enttäuscht. »Wir werden ihn niemals mehr vor dem Hafen einholen.«

»Wir werden ein anderes Schiff nehmen«, sagte ich grimmig und scheuchte den Wirt mit einer Handbewegung weg.

Als er außer Hörweite war, beugte ich mich zu dem Alten vor. »Jetzt wüsste ich zu gerne, warum Johannes wieder in den Osten segelt. Nach Judaea, nehme ich an?«

Mardochai schloss die Augen. »Wahrscheinlich hat er

gefunden, wonach er, wonach wir alle gesucht haben.« Er holte tief Luft. »In dieser einen Höhle lag auch ein einzelnes Blatt Leder. Darauf notierte der Vorsteher mit eigener Hand damals in aller Eile die Lage jeder Höhle, in der wir Buchrollen verbargen. Er verzeichnete, welcher Teil unserer Bibliothek in welcher Höhle lag, wie viel Schritte in welcher Richtung man von Mesad Chasidim aus gehen musste, um sie zu finden, wo Steine vor den Eingang gerollt waren und wo nicht. Und wo andere Dinge lagen, die wir ebenfalls vor der heranrückenden Legion verstecken wollten.«

»Zum Beispiel?«, fragte Archigenes, und plötzlich glitzerten seine Augen.

Mardochai machte eine vage Geste. »Alles, was für uns Essener noch wichtig war.«

»Gold- und Silbermünzen?«, hakte mein Freund nach.

»Die Kasse unserer Gemeinschaft war auch dabei«, antwortete Mardochai. Es schien ihm nicht sehr wichtig zu sein. »Auch Listen unserer Mitglieder, Verzeichnisse über unsere Grabplätze, liturgische Gewänder und anderes. Am wichtigsten ist jedoch das Verzeichnis der Buchverstecke.«

»Für dich vielleicht«, antwortete Archigenes und lehnte sich zurück. »Andere interessieren sich vielleicht mehr für die Münzen.« Er grinste.

»Schluss damit!«, zischte Rebecca. Sie hatte die letzte Zeit geschwiegen und uns nur aufmerksam beobachtet, sodass wir erschrocken zusammenzuckten, als sie dies plötzlich hervorstieß. »Johannes muss das Verzeichnis gefunden haben. Er allein weiß jetzt, wo alle Texte der Essener versteckt sind. Wir müssen ihn finden.«

»Und er ist auf dem Weg nach Osten«, sagte ich und spürte einen Stich im Herzen, denn mir war nicht entgangen, mit welcher Leidenschaft Rebecca von diesem Mann gesprochen hatte. Es hatte sich nicht so angehört, als triebe sie nur die Sorge um einen Glaubensbruder.

»Also, worauf warten wir noch?«, fragte Archigenes und blickte fröhlich in die Runde.

VI. Tag vor den Iden des Februar

Menschenfischer an Bord

Das Wetter war so ungewöhnlich mild wie an einem Frühsommertag: Das Sonnenlicht wärmte meine Haut, und vom Meer her strich eine kaum fühlbare Brise über das Land. Dass es noch Winter war, merkte ich nur daran, wie früh die Dämmerung einsetzte – und am Fehlen all der üppig schweren Blütendüfte, für die der Süden berühmt war. Es stank nach altem Fisch, verwittertem Holz, feuchtem Tauwerk und frisch aufgetragener Teerfarbe. Ich stand am Uferkai in Neapolis und suchte nach einem Schiff, das mir vertrauenswürdig genug aussah, dass ich mich damit auf den Ozean hinausgewagt hätte. Ich fand keines. Wir waren vor einigen Tagen von Nola aus Richtung Nordwesten aufgebrochen, die beiden Essener hatten hinter uns auf dem gestohlenen Ochsenkarren gesessen. Archigenes hatte sich wohl oder übel damit abgefunden, dass sie sich uns anschlossen – oder wir uns ihnen, wie sie es wahrscheinlich sahen –, auch wenn er ihr Gerede vom einen Gott und seinem auserwählten Volk nicht leiden konnte.

Mir dagegen war es ganz recht gewesen. In unserer augenblicklichen Situation war ich dankbar für jeden Verbündeten, selbst wenn er aus den fernen Provinzen stammte und noch nicht einmal das römische Bürgerrecht hatte. Und außerdem konnte ich so in Rebeccas Nähe bleiben.

Oft warf ich ihr verstohlene Blicke zu und versuchte, diese junge Frau näher zu ergründen. Sie sprach nie mehr als zwei oder drei Sätze. Meist hockte sie auf dem Holz des Wagens, die Knie bis zur Brust angezogen und umschlungen und blickte in die Ferne. Sie träumte nicht, sondern war sehr aufmerksam. Und sie schien intensiv an irgendetwas zu denken, doch ich konnte nicht einmal ahnen, woran. Ich fragte mich, warum man gerade sie ausgewählt hatte, um den beiden Glaubensbrüdern nach Rom nachzureisen. (Und, nebenbei, warum ihr Großonkel gekommen war. Auch Mardochais Position in dieser Sekte war mir, außer der Information, dass er vor fast zwanzig Jahren den Sturm auf Mesad Chasidim überlebt hatte, sehr unklar.) Vielleicht hatte sie ein sehr persönliches Motiv, um nach Joseph oder Johannes zu suchen. Immer wieder vergiftete Eifersucht meine Gedanken, auch wenn ich mich selbst wegen dieses kindischen Gefühls einen Narren schalt.

Wir hatten das Ruinenfeld von Pompeji und den Bauernhof, in dem sich Cilix mit seiner Bande einquartiert hatte, in großem Bogen umfahren und waren tagelang auf Nebenwegen, vorbei an winterlich kurz geschnittenen Weinstöcken, zu unserem Ziel gerumpelt. Nur selten erblickten wir einen Sklaven, der nach den Pflanzen sah, oder einen Bauern, der mit der Schlinge auf Hasenfang war. Die meisten starrten uns misstrauisch an, doch erwiderten sie stets höflich den Gruß, den wir ihnen entboten. Zuerst lag der Vesuv zu unserer Seite, später im Rücken. Eine dünne, weißliche Rauchfahne kräuselte sich über seinem zerrissenen Gipfel.

Neapolis gehörte zwar seit Jahrhunderten zum Imperium Romanum, doch noch immer sah man dieser Metropole an, dass sie vor langer Zeit von Griechen gegründet worden war. Der mächtige Tempel im Zentrum, der nun dem Jupiter gewidmet war, war einst dem Zeus errichtet worden. Wo heute Neptun verehrt wurde, hatte man vor Jahrhunderten zu Poseidon gebetet, und Venus war nur ein anderer Name für Aphrodite. Als wir an diesem Morgen – anders als in Rom durften Fuhrwerke hier auch tagsüber die Straßen benutzen – das Stadttor passiert hatten, lenkte ich das Plaustrum durch enge, verwinkelte Gassen. Wir mussten niemanden fragen, wo der Hafen lag, denn das Meer lag als leuchtend blaue, funkelnde Scheibe vor uns. Es war Markttag, viele Menschen waren auf den Beinen, wir hörten sie in einem bunten Durcheinander Lateinisch und Griechisch rufen, schreien, fluchen. Ich wollte nicht auffallen, also verzichtete ich darauf, unserem Gefährt durch derbe Worte oder gar den Einsatz der Peitsche den Weg zu bahnen. So brauchten wir mehr als eine Stunde, bis die eisenbeschlagenen Scheibenräder unseres Wagens endlich über die von unzähligen Fuhrwerken bereits tief eingerillten Steinplatten am Uferkai ratterten.

Mindestens zwei Dutzend bauchige Handelsschiffe waren im halbrunden Hafen vertäut. Ich zählte außerdem drei Trieren der römischen Kriegsflotte, die Ruder eingezogen und die Masten gelegt, über zwanzig Fischerboote oder kleine Lastkähne und, etwas abseits der anderen an einem eigenen, marmorverkleideten und mit bronzenen Statuen des Neptun und großer Meereswesen geschmückten Kai, fünf mit vergoldetem Holz, Purpurstoffen und Elfenbein verzierte Vergnügungssegler, die wahrscheinlich reichen Familien gehörten.

Alle Schiffe lagen im Hafen. Das Meer war zwar spiegelglatt, doch so leer, als sei von hier aus noch nie ein von Menschenhand geschaffenes Gefährt in See gestochen.

»Mithras sei uns gnädig!«, fluchte Archigenes und beschattete seine Augen, als er hinausblickte. »Wenn wir Pech haben, dann sitzen wir hier bis zum Frühjahr fest.«

Wir sprangen von dem Wagen und sahen uns um. Dann beschlossen wir, uns zu trennen.

Archigenes deutete auf die großen Lagerhäuser am gegenüberliegenden Ende des Hafens. »Ich werde versuchen, den Ochsen und das Plaustrum dort zu verkaufen. Ein paar Sesterzen mehr können wir gut gebrauchen. Und mit dieser Karre können wir in einer Stadt wie Neapolis sowieso nichts mehr anfangen. Es wäre viel zu teuer, sie hier irgendwo unterzustellen.«

»Und wenn wir kein Schiff finden?«, fragte ich. »Dann hängen wir hier fest.«

»Dann stehlen wir uns einen neuen Wagen«, erwiderte mein Freund lachend. »Aber diesmal einen flotten Zweispänner.«

»Ich werde mich am Kai umhören, ob in den nächsten Tagen ein Schiff ausläuft«, brummte ich. »Ich werde jedes nehmen, das nach Osten segelt, ob nun nach Judaea oder Ägypten oder Griechenland, das ist mir inzwischen gleichgültig – Hauptsache, wir legen schnell viele Meilen zwischen uns und Cilix' Männer.«

»Und wir werden uns inzwischen nach einer Herberge umsehen, die Menschen und keinen Wanzen Unterkunft bietet«, verkündete Mardochai. »Wir treffen uns wieder hier bei Sonnenuntergang.«

Ich hatte einen Moment lang mit dem Gedanken gespielt, Rebecca zu bitten, mit mir zu suchen. Schon hatte ich mir einen Vorwand zurechtgelegt, um einmal diese kurze Zeit mit ihr allein verbringen zu können: Eine junge Frau würde möglicherweise einen hartherzigen Kapitän leichter davon überzeugen, uns eine Passage auf seinem Schiff anzubieten. Doch sie drehte mir so schroff den Rücken zu, dass ich es nun nicht einmal wagte, diesen Vorschlag auszusprechen.

Ich blickte ihr nach, als sie an der Seite Mardochais ausschritt und grußlos in die Gassen von Neapolis eintauchte. Ich hoffte, dass sie nicht wieder, wie in Rom, einfach verschwand.

Archigenes starrte mich an, dann stieß er mich lachend in die Rippen. »Mach dir keine Sorgen«, rief er fröhlich. »Ich habe den Ochsenkarren, du suchst das Schiff – die beiden kommen ohne uns hier höchstens noch zu Fuß weg. Und ich glaube nicht, dass sie auf den Sohlen ihrer altersschwachen Sandalen bis Rom oder gar bis Judaea gehen werden. Zumindest der Alte sieht nicht so aus, als ob er sich noch eine solche Schinderei antun würde.« Rebecca schon, dachte ich, antwortete jedoch nicht.

Als die anderen in verschiedene Richtungen davongestrebt waren, sah ich mich noch einmal gründlich um. Nur zwei Mal in meinem Leben hatte ich mich bis dahin auf Schiffe gewagt – wagen müssen, denn als Legionär war mir nichts anderes übrig geblieben, als dem Befehl zu folgen, mich von Gallien aus nach Britannien einzuschiffen. Meine Knie wurden noch immer weich wie ungebrannter Ton, wenn ich an diese beiden stürmischen Überfahrten dachte. Wir hatten kampferprobte Soldaten an Bord, die in jeder Schlacht in der vordersten Reihe standen – die allerdings, als Wind und Wellen unser Schiff hin und her schaukelten und Wolken den Himmel verdüsterten, Neptun ebenso erbärmlich wie vergeblich um Beistand anflehten. Wahrscheinlich ließ sich der unsterbliche Meeresherrscher schon deshalb nicht herab, uns ruhige See zu schenken, weil ihm diese Veteranen ausgerechnet das opferten, was sie Stunden zuvor gegessen hatten.

Wegen meiner Unerfahrenheit in diesen Dingen konnte ich nicht erkennen, ob überhaupt irgendein Schiff im Hafen für die baldige Ausfahrt vorbereitet wurde. Auf einigen Decks sah ich zwar Männer, die Holz mit Teerfarbe bestrichen, Tauwerk flochten oder Segel nähten, doch das mochte ebenso gut ein Zeichen dafür sein, dass sie morgen Neapolis verlassen würden, wie, dass sie ihr Gefährt winterfest machten und sich die nächsten vier, fünf Monate nicht mehr bewegen würden. Wahrscheinlicher war Letzteres, denn selbst eine überzeugte Landratte wie ich kannte den berühmten Spottvers meines Kollegen Martialis: »Vom vierten Tag vor den Iden des November bis zum fünften Tag vor den Iden des März schließt die Hure ihren spendablen Kapitän ins Herz.« Zwischen diesen beiden Daten galt die Handelsschifffahrt offiziell als eingestellt, da die Winterstürme Reisen über die See zu gefährlich machten. Rom wäre jedoch nicht Rom, wenn sich nicht für jede Regel jemand gefunden hätte, sie zu brechen.

Also wandte ich mich nach kurzem Suchen zu einer Taverne direkt am Uferkai, die den Namen »Zur Schwarzen Galeere« im vom salzigen Wind ausgebleichten Holzschild über der Tür führte. Ich setzte mich an einen freien Tisch, um ungestört zu sein. Dann bestellte ich eine Schale vom teuersten Wein des Hauses, um mich beim Wirt beliebt zu machen.

Nach der zweiten Schale winkte ich ihn zu mir. Er warf einen Blick in die Runde, um zu sehen, ob die wenigen anderen Gäste gut versorgt seien, dann setzte er sich mit einer Schale an meinen Tisch. (Eine Schale Wein, die er mir garantiert auch in Rechnung stellen würde.) Ich quälte mir ein Lächeln ab, das zugleich unschuldig und jovial wirken sollte.

»Wenn ich um diese Jahreszeit in den Osten segeln wollte, wen würdest du mir da empfehlen?«, fragte ich rundheraus.

Der Wirt zögerte kurz. »Appius Celsus«, brummte er dann.

»Wo finde ich ihn?«, fragte ich, erleichtert darüber, dass er mir auf Anhieb einen Namen nennen konnte.

»Du gehst am Uferkai weiter geradeaus, bis du die zweite Straße hinter der ›Schwarzen Galeere‹ erreicht hast. Dort biegst du ein und gehst bis zum Forum. An der Ecke von Straße und Forum findest du ihn«, war die Antwort.

»Ein Kapitän wohnt so weit entfernt vom Hafen?«, fragte ich verblüfft.

»Celsus ist nicht Kapitän, sondern Arzt«, nuschelte der Wirt über die erhobene Weinschale hinweg und zeigte mir nun ein dreckiges Grinsen. »Jeder, der sich im Winter auf das Meer wagt, sollte seinen Geist untersuchen lassen. Ich könnte dir auch einen Priester am Tempel der Isis empfehlen, der dir für ein paar Sesterzen böse Dämonen aus dem Leib treibt.«

Ich beschloss, höflich zu bleiben, und schluckte meinen aufwallenden Zorn mit einem Schluck Rotwein hinunter. »Ich muss in den Osten. Dringende Familienangelegenheiten«, setzte ich erklärend hinzu.

»Hm«, er kratzte sich am Kopf und dachte lange nach. »Es gibt nur einen Kapitän in Neapolis, der auch im Winter solche Fahrten nicht scheut. Sein Schiff ist sogar schon fast voll beladen und wird, glaube ich, morgen auslaufen. Doch ich weiß nicht, ob ich dir seinen Namen nennen soll. Denn wenn du nicht wiederkommen wirst, dann trage ich ja irgendwie Mitschuld an deinem Tod. Wenn du verstehst, was ich meine.«

Ich verstand – und schob ihm ein paar Sesterzen zu.

»Ich kann auf mich aufpassen«, versicherte ich ihm grimmig.

Er grinste und strich die Silbermünzen ein. »Gnaeus Alleius Nigidus Maius«, sagte er. »Du kannst ihn sofort erkennen, wenn du ihn findest. Falls du ihn findest«, setzte er hinzu, »er ist nämlich nur so groß.« Und er zeigte auf die Tischkante. »Sein Schiff liegt am anderen Ende des Hafens. Es ist die Triton.«

Die Triton war nicht schwer zu finden. Der Segler lag etwas abseits von den anderen Frachtschiffen, fast schon beim Pier der Luxusboote: ein großer, bauchiger Segler, so lang wie eine Insula hoch ist, schätzte ich, und mit einer Breite, die ungefähr einem Drittel seiner Länge entsprach. Das gab dem Rumpf das Aussehen eines aufgeschnittenen Fasses. Doch mochte die Triton auch plump und langsam sein – auf mich wirkte sie sofort ungemein stabil. Zu beiden Seiten des stumpf zulaufenden Bugs waren große, schwarz-weiße Augen auf das Holz gemalt. Am Mast und am Bugspriet knarzte je eine Rahe mit bauschig eingeholten Segeln im Wind. Auf dem Achterdeck stand ein kleiner Aufbau, der wie die niedrige Ausführung eines Wachturmes aussah, wie ihn jedes Legionslager hatte. Im Rumpf stapelten sich bereits braune, mit Pech versiegelte Amphoren; Sklaven schleppten aus einem nahe gelegenen Warenhaus weitere herbei, außerdem einige Holzkisten, zwischen deren Brettern Strohhalme herausrieselten.

Und der Wirt hatte zumindest in dieser Hinsicht die Wahrheit gesprochen: Es war nicht schwer, den Kapitän zu erkennen, falls man ihn fand.

Das Längste an Gnaeus Alleius Nigidus Maius war ganz offensichtlich sein Name. Ansonsten war er eine Mischung aus Perfektion und Winzigkeit. Vor dem Achterkastell stand ein Mann, der aussah, als hätte eine Laune der Götter einen homerischen Helden um die Hälfte geschrumpft. Ich schätzte Nigidus auf rund dreißig Jahre. Er hatte eine markante Nase, dunkle Locken und trug einen kurz geschnittenen, sorgfältig gepflegten schwarzen Vollbart. Dem Äußeren nach musste er ein Nachfahr jener griechischen Seefahrer sein, die Neapolis einst gegründet hatten. Sein Körper war schlank und perfekt proportioniert – aber grotesk klein. Der Kapitän reichte den meisten Männern seiner Besatzung kaum bis zur Hüfte, seine Gliedmaßen wirkten so fein, als seien sie aus Glas geschnitten. Ein flüchtiger Betrachter hätte ihn für einen Sechsjährigen halten mögen, wenn sein dunkler Bart nicht gewesen wäre – und wenn nicht alle Seeleute und Tragsklaven seinen Befehlen augenblicklich gehorcht hätten. Seine Stimme klang hell wie eine kleine Glocke, und es wirkte lächerlich, ja geradezu blasphemisch, dass er in so hoher Tonlage ganze Serien von derben Flüchen ausstieß – gotteslästerliche Flüche, von denen viele nicht einmal im Circus der Hauptstadt bekannt waren. Doch niemand an Bord schien auch nur einen Augenblick zu zögern, seinen so unfreundlich hervorgebrachten Anweisungen zu gehorchen.

Ich beobachtete Nigidus eine Zeit lang. Er beaufsichtigte die Beladung seines Schiffes. Langsam erkannte ich ein System hinter seinen derben Befehlen. Die Amphoren – ich schätzte, dass es ein paar Hundert sein mussten – waren die üblichen, halb mannshohen, unten spitz zulaufenden tönernen Transportgefäße, wie sie jeder Römer kannte. Ich wusste, dass normalerweise die unterste Reihe der senkrecht stehenden Amphoren in hölzernen Gestellen steckte, damit sie nicht umfallen konnten. Nigidus hatte einen Teil dieser Gestelle jedoch ausbauen lassen und ließ an den fehlenden Stellen von den Sklaven die offensichtlich ziemlich schweren Holzkisten einsetzen, die irgendeine andere, sperrige Fracht enthalten mussten. So nutzte er den Raum in der Triton besser und brachte viel stabilisierendes Gewicht möglichst tief in den Rumpf – musste dabei jedoch darauf achten, dass die Träger ihre Lasten sehr sorgfältig und in genau der richtigen Reihenfolge stapelten. Als der Schiffsbauch endlich gefüllt war, ging es schneller weiter: Die zweite Ladung Amphoren wurde mit der Spitze zwischen die Hälse der ersten gesteckt und dadurch fixiert. Zuletzt spannten ein paar Matrosen Seile quer durch den Rumpf, um die Fracht zusätzlich zu sichern.

»Bist du zufrieden, Herr?«, rief Nigidus plötzlich und deutete mir gegenüber eine kleine Verbeugung an.

Ich fühlte mich ertappt und hüstelte. »Das sieht«, ich suchte nach dem passenden Wort, »sehr solide aus«, schloss ich, weil mir nichts Besseres einfiel.

Sein Lachen klang wie eine seltsame Mischung aus glücklichem Kindergeschrei und derbem Männergelächter. »Eine schlecht verstaute Ladung verrutscht im Sturm. Dann dreht sich das Schiff unter deinen Eiern so schnell weg wie eine Frau, der du beim Bumsen gestehst, dass ihre Sklavin besser ist.«

»Ah ja«, erwiderte ich lahm. Ich fragte mich, ob es eine gute Idee wäre, mit diesem Kapitän auf das stürmische winterliche Meer zu segeln.

»Eine gut verzurrte Ladung aber«, fuhr Nigidus fort, »die steht auch im stärksten Sturm aufrecht wie, na, du weißt schon.« Er lachte wieder sein seltsames Lachen. Seine Männer starrten mich grinsend an. Es war klar, dass er mich provozieren wollte.

Nun deutete ich meinerseits eine Verbeugung an. »Wie schön für dich, dass du in tadelloser Ordnung untergehen wirst, wenn einmal deine Stunde gekommen ist«, lobte ich.

Das Lächeln verschwand aus dem Gesicht des Kapitäns wie schlecht aufgetragene Schminke im ersten Regenguss. »Die Triton geht nicht unter«, zischte er. »Niemals. Neptun und ich, wir haben eine Vereinbarung.«

»Neptun und du? Persönlich?«, sagte ich. Jetzt hielt ich es definitiv für keine gute Idee mehr, mit diesem Mann den Gott des Meeres herauszufordern. Nur mit wem sonst?

Also seufzte ich und fragte trotzdem: »Ich habe gehört, dass du bald nach Osten segeln wirst?«

»Ja. Und ich bin der Einzige«, setzte Nigidus hinzu. Und dann lachte er wieder. »Von den anderen Süßwassersäufern, die sich nicht schämen, den Titel Kapitän zu führen, traut sich keiner mehr bis zum nächsten Frühjahr hinaus.«

»Und warum gehst du das Risiko ein?«, wollte ich wissen.

Er lachte und warf eine Goldmünze in die Luft, die er mit der Rechten wieder fing. »Deshalb!«, rief er. »In den Amphoren schwappt Garum für die hungrigen Legionäre im Osten, in den Kisten stecken wohlverpackte Glasflacons mit Duftwässerchen für ihre Frauen und Huren. Da niemand sonst im Winter liefert, kann ich den dreifachen Preis nehmen.«

»Wohin segelst du?«, erkundigte ich mich.

»Zuerst nach Alexandria. Von dort aus weiter nach Caesarea Palaestina zur Legion in Judaea.« Nun blickte er mich aufmerksam an. Ihm war natürlich inzwischen längst klar, dass ich eine Passage suchte. Und dass ich ziemlich gute Gründe dafür haben musste, es in dieser Jahreszeit zu tun.

Ich schloss die Augen. Es passte alles perfekt – bis auf

die Kleinigkeit, dass dieser winzige Kapitän offensichtlich wahnsinnig war.

»Gut«, sagte ich schließlich resigniert. »Würdest du Reisende mitnehmen?«

»Wenn sie mutig genug sind«, antwortete Nigidus sofort und grinste. »Und wenn sie hundert Sesterzen zu viel haben. Pro Kopf.«

Ich sog die Luft durch die zusammengebissenen Zähne ein. Das war ein Vermögen. Aber der Kapitän und ich wussten, dass ich keine Wahl hatte.

»Abgemacht«, sagte ich müde. »Wir werden zu viert sein.«

Mein Geld reichte gerade noch für Archigenes und mich. Ich hoffte, dass Mardochai und Rebecca von ihrer Gemeinschaft genug Geld mitbekommen hatten, um diese Überfahrt zu bezahlen.

»Wir laufen morgen früh mit der ersten Flut aus. Sei zur ersten Stunde hier. Herr«, setzte er dann hinzu, als wäre ihm dies gerade wieder eingefallen, und verneigte sich.

Ich rang mir ein Grinsen ab, grüßte und drehte mich weg, um die anderen zu suchen. Morgen früh mit der ersten Flut. In der ersten Stunde des Tages. Es klang für mich wie der Termin für eine Hinrichtung.

Wir hatten eine unbequeme Nacht in einer zugigen Hafenherberge hinter uns, als wir uns am nächsten Morgen zur Triton aufmachten. Ich hatte Archigenes und den beiden Essenern von Nigidus berichtet, wobei ich mir nicht die Mühe machte, meine Sorgen zu verbergen. Archigenes akzeptierte den Kapitän notgedrungen, weil uns keine Alternative blieb. Mardochai aber nickte zufrieden und verkündete, dass sein Gott Jahwe selbst uns diesen Mann geschickt hätte und uns nun nichts mehr zustoßen könne.

Archigenes hatte den Ochsenkarren verkauft – für zehn Sesterzen. »Das reicht schon mal für die ersten drei Wellen zwischen Neapolis und Caesarea«, hatte ich erklärt und ihm erst dann den Preis genannt. Einen Preis, den Mardochai und Rebecca anstandslos zahlen wollten. Archigenes, der auf den versteckten Schatz der Essener hoffte, war das nicht verborgen geblieben. Anschließend hatte sich mein Freund noch in einigen Tavernen und Herbergen nach Johannes aus Jerusalem erkundigt. Niemand hatte von ihm gehört. Doch vor über einer Woche war das Vergnügungsschiff eines reichen Weinhändlers aus Rom, der in der Nähe von Neapolis seinen Landsitz hatte, überraschend in See gestochen und bis jetzt nicht wieder zurückgekehrt. Einige Seeleute in einer Taverne hatten gemunkelt, dass dieser Weinhändler Christ sein sollte.

»Dieses segelnde Weinfass wird das Vergnügungsschiff niemals einholen«, kommentierte Archigenes bissig, als wir nun am Kai standen und zur Triton blickten. »Wer weiß, was Johannes diesem abergläubischen Weinhändler eingeredet hat, dass er sein schnelles Spielzeug für ihn auf die winterlichen Wellen jagt.«

»Lieber langsam nach Judaea segeln als schnell in den Hades«, erwiderte ich. Dann waren wir am Pier, und ich deutete auf die Triton.

»Hier sind wir!«, rief ich.

»Willkommen an Bord!«, rief Nigidus vom Deck aus und verbeugte sich übertrieben. »Ihr müsst mir gelegentlich verraten, was da im Osten vor sich geht. Halb Rom, so scheint es, will in diesem Winter nach Judaea reisen. Ich habe vor ein paar Augenblicken noch zwei Passagiere aufgenommen.«

Archigenes blieb mitten auf der Planke stehen, auf der

wir vom Kai an Bord gehen wollten. »Bei Mithras!«, zischte er. »Die Christen sind hier.«

Aus dem Schutz des Achterkastells traten Flavius Clemens, der Führer der Gemeinde von Rom, und Marcion, jener junge, dickliche Mann, der uns am Abend zur Insula Felicles zurückgeleiten sollte, dann allerdings in einer offenen Kloake das ausgesetzte Baby gefunden hatte.

»Das muss eines der Wunder sein, von denen ihr Christen immer so viel redet«, rief ich und verneigte mich, eine Spur zu ehrerbietig.

Flavius Clemens lächelte und lud uns mit einer ausholenden Geste ein, an Deck zu treten, als wenn er die Triton gekauft hätte.

»Ich freue mich wirklich, euch wieder zu sehen«, verkündete er mit der geschmeidigen Stimme des geübten Rhetors. Dann lächelte er und hob entschuldigend die Hände, während wir auf die Planken des Schiffes stiegen. »Das ist streng genommen natürlich falsch, denn von ›Wiedersehen‹ kann keine Rede sein – gesehen habe ich euch ja fast die ganze Zeit über. All die Wochen haben meine Brüder eure Schritte beobachtet. Ihr müsst es uns verzeihen, aber wir wussten sonst wirklich nicht, was wir hätten tun sollen.«

»Und wir wissen wirklich nicht, warum ihr das tun musstet«, erwiderte Archigenes scharf.

Clemens blieb verbindlich. »Die Seefahrt wird viele Tage dauern – genug Zeit, um alles zu erklären.«

»Das ist eine gute Idee«, warf Nigidus mit seiner hohen Stimme ein. Den Kapitän hatte ich buchstäblich übersehen.

»Wir werden jetzt ablegen«, unterbrach er uns, »bevor die Flut an Kraft verliert und Neptun die Geduld. Ihr solltet tun, was vernünftige Passagiere in solchen Augenblicken am besten tun: Räumt eure Sachen ins Achterkastell; einer meiner Männer wird euch eure Quartiere zeigen. Und dann bleibt in der Nähe des Achterkastells an Deck und geht jedem meiner Männer aus dem Weg, während sie arbeiten.«

Während uns ein Seemann nach hinten führte, beobachtete ich verstohlen meine Mitreisenden: Clemens und Marcion konnten ihren Triumph nur mühsam und unvollkommen hinter einer Maske der Bescheidenheit verbergen. Sie schienen sich kurz vor dem Ziel zu wähnen. Ich fragte mich, ob sie auch in Pompeji gewesen und ob sie Cilix' Bande über den Weg gelaufen waren und ob sie inzwischen irgendetwas wussten, von dem wir nichts ahnten.

Die beiden Essener dagegen hatten bis jetzt geschwiegen, zogen allerdings ein Gesicht, als hätten wir Nattern an Bord. Es war nicht sonderlich schwer zu erraten, dass Mardochai und Rebecca von den beiden Christen ungefähr so viel hielten wie von den Schlägern des Cilix.

Wir folgten dem Seemann bis zum Achterkastell, das durch dünne Bretterwände in vier kleine Verschläge unterteilt wurde. Einer war offensichtlich Nigidus vorbehalten, die anderen drei waren für uns reserviert – oder besser gesagt: geräumt.

»Das sind die Kabinen der Steuerleute«, brummte der Matrose, und es war mir nicht klar, ob er es nun missbilligte, dass seine Vorgesetzten ihre Quartiere einen Tag vor der Abreise räumen und irgendwo unter Deck unterschlüpfen mussten oder ob er es ihnen gönnte.

Wir mussten uns nicht lange absprechen, wer sich auf diese drei Verschläge verteilte.

»Das ist ein schwimmender Hühnerstall«, fluchte Archigenes, als wir uns in unserem Quartier umsahen. Die gesamte Einrichtung bestand aus ein paar Strohsäcken für die Nacht und einer Truhe aus rissigem Holz, deren Deckel nicht mehr richtig schloss. Durch die Ritzen im Bretterverschlag konnte man auf das Meer blicken.

»Bei Sturm werden wir uns den Hintern abfrieren«, fuhr er fort und probierte vergeblich, etwas Stroh, das er aus den Säcken gezogen hatte, in die Spalten im Holz zu stopfen.

»Bei einem richtigen Sturm werden wir an ganz andere Dinge denken«, erwiderte ich düster. Ich erinnerte mich an meine Überfahrt von Gallien nach Britannien, als wir, kaum dass wir das Land verlassen hatten, in ein Unwetter gesegelt waren. Die eine Hälfte der Legion hatte sich damals am Mast zusammengedrängt und alle Götter des Olymp angefleht, ihr Leben zu verschonen. Die andere Hälfte hing speiend über der Bordwand und bat dieselben Götter, sie endlich sterben zu lassen. Ich gehörte zur ersten Hälfte, was den Vorteil eines ruhigen Magens, allerdings den Nachteil einer klaren Erinnerung an diesen Tag mit sich brachte.

Es dauerte begreiflicherweise nicht sehr lange, bis wir unsere wenigen Habseligkeiten verstaut und uns wieder an Deck gewagt hatten. Wobei wir uns, eingedenk der Warnung des Kapitäns, nahe beim Achterkastell hielten. Ich sog die Luft ein und fühlte mich irgendwie erleichtert, trotz all der Ungewissheit, die uns drohte. Es roch nach Salzwasser, Teer, nassem Tauwerk und Holz, alles vermischt mit den scharfen Ausdünstungen des Garums. Die würzige Soße aus zersetztem Fisch, die in den Amphoren schwappte, war zwar durch Siegel aus Kork und Pech verschlossen, doch ihr Aroma war so stark, dass es selbst diese Stopfen durchdrang.

Nigidus hatte bereits das Segel am Mast setzen lassen.

Auf ihm prangte das von Salzwasser und Sonne schon etwas verblichene Bild eines großen, das Muschelhorn blasenden Triton. Noch aber flatterte das Segel wie eine Standarte im Wind. Zwei kräftige Männer standen bereits an der armdicken Ruderpinne, die rechts vom Achterkastell außen am Rumpf ins Wasser stach. Andere Seeleute standen an den Tampen bereit, die uns noch mit dem Pier verbanden, oder hatten lange, am Ende mit Stoffballen gepolsterte Stangen in der Hand, um die Triton vorsichtig von den großen Steinen der Hafenbefestigung abzustoßen.

Da schickte der Kapitän noch einmal zwei Mann von Bord, die sich von einem dritten, der ein langes, scharfes Messer schwang, unter dem Johlen ihrer Kameraden rasch das Haupt kahl scheren lassen mussten.

»Was machen sie da?«, fragte Archigenes.

»Es bringt Unglück, sich an Bord die Haare zu schneiden«, erklärte Nigidus. »Das weiß jeder Seemann seit den Tagen des Odysseus. Und die beiden hatten für meinen Geschmack zu lange Haare. Wenn wir bis zu unserer Rückkehr im Frühjahr mit dem Scheren gewartet hätten, hätten sie keine Locken mehr auf dem Kopf gehabt, sondern eine verlauste Filzmatte. Also mussten sie jetzt noch schnell unter das Messer.«

Mit etlichen blutigen Kratzern auf den kahl geschorenen Häuptern kehrten die beiden bald wieder zurück. Dann endlich gab Nigidus den Befehl, die Leinen zu lösen.

Die Männer mit den Stangen drückten uns langsam vom Kai weg. Die Seeleute, die eben noch die Tampen von den bronzenen Halteringen am Ufer abgeworfen hatten, eilten zum Segel, griffen sich die Schoten und zogen es in einem spitzen Winkel zum Wind. Sofort blähte sich das Tuch, es war, als ob Leben in den aufgemalten Triton käme. Das Schiff neigte sich leicht nach Backbord und nahm Fahrt auf. Als auch das zweite, kleine Segel gesetzt war, glitten wir sanft durch die Wellen. Neapolis fiel hinter uns zurück.

Nigidus hatte nur wenige, halblaute Befehle erteilt. Selbst ich konnte erkennen, dass seine Mannschaft hervorragend eingespielt war und dieses Manöver wahrscheinlich schon Hunderte Male durchgeführt hatte. Der Kapitän nickte, dann schritt er vom Achterkastell bis zum Mast, wo an einem Bronzenagel ein Käfig aus Rohr leicht im Wellengang schwankte. Dort flatterten zwei schwarze Hähne in der ungewohnten Bewegung aufgeregt herum. Nigidus griff rasch in den Käfig, holte einen der beiden heraus und schritt würdevoll – sofern seine gemessenen Trippelschritte so genannt werden konnten – bis zum Bug. Dort hielt er mit der Linken den Hahn hoch.

»Neptun, höre mich, hier spricht Nigidus, der Kapitän der Triton, der dir stets opfert, was dir gebührt«, rief er, und seine hohe Stimme klang nur noch verweht bis zu uns hinüber. »Ich halte meine Versprechen. Halte du auch deines und schütze dieses Schiff und die Menschen, die darauf durch dein Reich fahren!«

Dann zog er plötzlich mit der Rechten ein langes Messer aus dem Gürtel – und schnitt mit einer raschen Bewegung dem Hahn das Haupt ab. Nigidus warf den kopflosen Torso hoch in die Luft, wo er taumelnd herumflatterte und dann auf den Wellen aufschlug, die ihn sofort verschlangen. Sein Blut war auf den Bug des Schiffes gespritzt.

»Teufelszauber«, murmelte Marcion, der neben uns getreten war, und machte eine seltsame Geste vor seiner Stirn und seiner Brust, die ich nicht zu deuten wusste.

Archigenes würdigte ihn keines Blickes. Er starrte auf die Küste, die langsam im morgendlichen Dunst über den

Wellen versank. Schon waren kaum noch Einzelheiten der Lagerhäuser von Neapolis zu erkennen. Strahlend nur ragte der von der Morgensonne goldgelb überzogene Gipfel des Vesuv auf.

»Wie geht es dem Baby?«, fragte mein Freund.

Marcion starrte ihn einen Moment lang verwirrt an, dann hellten sich seine verkniffenen Züge auf. »Es wird ein kräftiger Junge werden. Wenn du ihn heute sehen würdest, könntest du nicht mehr glauben, dass er noch vor wenigen Wochen im Schmutz der Kloake gewimmert hat. Ich habe ihn in eine christliche Familie gegeben. Er wird in der Gnade unseres Herrn Jesus aufwachsen.«

»Wer ist Jesus?«, fragte ich.

»Der größte Lügner, der je durch Judaea gezogen ist«, sagte Mordechai, der unbemerkt hinter uns getreten war. Seine Stimme klang dabei ganz ruhig, doch sein Kiefer zitterte.

»Ihr Essener selbst seid die schlimmsten Lügner und Verblendete, welche die Wahrheit nicht erkennen, obwohl sich doch vor euren Augen die Prophezeiungen über den Messias erfüllt haben«, ereiferte sich Marcion. Hektische rote Flecken waren in seinem Gesicht erblüht.

»Ich habe diesen Jesus mit eigenen Augen gesehen. Ich habe seine Predigten mit eigenen Ohren gehört! Ich war zwar damals noch ein Kind, aber ich kann mich noch an alle Einzelheiten erinnern, so, als ob es erst gestern gewesen wäre«, erwiderte Mordechai. »Du dagegen bist viel zu jung, um das alles noch selbst erlebt haben zu können. Und außerdem bist du nicht einmal Jude, sondern Heide.«

»Ich bin Grieche und stolz darauf«, fuhr ihn Marcion an. »Wir Christen sind keine Juden.«

»Wahrlich nicht«, wetterte der Alte.

»Ich habe vor unserer Abfahrt auf dem Markt von Neapolis noch schnell getrocknete Datteln und ofenwarmes Brot gekauft«, unterbrach Clemens die beiden Streitenden plötzlich und nickte freundlich. »Wie wäre es mit einem etwas verspäteten Morgenmahl in der Sonne auf Deck?«

»Das ist eine gute Idee«, pflichtete ihm Archigenes bei und grinste breit. »Der Kapitän wirft uns nämlich schon seltsame Blicke zu, weil wir uns streiten, noch bevor das Land auch nur außer Sicht gekommen ist.«

Ich kannte ihn inzwischen gut genug, um zu ahnen, dass ihn der Streit zwischen Christen und Essenern erheiterte. Er würde ihren Zank genießen wie eine gut gespielte Komödie und sich damit die langen Tage auf See verkürzen. Mir dagegen wäre es weitaus lieber gewesen, wenn meine Mitreisenden sich gegenseitig etwas mehr Großmut gegönnt hätten. Schließlich war zwar noch nicht klar, ob wir alle in diesem seltsamen Spiel der Götter Verbündete werden würden, doch immerhin wussten wir schon, dass wir alle den gleichen, mächtigen Gegner zu fürchten hatten.

Wir brachen das Brot und aßen eine Zeit lang schweigend. Langsam verschwand das Land hinter dem Horizont. Zuletzt war nur noch der Kegel des Vesuv zu sehen, über dem, fast unsichtbar auf diese Entfernung, wieder eine dünne Rauchsäule hoch in den Himmel stieg. Ich fragte mich zum ersten Mal, ob ich Italien je wieder betreten, ob ich meine Heimat je wieder sehen würde.

Nun, da wir den Schutz des Landes verlassen hatten, war der Wind aufgefrischt, und die See ging höher. Doch keine Welle krachte auf das Deck der stäbigen Triton, die sich langsam, aber unbeirrbar wie ein Ochsenkarren auf der Straße durch das Meer kämpfte. Ich dankte den Göttern, dass niemand aus unserer kleinen Zwangsgemeinschaft das Bedürfnis überkam, sein Innerstes ins Meer zu spucken – auch wenn Archigenes im Verlauf der letzten halben Stunde blasser geworden war und nur noch lustlos auf einer Dattel herumkaute.

Als mir das Schweigen zu lange anzuhalten schien, wandte ich mich an Clemens mit einer Frage, die mich schon seit einiger Zeit beschäftigte: »Wer ist dieser Chrestus, den ihr anbetet?«

»Christus«, korrigierte er mich lächelnd. »Er ist der Messias, der von Gott Gesalbte, der Erlöser.«

»Er war es«, kommentierte Mordechai bissig. »Jetzt sind seine Gebeine schon längst in irgendeiner Gruft bei Jerusalem verrottet.«

»Die Gruft von Golgatha ist leer«, erwiderte Marcion heftig. »Unser Herr ist wieder auferstanden und ins Himmelreich eingegangen. Das haben viele Augenzeugen gesehen. Und dort wird er sitzen, uns zu richten. Sehr bald«, fügte er bestimmt hinzu.

»Wenn das so ist, sollten wir schon einmal Plinius fragen, ob er uns verteidigt«, warf Archigenes ein und fand dabei sein Grinsen wieder, obwohl er um die Nase noch ziemlich weiß war.

»Wir sollten nicht über jemanden spotten, der am Kreuz leiden musste«, sagte Rebecca leise, aber bestimmt. »Auch wenn er ein Scharlatan gewesen ist.«

Ich blickte sie erstaunt an, weil ich nicht erwartet hätte, dass sie so viel Verständnis für jemanden zeigte, der in ihrer Gemeinschaft offensichtlich verflucht wurde und dessen Anhänger die Rivalen, wenn nicht Feinde der Essener waren. Ich war glücklich, dass Rebecca nicht mehr, wie in den letzten Stunden, stumm und verschlossen in unserer Mitte gesessen hatte, als wäre sie nur mit dem Körper bei uns, mit ihren Gedanken jedoch irgendwo weit weg.

»Der Tod am Kreuz ist einer der ehrlosesten, den römische Richter verhängen können«, sagte ich leise. »Ein Tod für aufrührerische Sklaven und Schwerverbrecher. Als sich Spartacus einst gegen seinen Herrn erhob und die Gladiatoren und Sklaven zum Aufstand anstachelte, endeten er und seine Spießgesellen an Kreuzen, die links und rechts der Via Appia aufgepflanzt worden waren wie eine Allee – eine Allee des Todes, die von Rom bis zum Meer reichte. Nur das Ende in der Arena ist noch schlimmer – obwohl es Verurteilte gibt, die, wenn man ihnen die Wahl lässt, lieber die Löwen und Tiger wählen, denn die schicken einen schneller in den Hades. Auf jeden Fall kein sehr würdiges Ende für einen von welchem Gott auch immer Gesalbten.«

»Es gibt nur einen Gott«, antwortete Clemens.

»Wie bei den Juden?«, warf Archigenes ein, bevor Clemens fortfahren konnte. Offensichtlich wollte er ihn wieder provozieren. Doch der Angesprochene nickte zustimmend, in keiner Weise verärgert. »Die Juden haben als erstes und lange als einziges Volk diese erhabene Wahrheit erkannt. Jupiter, Venus, Serapis, Isis, Mithras«, hier verneigte er sich spöttisch in die Richtung des Archigenes, »und all die anderen Gestalten, die Menschen bisher verehrten, sind nichts als Truggebilde – Götzen in Marmor oder Bronze, vor deren Bildnissen ihr ohne Sinn und Zweck Stiere ausbluten lasst oder Wein verspritzt.«

»Oder Hähne köpft und über Bord werft?«

»Oder Hähne köpft, ja. Der große, der einzig wichtige Unterschied zwischen uns Christen und den Juden ist nur der, dass wir erkannt haben, dass Jesus der Messias ist, den unsere alten Propheten angekündigt haben.«

»Ein Wanderprediger, der aus einem Nest in Galilaea stammte. Der Bastard einer unverheirateten Mutter, der vor armen Leuten predigte, die er mit seinen Wundern täuschen konnte«, sagte Mordechai verächtlich. »Kaum war er in Jerusalem, war der Spuk auch schon vorbei.«

»Ihr Juden habt ihn beim Procurator denunziert!«, fuhr Marcion auf.

Clemens legte ihm begütigend die Hand auf den Unterarm. »So musste es sein, der Herr selbst hat es Petrus und den anderen Aposteln prophezeit«, erklärte er.

Dann wandte er sich an mich. »Christus ist der Sohn Gottes, geboren von einer Sterblichen. Mit seinem Tod nahm er alle unsere Sünden auf sich. Er erlöste uns. Nach drei Tagen im Grab stand er von den Toten auf, nach vierzig Tagen fuhr er in den Himmel. Wir Christen glauben an ihn und wollen das leben, was er uns gepredigt hat: die Liebe zu all unseren Mitmenschen. Es sind die Apostel, die uns dies lehrten – jene zwölf Männer, die Jesus bedingungslos folgten und die nach seiner Himmelfahrt auszogen in die Städte des Reiches, um seine Lehre zu predigen. Ich selbst habe als junger Mann den größten von ihnen gehört, als er in Rom weilte: Petrus.

Damals pflanzte der Fischer vom See Genezareth, der unserem Herrn als Erster folgte, das Saatkorn des Glaubens in meine Seele, auch wenn ich mich noch nicht zu Christus bekannte. Es dauerte Jahrzehnte inneren Ringens, bis ich mich dem Glauben mit ganzem Herzen ergab. Wir streben nicht nach Reichtum oder Macht, denn das würde uns im Angesicht seines Thrones nichts nützen. Das, was unsere Feinde über uns verbreiten«, hier warf er Mordechai einen Blick zu, gerade noch kurz genug, um als zufällig und nicht beleidigend zu gelten, aber doch eindeutig, »dass wir in geheimen Zeremonien Kinder ermorden und ihr Blut trinken, ist nichts als eine üble Lüge.«

»Zumindest haben zu Zeiten Neros genügend Römer an

diese Geschichten geglaubt«, warf Archigenes ein. »Nach dem Großen Brand.«

»Weil sie an jede noch so entstellte Geschichte glauben, wenn sie nur ein Vorwand dafür ist, Ströme von Blut zu vergießen. Doch unsere Brüder und Schwestern sind singend in den Tod gegangen, freudig, weil sie in Jesu Namen sterben durften, weil sie noch im Tod ihren Glauben an ihn bezeugen konnten. Petrus ging ihnen allen voran. Sie haben auch ihn, wie unseren Herrn, ans Kreuz genagelt, sogar mit dem Kopf nach unten, dass ihm der Kopf vor Blut zerspringen möge. Doch er hat sich glücklich gepriesen, hat Christus verherrlicht und seinen Mördern verziehen. Das hat mehr Menschen zu Christus geführt, als Neros Schergen aus unserer Gemeinschaft gerissen haben. Wir sind stärker als je zuvor. Und wir werden täglich mehr. Denn immer mehr Menschen erkennen, dass wir dereinst im Himmel Jesus auf dem Richterthron wieder sehen werden – ob wir nun an ihn glauben oder nicht. Und deshalb wäre es besser, uns schon in diesem Leben darauf vorzubereiten.«

Clemens lächelte noch immer, doch ich verstand durchaus, dass in seinen sanften Worten eine Drohung versteckt war. »Und weil euer Herr, den ihr Christus nennt, es euch so gebietet, habt ihr uns die ganze Zeit verfolgt und segelt jetzt dorthin zurück, wo er einst ans Kreuz genagelt worden ist«, stellte ich scheinbar gleichmütig fest.

Clemens wurde blass, und Marcion ballte die Hände zu Fäusten. Doch der Ältere behielt seinen höflichen Tonfall bei. »Domitian ist ein zweiter Nero«, antwortete er. »Er hat Praetorianer ausgeschickt, um die führenden Köpfe unserer Gemeinde in den Kerker zu werfen. Manche warten schon in den Käfigen unter dem Kolosseum auf ihr Ende.«

»Domitian lässt Christen verfolgen?«, fragte ich ungläubig nach. Der Imperator war so abergläubisch, dass er Prediger aller Art, sofern sie nicht offen gegen ihn agitierten, stets gewähren ließ – aus Angst, dass ihn einer von ihnen bei einer unbekannten Gottheit verfluchen und ihn so mit Lähmung oder gar dem Tod schlagen könnte.

»Bis jetzt sind es nur die Leiter unserer Gemeinde«, erklärte Clemens, »die einfachen Gläubigen lässt er in Ruhe. Noch. Es traf uns trotzdem vollkommen überraschend. Kein kaiserliches Edikt hatte uns zu Feinden des Imperiums erklärt, niemand hatte im Volk gegen uns gewettert, niemand, so weit wir wissen, hat uns denunziert. Doch eines Morgens klopften einige Praetorianer an meine Pforte und überreichten mir ein Schreiben des Kaisers. Da ich einst Konsul gewesen war, stand dort in des Imperators eigener Handschrift, und da ich des Kaisers Vetter sei, könne er mir zwar nicht verzeihen, dass ich dem staatsfeindlichen Kult des Christus huldige, doch er gewähre mir die Gnade, Selbstmord zu begehen. Damit ich nicht in einen Kerker geschleift, vor Gericht gestellt, öffentlich entehrt und anschließend hingerichtet werde.«

»Domitian wird nicht gerade erfreut darüber sein, dass du seine Gnade ausschlugst«, sagte Archigenes nach einer Pause.

Clemens lächelte dünn. »Der Kaiser glaubt, dass ich tot bin. Ich bat die Praetorianer, im Vorzimmer zu warten, damit ich in meiner letzten Stunde allein wäre. Sie respektierten dies selbstverständlich, denn so ist es ja Brauch bei kaiserlich befohlenen Selbstmorden.

Dann rief ich einige meiner Diener zu mir. Sie waren einst meine Sklaven gewesen, doch als ich zu Christus kam, ließ ich sie alle frei. Auch sie sind Christen geworden und stark im Glauben. Unter ihnen gab es einen in meinem Alter, der mir auch ähnelte. Ohne zu zögern, ja freudig ging er für mich in den Tod. Er nahm das Schwert.

Anschließend bahrten einige Diener seinen blutbespritzten Leichnam auf eine Liege, sodass die klaffende Wunde in seinem Leib zur Tür zeigte, sein Kopf aber abgewandt war. Ich schlich aus einer geheimen Pforte aus dem Zimmer, dann ließen die Diener die Praetorianer ein. Sie sind abergläubisch, und wegen all der Verleumdungen fürchten sie uns Christen als böse Zauberer. Sie warfen nur von der Schwelle zum Raum aus einen flüchtigen Blick auf den Leichnam und eilten dann sofort wieder hinaus. Ich wurde von Brüdern versteckt. Und als wir von eurer, nun, Reise nach Pompeji hörten, führte Marcion mich nach Süden.«

»Deine Vorgänger gingen, wie du selbst gesagt hast, singend in den Tod«, meinte ich verwundert. »Und du lässt einen anderen für dich sterben? Was hätte Christus wohl dazu gesagt?«

»Ich bete jeden Tag für meinen Diener – auch wenn ich weiß, dass er nun im Himmel sitzt, um die Herrlichkeit Gottes zu schauen. Aber diese blutige Täuschung war notwendig. Denn auf meinen Schultern ruht die Last der römischen Gemeinde. Ich führe die Christen in der Stadt, auf mein Wort hören auch viele Gemeinden in anderen Städten des Imperiums. Und mir ist noch«, er zögerte und suchte zum ersten Mal, seit ich ihn kannte, nach dem richtigen Wort, »mir ist noch eine Aufgabe gestellt«, schloss er. Clemens lächelte nicht mehr.

»Ich frage mich«, murmelte Archigenes, »was deine Aufgabe mit uns zu tun hat, mit den Essenern, mit dem Toten im Circus – und vielleicht auch mit Domitians plötzlich ausgebrochener Verfolgung. Der Kaiser scheint jeden zu jagen, der, ob absichtlich oder zufällig, den Weg des Toten gekreuzt hat. Ich frage mich nur, warum.«

»Was wisst ihr, das wir nicht wissen?«, sagte ich leise, aber bestimmt. »Vielleicht kommen wir zusammen dem Rätsel näher. Ich habe noch immer keine Ahnung, warum mich der Imperator verfolgt – oder warum ihr uns verfolgt.«

»Ich befürchte, dass ich euch nicht sehr viel helfen kann«, erwiderte Clemens. »Wir hörten zufällig von einem unserer Brüder, der, der in einer Herberge arbeitet, von Johannes und Joseph, die von den Essenern ausgeschickt worden waren. Wir kümmerten uns zunächst nicht weiter darum, auch wenn wir überrascht waren, dass erstmals Essener in der Hauptstadt des Imperiums auftauchten. Wir sind Christen, keine Juden. Seit den Verfolgungen unter Nero herrschen zwischen uns und ihnen«, er machte eine bedauernde Geste, »Unstimmigkeiten«, schloss er. Selbst ich, der ich mich wenig für Religionen interessierte, wusste, worauf er anspielte: Neros zweite Gattin Poppaea – jene Verwandte des in Pompeji begrabenen Feldherrn mit der geheimnisvollen Bibliothek – war zwar keine Jüdin gewesen, doch hatte sie diesen Kult mit großem Wohlwollen gefördert. Man murmelte damals gar bei Hofe, sie würde konvertieren wollen, wenn sie nicht Kaiserin wäre. Sie hatte die Christen angeblich bei Nero angeschwärzt.

»Doch dann«, fuhr Clemens fort, »hörten wir, dass Johannes und Joseph nach Texten suchen – Texte aus der legendären Bibliothek der Essener von Mesad Chasidim. Dort bewahrten sie einst alle Werke auf, die Gott preisen, und auch Schriften, welche die Essener selbst verwarfen.«

»Dafür, dass du nichts mehr mit den Juden zu tun haben willst, weißt du ziemlich viel über uns«, warf Mardochai bissig ein.

Clemens lächelte, ging darauf jedoch nicht weiter ein. »Manche dieser Werke sind auch uns heilig«, fuhr er fort. »Und manche Texte könnten für uns«, er zögerte, »wichtig sein.«

Dann schloss er die Augen und seufzte. Ich konnte sehen, dass er mit sich rang, ob er uns mehr verraten sollte. »Also gut«, murmelte er schließlich und ignorierte den warnenden Blick, den ihm Marcion zuwarf.

»Jesus Christus, unser Herr und Erlöser, gab sich erst als Gottes Sohn zu erkennen, als er schon weit im Mannesalter stand. Predigend zog er durch Galilaea, verkündete das Wort Gottes, tat Wunder und sammelte den Fischer Simon Petrus und die anderen Jünger um sich. Dann zog er nach Jerusalem, wo ihn die Pharisaeer beim Procurator Pontius Pilatus als Aufständischen denunzierten und wo er am dritten Tag verhaftet wurde, bevor man ihn ans Kreuz nagelte. Alles in allem wirkte er nicht einmal zwei Jahre. Auch dies ist ein Wunder, dass sich Gottes Sohn in einer so fernen Provinz für so kurze Zeit offenbart und daraus doch eine Gemeinschaft im Glauben wird, die inzwischen sogar größer ist als das Imperium Romanum. Doch wir haben nur sein Wort.«

Erschöpft hielt Clemens inne und nahm einen tiefen Schluck Wasser. »Jesus war wie eine Kerze, die an beiden Enden brannte. Ihm war selbstverständlich klar, welches irdische Ende sein Vater für ihn auserkoren hatte, damit er die Schuld aller Menschen durch sein Leiden auf sich nehmen konnte. Also zogen er und seine Jünger unermüdlich durch das Land. Überall predigte er dem Volk.«

»Ich weiß«, murmelte Mardochai. Auch er wirkte auf einmal müde, und aller Hass war aus seinen Zügen verschwunden. »Ich habe ihn gehört. Ich war damals fast noch ein Kind, meine Mutter hatte mich mitgenommen. Schon mein Vater war Essener, er hätte es nicht erlaubt, dass wir auch nur einen der unzähligen Wanderprediger und Wunderheiler hörten, die damals durch das Land zogen. Meine Mutter ging mit ihren Kindern hin, weil sie schon viel von diesem Mann, den ihr Christus nennt, gehört hatte. Und wir alle kannten doch die Prophezeiung der Essener: ›Er wird der Sohn Gottes genannt werden, und sie werden ihn Sohn des Höchsten nennen.‹ Vielleicht war er ja endlich der, der uns verkündet worden war? Jesus war damals schon so bekannt, dass eine große Menge zu ihm strömte, als seine Jünger durch die Dörfer gingen, um zu verkünden, wann und wo er reden würde: auf einem kleinen Hügel am See Genezareth.

Ich saß damals fast zu seinen Füßen, weil meine Mutter noch am Abend vor der Predigt aufgebrochen war und wir auf dem Hügel, von wo aus er predigen wollte, übernachtet hatten. Das war auch gut so, denn wer später ankam, musste ihn aus großer Entfernung hören.

Ich kann mich kaum noch an etwas erinnern. Die Details verschwimmen vor meinem inneren Auge, auch wenn ich später immer wieder versucht habe, sie mir ins Gedächtnis zu holen. Von seinem Aussehen weiß ich nichts mehr, außer dass er nicht sehr groß und imposant war und dunkle Augen hatte, deren Blick einen erschaudern ließ, wenn er auf einem lag. Seine Stimme war klar und kräftig – die Stimme von jemandem, der gewohnt ist, vor großer Menge zu reden. Doch er verschluckte die Kehllaute, wie es die Leute aus Galilaea oft tun. Das machte es für mich nicht einfach, ihm zu folgen.

Von seiner Predigt weiß ich kaum noch etwas, ich war viel zu überwältigt. Meine Mutter hat damals geweint, auch wenn ich bis heute nicht genau die Gründe dafür kenne. Nur das habe ich noch behalten: ›Freuen dürfen sich alle, die brennend darauf warten, dass Gottes Wille geschieht; denn Gott wird ihre Sehnsucht stillen.‹ Es waren viele Dinge darin, die ich nie zuvor gehört hatte. Aufrüttelnde Gedanken. Die Forderung, alles anders zu machen, als es alle Generationen zuvor getan hatten. Und die Hoffnung, dass wir dies alles vollbringen könnten, noch in unserer Generation.

Vielleicht wäre ich damals sogar Christ geworden, wenn Jesus länger bei uns geblieben wäre. Meiner Mutter kamen wieder die Tränen, als sie davon hörte, dass er gekreuzigt worden ist. In der Familie haben wir nie über diese Predigt und diesen Mann geredet. Seine Jünger und andere, später gewonnene Anhänger kamen manchmal in unsere Stadt. Wir lebten in Bethlehem, wo Jesus ja geboren war, und deshalb galt ihnen dieser Ort schnell als besonders heilig.

Aber mein Vater, der Essener, blieb mir ein stärkeres, ein besseres Vorbild als alle diese späteren Prediger, bei denen das Wort niemals so stark war wie bei diesem Jesus. Mit vierzehn kam ich nach Mesad Chasidim, um mich zu bilden für die höheren Ränge der Essener, da hatte ich Jesus bald fast vergessen.

Und noch später«, er schloss die Augen, »noch später, da standen wir Juden auf und erhoben uns gegen die Römer, die unser heiliges Land besetzt hatten. Alle waren wir vereint, wir kannten keine alten Rivalitäten mehr: Essener, Sadduzaeer, Pharisaeer und ganz gewöhnliche Juden. Nur die Christen wollten nicht mitmachen. Sie sind aus Jerusalem ausgezogen, als wir es befestigten. Und als Vespasian mit seinen Legionen kam, da haben sie sich ihm ergeben. Seitdem gelten sie mir nur als Abtrünnige und Verräter, schlimmer als der schlimmste Römer.«

Er hatte dies jedoch müde gesagt, ohne Zorn, beinahe resigniert. Ich sah Marcion an, dass er darauf scharf erwidern wollte, doch Clemens hob begütigend die Hand.

»Hättet ihr getan, was Jakobus, der Bruder unseres Herrn Jesus und Anführer der Gemeinde von Jerusalem, getan hat, dann hätten die Römer niemals den Tempel in Jerusalem zerstört und euch von dort vertrieben«, erwiderte Clemens. Auch in seiner Stimme lagen weder Zorn noch Triumph, nur Müdigkeit und Trauer.

»Gottes Sohn wurde also illegitim geboren«, höhnte Archigenes, den das alles nicht sonderlich beeindruckt zu haben schien. »Dann lebte er jahrelang in der fernsten Provinz, ohne von irgendwem erkannt zu werden. Dann predigte er einige Monate lang und starb schließlich wie ein überführter Mörder und Vergewaltiger am Kreuz. Anschließend verrieten seine Anhänger ihr eigenes Volk. Ich muss schon sagen, dass die Taten des Hercules beeindruckender sind als diese Geschichte aus Judaea.«

»Und doch glauben schon mehr Menschen an Christus als an Hercules«, entgegnete Clemens freundlich.

Dann verschwand das Lächeln wieder aus seinen Zügen. »Doch weil Jesus so viel predigte und er stets umherzog, hinterließ er seinen Jüngern und damit uns nur sein Wort, nicht seine Schrift. Wie sollen wir seine frohe Botschaft weiter predigen, wenn er nicht mehr da ist? Zum Glück haben manche Männer, die damals dabei waren, Jesu Worte festgehalten. Es sind ihre Texte – Texte von Männern, die zu den ersten Christen zählten, manche gar Freunde und Vertraute der Apostel Petrus oder Paulus –, auf die sich unser Wissen stützt und die unseren Glauben bestimmen. Markus, der mit Paulus nach Rom kam und dort mit ihm unter Nero den Märtyrertod fand, hinterließ uns den ersten umfassenden Bericht. Ich habe Markus im Verhör durch die Praetorianer erlebt. Damals war ich ein junger Senator und hing noch dem Glauben an die alten Götzen an. Ich tat nichts.« Er schüttelte in der Erinnerung daran den Kopf.

»Dann hinterließ uns der Zöllner Matthaeus einen langen Bericht, nachdem er Jesus gehört hatte und durch ihn bekehrt worden war. Ihn selbst hat niemand in Rom je gesehen, denn er blieb sein Leben lang in den östlichen Provinzen, wo er irgendwann hingerichtet worden ist. Und schließlich berichtete Lukas von den Taten Jesu – ein griechischer Arzt aus Antiochia, der lange in Rom weilte. Auch er war ein Begleiter des Paulus – ein gebildeter, kluger Mann, ein guter Beobachter und mitreißender Redner. Jemand, der Jesu Worte ebenso kraftvoll predigen konnte, wie er geistreich über Homer oder Livius plauderte. Und er war es, der mich schließlich zum rechten Glauben führte.«

Clemens machte eine lange Pause und niemand wagte, ihn zu unterbrechen. »Doch, wie es stets ist, wenn Sterbliche außergewöhnliche Ereignisse aufzeichnen, bleiben dabei viele Fragen offen und Widersprüche bestehen«, fuhr er schließlich fort. »Wie gut wäre es da, wenn wir einen Bericht hätten, der nicht Jahre nach Jesu Kreuzigung verfasst worden wäre, sondern schon davor? Ein Bericht, ein Brief, ein Protokoll eines Augenzeugen seiner ersten Predigten? Einen Bericht von jemandem, der Jesus besser kannte, als selbst Markus ihn gekannt hat.«

Clemens' Stimme zitterte. »Vielleicht gibt es diesen Bericht nicht. Wahrscheinlich sogar. Doch wenn es wider Erwarten doch anders gewesen wäre – wo sonst wäre solch ein Text schon zu seinen Lebzeiten gesammelt worden als in Mesad Chasidim, der Festung der Essener? Sie haben als Einzige alle heiligen Schriften in ihre Bibliothek gebracht, auch wenn sie selbst nicht an sie glaubten.

Und auch wenn diese Möglichkeit so unwahrscheinlich ist, dass Marcion mich deswegen sogar tadelt«, er nickte seinem Begleiter verständnisvoll zu, als der protestieren wollte, »allein die winzigste Aussicht, einmal doch einen Bericht aus der Zeit, da Jesus noch im heiligen Land wirkte, zu lesen, ließ mich alle Risiken eingehen. Also haben wir Johannes und Joseph beobachtet, in der Hoffnung, dass sie uns auf die Spur der Bibliothek der Essener bringen würden – und dass wir dort endlich einen Text aus der Zeit unseres Herrn finden.

Doch was in der Nacht von Josephs Tod geschah, wissen wir nicht. Wir hatten ihn und Johannes in diesen Stunden aus den Augen verloren. Ich weiß weder, wer sein Mörder ist, noch, warum er dies tat. Was immer das Motiv für dieses Verbrechen war, ich kenne es nicht«

Clemens machte eine müde Geste. »Stattdessen kreuztet ihr nacheinander auf. Zeitweise hielt ich einen von euch für den Mörder. Aber das war offensichtlich nicht der Fall. Dennoch wart ihr plötzlich die einzigen Spuren, an die wir uns heften konnten. Denn Johannes, wenn er nicht auch in jener Nacht ermordet worden ist, ist allen unseren Nachforschungen entkommen.«

»Es sieht so aus, als wäre dieser Johannes uns stets einen Schritt voraus«, murmelte ich. »Ich möchte wissen, ob er bloß – wie wir – gejagt wird oder ob er eine andere, womöglich finstere Rolle in diesem Spiel spielt.«

»Manchmal habe ich den Eindruck, ihr Christen kennt Johannes besser als wir«, murmelte Mardochai.

Rebecca warf ihm einen raschen Blick zu, den ich nicht zu deuten vermochte; dann senkte sie die Augen.

Clemens hob abwehrend die Hände. »Wir haben durch

Brüder in Jerusalem bereits von seiner tiefen Glaubensstärke gehört, die ihm in ganz Judaea bereits einen gewissen Ruf eingetragen hat. Aber ich kenne ihn nicht.«

»Wir setzen in keinen Mann so große Hoffnungen wie in Johannes«, sagte Mardochai. »Er muss vor denselben Menschen fliehen wie wir – und er muss auch etwas wissen, was wir nicht wissen. Schließlich war er vor uns in Pompeji und hat im Haus des Poppaeus auch etwas gefunden. Etwas, das ihm so wichtig ist, dass er selbst mitten im Winter das Wagnis einer Rückkehr nach Judaea auf sich genommen hat. Wenn ihm etwas zustoßen sollte, dann verlieren wir nicht nur einen unserer hoffnungsvollsten Brüder, sondern vielleicht auch die letzte Möglichkeit, noch etwas über das zu erfahren, was uns Poppaeus einst geraubt hat.«

Ich beobachtete heimlich Rebecca. Sie hatte nun lange nichts mehr gesagt, ihr Blick war oft zum Horizont gewandert, so, als interessiere sie sich mehr für das Spiel aus Wellen und Licht auf dem Meer als für das, was wir erzählten. Doch ich merkte, dass sie uns sehr wohl genau zuhörte. Und ich spürte ihre plötzliche Anspannung bei der letzten Gesprächswendung. Zum ersten Mal kam mir der Verdacht, dass sie vielleicht irgendetwas über Johannes und sein Geheimnis wusste.

Nach dem Frühstück, das einer Art geistigem Gladiatorenkampf zwischen Mardochai und Clemens geglichen hatte, versuchten wir, so gut es ging, uns auf der Triton erst einmal aus dem Weg zu gehen. Das Schiff rollte in der See, doch wir machten gute Fahrt.

»In zwei Wochen sind wir in Alexandria«, verkündete der Kapitän, als ich einmal neben ihn trat. »Sofern uns Neptun keinen Sturm schickt, der uns abtreibt oder gar zwingt, uns in irgendeinem Hafen unterwegs zu verkriechen«, setzte er hinzu.

Ich dachte über das nach, was wir als Nächstes tun sollten. Ich glaubte, dass es nur einen Grund für die überstürzte Abreise des Johannes geben konnte: Er hatte in der verschütteten Villa gefunden, was er suchte. Er würde nach Mesad Chasidim eilen, um dort den Schatz der Essener auszugraben – wie immer der auch aussehen mochte. Seine eigenen Mitbrüder waren ihm dicht auf den Fersen – und ich hatte mehr und mehr den Eindruck, dass die Essener irgendwie die Kontrolle über ihn verloren hatten.

Was hatte Johannes vor? Wer war dieser Mann, der offensichtlich in ganz Judaea wegen seiner Frömmigkeit bekannt war? Mir war schmerzlich bewusst, dass er Macht hatte über die Seelen – zumindest über die Seele einer jungen Essenerin. Und selbst Clemens hatte in Rom von ihm gehört. Und ich hatte das Gefühl, dass Johannes etwas mit den Christen verband; dass auch Clemens, wie Rebecca, etwas über diesen Johannes wusste, das er niemandem gestehen wollte.

Was hatten die Christen wirklich vor? Welcher Text könnte so wichtig sein, dass sie derartige Risiken auf sich nahmen? Dass sie nicht irgendeinen ihrer Mitbrüder, sondern den Führer ihrer Gemeinschaft schickten?

Dann dachte ich an Cilix. Nun, da wir zwölf seiner Männer lebendig begraben hatten, würde er noch ein sehr persönliches Motiv haben, uns zu jagen. Selbst dann noch, wenn er seinen eigentlichen Auftrag erledigt haben würde. Ich war mir inzwischen ganz sicher, dass er auf Befehl des Kaisers handelte. Andererseits hatte Domitian noch immer nicht offiziell nach uns suchen lassen. In Neapolis hatten einige Schiffe der Flotte und ihre Besatzungen gelegen – es wäre ein Leichtes gewesen, uns auf dem einzigen Schiff, das in dieser Jahreszeit ausfuhr, zu finden und festzunehmen. Was immer der Imperator sich von den Essenern erhoffte zu entdecken – er schien nicht gewillt zu sein, diese Suche zu einer offiziellen Angelegenheit zu machen.

Und Archigenes und ich? Ich hatte nur noch eine schwache Hoffnung, dass wir in den Trümmern von Mesad Chasidim zumindest das finden könnten, wonach alle suchten. Dann würde ich endlich die Gründe dafür kennen, warum man mich verfolgte – aber wie ich aus dieser Falle wieder herauskommen könnte, das wüsste ich dann noch immer nicht. Vielleicht nie.

Voller düsterer Gedanken legte ich mich abends in unserem Verschlag auf die Strohsäcke und starrte hinaus auf den Sternenhimmel über dem Meer. Der Wind kam nun aus Nordwesten und war böig und unangenehm kalt. Ich wickelte mich eng in meinen Mantel und fröstelte trotzdem.

»Was hältst du von den Geschichten, die uns die Essener und die Christen erzählen?«, fragte ich irgendwann Archigenes, der seinen eigenen Gedanken nachhing.

»Sie lügen alle«, antwortete er düster. »Ich kann sie nirgendwo festnageln, aber ich habe das untrügliche Gefühl, dass sie uns täuschen wollen. Sie alle suchen in Mesad Chasidim etwas, was sie verloren haben. Aber was? Und was wollen sie machen, wenn sie es gefunden haben? Und hast du dir schon einmal überlegt, was sie dann mit uns tun werden?« Er blickte mich an. Ich zuckte mit den Achseln, doch es war mir klar, worauf er hinauswollte.

»Was immer es sein mag, das ihnen so wichtig ist. Und wer immer sich durchsetzt, die Essener oder die Christen: Glaubst du, dass sie uns einfach so nach Rom zurückkehren lassen werden, uns, die wir in ihren Augen bloß sündige Götzenanbeter sind? Nachdem wir von ihrem Schatz erfahren haben?«

»Mach dir über die Essener und Christen keine Sorgen«, brummte ich. »Solange der Bluthund Cilix von der Kette gelassen ist, können wir sowieso nicht nach Rom zurückkehren.«

»Ich möchte wissen, wie wir hier jemals wieder heil herauskommen sollen«, murmelte Archigenes.

Ich blickte wieder hinaus. Hinter uns zog sich die lange Bahn der weißlich schäumenden Hecksee der Triton, die fast bis zum Horizont wies, bevor sie die Wellen zerrieben. Würden wir in dieser Nacht untergehen, wir würden spurlos verschwinden. Niemand würde mich vermissen. In Rom wäre es, als hätte ich nie existiert.

Und plötzlich fragte ich mich, warum ich in den bisherigen vierzig Jahren meiner Existenz nichts geschaffen hatte, das mich überdauern würde. Warum ich in diesen vier Jahrzehnten nicht die kleinste Spur hinterlassen hatte. Wenn der Tod einfach nur das endgültige Verschwinden bedeutet – warum hatte man dann überhaupt gelebt? Lange dachte ich über solche Fragen nach, und diese Gedanken quälten mich wie ein schwerer Stein, der auf mein Herz drückte. Die Essener und die Christen, sosehr ich ihren Glauben verachtete, wussten sicher Antworten auf diese Fragen.

Und zum ersten Mal beneidete ich sie.

Die gleichmäßigen, leicht stampfenden Bewegungen der Triton wiegten mich in den Schlaf. Doch auch mit dem Schlaf fand ich keine Ruhe. Zum ersten Mal seit Wochen träumte ich wieder von dem riesigen, leeren Haus, in dem ich hilflos herumirrte. Schweißgebadet wachte ich auf und fröstelte. Mein Atem stand wie weißer Nebel vor meinen Lippen. Am Horizont lag ein erster schmutzig grauer Hauch von Frühlicht. Auf dem Schiff waren die Konturen des Rudergängers, des Mastes und der Aufbauten noch schwarz. Vorsichtig, um Archigenes nicht zu wecken, zwängte ich mich aus meinem Verschlag und streckte draußen meine verkrampften Gliedmaßen.

»Herzlichen Glückwunsch! Eine Nacht auf See – und noch immer hat keiner von euch gekotzt. Solche Passagiere liebe ich«, flüsterte eine Stimme irgendwo aus dem Halbdunkel.

»Wir sind zu arm, um die Fische zu füttern. Der Preis der Überfahrt war zu teuer«, antwortete ich. Dann grüßte ich den kleinen, bewegungslosen Schatten. »Guten Morgen, Nigidus.«

»Bist du ein Frühaufsteher, oder hast du nur schlecht geschlafen?«, wollte er wissen. Ich konnte seiner hellen Stimme anhören, dass er sich amüsierte.

»Ich bin ein Frühaufsteher«, log ich.

»Gut«, antwortete der Kapitän aufgeräumt und deutete mit seinem Puppenarm zum hellen Horizont. »Dann solltest du dir das ansehen.«

Zuerst erkannte ich nichts. Doch dann nahm ich ein winziges Rechteck war, das am Himmel kratzte.

»Ein Segel«, erklärte Nigidus, und plötzlich flüsterte er: »Ein sehr großes Segel.«

»Ein Schnellsegler?«, wollte ich wissen und ahnte plötzlich Böses.

»Ein Schnellsegler. Und auf dem gleichen Kurs wie wir. Ich habe ihn vor einer halben Stunde zufällig ausgemacht.«

»Du sagtest doch, dass du der einzige Kapitän wärest, der wahnsinnig genug ist, um im Winter aufs Meer zu segeln.«

Er nickte, was ich im Dämmerlicht kaum erkennen konnte. Seine Gesichtszüge lagen noch im Düstern. »Neptun allein weiß, wer das ist und warum der hier aufkreuzt.«

»Er kommt rasch näher«, stellte ich fest. In meinem Magen ballte sich eine eisige Faust.

»Aber er sieht uns nicht«, erwiderte Nigidus – und ich hätte trotz der Dunkelheit schwören können, dass er dreckig grinste. Er deutete voraus – und erst da fiel mir auf, dass wir das Großsegel am Mast gerefft hatten und nur noch von dem viel kleineren Segel am Bugspriet vorangetrieben wurden.

»Ich habe einen nördlicheren Kurs steuern lassen, seit ich diesen Burschen ausgemacht habe. Eine reine Vorsichtsmaßnahme, denn ich weiß nicht, wer er ist. Piraten gibt es in diesen Gewässern eigentlich seit zweihundert Jahren nicht mehr, aber man kann ja nie wissen. Ohne Großsegel dümpeln wir zwar nur wie eine besoffene Ente über die Wellen, doch das wird reichen. Er wird uns an Steuerbord passieren, ohne uns auszumachen.«

Schweigend starrte ich auf das dunkle, kleine Rechteck am Horizont, das langsam zu unserer Rechten über die Himmelslinie glitt und irgendwann immer winziger wurde. Schließlich, als die Sonne endlich aufging, war es verschwunden.

»Der Geschwindigkeit nach zu urteilen, war es ein kaiserlicher Schnellsegler«, murmelte Nigidus und starrte mich seltsam an. »Es muss schon etwas verdammt Wichtiges sein, dass man so ein teures Schiff im Winter aufs Meer schickt. Ich möchte wissen, was der vorhat.«

»Ich habe keine Ahnung«, antwortete ich. Das war schon die zweite Lüge an diesem frühen Morgen.

Ein paar Stunden später, als ich mit Archigenes, den Christen und den Essenern ein bescheidenes Morgenmahl einnahm, glaubte ich uns endlich unbeobachtet vom Kapitän oder einem Mann seiner Besatzung. Flüsternd berichtete ich den anderen von dem, was ich an diesem Morgen beobachtet hatte.

»Gut möglich, dass jemand in Judaea auf uns wartet«, schloss ich düster.

In den nächsten Tagen passten wir uns dem Rhythmus des Bordlebens an: Wir erhoben uns früh, aßen drei bescheidene Mahlzeiten am Tag und krochen nach der Abenddämmerung wieder in unsere zugigen Verschläge. Rebecca und Mardochai flüsterten oft lange miteinander, ebenso die beiden Christen. Für Archigenes und mich gab es im Moment wenig zu bereden, so standen wir oft auf Deck und starrten hinaus auf das Meer. Wir gestanden es uns nie ein, doch ich war sicher, dass er ebenso wie ich nach einem kleinen, rechteckigen Segel am Horizont suchte. Aber wir blieben fortan allein auf dem Ozean.

Manchmal versuchte ich, mit Rebecca ins Gespräch zu kommen, doch sie ging mir aus dem Weg. Sie und Mardochai vermieden es auch, sich noch einmal mit Clemens und Marcion auf einen Disput einzulassen.

Eines Nachmittages entdeckte ein Seemann, den Nigidus auf den Mast hochgeschickt hatte, Land voraus. Schließlich sahen auch wir an Deck einen schmalen Streifen am Horizont, aus dem eine winzige Nadel herausragte.

»Der Pharos von Alexandria«, stellte Nigidus zufrieden fest.

Im Abendlicht segelten wir mit einer kräftigen Brise im Rücken auf die Metropole Ägyptens zu. Bald ragte der Pharos groß vor uns auf, das himmelstürmendste der sieben Weltwunder. Ich starrte auf den Leuchtturm aus weißem Marmor auf der dem Hafen vorgelagerten Insel. Seine Basis war von einer gewaltigen Säulenhalle umgeben. In ihrer Mitte ragte sein riesiger Schaft in den Himmel: ein viereckiger Turm, der wie ein viel zu großer Festungsbau wirkte, darauf ein schmalerer, achteckiger Turm und auf dem schließlich ein runder, noch schmalerer Turm. Hoch über unseren Köpfen – ich schätze, dass der Pharos doppelt oder vielleicht gar dreimal höher aufragte als das Kolosseum, auch wenn es schwer war, einen genauen Maßstab zu finden – stand schließlich eine vergoldete Monumentalstatue auf dem kegelförmigen Dach, eine Fackel in ihrer ausgestreckten Rechten, auf der sich gerade, als wir ihn passierten, winzig anmutende Gestalten zu schaffen machten: Sklaven, die ein Feuer entzündeten, dessen Glanz die Nacht erhellen würde.

Die Insel Pharos, die dem Leuchtturm ihren Namen gegeben hatte, lag vor der geschwungenen Küstenlinie Alexandrias. Sie war durch das Heptastadion mit dem Festland verbunden, einem langen, steinernen Wall, den Alexanders Baumeister einst durch das flache Meer gezogen hatten, halb Kai, halb Festungswall. Ich war noch nie zuvor in Alexandria gewesen, doch hatte ich die Berichte des Strabon und vieler anderer Geografen und Reisender gelesen, die sie die schönste Stadt der Welt oder doch zumindest Roms einzige Rivalin genannt hatten. Ich hätte sie sehr gerne besichtigt – unter anderen Umständen.

Doch nun war ich nervös, als wir langsam unter dem Schatten des Leuchtturms hindurchsegelten. Ich wusste, dass das Heptastadion den Hafen teilte. Das westliche, von uns aus gesehen rechte Hafenbecken war das der Handelsschiffe. Doch wir segelten nach links, ins östliche, das einst den Königen Ägyptens vorbehalten war und heute Roms Statthalter und seiner Flotte. Als ich Nigidus nach den Gründen dafür fragte, lachte er. »Werdet ihr von den Praetorianern gesucht?«, fragte er. Es sollte wie ein Scherz klingen, doch wir beide wussten, dass hinter dieser Frage mehr steckte.

»Im Winter liegen die Schiffe im Westhafen nicht geschützt genug vor den Stürmen«, fuhr er dann gleichmütig fort. »Dann ist es den wenigen Kapitänen, die Alexandria zu dieser Zeit anlaufen, erlaubt, im Osthafen festzumachen.«

Ich erwiderte nichts mehr und tat so, als ob ich die Stadt bewundernd anstarrte. Uns genau voraus, auf einer kleinen künstlichen Landzunge, die ins Hafenbecken ragte, stand das Timoneion, der Palast, in dem der Caesarerbe und Verräter Marcus Antonius einst für kurze Zeit residiert hatte. An Backbord lag, geschützt hinter einer eigenen Mauer, der Palast von Lochias, in dem Kleopatra und ihre Vorgänger Hof hielten – und in dem heute der Statthalter amtierte. Hinter den Palästen lag Alexandria, eine Metropole der prachtvollen, geraden Straßen und der großzügigen Häuser. Über den Dächern erhoben sich die Säulenhallen der größten Tempel: des Caesareions am Hafen, in dem Kleopatra ihrem zum Gott erhobenen römischen Liebhaber ein Monument errichtet hatte. Und weit dahinter das noch höher aufragende Serapeion, das dem Gott Serapis geweiht war, der nichts anderes war als eine Erfindung der griechischen Ptolemaeerkönige, die für das von ihnen beherrschte Ägypten einen neuen Gott suchten, den Griechen und Ägypter gleichermaßen verehren konnten. Keine Insulae, keine verwinkelten Gassen, kein Chaos störten die Pracht aus Marmorsäulen und gelb verputzten und bemalten Fassaden. Rom war ein Bauerndorf gewesen, dem zufällig die Weltherrschaft zugefallen war und das deshalb ungeplant und ungebremst wucherte wie eine

Geschwulst. Alexandria dagegen war von Anfang an von mächtigen Herrschern als großzügige Metropole geplant worden.

Tatsächlich aber hatte ich kaum Augen für diese Pracht – ich suchte stattdessen nach einem Schnellsegler am Kai, dem man noch angesehen hätte, wenn er gerade eine winterliche Überfahrt hinter sich gebracht hätte. Doch die Trieren im Hafen lagen alle mit hochgestellten Rudern und umgelegten Masten am Pier. Die Farben auf ihren Rümpfen glänzten. Nur wenige, gelangweilte Seesoldaten und Sklaven lümmelten auf ihren Decks und vertrieben sich die Zeit mit einem Würfelspiel. Niemand machte sich die Mühe, uns anzustarren, als wir uns vorsichtig einen Platz in ihrer Mitte suchten, bis unsere Planken schließlich leise knirschend den Pier berührten.

Wir lagen im Schatten einer haushohen Statue aus rotem Rosenquarz. Sie zeigte, in einem wirren ägyptisch-griechischen Stilgemisch ausgeführt, einen Ptolemaeerkönig, doch ich konnte nicht erkennen, wen.

»Wer immer mit dem Schnellsegler unterwegs war – er ist nicht hier«, zischte ich Archigenes zu, der neben mich getreten war. Nigidus war in Höhe des Mastes gegangen, um von dort aus seine Anweisungen zu brüllen. Wir taten, als ob wir den Sklaven zusähen, die die vom Salzwasser schweren Taue an Land warfen und durch große, in den Boden eingemauerte Ringe zogen, um die Triton festzubinden, als sei sie ein Tier, das jederzeit ausbrechen könnte. Andere legten bereits Laufplanken vom Kai an Deck. Ein Centurio, einige Legionäre und zwei Schreiber stolzierten an Bord – die Steuereintreiber des Statthalters.

Unauffällig wandten wir unsere Gesichter ab und starrten aufs Meer.

»Wenn tatsächlich unsere ganz speziellen Freunde an

Bord des Seglers waren, dann kann das gut oder schlecht sein«, murmelte Archigenes und spuckte einen Dattelkern ins Meer. »Gut, wenn sie vorhaben, uns in Caesarea zu erwarten. Mit jedem Tag, den wir später kommen, werden sie nervöser. Vielleicht ziehen sie sogar ab und suchen uns woanders. Schlecht aber, wenn sie von dort aus gleich tiefer hinein nach Judaea gezogen sind, Richtung Mesad Chasidim. Dann haben sie jetzt einen Vorsprung, den wir kaum noch aufholen können.«

Die anderen vier Reisenden gesellten sich zu uns.

»Nigidus hat mir gesagt, dass sie eine Kiste mit Duftwässerchen aus Gallien für den Statthalter und seine ägyptische Geliebte ausladen und dafür einige Dutzend große, unbeschriebene Papyrusrollen an Bord nehmen«, verkündete Clemens. »Der Kapitän will morgen früh mit der ersten Flut wieder auslaufen.«

Jeder normale Reisende wäre jetzt von Bord gegangen, dankbar dafür, sich einmal die Beine vertreten zu dürfen und die Wunder Alexandrias bestaunen zu können. Er hätte endlich einmal wieder gut gegessen und sich in einer Herberge eine Nacht auf einem richtigen Bett in einem warmen, sauberen Zimmer gegönnt. Doch keiner von uns machte Anstalten, die Triton zu verlassen. Das Risiko, sie am nächsten Morgen zu verpassen, war klein – und doch zu groß für jeden von uns, als dass er es eingegangen wäre.

So sahen wir in der Abenddämmerung schweigend zu, wie Sklaven im Schein etlicher Fackeln eine Kiste mit Flacons von Bord schleppten, nachdem der Centurio und sein Trupp wieder gegangen waren. Wir beobachteten, wie sie anschließend die Papyrusrollen in einigen Leinensäcken, die mit einer Mischung aus Teer und Öl getränkt und somit wasserdicht gemacht worden waren, unter Deck verstauten. Und wir ignorierten geflissentlich die misstrauischen und neugierigen Blicke, die uns Nigidus zuwarf.

Ich war, nach einer kurzen, unruhigen Nacht, erleichtert, als der Pharos am nächsten Morgen hinter unserem Rücken am Horizont verschwand.

»Von Alexandria nach Caesarea Palaestina ist es nur noch eine Spazierfahrt«, sagte Archigenes, dessen gedrückte Stimmung ebenfalls verflogen war. »In ein paar Tagen sind wir da.«

Doch er hatte seine Rechnung ohne den Zorn der Götter gemacht.

Am nächsten Morgen ging die Sonne strahlend rot am östlichen Himmel auf, über den nur einige verzerrte kleine Wolkenfetzen zogen. Doch am anderen Ende des Himmels sah es düster aus: Riesige grauschwarze Wolkentürme quollen vom Horizont hoch wie Geschwülste. Der Westwind hatte im Verlauf der Nacht abgenommen, doch die Dünung war stetig angewachsen. Wir, die wir Nordostkurs fuhren, wurden schräg von den Wellen erreicht und in einer seltsamen Taumelbewegung zugleich von hinten angehoben und von Backbord nach Steuerbord gerollt. Archigenes wurde immer blasser und schweigsamer – und zum Beginn der zweiten Stunde beugte er sich über Bord und fütterte die Fische.

»Das wird Neptun zusätzlich beleidigen«, sagte Nigidus und trat neben mich, während ich zum westlichen Horizont starrte. »Aber das macht jetzt wahrscheinlich auch nichts mehr aus, denn der Gott ist sowieso schon wütend. Hier«, er reichte mir ein dünnes Seil, »schling das deinem Freund um die Hüften und binde ihn dann am Mast fest. In seinem Zustand wird man in einem Sturm allzu leicht von Bord gewischt.«

»Sturm?«, fragte ich und kam mir im selben Augenblick unsäglich dumm vor. Was sollten diese Wolkentürme auch anderes bedeuten? Inzwischen sah ich, dass in ihrem dunklen Innern Blitze zuckten. Sie kamen rasch näher.

»Er wird uns wenigstens ungefähr auf Kurs halten«, brummte Nigidus. »Käme er aus Norden, würden wir uns, erstens, die Eier abfrieren und würden, zweitens, nach Ägypten zurückgetrieben. Und beides wollen wir ja nicht.« Er grinste mich an.

Dann schrie Nigidus in rascher Reihenfolge seine Befehle. Mit seiner kleinen Gestalt und seiner hohen Stimme tanzte er über das Deck wie ein Gnom aus einer griechischen Komödie, doch niemandem war zum Lachen zumute. Seine Männer ließen sich vorsichtig auf die eng gestellten Amphoren hinab und kontrollierten noch einmal alle Halterungen, außerdem zogen sie zusätzliche Spannseile kreuz und quer durch den Rumpf. Zwei besonders kräftige Matrosen lösten den bisherigen Steuermann an der Pinne ab, denn man konnte ihm schon ansehen, dass ihm der stetig zunehmende Druck von Wind und Wellen auf das Ruder langsam die Arme schwer gemacht hatte.

Zu Beginn der dritten Stunde war die Sonne nicht mehr zu sehen. Noch standen die Wolkentürme im Westen, wenn auch deutlich näher als noch vor kurzer Zeit, doch schon hatten sie einzelne graue Bänke, wie eine Vorhut am Himmel, weit vorausgeschickt. Sie hatten das Sonnenlicht geschluckt, auf dem Meer wurde es düster wie zur Abenddämmerung. Das Einzige, was noch leuchtete, waren grünweiße Schaumkronen, die jetzt auf den graublauen Wellen tanzten. Der Wind nahm von Augenblick zu Augenblick zu. Irgendwo schlug ein Schotblock mit dumpfem Schlag gegen einen anderen, die hölzernen Planken der Triton ächzten. Nigidus ließ das Großsegel bergen.

Wir trieben vor dem Wind, das kleine Segel allein riss uns voran. Ich musste mich festhalten, wenn ich stehen bleiben wollte. Archigenes hatte sich noch immer weit über die Bordwand gebeugt. Er war in einem Zustand, in dem ihm das Toben der Elemente gleichgültig war. Die anderen standen am Heck.

Und dann war der Sturm plötzlich da.

Von einem Moment zum anderen wurde aus dem starken, aber stetigen Wind ein Angriff heulender, tückischer Böen. Plötzlich warf eine die Triton nach Steuerbord. Ich starrte erschrocken in grünlich schäumendes Wasser, mein Magen verkrampfte sich, als würde ich von einer Insula in die Tiefe springen. Für einen unendlich langen Augenblick dachte ich, dass wir unter Wasser gedrückt würden und wie ein Stein sänken, doch dann richtete sich unser Schiff langsam und ächzend wieder auf.

Regen und Hagel prasselten plötzlich auf uns ein. Die Wellen wurden zu Brechern, höher als unser Deck, manche höher als der Mast. Wir tanzten in einem Gebirge aus grauem Wasser, immer rauf und runter, schwankend, als wäre das Schiff selbst ein Faustkämpfer, der hilflos die Schläge eines übermächtigen Gegners einsteckt. Der Horizont war nirgends mehr auszumachen.

Ich fror, weil ich längst bis auf die Haut durchnässt war. Der heulende Sturm verschluckte alle anderen Laute, sodass ich den Eindruck hatte, in einem meiner Albträume gefangen zu sein, denn zu allem, was ich sah, fehlten die Geräusche. Brecher wuschen über das Deck, Wasser verschwand schäumend und gurgelnd zwischen den Amphoren. Nigidus schickte mit Gesten einige Männer hinunter, die mit hölzernen Eimern das Wasser wieder hinausbefördern mussten. Sie arbeiteten wie verrückt, mit starren Gesichtern, die Haut glänzend vor Schweiß und Meerwasser, mit Salzkrusten über den Augenbrauen, lenzten sie um ihr Leben.

In diesem Augenblick, da ich sah, dass die Seeleute selbst um ihr Leben fürchteten, bekam ich Angst.

Ich weiß nicht, wie lange wir uns durch den Sturm kämpften. In Dunkelheit und Lärm schien sich die Zeit selbst aufzulösen. Es war, als wäre die Triton das einzige Schiff und wir auf ihr die einzigen Menschen auf der Welt – auf einer Welt, die ins Chaos gestürzt war. Kälte fraß sich durch meinen Körper – und das nicht nur wegen der Kaskaden, mit denen das Meer auf mich einschlug.

Mardochai und Rebecca standen ganz ruhig vor dem Achterkastell, wo ihnen der Verschlag wenigstens etwas Schutz vor den Böen und Wellen gab. Sie schienen keine Angst zu haben, taten nichts, sondern beobachteten nur. Clemens und Marcion befanden sich an der Bordwand ein Stück weiter vor mir voll in der Gewalt von Wind und Wellen. Sie hatten sich an einem Holzpflock festgebunden und standen hoch aufgerichtet mit nach oben gedrehten, offenen Händen da. Der Ältere hielt die Augen geschlossen und bewegte die Lippen, der Jüngere stand mit verkniffenem Mund, aber offenen Augen daneben. Es sah aus, als ob sie beteten – und ich fragte mich, um was sie ihren Gott in diesem Moment wohl anflehten. Angst schienen auch sie nicht zu haben. Immer wieder brachen nun Wellen über das Deck, grünliches Wasser verschwand schäumend zwischen den Amphoren. Ein Haltetau war gerissen, und zwei Amphoren schlugen gegeneinander, bis sie in Höhe ihrer Hälse zerbrachen. Dunkelbraunes Garum lief aus, und es stank nach altem Fisch und Gewürzen. Obwohl die Seemänner wie Besessene arbeiteten, sah ich, dass unten ölig glänzendes Nass schwappte. Ratten kamen hoch, die, halb irre vor Angst, über das Deck huschten.

Plötzlich flog eine in hohem Bogen über die Bordwand und verschwand in der tobenden See – hinausbefördert durch einen raschen, gezielten Fußtritt. Nigidus hatte dieses akrobatische Kunststück fertig gebracht. Er war unbemerkt neben mich getreten.

»Du Hundesohn!«, schrie er dann. »Elender Verräter, launische Sklavenseele! Du sollst dich an unsere Abmachung halten!« Er fuchtelte mit einem Dolch.

Einen Augenblick lang befürchtete ich, dass unser Kapitän den Verstand verloren habe und ich es war, den er so wüst beschimpfte. Doch dann begriff ich, dass seine Tirade Neptun galt, in dessen Gewalt wir hin und her geschleudert wurden. Denn er hatte sich gefährlich weit über die Bordwand gelehnt und brüllte die Wellen an. Selbst wenn ich den Glauben an die Götter bloß für Sentimentalitäten von Bauern und Sklaven hielt, beschlich mich doch abergläubische Furcht, als ich nun vernehmen musste, wie Nigidus den Unsterblichen beschimpfte, dem wir auf Wohl und Wehe ausgeliefert waren.

Er hielt eine Rede voller Obszönitäten und Flüche, von der ich glücklicherweise nur Bruchstücke mitbekam, weil ihm der Sturm die meisten Worte von den Lippen riss. Immer wieder schüttelte er seine kleine Faust. Je länger das Schauspiel dieses winzigen Mannes mitten in dem gewaltigen Sturm dauerte, desto mutiger und zugleich pathetischer kam er mir vor. Dann stockte mir der Atem: Nigidus hatte ausgeholt und den Dolch mit aller Kraft in die Wellen geschleudert.

Für einen Moment glaubte ich, dass sich nun der Schlund des Ozeans auftun und ein Seeungeheuer uns in die Tiefe reißen musste. Oder dass ein Blitz aus den düsteren Wolkentürmen direkt in unser Schiff fahren sollte. Doch nichts davon geschah. Der Sturm tobte ungestüm weiter. Nigidus lehnte sich keuchend an die Bordwand, dann grinste er und sagte etwas, das ich nicht verstehen konnte. Seine Männer hatten ihn die ganze Zeit über gebannt angestarrt. Jetzt entspannten sie sich und gingen mit neuem Eifer wieder an die Arbeit. Sie schienen Auftritte dieser Art schon zu kennen.

Nigidus wankte über das schwankende Deck bis zum Steuermann auf der anderen Seite des Hecks, und ich blieb allein an der Bordwand zurück.

Irgendwann spürte ich die Kälte, die Zeit, die Angst nur noch dumpf, wie unheilbar Kranke einen ständigen, aber erträglichen Schmerz irgendwo in ihrem Körper hinnehmen. Unbewusst glich ich die schwankenden Bewegungen des Decks aus und sah fast teilnahmslos zu, wie die Seeleute um unser Schiff kämpften. Längst wusste ich die Stunde des Tages nicht mehr zu nennen. Mittags? Abends? Der Himmel war düster, das einzige Licht waren zuckende Blitze in den Wolken – und kleine Feuer, die aus dem Nichts kamen und plötzlich an beiden Enden der Rahe aufleuchteten. Ich hatte schon oft davon gehört, dass diese seltsamen Lichter an Schiffen leuchteten, die durch Stürme fuhren. Betrunkene Seeleute erzählten davon in den Tavernen Roms, von ihrer Angst und ihrem Aberglauben. Sie nannten es »Flammen des Neptun« und hielten es für Zeichen göttlichen Zorns. So hörte ich den Warnruf eines Seemanns zwar, doch war ich wie in einem Traum gefangen und reagierte erst sehr spät. Fast zu spät.

Aus den Augenwinkeln sah ich noch, wie sich uns ein Brecher näherte, der viel größer war als die anderen, die durch die See tobten. Dann fühlte ich, wie er die Triton anhob und nach vorn riss. Das Deck, längst rutschig vom vielen Wasser, stand plötzlich schräg wie ein Hausdach. Irgendjemand schrie. Ich befürchtete einen Moment, wir würden senkrecht stehend in den Grund hinabfahren. Mühsam hielt ich mich an der Bordwand fest und versuchte, die verrückte Schräglage des Schiffes auszugleichen. In diesem Moment drehte es sich wie ein großer Kreisel rasch auf die Steuerbordseite und kippte. Die Bordwand drückte ins Wasser, unter Deck zerbarsten Dutzende Amphoren.

Ich verlor den Halt und wurde nach unten geschleudert, an die Steuerbordwand, die im grau schäumenden Wasser lag. Blindlings schlug ich um mich, bis ich irgendetwas Solides zu fassen bekam. Sofort griff ich zu. Da spürte ich einen schmerzhaften Schlag auf Kopf und Schultern, so schmerzhaft, dass ich einen Augenblick lang nur einen roten Schleier vor Augen sah und nach Luft schnappte.

Es war Rebecca, die von der taumelnden Schiffsbewegung ebenfalls in die Tiefe geschleudert worden war.

Sie glitt an mir vorbei und war schon halb über der Bordwand in der schäumenden See, als ich mit meiner freien Hand ihren rechten Arm packte. Schmerz durchfuhr meinen Körper, als würde man mich in der Mitte zerreißen, doch ich krallte mich fest. Salzwasser umspülte meinen Kopf, und ich hustete und würgte.

Dann, quälend langsam, richtete sich die Triton wieder auf. Wie aus unendlicher Entfernung hörte ich die dünne Stimme des Kapitäns, der irgendwelche Befehle brüllte. Plötzlich waren Marcion und Archigenes da, Letzterer weiß im Gesicht und beschmutzt vom eigenen Erbrochenen. Sie zogen uns wieder an Deck. Nach Luft ringend und Meerwasser auswürgend lag ich dort, zusammengekrümmt wie ein schlafendes Kleinkind.

Der Sturm wütete noch den Rest des Tages und fast die ganze Nacht, doch fortan war es, als läge zwischen mir und der gefährlichen Wirklichkeit ein dünner Schleier aus nur halb durchsichtigem Stoff. Ich war so erschöpft, dass ich das, was um mich herum passierte, nur noch zur Hälfte wahrnahm. Irgendwer trug mich in meinen Teil des Verschlags und legte mir eine Decke über den Körper, die zwar durchnässt war, aber dennoch wärmte. Mir wurde starker Wein eingeflößt, dann dämmerte ich langsam weg. Irgendwann, als sich der Wind beruhigte, schlief ich ganz ein.

Doch am nächsten Morgen war ich, wie nach meiner ersten Nacht auf der Triton, noch vor Sonnenaufgang wach, weil mich mein Albtraum geweckt hatte. Ich kroch bis zu einer Vorratskiste und brach mir ein Stück nass gewordenes Brot ab, dann ging ich langsam über das Deck, um das Bild der Verwüstung zu inspizieren.

Nigidus stand allein am Bug, der ein zur Hälfte zerfetztes Segel trug. Ein Teil der Bordwand war splitternd zerbrochen, die Rah war geknickt wie ein abgebrochener Ast. Seeleute würden sie bei Tageslicht ersetzen müssen, damit wir wieder das Hauptsegel setzen konnten. Unter Deck waren mindestens zwanzig Amphoren zerschlagen. Dort klirrten die Scherben im noch immer starken Seegang, und es stank erbärmlich nach Garum.

Für einen Moment dachte ich, dass ich neben dem Kapitän, der schweigend auf das Wasser starrte und mich nicht beachtete, sowie einem stummen Steuermann, der mit der Pinne verwachsen zu sein schien, der einzige Mensch an Deck war. Dann sah ich noch einen kleinen Schatten: ein Mensch, der sich hinter dem Kastell an Deck gehockt hatte, die bis zum Kinn hochgezogenen Knie mit beiden Armen umschränkt – Rebecca.

Ich zögerte lange, doch schließlich wagte ich es, zu ihr zu treten und mich neben sie zu setzen.

»Vielen Dank dafür, dass du mir das Leben gerettet hast«, sagte Rebecca, als sie mich bemerkte.

Ich setzte mich neben sie, ohne sie um Erlaubnis zu bitten. Sie hatte alles andere als dankbar geklungen, und ich befürchtete, dass sie ablehnen könnte, wenn ich sie gefragt hätte. In den ersten Stunden des Sturms, als sie mit stoischem Gleichmut über den aufgewühlten Ozean gestarrt hatte, dachte ich noch, dass sie den Tod nicht fürchtete. Doch nun kam mir der Verdacht, dass sie ihn vielleicht sogar herbeisehnte.

»Wir haben den Sturm überstanden«, flüsterte ich. »Ich wüsste gerne, ob nun euer Gott unser Flehen erhört hat oder der Gott der Christen.«

»Wir verehren denselben Gott. Den einzigen«, antwortete Rebecca und blickte mich an. »Wir wandeln nur auf verschiedenen Wegen zu ihm.«

»Wenn das so ist«, erwiderte ich, »dann verstehe ich nicht, wieso sich Christen und Essener so feindselig gegenüberstehen.«

Sie lachte kurz und spöttisch. »Hast du nie gehört, dass der erbittertste Streit stets in der eigenen Familie ausgefochten wird? Wir hassen niemanden so wie den, der uns ähnlich ist.«

»Das ist dumm«, stellte ich fest.

Rebeccas Augen blitzten. Ihr lag eine scharfe Entgegnung auf der Zunge, doch dann beherrschte sie sich und nickte. »Du hast Recht«, antwortete sie schließlich zu meiner Überraschung, »es ist dumm. Johannes hat einmal gesagt …« Ihre Stimme verlor sich. Mir stockte der Atem. Wilde Gefühle – von denen Misstrauen und Eifersucht nur die stärksten waren – verwirrten meinen Geist. »Du kennst Johannes gut?«, fragte ich und bemühte mich dabei vergeblich, meiner Stimme einen beiläufigen Klang zu geben. »Was weißt du über ihn?«

Sie blickte mich an, nun doch nicht länger bemüht, ihren Zorn zu verbergen. »Das geht dich überhaupt nichts an«, zischte sie. »Bei allen Göttern, und ob mich das etwas angeht!«, fuhr ich auf. Auch ich war wütend. »Seit Monaten werde ich verfolgt, und ich weiß nicht einmal warum. Jemand trachtet mir nach dem Leben, meine Freunde wenden sich von mir ab, ich darf mein eigenes Haus nicht mehr betreten. Inzwischen musste ich Rom verlassen und segle wie ein Wahnsinniger mitten im Winter über das Meer. Und mein Ziel? Ich kenne es nicht. Ich weiß nicht, was ich zu finden hoffe. Das Einzige, was ich weiß, ist, dass dieser Johannes von Jerusalem mir stets einen Schritt voraus ist. Er reiste mit Joseph nach Rom. Er war schon in Pompeji. Er ist bereits irgendwo in Judaea. Und da glaubst du, dass mich das nichts angeht?«

»Sei nicht so laut«, erwiderte sie. »Nigidus starrt schon zu uns herüber.« Dann klopfte sie mit der Hand auf die Decksplanken. »Setz dich neben mich«, murmelte sie. Zum ersten Mal, seit ich sie kannte, klang Rebeccas Stimme warm und freundlich.

Sie starrte auf das Meer, während sie dann stockend berichtete. »Johannes von Jerusalem ist einundfünfzig Jahre alt, doch du kannst sein Alter schwer schätzen. Er ist einer von diesen groß gewachsenen, aber hageren Männern, von denen du nicht weißt, ob sie eher fünfunddreißig oder eher fünfundsechzig Jahre alt sind. Aber das ist auch nicht wichtig. Wenn du ihn erblickst, wirst du nur auf seine Augen starren. Dunkle, intensive, dich verzehrende Augen.

Schon als sehr junger Mann hat er seine Familie verlassen; sein Vater war ein reicher Olivenölhändler in Jerusalem, doch ihm bedeutete das Geschäft, ihm bedeutete Geld nichts. Ich weiß nicht, ob er der Frommste der Frommen ist, aber ganz sicher ist er der Strengste der Strengen.

Er glaubt mit einer Kraft und Unbeirrbarkeit, die dich erschaudern macht. Seine Worte reißen dich mit, wenn er predigt. Du vergisst, wo du bist und wie die Zeit verstreicht, du hörst nur noch seine Stimme.«

Rebecca schloss die Augen in Erinnerung, dann fuhr sie fort: »Johannes überlebte den Sturm auf Mesad Chasidim. Durch jene Katastrophe wurde unsere Gemeinschaft zertreten wie eine alte Blume unter einem Soldatenstiefel. Es gibt nur noch wenige Essener. Wir haben mit der Festung der Frommen unser Gedächtnis verloren und unser Herz.

Es ist absolut notwendig, dass wir die Bibliothek wiedererlangen und ein neues Mesad Chasidim errichten. Und alle Brüder glauben, dass allein Johannes die Kraft und die Glaubensstärke hat, um die alten Essener um sich zu scharen und neue zu gewinnen. Deshalb also musste er mit nach Rom, zusammen mit Joseph von Sepphoris, der als Bibliothekar von Mesad Chasidim als Einziger noch alles über die alten Texte wusste.«

»Du kennst Johannes gut«, murmelte ich. Es war keine Frage, eher eine resignierte Feststellung.

»Joseph, der ermordet wurde von unbekannter Hand, war mein Onkel. Der leibliche Sohn von Mardochai. In beider Häuser habe ich Johannes oft getroffen. Mehr kann ich dazu nicht sagen«, schloss sie.

Meine Gedanken verwirrten sich. Ich ahnte bis dahin nicht, dass Mardochai nicht nur Texten aus einer verschollenen Bibliothek, sondern auch dem Mörder seines Sohnes nachjagte – oder von ihm gejagt wurde. Zugleich hörte ich an Rebeccas Stimme, dass sie mich anlog. Sie könnte noch sehr viel mehr zu Johannes von Jerusalem sagen, wenn sie nur wollte.

»Bist du die Frau von Johannes?«, fragte ich und versuchte, dabei so sachlich wie möglich zu klingen.

Sie lachte, doch ihr Blick war traurig. »Du weißt, dass Essenern die Einehe heilig ist«, flüsterte sie dann. »Du heiratest einen Menschen und wirst niemals einen anderen haben, selbst wenn du Witwer oder Witwe geworden bist. Und du darfst die Lust nicht um ihrer selbst willen genießen. Den Essenern gelten Frauen als unrein. Nur an wenigen Tagen im Jahr dürfen sie sie anrühren – und dann auch nur, um Kinder in die Welt zu setzen.« Sie schwieg wieder lange. »Jede Frau muss es sich also schon sehr genau überlegen, bevor sie sich einem Essener verspricht.«

»Das ist nicht die Antwort auf meine Frage«, beharrte ich.

Rebecca blickte mich an und lächelte. Sie hatte mich selbstverständlich durchschaut. »Johannes von Jerusalem ist ein Asket. Er hasst alle irdischen Genüsse, weil er fürchtet, dass sie ihm die ewige Seligkeit im Jenseits verwehren. Er würde niemals eine Frau erhören. Aber«, setzte sie hinzu und blickte mich dabei aufmerksam an, »ich werde niemals die Hoffnung aufgeben, dass er mich vielleicht irgendwann doch für würdig genug hält, an seiner Seite zu sein. Dass er sich herablässt, mich zum Weibe zu nehmen. Ich werde warten – notfalls mein ganzes Leben lang.«

Nun war es an mir, auf das Meer hinauszustarren. Ich war viel zu verwirrt, um vernünftige Gedanken zu fassen. Mit schrecklicher Klarheit sah ich nur, dass ich Johannes von Jerusalem finden musste, weil allein er den Schlüssel für das Geheimnis kannte. Jenes Geheimnis, das mein bisheriges Leben zerstört hatte.

Doch sollte Johannes tatsächlich wieder auftauchen, dann würde ich Rebecca endgültig an ihn verlieren.

»Venus verwirrt deine Gedanken«, redete ich mir ein. »Du hast Rebecca niemals gehabt – wie kannst du sie da verlieren?« Und doch war Bitternis in mir und Hoffnungslosigkeit.

»Mardochai wird sich bald erheben«, flüsterte Rebecca und riss mich damit aus meinen düsteren Gedanken. »Es wäre nicht gut, wenn er sähe, dass ich mich mit dir unterhalte.« Sie erhob sich und blickte zum Horizont.

»Außerdem«, sagte Rebecca, und Hoffnung und Sehnsucht lagen in ihrer Stimme, »sehe ich Land am Horizont.«

Pridie vor den Iden des April

Vom Meer in die Wüste

Der Wind wurde immer schwächer, sodass sich die vom Unwetter gezeichnete Triton viele Stunden durch die noch aufgewühlte See kämpfen musste, bis wir endlich den Hafen von Caesarea direkt voraus hatten. Die Stadt lag lang gestreckt an der niedrigen Küste. Da ihr ein natürlicher Hafen fehlte, hatte König Herodes, der sie einst prachtvoll im Stil einer griechischen Metropole ausbauen ließ, zwei Wellenbrecher aus großen Felsquadern weit in die See hinaustreiben lassen. Der nördliche, zu unserer Linken, führte rund sechs Schiffslängen geradeaus ins Meer, der südliche reichte ebenso weit hinaus, knickte dann nach Norden ab und ließ nur eine schmale Einfahrt frei, durch die Nigidus uns jetzt vorsichtig hindurchmanövrierte.

Ich starrte auf Caesarea Palaestina, eher nervös als neugierig. Im Norden, jenseits der Stadtmauer, lief das Bogenband eines Aquaedukts auf eine Bergkette zu, die ich am Horizont gerade noch ausmachen konnte. Südlich des Hafens, auf einer schmalen Landzunge, erhob sich der Palast, den Herodes einst für sich hatte errichten lassen und in dem heute der Kommandant der römischen Garnison residierte. Die Marmorsäulen und mächtigen Architrave glänzten noch vom Regen der letzten Nacht. Ich konnte keine ungewöhnliche Aktivität feststellen; nur ein gelangweilter

Legionär stand auf einer Dachterrasse und blickte zu uns herüber.

Sicherlich war es ungewöhnlich, dass so früh im Jahr ein Schiff einlief, doch auch im Hafen schien niemand besonders auf uns zu achten. Hinter den mächtigen Kaianlagen schoben sich zwei weitere, kleinere ins Meer, sodass Caesarea drei Häfen hatte – ineinander geschachtelt wie Schüsseln. Nigidus steuerte den innersten an, der den großen Lagerhäusern am Ufer am nächsten gelegen war und den besten Schutz vor neuen Unwettern bot.

Dort lag nur ein anderes Schiff. Ein Schnellsegler.

Ich starrte auf den schlanken, rot und weiß bemalten Rumpf des anderen Schiffes. Es konnte an Flautentagen auch gerudert werden. Die Ruder, die an beiden Seiten in je einer Reihe aus dem Rumpf ragten, waren hochgestellt und sahen aus wie Pfosten eines großen Zauns. Es tropfte kein Wasser mehr von ihren Blättern. Auf Deck saßen jedoch ein paar Seeleute und nähten einen langen Riss im Segel. Für mich, der ich trotz der Wochen auf See noch immer Laie war, trotzdem ein eindeutiges Zeichen dafür, dass dieses Schiff, das nirgendwo einen Namen am Rumpf führte, noch kürzlich über das Meer gefahren war.

»Ich verwette die Unschuld meiner unmündigen Tochter gegen einen gebrauchten Pisseimer, dass das hier der Schnellsegler ist, der uns überholt hat«, fluchte Archigenes leise, als er neben mich trat.

»Wer mag da mitgefahren sein?«, murmelte ich.

»Und vor allem: Ist er noch immer an Bord?«, ergänzte mein Freund.

Dann schlenderten wir unauffällig auf die andere Seite der Triton und taten, als betrachteten wir weitere Details der Stadt. In Wahrheit rückten wir nach und nach so weit nach achtern, dass wir schließlich so hinter dem Kastell standen, dass wir von dem namenlosen Schiff aus nicht mehr zu sehen waren. Dort standen wir nicht allein.

Rebecca, Mardochai, Clemens und Marcion blickten alle von dort aus auf Caesarea. Niemand sprach ein Wort.

Ich blickte verstohlen zu Rebecca, deren Miene undurchdringlich war, doch deren Hände sich um die Bordwand gekrallt hatten, und fragte mich, was sie in diesem Moment dachte. Wenn mit dem Schnellsegler, wie jeder von uns vermutete, auch wenn es keiner mehr auszusprechen wagte, tatsächlich Cilix mit seiner Mörderbande angekommen war, dann erwartete er uns möglicherweise im Hafen. Vielleicht aber war er auch schon losgezogen, um jemand anderem auf den Fersen zu bleiben: Johannes von Jerusalem.

Ich wusste, dass sie darauf brannte, endlich das Schiff zu verlassen. Deshalb flüsterte ich, sodass uns weder Nigidus noch einer der Steuerleute hören konnte: »Wir sollten uns einen Vorwand dafür ausdenken, dass wir noch mindestens eine Stunde an Bord bleiben. Bis zum Einbruch der Dunkelheit, dann können wir vielleicht unauffällig die Triton verlassen.«

Rebecca warf mir einen zornigen Blick zu, der mir in der Seele wehtat. Doch falls Cilix' Männer noch in Caesarea auf uns lauerten, wollte ich es ihnen nicht zu leicht machen, uns zu entdecken. Und ich hoffte zumindest, dass sie es nicht wagen würden, am helllichten Tage ein Schiff im Hafen zu stürmen. Das hätte zu viel Aufmerksamkeit erregt.

Alle außer der jungen Essenerin nickten.

»Ich werde Nigidus sagen, dass wir stets am Ende einer Reise beten, bevor wir das Schiff verlassen dürfen«, verkündete Clemens. Dann wandte er sich um und ging zum Kapitän, der bereits das Kommando gegeben hatte, das Vorsegel zu bergen, weil wir uns einem Kai im innersten Hafen näherten, der schräg gegenüber dem des Schnellseglers lag – so weit entfernt, wie es in diesem engen Hafenbecken überhaupt möglich war. Ich fragte mich, ob das ein Zufall sein mochte oder ob uns Nigidus einen kleinen Gefallen erweisen wollte.

Auf jeden Fall grinste er nur, als Clemens kurz auf ihn einredete. Dann verschwanden wir alle im Achterkastell – und starrten von dort durch Ritzen zwischen den Brettern hinüber zum Schnellsegler.

Clemens betete wirklich, zumindest bewegte er stumm die Lippen und hatte die geöffneten Hände gen Himmel gereckt. Rebecca hatte es auf unseren Beobachterposten nur ein paar Augenblicke ausgehalten, dann war sie aufgesprungen. Nun ging sie hin und her durch den engen Verschlag wie eine gefangene Löwin. Schließlich trat Mardochai zu ihr und flüsterte. Sie redeten einige Augenblicke erregt, aber leise aufeinander ein. Er schien einen Vorschlag zu machen, den sie nicht akzeptieren wollte. Doch zuletzt schien sie nachzugeben und wandte sich ab. Ich vermied es, sie anzublicken.

Stattdessen versuchten Archigenes und ich, im schwächer werdenden Abendlicht irgendeine Bewegung auf dem Schnellsegler zu erkennen – oder ein bekanntes Gesicht. Doch die Seeleute hatten das Vorsegel schließlich geflickt und wieder angeschlagen, dann waren sie unter Deck verschwunden. Auf dem spitz zulaufenden Achterschiff stand eine einsame Gestalt Wache. Aus der Entfernung konnte ich nicht erkennen, ob es ein gewöhnlicher Matrose war oder eher ein Mann mit der Gestalt eines ehemaligen Gladiators.

Rebecca starrte inzwischen auf die andere Seite – hinaus aufs Meer, wo die Sonne langsam den Horizont berührte. Als ihr letztes rotes Licht am Himmel stand, drehte sie sich um.

»Gehen wir«, flüsterte sie.

Niemand widersprach ihr – auch ich nicht, der ich gerne noch eine halbe Stunde bis zur völligen Dunkelheit gewartet hätte. Doch um Rebecca jetzt noch zu halten, hätten wir sie niederschlagen oder festbinden müssen.

Unsere wenigen Habseligkeiten hatten wir längst gepackt. Wir rafften sie zusammen und machten uns auf, die Triton zu verlassen. An Bord leuchteten Dutzende von Fackeln, die in bronzenen Halteringen am Mast und an den Bordwänden befestigt waren. In ihrem flackernden Licht schleppten Sklaven Amphoren an Land und verschwanden mit ihrer Last in einem Lagerhaus, das nur ein paar Schritte entfernt lag. Die Kisten mit den Papyrusrollen waren bereits entladen worden. Es stank noch immer Übelkeit erregend nach Garum. Ein Sklave hatte sich an einer zerschmetterten Amphore geschnitten und blutete heftig aus dem rechten Unterarm, doch der Aufseher trieb ihn mit Peitschenschlägen weiter. Mir wäre dies früher nie aufgefallen. Doch nun, da ich selbst einige Zeit als Lastträger gearbeitet hatte, musste ich mich beherrschen, um den Aufseher nicht mit scharfen Worten zurechtzuweisen. Aber das wäre zu auffällig gewesen, denn das Lagerhaus, in welches die Sklaven ihre Lasten schleppten, wurde von zwei Legionären bewacht. Doch sie achteten nicht auf uns. Noch nicht.

Also verabschiedeten wir uns kurz und formlos von Nigidus und dankten ihm dafür, dass er uns wohlbehalten über das winterliche Meer gebracht hatte.

»Es hat mich geehrt, Herr«, sagte der Kapitän und verneigte sich vor Clemens, den er schon vor Wochen als eine Art Oberhaupt unserer Gruppe anerkannt hatte. (Was vor allem Mardochai und Archigenes stets aufs Neue maßlos ärgerte.) »Und es war profitabel«, setzte er grinsend hinzu.

Als wir schon auf der Laufplanke waren, rief er uns halblaut nach: »Die Götter mögen euch Glück schenken, was auch immer euer Auftrag in dieser entlegenen Provinz sein mag!«

Ich war der Einzige, der sich noch einmal umdrehte und seinen Gruß erwiderte.

Dann reihten wir uns so unauffällig wie möglich in den Strom der beladenen Sklaven ein, marschierten über die Laufplanke auf den Kai, folgten den Trägern bis kurz vor das Lagerhaus – und bogen dann mit drei eiligen Schritten in eine düstere Seitengasse ab, die vom Hafen weg in ein Viertel aus alten, verwinkelten Häusern führte. Zerschlissene Gewänder und alte Decken hingen zum Trocknen an Leinen, die von einem flachen Dach zum anderen gespannt waren und wie zerrissene Segel in der abendlichen Meeresbrise flatterten. Halb nackte, schmutzige Kinder spielten auf der Straße oder starrten uns neugierig an. Alte Männer saßen auf steinernen Bänken vor den Häusern, manche zitternd, andere reglos wie rissige Skulpturen aus altem Holz. Am anderen Ende der Gasse endete eine Abzweigung aus Bleirohren, die vom großen Aquaedukt ausging, in einem weiten, mit Kalksteinplatten eingefassten Becken, in dem einige schwatzende Frauen Wäsche wuschen. Es roch nach Kohl und frisch gebackenem Brot.

Wir blieben im Schatten der ersten Hauswand stehen und starrten zurück auf den Hafen. Auf dem Deck des Schnellseglers hatte sich nichts getan.

»Warten wir ein paar Augenblicke«, zischte Archigenes.

Doch auf dem namenlosen Schiff blieb alles ruhig.

»Der Herr war uns gnädig«, flüsterte Clemens. »Sie haben uns nicht bemerkt.«

Als ich meinen Blick vom Schnellsegler löste und mich wieder umdrehte, stutzte ich für einen Moment. Wir waren nur noch zu viert.

Rebecca und Mardochai waren spurlos verschwunden.

»Der Zorn des Mithras möge die beiden Essener treffen!«, fluchte Archigenes. »Sie haben uns schon wieder hereingelegt!«

Wir rannten die schmale Straße hinab und warfen Blicke in jede enge Seitengasse, doch wir konnten die beiden nicht mehr entdecken. Ich war wie betäubt. Undeutlich spürte ich Zorn über diesen Verrat, stärker aber noch war meine Verwirrung, denn ich wusste nicht, was Mardochai und Rebecca vorhaben mochten. Und schließlich, auch wenn ich mir dies kaum eingestehen mochte, quälte mich die Sorge um die junge Essenerin.

»Judaea ist ihre Heimatprovinz«, sagte Marcion grimmig. »Sie werden versuchen, Johannes aus Jerusalem auf eigene Faust zu finden – vor uns.«

»Wir wissen nicht, was Johannes mit dem Mord an Joseph zu tun hat. Wir wissen nicht, wo Cilix herumschleicht«, murmelte ich, als wir die Suche schließlich aufgaben.

Archigenes schlug mir auf die Schulter und grinste. »Keine Angst«, versuchte er mich aufzumuntern, »vielleicht kennen die beiden die Antwort auf diese Fragen – und noch auf einige mehr. Es wird auf jeden Fall ein interessantes Gespräch, wenn wir uns beim nächsten Mal wieder sehen. Denn dass wir uns wieder sehen, ist so klar wie die Weisheit des Mithras. Judaea mag eine unübersichtliche Provinz sein – doch sie ist übersichtlicher als Rom. Hier geht niemand verloren.«

»Das glaube ich auch«, fiel Clemens ein und lächelte.

»Und noch ist nicht ausgemacht, wer Johannes als Erster einholen wird. Denn auch wir Christen haben selbstverständlich unsere Freunde in der Provinz, in der unser Heiland einst wirkte. Folgt mir.«

Er warf einem der in der Straße herumtobenden Jungen eine Kupfermünze zu und befahl ihm, uns zu einem Haus zu führen. Ich konnte nur verstehen, dass Clemens das »Anwesen des ehrwürdigen Theophilos« zu sehen wünschte. Doch ich hatte keine Ahnung, wer dies sein mochte.

Der Junge wandte sich nach Süden. In der Ferne überragte der düstere Schatten der halbrunden Stadtmauer das Gewirr niedriger, schindelgedeckter Dächer. Dahinter erhoben sich die noch vom Regen glänzenden und von Hunderten von Fackeln erhellten Ränge des Theaters, das erst vor wenigen Jahren fertig gestellt worden war. Schwach hörte ich Lärm und Gelächter von dort herüberwehen. Es musste gerade eine Vorstellung gegeben werden.

»Ich hoffe, dass Theophilos sich nicht mit einer derben Komödie die Zeit vertreibt. Dann können wir lange warten«, sagte ich zu Clemens.

Der lachte und schüttelte zugleich den Kopf. »Theophilos glaubt dem Wort unseres Herrn Jesus Christus, dass alle Schauspieler nur Heuchler sind. Er verbringt seine Zeit sinnvoller.«

»Mit beten, vermute ich«, murmelte Archigenes säuerlich.

Clemens blieb großmütig. »Oder damit, Sesterzen zu verdienen«, erwiderte er.

»Du kennst ihn gut?«, fragte ich.

»Ich habe ihn nur ein einziges Mal gesehen – vor vielen Jahren, als er Rom besuchte. Zusammen mit Lukas.« Der Blick des Clemens schweifte in die Ferne, und ich hatte einen Augenblick lang ernsthaft Angst, dass er vor den hölzernen Pfosten eines Gemüseladens laufen könnte, doch dann besann er sich wieder darauf, wo er war.

»Theophilos ist ein Grieche aus Hermopolis in Ägypten, der schon seit vielen Jahren in Caesarea Palaestina lebt«, erklärte Clemens. »Er besitzt das römische Bürgerrecht – und einige recht einträgliche Handelskontrakte. Zum Beispiel kauft er in Magdala billig gepökelten Fisch vom See Genezareth auf, verschifft ihn nach Rom und verkauft ihn dort wieder für ein kleines Vermögen.«

Ich pfiff anerkennend durch die Zähne. Wie jeder einigermaßen gebildete Feinschmecker schätzte ich vor allem die Barben aus diesem Gewässer. Sie waren, je nach der Menge, die auf dem Forum Boarium angeboten wurde, manchmal ihr Gewicht in Silber wert.

»Hat er das Monopol auf diesen Handel?«, wollte ich wissen.

»Nicht ganz«, erwiderte Clemens. »Doch es gibt nur wenige Händler. Und die«, er zögerte und lächelte, »sprechen sich ab«, schloss er.

»Und so lernte er auch Simon Petrus kennen. Und dieser bekehrte ihn«, fiel Marcion ein.

Als ich ihn nur fragend anstarrte, erklärte er mit dem entrüsteten Tonfall eines Mannes, der es leid ist, zum tausendsten Mal etwas zu erzählen, das doch schon jeder kennen sollte: »Simon Petrus war ein Fischer am See Genezareth, ein wohlhabender Mann. Ihm gehörten mehrere Boote. Und er war ein Lieferant des Theophilos. Doch dann kam unser Herr an das Ufer des Sees und bekehrte ihn. Und Petrus gab seinen Beruf auf, verließ seine Heimat und folgte Jesus bis ans Ende seiner Tage.«

»Das unter Nero kam«, ergänzte Clemens mit schmerzlich verzogenem Gesicht. »Er war einer von den Märtyrern, die vor fast genau drei Jahrzehnten ans Kreuz geheftet wurden, weil der fackelnde Kaiser jemanden brauchte, den er für den Brand Roms verantwortlich machen konnte. Doch vor seinem Tod hat Petrus Großartiges geleistet: Ohne ihn gäbe es die Christen nicht in allen Teilen der Welt.«

»Ein Gottessohn, der als Aufwiegler ans Kreuz geschlagen wurde und ein verurteilter Brandstifter als heiligen Mann – eure Sekte ist wahrhaftig reich an Himmlischen«, zischte Archigenes. Doch ich bemerkte, dass er seine Stimme gesenkt hatte, und konnte mir den Grund dafür denken: Hier, in der Heimat dieses Jesus, mochten die Christen vielleicht schon zahlreich sein. Da war es nicht ratsam, als Fremder durch ein unbedachtes Wort auf offener Straße Streit vom Zaun zu brechen.

Doch Clemens hatte sich nicht provozieren lassen, sondern ignorierte ihn. »Petrus war der erste der zwölf Apostel, der Erste der Ersten, die unserem Herrn folgten. Er war der Fels, auf dem unsere Gemeinschaft gründet. Nachdem Christus vom Kreuz genommen und am dritten Tage von den Toten auferstanden war, zeigte er sich den Aposteln, bevor ihn Gott zu sich in den Himmel nahm. Hinfort ging er in die Welt und predigte das Wort vom Erlöser.«

»Und Theophilos, sein ehemaliger guter Kunde, kaufte ihm nach den Fischen auch diese Worte ab«, sagte ich.

»Du kannst dir deinen Spott sparen«, zischte Marcion. Seine Augen funkelten böse. »Ein Mörder«, hätte ich gedacht, wenn ich nicht inzwischen gewusst hätte, dass den Christen jedes Blutvergießen als Todsünde galt. Trotzdem nahm ich mir vor, diesem Mann fortan niemals mehr den Rücken zuzukehren.

»Juvenalis hat doch in gewisser Hinsicht Recht«, tadelte Clemens seinen Begleiter milde – und versetzte mich damit in nicht geringes Erstaunen. »Er zahlte viele Tausend Sesterzen, um es zu verbreiten.« Clemens schloss in

Gedanken die Augen, und wieder fürchtete ich – zu Unrecht –, dass er irgendwo stolpern müsste.

»Das war, als ich ihn vor vielen Jahren – damals lebte Petrus noch – in Rom traf«, fuhr er fort. »Theophilos war nur deshalb angereist, um Lukas zu treffen, Lukas aus Antiochia. Auch der hatte den Ruf unseres Herrn gehört und sein altes Leben abgestreift wie ein zerschlissenes Gewand. Damals war er in Rom und befragte die Begleiter des Petrus und andere alte Männer und Frauen, die Jesu Wirken noch mit eigenen Augen gesehen hatten. Aus ihren Aussagen gewann er sein Geschichtswerk – das ›euangelion‹, die ›Frohe Botschaft‹. Denn Lukas hatte vor den meisten von uns erkannt, dass Petrus und die anderen Apostel nicht überall sein konnten, um mit eigenen Worten von den Wundern unseres Herrn zu berichten. Und er wusste, dass Petrus zwar, weil er einst wohlhabender Fischer gewesen, sprachgewandt war und neben seiner Muttersprache Aramaeisch auch in Griechisch predigen konnte, die meisten anderen Apostel aber nicht. Deshalb also stellte er den Bericht zusammen, von dem er hoffte, dass er in allen Gemeinden verlesen werden könnte. Und deshalb verfasste er ihn auf Griechisch – der Sprache, die jeder halbwegs Gebildete verstehen kann. Allein, ihm fehlte das Geld, um ihn von Schreibsklaven vielhundertfach kopieren zu lassen.«

Spät genug dämmerte es mir. »Aber Theophilos hatte die nötigen Sesterzen«, vermutete ich.

»Ihm widmete Lukas sein euangelion. Und dafür sorgt Theophilos bis heute dafür, dass es immer wieder kopiert wird«, sagte Clemens und nickte. »Ein Werk, das beiden einen Platz im Himmelreich sichern wird.«

»Oder auch nicht«, murmelte Marcion finster.

Ich starrte ihn überrascht an. »Ausgerechnet du sagst so

etwas?« Doch er schwieg. Clemens aber antwortete, wenn auch sichtlich peinlich berührt. »Marcion tadelt den Lukas, Theophilos – und auch mich, und das nicht eben selten.«

Er lächelte, doch hatten seine Züge etwas Hartes, Herausforderndes angenommen. »Denn Marcion träumt von der Gemeinschaft der Reinen. Christ soll nur werden, wer die Apostel oder die direkt von ihnen bestimmten Nachfolger gehört hat, wer streng bis zur Selbstquälerei mit sich ist, wer bereit ist, sein altes Leben wegzuwerfen wie Petrus – oder wie unser Freund Marcion selbst, der einstmals ein reicher Reeder am Schwarzen Meer gewesen ist und nun keine Sesterze mehr besitzt. Lukas und sein Förderer aber – und auch ich, der ich als Leiter der Gemeinde von Rom nur ein bescheidener Stein im großen Bau der Christenheit bin und kein Fels – träumen von der Gemeinschaft der vielen. Wen können wir denn gewinnen, wenn wir nur in der Sprache, in der unser Herr sprach, predigen? Wenn wir von jedem fordern, was Petrus erfüllte? Nach einem Dutzend Apostel hätten wir heute im ganzen Imperium kaum mehr als ein paar Dutzend Christen. Die anderen Millionen Seelen wären für immer verloren. Deshalb also öffnen wir unsere Arme weit, sehen Sünden nach und nehmen freudig auch die auf, die ihr Handwerk, ihre Familie, ihren Wohnort, kurz: die ihr altes Leben nicht aufgeben wollen.«

»Und dafür geht ihr Kompromisse ein, die Jesus niemals eingegangen wäre. Und ihr nehmt Menschen auf, die sich nicht einmal vor das Angesicht des Herrn getraut hätten«, flüsterte Marcion mit zornbebender Stimme.

»Auch Hochmut ist eine Sünde«, tadelte Clemens scharf. Dann warf er sich einen Bausch seiner Toga über das Haupt und verhüllte seine Gesichtszüge – ein deutliches Zeichen, dass er das Gespräch nicht fortzuführen wünschte.

Archigenes stieß mir den Ellbogen in die Rippen und grinste. »Es stimmt, was die Huren und Totengräber in den Tavernen behaupten: Der schlimmste Feind eines Christen ist ein zweiter Christ«, flüsterte er. »Du wirst sehen – in ein paar Jahren bringen sie sich gegenseitig um, und der Kaiser ist das Problem mit ihnen los.«

Wir waren nur wenige Schritte schweigend hinter dem kleinen Jungen hergegangen, als wir einen großen Tempel für den vergöttlichten Kaiser Tiberius passierten. Im Architrav war, wie üblich, die Inschrift eingelassen, die das Amtsjahr des Kaisers zur Gründung und den Namen des Bauherrn in großen Lettern verkündete: PONTIUS PILATUS FECIT.

Ich wäre achtlos daran vorbeigeeilt, wenn Marcion nicht stehen geblieben wäre und einen langen Fluch gegen das Gebäude ausgesprochen hätte.

»Roma soll deine Hand verdorren lassen!«, zischte ich. Mir bedeutete dieser Kaiser nichts, doch es verletzte mein Gefühl für Tradition und Anstand, wenn sein Heiligtum geschändet wurde.

»Ich verfluche den Bauherrn, nicht den Tempel – obwohl auch dieses Götzenhaus niedergerissen werden sollte«, antwortete Marcion. »Pilatus war der Procurator, der unseren Herrn ans Kreuz schlagen ließ.«

»Dann sprich zwei Gebete für ihn«, fuhr ich ihn an. »Eines dafür, weil ihr Christen doch angeblich eure Feinde liebt. Und eines dafür, weil Pilatus es getan hat. Hätte er Jesus laufen und weiter durch Judaea predigen lassen, bis er alt, schmutzig und zahnlos geworden wäre – wer weiß, ob es dann heute auch nur einen einzigen Christen gäbe!«

»Sei vorsichtig, Juvenalis«, zischte er. »Sonst wirst du Pilatus schneller wieder sehen, als dir lieb ist.« Er wandte sich ab.

»Doch er hat Recht, wenn auch sein Spott sehr bitter ist«, pflichtete mir Clemens sanft bei. »Jesus selbst hat gesagt: ›Ich war ein Fremder und ohne Heim, und ihr habt mich nicht aufgenommen; ich war nackt, und ihr habt mir keine Kleidung gegeben; ich war krank und im Gefängnis, und ihr habt mich nicht besucht.‹ Die meisten Menschen, die ihn zu seinen Lebzeiten gesehen und gehört haben, haben doch nicht an ihn geglaubt. Erst seine Auferstehung nach der Kreuzigung hat viele Zweifler und Spötter verstummen lassen. Denn erst durch seine Himmelfahrt erwies er sich für diese Kleingläubigen als Gottes Sohn.«

»Hier ist das Haus des Theophilos«, verkündete der Junge mit einer Kieksstimme, in der Stolz und Aufregung mitschwangen. Dann drehte er sich um und war im Gewirr der Gassen verschwunden. Ich fragte mich, ob er etwas von unserer Unterhaltung mitbekommen hatte – und ob er davon in der Stadt erzählen würde.

Als Clemens dem Janitor, der an der Pforte in der Grundstücksmauer wachte, seinen Namen nannte, verbeugte sich der Sklave tief und ließ uns ein. Mich wunderte diese große Verehrung, dann sagte ich mir, dass auch der Janitor Christ sein müsse und Clemens als besonders ehrwürdigen Gemeindeführer begrüßt hatte.

Wir betraten einen kleinen, gepflegten Garten, in dem, halb hinter Rhododendronhecken verborgen, Marmorstatuen von erlesener Qualität standen: Platon, Aristoteles, Homer, Euripides – die großen Heroen der griechischen Geisteswelt. Götterbildnisse aber fand ich in diesem Garten nicht.

Wir traten durch einen vorgelagerten Säulengang in ein

Haus, das ebenfalls vom Geld und vom guten Geschmack des Hausherrn kündete. Die Wände waren gelb verputzt und mit Weinranken bemalt – so lebensecht, dass man tatsächlich meinen könnte, in eine Laube einzutreten. Selbst kleine Vögel und Insekten, die sich zwischen den Blättern versteckten, hatte der Künstler nicht vergessen. Der Boden war mit schwarz-weißen Mosaiken ausgelegt, die in immer neuen Variationen Fluss- und Meeresfische zeigten. Nur in der Mitte des Raumes war das Bildnis eines jungen Hirten eingelegt, der ein Lamm auf seinen Schultern trägt – ein symbolbeladenes Bild, mit dem seit Jahrhunderten unsere Heilgötter geehrt wurden. Zunächst staunte ich darüber, in diesem Haus eines Christen doch noch ein Zeichen der alten Unsterblichen zu entdecken, doch als ich Clemens flüsternd, aber ohne meinen Spott zu verbergen, darauf hinwies, lachte er nur.

»Euer guter Hirte trug stets einen Vollbart. Unser guter Hirte ist ein glatt rasierter Jüngling. Ein Zeichen, an dem sich Christen unfehlbar erkennen lassen, aber zugleich auch eines, das euch Heiden nicht so zu Wut und Spott anstachelt wie das Symbol des Kreuzes, an dem unser Herr gelitten hat.«

Bevor ich darauf noch etwas erwidern konnte, trat Theophilos aus einem kleinen Nebengemach. Clemens und Marcion begrüßte er mit dem Bruderkuss, Archigenes und mich bedachte er mit einem freundlichen Nicken – und einem abschätzigen Blick. Offensichtlich wusste er nicht, ob wir, die er noch nicht kannte, auch zur Gemeinschaft der Kreuzesanhänger gehörten. Theophilos war sicherlich schon siebzig Jahre alt, hoch gewachsen, mit einem mächtigen Körper, einem Kranz aus weißem Haupt- und Barthaar, der sein Gesicht wie eine Aureole der Weisheit umgab. Seine Haut war dunkel, faltig und wie Leder – eine

Haut, die Jahre Sonne und Wind standgehalten hatte. Auch seine vernarbten, kräftigen Hände waren nicht gerade die eines Kaufmanns, der den ganzen Tag nichts anderes tut, als seine Sesterzen zu zählen. Ich nahm mir vor, Theophilos nicht zu unterschätzen.

»Welche Überraschung, dich hier zu sehen, verehrter Clemens«, rief der Hausherr. Es war die kräftige Stimme eines Mannes, der eher befahl als zu diskutieren.

»Ich hätte auch nicht gedacht, dich noch einmal wieder zu sehen«, antwortete der Angesprochene. »Doch die Wege des Herrn sind unerforschlich – und leider manchmal auch die der Menschen.«

Theophilos lachte. »Das hört sich nach einer guten Geschichte an, mit der du mir den Abend verkürzen wirst. Folgt mir ins Triclinium«, sagte er. »Wir werden uns mit Wein und süßen Datteln erfrischen, bis das Abendessen aufgetragen wird. Ihr müsst sicher sehr hungrig sein.«

»Wollen wir nicht zuerst beten und dem Herrn danken?«, fragte Marcion scharf.

Theophilos zögerte einen Augenblick, dann hatte er seine Irritation wieder in der Gewalt. »Ich bete bei Sonnenauf- und -untergang und vor jedem Mahl«, antwortete er freundlich, aber deutlich kühler als zuvor. »Doch wenn du willst, wird dich einer meiner Sklaven gerne auch zu dieser Stunde in meinen Betraum führen.«

»Ich bitte darum«, antwortete Marcion, verneigte sich kurz und folgte dann einem halbwüchsigen nubischen Diener, der ihn aus dem Raum führte.

»Mein junger Begleiter ist sehr fromm«, seufzte Clemens und fügte dann hinzu: »Und sehr streng.«

»Wenn Jesus so streng gewesen wäre, dann hätte er Maria Magdalena, den Zöllner und noch ein paar andere Gestalten in die Wüste geschickt«, brummte Theophilos, während er uns ins Triclinium geleitete. Archigenes grinste mich an.

Das Speisezimmer war schlicht eingerichtet. Die einzige Extravaganz bestand in einer nur halb mannshohen Säule aus gelbem Marmor, auf deren korinthischem Kapitell ein pergamentener Codex lag. Wichtige Texte wurden auf Papyrusrollen verewigt. Der Codex, der kleiner war und praktischer, weil seine zu einem dicken Band verbundenen Blätter sich gut lesen und beschriften ließen, galt in Rom als profanes Notizbuch der Händler und Geldverleiher. Ich wunderte mich, warum Theophilos sein Kassenbuch an so wenig geheimer Stelle präsentierte.

Der Hausherr schien meinen neugierigen Blick bemerkt zu haben und nickte leicht in Richtung der Säule. »Das erste Exemplar des euangelions des Lukas, geschrieben von dessen eigener Hand. Wir Christen ziehen es vor, unsere wichtigen Texte so zu schreiben, dass man jederzeit jede wichtige Stelle nachlesen kann, ohne dazu erst mühsam Papyri auszurollen.«

Er schien vorauszusetzen, dass ich wusste, wer Lukas war. Doch sagte er dies alles wie nebenbei und machte keine Geste, uns das Werk näher zu zeigen. Ich bemerkte allerdings, dass Clemens blass wurde und vor seiner Stirn und seiner Brust rasch ein Zeichen schlug – so rasch, dass ich es nicht zu deuten vermochte.

Theophilos hieß uns stattdessen, auf den Liegen Platz zu nehmen. Dann sprangen Sklaven hinzu, nahmen uns die Sandalen ab und wuschen unsere Hände mit nach Rosen duftendem Wasser.

Bei einer Schale guten Falerners und kandierten Früchten erzählte Clemens dann knapp und, soweit ich dies beurteilen konnte, wahrheitsgetreu die Geschichte, die uns schließlich in das Haus des Theophilos geführt hatte. Irgendwann war Marcion dazugekommen, doch hatte er demonstrativ Wein und Datteln abgelehnt und stattdessen um Wasser und Brot gebeten. Da niemand von uns Lust hatte, neben seinem tadelnden Blick auch noch eine scharfe Bemerkung zu hören, ignorierten wir ihn stillschweigend, was ihn noch mehr zu verdrießen schien.

Als Clemens geendet hatte, schwieg Theophilos eine Weile, ließ den Wein in seiner Kristallschale kreisen, sodass sich das Licht der Öllampen feuerrot in der Flüssigkeit brach. Dann befahl er einem Sklaven, da nun die kühlen Nachtstunden hereinbrachen, einige Holzkohlen in einem Bronzebecken zu entzünden und duftende Hölzer dazuzutun. Erst als ihr würziges Aroma den Raum füllte, wandte er sich wieder seinen Gästen zu.

»Ich kann mich noch gut an diesen Johannes von Jerusalem erinnern«, murmelte er, »obwohl ich ihn nur ein einziges Mal getroffen habe. Damals in Rom. Erinnerst auch du dich?«

Clemens rückte verlegen auf seiner Liege hin und her. Und ich, selig betäubt vom Wein und dem duftenden Rauch aus dem Feuer, verschluckte mich vor Überraschung am Falerner und hustete erbärmlich.

»Du kanntest Johannes?«, krächzte ich Clemens an.

»Es ist so, wie Theophilos sagte: Ich traf ihn einmal, vor dreißig Jahren in Rom«, antwortete Clemens verdrießlich. »Damals schon war er«, er suchte nach dem richtigen Wort, »von auffallender Frömmigkeit, selbst für einen Essener«, schloss er. »Ich habe nie herausgefunden, was er zu jener Zeit in der Stadt gewollt hat. Ich war da noch der Geringste unter den Gläubigen, fasziniert von der Frohen Botschaft Jesu, doch noch nicht einmal getauft. Es war noch vor dem Aufstand in Iudaea und der Zerstörung von Mesad Chasidim. Es kann also nichts mit Poppaeus und der verschwundenen Bibliothek zu tun gehabt haben. Ich weiß nur, dass Johannes noch mit Petrus selbst gesprochen hat, wenige Wochen, bevor Nero seine Schergen gegen uns hetzte. Er ist an dem Tag abgereist, an dessen Abend Rom anfing zu brennen. Ich hatte ihn vollkommen vergessen – bis er nun wieder in der Stadt auftauchte. Und wieder verschwand.«

»Es wäre trotzdem, sagen wir, höflich gewesen, uns das eine oder andere über ihn zu erzählen«, warf Archigenes spöttisch ein.

Clemens hob entschuldigend die Hände. »Ich habe ihn seither nie wieder gesehen und nichts mehr von ihm gehört. Was also hätte ich dir erzählen können?«

Theophilos fiel ein. »Ich habe ihn nicht einmal hier in Caesarea gesehen«, sagte er. »Vor einigen Wochen kam der erste Schnellsegler des Jahres aus Italien hier an, ungewöhnlich früh, noch fast im Winter. Ich schickte damals aus Neugier einen meiner Sklaven zum Hafen, weil ich als Händler selbstverständlich gerne gewusst hätte, welche Ladung dieses ungewöhnliche Schiff brachte. Doch es waren nur Papyri: Dekrete und Briefe Domitians an den hiesigen Procurator, die üblichen kaiserlichen Anweisungen an einen Statthalter. Vielleicht nur ein Indiz, dass der Imperator wieder einige Senatoren verfolgen lassen will und alle Provinzstatthalter darüber informiert, damit niemand in deren Machtbereiche fliehen kann. Sonst wären diese Schriftstücke wohl kaum so früh nach Judaea gebracht worden. Und das Schiff hatte einen Passagier: Johannes von Jerusalem.

Sobald mir der Sklave diesen Namen sagte, horchte ich natürlich auf. Ich ließ Boten ausschicken, um ihn in mein Haus zu laden. Doch er hatte die Stadt bereits wieder verlassen. Niemand wusste, wohin. So habe ich ihn, wie so oft, um ein paar Stunden verpasst. Denn soweit ich das gehört habe, lebte Johannes tatsächlich lange in Jerusalem, obwohl ich ihn nie sah, wann immer ich die Stadt besuchte. Dann, nach dem Aufstand gegen den Kaiser, soll er in Ephesos und anderen Griechenstädten im Norden gewesen sein. Auch dort hörte ich während meiner Handelsreisen von ihm, traf ihn jedoch nie an. Immer war er gerade abgereist.

Alle sagten mir stets, dass er ein mitreißender Prediger sei, allerdings auch Furcht erregend. Denn schon damals in Rom, als er noch ein junger Mann war, hat er den baldigen Untergang dieser Welt vorausgesehen. Er glaubte, dass Kaiser und Legionen, ja dass das Imperium und all seine Macht bald vergehen werden, um Platz zu machen für das Tausendjährige Reich Christi hier auf Erden, in dem nur die Gerechten für immer in Frieden leben würden, regiert vom wieder erschienenen Herrn. Rom selbst nannte er nur ›die Große Hure Babylon‹. Ich glaube, er hat sie damals nur besucht, um sich in seinem Hass gegen die Stadt zu bestärken. Seit einigen Jahren soll er wieder in Judaea leben, ich weiß jedoch nicht, wo.«

»Vielleicht in Tiberias«, murmelte ich, dem Heimatort der Rebecca. Was würde sie mir alles über Johannes erzählen können? Langsam formte sich in meinem Geiste ein Bild von ihm: Ein Mann voll düsterer Visionen, ein Fanatiker, den die Flamme seines verzehrenden Glaubens trieb. Ein Prediger, der mit seinen Bildern von Apokalypse und Himmelreich die Zuhörer in Erregung und in Todesangst versetzen konnte. Wer ihm einmal verfallen war, der würde nie wieder von ihm loskommen. Und Rebecca war ihm verfallen.

Ich hätte vor Verzweiflung mit den Fäusten auf die Wand einschlagen mögen, doch beherrschte ich mich und verbarg mein Gesicht hinter der Weinschale, die ich hochhob, ohne aus ihr zu trinken. Wer war dieser Johannes wirklich? Was war seine Mission in Rom? Und warum suchten ihn Christen und Essener? War er zusammen mit Joseph tatsächlich ausgesandt worden, um die Bibliothek wieder zu finden? War er nur deshalb mitgegangen, weil er Rom bereits kannte? Fast schien es mir, als würden sowohl Clemens und Marcion als auch Mardochai weniger die Texte jagen, die Poppaeus einst geraubt hatte, als diesen Mann. Bei Rebecca war ich mir da inzwischen sogar sicher. Wenn sie ihn jemals wieder fände, würde sie nicht mehr von seiner Seite weichen. Wenn sie ihn nicht fände, würde sie ihn für den Rest ihres Lebens suchen. Für mich gab es da niemals einen Platz, hatte es nie gegeben und würde es auch nie.

Und ich? Ich hatte mich in diese geheimnisvolle junge Frau verliebt, wie ich mich noch nie in eine Frau verliebt hatte – und tat doch alles, um Johannes zu finden. Eine Komödie, über welche die Götter, wenn sie denn existierten, dröhnend lachen könnten. Diesmal nahm ich tatsächlich einen tiefen Zug von dem Falerner.

»Ihr werdet nicht nur die Augen nach Johannes offen halten müssen«, sagte Theophilos und wechselte damit zu Clemens' sichtbarer Erleichterung das Thema. »Sondern auch nach Cilix und seiner Bande.«

»Die mit dem Schnellsegler angekommen sind, der noch im Hafen liegt«, vermutete Archigenes.

»Und sofort weiterreisten«, ergänzte unser Gastgeber. »Zumindest glaube ich, dass es sich um Cilix handelt – nach allem, was ihr mir berichtet habt. Sie haben sich schnelle Pferdewagen und einen einheimischen Führer gemietet und sind noch am Tag ihrer Ankunft ins Landesinnere weitergezogen.«

»Nach Mesad Chasidim«, flüsterte Clemens und wurde wieder bleich.

»Das ist möglich«, gab Theophilos zu.

»Wir müssen sie sofort verfolgen«, rief ich.

»Wenn ich Cilix wäre«, sagte Archigenes bedächtig, »würde ich ein paar meiner Männer irgendwo zwischen Caesarea und Mesad Chasidim auf die Lauer legen. Denn er wird vermuten, dass er uns möglicherweise auf dem Meer überholt hat, auch wenn er uns nicht sah. Dann ist es nur ein Gebot der Vernunft, sich den Rücken freizuhalten.«

Unser Gastgeber strich sich durch den Bart. »Wenn ihr mit einer Händlerkarawane reist, würdet ihr vielleicht nicht auffallen. Das ist langsamer, aber sicherer.«

»Was schlägst du vor?«, fragte Clemens.

»Ich schicke morgen einige meiner Männer zum großen Salzsee los, an dessen Westufer Mesad Chasidim liegt. Sie werden Asphalt holen, den man dort aus dem tödlichen Wasser fischt. Reist mit ihnen, dann wird euch kein Späher entdecken. Und keiner meiner Männer wird es wagen, neugierige Fragen zu stellen, wenn ich selbst ebenfalls mitkomme.«

»Wir wären dir dankbar, wenn du dies tätest«, sagte Clemens feierlich.

»So sei es. Amen«, antwortete Theophilos.

In dieser Nacht wanderte ich ruhelos durch das Zimmer, das mir unser Gastgeber zugewiesen hatte, weil ich keinen Schlaf fand. Ich konnte es nicht erwarten, endlich weiterzuziehen. Zugleich wusste ich nicht, was ich eigentlich tun sollte, sobald ich endlich Cilix, Johannes oder Rebecca wieder gegenüberstand. Kämpfen? Verhandeln? Nach einer Papyrusrolle suchen? Nach welcher? Ich fühlte mich, in dieser fremden Provinz und fast mittellos, so verlassen wie noch nie in meinem Leben.

Unwillkürlich musste ich an die Worte Jesu denken, die mir Clemens erst Stunden zuvor rezitiert hatte: »Ich war ein Fremder und ohne Heim, und ihr habt mich nicht aufgenommen.« Ich wusste wenig über diesen Mann und seine Predigt – nur ein paar Gerüchte, die durch Roms Gassen schwirrten, und das, was mir Clemens in den letzten Tagen über ihn erzählt hatte. Wie verzweifelt und einsam mochte er gewesen sein in seinen letzten Stunden in einem düsteren Kerker, darauf wartend, dass ihn Legionäre ans Kreuz schlugen? Und doch musste er irgendwoher Kraft und sogar Hoffnung geschöpft haben. Eine Hoffnung, die ich auch gerne gehabt hätte, aber nicht fühlen konnte – sondern nur die Sehnsucht danach.

Am nächsten Morgen ließ Theophilos für sich und uns Sänften bringen. Es war noch vor der ersten Stunde, die Gassen Caesareas waren menschenleer, als wir uns von den nubischen Sklaven bis zum südlichen Stadttor tragen ließen. Ich hätte mir lieber einen Zweispänner gemietet, doch die Argumente unseres Gastgebers waren zu gut, als dass ich sie hätte ignorieren können.

Vor der Stadtmauer lag eine kleine Zeltstadt: Sklaven waren gerade dabei, Planen und Stangen zu großen Bündeln zusammenzupacken und auf den Rücken von Maultieren festzubinden. Andere spannten Ochsen in das Joch von großen, flachen, aber unbeladenen Karren. Ich zählte ungefähr zwei Dutzend Wagen und ebenso viele Maultiere, einen Karawanenführer, mehrere Bewaffnete und zwanzig Sklaven. Keine ganz kleine Karawane. Theophilos stellte uns dem Karawanenführer – der nicht besonders erfreut darüber zu sein schien, seinen Herrn und vier Unbekannte so überraschend mitführen zu müssen – als »Handelspartner aus Rom« vor, die einmal mit eigenen Augen sehen wollten, wie das berühmte Bitumen Judaicum gewonnen wurde. Tatsächlich wusste ich von Asphalt so viel oder so wenig wie jeder andere Römer: Mit der zähen schwarzen Masse dichtete man Schiffsrümpfe ab oder im Wasser stehende Stützbalken von Häusern oder Brücken und versiegelte gelegentlich Amphoren damit. Ich wusste sogar, dass dieser Stoff aus dem giftigen Gewässer an der Grenze der Provinz Judaea gewonnen wurde, denn ich kannte seinen griechischen Namen: Asphaltitis Lymne, der Asphalt-See. Doch mehr konnte ich nicht sagen – schon gar nicht irgendeinen Marktpreis. Ich hoffte, dass wir den Karawanenführer, einen wetter- und sonnengegerbten Beduinen unbestimmbaren Alters, so sehr verdrossen, dass er uns nicht einmal aus höflicher Neugierde Fragen stellte, die uns in Verlegenheit bringen konnten.

Theophilos nahm auf dem Bock des vordersten Karrens Platz, Clemens und Marcion hockten auf einem in der Mitte, Archigenes und ich auf dem letzten in dem langen Zug, der sich nun langsam rumpelnd über die staubige Straße fast genau in Richtung der aufgehenden Sonne in Bewegung setzte.

»Hast du dir eigentlich schon einmal überlegt, was wir machen, wenn wir endlich in Mesad Chasidim sind?«, fragte mich Archigenes – allerdings so leise, dass der neben uns sitzende Sklave, der die Zügel führte und gelegentlich mit der Peitsche knallte, um den Anschluss nicht zu verlieren, uns nicht hören konnte.

Ich hustete und blinzelte, weil uns der Staub der voranratternden Wagen umhüllte. Wir hatten definitiv den schlechtesten Platz erwischt.

»Es dreht sich alles um Johannes von Jerusalem«, flüsterte ich. »Wenn jemand weiß, was hier gespielt wird, dann er. Vielleicht weiß er, was mit Joseph geschehen ist. Ganz sicher hat er im verschütteten Haus des Poppaeus irgendetwas gefunden. Und wahrscheinlich ahnt er auch, was es in Mesad Chasidim zu holen gibt. Wir müssen ihn irgendwie schnappen und notfalls aus ihm herausprügeln, was er weiß. Erst dann können wir entscheiden, wie wir weiter vorgehen wollen. Und dabei müssen wir Acht geben, dass uns Cilix nicht in die Quere kommt.«

»Oder die Essener«, ergänzte Archigenes und blickte mich mit freundschaftlichem Spott an.

Als ich nichts erwiderte, schlug er mir auf die Schulter. »Vergiss das Mädchen, Juvenalis«, sagte er nüchtern. »In den Familien der Essener darf eine Frau sich im Leben nur einem einzigen Mann hingeben. Selbst eine junge Witwe darf niemals wieder heiraten – wobei ihr diese große Keuschheit nicht weiter schwer fallen dürfte, denn selbst Verheiratete leben kaum wollüstiger. Ich habe gehört, dass die Essener so viele unreine Tage kennen und so viele verbotene Zeiten, dass Mann und Frau selbst in zwanzig Jahren Ehe kaum zwanzig Mal beisammenliegen. Das, mehr noch als die Gewalt der Römer, lässt sie langsam aussterben.«

Ich warf ihm einen schiefen Blick zu. »Warum bist du hier in dieser von allen Göttern verlassenen Provinz und riskierst dabei deinen Kopf, Archigenes?«, fragte ich.

Er blickte mich einen Moment lang verwirrt an. »Weil ich den Schatz der Essener finden will, um meine Geliebte freizukaufen«, antwortete er dann.

»In Rom allein leben mehr als eine halbe Million Frauen. Wäre es da nicht viel einfacher – und viel weniger gefährlich –, sich aus dieser Menge einfach eine neue Geliebte zu suchen?«, wollte ich wissen.

Da lachte er. »Die Liebe fragt nicht nach Bequemlichkeit und Sicherheit«, rief er, diesmal so laut, dass uns der Kutscher einen kurzen, erstaunten Blick zuwarf.

»Und nicht nach dem religiösen Brauch der Frau. Ich habe Rebecca im Kopf und im Herzen, was also kann ich tun?«

»Versuch es einmal mit einem Gebet zu ihrem Gott, für den sie nicht einmal einen Namen haben«, antwortete er, doch war das schon wieder nicht mehr ernst gemeint.

Danach schwiegen wir und starrten auf die Landschaft. Wir zogen – quälend langsam, wie mir schien – an Weinstöcken vorbei, an kleinen Getreidefeldern und, nachdem wir einige Stunden gefahren waren, durch ein zunehmend trockeneres Land. Die Erde war rötlich und krümelig wie mürbes Brot, verknotete Olivenbäume mit silbrigen Blättern spendeten ein wenig Schatten. Einmal durchquerten wir einen Bach, doch sonst schien das Land wasserlos zu sein. Wir sahen nur wenige Bauern auf den Feldern oder Boten auf der Straße – dafür jedoch öfters kleine Trupps von Legionären, die auf Anhöhen Wachtposten bezogen hatten oder entlang der Straße patrouillierten. Wir erblickten niemanden, der aussah, als könnte er zur Bande des Cilix gehören.

An diesem Abend banden wir auf freiem Feld den Ochsen die Beine zusammen und reihten die Wagen am Wegesrand auf. Es war, trotz der frühen Zeit des Jahres, so warm, dass wir unsere Decken auf der warmen Erde ausbreiteten; niemand machte sich die Mühe, aus den mitgeführten hölzernen Stangen und einigen Stoffbahnen ein Zelt aufzuschlagen.

Ich starrte lange in den klaren Nachthimmel, wo ich mehr Sterne erblickte als jemals zuvor. Meine Gedanken wanderten im Kreis: Mal rief ich mir Rebeccas Gesicht in

Erinnerung und fragte mich, wo sie jetzt wohl sei und was sie machte – und was sie in diesem Moment bewegte. Ob ich in ihren Gedanken einen Platz hatte? Ich quälte mich selbst mit der Antwort: Sie würde an Johannes aus Jerusalem denken, an niemanden sonst.

Dann wieder fragte ich mich, ob irgendwo dort oben zwischen den Sternen doch ein Unsterblicher sitzen und auf uns Menschen hinabblicken würde. Würde er lachen über die Komödie, die wir ihm boten? Oder weinen über die Tragödie? Oder hätte er sich längst, unserer Streitigkeiten und unserer kleinlichen Leidenschaften überdrüssig, gelangweilt abgewandt?

Ich bezweifelte, dass ein Gott, der, so wie die Essener und die Christen behaupten, tatsächlich allmächtig und allwissend ist, uns Menschen noch irgendein Interesse entgegenbrachte. Oder hatte er uns mit all unseren Fehlern und Irrtümern gerade deshalb geschaffen, um sich in seiner erhabenen kosmischen Langeweile zu erheitern?

Ich war schon halb eingeschlafen, als ich ein seltsames leises Geräusch vernahm: eine Reihe dumpfer Schläge. Sofort war ich wieder hellwach. Ich dachte an Cilix, doch konnte ich mir nicht erklären, was das bedeuten sollte. Ich rollte mich aus meiner Decke und robbte über den Boden, bis ich das schwere Rad des nächstgelegenen Ochsenkarren erreicht hatte. Dann richtete ich mich langsam auf und machte vorsichtig Schritt für Schritt. Schließlich konnte ich zwischen zwei Karren hindurchblicken und sah im silbernen Licht des Halbmondes – Marcion.

Der junge Christ stand, mit der Linken an einen Felsen gestützt, aufrecht und mit nacktem Oberkörper da. In seiner Rechten hatte er eine Ochsenpeitsche – und schlug sich mit ihr den eigenen Rücken blutig. Schweigend beobachtete ich ihn, wie er sich selbst quälte. Ich sah an seiner glänzenden Haut, dass ihm Schweiß und wohl auch Blut am Körper hinunterliefen, doch war das Licht zu schwach, als dass ich seine Gesichtszüge genau erkennen konnte. So wusste ich nicht, ob ihm die Folter Genuss bereitete oder nicht.

Schließlich ging ich vorsichtig zurück und hatte schon beinahe wieder meine Decke erreicht, als ich eine leise Stimme hörte.

»Marcion hat seine eigenen Dämonen.« Es war Clemens.

Ich blickte auf den Schatten am Boden. »Ich glaube nicht, dass er sie so austreiben kann«, gab ich leise zurück. Doch ich dachte an meine eigenen Träume, weshalb es mir fern lag, über ihn zu spotten.

Clemens musste dies wohl in meiner Stimme gehört haben, denn ich sah, dass er nickte. »Marcion vermag es nicht, eine Frau zu beglücken«, verriet er mir. »Dies und nicht ein Ruf unseres Herrn war, so befürchte ich, der erste und entscheidende Grund, warum er sein reiches Erbe verschmähte und seine Heimat verließ. Und deshalb auch fordert er so unnachsichtig, ja unbarmherzig Zucht und Askese – weil ihm ja selbst nichts anderes übrig bleibt. Doch die unerfüllten und unerfüllbaren Sehnsüchte in seiner Seele betäubt er damit nur, aber er tötet sie nicht. Nachts zerreißen sie ihn.«

»Die Wege deines Gottes sind wahrhaft seltsam«, antwortete ich Clemens und wünschte ihm eine gute Nacht.

Als ich mich auf meine Decke legte, fürchtete ich, dass auch mich in dieser Nacht meine persönlichen Dämonen heimsuchten. Doch ich träumte nicht vom riesigen, leeren Haus – sondern von einem riesigen Holzkreuz, von Rebeccas Gesicht und von unzähligen Sternen.

Am nächsten Morgen musterte ich Marcion verstohlen.

Er sah, wie immer, blass und übernächtigt aus, doch waren seine Gewänder rein und ohne einen Tropfen Blut. Er atmete normal, seine Bewegungen verrieten nicht, dass er sich die Haut seines Rückens in Fetzen geschlagen hatte.

Wir zogen weiter durch eine trockene, leicht gewellte Landschaft, vorbei an kleinen Dörfern und an Schafherden, die von einsamen Sklaven und halb wilden Wolfshunden bewacht wurden. Als sich der zweite Tag dem Ende zuneigte, bogen wir in ein weites Tal ein, an dessen östlichem Ende Steine, umgestürzte Säulen und verkohlte Balken von dornigem Gestrüpp überwuchert wurden.

»Das war einmal die Stadt Sichem – bis die Legionen kamen«, erklärte mir Theophilos, als ich ihn darauf hinwies. Er deutete auf einen Berg, der sich hinter den Ruinen erhob. »Der Gipfel Gerizim«, fuhr er fort, »der heilige Ort der Samaritaner.«

Ich blickte ihn fragend an, sagte jedoch nichts.

»Eine jüdische Sekte«, ergänzte er in einem Tonfall, als müsste ich dies längst wissen. »Sie sind die Einzigen, die noch heute, getreu unserer ältesten Überlieferung, das Passahfest mit der Schlachtung von Opfertieren zelebrieren.«

Ich seufzte. »Essener, Sadduzaeer, Pharisäer, Samaritaner – sag mir einen Juden, der nur Jude ist und nicht zugleich Angehöriger einer radikalen Gemeinschaft!«

Er lachte und deutete ringsum. »Dies ist ein heiliges Land«, rief er. »Besser als Öl und Wein wachsen hier neue Religionen. Das war schon immer so und wird auch immer so bleiben.«

»Ein seltsames Wort für einen Christen«, warf Archigenes ein, der uns zugehört hatte.

Theophilos lächelte, dann beugte er sich vor, sodass seine Worte nicht bis zu Clemens und Marcion drangen. »Ich bin Christ – aber ich bin auch Realist. Niemals werden alle Menschen das Gleiche glauben. Stets werden Ehrgeiz oder Dummheit Einzelne in die Irre führen.«

»Clemens sieht das anders«, gab ich zu bedenken. »Er hofft, dass wir alle einmal Christen sein werden.«

»Selbst unser Herr Jesus Christus hat Pharisaeer und andere Heuchler von sich gewiesen«, entgegnete Theophilos. »Und wer hätte den Menschen besser in die Seele blicken können als er?«

Dann gab er den Befehl, an einem Schöpfbrunnen zu rasten.

Clemens und Marcion standen bereits dort, denn sie waren vom Bock ihres Ochsenkarrens abgesprungen. Andächtig trank der Ältere einen Schluck. Der Jüngere wusch sich und ließ sich das Nass über den Körper rinnen – vor allem über den zerschundenen Rücken.

»Ich hätte nicht gedacht, dass euer Durst so groß ist«, spottete ich, als ich endlich näher gekommen war. Doch dann bemerkte ich, dass auch Theophilos und seine Karawanenführer das Brunnenwasser ehererbietig wie teuren Wein aus dem gemauerten Schacht schöpften, Gebete sprachen und erst dann davon kosteten.

»Jesus selbst hat von diesem Wasser getrunken«, antwortete Clemens mir ehrfürchtig. »Einst war er hier vorbeigekommen und ihn dürstete. Da reichte ihm eine Samaritanerin Wasser.«

»Ich hätte nicht übel Lust, da hineinzupissen«, murmelte Archigenes.

Ich stieß ihm den Ellbogen in die Rippen. »Sie werden dich steinigen«, zischte ich.

Er grinste mich an und gab ebenso leise zurück: »Christen lieben sogar ihre Feinde. Was also sollen sie schon tun?«

»Sie werden dich liebend steinigen«, gab ich zurück. »Da wird dir nicht einmal Mithras helfen können. Also nimm dich zusammen!«

Archigenes lachte, dann tauchte er einen irdenen Becher in die Schöpfkelle, murmelte ein Gebet an Mithras und trank in großen Zügen.

Niemand hatte auf uns geachtet. Niemand außer Marcion, der uns anstarrte, bis er bemerkte, dass er mir aufgefallen war. Schnell wandte er sich ab. Seinen Gesichtsausdruck konnte ich nicht deuten. Eines nur war sicher: Freundlich war er nicht.

Später, nachdem das Lager aufgeschlagen und das Vieh versorgt worden war, entzündeten die Sklaven einige große Feuer, indem sie Dornbuschzweige und getrockneten Ochsendung aufschichteten und ansteckten. Über den höchsten Flammen brieten sie ein Lamm. Ich lag schon müde auf der warmen Erde und döste, da sah ich, wie Clemens, Marcion und Theophilos zu einem Hügel neben dem Ruinenfeld von Sichem gingen. Sie kletterten dort bis auf halbe Höhe den Hang hinauf. Dann hielten sie an und entzündeten Fackeln an einer Stelle, die mir nicht anders auszusehen schien als alle anderen.

Als sie nach über einer Stunde wiederkehrten, bedeutete ich ihnen mit einer Geste, sich noch zu Archigenes und mir an unser Lagerfeuer zu setzen. Zwar war der Gestank brennenden Ochsendungs scharf und betäubend (und nicht gerade appetitanregend), doch war es diese Nacht plötzlich kühler geworden, sodass wir nahe an die Flammen gerückt waren. Clemens und Theophilos folgten unserer Einladung, doch Marcion verschwand grußlos in der Dunkelheit jenseits des Lagers.

»Wir haben vor dem Grab des Joseph gebetet«, erklärte Theophilos ungefragt.

Ich, der ich gerade einen tiefen Zug Wasser trank, verschluckte mich und hustete erbärmlich.

Clemens stutzte einen Augenblick, dann lachte er. »Dort liegt nicht der Joseph, der in Rom so ein schauderhaftes Ende gefunden hat«, versicherte er mir. »Joseph ist ein häufiger Name in diesem Land. »So hieß auch der Mann der Maria, die Jesus Christus, Gottes Sohn, austrug.«

»Joseph der Gehörnte?«, spottete Archigenes.

»Es ist eine himmlische Ehre, wenn Gott deine Frau so erwählt«, erwiderte Clemens tadelnd. Doch ich kannte ihn inzwischen gut genug: Er war trotz seiner Bekehrung durch und durch römischer Senator, und selbst in dieser Zurechtweisung konnte ich eine winzige Spur Verachtung für Joseph heraushören.

»Kurz vor seinem Tod nahm Joseph seinen Söhnen den Eid ab, ihn hier bei Sichem zu begraben«, berichtete Theophilos. »Seitdem ist uns Christen dieser Ort heilig.«

»Seinen Söhnen?«, fragte ich überrascht.

»Jesus hatte vier Brüder: Jakobus, Joses, Judas und Simon, außerdem noch zwei Schwestern«, antwortete Theophilos.

Archigenes pfiff durch die Zähne. »Diese Maria muss wirklich hübsch gewesen sein, dass Gott ihr so oft beiwohnte«, meinte er. »Spare dir deinen Hohn, Mithrasgläubiger«, antwortete Clemens nun wirklich verärgert. »Maria hat Jesus als Jungfrau geboren. Doch danach heiratete sie Joseph, und selbstverständlich teilte sie sein Lager. Joseph war Tekton in Nazareth, ein Steinbaumeister. Er war ein angesehener Mann und baute mit am großen Theater von Sepphoris, das Herodes errichten ließ und das eines der größten im Osten ist. Alle seine Söhne bildete er in diesem Handwerk aus, auch Jesus. Unser Herr wusste besser als du, wie man Steine zusammenfügt, obwohl du als ehemaliger Sklave sicher derjenige von uns bist, der besser mit seiner eigenen Hände Arbeit zu leben gelernt hat als wir, die wir nur mit Worten arbeiten.«

Das Gesicht von Archigenes verfärbte sich, doch er beherrschte sich und fragte Clemens nicht, woher dieser wusste, dass er einst Sklave gewesen war. Möglicherweise ahnte Clemens dann auch, dass Archigenes nicht legal die Freiheit errungen hatte. Es war eine Drohung.

»Den meisten Brüdern waren die Predigten ihres Halbbruders Jesus eher unangenehm. Wem würde es nicht so gehen? Wer würde schon glauben, dass sein eigener Halbbruder, mit dem man von Kind auf gespielt und gestritten hat, Gottes Sohn ist?«, sagte Theophilos ungerührt.

Ich konnte nicht sagen, ob er von der Spannung zwischen Clemens und Archigenes nichts gespürt hatte oder ob er, ganz im Gegenteil, von ihr ablenken wollte. »Auf jeden Fall folgte ihm nur einer wahrhaftig nach: Jakobus, der Zweitgeborene der Maria. Er ging nach Jerusalem und führte dort die Christenheit der Welt. An ihn wandte sich selbst Petrus, der größte der zwölf Apostel, um Rat. Und schließlich folgte er Christus in den Tod …« Seine Stimme verlor sich.

»Vor über dreißig Jahren, kurz vor dem großen Aufstand der Juden, war die Wut des Volkes gegen die Legionen bereits so groß geworden, dass es nach Blut dürstete«, nahm Clemens das Wort auf. Er schien das scharfe Wort gegen Archigenes bereits vergessen zu haben. »Alle planten schon den Aufstand, schmiedeten heimlich Schwerter und horteten Steine, um die Mauern und Türme der Festungen rasch in Stand setzen zu können, wenn der Krieg begänne. Doch die Christen verweigerten sich, denn Blutvergießen ist uns verboten. Und außerdem ahnte Jakobus, dass der Aufstand in Tod und Untergang führen würde, und er wollte seine Gemeinschaft retten. Das machte ihn allerdings unter den Juden so verhasst, dass ihn der Hohepriester Ananos steinigen ließ. Seitdem erst sind Christen und Juden wirklich und für immer geschieden. Davor verehrten noch Jakobus und die Seinen den Tempel und beteten in der Synagoge, wie es ja auch unser Herr noch getan hat. Ihr Römer hättet in den Christen damals nur eine Sekte der Juden gesehen, fast ununterscheidbar von den Essenern und Samaritanern und all den anderen strengen und frommen Gruppen.«

»Seitdem sind Christen und Juden Feinde«, sagte ich.

»Christen haben keine Feinde«, antwortete Clemens. Doch wieder hörte ich den römischen Senator heraus, der ganz anders dachte, als der Christ sprach.

Wir zogen am nächsten Morgen weiter durch das Land, das immer heißer und trockener wurde, je weiter wir ins Innere vordrangen. Es ging nur quälend langsam voran, doch ich versuchte mich damit zu trösten, dass auch Rebecca und Mardochai kaum schneller sein konnten. Denn würden sie einen Zweispänner mieten, wären sie damit mit Sicherheit aufgefallen. Und sie wussten so gut wie wir, dass die Späher des Cilix im Land auf der Lauer liegen mochten. Das zumindest hoffte ich.

Am Abend des übernächsten Tages lag plötzlich eine große Stadt vor uns: Jerusalem.

»Der Name bedeutet in der Sprache der Juden Stadt des Friedens«, sagte Archigenes, als wir die Zügel unserer Ochsen ziehen ließen, um vom Karren aus, ungestört vom Rumpeln, einen Blick auf Jerusalem zu werfen. »Doch nenn mir eine einzige Stadt im Imperium, die weniger friedlich aussähe.«

Die auf einer steilen Höhe gelegene Stadt war einst

durch gewaltige Wehrbauten befestigt, die auch in ebenem Gelände ausreichend Schutz geboten hätten. Denn zwei hoch aufragende Hügel waren von Mauern umschlossen, die in geschickt dem Gelände angepasster, vor- und zurückweichender Linie errichtet waren, sodass die Flanke von Angreifern stets dem Beschuss durch Pfeile der Verteidiger offen stand. Nach außen fiel das Felsmassiv steil ab, und die Türme erhoben sich, wo der Berg zustatten kam, sechzig Fuß hoch, in den Talsenken hundertzwanzig Fuß – ein atemberaubender Anblick, denn wenn man von weitem hinschaute, wirkten sie gleich hoch.

Doch standen kaum vier Türme noch in ihrer ursprünglichen Höhe, die anderen waren niedergerissen wie schadhafte Riesenzähne. Große Breschen zerschlugen die Mauer an vielen Stellen, im Westen fehlte sie fast vollständig. Wo sie noch voll aufgerichtet war, zeigte ihr ursprünglich helles Mauerwerk schwarze Brandspuren, als hätte die Stadt Trauerschleier angelegt.

Von unserer Anhöhe konnten wir über dieses verwüstete Bollwerk in die Stadt blicken. Ich sah einzelne Häuser, manchmal ganze Straßenzüge, die niedergebrannt worden waren und nun von Dornbüschen überwuchert wurden. Am östlichen – für uns, die wir von Norden kamen, am linken – Rand der Stadt erhob sich ein gewaltiges Plateau, das mit riesigen Stützmauern eingekleidet war. Doch waren diese mächtigen Quader und die nahezu perfekt rechteckige Form des Plateaus fast die einzigen Hinweise darauf, dass das Menschenwerk war. Auf der Erhebung selbst wuchsen Büsche, Gräser, verkrüppelte Bäume. Erst als ich genauer hinsah, erkannte ich dazwischen weiße Säulenstümpfe, halb im Erdreich begrabene Architrave und Steinhaufen.

»Das ist alles, was vom berühmten Tempel der Juden

von Jerusalem übrig geblieben ist«, sagte Theophilos, der seinen Karren neben den unseren gelenkt hatte.

»Die Stadt ist nur noch ein Schatten ihrer selbst. Früher lebten hier wohl hunderttausend Menschen, heute kaum noch ein Viertel davon. Die Legionen des Titus haben Jerusalem gründlich geplündert, seine Wälle verwüstet und den Tempel geschleift. Es sieht nicht so aus, als würde die Stadt sich davon jemals wieder erholen. Für uns jedenfalls ist sie auf dieser Fahrt kaum mehr als ein Punkt, wo wir lagern und unsere Vorräte ergänzen können – wenn auch wir Christen hier an einer bestimmten Stelle, wie ihr bald sehen werdet, beten werden. Morgen werden wir weiterziehen, übermorgen stehen wir an den salzigen Ufern des Asphalt-Sees.«

Wir rumpelten, vorbei an Feldern und einzelnen Gehöften, durch die dünn besiedelten Vororte Jerusalems. Dann überquerten unsere Karren den Holzmarkt, einen großen Platz, an dem Bretter, Baumstämme und sogar krumme Stecken feilgeboten wurden, die andernorts selbst kleine Jungen beim Spielen verschmäht hätten. Doch Judaea war arm an Bau- und Feuerholz und jeder Ast deshalb ein kleiner Schatz. Hier feilschten Händler aus Syrien mit reichen Baumeistern, die viele Träger gleich mitgebracht hatten, um ganze Wagenladungen ebenso lautstark und leidenschaftlich wie mit verhärmten, älteren Frauen um ein einzelnes Reisigbündel zum Kochen.

Dann zogen wir durch ein halb verfallenes Tor in die Stadt ein, das »Fischertor« hieß, wie Theophilos uns erklärte, weil die Fischer vom See Genezareth hierdurch nach Jerusalem gelangten. Die Gassen waren eng und verwinkelt, Ruinen säumten beide Seiten; andere Häuser standen noch, doch waren ihre Fenster leere, dunkle Höhlen. Mit unseren rumpelnden Wagen schreckten wir in den von

Unkraut überwucherten Höfen Schlangen auf, die sich raschelnd versteckten. Wir passierten eine Synagoge, offen wie eine aufgebrochene Muschel, da ihre Fassade eingerissen war. Obwohl der Sturm des Titus rund fünfundzwanzig Jahre zurücklag, glaubte ich, noch immer den Geruch von Brand und Mörtelstaub mit jedem Atemzug aufzunehmen.

Es gingen nur wenige Menschen auf den Gassen – weshalb wir in Jerusalem mit unserer Karawane leicht vorankamen, während wir in Rom nach wenigen Schritten stecken geblieben wären. Manche erkannten Theophilos und grüßten ihn, doch viele wandten den Kopf ab, wechselten ostentativ die Straßenseite, murmelten etwas oder machten gar Gesten, die ziemlich eindeutig als Flüche zu erkennen waren.

Archigenes lachte. »Kurz bevor die Juden ihren unglückseligen Aufstand gegen Rom begannen – mitten in der Phase ihrer heimlichen Kriegsvorbereitungen und ihrer höchsten Erregung für den Kampf –, verließen alle Christen Jerusalems geschlossen die Stadt und wanderten nach Pella aus. Das werden die Juden den Christen nie verzeihen.«

»Die wird das nicht stören«, entgegnete ich. »Denn von Judaea aus geht ihr Glauben durchs Imperium, während die Juden gedemütigt werden.«

»Manchmal gewinnt man einen Krieg, indem man ihn nicht führt«, murmelte Archigenes.

Wir lenkten unsere Karren vorsichtig über einen Gemüsemarkt, um keinen Kohlkopf und keine Melone zu zermalmen. Ich wäre schneller über den Platz gefahren und hätte ein paar Asse als Entschädigung vom Bock hinuntergeworfen, doch hatte ich den Eindruck, dass Theophilos nicht nur wusste, dass uns die Leute feindselig anstarrten – sondern dass er auch fürchtete, sie würden beim kleinsten Vorwand auf uns losgehen. So vermied er alles, was jemanden hätte provozieren können.

Hinter dem Marktplatz erhob sich zu unserer Linken ein besonders großer Schuttberg. Der Ochsenlenker unseres Karrens, der zwei Tage lang neben uns geschwiegen hatte, führte die Rechte an Stirn und Brust und machte das Zeichen der Christen. »Wovor fürchtest du dich?«, fragte ich.

»Ich fürchte mich nicht, Herr«, antwortete er, »doch ich schlage hier das Kreuz. Denn hier, diese Trümmer, waren einst die Festung Antonia. Hier erschien unser Herr Jesus Christus vor dem Procurator Pontius Pilatus, hier wurde er verurteilt und verspottet, hier begann sein Leidensweg, der ihn ans Kreuz bringen sollte. Ein heiliger Ort.«

Die Trümmer der Festung verdeckten zum Teil die Nordwand des Tempelberges, an dem wir nun entlangzogen – eine gewaltige Mauer aus riesigen, hellen Quadern, mächtiger als die meisten Festungswälle, die ich je gesehen hatte. Nun wuchsen Gräser aus den Fugen. Das Plateau war von hier unten nicht mehr zu sehen, doch waren Schlingpflanzen von oben über den Rand der riesigen Mauer gewuchert und fielen nun wie schmutzig grüne Vorhänge in die Tiefe, wo manche Triebe im leisen Windhauch wie traurige Fahnen hin und her schwenkten. Die Sonne stand schon tief im Westen, sodass der Tempelberg einen großen, scharf geschnittenen, viereckigen Schatten über die halbe Stadt warf. Einen Schatten, in den wir nun hineinfuhren wie in eine ätherische Höhle.

»Wir sind bald da«, brummte unser Kutscher. Es war nicht schwer zu erraten, dass ihm dieser Ort unheimlich war.

Unsere Karawane hielt vor einem imposanten Anwesen an einer kleinen Sackgasse direkt unterhalb der Westmauer des Tempelbergs. Sklaven öffneten das zweiflüglige Tor in der großen Grundstücksmauer – die erste in der Stadt, die ich erblickte, welche neu verputzt worden war und hell erstrahlte – und ließen uns auf einen geräumigen gepflasterten Innenhof fahren. Dort spannten sie die Ochsen ab und führten sie in Ställe, die den gesamten rechten Flügel eines U-förmigen Anwesens einnahmen. Der Hauptbau, dem wir uns nun näherten, bildete den Querbalken dieses U.

»Willkommen in meinem Stadthaus!«, verkündete Theophilos. Halbwüchsige Sklaven eilten uns entgegen und wuschen uns die Hände; als wir eintraten, knieten sie vor uns, um unsere Sandalen von den Füßen zu streifen. Im Haus war es angenehm kühl, und es duftete nach Rosen, die in kunstvoll geflochtenen Ranken alle vier Wände eines kleinen Peristyls bedeckten. In der Mitte dieses zweiten Innenhofes plätscherte ein Springbrunnen in der Form dreier Fische. Diener drapierten eilig weiche Samtkissen auf Marmorbänken, die rund um diesen Springbrunnen im Mosaikboden vermauert waren, dann ließen wir uns nieder, dankbar für so viel Bequemlichkeit, und genossen eine Schale kühlen Weißweins, den wir mit Eiswasser vermischten.

»Wir werden hier übernachten und morgen in aller Frühe weiterziehen. Übermorgen werden wir am Ufer des Asphalt-Sees stehen«, bekräftigte unser Gastgeber.

Nachdem wir uns eine gute Stunde lang erfrischt und uns die Zeit mit unverbindlichem Geplauder vertrieben hatten, während die Sklaven das Essen vorbereiteten und die Karawanenführer und ihre Männer im linken Flügel des Anwesens versorgt wurden, nickte Theophilos Clemens und Marcion zu.

»Ihr wollt Jakobus grüßen«, sagte er.

Auch ich hatte bemerkt, dass die beiden Christen irgendwie ungeduldig, ja auf unbestimmte Art freudig erregt wirkten – selbst der jüngere, der sonst selten anderes zeigte als eine strenge, selbstzerquälte Miene.

»Kommt ebenfalls mit!«, lud Theophilos Archigenes und mich ein, als er sich von der Marmorbank erhob. Auch Clemens nickte, nur Marcion schenkte uns wieder einen missbilligenden Blick, fügte sich jedoch schweigend.

Unser Gastgeber führte uns durch einen Flur zum rückwärtigen Teil des Hauses. Dort öffnete er mit einem langen Schlüssel, den er seit unserem Aufbruch aus Caesarea am Gürtel getragen hatte, eine kleine, massiv mit Bronze beschlagene Pforte. Marmorstufen führten hinab in ein gemauertes unterirdisches Gewölbe, aus dem muffige Luft nach oben drang. Im Schein der Öllampe, die Theophilos selbst entzündete, erkannte ich an den Wänden des unterirdischen Raumes, der vielleicht so groß war wie das Triclinium eines vornehmen Anwesens, gemauerte Regale, auf denen schmucklose, gut armlange Steinkästen standen. Ich brauchte einige Zeit, bis ich begriff, dass ich in einer Gruft stand.

»Ossuarien«, murmelte Archigenes, halb verblüfft und halb erschrocken vor Aberglauben.

»Es ist Brauch hier bei uns Christen und Juden in Judaea, dass wir unsere Toten in der Erde bestatten und warten, bis alles Fleisch von ihren Knochen vergangen ist. Dann bergen wir die Gebeine und bestatten sie in diesen Särgen«, erklärte uns Theophilos flüsternd.

Dann führte er uns zur Stirnseite des Raumes, wo in einer Nische, gesondert von den anderen, ein einzelner Kasten stand. Man hatte einen massiven Block aus gelbem Kalkstein ausgehöhlt für die Wanne des Ossuariums und einen dazu passenden Deckel aus dem gleichen Stein darauf gelegt. Auch dieser Knochensarg war schmucklos, doch als ich näher herantrat, entdeckte ich eine Inschrift, die in die Vorderseite des Ossuariums eingegraben war – doch konnte ich keines der Zeichen entziffern.

»Aramaeisch«, sagte Theophilos. Dann las er vor: »Jakobus, Sohn des Joseph, Bruder des Jesus.«

»Der Bruder des Herrn«, flüsterte Clemens und hob die Hände zum stummen Gebet. Mit nach oben gekehrten Handflächen und geschlossenen Augen standen er, Marcion und Theophilos dann lange vor dem Gebeinsarg. Nicht ein Wort drang über ihre Lippen, sodass ich nicht einmal ahnte, was sie erbaten – ja nicht einmal, ob sie ihren Gott oder Jesus oder Jakobus anflehten oder alle zugleich.

Archigenes und ich waren taktvoll einen Schritt zurückgetreten, um sie ungestört beten zu lassen. Dann, nachdem die drei Christen zum Abschied jeweils mit ihrer rechten Hand kurz das Ossuarium berührt hatten, verließen wir die Gruft wieder, die Theophilos sorgfältig verschloss.

»Ihr habt uns gesagt, dass Jakobus, der Bruder eures Herrn, von den Juden Jerusalems gesteinigt worden ist. Was sagen sie dazu, dass er, den sie für einen Verräter halten, ausgerechnet im Schatten des Tempelberges, ihres Heiligtums, ruht?«, fragte Archigenes spöttisch.

»Sie wissen es nicht. Wir haben ihn heimlich hier bestattet. Es ist die Gruft der christlichen Gemeinschaft von Jerusalem«, antwortete Theophilos.

»Die Juden hätten allen Grund, eine ganz andere Gruft zu zerstören – die ihres eigenen Hohepriesters!«, zischte Marcion.

Clemens lächelte nachsichtig und schien seinem jüngeren Begleiter ausnahmsweise zuzustimmen. »Er meint das prachtvolle Mausoleum des Kaiaphas und seiner Familie«, erläuterte er. »Kaiaphas war damals Hohepriester, als unser Herr predigte. Jesus schimpfte ihn einen Heuchler. Er war es, der ihn beim Procurator anzeigte, um ihn hinrichten zu lassen. Und als Pontius Pilatus zögerte, weil er nichts Falsches an ihm finden konnte, da drohte Kaiaphas ihm gar. Denn Pilatus war ein Gefolgsmann des Seianus gewesen, der unter Kaiser Tiberius Praefect der Praetorianergarde war. Doch dann wurde Seianus von Rivalen gestürzt und vom Imperator hingerichtet. Allen seinen Männern drohte ebenfalls der Sturz. Pilatus zitterte um seinen Posten, vielleicht gar um sein Leben. Da kam Kaiaphas und sagte: ›Ich beschwere mich beim Kaiser in Rom, wenn du diesen Mann nicht hinrichtest.‹ Also gab Pilatus schließlich nach und ließ Jesus ans Kreuz heften.

Doch unser Herr hatte auch hier Recht: Denn Kaiaphas, der doch als Hohepriester der angesehenste Würdenträger der Juden und der oberste Hüter ihres Glaubens war, ließ seiner eigenen Nichte, die in jungen Jahren starb, eine Sesterze auf die Zunge legen!«

»Eine Münze für Charon, den Fährmann, der die Seelen über den Todesfluss in die Unterwelt fährt«, sagte ich spottend. »Das ist unser Gott, nicht eurer!«

»Ein Ritual, wie es heidnischer nicht sein kann, ein Glaube, der nichts mehr mit Gott zu tun hat – und das in der Familie des Hohepriesters!«, ereiferte sich Marcion.

»Sicher ist sicher«, entgegnete Archigenes mit ätzendem Tonfall, »gerade im Tod. Falls euer Gott existiert, dann ist ja alles gut. Falls nicht – dann zaubert man schnell die Münze für Charon aus dem Mund. So kommst du auf jeden Fall ins Totenreich.«

»So kommst du auf keinen Fall ins Himmelreich. Du wirst keinen Christen finden, der so heuchelt!«, giftete Marcion, dann eilte er davon.

»Er wird sowieso nicht mit uns zu Abend essen wollen«, sagte Clemens resigniert.

In dieser Nacht suchte mich wieder mein Traum vom riesigen, leeren Haus heim. Doch zum ersten Mal war es kein unbekanntes Haus, durch das ich einsam irrte, sondern eines, das ich kannte – das Stadthaus des Theophilos, in dem ich tatsächlich lag. Und mein Herumirren endete an einer Pforte, von der ich genau wusste, dass sie in eine Gruft führen würde. Wie von Geisterhand sprang sie auf, doch ich fürchtete mich, die Stufen hinunterzusteigen. Denn irgendwie wusste ich, dass ich dort unten einen Gebeinsarg sehen würde – eine Kiste aus poliertem Kalkstein mit einer kleinen Inschrift, die nur aus einem einzigen Namen bestand: Rebecca.

Schweißgebadet erwachte ich. Es war so früh, dass noch Nacht lag über Jerusalem. Doch hörte ich schon, wie draußen im Innenhof Sklaven die Ochsen aus den Ställen zerrten, und das gedämpfte Klirren und Knarzen, als den Tieren die schweren Joche angelegt wurden. Schnell war ich auf den Beinen – lange vor Theophilos und den anderen.

Eine Stunde darauf rumpelten die Ochsenkarren langsam vom Hof des Anwesens. Die Gassen Jerusalems waren zu dieser frühen Stunde noch fast menschenleer. Der Wagen, auf dem Archigenes und ich Platz genommen hatten, war diesmal der erste in dem langen Zug, der sich nun, vorbei an baufälligen, in manchen Vierteln niedergebrannten und überwucherten Häusern, Richtung Süden bewegte. Theophilos hatte sich zu uns gesellt, doch war er ungewöhnlich schweigsam. Mir schien es, als sei er nervös.

Als wir uns der Stadtmauer näherten, passierten wir einen lang gestreckten Garten, in dem an hölzernen Spalieren doppelt mannshohe Rosensträucher wuchsen. Trotz der frühen Jahreszeit blühten viele schon üppig, ihre roten, weißen und rosafarbenen Blüten schwankten leicht im Wind, der uns einen betäubend süßen Duft zutrug, den ich genießerisch einsog.

Theophilos brach sein Schweigen und lächelte mich an. »Das sind nicht die Blumen allein«, erklärte er mit mildem Spott. Dann deutete er auf einige große, aus groben, gebrannten Ziegeln gefertigte, fensterlose Gebäude, die ich für Lagerhäuser gehalten hätte.

»Dort destillieren sie Rosenwasser«, sagte Theophilos. »Wenn du so viele Blütenblätter sammelst, dass du mit ihnen das Gewicht eines erwachsenen Mannes aufwiegen könntest, gewinnst du aus ihnen eine Essenz, die du in einer handgroßen Flasche abfüllen kannst. Ein sehr mühseliges Geschäft – aber auch sehr lukrativ. Sollte allerdings der Frost noch einmal sehr spät im Jahr kommen, dann vertrocknen Tausende von Blüten am Strauch, was die Hersteller dieser Essenz in den Untergang treiben kann. Ein sehr riskantes Geschäft also.«

»Nicht so riskant wie unsere Reise«, stieß Archigenes plötzlich hervor, dann griff er rasch, allerdings kräftig in die Zügel des Kutschers und ließ unseren Wagen in eine Seitengasse rollen, die nach rechts von unserem Weg abzweigte. Links und rechts neben uns ragten die schmucklosen Wände der Essenzenmanufakturen auf. Die anderen Ochsenkarren folgten uns. Keiner von Theophilos' Männern, nicht einmal der Kutscher, dem Archigenes einfach die Zügel entrissen hatte, sagte ein Wort, da ihr Herr noch nichts unternommen hatte.

»Was soll das?«, zischte Theophilos, doch er machte keine Anstalten, seinerseits den Weg des Karrens wieder zu ändern.

»Am südlichen Stadttor stand ein Mann, dessen pockennarbiges Gesicht ich schon einmal gesehen habe«, flüsterte Archigenes.

»Einer von Cilix' Leuten?«, fragte ich atemlos. Ich hatte niemanden bemerkt.

»Er stand im Schatten, unter dem Säulengang des letzten Hauses vor dem Stadttor«, antwortete mein Freund. »Ich habe seine Verbrecherfratze schon einmal gesehen – bei unserer Hetzjagd vom Forum Boarium bis nach Transtiberim.«

»Ein Späher«, vermutete ich, »meinst du, dass er uns gesehen hat?«

»Die Karawane sicherlich, doch vielleicht hat er uns auf dem Karren nicht erkannt. Ich hoffe, dass er denkt, wir rumpeln zu einer der Essenzenmanufakturen, um Ware abzuholen. Man wird ihm sicherlich gesagt haben, dass er nach sechs Menschen suchen muss, vielleicht kennt er nicht einmal genau unser Aussehen. Auf eine Karawane wird er gar nicht achten.«

»Hoffentlich«, ergänzte ich.

Theophilos winkte einen seiner Sklaven vom zweiten Karren zu sich, dann schickte er den Mann im Laufschritt als Boten zum Wagen, auf dem Clemens und Marcion saßen, um die beiden Christen zu informieren. Inzwischen waren alle unsere Gefährte rumpelnd in die schmale Straße eingebogen und im Schatten zwischen den großen Mauern nur schemenhaft auszumachen. Ich hoffte, dass wir nicht in eine Sackgasse hineingeraten waren.

Doch wir hatten Glück. Theophilos wusste, wo wir uns befanden. Als wir einen kleinen Platz erreichten, befahl er dem Kutscher, in eine nach rechts abzweigende, von Kolonnaden flankierte größere Straße abzubiegen.

Dann blickte er sich um und befahl seinem Sklaven, den Wagen anzuhalten. Einen Moment lang befürchtete ich, dass uns ein Schatten verfolgen würde, der sich als einer von Cilix' Männern herausstellen würde, doch dann erkannte ich Clemens, der mit eiligen Schritten von seinem Gefährt zu uns ging.

»Was machen wir nun?«, fragte er, als er sich neben uns setzte und der Kutscher die Ochsen mit einem Peitschenhieb wieder antrieb.

»Wir werden die Stadt nicht Richtung Süden verlassen, sondern Richtung Norden«, antwortete Theophilos. »Und dann werden wir nicht die Hauptstraße zum Asphalt-See nehmen, die über Jericho läuft, sondern Nebenwege benutzen. Wir werden kaum Zeit verlieren – und niemand wird uns dort auflauern.«

»Und deine Männer?«, fragte Archigenes misstrauisch.

»Meine Sklaven stellen keine Fragen«, antwortete Theophilos.

»Eine sehr christliche Tugend«, spottete mein Freund. Clemens überhörte ihn. »Vielleicht hat auch jemand von Cilix' Leuten am Nordtor Posten bezogen?«, vermutete er. »Möglicherweise haben wir ihn gestern nur nicht entdeckt – und er uns auch nicht. Sollten wir das noch einmal riskieren?«

Theophilos schüttelte den Kopf. »Wir werden durch ein kleines Tor hinter den Ruinen des alten Palastes und der Zitadelle Jerusalem verlassen. Das Tor ist aber breit genug für unsere Ochsenkarren, denn fast direkt vor der Stadtmauer ragt ein zerklüfteter Felsen empor, den die Einwohner seit Generationen als Steinbruch nutzen. Täglich fahren Dutzende von hoch beladenen Karren durch das Tor. Es sei denn, heute findet dort wieder eine Hinrichtung statt, dann ist der Weg verstopft mit Neugierigen.«

»Ihr richtet die Verbrecher nicht auf dem Forum oder im Theater hin?«, fragte Archigenes erstaunt.

»Der Marktplatz ist zu eng, der Tempelberg zu heilig

und das Theater zu klein«, antwortete Theophilos gleichmütig. »Nirgendwo kann das Volk die Gekreuzigten so gut sehen wie auf dem hohen Felsen von Golgatha.«

Kurze Zeit später erreichten wir ein schmales Tor, dessen Flügel offen standen. Ein gelangweilter Legionär stand Wache, doch ließ er alle Fuhrwerke ohne Kontrolle passieren. Ich konnte nirgendwo jemanden sehen, der mich an einen von Cilix' Männer erinnert hätte. Erleichtert drehte ich mich um – und erschrak. Clemens, der neben mir saß, hatte seine Hände so sehr in das Holz des Kutschbockes verkrallt, dass die Knöchel weiß hervortraten. Aus seinem Gesicht war alle Farbe gewichen. Er starrte mit weit aufgerissenen Augen voraus.

Als ich seinem Blick folgte, entdeckte ich nur einen tief zerrissenen Steinbruch; einen gewaltigen Felsen, aus dem Generationen von Arbeitern Blöcke und Pfeiler herausgehauen hatten und der nun durchzogen war von Bruchkanten und künstlichen Schluchten. Unser Weg führte links an dem wüsten Gelände vorbei. Der Staub, den die Räder unserer Ochsenkarren hochwirbelten, zog langsam über Golgatha. Die Steine hatten sich bereits unter der Sonne erhitzt, sodass die Luft flirrte.

Ich musste die Augen zusammenkneifen, um in Staub und Flirren die dunklen Schemen auf der Spitze des Felsens auseinander zu halten: Dort ragten fünf Kreuze auf.

Ich hatte schon häufiger Gekreuzigte gesehen, vor allem, wenn ich über die Via Appia nach Süden gereist war, denn dort wurden sie gerne am Wegesrand zur Abschreckung aufgerichtet. Es war die Strafe, die ungehorsame Sklaven erwartete. Ich wollte den Blick abwenden, um den Anblick dieser jämmerlichen Gestalten nicht ertragen zu müssen, doch Clemens' intensives Starren ließ mich selbst diese Szene beobachten, während unsere Karren langsam vorbeirumpelten. Niemand in unserer Karawane sagte mehr ein Wort, alle blickten auf den Felsen.

Fünf Männer hingen an den Kreuzen, ihre Unterarme und Fußgelenke durchstoßen von großen Eisennägeln, mit denen man sie an die Balken geheftet hatte. Vier von ihnen waren schon zusammengesunken: unförmige, dunkle Bündel an grotesk in die Länge gezogenen Armen; ihre Köpfe baumelten herab und bewegten sich leicht. Doch es war nur ein Windhauch, denn sie waren bereits tot.

Am fünften machten sich ein paar Gestalten zu schaffen – Legionäre der Wachmannschaft. Ich sah, wie jemand eine Leiter anlegte, um zu dem Verurteilten, der sich noch am Kreuze wand, hochzuklettern. Es war ein großer, muskulöser Centurio, der hinaufstieg. Als er oben auf der Leiter angekommen war, zog er sein Schwert, holte so weit aus, dass ich einen Moment lang dachte, er würde rücklings hinunterkippen, dann fing er sich und schlug mit aller Kraft zu. Über das Rumpeln unserer Karren hinweg hörten wir das Krachen, als er mit seiner Klinge die Schienbeine des Gekreuzigten zerschlug. Ein paar Frauen aus der Stadt und Bauern aus dem Umland, die neugierig am Fuß des Kreuzes zugesehen hatten, murmelten Beifall.

Der Gekreuzigte stieß einen unartikulierten, halb erstickten Schrei aus, dann sackte er tiefer hinab, weil ihn seine zerschlagenen Beine nicht mehr trugen. Einige Augenblicke lang wand er sich am Kreuzbalken hin und her, seine Hände ballten sich zu Fäusten, dann lief ein Zittern durch seinen geschundenen Körper, die Hände entkrampften sich, sein Kopf fiel nach unten – er war tot.

»Ein Akt der Gnade«, murmelte Archigenes.

Ich nickte. Die größte Qual für den Gekreuzigten bestand nicht in den Schmerzen, welche die Nägel in seinen Gliedmaßen verursachten, nicht in Durst und Hitze und nicht in den Fliegen, die sich auf dem schweißnassen Körper niederließen. Die größte Qual lag im stunden-, manchmal gar tagelangen, ebenso verzweifelten wie sinnlosen Kampf gegen das Ersticken. Aus Schwäche und Schmerz schrie der Körper geradezu danach, sich fallen zu lassen, sich einfach zu entspannen; doch die an den Balken genagelten, weit ausgebreiteten Arme zogen Brust und Bauch stramm wie auf einer Streckbank. Wer sich zusammensinken ließ, der schnürte sich buchstäblich selbst die Luft ab, denn der Druck wurde so ungeheuer groß, dass sich der Brustkorb nicht mehr heben ließ. Also waren die Verurteilten gezwungen, sich an ihren festgenagelten Gliedmaßen immer wieder hochzuziehen, um nicht bei vollem Bewusstsein zu ersticken. Diesen Kampf, den schließlich jeder verlor, hatte der Centurio – vielleicht aus Barmherzigkeit, vielleicht auch nur aus Überdruss, um seinen langweiligen Wachdienst zu beenden – beim letzten der noch lebenden Gekreuzigten abgekürzt.

Langsam verblassten die Schemen von Golgatha hinter uns, als wir uns zunächst nach Norden, dann auf einem kleinen, nur von Schäfern benutzten Weg um Jerusalem herum wieder nach Süden bewegten. Das Land wurde staubig und steinig, langsam verschwanden die Ölbäume. Schließlich rumpelte unsere Karawane durch eine Wüste, in der nur Dornenbüsche und hartes Gras wuchsen. Die Sonne brannte jetzt so auf uns herab, dass ich mir zum Schutz eine Falte meines Gewandes über das Haupt legte und dann vor Mund und Nase schlang, um nicht den feinen, gelblichen Staub einzuatmen.

»So also hat unser Herr gelitten«, sagte Clemens unvermittelt. Er saß da, als wäre er aus einer Erstarrung erwacht:

den Kopf unbedeckt, Haare und Gesicht vom feinen Sand verkrustet. Offensichtlich hatte er noch nie eine Kreuzigung gesehen.

»Aber am dritten Tage ist er wieder auferstanden«, erwiderte Theophilos milde. »Wir leben in seiner Gnade. Wir vertrauen auf sein Versprechen. Wir lehren, was er uns gelehrt hat.«

»Wenn ich das nur wüsste«, murmelte Clemens, doch so leise, dass außer mir ihn keiner verstanden hatte.

»Wie meinst du das?«, fragte ich, ebenso leise. Ich spürte plötzlich, dass ich hier unvermittelt dem Geheimnis meiner Irrfahrt vielleicht ein Stückchen näher kommen konnte. Doch ich musste behutsam sein. Ich reichte ihm einen Lederschlauch mit Wasser.

Clemens nickte dankbar, goss sich das Nass über den staubverkrusteten Kopf und nahm dann einen tiefen Schluck, bevor er mir den Schlauch wieder reichte.

»Jesus selbst hat gepredigt, bis zu seinem«, er zögerte, »bis zu seinem Leiden am Kreuz«, vollendete er schließlich. »Und auch noch darüber hinaus. Bis er zu seinem Vater auffuhr. Aber er hat nie ein Wort geschrieben. Alles, was wir Nachgeborenen von ihm haben, sind die Worte der Apostel und anderer Zeugen, die den Herrn selbst gesehen haben. Und ihre Berichte«, er zögerte wieder lange, »widersprechen sich manchmal«, vollendete er schließlich und atmete tief durch. »Doch was ist, wenn wir dem falschen Zeugnis glauben? Wenn wir einem Bericht in einem euangelion vertrauen und einen anderen dafür verwerfen – dieser andere Bericht aber vielleicht der glaubwürdigere, der genauere ist? Hat Jesus dann dort, in Golgatha, umsonst gelitten? War alles umsonst? Sind wir dann verloren?«

Ich selbst sammelte lange genug Buchrollen, um zu wissen, was Clemens meinte: Über ein Ereignis berichteten verschiedene Männer ganz unterschiedlich – aus Eigennutz, Eitelkeit, Parteilichkeit oder auch nur aus Nachlässigkeit oder mangelnder Kunstfertigkeit in der Sprache. Schlimmer noch: Da jeder Text von Schreibsklaven wieder und wieder abgeschrieben werden musste, schlichen sich unmerklich Fehler ein. Da wurden Wörter verdreht und ganze Zeilen vergessen. Und wenn dann so eine fehlerhafte Handschrift wiederum als Vorlage für einen neuen Kopisten diente, dann stutzte der womöglich, verstand den Text nicht und schrieb etwas hinein, wie es ihm gerade sinnvoll schien. Und wenn diese Vorlage wiederum ... Es gab Texte, die so entstellt waren, dass niemand mehr den wahren Inhalt kannte.

»Der älteste Text ist immer der beste«, antwortete ich. »Was du brauchst, das ist das Protokoll von jemandem, der Jesus noch selbst gehört hat. Nicht Lukas oder irgendjemand sonst, der diese Notizen verwendet hat, wenn auch im besten Glauben und sorgfältig, sondern die Notizen selbst. Jemand, der mitgeschrieben hat, als Jesus selbst predigte. Jemand ...«

Ich brach ab und schlug mir vor den Kopf. »Ihr Götter!«, murmelte ich dann schwach, »was bin ich für ein Narr!«

Clemens lächelte zum ersten Mal seit Stunden wieder. »Unser Herr predigte nicht einmal zwei Jahre lang im Heiligen Land, dann zerrte Kaiaphas ihn schon vor den Procurator Pontius Pilatus. Doch in diesen kaum vierundzwanzig Monaten wuchs sein Ruhm unaufhörlich. Kamen zunächst nur ein paar Dutzend Menschen zu ihm, so hörten sie doch bald von seinen Worten und von seinen Wundern. Von weit her kamen sie, zu Hunderten, schließlich zu Tausenden. Menschen, die schon vorher wussten, dass er Ungewöhnliches verkünden würde. Und mindestens einer von ihnen schrieb mit, als er in Jerusalem das letzte Mal vor die Menge trat.

Ich habe dir an Bord der Triton nicht die ganze Wahrheit gesagt, weil ich noch sehr vorsichtig sein musste; die Essener hätten mich belauschen können. Damals sagte ich dir nur, dass ich hoffte, einen frühen Text aus der Zeit unseres Herrn zu finden. Doch tatsächlich weiß ich es viel genauer: Es hat jemand mitgeschrieben, als unser Herr am Passahfest in Jerusalem zum letzten Mal vor der Menge predigte.

Den Namen des Schreibers kennt niemand, doch ich glaube, dass er ein Essener war. Denn unser Herr verbrachte den letzten Abend vor seiner Kreuzigung in der Herberge, die den Essenern in Jerusalem untersteht. Hier teilte er mit seinen Jüngern das letzte Mal Brot und Wein. Ich habe aus sicherer Quelle gehört, dass diese letzte Predigt Jesu Christi erhalten ist; Wort für Wort so, wie unser Heiland sie verkündet hat. Sein Wort. Das Wort des Herrn.«

Es war nicht schwer, den Rest zu erraten. »Und die Essener haben dieses Protokoll verwahrt. Vielleicht haben sie es gar in Auftrag gegeben, die ganze Sache war von vornherein geplant: Einer von ihnen schrieb alles mit – für ihre Bibliothek, in der sie auch die Lehren hüten, denen sie selbst nicht anhängen.«

Clemens nickte, seine Züge verdüsterten sich. »In Mesad Chasidim wurde die letzte Predigt unseres Herrn aufbewahrt. Dann kam die zehnte Legion und vielleicht – vielleicht! – gelangte sie nach Pompeji. Und ist jetzt – vielleicht – wieder zurück im Heiligen Land. Oder zumindest gibt es jemanden, der wissen könnte, wo sie versteckt ist.«

»Johannes von Jerusalem«, schloss ich.

»Wenn er und Joseph nicht nach Rom gekommen wären, dann wäre uns dieses Geheimnis vielleicht für immer verschlossen geblieben«, fuhr Clemens fort und starrte wieder hinaus auf die Wüste. Wir beide hatten längst nicht mehr auf Archigenes und Theophilos geachtet und uns keine Mühe gegeben, unser Gespräch noch länger geheim zu halten. Sie lauschten ebenso gespannt wie ich.

»Doch so fiel uns Mesad Chasidim plötzlich auf. Wir forschten nach, hörten Gerüchte, reimten uns selbst das eine oder andere zusammen. Schließlich ahnte ich, dass Gott selbst mir die Gelegenheit bot, die Worte seines Sohnes rein vor mir auferstehen zu lassen. Also machte ich mich auf, die Buchrollen der Essener zu suchen. Was für ein berauschender und zugleich erschreckender Gedanke, wenn ich die Worte unseres Herrn nach Rom bringen könnte, zum Herzen der Welt!«

XV. Tag vor den Kalenden des Mai

Die Festung der Frommen und die verschollene Bibliothek

Zwei Tage, nachdem wir Jerusalem verlassen hatten, gelangten wir an den seltsamsten See, den ich je gesehen hatte. Auf den verschlungenen Wegen, die uns Theophilos geführt hatte, sahen wir schon bald hinter Jerusalem keinen Menschen mehr. Wir zogen durch karges, von den Göttern verwüstetes Land: Der steinige Weg wand sich an schroffen Felsen vorbei, deren Stein in der Sonne mürbe geworden war wie uraltes Brot. Zur Mittagszeit lag das Land weiß und ausgeglüht vor uns, der Horizont flimmerte, der Himmel war fahl. Abends dann leuchteten die Felsen im Sonnenlicht auf, gelb zunächst, dann ocker, schließlich rot. Die Luft war so trocken, dass meine Lippen schmerzhaft aufgeplatzt waren und meine Haut glühte. Ich war froh, dass ich mein schweiß- und staubverschmiertes Gesicht nicht sehen musste; meine Unterarme und Hände waren so olivdunkel sonnenverbrannt wie nicht einmal während meiner Zeit in der Legion.

Der einzige Vorteil des abweisenden, baum- und wasserlosen Landes war, dass die Fliegen, die unsere Ochsen bis dahin in dichten schwarzen Wolken umschwirrt hatten, irgendwann vor der Trockenheit kapitulierten und verschwanden.

Ich hatte Zeit, über das Geständnis des Clemens nachzudenken. Die wahren Worte ihres Heilandes zu erfahren, das mochte für die Christen tatsächlich Grund genug sein, alles zu riskieren. Ich ahnte, dass es dabei nicht nur um den Glauben ging: Wer die Worte des Gottessohnes in seine Hand brachte, der verfügte gewissermaßen über sie. Der konnte sich auf sie berufen, der konnte sie in seinem Sinne interpretieren wie kein anderer. Clemens würde mächtig werden, wenn er diese Predigt erst in Händen hielt. Mächtiger als er es ohne Zweifel jetzt schon war, allen seinen Beteuerungen über Feindesliebe und Barmherzigkeit zum Trotz.

Und doch hatte ich das unbestimmte Gefühl, dass ich noch immer nicht die ganze Wahrheit kannte.

So hing ich, am späten Nachmittag des zweiten Tages nach unserer in dieser Form höchst ungeplanten Abreise aus Jerusalem, meinen Gedanken nach, als ich plötzlich eine Veränderung spürte. Es dauerte einige Zeit, bis ich sie einordnen konnte. Denn sosehr ich mich auch umsah, die schroffe, zerklüftete Landschaft schien gleich geblieben zu sein. Doch dann bemerkte ich den Geruch – und das allein war ungewöhnlich.

Denn die Wüste, die meine Nase hatte austrocknen lassen, duftete nicht. Doch plötzlich und obwohl feiner Sandstaub und schmerzhaft harte, trockene Schleimpfropfen meine Nase verstopften, nahm ich einen Geruch war, als wären wir in der Nähe des Meeres: nach Wasser und Salz – und noch nach etwas anderem, das ich zunächst nicht zu bestimmen vermochte.

Für einen Augenblick dachte ich, dass wir uns verirrt haben mochten oder Theophilos uns getäuscht hatte und wir in einem großen Bogen zurück ans Meer gelangt wären. Doch dann führte unser Weg zwischen zwei steinigen Hügeln hinab, bog hinter einem Felsen nach rechts – und der Asphalt-See lag vor uns.

Geblendet schloss ich für einen Moment meine Augen, dann starrte ich auf die opalblau schimmernde Wasserfläche. Gleißend weiß waren die Ufer. Ich brauchte einige Zeit, bis ich erkannte, dass es bizarr geformte Skulpturen aus Salz waren, die den Ufersand überkrusteten; geformt von Trockenheit und Wind. In der vor Hitze flirrenden Luft erblickte ich schemenhaft zu beiden Seiten das West- und Ostufer, doch die Begrenzung nach Süden war nicht mehr zu sehen. Kein Windhauch regte sich über dem Wasser, nicht eine Welle kräuselte die Oberfläche des Sees, der dalag, als wäre er aus Blei: träge, zähflüssig und giftig.

Theophilos führte uns über einen schmalen Weg etwas nach links, bis sich, noch vor dem Asphalt-See, ein weites Tal vor uns öffnete, durch das ein Fluss träge dem See entgegenströmte.

»Der Jordan«, verkündete er.

An der Einmündung des Flusses in den Asphalt-See drückte das Süßwasser eine bräunliche Schärpe ins salzige Seewasser. Hier standen am Ufer einige Hütten und ein paar Dutzend aus Stoffbahnen und dünnen Holzstangen gebildete Zelte. Niemand musste Archigenes oder mir sagen, dass es Zeit war, unsere Gesichter zu verhüllen. Clemens und Marcion taten es uns nach. Keiner von uns konnte wissen, ob nicht Cilix' Männer hier lagerten – hier, wo es das beste Süßwasser im Umkreis von zwei Tagesreisen gab.

Als wir uns dem Dorf langsam näherten, kamen uns vier Männer entgegen, die Knüppel und Schwerter in Händen führten. Doch als sie Theophilos erkannten, entspannten sie sich sichtlich, hoben die Hände und grüßten uns ehrerbietig.

»Willkommen, Herr!«, riefen sie.

»Gottes Segen für euch«, antwortete Theophilos.

Die meisten Ochsenkarren wurden schon vor der Ansiedlung angehalten, doch wir rumpelten bis zur größten Hütte, die direkt am salzüberkrusteten Ufer stand. Jetzt, da die Abenddämmerung einsetzte und sowohl Himmel als auch Wasser rot und orangefarben glühten, kam eine leichte Brise auf – gerade stark genug für einige dickbauchige Boote, die schwerfällig von der Mitte des Sees zum Dorf zurücksegelten.

Einen Moment lang war ich verwirrt, denn ich hatte von Theophilos gehört, dass der Asphalt-See viel zu giftig sei für irgendwelche Lebewesen – Fischer konnten es also nicht sein. Dann sah ich, dass die Männer an Bord an Leinen große, unförmige schwarze Blöcke hinter sich herzogen, die im Wasser aufschwammen wie dunkles Eis: Asphalt.

»Asphaltbrocken steigen ab und zu aus den unergründlichen Tiefen des Sees an die Oberfläche«, sagte Theophilos, als er meinen Blick bemerkte. »Keiner weiß, warum. Doch seit alten Zeiten segeln Männer hinaus, um die treibenden Klumpen aufzufischen. Sie sind weich wie Wachs und könnten zerfallen, wenn man sie an Bord hievt. Doch das Wasser ist so salzig, dass es alles mit Leichtigkeit trägt – selbst solche schweren Brocken. So ist es viel einfacher, sie mit Leinen zu umgürten und hinter dem Boot bis ans Ufer zu ziehen.«

Er deutete auf eine große, ebene Fläche östlich des Dorfes, die offenbar sorgfältig von Geröll gereinigt worden war. Dort stapelten sich bereits Hunderte von unförmigen Brocken. Daneben hingen große Sägen von einem Ständer herab.

»Wir lassen den Asphalt in der Sonne trocknen, bis er hart ist wie altes Brot«, fuhr Theophilos fort. »Dann zersägen wir ihn zu Klumpen, groß wie Ziegel. Die verladen wir auf Ochsenkarren und transportieren sie so nach Caesarea. Und von dort aus geht es ins ganze Imperium, hauptsächlich zu den großen Werften, die mit dem Asphalt die Rümpfe der Schiffe abdichten. Ein einfaches, risikoloses Geschäft. Man muss nur aufpassen, dass sich niemand beim Sägen verletzt und dass keine unreine Frau ins Dorf gelangt.«

Als ich ihn nur fragend anstarrte, lachte er. »Blut aus Wunden oder vom Monatsfluss der Frau lässt Asphalt zerfallen«, erklärte er mir. »Das zumindest glauben meine Männer.«

»Deine Männer?«, fragte ich.

Theophilos machte eine vage Geste Richtung Asphalt-See. »Mein Vater hat vom Procurator von Judaea das Recht auf das Asphaltmonopol gekauft. Seitdem liegt die Gewinnung dieses schwarzen Goldes in der Hand unserer Familie. Dieser Procurator war übrigens Pontius Pilatus. Als gläubiger Christ müsste ich ihn verfluchen, doch da ich ihm einen erheblichen Teil meines ererbten Reichtums verdanke, will ich ihn nicht schmähen.« Er verabschiedete sich mit einem leichten Nicken, sprang vom Karren und verschwand zusammen mit einigen Männern aus der Ansiedlung im Haus. Archigenes und ich halfen dem Kutscher beim Abschirren der Tiere. Wir erfuhren von ihm, dass sie morgen den ganzen Tag benötigen würden, um die Wagen zu beladen. Übermorgen würden sie sich wieder auf den Rückweg machen.

Ich nahm Archigenes ein Stück weit zur Seite. »Was machen wir jetzt?«, flüsterte ich.

Mein Freund deutete zum Horizont, wo im letzten rötlichen Licht der Abenddämmerung der aufgehende Mond bereits zu sehen war. »Wir werden eine Vollmondnacht haben«, antwortete er. »Es wird, zumindest einige Stunden lang, hell genug sein, um sich zu orientieren. Mesad Chasidim muss irgendwo am westlichen Ufer des Asphalt-Sees liegen. Soweit ich gehört habe, nur ein paar Stunden Fußmarsch entfernt von hier. Wir könnten es in einer Nacht schaffen.«

»Bis dahin zu kommen«, unterbrach ich ihn. »Und was dann?«

»Bin ich ein Hellseher?«, antwortete Archigenes und grinste mich an. »Alles hängt davon ab, was wir dort finden.« Dann wurde er wieder ernst. »Lass uns verschwinden, ohne dass die Christen es bemerken«, zischte er.

Daran hatte ich auch schon gedacht und viele Gründe gefunden, die dafür sprachen. Trotzdem schüttelte ich nun den Kopf. »Theophilos ist der Herr dieses toten Landes«, erklärte ich ihm. »Er kennt hier jeden Stein. Die Männer im Dorf sind seine Männer. Er hat Reittiere und Waffen. Es ist zu gefährlich, ihn zu provozieren. Und außerdem bin ich sicher, dass Clemens und Marcion uns etwas verheimlichen. Sie wissen etwas über diesen Ort, das wir nicht wissen. Ich habe sie lieber im Auge als irgendwo hinter meinem Rücken.«

Archigenes blickte mich skeptisch an. »Wenn sie finden, was sie dort suchen, dann gehen wir leer aus. Dann sind wir umsonst den weiten Weg nach Judaea gereist. Schlimmer noch: Wir haben nicht mehr genug Sesterzen, um wieder nach Rom zurückkehren zu können.«

»Clemens ist uns mehr als einen Gefallen schuldig«, antwortete ich und bemühte mich dabei, zuversichtlicher zu klingen, als ich mich fühlte.

Archigenes zuckte die Achseln. »Dann stürzen wir uns also mit den Kreuzesfreunden ins Abenteuer. Mithras möge mir verzeihen.«

Ich lachte, doch verschluckte ich eine spöttische Antwort, denn Theophilos war wieder aus der Hütte getreten und kam auf uns zu.

»Es waren keine Fremden hier am Ort«, sagte er.

»Gibt es bei Mesad Chasidim Quellen?«, fragte Archigenes.

»Ein oder zwei«, antwortete Theophilos. »Sie geben nur wenig Wasser und es ist von schlechter Qualität. Sehr salzig, aber gerade noch trinkbar.«

»Dann ist Cilix dort«, sagte ich. »Er wird in dieser Einöde keine Aufmerksamkeit erregen wollen, nicht mehr so kurz vor dem Ziel.«

»Und Johannes von Jerusalem?«, wollte Archigenes wissen.

Theophilos schüttelte den Kopf. »Niemand hat ihn gesehen.«

»Wir müssen sofort weiter«, drängte ich. »Wir müssen Cilix nachts überraschen, das ist unsere einzige Chance.«

»Das denke ich auch«, sagte Theophilos langsam. »Die Ruinen von Mesad Chasidim liegen auf einem Hochplateau etwas oberhalb des Asphalt-Sees. Es geht ein Weg von hier dorthin – der nördliche Zuweg, den aber kaum noch jemand nimmt. Wozu auch? Ebenso ist es mit den Straßen, die von dort westwärts nach Jericho und Jerusalem führen. Südlich zweigt ein Pfad ab, der irgendwann in der Wüste endet. Aus drei Himmelsrichtungen führen also Wege nach Mesad Chasidim, doch außer einigen Hirten ist niemand mehr auf ihnen unterwegs. Wenn ich Cilix wäre, würde ich an allen dreien Wachen aufstellen, die jeden, der sich nähert, mit Leichtigkeit erkennen würden.«

Archigenes grinste breit, weil er plötzlich ahnte, worauf Theophilos hinauswollte. »Aber er wird nicht damit rechnen, dass jemand von Osten kommt, über den giftigen

See«, sagte er, und Bewunderung klang in seiner Stimme mit. »Also werden wir diesen Weg nehmen.«

Eine Stunde später hatten wir uns mit Datteln, Brot, Käse und Wein gestärkt und uns durch ein Bad im Jordan erfrischt. Dann waren Clemens, Marcion, Archigenes und ich Theophilos zum Ufer des Asphalt-Sees gefolgt, wo er einem seiner Sklaven befahl, das kleinste Boot ins Wasser zu schieben. Der Diener blickte uns erstaunt an, gehorchte jedoch, ohne zu zögern.

Mit fünf Männern war der kleine, plumpe Kahn voll beladen. In normalem Wasser wären die Bordwände gefährlich tief eingesunken, doch hier, auf dieser giftigen Brühe, aus der es betäubend nach Salz und Asphalt stank, trieben wir hochbordig dahin wie ein trockener Korken.

»Wir dürfen das Segel nicht setzen, denn das könnte man sehen«, flüsterte Theophilos. »Und wir müssen vorsichtig und leise sein, denn auf dem stillen See kann man uns meilenweit hören.«

Mit einigen langsamen Zügen eines spitz zulaufenden Paddels brachte er uns vom Ufer weg. Die letzte Sonnenglut war am Horizont erloschen, doch der Mond war höher gestiegen und leuchtete über den Asphalt-See und die Wüste. Das Wasser hatte nun die bleiche Farbe verwitterter Knochen, die schroffen, tief zerklüfteten Berge am Westufer glichen einem riesenhaften dunklen, zu Falten aufgeworfenen Stofftuch, das bauschig und zerrissen von der Hochebene der Wüste zum See hin abfiel. Theophilos hatte Recht: Außer dem Glucksen des Paddels und dem Plätschern der Bugwellen unseres Bootes war fast kein Laut zu vernehmen. Die sorglosen Unterhaltungen der Asphaltfischer, die sich um große Lagerfeuer versammelt hatten, um Hammel zu braten, drangen noch lange zu uns – so klar, dass wir einzelne Worte heraushören und die Stimmen unserer Kutscher unterscheiden konnten. Trotz der späten Stunde hatte die Hitze kaum nachgelassen, die Abendbrise war beinahe ganz eingeschlafen. Die warme, von kaum einem Hauch bewegte Luft stand über dem Asphalt-See wie in einem geschlossenen Ofen. Langsam, mit großen Pausen zwischen den einzelnen Zügen, trieb Theophilos den Kahn voran. Ich saß direkt am Bug und starrte angestrengt nach Westen in die Nacht hinaus. Worauf sollte ich achten? Ich hatte keine Ahnung, wie Mesad Chasidim aussah. Doch ich wollte nicht tatenlos im Boot sitzen, weil ich mir dann hilflos und erbärmlich vorkam. Ich wusste nicht, was mich dort in der Wüste erwarten würde. Ich fragte mich, warum ich überhaupt hier war. Mein früheres Leben – die Laufbahn am Hof, mein Ehrgeiz, meine Ruhmsucht, meine Leidenschaften – schien mir unendlich weit weg zu sein. Unerreichbar fern, was auch immer ich hier entdecken würde. Ich hatte die Hoffnung aufgegeben, irgendwo in den rätselhaften Ruinen von Mesad Chasidim irgendetwas zu finden, das mich aus dem Albtraum, in dem ich gefangen war, wieder befreien könnte. Was sollte es schon sein? Doch es machte mich unruhig, ja geradezu krank vor Angst, Rebecca irgendwo dort in der dunklen Wüste zu wissen. Eigentlich, das gestand ich mir in diesem Moment ein, war ich nur noch hier, um die junge Essenerin zu finden und zu retten. Obwohl ich genau wusste, dass ihre Gedanken von einem anderen beherrscht wurden – einem Mann, dessen Schicksal auf rätselhafte Weise mit meinem verwoben worden war.

Irgendwann, es fiel mir schwer, die Zeit zu schätzen, änderte Theophilos unseren Kurs. Er deutete auf einige Felsen hoch über dem Asphalt-See, die wie wulstige Festungswälle einer Titanenstadt hervorragten.

»Unter ihnen liegt Mesad Chasidim«, flüsterte er.

Ich konnte im Halbdunkel vor den zerklüfteten Felsen zunächst nichts erkennen, während wir vorsichtig näher glitten. Doch dann stutzte ich und machte die anderen durch Gesten aufmerksam; zu sprechen, selbst zu flüstern wagte ich nicht mehr. Ich sah ein kleines Lagerfeuer.

In seinem flackernden, rötlichen Schimmer erkannte ich bizarre Formen auf einer kleinen Anhöhe ein Stück weit entfernt vom Ufer des Asphalt-Sees, die ich zuerst für Felsbrocken gehalten hatte. Doch dann konnte ich sie als Mauerreste erkennen – es waren die Ruinen von Mesad Chasidim. Das Lagerfeuer brannte nicht direkt an der Uferseite, sondern irgendwo in den verfallenen Gebäuden, sodass ich kaum mehr als seinen Schein wahrnehmen konnte. Ich sah nicht, ob und wenn ja wie viele Menschen sich dort befanden. Es war dort oben still wie in einem Grab.

Mit einem letzten, behutsamen Zug drückte Theophilos unser Boot gegen das Ufer. Eine dünne, in der Sonne zusammengebackene Salzschicht knirschte leise, als ich als Erster meinen Fuß an Land setzte. Archigenes folgte mir. Ich war Legionär gewesen, er hatte einen Teil seines Lebensunterhaltes als Einbrecher verdient. Diese zweifelhaften Erfahrungen qualifizierten uns, den Gegner anzuschleichen. Die Christen mochten viel wissen – diese Art von Hinterlist gehörte jedoch nicht zu ihrem Leben. Sie folgten uns und versuchten, unsere Bewegungen, so gut es ging, zu imitieren. Nur als Archigenes und ich unsere Dolche zogen, machten sie nicht mit: Sie waren unbewaffnet.

»Großartig«, zischte Archigenes, als er dies bemerkte.

Ich rannte in drei großen Sätzen bis zu einem fast hausgroßen Felsen, der vor Urzeiten von einem der gewaltigen Abhänge hinuntergerollt und fast an der Wasserlinie zu liegen gekommen war. Hier konnten wir gut in Deckung gehen und die weitere Lage überblicken.

Archigenes deutete auf einen schmalen Riss im Felsplateau, auf dem die Ruine lag. »Klettern wir hoch«, flüsterte er. »Niemand kann uns dort sehen.«

Ich nickte und machte mich auf den Weg. Ich schlich geduckt voran und ließ mich immer wieder auf die Knie sinken, um keine allzu große Silhouette abzugeben. Die Felsen gaben die glühende Hitze des Tages ab wie Ofensteine. Obwohl die Luft inzwischen deutlich abgekühlt war, lag dicht über dem Boden noch die Hitze wie eine unsichtbare Decke über den scharfkantigen, von Salz angefressenen Steinen. Mir taten schnell die Handflächen weh, als ich mich vorsichtig vorantastete.

Endlich hatten wir den Riss erreicht und kletterten nach oben. Es war vollkommen finster hier, wir mussten dem Tastsinn unserer zerschundenen Hände vertrauen.

Plötzlich erstarrte ich vor Schreck: Irgendwo hinter mir hatte sich ein kleiner Stein gelöst, fiel mit hellem Klacken ein paar Fuß in die Tiefe und rollte irgendwo aus. Ich hielt den Atem an und fluchte lautlos auf die ungeschickten Christen. Dann warteten wir, im Riss eng an die Felswand gepresst, ob sich irgendwo über uns in der Ruine von Mesad Chasidim etwas rühren würde. Von unserer Position aus konnten wir sie nicht mehr sehen. Doch alles blieb ruhig. Ein paar hinabrollende Steine mochten in dieser Felsenwüste nichts Außergewöhnliches sein.

Es kam mir wie eine halbe Ewigkeit vor, die wir durch die düstere Spalte kletterten. Doch irgendwann wurde es ein wenig heller. Ich drückte mich vorsichtig die letzte Handbreit hoch und spähte auf das Plateau, das unter dem Mondlicht bleich vor uns erstrahlte. Wir waren fast unmittelbar an der östlichen, dem See zugekehrten Seite der Ruinen angelangt. Eine große, halb verfallene, aber noch immer beeindruckend massive Mauer umgab den Komplex, sodass ich nicht sah, was sich dahinter befand.

Ich wandte mich etwas nach links, wo ein großer Abschnitt des Walls zu einem unförmigen Steinhügel eingestürzt war. Selbst im fahlen Mondlicht erkannte ich, dass die Mauern brandgeschwärzt waren; hier musste einst ein großes Feuer gewütet haben. Als es unter meinen Füßen knirschte, hielt ich erschrocken inne und bückte mich. Dann hatte ich eine alte Pfeilspitze in der Hand – eine metallene Pfeilspitze, wie sie von Legionären bei Belagerungen verschossen wurde. Ich sah mich um und entdeckte überall auf dem felsigen Untergrund verbogene, verrostete Spitzen. Mit Gesten bedeutete ich den anderen, vorsichtig zu sein.

Dann kletterte ich langsam auf den Trümmerhügel der eingestürzten Mauer, bis ich mich oben flach hinlegte. Endlich lag Mesad Chasidim vor mir.

Zu meinen Füßen, unmittelbar hinter dem Wall, lag eine alte, trockene, halb von Steinen und Staub gefüllte Zisterne. Dahinter erstreckte sich ein Komplex, der vielleicht einst so groß gewesen war wie ein wohlhabender römischer Gutshof. Ich erblickte einige weitere Zisternen – oder vielleicht waren es einst Bäder gewesen –, außerdem Brennöfen für Tonwaren, deren Schornsteine halb eingefallen waren oder grotesk schief standen. Dahinter unterteilten einige hohe, brandgeschwärzte Mauern das Areal in viele unterschiedlich große Rechtecke – wahrscheinlich waren es einst die Mauern von Gebäuden mit mehreren Räumen. Der einzige Bau, der noch einigermaßen intakt zu sein schien, war ein wuchtiger, annähernd quadratischer Turm am Nordrand von Mesad Chasidim. Sein Erdgeschoss bestand aus großen Quadern und war tür- und fensterlos. Der einzige Zugang lag im ersten Stock, wo eine Pforte wohl einst zur Dachterrasse des südlich benachbarten Hauses ging. Jetzt reichte nur noch eine Ruinenmauer fast bis dorthin. Irgendjemand hatte die angesengte, aber offensichtlich noch stabile hölzerne Pforte aus ihren bronzenen Verschlägen gehängt und als eine Art Steg von der Turmöffnung bis zur Ruinenmauer gelegt, um den tiefen Spalt zu überbrücken.

Und dort, hinter jenem Loch im ersten Stock des Turmes, flackerte der Schein des Lagerfeuers.

Archigenes hatte sich neben mich geschoben. »Das ist der einzige Zugang«, flüsterte er so leise, dass ich ihn fast nicht verstehen konnte. »Diese verdammte Ruine ist noch immer eine Festung. Ich werde mich erst einmal umsehen.«

»Lass mich das machen«, zischte ich.

Selbst im Mondlich sah ich, dass er mich spöttisch angrinste. »Ich bin schon in ganz andere Häuser eingestiegen«, gab er zur Antwort. »Du kommst ja nicht einmal ungesehen in dein eigenes Haus hinein.«

Ich wusste, dass er Recht hatte, doch es fiel mir schwer, ihn allein losziehen zu lassen. Gewandt wie eine Katze schlich Archigenes durch die Ruinen und verschwand im Schatten eines gewaltigen Risses, der quer im ganzen Komplex klaffte und wahrscheinlich kein Werk der Legionäre war, sondern die zerstörerische Folge eines alten Erdbebens. Dann tauchte er im Schatten einer Mauer wieder auf, machte einige große Sätze – und drückte sich an die Außenseite des Turmes. Ich sah, wie er den Dolch zwischen die Zähne nahm und sich dann langsam an der Wand hochzog, wobei er jeden winzigen Vorsprung und jede Lücke in den Fugen nutzte. Wie eine große Spinne kletterte er die Außenwand hoch bis zum ersten Obergeschoss, dann weiter und weiter – bis er durch eine winzige Schießscharte im zweiten Stockwerk verschwand.

Ich hielt den Atem an. Hätte ich noch an Götter geglaubt, ich hätte sie angefleht, Archigenes zu schützen. Die Zeit kam mir endlos vor. Ich umklammerte meinen Dolch, bereit, beim ersten Schrei oder Kampflärm loszustürmen, was auch immer geschehen mochte.

»Was ist los?«, flüsterte Theophilos.

Die Christen zu Füßen des Trümmerhügels hatte ich ganz vergessen. Ich wandte mich um und bedeutete ihnen mit einer ungeduldigen Geste abzuwarten.

Als ich wieder ins Innere der Ruinen blickte, sah ich Archigenes, der sich vorsichtig wieder aus der Schießscharte hinausschob. Dann nahm er den gleichen Weg, den er bereits gekommen war. Erleichtert atmete ich durch und lockerte den Griff um meinen Dolch, weil meine Hand so verkrampft war, dass sie schon schmerzte.

Als er endlich wieder da war, ließen wir uns vorsichtig zu den Christen hinunter. Schweiß und Dreck hatten sich auf seinem Gesicht vermischt und sich wie zu einer Theaterfratze geformt. Seine Fingerkuppen waren blutig.

»Mardochai und Rebecca sind dort«, berichtete Archigenes.

Ich schloss für einen Augenblick die Augen vor Glück und Erleichterung. Doch es war nur irgendein böswilliger Gott, der sich mit mir einen hinterhältigen Scherz erlaubte.

»Sie sind gefesselt«, fuhr Archigenes fort. »Sie werden von zwei Kerlen mit Armen wie Elefantenbeinen und krumm geschlagenen Nasen bewacht. Ich kenne keinen von ihnen, doch ich halte jede Wette, dass es zwei von Cilix' Männern sind. Von den anderen ist allerdings keine Spur zu sehen. Sieht so aus, als wäre der eine der beiden schon ziemlich betrunken. Der andere hält sich etwas zurück oder verträgt mehr. Doch während ich oben durch einen Spalt in der Decke lauschte, redete er auf Rebecca ein.«

Mein Herz verkrampfte sich. »Was wollte er?« Ich brachte die Frage kaum heraus.

»Er drohte ihr, sie sich zu nehmen. Sie hat ihn angefaucht. Ich denke, er wird sich noch etwas Mut antrinken.«

Ich konnte ein Stöhnen kaum unterdrücken. »Wir müssen zuschlagen«, keuchte ich. »Sofort.«

Archigenes legte mir beruhigend den Arm auf die Schulter. »Wenn wir einen Fehler machen, sind wir tot. Und Rebecca geht es nicht besser als zuvor«, flüsterte er. »Andererseits ist seine Gier unsere Chance. Der eine Wächter ist betrunken, der andere starrt die junge Essenerin an. Niemand achtet auf die Pforte, niemand blickt hinaus. Wir sind fünf gegen zwei. Bevor sie überhaupt wissen, was vor sich geht, sind wir drinnen im Turm und schicken sie in den Hades!«

Theophilos und Clemens schüttelten gleichzeitig ihre Köpfe. »Wir sind Christen«, flüsterte Clemens bestimmt. »Wir töten nicht.« Marcion sah aus, als hätte er dazu seine eigenen Gedanken, doch schließlich fügte er sich den beiden Älteren.

»Die Scheiße von Mithras' Stier soll auf eure Häupter regnen!«, fluchte Archigenes.

»Dann erledigen wir das eben alleine!«, sagte ich bestimmt und erhob mich.

Es dauerte nicht lange, bis wir unter der Mauer des Turmes standen. Erst hier konnten wir Stimmen hören: die dunkle, etwas schleppende Stimme eines Mannes, der vielleicht betrunken war – oder nur nicht gewohnt, viele Worte zu machen. Und dann Rebecca. Ich schloss für einen Moment die Augen, überwältigt vom Glück, wieder ihre raue Stimme vernehmen zu können. Ich konnte nicht verstehen, was sie sagte, doch es war klar, dass sie zornig war.

Archigenes machte mir ein Zeichen, dann schlich er sich voran. Wir hatten einen Schutthaufen entdeckt, der wie eine Treppe an der Ruinenwand lag, die bis zur Pforte führte. Vorsichtig, um keinen Stein loszutreten, krochen wir auf allen vieren hoch. Dann balancierten wir auf der brandschwarzen Mauerkrone, bis wir die Pforte erreicht hatten. Wir duckten uns und lauschten. Die Rechte, die meinen Dolch führte, war schweißnass. Ich hatte einen Augenblick lang die absurde Angst, dass er mir aus der Hand gleiten könnte. Gerne wäre ich nun einfach hineingestürmt, doch Archigenes lauerte vor mir, und die Mauer war viel zu schmal, um ihn passieren zu können.

Er prüfte vorsichtig, ob die Pforte belastbar war und ob sie nicht drohte wegzurutschen. Befriedigt nickte er schließlich, dann wandte er sich zu mir um und machte mir ein paar Zeichen, die nicht schwer zu entschlüsseln waren: Wir würden uns nicht langsam über die Pforte schleichen, sondern hineinstürmen und die Überraschung unserer Gegner ausnutzen.

»Mithras, hilf uns!«, zischte Archigenes, dann sprang er los. Ich folgte ihm wie ein Schatten.

Wir brauchten nur einen Moment, dann waren wir im Innern des Turmes. Ich sah mich blitzschnell um: Es war ein schmuckloser, quadratischer Raum, in dessen Mitte das Feuer brannte. Am hinteren Ende lagen Mardochai und Rebecca, beide mit Lederriemen an Händen und Füßen gefesselt. Rechts von uns hockte ein großer Mann mit vernarbtem Gesicht, ein Schwert neben sich auf dem Boden, einen Weinschlauch in der Hand. Er starrte uns aus glasigen Augen an und hatte noch gar nicht begriffen, was er sah. Am anderen Ende des Raumes, halb über Rebecca gebeugt, stand ein untersetzter, aber muskulöser Kerl, dem man den ehemaligen Gladiator auf eine Meile ansah. Er war dabei, den Gürtel seiner Tunika zu lösen, und fuhr herum, als er uns hörte.

Archigenes wusste, welche Leidenschaften in mir tobten. Er drehte sich nach rechts und jagte dem Betrunkenen, bevor der überhaupt aufstehen konnte, den Dolch in den Hals.

Der andere gehörte mir.

Mit einem Schrei stürzte ich auf ihn. Doch er reagierte blitzschnell, denn das Lagerfeuer brannte zwischen mir und ihm, sodass ich ihn nicht direkt anspringen konnte. Er ließ den Gürtel fallen, griff in eine Falte seiner Tunika und hatte plötzlich einen Dolch in der Hand.

Ich wusste, dass ich in einem Kampf mit dem Dolch gegen einen ehemaligen Gladiator keine Chance hatte. Wahrscheinlich würde er sogar mit Archigenes und mir gleichzeitig fertig werden. Da trat ich in meiner Wut und Verzweiflung ins Lagerfeuer, sodass ein Schauer glühender Holzscheite auf meinen Gegner niederprasselte.

Der Mann schrie auf und hob beide Arme, um seine Augen zu schützen. Diese Geste reichte mir.

Ich war bei ihm, bevor er seine Deckung wiederfand, und stach ihm den Dolch in den Leib. Die Klinge blieb an seinen Rippen hängen. Ich hörte ein hässlich schabendes Geräusch aus seinem Oberkörper dringen. Er gurgelte und taumelte rückwärts, wobei er mir meinen Dolch entriss, der nun in seiner Brust zitterte. Blut schoss in einem breiten Strahl aus seinem Mund. Er bewegte die Kiefer, als wollte er etwas sagen, doch es kamen nur noch unartikulierte Laute aus seiner Kehle. Dann sackte er in die Knie, kippte langsam auf das Gesicht und zuckte unkontrolliert über den Boden. Ein paar Augenblicke später war alles vorbei.

Ich zog den Dolch aus dem Körper des Toten, wischte ihn an einer Falte meines Gewandes sauber und zerschnitt Rebeccas Fesseln. Archigenes hatte inzwischen Mardochai befreit. Mein Freund dachte klarer als ich, der mir in diesem Moment keine Worte einfielen.

»Wo ist der Rest von Cilix' Bande?«, zischte er.

Mardochai massierte sich mit einer schmerzverzerrten Grimasse die von den Fesseln taub gewordenen Handgelenke und deutete mit einer Bewegung der Kinnspitze Richtung Wüste. »Sie sind zu den Höhlen hinter Mesad Chasidim aufgebrochen. Sie haben den Plan aller Verstecke der Essener – es war der Papyrus aus der Bibliothek des Poppaeus.«

»Sie haben Johannes von Jerusalem in ihrer Gewalt«, flüsterte Rebecca. »Wir müssen ihn befreien.«

Ich starrte die junge Essenerin an. Sie warf mir nicht einmal einen Blick zu, sondern war schon zur Pforte getreten und starrte unruhig in die Nacht hinaus. Kein Dolchstich hätte mir so viele Qualen verursachen können wie diese Geste.

Archigenes schüttelte den Kopf. »Zuerst will ich wissen, was hier gespielt wird«, verkündete er. »Sonst verschwinde ich wieder von diesem verdammten Platz, bevor einer von Cilix' Männern zurückkehrt.«

Er schob Rebecca aus der Pforte und winkte, damit ihn Theophilos, Clemens und Marcion erkennen konnten. Kurze Zeit später kletterten die drei Christen in den Raum. Als sie die beiden Toten erblickten, machten sie ihr magisches Zeichen an Stirn und Brust und murmelten Gebete. Zu den beiden Essenern sprachen sie kein Wort.

Mardochai gab uns nun in hastigen Worten einen Bericht. Er und Rebecca hatten schon an Bord der Triton beschlossen, sich von uns zu trennen, um vor allen anderen nach Mesad Chasidim zu gelangen. Deshalb waren die beiden in Caesarea im ersten unbeobachteten Moment die Gasse hinuntergelaufen und bei einem Handwerker, dessen Onkel einst Essener gewesen war, in die Werkstatt getreten. Er hatte sie versteckt und dafür gesorgt, dass sie noch am selben Abend auf zwei Eseln Richtung Landesinneres aufbrechen konnten. Doch als sie an diesem Tag, nur wenige Stunden vor uns, Mesad Chasidim erreicht hatten, waren sie in einen Hinterhalt von Cilix geraten und gefesselt worden.

»Er hat mindestens zehn Männer bei sich«, schloss Mardochai. »Er hat kein Geheimnis daraus gemacht, dass er nur den Schatz der Essener haben will. Buchrollen interessieren ihn nicht, er hat uns sogar höhnisch gedroht, sie in seinem Lagerfeuer zu verbrennen. Johannes aus Jerusalem war schon vor ihnen hier, doch er hat nicht damit gerechnet, dass ihm die Verfolger so dicht auf den Fersen waren. Cilix hat ihn ebenfalls gefesselt. Wir haben ihn nur für einen Augenblick gesehen und konnten kein Wort mit ihm wechseln. Denn sie waren gerade dabei, ihn in die Wüste Richtung Höhlen zu schleppen, als wir«, er suchte nach Worten, »ankamen«, schloss er lahm. »Cilix war nervös und hat die Umgebung absuchen lassen.«

»Nach uns«, rief Archigenes dazwischen.

Mardochai nickte widerwillig. »Erst als er niemanden mehr entdeckte, marschierte er los. Deshalb sind sie nachts da draußen.«

»Jahwe selbst hat uns diese Möglichkeit gegeben«, flüsterte Rebecca. »Wir müssen sofort aufbrechen.«

Archigenes warf mir einen fragenden Blick zu. »Wer weiß, wo Cilix sich verborgen hält?«, flüsterte er. »Und wer weiß, ob die beiden Essener diesmal Wort halten oder ob sie uns wieder hintergehen? Noch ist es nicht zu spät: Wir können einfach umkehren und uns irgendwie nach Rom durchschlagen, selbst wenn es uns Monate kosten würde. Falls Cilix hier einen Schatz findet, wird er uns in Zukunft vielleicht in Ruhe lassen. Wir hätten nichts gewonnen – aber auch nicht verloren.«

Ich tat so, als würde ich seine Worte sorgfältig abwägen. Dabei hatte ich meinen Entschluss längst gefasst: Ich würde Rebecca nicht in Mesad Chasidim zurücklassen, selbst wenn ich hier nichts mehr für mich zu gewinnen hoffte.

»Kennt ihr den Weg zu den Höhlen?«, fragte ich Rebecca und Mardochai.

Archigenes lachte und schlug mir auf die Schulter. »Bei Mithras!«, rief er. »Dann stehlen wir Cilix und seinen Schlägern also den Schatz der Essener!«

Mardochai erhob sich langsam. Er sah erschöpft aus. »Also gut«, murmelte er, »ich werde euch führen. Aber ich kann euch keine große Hoffnung machen. Ich kenne nur ein Versteck – und es gab einst mindestens ein Dutzend Höhlen, in die wir Texte und alles, was uns sonst noch wichtig war, hineintrugen. Die Römer hatten uns überrascht. Wir wussten damals selbstverständlich, dass sie irgendwann kommen würden. Doch unsere Späher sahen die aus Jericho heranrückende Legion bereits zu einem Zeitpunkt, als wir sie noch mehrere Tagesmärsche entfernt wähnten. Uns blieb kaum ein Tag. Hastig rafften wir die Texte zusammen. Die wertvollsten Schriften wurden in Leinensäcke gepackt und dann verstaut in den Tonkrügen, die wir in Mesad Chasidim zu diesem Zweck bereits gebrannt hatten.

Doch uns blieb so wenig Zeit, dass wir längst nicht alle Schriftrollen so sorgfältig sichern konnten. Manche rafften wir einfach so vom Regal und luden sie uns in großen Bündeln auf den Rücken. Es waren über eintausend Werke!

Ich gehörte zu den jüngsten Essenern damals. Wir bekamen den Befehl, einige der wichtigsten Schriftrollen in die Höhle zu bringen, die am weitesten von Mesad Chasidim entfernt liegt. Ihr Eingang ist hoch an einem Felsenhang und nur über einen schmalen Pfad zu erreichen. Wir brauchten eine Stunde, bis wir dort waren. Vom Eingang der Höhle kann man weit über den Asphalt-See und in die Wüste bis nach Jericho blicken. Ich sah die Staubwolke der heranrückenden Legion.

Das Erdbeben, das Mesad Chasidim einst verwüstet hatte, hatte auch große Geröllbrocken aus der Höhlendecke gesprengt. Es war schwierig, zwischen den Felsen Plätze zu finden, an denen die Texte einigermaßen geschützt standen. Als wir es endlich geschafft hatten, war es zu spät, um noch ein zweites Mal Schriftrollen aus Mesad Chasidim hinaufzubringen. Die Römer hätten uns im Felsenabhang ausmachen können. Also schichteten wir hastig schwere Steine auf, um den Zugang zur Höhle zu verstecken, dann eilten wir zurück, um die Festung der Frommen zu verteidigen.«

»Wer sagt uns, dass Johannes und Cilix gerade in dieser Höhle sind?«, fragte Clemens. »Du hast selbst gesagt, es gibt noch fast ein Dutzend andere.«

»Was bleibt uns schon anderes übrig?«, erwiderte Mardochai. »Die Felsberge hier sind so zerklüftet, dass du nachts stundenlang nach den Männern suchen könntest, du würdest sie doch nicht finden. Die meisten Höhlenzugänge würdest du nicht einmal am Tag sehen.«

»Würdest du den Weg zu jener Höhle wieder finden?«, wollte ich wissen.

Der alte Essener nickte. »Den werde ich niemals vergessen«, antwortete er bestimmt.

»Dann lasst uns endlich aufbrechen«, drängte Rebecca.

Es fiel mir schwer, die Stunde der Nacht zu schätzen. Doch war es inzwischen so spät, dass die Hitze endlich nachgelassen hatte. Die Steine waren ausgeglüht. Ein leichter Windhauch kam auf, der aus der westlichen Wüste heranstrich und feinen Sand mit sich trug. Als wir vorsichtig die Ruinen von Mesad Chasidim verließen, verklebte sich dieser feine Wüstenstaub auf Haut und Haaren mit Schweiß.

Wir schlichen uns durch die eingestürzten Pfeiler des nach Norden weisenden Haupttores der Festung der Frommen. Der Vollmond stand inzwischen ziemlich tief am Himmel, doch ich hoffte, dass sein Licht noch ausreichen würde, um uns den Weg zur Höhle der Essener zu weisen. Von Cilix und seinen Männern war in den schroffen Abhängen hinter der Ruine nichts zu sehen. Auch konnte ich nirgendwo den Schein einer Fackel oder Öllampe ausmachen. Es war, als wären wir die einzigen Menschen in einer von allem anderen Leben verlassenen Welt.

Mardochai führte uns auf einen schmalen Pfad, der zwischen den Geröllbrocken kaum auszumachen war. Wir kletterten höher in die zerklüfteten Felsen, die sich über unseren Köpfen erhoben, bis sie sich zu dem Plateau der Wüste Juda abflachten, als hätte sie ein Titan mit dem Messer abgeschnitten. Doch wir gelangten nicht so hoch, dass wir die Wüstenebene vor uns hatten. Irgendwann zweigte ein kaum schulterbreiter Vorsprung ab, der sich ungefähr in halber Höhe in Zickzacklinien auf- und abwärts am Abhang entlangschlängelte.

»Seid vorsichtig«, flüsterte Mardochai. »Ein falscher Schritt, und ihr werdet in die Tiefe stürzen! Passt aber auch auf Steine auf, die sich irgendwo über uns lösen und euch erschlagen könnten.«

Er führte uns in nördliche Richtung. Zu meiner Linken ragten die Felsen fast senkrecht auf. Sie waren rissig, scharfkantig und so mürbe, dass winzige Brocken ins dunkle Nichts unter mir rieselten, wenn ich unachtsam war und schmerzhaft hart mit meiner Schulter gegen den Stein schlug. Zur Rechten erglänzte der Asphalt-See im Mondlicht wie eine türkisfarbene, bis zum Horizont reichende Scheibe. Seine Farbe und sein Leuchten erschienen mir so unnatürlich, als wären sie nicht Reflektionen von einem Himmelslicht, sondern als käme das Glänzen irgendwo aus den Tiefen des Wassers selbst. Über sein Nordufer hinaus reichte der Blick weit hinein in die Wüste. Das Lager der Asphaltfischer war von hier aus gut auszumachen, obwohl die Lagerfeuer zu kleinen, rötlichen Lichtbündeln zusammengesunken waren.

Ich fuhr erschrocken zusammen, als irgendwo zwei Steine in die Tiefe stürzten und mit lautem Klacken gegen die Felsen schlugen. Ich hörte Sand rieseln und bildete mir sogar einen Moment ein, die Rufe menschlicher Stimmen vernommen zu haben. Doch ich konnte nichts Ungewöhnliches erkennen: keine Bewegung, kein Schatten, kein Licht. Dann war wieder alles still bis auf das leise Knirschen des Gerölls unter den Sohlen unserer Sandalen.

Da wir auf dem schmalen Pfad nur hintereinander gehen konnten, hatten Archigenes und ich uns, ohne dass wir uns dafür besonders hätten absprechen müssen, auf wichtige Punkte verteilt: Mein Freund marschierte unmittelbar hinter Mardochai; ich ging als Letzter und hatte alle anderen im Blick. Wir wollten nicht riskieren, dass jetzt noch ein Essener oder Christ auf den Gedanken käme, hier zu verschwinden und sich auf eigene Faust auf die Suche zu machen.

Niemand der vor mir Schreitenden schien etwas gehört zu haben. Also zuckte ich die Achseln und machte mich wieder auf den Weg, denn ich wollte sie nicht aus den Augen verlieren. Der Mond stand jetzt so tief, dass die gezackten Felsen lange, bizarre Schatten warfen, in denen jemand einfach verschwinden konnte. Irgendwann lief der Pfad nicht länger auf und ab, sondern einigermaßen parallel zum Asphalt-See, dessen Ufer sich bereits nach Norden wandten und ein ganzes Stück vom Abhang entfernt waren. Der Weg wurde breiter, wir konnten zu zweit oder dritt nebeneinander schreiten. Ich versuchte, wie zufällig neben Rebecca zu gelangen, doch die junge Essenerin eilte, kaum dass der Pfad breit genug geworden war, nach vorn zu Mardochai.

Stattdessen fand ich mich neben Clemens wieder, der vor Anstrengung bereits heftig atmete. »Wenn wir in dieser Höhle nichts finden, dann haben wir ein Problem«, keuchte er.

»Wenn wir etwas finden, was auch immer das sein mag, dann haben wir auch ein Problem«, gab ich unwirsch zurück. Tatsächlich hatte ich keine klare Vorstellung von dem, was ich als Nächstes tun sollte, hatten wir erst die Höhle erreicht.

Schließlich blieb Mardochai stehen und atmete tief durch. Er wartete, bis wir uns so nahe wie möglich an ihn herangedrängt hatten, dann deutete er auf einen Abhang aus Geröll.

»Hier ist es«, verkündete er bestimmt.

Ich konnte zunächst nichts erkennen. Erst als der alte Essener mit der Hand auf eine bestimmte Stelle wies, erkannte ich einen langen Riss, den ich zunächst nur für einen Schatten zwischen den Steinen gehalten hatte, die aussahen, als hätte sie einst ein Beben oder Erdrutsch hier hingeworfen. Nichts erinnerte daran an Menschenwerk.

»Das ist der Zugang«, flüsterte Mardochai. »Ein paar Felsbrocken müssen im Laufe der Jahre herausgerutscht sein. Kriecht vorsichtig wie Katzen hinein – eine falsche Bewegung, und alles kann einstürzen!«

»Wir brauchen Licht«, zischte Archigenes. »Auch wenn man seinen Schimmer in der Wüste meilenweit sehen kann.«

»Nicht in der Höhle«, behauptete der alte Essener.

Archigenes dachte kurz nach, dann nickte er zustimmend. »Gut«, bestimmte er. »Ich gehe als Erster. Du reichst mir eine Öllampe nach.«

Dann schlängelte sich mein Freund mit den geschickten Bewegungen des erfahrenen Einbrechers, der in mehr als ein schwer bewachtes Anwesen eingestiegen war, durch den schmalen Spalt. Ich hörte das Knirschen von ein paar kleinen Steinen, dann war er verschwunden, als hätte ihn der Hades selbst verschluckt.

»Sieht ungefährlich aus«, verkündete er dann. Seine Stimme klang dumpf. Mardochai zwängte sich vorsichtig halb hinein in den Spalt und reichte ihm eine kleine, tönerne Öllampe. Wenige Augenblicke später drang ein schwacher rötlicher Schein aus dem Innern.

»Also gut«, sagte Clemens. »Gehen wir.«

Ich wartete, bis ich als Letzter an die Reihe kam. Als alle anderen bereits in der Höhle verschwunden waren, hörte ich wieder, wie irgendwo Geröll in die Tiefe stürzte. Ich lauschte lange, doch es gab kein weiteres Geräusch. Also gab ich endlich meiner quälenden Neugier nach und zwängte mich mit vor Aufregung schweißnassen Händen durch den Spalt.

Wir drängten uns in einer gut mannshohen, unübersichtlichen Höhle zusammen. Überall lagen Steine und Geröllbrocken. Im flackernden Lichtschein schienen Schatten über den Fels zu tanzen. Es war von hier aus nicht auszumachen, in welche Richtungen und wie tief die Höhle in den Abhang führte. Die Luft war kühl, abgestanden und roch irgendwie anders als draußen. Es dauerte ein paar Augenblicke, bis ich es einordnen konnte: Es stank nach Moder.

Schweigend blickten wir uns um. Niemand wagte es zunächst, sich zu rühren. Archigenes hob schließlich die Öllampe und machte ein, zwei vorsichtige Schritte tiefer hinein ins Innere. Fast sofort darauf hielt er abrupt wieder an.

»Bei Mithras!«, flüsterte er erregt.

Im Schein der Ölflamme glänzte etwas unter einem kopfgroßen Felsbrocken am Boden. Es schimmerte wie Gold.

Bevor einer von uns auch nur etwas sagen konnte, bückte er sich und griff zu.

»Es ist Kupfer«, verkündete Archigenes enttäuscht, als er sich wieder aufrichtete.

Tatsächlich hielt er eine gut armlange Rolle aus dünnem, mit Grünspan überzogenem Kupferblech in der Hand. Sie sah aus wie eine Rolle, auf der man Texte schrieb, nur bestand sie nicht aus Papyrus, sondern aus Metall. Ich trat näher heran und erkannte auf dem getriebenen Blech ein Muster.

»Schriftzeichen!«, rief ich verblüfft. Tatsächlich musste auf der Innenseite der Rolle ein Text eingestanzt worden sein. Die Rückseite der tief eingetriebenen Buchstaben ragte wie ein flaches Relief nach draußen.

»Was steht hier geschrieben?«, fragte ich Mardochai.

»Die muss an jenem dramatischen Tag vor dem Sturm der Legion einer meiner Mitbrüder hier deponiert haben«, stotterte der alte Essener, der die Rolle mit einer Mischung aus Ehrfurcht und Misstrauen anstarrte. »Ich glaube nicht, dass sie aus unserer Bibliothek stammt. Kein Essener schrieb religiöse Texte auf Metall. Das wäre viel zu aufwendig gewesen. Und zu teuer.«

Es war schwer zu entscheiden, ob er uns anlog oder ob er tatsächlich nicht wusste, was Archigenes dort in Händen hielt. Mein Freund jedenfalls zeigte sein hinterhältigstes Grinsen und steckte die Rolle unter seinen Gürtel – direkt neben den Dolch. Der Hinweis war deutlich genug: Es war seine Beute, was auch immer dort draufstehen mochte.

Dann machten wir uns endlich auf ins Innere der Höhle. Vorsichtig kletterten wir über die Felsen. Mehrmals rieselte Geröll von der Decke. Die Luft schmeckte nach Sand und Staub.

»Wenn du hier einmal kräftig hustest, wird alles einstürzen«, flüsterte Archigenes.

Dann, ganz plötzlich, standen wir vor der Bibliothek der Essener.

Zumindest vor einem Teil von ihr: In einer großen Felsennische lagen, sorgfältig übereinander gestapelt, Dutzende von Lederrollen und auch einige aus Papyrus. Manche rochen muffig und befanden sich in verschiedenen Stadien des Zerfalls. Andere sahen aus, als kämen sie eben aus der Schreibstube des Kopisten. Ich entdeckte in roter und schwarzer Tinte die Titel und Verfasserangaben, die ein Bibliothekar – vielleicht Joseph, der neben mir gestorben war – einst auf der Außenseite notiert hatte, um die

Werke leichter einordnen zu können. Neben den Rollen standen Dutzende von bauchigen, schmucklosen Tontöpfen, die aussahen wie Urnen. Als ich näher trat und den Deckel des ersten Gefäßes abhob, blickte ich auf weitere Rollen, die dort eng zusammengestellt steckten. Hier mussten weit über einhundert Schriftrollen liegen.

Mardochai hatte Tränen in den Augen. Seine Hände zitterten, als er es endlich wagte, zur Nische zu treten und langsam über die Schriftrollen zu streichen. Er tat es unendlich vorsichtig und zärtlich, als begrüße er eine ferne, längst verloren geglaubte Geliebte.

Ich verschloss das Tongefäß wieder sorgfältig und trat zurück, um dem alten Essener einen Moment der Ruhe zu gönnen, in dem er allein war mit seinen Schriftrollen und seinen Erinnerungen. Wir würden noch die ganze Nacht Zeit haben, die Texte zu entziffern und nachzusehen, ob dort irgendwo die Schatzliste der Essener versteckt war oder die letzte Predigt des Jesus oder irgendein anderes Werk, das die Geheimnisse zu lösen vermochte, die uns hierhin getrieben hatten.

Dachte ich zumindest.

Aber das war ein tödlicher Irrtum.

»Ich wusste, dass ihr dumm genug seid, um euch hier sehen zu lassen. Dass ihr allerdings so dämlich seid, auch noch eine Lampe anzuzünden, damit wir euch leichter finden, dass hätte selbst ich nicht gedacht.«

Ich fuhr herum, als ich diese unbekannte, raue Stimme hörte – und war doch noch in diesem Moment davon überzeugt, dass ich in der Falle saß.

Den Höhleneingang blockierten mehrere Bewaffnete. Die Klingen ihrer Schwerter blitzten im schwachen Schimmer unserer Öllampe rötlich auf, als wären sie schon mit

Blut besudelt. Instinktiv griff ich zum Dolch, der in meinem Gürtel steckte. Archigenes hatte bereits seine Waffe gezogen.

»Werft die Dolche weg!«, dröhnte der Mann mit der markanten Stimme. »Oder ich schlage euch die Hände ab.«

Wir zögerten nur einen Augenblick, dann gaben wir auf. Leise klirrend fielen die Waffen auf den felsigen Boden.

Aus der dunklen Gruppe der Männer am Höhleneingang löste sich ein massiger Kerl und trat in den Lichtschein unserer Öllampe: mittelgroß, muskelbepackt, trotz seiner mindestens fünfzig Jahre. Das Gesicht, das von einem kurzen, eisengrauen Haar an Haupt und Bart umrahmt wurde, war ein Zeugnis unzähliger Kämpfe. Die Nase war mehrfach gebrochen, die lange Narbe eines schlecht verheilten Schwerthiebes zog sich von der rechten Wange unter dem Ohr vorbei bis auf den Nacken. Die dunklen Augen lagen tief in ihren Höhlen. Die Linke, in der er das Schwert führte, war verstümmelt: ihr fehlte das oberste Glied des Ringfingers und der komplette kleine Finger. Niemand musste mir diesen Mann vorstellen.

»Cilix«, sagte ich betont gleichmütig. »Ich freue mich, dass du mir endlich erklären kannst, was hier gespielt wird – bevor ich dich dahin schicke, wohin du gehörst.«

Er starrte mich für einen Augenblick verblüfft an, dann lachte er dröhnend los. »Der gute alte Juvenalis, arrogant wie in seinen besten Zeiten. Lang ist es her, eh?«

Seine Männer murmelten Hohnworte. »Wer bis zum Kinn in der Jauche steckt und dann das Maul aufreißt, der muss die Brühe schlucken. Ich weiß nicht, warum ich dich in den Hades schicken muss – aber ich versichere dir, dass ich es mit Vergnügen tun werde.«

Jetzt war es an mir, ihn fassungslos anzustarren. »Was soll das heißen: Du weißt es nicht?«, keuchte ich.

Während ein Teil meines Geistes um Worte rang, suchte ein anderer verzweifelt nach einer Möglichkeit, aus dieser Falle wieder zu entkommen. Alle starrten Cilix und mich an, als wären wir zwei Gladiatoren, die sich in der Arena belauerten. Langsam dämmerte mir, dass Cilix möglicherweise genau auf diese Idee kommen könnte: mich zu einem Kampf auf Leben und Tod zu fordern, zur Schadenfreude seiner Männer. Denn wer dabei Sieger bleiben würde, war selbstverständlich allen klar.

»Du hast mich überfallen. Du hast mein Haus belauert. Du hast mich durch halb Rom und durch das halbe Imperium gehetzt – und du willst mir weismachen, dass du nicht einmal ahnst, warum du das getan hast?«, zischte ich. Ich spürte, wie heiße Wut in mir hochkochte und mich nicht mehr klar denken ließ. Ich musste mich um jeden Preis beherrschen.

Cilix machte eine gespielt unschuldige Geste, was bei einem Mann wie ihm besonders lächerlich wirkte. »Was sollte ich tun?«, entgegnete er. »Wir fanden dich neben diesem Essener im Circus, hinter dem wir eigentlich her waren. Ich habe dich sofort wieder erkannt, weil ich dein arrogantes Gesicht einmal auf einer Feier Domitians gesehen habe. Du hast mit dem Sterbenden geredet. Es sah so aus, als hättest du seine Taschen durchsucht. Also musstest du irgendetwas damit zu tun haben. Als du mir an jenem Morgen davongelaufen bist, habe ich sofort den Kaiser gefragt. Domitian hat mir erlaubt, dich auszulöschen – sofern ich es diskret über die Bühne bringe.«

»Der Imperator selbst hat es erlaubt?« Ich wollte es nicht glauben.

»Er ist mein Auftraggeber«, sagte Cilix und zuckte mit den Achseln. »Was interessieren mich zwei vertrocknete Juden, die nach Rom kommen? Domitian ließ mich rufen, nachdem ihm einer seiner Spitzel von den Essenern berichtet hatte. Sein Auftrag schien simpel genug zu sein: Prügel die beiden Juden durch, bis sie verraten, wo der Schatz der Essener versteckt ist. Ein Schatz, den der Vater und der Bruder unseres Kaisers nie gefunden haben. Dann sollte ich ihn aus seinem Versteck holen und bei der kaiserlichen Kasse abliefern.«

»Gegen einen angemessenen Anteil, versteht sich«, höhnte ich.

Er grinste mich an. »Ich habe genug Sesterzen«, antwortete er und klang gefährlich freundlich. »Wenn ich dem Imperator den Schatz der Essener bringe, wird mich der Herrscher zum Senator machen. Dann stehe ich über dir und deinesgleichen.«

Mir verschlug es die Sprache. Ein ehemaliger Gladiator und stadtbekannter Mörder hätte sich mit Geld vieles kaufen können, aber nicht Ehre und Ansehen. Aber wenn Domitian ihn zum Senator machte, dann war ihm jeder Ehrerbietung schuldig. Das würde zur perfiden klugen Hinterhältigkeit des Kaisers passen: Er würde einen Gefolgsmann billig für seine Drecksarbeit entlohnen und zugleich die alten Familien im Senat demütigen.

»Aber dann lief die Sache irgendwie aus dem Ruder«, fuhr Cilix fort, als hätte er meine Gedanken erraten.

»Ihr habt Joseph ein bisschen zu heftig durchgeprügelt – und da ist er geflohen und gestorben, bevor er euch etwas verraten konnte«, vermutete ich und bemühte mich, ein höhnisches Grinsen zu zeigen.

Doch er lachte nur. »Bei der Keule des Hercules, wir haben diesen Kerl nie erwischt, auch wenn wir ihm dicht auf den Fersen waren!«, antwortete Cilix und hob pathetisch die Hände. »Jemand anderer ist uns zuvorgekommen.«

»Jemand anderer?« Mir kam ein ungeheurer Verdacht, und ich kam mir plötzlich unsagbar dumm vor.

Cilix nickte. »Johannes von Jerusalem hat unseren Freund in den Hades geschickt. Joseph konnte sich allerdings losreißen, bevor sein verräterischer Komplize ihm den Gnadenstoß setzen konnte. Dann kamst du dazwischen, dann dein Freund Archigenes, schließlich kreuzten wir auf. Da ist Johannes verschwunden – und unsere Schwierigkeiten fingen an.« Er schnalzte mit der Zunge und machte eine bedauernde Geste. »Immerhin haben wir die Sache jetzt bereinigt.«

Er zog etwas aus dem Bausch seiner Tunika, das ich in dem schwachen Licht zunächst nicht erkennen konnte. Erst langsam dämmerte mir, dass es ein achtlos zu einem unförmigen Klumpen zusammengedrückter Papyrus war – ein sehr alter Papyrus. Eine dünne Textrolle, kaum mehr als ein Blatt.

Cilix sah meinen Blick und grinste. »Das hat unser Freund Johannes aus der Bibliothek des Poppaeus in Pompeji herausgeholt. Auch hier waren wir ja etwas zu spät dran.«

Seine Züge verdüsterten sich. »Was einige meiner Männer das Leben gekostet hat. Aber dafür wirst du bald bezahlen.« Dann hielt er mir den Papyrus triumphierend unter die Nase.

»Sieh ihn dir an!«, rief er. »Du wirst nie wieder die Gelegenheit dazu haben! Es ist ein Verzeichnis aller Höhlen, in der die Essener ihre Schätze versteckt haben. Es ist in Aramaeisch verfasst, weshalb Poppaeus es nie hat lesen können, auch wenn er geahnt hat, dass es ein wichtiger Text sein muss. Deshalb auch hat er es nie jemandem zum Übersetzen gegeben. Er hielt es wahrscheinlich für ein Gebet oder eine andere Art religiöser Hymne. Doch einer meiner Männer stammt aus Galilaea – es war nicht schwer für ihn, die Zeilen zu entziffern. Als wir sie erst einmal hatten, selbstverständlich.«

»Was habt ihr mit Johannes gemacht?« Es war Rebecca, die ich schräg hinter mir spürte. Ich wagte nicht, mich umzublicken, auch wenn mir das Herz wehtat bei ihren Worten – und mehr noch beim Klang ihrer Stimme.

Cilix warf ihr einen erstaunten Blick zu, dann lachte er. »Ich dachte, die Essener laufen vor Frauen davon wie vor Aussätzigen!«, rief er, dann musterte er sie mit einem halb neugierigen, halb lüsternen Blick. »Aber dieser Johannes scheint in jeder Hinsicht etwas Besonderes zu sein.«

Er machte mit der Rechten eine kurze, herrische Geste nach hinten zu seinen Männern. »Ich schenke ihn dir«, sagte er höhnisch. Zwei seiner Schläger schleiften einen gefesselten, aus mehreren Kopfwunden blutenden Mann herein, den sie wie einen schweren Sack voll Gerste in unsere Mitte warfen. Johannes stöhnte auf, krümmte sich und blieb am Boden liegen. Dann aber hob er den Kopf und blickte uns an.

Für mich war Johannes von Jerusalem bis zu diesem Augenblick immer so etwas wie ein Dämon gewesen, den ich vergeblich gejagt – und vor dessen Macht ich mich gefürchtet hatte. Nun sah ich ihn mit eigenen Augen vor mir, und statt den Schrecken vor jenem unbekannten Mann zu mildern, verstärkte es diesen eher noch. Er war groß und hager, mit einer gezackten, roten Narbe an der Schläfe – und wie Rebecca ihn mir auf der Überfahrt beschrieben hatte: Sein wahres Alter war schwer zu schätzen. Doch auf alles das achtete man nicht, wenn man erst einmal seine Augen erblickt hatte: Sie waren dunkel wie das nächtliche Meer und glänzten zugleich mit einem beunruhigenden, intensiven Feuer. Er starrte um sich, ohne einmal mit der Wimper zu zucken – es war der starre, bezwingende Blick eines Fanatikers, den nichts und niemand stoppen kann. Hätte ich ihn früher gesehen, ich hätte nie gewagt, ihn zu verfolgen.

Für ein paar Augenblicke war es totenstill in der Höhle. Ich starrte Johannes an, doch der schien mich nicht zu bemerken. Sein bezwingender, die Seele aufsaugender Blick ging an mir vorbei. Für einen kurzen Moment dachte ich, dass er Rebecca anblicken würde, die irgendwo hinter mir stand. Doch dann erkannte ich, dass er nicht auf die junge Essenerin oder auf Mardochai blickte, den er doch auch kennen musste – sondern Clemens anstarrte, als erwartete er etwas von ihm. Das verwirrte mich so sehr, dass ich die nächste Bewegung nur wie in einem Traum wahrnahm: in unnatürlicher Klarheit und Langsamkeit, doch absolut unfähig, auch nur einen Finger zu rühren.

Ich sah, wie Archigenes aus dem Hintergrund der Höhle an mir vorbeisprang und fast direkt neben Cilix zu stehen kam. Doch statt ihn anzugreifen – der ehemalige Gladiator schien mir unendlich langsam das Schwert zur Abwehr zu heben –, duckte er sich weg und sprang mit einem zweiten Satz mit aller Kraft gegen einen Stein. Krachend schlug er mit der Schulter dagegen. Ich sah, wie sich seine Gesichtszüge vor Schmerzen verzogen, doch er gönnte sich nicht einen Augenblick Stillstand. Archigenes sprang zurück und riss mich dabei nach hinten nieder.

Das Nächste, was ich bemerkte, waren Dunkelheit, Staub und ein ohrenbetäubender Lärm. Dann, endlich, hatte ich begriffen: Archigenes hatte in den seit dem Erdbeben instabilen Geröllmassen einen Steinschlag ausgelöst.

Polternd fielen schwere Felsbrocken am Höhleneingang herab. Irgendjemand schrie vor Schmerzen. Ich sah, wie

Cilix den Schwertarm hob und etwas brüllte, doch das konnte ich nicht mehr verstehen. Dann war dort, wo er eben noch gestanden hatte, ein riesiger Felsbrocken.

Hustend, die Arme schützend über den Kopf gebreitet, robbte ich weg vom Steinschlag, tiefer hinein in die Höhle. Der Staub brannte in den Augen und in der Lunge. Ich würgte, doch schleppte ich mich weiter. Irgendwo vor mir konnte ich über den Lärm der niederprasselnden Steine Geräusche vernehmen: Schleifen, Keuchen, Rufe.

Irgendwann war alles vorbei.

Die Finsternis und die Stille waren vollkommen. Es war, als wäre ich lebenden Leibes begraben worden. Ich fuhr mir mit der Rechten über das Gesicht, doch konnte ich die Hand nicht einmal erkennen, als sie mir so nah war, dass ich sie mit den Wimpern berührte.

»Was hast du getan, du Narr?«

Ich konnte nicht sagen, woher die Stimme kam, doch ich erkannte sie wieder: Es war die von Theophilos.

»Ich habe Cilix und seine Schläger in den Hades geschickt, da wo sie hingehören!«, kam die Antwort.

»Archigenes!«, rief ich, unendlich erleichtert. Er musste irgendwo hinter oder über mir sein.

»Wir werden alle jämmerlich ersticken!«, rief Theophilos.

»Und wenn schon«, gab mein Freund gleichmütig, fast heiter zurück. »Wir wären so oder so jämmerlich gestorben. So schicken wir wenigstens Cilix voraus, um uns einen Platz im Hades warm zu halten.«

»Noch sind wir nicht in der Hölle. Ich spüre einen Lufthauch. Vielleicht hat Gott uns noch nicht verlassen.« Es war Mardochai. Wenn sich hier jemand auskannte, dann er.

»Gibt es einen zweiten Ausgang?«, fragte ich.

»Das weiß ich nicht«, gab er zurück. »Doch die meisten Höhlen hier sind voller Risse. Irgendwo gibt es immer eine Spalte, die ins Freie führt. Vielleicht müssen wir nur bis zum Tagesanbruch warten. Dann wird uns vielleicht ein Lichtschein Gottes leiten.«

»Sind wir überhaupt alle hier?«, fragte Archigenes. »Meldet euch!«

Als ich Rebeccas Stimme hörte, atmete ich tief durch und dankte der Venus. Auch Marcion murmelte etwas, doch schien er wie betäubt zu sein. Clemens aber blieb stumm. Ich hörte, wie irgendwo hinter mir jemand über den felsigen Boden kroch, und tastete in diese Richtung – es war Archigenes. Für einen Moment der Dankbarkeit umklammerten wir unsere Arme.

»Wir müssen ihn suchen«, flüsterte er dann.

Wir robbten durch die Finsternis. Ich stieß mir zweimal schmerzhaft den Kopf, bis ich es mir angewöhnte, auf den Knien weiterzurutschen und mit der Rechten blind in die Finsternis zu tasten, während ich mir die Linke vor die Stirn hielt. Auch die anderen machten sich, unbeholfen und langsam, auf die Suche. Wir riefen nicht nach Clemens, denn jedem von uns war klar, dass er längst geantwortet hätte, wäre er noch bei Bewusstsein. Für einen winzigen Augenblick berührte ich eine andere Hand. Ich zuckte erschrocken zurück, dann durchströmte mich eine Welle des Glücks, als ich spürte, dass ich eine feingliedrige Frauenhand umfasst hielt. Doch Rebecca zog ihre Rechte sofort zurück.

Wir fanden keine Spur mehr von Clemens. Er lag, zusammen mit Cilix und seiner Bande, zusammen mit den über einhundert Texten, die Mardochai und seine Mitbrüder hier vor fast drei Jahrzehnten versteckt hatten, und zusammen mit dem Plan aus der Bibliothek des Poppaeus, dem wir durch das halbe Imperium gefolgt waren, begraben irgendwo unter den Felsen von Mesad Chasidim.

Doch dafür stieß Archigenes schließlich auf einen anderen Körper.

Auf einen Mann, der die ganze Zeit geschwiegen und sich nicht geregt hatte, bis er nun von ihm entdeckt wurde: Johannes von Jerusalem.

Ich hörte, wie Archigenes fluchte. »Wer hat deine Fesseln gelöst?«, zischte er Johannes an.

»Das war ich.« Es war die Stimme Marcions.

Archigenes fluchte wieder. Ich tastete auf dem Boden herum und wünschte mir, ich würde meinen Dolch wieder finden, doch schließlich blieb mir nichts anderes übrig, als einen faustgroßen Stein zu packen – eine erbärmliche Waffe, die eher meine Seele beruhigte als mich wirklich zu schützen.

»Wenn wir schon im Finstern sitzen, möchte ich wenigstens meinen Geist erhellen«, verkündete Theophilos. Auch seine Stimme zitterte vor Wut. »Ich denke, Johannes von Jerusalem, dass es Zeit ist, uns die eine oder andere Geschichte zu erzählen.«

»Cilix hat nicht gelogen: Ich habe Joseph getötet«, antwortete Johannes ruhig.

Es war das erste Mal, dass ich die Stimme dieses Mannes vernahm – eine kräftige, angenehme Stimme, eine, die sicherlich mitreißend predigen konnte. Doch das Ungeheuerliche an ihr in diesem Moment war, wie ruhig sie blieb, als er das Verbrechen gestand. Ich spürte, dass der Mord diesen Mann nicht im Geringsten erschüttert hatte.

»Ich musste es tun, weil es ein höheres, wichtigeres Ziel gab«, fuhr er fort.

Ich versuchte, in der Dunkelheit auszumachen, wo seine Stimme herkam, um mich gegen einen möglichen

Angriff zu wappnen. Doch die felsige, zerklüftete Höhle brach selbst auf die wenige Armlängen Entfernung, die Johannes nur von mir entfernt sein konnte, den Ton so, dass es unmöglich war, seine Quelle nur mit dem Gehör aufzuspüren. Ich merkte, wie mir kalter Schweiß über die Stirn rann, weil ich mich hilflos fühlte. »Joseph war mein Sohn«, murmelte Mardochai mit vor Schmerz halb erstickter Stimme. Und dann schrie er: »Niemals hat ein Essener seinen Mitbruder erschlagen!«

»Ich bin kein Essener«, gab Johannes gleichmütig zurück.

Hätte er mich aus der Finsternis mit einem Stein angegriffen, es hätte mich nicht stärker betäuben können als dieses Geständnis. »Schon seit vielen Jahren bekenne ich mich zu Jesus Christus, unserem Herrn«, fuhr er fort. Für einen winzigen Moment hatte seine Stimme einen anderen, erregenderen, fanatischeren Klang angenommen, dann hatte er sie wieder in der Gewalt. »Doch ich blieb an meinem Platz in Judaea, jeder sollte mich weiterhin für den Essener halten, der ich in meiner Jugend einst tatsächlich gewesen war. Dies hatte Clemens mir geraten.«

Ich hörte, dass Mardochai vor Leid stöhnte.

»Mithras soll dich abstechen wie einen Opferstier!«, fluchte Archigenes. »Ich habe euch Christen noch nie getraut. Die ganze Zeit ist Clemens mit uns gereist und hat gewusst, wer du bist?«

»Aber er wusste nicht, was ich tat und warum. Und er hätte es vielleicht nicht gutgeheißen«, gab Johannes zu.

»Nicht gutgeheißen?«, rief Theophilos. Es war das erste Mal, dass ich hörte, wie er seine Stimme vor Erregung so weit hob, dass sie schrill klang und zu kippen drohte. »Kein Christ kann einen Mord gutheißen. Wie kannst du es wagen, überhaupt so zu denken?«

Ich hörte einen langen Seufzer, wusste allerdings nicht, wer ihn ausgestoßen hatte. Vielleicht war es Johannes selbst, denn plötzlich klang er müder, resignierter.

»Die Geschichte ist kompliziert, verehrter Theophilos«, gestand er. »Schon in meiner Jugend verspürte ich das brennende Verlangen, Gott zu dienen, mich ihm ganz und gar zu weihen. Die Essener schienen mir die Einzigen zu sein, die auf dem richtigen Weg waren zum Herrn. Sie dienten ihm mit Leib und Seele, sie gaben alles auf für ihn – und sie hofften zugleich auf die Befreiung des Volkes Israel von schändlicher Knechtschaft durch die, die außerhalb des Gesetzes stehen: die Römer. Rom ist die ›Frau auf dem scharlachroten Tier mit den sieben Köpfen und zehn Hörnern‹, die ›Große Hure Babylon‹, von der die Prophezeiung spricht. Es ist Sünde, sich der Allmacht Roms zu unterwerfen.

Aber irgendwann merkte ich, dass die Essener fromme Texte immer und immer wieder abschrieben, sie sammelten, als wären sie Gold und Silber und Geschmeide. Sie studierten sie, und sie schrieben neue Texte. Sie träumten von der Apokalypse, in der sie der Messias zum Sieg über die Mächte der Finsternis führen werde. Aber es blieb stets ebendas: ein Traum.

Da hörte ich von einem Mann, den man gekreuzigt hatte, zehn Jahre vor meiner Geburt. Seine Anhänger lebten noch immer in Judaea, Galilaea und Samaria. Sie predigten sein Wort. Sie nannten ihn Messias. Sollte der Erretter, der Gesalbte des Herrn, auf den die Essener so inbrünstig hofften, vielleicht schon unter uns gewesen sein? Kein Retter, der irgendwann in einer fernen Zukunft zu uns hinabsteigen würde? Sondern jemand, der bereits unter uns gewandelt hatte? Sollte das, was wir uns alle erträumten, vielleicht schon eingetreten sein? Was für eine ungeheure Hoffnung!

Ich fragte nach dem Anführer dieser Gemeinschaft derer, die Jesus folgten. Man nannte mir einen ehemaligen Fischer aus Kapernaum am See Genezareth: Simon Petrus. Doch der weilte in jenen Jahren schon von allen Orten dieser Welt ausgerechnet in Rom. Also bezwang ich nach langem inneren Ringen meinen Widerwillen und reiste ihm heimlich nach, denn die Essener durften davon nichts wissen.«

Johannes atmete tief durch, bevor er fortfuhr. Zorn zitterte in seiner Stimme. »Ich fand eine Stadt, schlimmer und sündiger, als sie uns die Propheten je ausgemalt haben: ein Ungeheuer in Stein und Marmor, wo Kinder im Unrat geboren werden, wo keine Moral mehr gilt und wo Menschen nur deshalb sterben müssen, um dem Volk ein blutiges Schauspiel zu geben. Ich hasste Rom von dem Moment an, da ich es das erste Mal betrat. Rom liebt blutige Schauspiele? Gut, dachte ich, es soll selbst zum blutigen Schauspiel werden!«

Eine eisige Faust umklammerte mein Herz. »Nero hat Recht gehabt!«, flüsterte ich fassungslos. »Du warst es! Du hast Rom angesteckt!«

Ich hörte, wie Archigenes aufstöhnte.

»Ich war es«, gestand Johannes. Triumph schwang jetzt in seiner Stimme mit. »Ich habe in jenem heißen Sommer einen Engel aus dem Himmel herabkommen sehen über die Große Hure Babylon. Und ich habe die Prophezeiung erfüllt: ›Deshalb werden an einem Tag Krankheit, Unglück und Hunger über sie hereinbrechen, und sie wird im Feuer umkommen. Denn Gott der Herr, der sie verurteilt hat, ist mächtig.‹«

»Zehntausende sind damals elend verbrannt, du Hundesohn«, zischte Archigenes. »Also wart ihr Christen es doch!«

»Wir waren es nicht!«, rief Marcion, und seine schrille Stimme überschlug sich und warf ferne Echos irgendwo in der Höhle.

»Sie wussten es nicht«, pflichtete Johnnes ihm bei. »Ich tat es, noch bevor ich einen der ihren gesehen hatte. Erst später, rund eine Woche nach dem Großen Brand, traf ich Petrus im Hause des Senators Pudens, der schon heimlich Christ geworden war und den Apostel aufgenommen hatte. Voller Triumph gestand ich Petrus meine Tat. Doch der tadelte mich mit scharfen Worten und schickte mich fort.

So kehrte ich verbittert nach Judaea zurück – während Petrus und viele seiner Mitbrüder von Nero ergriffen und hingerichtet wurden. Petrus erlitt das Martyrium als Folge meiner Tat.

Doch zunächst war ich nicht erschüttert oder beschämt ob dieser Tat, sondern nur maßlos enttäuscht: Petrus hatte mir nichts von der Apokalypse erzählt, in der uns der Messias zum Sieg führen würde. Keine finale Schlacht über die Mächte der Finsternis, im Gegenteil: ›Wenn dich einer auf die rechte Wange schlägt, dann halte ihm auch noch die linke hin.‹ Ein Glaube für Sklavenseelen, dachte ich zuerst und vergaß die Christen schon beinahe wieder.

Dann aber kam der große Kampf der Juden gegen Rom. Ich hoffte, wie Tausende andere, dass dies der Beginn der Apokalypse wäre, der Anfang vom Ende der Großen Hure Babylon. Doch kein Messias erschien, um uns zu führen – und am Ende stand Rom herrlicher da als zuvor, aber unser Tempel in Jerusalem war geschleift worden.

Ich war verzweifelt und verfluchte mich selbst, weil ich zu den wenigen Brüdern gehört hatte, die unser Leiter aus Mesad Chasidim geschickt hatte, bevor die Legion anrückte. Nicht einmal die Festung der Frommen hatte ich verteidigen können.

Da hörte ich wieder von den Christen. Sie hatten sich ja an dem Aufstand nicht beteiligt und waren deshalb im Volk verhasst – zumindest in dem Teil, der ihrem Glauben noch nicht anhing. Doch da sie sich nicht erhoben hatten, ließen die Römer sie auch in Frieden.

Und was predigten sie? ›Gebt dem Kaiser, was des Kaisers ist. Und gebt Gott, was Gottes ist.‹ Es klang so simpel, geradezu naiv. Und doch erkannte ich plötzlich die ungeheure, die schreckliche Schönheit hinter diesen Worten: Die Christen würden jedem Herrn dieser Welt dienen, solange er nicht zwischen ihnen und Gott stand. Und sie würden ebenso bedenkenlos gegen jeden Herrscher aufstehen, der sich Gottes Platz anmaßte. Und taten die Imperatoren nicht genau dies? Caesar, Augustus und fast alle seine Nachfolger waren zu Göttern erhoben worden. Tempel werden ihnen überall im Reich errichtet, Priester zelebrieren den Kult zu ihren Ehren. Und jetzt gar haben wir einen Kaiser – Domitian, sein Name sei dreimal verflucht –, der es nicht mehr erwarten kann, erst nach seinem Ableben vergöttlicht zu werden so wie seine Vorfahren. Nein, Domitian lässt sich ›Dominus et Deus‹ nennen, ›Herr und Gott‹. Römer schlucken das und beugen ihr Haupt – du zum Beispiel, Juvenalis, der du mich durch das halbe Imperium verfolgt hast.«

Meine Hand krallte sich fester um den Stein, doch ich verzichtete auf eine Antwort. Johannes hatte Recht.

»Die Christen aber«, fuhr er fort, und Begeisterung trug seine Stimme, »sie würden eher sterben, als sich so zu unterwerfen. Der Kaiser will sklavischen Gehorsam – und sie verweigern ihn. Rom hat Legionen, und sie predigen Feindesliebe. Rom ergötzt sich an Gladiatorenkämpfen und Circusspielen, und sie predigen Gewaltlosigkeit. Rom giert nach Gold und Ehre, und sie hoffen auf das Himmelreich.

Da erkannte ich die schreckliche, die schöne, die zerstörerische Macht des Christentums: Wer Jesus folgt, kann nicht dem Kaiser folgen. Alles das, was Rom so groß und mächtig gemacht hat, lehnen sie ab. Wenn dieser Glaube wächst, wird Rom fallen. Die Prophezeiungen werden sich erfüllen: Es ist der Kampf gegen die Große Hure Babylon, wir leben schon im Zeitalter der Apokalypse, der Messias führt uns an. Und doch ist es ein Kampf, der ganz anders ist, als unsere Propheten sich das je haben vorstellen können.«

Er schwieg, als wäre er erschöpft. Vielleicht aber auch war er nur ein guter Rhetor und wusste, wann es notwendig ist, dem Publikum eine Pause zu gönnen. Selbst ich, der ich ihn nicht sehen konnte und der diesen Mann hasste, spürte den Sog seiner Worte, die Kraft seiner Rede. Es war kein Wunder, dass ihm Menschen verfallen konnten – und es wäre ein Wunder, wenn man sie aus seiner Verstrickung wieder erretten könnte. Wenigstens einen Menschen.

»Also ließ ich mich heimlich taufen«, fuhr er schließlich fort. »Ich ging sogar zurück zu dem Ort, den ich mehr hasste als jeden anderen: nach Rom. Denn dort, und nicht mehr in Jerusalem, lebten nun die gelehrtesten Christen. Rom war nach dem Großen Brand binnen weniger Jahre prachtvoller wieder aufgebaut worden als zuvor, aber auch verwirrender, schmutziger, noch sündiger.

Dort traf ich Flavius Clemens, der damals noch nicht ihre Gemeinde leitete, der mich jedoch stärker fesselte als jeder andere Christ, denn er hatte eine Vision: Er suchte nach der letzten Predigt unseres Herrn, jenen Worten, die er am Passahfest zu Jerusalem an das Volk richtete – nur wenige Stunden, bevor ihn Judas im Garten Gethsemane küsste und ihn damit ans Kreuz brachte. Nicht nach einem Bericht aus zweiter Hand, sondern nach Worten, wie sie wahrhaft aus dem Munde unseres Herrn geflossen waren, sehnte sich Clemens.

Ich war berauscht von dieser Vision: Welche Macht mochten die wahren Worte Jesu haben gegen Rom, gegen jeden Kaiser dieser Welt! Also ging ich auf den Plan des Clemens ein, mich weiterhin als Essener zu geben, um nach der verschollenen Predigt zu suchen, die irgendwo in der Bibliothek von Mesad Chasidim aufbewahrt worden war.

Und nun hier irgendwo versteckt liegen muss – vielleicht nur ein paar Schritte von uns entfernt in dieser Höhle, verborgen irgendwo unter Felsen und Geröll.

Jahrelang forschte ich vergebens – bis Gott sich endlich meiner erbarmte und ich von Poppaeus und seinem Raub hörte. Vielleicht besaß ausgerechnet der römische Feldherr die Worte Jesu. Welche Ironie wäre das gewesen! Tatsächlich fand ich in seinem verschütteten Anwesen nur ein Verzeichnis sämtlicher Verstecke, in das die Buchrollen einst geschafft wurden. Doch da war ich schon vom Jäger nach einem Text zum Gejagten geworden. Joseph, der letzte Bibliothekar von Mesad Chasidim, war ein rechtschaffener Mann. Er ahnte nichts von meinen heimlichen Plänen. Zunächst jedenfalls. Doch meine Ungeduld war so groß, dass ich ihm bereits auf der Überfahrt von Judaea nach Rom immer mehr Fragen stellte über die Werke, die er einst verwahrt hatte. Auch nach einer Predigt eines gewissen Jesus von Nazareth.

Irgendwann schließlich wurde er misstrauisch. ›Bist du etwa Christ?‹, fragte er mich eines Abends in Rom.«

Johannes atmete tief durch. »Dann entdeckte er den Papyrus, auf den ich mir den Namen des Feldherrn und alles, was ich bis dahin über ihn wusste, notiert hatte. Da musste ich Joseph zum Schweigen bringen. Ich fesselte ihn und stach dann auf ihn ein, der Papyrus riss bei unserem Kampf in Fetzen. Doch als ich ihn schon tot glaubte, zerriss er mit schier übermenschlicher Kraft die Lederriemen, mit denen ich ihn gebunden hatte, und entkam schwer verletzt aus dem Zimmer unserer Herberge. Er rannte durch die nächtlichen Gassen. Ich verfolgte ihn, verlor ihn dann aus den Augen – und sah ihn erst wieder, als Juvenalis und Archigenes bei ihm knieten. Und dann kam Cilix, und ich musste mich verstecken.

Da schlug ich mich zum Haus des Clemens durch, weil ich dachte, dass ich mich nun als Christ zu erkennen geben könnte. Meine Brüder würden mir weiterhelfen. Doch Clemens war an jenem frühen Morgen nicht da.«

»Dafür trafst du Marcion«, zischte ich. Langsam wurde mir einiges klar, auch wenn ein paar Dinge immer noch nicht zueinander passten.

»Ja«, gab Johannes zu, »Marcion, der ein Vertrauter des Clemens war. Ich gestand ihm alles.«

»Und ich musste ihm auch etwas gestehen«, unterbrach ihn Marcion. »Auch ich hatte längst von Clemens' Traum gehört, von seiner Suche nach der letzten Predigt unseres Herrn. Aber im Gegensatz zu Johannes wusste ich auch, warum Clemens so besessen war von diesem Text. Lukas und die anderen, die uns jeweils ihre Version des euangelions hinterlassen haben, widersprechen sich zwar in vielen Details. Doch sie geben manche Reden Jesu Christi wieder. Und schon das – obwohl es nur Fragmente aus zweiter Hand sind – hat Clemens um den Schlaf gebracht. ›Wer unter euch groß sein möchte, muss der Knecht aller sein‹, hat unser Herr zu den Jüngern gepredigt. Und auch: ›Erbarmen will ich und nicht Opfer.‹

Für Johannes sind dies Worte, welche die Grundmauern Roms einreißen können. Für Clemens waren das Worte, die auch die Grundmauern unserer Gemeinschaft einreißen würden. Denn wie kann jemand eine Gemeinde führen, wenn er zugleich der Knecht aller sein soll? Wie kann eine Gemeinde Geld haben, um zu wachsen, wenn niemand beim Gottesdienst opfert?

Was, so fragte sich Clemens, mochte noch alles in der letzten Predigt Jesu stehen? Würde es am Ende so sein, dass unser Herr, nur Stunden vor seiner Kreuzigung nach einer Denunziation durch Priester und den Hohen Rat, mitreißend zum Volk gepredigt hat und dabei jegliches Priestertum verdammte? Hatte er, der Kult und Ritual ablehnte, auch die Kirche abgelehnt?

Wenn es so wäre – und wenn diese Worte jemals bekannt werden würden –, dann hätten wir zwar Tausende von Christen im Imperium, aber keine Kirche mehr. Das war die große Angst des Clemens: dass ohne Kirche die Christen zerstreut werden wie die Lämmer einer Herde ohne Hirten. Dass wir nach zwei oder drei Generationen vergehen, wie andere Träumer in der Geschichte vergangen sind. Dass aus Christus und seiner Lehre nur eine Legende wird, ein Mythos, ein fernes Echo eines besseren Glaubens.«

»Clemens wollte die Predigt Jesu finden, um sie zu vernichten«, sagte ich müde. »Was für ein böser Scherz der Götter!«

»Deine Götter sind schon lange tot!«, fuhr Marcion auf.

»Aber ein böser Scherz war es schon«, stimmte mir Johannes zu. Auch er klang nun unendlich müde. »Als mir Marcion gestand, was Clemens plante, fühlte ich mich einen Moment lang von Gott selbst verlassen. Ich schien niemandem mehr trauen zu können. Doch dann offenbarte sich mir Marcion. Er dachte wie ich, ihn trieb dieselbe Hoffnung, derselbe Glaube. Also handelte ich zwar auf eigene Faust – gegen den Führer der Gemeinde von Rom. Ich beschwor Marcion jedoch, bei Clemens zu bleiben. Um das Schlimmste zu verhindern, falls ich scheitern sollte.«

»Du hast die ganze Zeit ein falsches Spiel mit uns gespielt!«, fluchte Archigenes. Erst nach einigen Augenblicken wurde mir klar, dass sich mein Freund gegen Marcion ereiferte, nicht gegen Johannes.

»Was blieb mir denn anderes übrig?«, erwiderte Marcion, und ich konnte an seinem Tonfall die innere Qual heraushören, etwas tun zu müssen, von dem man genau wusste, dass es eine Sünde war. Es mochten nicht nur seine unterdrückten Gelüste sein, die ihn dazu getrieben hatten, sich in einsamen Nächten mit der Geißel zu quälen.

»Clemens konnte ich mich nicht offenbaren«, fuhr er fort. »Er wollte die Worte unseres Herrn ja zerstören. Die Essener wollten ihre Bibliothek wieder finden, wir doch nur ein Werk daraus haben – wir hätten uns einigen können. Doch damit hätte ich die Tarnung des Johannes verraten, die er all die Jahre aufrechterhalten hatte. Wer weiß, wie die Essener darauf reagiert hätten.« Ich hörte Mardochai stöhnen und einen leisen aramaeischen Fluch sprechen. Man brauchte nicht viel Fantasie, um sich seine Reaktion auszumalen – die des getäuschten Gläubigen und, mehr noch, des Vaters, dessen Sohn ermordet worden war.

»Dass Cilix hinter dem Schatz der Essener her ist, wusste ich. Wer sein Auftraggeber war, wusste ich nicht, ahnte es jedoch. Der Kaiser wollte Gold und Silber, wir eine Papyrusrolle, die er wahrscheinlich nicht einmal lesen konnte. Wir hätten uns aus dem Weg gehen, ja sogar helfen können. Doch was hätte Domitian wohl gesagt, wenn er unser Motiv erfahren hätte?

Er hätte die Predigt Jesu, mit der wir das Imperium erzittern lassen wollten, verbrennen lassen – und uns gleich mit. Also musste ich um jeden Preis vermeiden, Cilix in die Hände zu fallen.

Und dann sind plötzlich auch noch Juvenalis und Archigenes aufgetaucht. Niemand von uns hatte eine Ahnung, wer ihr sein konntet. Es gab eine Zeit, da hielt ich euch für Spitzel von Domitian. Oder für Anhänger des Mithras, der Isis oder eines anderen Götzen, die ebenfalls im Auftrag ihrer Kultgemeinschaft hinter der Bibliothek der Essener her waren. Dann wieder dachte ich, ihr wolltet auf eigene Faust den Schatz der Essener finden, um Cilix und damit letztlich Domitian zuvorzukommen. Ich war so weit, in euch Verschwörer gegen den Kaiser zu sehen, die an das Geld kommen wollten, um Domitian zu stürzen. Wie hätte ich euch also trauen können?«

Er atmete tief durch. »Unser Herr hätte uns alle getadelt«, murmelte er schließlich. »Wir haben versagt. Was hätte Jesus an unserer Stelle getan?«

»Er hätte nicht im halben Imperium seine eigene Predigt gesucht. Er hätte sie einfach noch einmal gehalten«, brummte Archigenes.

Für einen Augenblick war es totenstill in der Höhle, dann fuhr ich zusammen, weil ein Schrei durch die Finsternis hallte – ein Schrei des Triumphes, der Freude, der unendlichen Erleichterung.

Es war Johannes von Jerusalem, der da geschrien hatte.

»Gesegnet seiest du, obwohl du nur ein Heide bist!«,

rief er. »Doch Gott spricht auch durch den Mund der Ungläubigen. Auf diese Idee hätte ich schon längst selbst kommen müssen.«

»Welche Idee?«, fragte Archigenes zurück.

Ich schloss die Augen, obwohl diese Geste der Resignation in der vollkommenen Dunkelheit nutzlos war. »Jetzt, da er die Predigt Jesu niemals in Händen halten wird, wird Johannes sie eben selbst schreiben«, murmelte ich, doch jeder konnte mich verstehen.

»Sollte Gott mir die Gnade gewähren, aus dieser Finsternis zu entkommen, dann ist das ein Zeichen seiner Zustimmung«, sagte Johannes. »Dann werde ich selbst ein euangelion schreiben – das genaueste, das einzig wahre. Und ich werde allen offenbaren, dass wir am Ende der Zeiten angelangt sind und die Große Hure Babylon bald fallen wird, um dem Himmelreich auf Erden Platz zu machen.«

Es gab nichts mehr, was irgendjemand von uns darauf noch erwidern konnte. Wir waren bis zu jener finsteren Höhle am Rande des Imperiums gelangt, um festzustellen, dass das, was wir suchten, für immer unerreichbar war. Sollte ich je hier herausfinden, ich käme mit leeren Händen nach Rom zurück. Wie hätte ich Domitians Misstrauen, wie seinen Zorn zerstreuen können? Auch für Archigenes wäre alles umsonst gewesen – wenn er auch, sofern ihm das Glück hold war und er zurückkehren sollte, nicht schlechter dran war als zuvor.

Die Essener wussten, dass sie niemals ihre Bibliothek wieder erlangen könnten; ihre Gemeinschaft würde niemals wieder auferstehen.

Und die Christen würden niemals die Predigt, die einzig wahren Worte ihres Heilandes, lesen können. Marcion würde sich zudem sein ganzes Leben lang mit den Sünden quälen, die er in den letzten Wochen verübt hatte – und niemand würde ihm je vergeben.

Nur Johannes von Jerusalem, den wir alle gejagt hatten, würde triumphieren. Sein Wort würde die Zeiten überdauern und vielleicht, auch wenn dies die Götter verhüten mögen, gar eines Tages Rom zum Einsturz bringen.

Lange saß ich so da und hing meinen düsteren Gedanken nach. Es war unmöglich, die Stunde zu schätzen. Vielleicht war es längst Tag, und wir, die wir uns noch in finsterer Nacht wähnten, warteten vergebens auf einen Lichtstrahl, der uns die Freiheit wieder bringen würde. Vielleicht war diese Höhle über Mesad Chasidim unsere Gruft. Und vielleicht war das gut so.

Irgendwann aber hörte ich dicht neben mir ein leises, schnell wieder unterdrücktes Schluchzen. Ich tastete durch die Dunkelheit, bis meine Finger eine feingliedrige Hand berührten. Ich streichelte sie behutsam, dann tastete ich mich hoch bis zu Rebeccas Gesicht, das nass war von Tränen. Gerne hätte ich sie in den Arm genommen und geküsst, doch ich wagte nicht mehr, als ihr zögernd und kurz über die Wange zu streichen.

Johannes von Jerusalem hatte nicht nur die Essener verraten und die Christen getäuscht, Rom angesteckt und einen Mitbruder erschlagen, er hatte – vielleicht ohne dass er es auch nur ahnte – ebenfalls Rebeccas Lebensglück zerstört. Das, mehr noch als alle anderen Untaten, konnte ich ihm niemals vergeben. Sie hatte ihm nicht nur bedingungslos vertraut, sie hatte ihn auch bedingungslos geliebt. Nun würde sie nie wieder jemandem trauen und nie wieder jemanden lieben.

Ich wusste nicht, was ich ihr hätte sagen können. Und hätte ich es gewusst, ich hätte es wohl nicht gewagt, es auszusprechen – allein schon aus Angst, dass uns die anderen in der Höhle belauschen würden. So streichelte ich nur zögernd über ihre Hand.

Irgendwann hörte ich leise einige Steine knirschen, und ihre Hand entzog sich meiner. Rebecca hatte sich erhoben und tastete sich zu einem anderen Platz durch die Dunkelheit.

Nie hatte ich mich so einsam gefühlt.

XIV. Tag vor den Kalenden des Oktober

Verblassende Spuren

Der Kaiser ist tot. Draußen auf den Gassen tobt das Volk. Männer schwingen Knüppel, Frauen kreischen und werfen mit faulem Gemüse. Wie ein Lauffeuer geht der Ruf um: »Auf zum Palatin!« Doch niemand macht den Anfang. Sie stehen nur auf den Straßen und Plätzen, um zu schimpfen und zu schreien. Bald wird ein Trupp Praetorianer kommen, und sie werden sich grollend verkriechen. Und morgen oder übermorgen wird es ein großes Rennen im Circus geben oder einen Gladiatorenkampf mit tausend Teilnehmern oder beides. Dann werden sie den neuen Kaiser preisen, wer auch immer es werden wird. So war es immer, so wird es immer sein.

Domitian, höre ich, wurde in seinem Palast in Alba Longa, außerhalb von Rom, ermordet. Endlich! Aus Angst vor Anschlägen hat der Imperator seinen Palast auf dem Palatin mit Phengiles auskleiden lassen, dem weißen Spiegelstein aus Kappadokien. So konnte er stets sehen, wer sich seinem Rücken näherte. Genützt hat es ihm nichts – und nicht nur, weil der Mord gar nicht, wie er stets befürchtet hat, mitten in Rom geschah, sondern auf dem Land, wo er sich sicher glaubte. Die Verschwörer, so munkeln die Menschen, waren die beiden Praetorianerpraefecten, die fürchteten, dass sie aus nichtigem Anlass hingerichtet würden – wie so viele vor ihnen. Sie zogen die Kaiserin, die selbst in ständiger Angst vor ihrem Gatten lebte, ins Vertrauen. Zusammen dingten sie einen Schreibsklaven, der dem Imperator in dessen schwer bewachtem Palast eine Papyrusrolle überreichen sollte. In deren Innerem soll, habe ich gehört, der Dolch versteckt gewesen sein, mit dem der Sklave den Kaiser in den Hades schickte.

Das Volk ist zornig, weil Domitian stets große Spiele gab. Die Senatoren und Equites aber werden aufatmen, auch wenn sie, aus Angst vor dem Plebs, dies nicht zeigen werden. Ich kann sie gut verstehen. Auch ich müsste zornig sein, gehöre ich doch zu dem Volk, nicht mehr zu ihnen. Vielleicht kann ich jetzt zurückkehren in mein altes Leben.

Fünf Monate sind vergangen, seitdem uns ein morgendlicher Lichtstrahl, der plötzlich wie ein ätherischer Vorhang in der Höhle stand, wieder ins Freie geführt hatte. Wir schleppten uns wie Dämonen, die der Unterwelt entstiegen waren, zurück zum Lager der Asphaltfischer. Niemand sprach ein Wort, jeder mied den Blick der anderen. (Einen Blick hätte ich gerne aufgefangen, ein einziges Mal nur. Doch dies war mir nicht vergönnt.) Theophilos ließ uns allen Brot, Käse und Wein auftragen und neue Kleidung geben. Niemand, nicht einmal Mardochai, der doch durch dessen Hand seinen Sohn verlor, richtete auch nur ein Wort an Johannes oder hob gar die Hand gegen ihn. Wir waren zu müde, zu gebrochen im Herzen für Rache.

Ich weiß nicht, welche Geschichte Theophilos seinen erstaunten Männern erzählte, denn unsere Wege trennten sich noch an diesem Tag.

Theophilos ist ein erfolgreicher Händler geblieben, manchmal höre ich seinen Namen, wenn ich am Tiberhafen Lasten schleppe und zufällig zwei Reeder vorbeigehen, die mich nicht beachten. (Zum Glück, denn mancher hätte mich vom Hofe Domitians vielleicht wieder erkannt.)

Auch Marcion habe ich nie wieder gesehen, doch ich höre ebenfalls einiges von ihm. Nun, da ich mich besser auskenne und einen schärferen Blick für gewisse Feinheiten habe, weiß ich von zwei oder drei Nachbarn in der Insula Felicles, dass sie Christen sind. Sie erzählen mir hin und wieder von dem jungen, strengen Mann, der aus Jerusalem zurückkehrte und unduldsam ist mit allen Kleingläubigen. Der Nachfolger von Flavius Clemens als Leiter der Gemeinde von Rom, ein Freigelassener namens Evaristus, hat ihn schließlich beschuldigt, die Worte ihres Herrn zu engherzig ausgelegt zu haben. Sie haben ihn als Haeretiker beschimpft und aus der Gemeinde ausgestoßen. Er hat, so höre ich, jetzt seine eigene, fanatisch-strenge Anhängerschar.

Mit Bewunderung sprechen die Christen vom euangelion des Johannes, das nun in ihren Kreisen zirkuliert und das die älteren Werke zu verdrängen beginnt. Dieser Johannes, so sagen sie, habe Jesus noch selbst in Jerusalem gehört und lebe heute in Ephesos, wo er die dortige Gemeinde leite. Ich, der ich mehr über ihn weiß, als ich je wissen wollte, schweige nur, wenn die Rede auf ihn kommt.

Ich vermisse den Witz, den Mut und die Geschicklichkeit meines Freundes Archigenes. Doch ich gönne ihm auch das Glück, das ihm Mithras geschenkt hat. Er wenigstens ist für seine Mühen belohnt worden. Die Kupferrolle, die er in jener unglückseligen Höhle fand, hatte er unter seinem Gewand verborgen. Noch am Tag, an dem wir uns im Lager des Theophilos erholten, machte er sich wieder auf den Weg nach Mesad Chasidim. Das Kupferblech war so stark mit Grünspan überzogen, dass er kaum mehr als einige Zeichen entziffern konnte. Doch es waren genug: Die Rolle war das Verzeichnis der weltlichen Schätze der Essener. Sie führte ihn zur Schwelle eines niedergebrannten Hauses. Als er den Granitstein hob, fand er drei Tonkrüge – voll gestopft mit alten Tetradrachmen der Seleukiden, mit römischen Denaren und mit anderen Silbermünzen. Das ist sicher nur ein winziger Bruchteil vom Schatz der Essener – doch ein Vermögen für einen entlaufenen Sklaven wie ihn.

Archigenes ist im Osten geblieben. Er ist nach Alexandria gezogen, neben Rom die größte Stadt der Welt – und für jemanden, der den Weg des Kaisers gekreuzt hatte, bedeutend sicherer. Manchmal erhalte ich Briefe von ihm. (Genau genommen von einem Sklaven, der für ihn, der nie richtig lesen und schreiben gelernt hat, als Schreiber arbeitet.) Er hat seine Geliebte, die Sklavin des Fischhändlers, längst freigekauft und zu sich geholt. Einen Teil seiner Silbermünzen hat er in Frachtschiffe investiert. Zuletzt hat er mir geschrieben, dass er sich mit Nigidus, dem waghalsigen Kapitän der Triton, zusammengetan hat. Auf manchen Frachtstrecken im östlichen Meer haben die beiden inzwischen fast ein Monopol. Archigenes scheint sehr glücklich zu sein. Ich glaube fast, seine Stimme zu hören, wann immer ich seine Zeilen lese.

Selbstverständlich hat er mir angeboten, bei ihm zu bleiben. Und auch in fast jedem seiner Briefe beschwört er mich, nach Alexandria zu gehen. Doch stets lehne ich höflich ab.

Ich möchte an keinem anderen Ort leben als in Rom. Nur das großzügige Angebot des Archigenes, seine alte Wohnung in der Insula Felicles zu übernehmen, habe ich dankbar angenommen. Nun wohne ich hier unter falschem Namen, schlage mich mit kleinen Arbeiten am Hafen durch (und manchmal gar mit Einbrüchen) und bin erleichtert, dass die Menschen in diesem Haus nicht allzu viele Fragen stellen. Manchmal streiche ich wie ein Dieb um mein altes Haus auf dem Quirinal, aus dem meine Sklaven längst geflohen sind und das langsam von Efeu überwuchert wird. Dann tut mir die Seele weh. Doch ich will die Hoffnung nicht aufgeben, irgendwann in mein altes Leben zurückkehren zu können.

Dabei wird es mein altes Leben gar nicht mehr geben. Ich bin ein anderer Mann geworden. Würde ich mich noch um jeden Preis in die Nähe des Kaisers drängen? Würde ich noch fast alles hergeben, um ein ehrenvolles Amt erreichen, um gar Senator werden zu können? Nein, denn in meinem Innern würde stets die Frage lauern: Warum? Welchen Sinn hätte es, dies zu tun? Ich weiß darauf keine Antwort mehr.

Jeden Tag denke ich an Rebecca. Die beiden Essener sind noch am Abend nach unserer Flucht aus der Höhle vom Lager der Asphaltfischer Richtung Westen aufgebrochen, Richtung Judaeischer Wüste. Vielleicht sind sie nach Jerusalem gegangen, vielleicht auch zogen sie in die Einöde. Vielleicht gar leben sie in den Ruinen von Mesad Chasidim. Sie haben es uns nicht verraten, sondern sich nur mit wenigen Worten von uns verabschiedet.

Mardochai sah alt aus, müde und gebrochen. Er wird nicht mehr lange leben, vielleicht ist er auch schon tot. Nie wieder habe ich von ihm gehört.

Und auch nicht von Rebecca.

So gerne hätte ich ihre Hände umfasst und sie gebeten, bei mir zu bleiben. Doch sie hat mich nur ein einziges Mal zum Abschied stumm angeblickt, und da habe ich es nicht mehr gewagt. Dann ist sie hinter dem alten Mann hinausgegangen in die Wüste.

Manchmal, wenn ich mich schlaflos auf der Pritsche

hin und her wälze (aus Angst vor meinem Albtraum, meinem treuesten Begleiter), stelle ich mir vor, wie es wäre, wenn Rebecca plötzlich an die Tür der ärmlichen Wohnung klopfen würde. Oder wenn ich ihr schlankes, herrisches Profil auf dem Forum erblicken würde oder irgendwo im Gedränge auf dem Argiletum. Doch sie wird diese Stadt nie wieder betreten. Und ich werde nie wieder eine Frau finden wie sie.

Gestern war ich, um Rat und Trost zu finden und weil mir nicht mehr einfiel, was ich sonst noch hätte tun können, im Kellerraum eines vornehmen Hauses, wo sich die Christen zu ihren Versammlungen treffen. Ein christlicher Nachbar hat mich mitgenommen. Niemand sprach mich an, doch einige nickten freundlich und boten mir Platz an.

Ich hörte die Worte, die einer aus ihrer Mitte sprach. Es war ein Kapitel aus einem euangelion – vielleicht gar aus dem des Johannes. Die Worte klangen gut, doch sie konnten meine Seele nicht wirklich trösten. Denn ich weiß, dass es nur Bruchstücke sind – Fragmente von dem, was Jesus einst wahrhaftig gepredigt hatte. Die Männer und Frauen im Saal saßen nebeneinander wie Geschwister. Sie beteten und sangen. Sie brachen Brot und tranken Wein. Sie machten keinen Unterschied zwischen Senator und Sklaven, zwischen Römer und Fremden. Es hätte ihrem Herrn sicher gefallen.

Manche Christen waren Sklaven, Krüppel, Ausgestoßene. Niemand scherte sich darum. Der Ort – ein schmuckloser, weiß getünchter Raum, der von einigen Öllampen erhellt wurde – erschien mir prachtvoller als Domitians Palast auf dem Palatin, die Versammlung würdiger als die des Senates von Rom.

Doch wie lange würde dies überdauern? Der gestrige Abend, an dem ich zwar keinen Trost finden konnte, gab mir doch Kraft, denn ich sah diese Gemeinschaft. Können Menschen besser miteinander leben als diese? Ich war voller Hoffnung, trotz allem. Doch heute, da der Mob in den Straßen tobt und nach Rache schreit für einen ermordeten Kaiser, der doch selbst so viel Blut an den Händen kleben hatte wie kaum ein Herrscher vor ihm, da kommen mir wieder Zweifel. Wie passt die Gemeinschaft der Betenden zu dieser Menge? Wer wird am Ende wen formen?

Ich denke an Theophilos, der Christ ist, aber seinen Geschäften nachgeht wie alle anderen auch. Ich denke an Clemens, der die Worte seines Herrn lieber vernichten als verbreiten wollte. Ich denke an Marcion, der bis zur Verbitterung streng ist und einen Glauben fordert, in dem das Lachen keinen Platz mehr hat. Werden Männer wie sie die Christen führen?

Es würde den Glaubensmut der Christen stärken, wenn sie die letzte, die wahre Predigt Jesu lesen könnten, wenn sie wenigstens davon wüssten.

Ich kann von dem Fenster meiner Wohnung über die Dächer Roms blicken wie über ein Meer aus Dachziegeln. In der Ferne leuchtet der Tempel des Jupiter Capitolinus rot in der Abendsonne, daneben erglühen die Architrave und Säulenhallen des Palatin und das oberste, statuengeschmückte Rund des Kolosseums. Doch während meine Augen die Pracht Roms aufnehmen, entsteht in meiner Seele ein ganz anderes Bild. Manchmal träume ich davon, nach Mesad Chasidim zurückzukehren und dort in den Wüstenhöhlen über dem türkisfarbenen, giftigen See nach einer ganz bestimmten Textrolle zu suchen. Und nach einer jungen Essenerin.

Eine mitreißende Geschichte über Liebe und verbotene Heilkünste zur Zeit der Konquistadoren

Mattias Gerwald
DIE GOTTKÖNIGIN
Historischer Roman
576 Seiten
ISBN 3-404-15385-5

Voller Abenteuerlust begibt sich der junge Chirurg Juan Santel auf eine Reise ins Unbekannte. Er hat sich einer Gruppe von Verschwörern angeschlossen, die eine uralte, verbotene Heilkunst praktizieren. Von den Kanarischen Inseln gelangen sie auf einem Schiff nach Südamerika, wo Juan die Fürstentochter Surum trifft. Sie weiß noch nicht, dass sie eine auserwählte Gottkönigin des Volks der Redin ist. Doch ihr Liebesglück währt nur kurz. Auf der Flucht vor Krieg und Not werden sie um die halbe Welt getrieben, bis Surum in den Tiefen der polynesischen Inselwelt Spuren ihres Volks wiederfindet, das auf seltsame Weise plötzlich wie vom Erdboden verschwunden war.

Bastei Lübbe Taschenbuch